Knaur

Von Wolfgang Hohlbein ist außerdem erschienen:

Das Avalon-Projekt

Über den Autor:

Wolfgang Hohlbein, 1953 in Weimar geboren, ist einer der erfolgreichsten deutschen Autoren überhaupt. Seit den ersten spektakulären Erfolgen von *Märchenmond* (geschrieben gemeinsam mit seiner Frau Heike), ist er gleichermaßen beliebt bei jugendlichen und erwachsenen Lesern. Wolfgang Hohlbein lebt mit seiner Frau, seinen fünf Kindern und einem Enkelkind, umgeben von einer Schar Katzen, Hunde und anderer Haustiere, in der Nähe von Neuss. Im Knaur Taschenbuch Verlag erschien bereits sein Roman *Das Avalon-Projekt.*

WOLFGANG HOHLBEIN

FLUT

Roman

Knaur

Besuchen Sie uns im Internet:
www.knaur.de

Vollständige Taschenbuchausgabe 2002
Droemersche Verlagsanstalt Th. Knaur Nachf., München

Umschlaggestaltung: ZERO Werbeagentur, München
Umschlagabbildung: Artwork by ZERO
Satz: Ventura Publisher im Verlag
Druck und Bindung: Clausen & Bosse, Leck
Printed in Germany
ISBN 3-7951-1733-X

2 4 5 3 1

Prolog

Pjotr sah zum ungefähr fünfundzwanzigsten Mal innerhalb der letzten fünf Minuten auf die Uhr. Die Bewegung war ruhig, aber wie alles, was der Russe tat, so zielgerichtet, dass es sehr schnell wirkte und fast ein bisschen unheimlich. So, wie Pjotr selbst ein bisschen unheimlich war. Wäre dieses winzige, verräterische Zeichen von Nervosität nicht gewesen, hätte man glauben können, dass der Russe zu keinerlei Gefühlsregung fähig war. Sein Gesicht, das auf eine brutale Art gut aussehend wirkte, ganz egal, mit welchen Vorurteilen belastet man es auch betrachtete, zeigte immer den gleichen Ausdruck, als wäre es nicht mehr als eine perfekt gemalte Maske aus starrem Kunststoff; und selbst seine Augen wirkten wie glitzernde Kugeln aus kaltem Glas, nicht wie die Fenster zur Seele, die sie doch eigentlich sein sollten. Vielleicht, weil er keine hatte.

Torben erschrak, als er diesen Gedanken dachte, und verscheuchte ihn hastig. Er tat dem Russen damit Unrecht. Pjotr war ohne Zweifel ein Verbrecher, ein Dieb, Betrüger, Erpresser und Schläger und mit einiger Wahrscheinlichkeit sogar ein Mörder, aber das traf auf seine drei Begleiter ebenso zu, und er, Torben, hatte ganz bestimmt nicht das Recht, über sie zu urteilen. Diese vier Männer waren, was sie waren. Er hatte sie nur deshalb ausgewählt, weil das Schicksal ihnen vermutlich niemals gestatten würde, eine andere Art von Leben zu führen. Er selbst aber hatte diese Wahl und deshalb wog das Verbrechen, das er begehen würde, ungleich schwerer.

Torben verscheuchte auch diesen Gedanken und sah nun ebenfalls auf die Uhr. Noch acht Minuten. Es wurde Zeit. Er hatte die Strecke in den letzten sechs Wochen ein Dutzend Mal zurückgelegt, immer in verschiedenen Verkleidungen und in großen, vor allen Dingen unregelmäßigen zeitlichen Abständen, damit sich niemand an ihn erinnern konnte, und er war auf eine Spanne von vier oder vielleicht fünf Minuten gekommen, dazu noch einmal sechzig Sekunden, um den Weg vom Aufzug bis zum Kreißsaal zurückzulegen, und eine kleine Reserve für den unwahrscheinlichen Fall, dass die Zwischentür geschlossen war und Pjotr sie aufbrechen musste. Sie durften auf keinen Fall zu spät kommen, aber auch nicht zu früh.

Sie hatten so verzweifelt wenig Zeit für eine so entsetzlich große Aufgabe.

Er stand auf. Pjotr und die drei anderen Söldner erhoben sich ebenfalls und sie verließen wortlos den kleinen Kellerraum, in dem sie die letzten anderthalb Stunden zugebracht hatten. Es waren die sonderbarsten anderthalb Stunden gewesen, an die sich Torben erinnern konnte. Auf der einen Seite schienen sie sich zu anderthalb Ewigkeiten gedehnt zu haben, die einfach kein Ende nehmen wollten, und zugleich hatte er das Gefühl, vor wenigen Augenblicken überhaupt erst gekommen zu sein. Aber es hatte ja auch noch nie zuvor so viel auf dem Spiel gestanden.

Auf dem Weg zum Aufzug zogen die Männer ihre Kittel an. Der Russe setzte zusätzlich eine Brille mit schwerem Horngestell auf und strich sich das schwarze Haar aus der Stirn. Die Veränderung, die durch diese wenigen, simplen Handgriffe mit den Männern vonstatten ging, war erstaunlich. Selbst Torben hätte Pjotr den jungen Assistenzarzt auf dem Weg zu einem Routineeinsatz beinahe geglaubt.

Sie mussten einen Moment warten, bis der Aufzug kam, aber Torben hatte eine Minute dafür einkalkuliert. Sie lagen immer noch gut in der Zeit. Als Pjotr die Hand nach der Schalttafel ausstreckte, klaffte sein weißer Arztkittel auf und Torben sah schwarz eingeöltes Metall darunter glitzern. Er erschrak. Natürlich hatte er gewusst, dass der Russe bewaffnet war, aber nun hatte er die Uzi direkt unter den Gürtel geschoben, griffbereit. Pjotr registrierte seinen Blick selbstverständlich. Er sagte nichts, aber in seinen Augen blitzte es auf eine Weise auf, die Torben zwar nicht deuten konnte, die ihn aber beunruhigte, während er zurücktrat und sich zu ihm herumdrehte. Vielleicht einzig wegen dieses Blickes fragte Torben: »Was soll diese Waffe?«

Pjotr ließ eine Sekunde verstreichen, ehe er antwortete. »Nur zur Sicherheit. Für alle Fälle.« Er sprach einen schweren, rollenden Akzent, der seine Herkunft deutlich verriet, aber trotzdem klar verständlich war und eine seltsame Wirkung hatte. In der Rolle des Söldners hatte er ihn bedrohlicher und auf schwer greifbare Weise gefährlicher wirken lassen, jetzt, in der Rolle des jungen Assistenzarztes, hatte er etwas Vertrauen Einflößendes.

»Ich will nicht, dass irgendjemandem etwas passiert«, sagte Torben. Wie lächerlich diese Worte selbst in seinen eigenen Ohren klangen.

Pjotr machte sich nicht einmal die Mühe zu antworten. Wozu auch? Torben hatte diesen einen Satz ungefähr tausend Mal gesagt, seit sie das erste Mal zusammengekommen waren, aber sie wussten alle, wie wenig es möglicherweise nutzte. Was geschehen würde, würde geschehen. So einfach war das.

Während der Aufzug nach oben summte, immerhin acht Etagen, das Kellergeschoss mitgerechnet, in dem sie eingestiegen waren, musste sich Torben mit aller Kraft beherrschen, um das blinkende Licht über der Tür nicht anzustarren, das etwas Hypnotisierendes zu haben schien. Ein blinzelndes Dämonenauge, das ihm voller tückischer Vorfreude erklärte, dass, egal was er tat, ihr Unternehmen nur in einer Katastrophe enden konnte. Er wollte nicht, dass die anderen seine Nervosität bemerkten, obwohl es keine Schande war. Sie alle waren nervös, selbst Pjotr. Er fragte sich, warum er eigentlich so sehr auf den Russen fixiert war. Die Söldnertruppe bestand aus vier Männern: Pjotr, Mikail – einem Rumänen oder Bulgaren, so genau wusste Torben das nicht, denn Mikail sprach kein Wort Deutsch – und den beiden Brüdern Lev und Stanislav, die aus Lettland stammten und aus ihrer feindseligen Haltung Pjotr gegenüber keinen Hehl machten. Der Russe war nicht einmal der Anführer der Söldnertruppe – es gab keinen –, aber der Einzige, dessen Name Torben nicht erst eine halbe Sekunde lang aus dem Gedächtnis kramen musste, und derjenige, dessen Gesicht sofort vor seinem inneren Auge erschien, wenn er über diesen Trupp gekaufter Krieger nachdachte oder über das, was sie vorhatten. Was seit drei Monaten praktisch ununterbrochen der Fall war. Irgendetwas Besonderes war an Pjotr. Torben wusste nicht, was. Der Söldner strahlte Gewaltbereitschaft und Tod aus wie einen schlechten Geruch, doch das galt für die drei anderen mindestens im gleichen Maß. Aber da war noch irgendetwas, das nur zwischen ihm und Pjotr war, und es war nichts Gutes.

Ein heller Glockenton erklang. Die Liftkabine kam mit einem

kaum spürbaren Ruck zum Halten und die Türen glitten auf. Zu früh. Torben sah weder auf die Uhr noch blickte er auf die Leuchttafel über der Tür, aber etwas in ihm registrierte akribisch das Verstreichen jeder einzelnen Sekunde. Sie waren maximal in der sechsten Etage, vielleicht auch erst in der fünften. Etwas stimmte nicht.

Torben trat zur Seite, um Platz zu machen, als eine junge Krankenschwester ein Bett in die Kabine schob. Der Lift, der ihm bisher riesig vorgekommen war, wurde plötzlich winzig. Für fünf Männer, die Krankenschwester und das gut zwei Meter lange Bett schien er kaum auszureichen. »Nach oben?«, fragte die Schwester. Sie sah niemand Bestimmten dabei an und noch während sie die Frage stellte, streckte sie bereits die Hand aus und drückte den Knopf für die siebte Etage, aber Torben meinte trotzdem eine Spur von Verwirrung in ihrer Stimme zu hören. Vielleicht waren fünf fremde Gesichter auf einmal zu viel, selbst für ein Krankenhaus dieser Größe. Und vielleicht waren ihre Verkleidungen doch nicht so gut, wie er sich eingeredet hatte. Vielleicht sah man ihnen auch einfach an, weshalb sie gekommen waren.

Torben warf einen nervösen Blick in Pjotrs Richtung. Der Russe hatte seinen Kittel wieder geschlossen. Die Waffe war nicht zu sehen und in seinen Augen stand sogar die perfekte Lüge eines angedeuteten Lächelns, während er die junge Schwester ansah, auch wenn Torben nicht über den wirklichen Grund dieses Lächelns nachzudenken wagte. Es gab keinen Grund, nervös zu sein, versuchte er sich zu beruhigen. Es war ein paar Minuten vor Mitternacht. Der Schwester brannte die Zeit auf den Nägeln und sie war müde, und das war alles.

Die Kabine bewegte sich eine Etage weit in die Höhe und hielt dann wieder an. Torbens Herz begann erschrocken zu klopfen, als Pjotr sich zu der Krankenschwester herumdrehte und es so aussah, als wollte er etwas sagen, aber dann begnügte er sich doch damit, ihr mit dem Bett zu helfen, das sich mit sehr viel mehr Mühe wieder hinausbugsieren ließ, als sie es in die Kabine hineingeschoben hatte. Torben sah nun doch auf die Uhr. Noch drei Minuten. Die Krankenschwester mit ihrem Bett hatte ihre Sicherheitsreserve vollkommen aufgezehrt. Sie lagen immer noch genau im Zeitplan, aber nun durfte wirklich nichts mehr schief gehen.

Auf die Sekunde pünktlich verließen sie die Liftkabine und wandten sich nach links. Mikail und die beiden Brüder gingen voraus, wie sie es besprochen hatten, während Pjotr und er in langsamerem Tempo folgten. Auf diese Weise, so hoffte er, fielen sie weniger auf. Drei Ärzte, die sich beeilten, und ein vierter, der mit einem besorgten Angehörigen eines Patienten langsamer nachfolgte. Torben war der Einzige, der keinen weißen Kittel trug, sondern einen schlichten, dunkelgrauen Straßenanzug. Sein Herz schlug für einen Moment schneller, als sich Mikail der Zwischentür näherte. Sie war jedoch nicht verschlossen. Sie konnten ihren Zeitplan einhalten. Sie hätten es auch so gekonnt. Torben zweifelte nicht daran, dass die Söldner nur Sekunden gebraucht hätten, um die Tür aufzubrechen, obgleich sie einen äußerst stabilen Eindruck machte. Aber es war genau dieser Moment, vor dem er Angst hatte. Er hätte sich etwas vorgemacht, hätte er sich ernsthaft eingeredet, dass es ohne Gewalt oder zumindest ihre massive Androhung abgehen würde, aber noch waren sie nicht mehr als fünf Fremde, deren Anblick allenfalls Grund für ein fragendes Stirnrunzeln bot – und vermutlich nicht einmal das. Und bis sie den Kreißsaal verließen, musste das auch so bleiben.

Ein dumpfer Knall wehte von draußen herein, als sie durch die Tür traten, und Torben fuhr so erschrocken zusammen, dass auch Pjotr instinktiv die Hand hob und stirnrunzelnd in seine Richtung sah. Torben schüttelte hastig und sehr nervös den Kopf. Vor seinem inneren Auge sah er, wie der Russe die Bewegung fortführte und die Waffe unter dem Kittel hervorzog. Aber es war nur eine Vision.

»Nichts«, sagte er. »Alles in Ordnung. Nur ein Silvesterböller, den jemand zu früh gezündet hat.«

Das Gesicht des Russen blieb starr. Torben vermochte nicht zu sagen, ob er sich mit dieser Erklärung zufrieden gab oder nicht. Es spielte auch keine Rolle. Verstohlen sah er sich um. Der Flur war sehr lang, taghell erleuchtet und nicht annähernd so leer, wie er es gehofft hatte. Er sah auf Anhieb mindestens vier Personen, aber wahrscheinlich waren es mehr: Ein junger Mann in weißer Krankenhauskleidung stand an dem einzelnen Fenster am Ende des Ganges und blickte hinaus, in dem zum Flur hin verglasten Stationszimmer waren zwei junge Frauen damit beschäftigt, ein Tablett voller Sektgläser zu füllen, und auf einer schlichten Plastikbank neben der Tür zum Kreißsaal saß ein ziemlich nervös wirkender junger Mann, der mit den Händen rang und ununterbrochen auf die Uhr sah.

Der Vater.

Torben hatte gehofft, dass es sich um einen jener modernen Väter handelte, die bei der Geburt zusehen wollten, sah sich aber getäuscht. Er hatte offenbar vor, hier draußen zu warten, und das war nicht gut. Jede Person, die hier auf dem Flur blieb, ließ ihr Risiko explodieren, vorzeitig entdeckt zu werden. Er sah auf die Uhr. Noch vierzig Sekunden. Mikail und die beiden Brüder hatten die Tür zum Kreißsaal erreicht und waren davor stehen geblieben und Torben ging ganz automatisch langsamer, um nicht zu früh anzukommen. Der Kindsvater blickte bereits stirnrunzelnd zu den drei Söldnern hoch und fragte sich wahrscheinlich, wer sie waren und was sie hier taten. Wie werdende Väter sahen sie jedenfalls nicht aus.

Als hätte er seine Gedanken gelesen, murmelte Pjotr: »Keine Sorge, ich kümmere mich um ihn.«

»Sie werden ihm nichts tun.«

»Bestimmt nicht«, versicherte Pjotr. »Ich werde ihn in den Schlaf singen.«

Seine Antwort machte Torben wütend, aber sie waren schon zu nah und er hatte keine Zeit mehr, irgendetwas zu erwidern. Sie hatten noch zwanzig Sekunden.

Pjotr ging ein wenig schneller, lächelte dem Vater zu und beugte sich leicht vor, und der Mann setzte sich auf und sah dem Russen erwartungsvoll entgegen; vermutlich hielt er ihn für einen Arzt, der gekommen war, um ihm irgendetwas mitzuteilen. Pjotrs Neuigkeit bestand aus einem blitzschnellen Handkantenschlag gegen die linke Seite seines Halses, der ihm auf der Stelle das Bewusstsein raubte. Der Mann sackte nach vorne und wäre von der Bank gefallen, hätte der Russe ihn nicht aufgefangen und so drapiert, dass es aussah, als wäre er nur eingeschlafen. Die ganze Aktion hatte nicht einmal eine halbe Sekunde gedauert.

Torben sah sich alarmiert um. Der Pfleger sah immer noch aus dem Fenster, und auch im Schwesternzimmer rührte sich nichts. Niemand schrie, keine Alarmsirenen schrillten los. Niemand hatte etwas bemerkt. Sie hatten noch zwölf Sekunden. Torbens Hand glitt in die Jackentasche und schloss sich um den Griff des Dolches, den er darin trug. Das Messer war viertausend Jahre alt, aber das Metall fühlte sich so glatt an, als käme es frisch aus der Schmiede. Und es war kalt, eiskalt.

Auf ein Nicken Pjotrs hin schlenderte Lev scheinbar gemächlich auf den Pfleger am Ende des Ganges zu, während sein Bruder Stanislav ohne Eile zum Schwesternzimmer zurückging. Noch acht Sekunden.

»Jetzt«, sagte Torben.

Pjotr stieß die Tür zum Kreißsaal auf, trat ein und zog in der gleichen Bewegung die Uzi unter dem Kittel hervor, während in Mikails Hand wie aus dem Nichts eine großkalibrige Pistole erschien. Torben, der den Kreißsaal als Letzter betrat, nahm die Hand vom Messer und machte einen raschen Schritt zur Seite, um freie Sicht zu haben und sich zu orientieren. Er war schon ein Dutzend Mal hier oben gewesen, aber noch niemals hier drinnen, und obwohl er die Pläne des Krankenhauses gründlich studiert hatte, war er im ersten Moment erstaunt, wie klein der Raum wirkte. Der Kreißsaal war kein Saal, sondern eher eine Kammer. Zwischen dem OP-Tisch mit der riesigen Lampe – sie sah aus wie eine umgedrehte Lanzette aus der Serie »Raumpatrouille« – und den Wänden war gerade noch Platz, um einigermaßen bequem stehen zu können. Abgesehen von der Mutter und der Hebamme, die am Ende des Tisches stand, hielten sich noch eine Krankenschwester und zwei Ärzte hier drinnen auf, aber erstaunlicherweise nahm im ersten Moment niemand von ihrem rüden Eindringen Notiz.

Um genau fünf Sekunden vor Mitternacht richtete sich die Hebamme auf und hielt ein mit Blut und Schleim bedecktes Neugeborenes hoch. »Da ist es ja!«, rief sie. »Was für ein wunderschöner kleiner Schatz!«

Torben zog den Dolch aus der Tasche und empfahl seine Seele dem Herrn – und die Krankenschwester wandte den Blick zur Tür, sah die Waffe in Pjotrs Händen und stieß einen spitzen Schrei aus. Und im gleichen Moment verwandelte sich der Raum in ein einziges Durcheinander aus Schreien, Lärm, hektischer Bewegung und reinem Chaos.

Torben riss seinen Dolch in die Höhe und versuchte die Hebamme zu erreichen, aber es gelang ihm nicht, denn der Schrei der Krankenschwester hatte auch die beiden Ärzte herumfahren lassen. Einer der beiden erbleichte beim Anblick der Waffe, aber der andere war dumm genug, den Helden spielen zu wollen, und versuchte sich auf Mikail zu stürzen. Der Rumäne schlug ihn blitzschnell und ohne sichtbare Mühe zu Boden, aber seine weit ausholende Bewegung erwischte auch Torben und schleuderte ihn gegen ein Regal. Glas zerbrach. Irgendetwas biss mit einem dünnen, aber tiefen Stich in seinen rechten Handrücken. Er fiel nicht, aber der Dolch entglitt seinen Fingern und schepperte zu Boden, die Hebamme presste das Neugeborene an sich und schien verzweifelt nach einem Fluchtweg Ausschau zu halten, und die Frau auf dem Tisch begann in hohen, spitzen Tönen zu schreien.

Trotzdem hätte vielleicht doch noch alles so kommen können, wie es geplant war, wäre nicht ausgerechnet jene eine, schicksalhafte Sekunde gewesen. Torben spürte die Katastrophe kommen – den Bruchteil eines Herzschlags, bevor sie wirklich geschah: Die Zeit schien sich zu dehnen, als hielte die Schöpfung selbst den Atem an, und alles geschah scheinbar gleichzeitig: Die Frau auf dem Tisch schrie noch lauter. Auf dem Gesicht der Hebamme erschien ein Ausdruck fassungsloser Ungläubigkeit, als ihr Blick zwischen die weit gespreizten Beine der Gebärenden fiel. Die Krankenschwester und einer der Ärzte hatten die Arme gehoben und waren so weit zurückgewichen, wie es in dem engen Raum überhaupt möglich war, und auch der Arzt, den Mikail niedergeschlagen hatte, stemmte sich taumelnd wieder in die Höhe, wobei er sich mit der linken Hand an der Kante des Operationstisches festhielt. Draußen über der Stadt explodierten die ersten, pünktlich gezündeten Raketen und Böller. Vielleicht war es auch nur das Geräusch eines Sektkorkens, den eine der Krankenschwestern im Stationszimmer draußen Schlag Mitternacht knallen ließ, so sonderbar weich und gedämpft, wie das Geräusch klang. Doch so leise es war, es genügte, um die Katastrophe auszulösen.

Vielleicht hielt Pjotr es für einen Schuss. Vielleicht war es auch nur der Vorwand, auf den er gewartet hatte. Vielleicht gingen ihm schlichtweg die Nerven durch. Gleichgültig, aus welchem Grund: Er hob die Uzi, riss den Abzug durch und schwenkte die Waffe von links nach rechts. Die Mikro-Maschinenpistole stieß orangerotes Feuer und ein ratterndes Geräusch aus, das viel leiser war, als Torben erwartet hatte, und der Arzt und die junge Krankenschwester stürzten getroffen und in einem Hagel aus splitterndem Glas, Lack- und Metalltrümmern zu Boden. Querschläger prallten von Metallregalen und den gefliesten Wänden ab und richteten noch mehr Schaden an, und Pjotr schwenkte seine Waffe weiter, ohne den Finger vom Abzug zu nehmen. Etliche Geschosse trafen die große Lampe über dem OP-Tisch und überschütteten die Frau darauf mit scharfkantigen Splittern, und mindestens zwei Kugeln trafen den Arzt auf der anderen Seite des Tisches und schleuderten ihn ein zweites Mal und diesmal sterbend zu Boden. Torben schlug instinktiv die Arme über den Kopf und krümmte sich, als der Söldner die Waffe weiter in seine Richtung schwenkte, noch immer ohne den Finger vom Abzug zu nehmen, fast als könne er es nicht mehr, als zwinge ihn eine düstere Macht, das einmal begonnene Vernichtungswerk zu Ende zu bringen. Die Kugeln stanzten rasend schnell eine schnurgerade Linie greller Funkenschauer und Staubexplosionen aus den Wänden, zertrümmerten das Regal hinter ihm endgültig und verfehlten Torben buchstäblich um Haaresbreite, und vielleicht nicht einmal das. Er spürte einen heftigen Schmerz im Gesicht, konnte aber nicht sagen, ob ihn eines der Geschosse oder ein Glassplitter verletzt hatte. Aus den Augenwinkeln sah er, wie sich die Hebamme schützend über die hilflose Frau auf dem Tisch warf und auch Mikail hastig den Kopf einzog. Dann hörte das trommelfellzerreißende Hämmern der Uzi endlich auf. Aber es wurde nicht still. Zerbrochenes Glas regnete zu Boden, elektrische Kurzschlüsse zischten und eine Frau wimmerte. Von draußen drang das gedämpfte Knallen explodierender Raketen und Böllerschläge herein, und Schreie. Vielleicht waren die Schüsse gehört worden und in der Klinik brach bereits Panik aus. Aber vielleicht war es auch nur der Lärm der Feiernden, die ausgelassen auf das neue Jahr anstießen. Neben ihm wimmerte jemand vor Schmerz und obwohl er nicht hinsah, wusste er, dass es Mikail war, den eine von Pjotrs Kugeln getroffen haben musste.

Zitternd richtete sich Torben auf, sah auf die Uhr und blickte sich gleichzeitig um. Fünfzehn Sekunden nach Mitternacht. Zwanzig Sekunden, seit sie hereingekommen waren. In dieser Zeit waren drei

Menschen getötet worden. Torben sah nach links und auf Mikail hinab und korrigierte sich in Gedanken: vier; und aus dem sterilen Raum war ein qualmender Trümmerhaufen geworden. Und das Allerschlimmste stand ihm noch bevor.

»Worauf warten Sie?«, fragte Pjotr. Er zog seelenruhig das Magazin aus der Uzi, steckte es ein und schob ein neues in die Waffe. Er hatte nicht etwa aufgehört zu schießen, weil ihm klar geworden war, dass er aus Versehen einen seiner eigenen Männer getroffen hatte, dachte Torben schaudernd, ihm war schlichtweg die Munition ausgegangen. Er war nicht einmal mehr sicher, dass er Mikail tatsächlich aus Versehen getroffen hatte. Aber der Russe hatte Recht. Worauf wartete er? Das Unvermeidbare wurde nicht weniger schlimm, wenn er es hinauszögerte.

Er bückte sich und hob den Dolch auf. Als sich seine Finger um den Griff der antiken Waffe schlossen, verletzte er sich an den scharfkantigen Glassplittern, die den Boden bedeckten. Blut aus einer zweiten Schnittwunde mischte sich mit dem aus der ersten, aber er spürte den Schmerz nicht einmal. Nur auf der bronzefarbenen Klinge schimmerte plötzlich helles Rot und es war die düstere Symbolik dieses Anblicks, die Torben für eine kostbare Sekunde wie versteinert dastehen und das Messer anstarren ließ. Er wartete darauf, dass er Entsetzen verspürte, Schrecken oder wenigstens Schuldbewusstsein, aber in ihm war nichts anderes als eine schreckliche, tiefe Leere. Vielleicht beschützte ihn etwas, damit er die Kraft fand, seine Aufgabe zu beenden, aber vielleicht war auch das genaue Gegenteil der Fall. Torben drängte auch diesen Gedanken zurück und trat an den Tisch heran. Die Frau war tot. Ihr Gesicht war von den Schnitten und tiefen Kratzern von der zerborstenen OP-Lampe übersät, aber er glaubte nicht, dass ihr noch Zeit geblieben war, um den Schmerz zu spüren, vielleicht nicht einmal, um wirklich zu begreifen, was mit ihr geschah. Eine verirrte Kugel hatte ihr Herz getroffen und ihr einen schnellen, gnädigen Tod gewährt. Ihre Augen standen noch offen. Torben streckte die Hand aus, zögerte noch einmal, dann schloss er ihre Lider und machte mit dem Daumen das Kreuzzeichen auf ihre Stirn. Er wartete darauf, dass etwas geschah, dass ihn ein Blitz göttlicher Verdammnis traf oder sich der Boden unter ihm auftat, um ihn im Feuer der Hölle zu verschlingen, aber der Himmel schwieg, und wie es aussah, wollte ihn die Hölle nicht haben. Jedenfalls noch nicht.

Er ergriff den Dolch fester und ging um den Tisch herum. Seine Lippen bewegten sich wie im lautlosen Gebet, aber auch seine Gedanken blieben stumm. Die Worte, die ihm ein Leben lang so viel Kraft und Trost gespendet hatten, waren nicht mehr da und sie würden auch nicht wiederkommen. Es gab Türen, die man nur einmal hinter sich schließen konnte, und Wege, die nur in eine Richtung führten. Und er befand sich auf einem solchen Weg. Vielleicht schon länger, als ihm bisher klar gewesen war.

Pjotr öffnete die Tür einen Spaltbreit, sah hinaus und sagte: »Beeilen Sie sich. Wir müssen weg.«

Torben trat mit einem großen Schritt über die Leiche des Arztes hinweg, den Pjotr erschossen hatte, umkreiste den Tisch vollends und blieb wieder stehen. Er begann zu zittern. Seine Lippen hörten auf sich zu bewegen. Vielleicht schlug auch sein Herz in diesem Moment nicht.

Auch die Hebamme war tot. Torben erinnerte sich genau, dass Pjotr sie mit seiner blindlings abgefeuerten Salve nicht getroffen hatte, aber nun hatte sich ein rasch größer werdender hellroter Fleck auf ihrem weißen Kittel gebildet. Das Kind, das sie fünf Sekunden vor Mitternacht auf die Welt geholt hatte, lag auf dem Boden neben ihr. Noch nicht abgenabelt und mit Blut und Mutterpech bedeckt, aber es weinte nicht und es war wach und sah ihn aus großen, beunruhigend wissenden Augen an. Torben wusste, dass Neugeborene nichts sehen konnten. Nicht wirklich. Ihre Welt bestand aus Schatten und verschwommenen Umrissen, aus Gerüchen und Lauten und dem Gefühl des Verlustes jener halbtelepathischen Verbindung zum Mutterleib, aus dem sie so brutal herausgerissen worden waren. Aber das galt vielleicht für alle anderen Kinder. Nicht für dieses.

Das Mädchen sah ihn an. Es blickte nicht einfach nur in seine Richtung. Es sah ihn an und es erkannte ihn, und es wusste, warum er gekommen war!

Er konnte es nicht tun. Es war falsch. Ganz egal, was dieses Kind war, ganz egal, was geschehen würde, wenn es am Leben blieb und heranwuchs: Er hatte nicht das Recht, es zu töten. Kein Mensch hatte das Recht, ein Leben auszulöschen, ganz gleich, was auf dem Spiel stand.

Waren das wirklich seine Gedanken, fragte er sich. War es Gottes Stimme, die er hörte, oder die des Satans, der in seinen Gedanken flüsterte, weil er kurz davor stand, seine Pläne zu durchkreuzen?

»Verdammt noch mal, worauf warten Sie?«, fragte Pjotr ungeduldig. »Wir müssen weg hier!«

Torben ließ sich langsam auf die Knie sinken. Seine Hand umklammerte das Messer so fest, dass es wehtat, und die Blicke des Kindes folgten jeder seiner Bewegungen sehr aufmerksam, aber auch vollkommen ohne Furcht, fast als wisse es genau, dass er ihm nichts zuleide tun konnte. Und das konnte er auch nicht. Er wollte den Arm heben und die heilige Klinge ihrer Jahrtausende alten Bestimmung zuführen, aber seine Muskeln verweigerten ihm den Dienst. In ihm war nichts als Leere, die gleichsam alle Kraft aus seinem Körper zu saugen schien, so dass er nun tatsächlich nicht mehr als eine leere, atmende Hülle war. Er spürte, dass Tränen über sein Gesicht liefen, aber er verstand nicht genau, woher sie kamen, denn er empfand nichts. Und wenn er etwas spürte, so war zwischen ihm und seinen Empfindungen eine Mauer, die sein bewusstes Denken nicht zu durchdringen vermochte.

»Verdammt!«, sagte Pjotr.

»Ich ... kann das nicht«, murmelte Torben stockend. Die vier Wörter kosteten ihn beinahe mehr Kraft, als er aufzubringen imstande war.

Pjotr lachte böse. »Und ich werde es nicht tun«, sagte er. »Tun Sie es oder tun Sie es nicht. Aber ich bin in dreißig Sekunden hier weg. Aber vorher werde ich Sie erschießen. Ich töte keine Kinder.«

Als ob ihn diese Drohung schrecken könnte. Sein Leben war so oder so vorbei. Wenn es eine Hölle gab, dann war er bereits darin. Und er hatte Pjotr auf diese Weise auch nicht auffordern wollen, es für ihn zu tun. Es spielte keine Rolle, wessen Hand das Messer führte. Es wäre so oder so die seine gewesen.

Er streckte die Hand nach dem Gesicht des Kindes aus und berührte seine Stirn. Nur ein Hauch, und vielleicht nicht einmal das. Mit der anderen hob er den Dolch und setzte die Spitze direkt über dem winzigen Herz des Neugeborenen an. Es würde nichts spüren, allenfalls die Andeutung eines Schmerzes, vermutlich nicht einmal das. Sein Leben würde enden, noch bevor es wirklich begonnen hatte, und dieser eine, schmerzlose Tod würde Milliarden und Milliarden anderer Leben retten. Eine ganze Welt voller Leben. Er musste es nicht einmal wirklich tun. Selbst die bewusste Bewegung, dem Kind den Dolch ins Herz zu stoßen, blieb ihm erspart. Es reichte, wenn er sich vorbeugte und das Messer festhielt. Sein Körpergewicht und die Naturgesetze würden den Rest erledigen. Er musste es tun. Er wollte es nicht und er durfte es nicht, aber er musste. Er spürte den anklagenden Blick von Millionen ungeborener Seelen auf sich lasten. Ihre unausgesprochene Frage: Warum hast du uns verdammt? Er hatte keine Wahl. Seine Seele war verloren – so oder so. Aber es stand so unendlich viel auf dem Spiel! Sollte sein Opfer umsonst gewesen sein?

Als er es tun wollte, hörte er ein leises Wimmern. Doch es war nicht das Kind unter ihm. Das Neugeborene sah ihn weiter ruhig und aus diesen beunruhigend klaren Augen an, aber es gab keinen Laut von sich. Doch das Wimmern war da, und es war eindeutig die Stimme eines Kindes!

Torben zog den Dolch zurück, sah sich irritiert und erschrocken um und streckte schließlich die Hand nach der Hebamme aus. Sie war eine große, kräftige Frau und er war fast überrascht, wie schwer es ihm fiel, sie auf die Seite zu rollen.

Unter ihrem Körper lag ein zweites Kind.

Es war vielleicht eine Minute alt, noch nicht abgenabelt und mit Blut und schwarzem Schleim bedeckt, und es hatte die gleichen beunruhigenden Augen wie das Mädchen. Torben fühlte ein eisiges, lähmendes Entsetzen in sich aufsteigen. Es waren zwei Kinder! Zwei!

»Was ist los?«, fragte Pjotr. »Worauf zum Teufel warten Sie …? *Oh, verdammt!*«

Torben starrte abwechselnd und mit immer größer werdendem Entsetzen die beiden Neugeborenen an und plötzlich verstand er die ungläubigen Blicke und den beinahe panischen Ausdruck im Gesicht der Hebamme. Sie hatte gesehen, dass es ein zweites Kind gab. Einen Zwilling, der seinem Geschwister nach wenigen Sekunden gefolgt war. Nach wie vielen Sekunden?, dachte er verzweifelt? Mehr als fünf? Und welches der beiden Kinder war das Erstgeborene? »Großer Gott!«, murmelte er. »Was sollen wir jetzt tun?«

»Das weiß ich nicht«, antwortete Pjotr, der sich aus irgendeinem Grund angesprochen fühlte. »Aber ich weiß, was ich jetzt tue. Der Hubschrauber landet in diesem Augenblick.«

Es gab nichts zu entscheiden. Es gab nicht einmal mehr eine Alternative. »Wir nehmen beide mit«, sagte Torben. »Helfen Sie mir!«

Pjotr rührte sich nicht, aber seine Augen wurden schmal. »Sie haben gesagt, das Erstgeborene … «

»Ich weiß, was ich gesagt habe, verdammt noch mal!«, fiel ihm Torben ins Wort. »Aber es sind zwei. Und die Einzige, die wusste, welches das Erstgeborene war, war sie!« Er deutete aufgebracht auf die Hebamme. »Aber Sie mussten sie ja erschießen. Sie elender Narr! Und jetzt helfen Sie mir gefälligst. Ich brauche eine Schere und etwas zum Abbinden!«

Pjotr starrte ihn noch eine Sekunde lang aus zu Schlitzen zusammengekniffenen Augen an, doch dann steckte er, fast zu Torbens Überraschung, die Waffe ein und trat neben ihn. Torben fühlte sich hilflos. Die Ereignisse hatten ihn einfach überrollt. So schnell und warnungslos, dass er noch nicht einmal wirklich begriffen hatte, was überhaupt geschehen war. Geschweige denn, was er tun sollte. Selbst der rein praktische Teil seines Vorhabens erschien ihm im ersten Moment unlösbar. Pjotr raffte Schere, Verbandszeug und eine Nierenschale zusammen und ließ sich damit neben ihm in die Hocke sinken, aber Torben war einfach nicht fähig, auch nur einen Finger zu rühren. Er war gelähmt. Er sah die verchromte Schale nur an, als handele es sich um ein Artefakt aus einer längst untergegangenen Kultur, über deren Verwendungszweck er nur Mutmaßungen anstellen konnte. Und nicht einmal das. Er konnte sich nicht bewegen, er konnte nicht denken.

Pjotr starrte ihn eine halbe Sekunde lang wütend an, dann fluchte er leise in seiner Muttersprache, stieß ihn grob zur Seite und ließ sich vollends auf die Knie herabsinken. Torben sah mit einem Gefühl wachsender Verblüffung zu, wie der Russe die beiden Säuglinge abnabelte und mit unerwartetem Geschick verband. Keines der beiden Kinder gab auch nur einen Laut von sich. Pjotrs Hände, von denen er geglaubt hatte, dass sie nur töten und Schmerzen zufügen konnten, gingen mit großem Geschick zu Werke. Die beiden Neugeborenen ließen die Prozedur klaglos über sich ergehen, folgten aber jeder Bewegung Pjotrs mit aufmerksamen, sehr wachen Blicken.

Schließlich stand der Russe auf, nahm zwei grüne OP-Tücher aus dem Regal und wickelte die Kinder darin ein, auf eine Weise, die Torben an russische Babypuppen erinnerte. »Jetzt aber raus hier!«, sagte er. »Nehmen Sie die Kinder. Und das hier.« Er bückte sich, nahm Mikails Waffe und hielt sie Torben mit dem Griff voran hin.

Torben starrte die großkalibrige Pistole angeekelt an und machte keine Bewegung, um danach zu greifen, bis Pjotr ungeduldig gestikulierte. Widerwillig nahm er die Waffe und ließ sie in die Jackentasche gleiten. Er konnte spüren, wie ihr Gewicht die Jacke auf der rechten Seite nach unten zog.

Pjotr zerrte ihn unsanft auf die Füße, drückte ihm die beiden Säuglinge in die Arme und versetzte ihm einen Stoß, der ihn quer durch den Raum, die Tür und noch einen Schritt weit auf den Gang hinaus stolpern ließ. Das Krachen und Knattern von draußen wurde lauter. Musikfetzen, Gelächter, allgemeiner Lärm, wieder eine ganze Salve knatternder Böllerschüsse. Das Silvesterfeuerwerk war noch in vollem Gange und Torben begriff zweierlei: Sie waren kaum länger als eine Minute im Kreißsaal gewesen, und die Schüsse und Schreie waren vermutlich gar nicht gehört worden. Hier draußen im Gang war alles ruhig. Zu ruhig.

Torben drehte sich nach links und sah, dass der Krankenpfleger reglos ausgestreckt auf dem Boden unter dem Fenster lag. Er betete, dass er nur bewusstlos war und nicht tot. Auf dem Boden war jedenfalls kein Blut. Und was seine Gebete anging: Sie würden sowieso nicht mehr erhört werden.

Pjotr machte eine unwillige Geste in die andere Richtung, zur Tür hin. Es war eindeutig ein Befehl, den eine unausgesprochene Drohung begleitete. Sie hatten die Rollen getauscht. Pjotr hatte das Kommando übernommen, was in der augenblicklichen Situation eigentlich in Ordnung war, Torben aber trotzdem wütend und bestürzt machte. Er widersprach jedoch nicht, sondern versuchte nur die beiden Kinder auf seinen Armen in eine einigermaßen bequeme Lage zu rücken und ging los.

Lev und Stanislav standen mit dem Rücken zur Glasfront des

Schwesternzimmers und verstellten ihm auf diese Weise größtenteils den Blick. Torben versuchte auch nicht wirklich viel zu erkennen. Er wollte nicht wissen, wie es in dem Zimmer hinter der Glasscheibe aussah. Immerhin registrierte er, dass sich darin nichts mehr rührte.

Die beiden Söldner machten überraschte Gesichter, als sie die Kinder auf Torbens Armen erblickten, sagten aber kein Wort, sondern setzten sich gehorsam in Bewegung, als Pjotr eine entsprechende Geste machte. Die Waffen verschwanden unter ihrer Kleidung und auch der Russe schob die Uzi wieder in seinen Gürtel und schloss den weißen Kittel. Mit der anderen Hand rückte er seine Brille zurecht und fuhr sich mit den gespreizten Fingern als Kammersatz durchs Haar. Die Veränderung war ebenso radikal und verblüffend wie zuvor. Aus dem kaltblütigen Killer wurde wieder die Arztfigur, die Vertrauen und Ruhe verströmte und deren sympathischer Ausstrahlung sich selbst Torben für einen Moment kaum zu entziehen vermochte. Dieses unheimliche Beispiel von Mimikry erschreckte ihn jetzt jedoch ungleich mehr als das erste Mal. Vielleicht, weil er dieses andere Selbst, von dessen Existenz er vorher nur gewusst hatte, nun gesehen hatte.

Als sie durch die Tür traten, erwartete sie eine vollkommen andere Welt. Das Krachen der Silvesterraketen war hier nicht mehr so deutlich zu hören, aber der Flur war voller Menschen, die Sekt aus Plastikbechern tranken, auf das neue Jahr anstießen und lachten: Patienten, Angehörige, die es in dieser Nacht mit den Besucherregelungen nicht so genau nahmen, aber auch Krankenschwestern und Pfleger und der eine oder andere Arzt. Die ausgelassene Stimmung machte auch vor ihnen nicht Halt. Noch bevor sich Lev und Stanislav auch nur dagegen wehren konnten, sahen sie sich von einem halben Dutzend größtenteils junger Männer und Frauen umringt, die sie einfach vereinnahmten und ihnen Plastikbecher mit Sekt in die Hände drückten. Pjotr und ihm erging es kaum besser. Torben hatte keine Hand frei, um nach einem der Becher zu greifen, die ihm hingehalten wurden, aber das Gefühl der Erleichterung, das aus dieser Erkenntnis resultierte, währte nur eine Sekunde. Genau so lange nämlich, wie er brauchte, um sich wieder daran zu erinnern, dass er hier auf der Wöchnerinnenstation war. Wo es nichts Interessanteres gab als neugeborene Kinder – und er trug gleich zwei dieser Objekte der allgemeinen Begierde auf den Armen. Der rettende Aufzug war keine zwanzig Schritte entfernt, aber Torben hatte nicht einmal einen Bruchteil dieser Strecke zurückgelegt, als er auch schon hoffnungslos in einer regelrechten Menschentraube eingekeilt war; größtenteils junge Frauen, die alle unbedingt einen Blick auf die beiden winzigen Gesichtchen in den grünen Tüchern werfen wollten.

»Aber die sind ja allerliebst!«, ereiferte sich eine junge Frau, die Torben kurzerhand in den Weg getreten war. Zu sagen, dass sie schwanger aussah, wäre eine Untertreibung gewesen. Sie sah aus, als würde sie jeden Moment platzen. »O Gott, ich kann nur hoffen, dass ich auch zwei so wunderschöne Babys bekomme.« Sie strich sich Bewunderung heischend mit der flachen Hand über den Bauch. Ihre Augen leuchteten. »Ich erwarte auch Zwillinge, wissen Sie? Ich hatte gehofft, sie kämen heute, aber wie es aussieht, habe ich das Rennen verloren.« Sie seufzte. »Nun ja, wenigstens bin ich eine gute Verliererin. Herzlichen Glückwunsch.« Und du wirst nie erfahren, was für ein Glück du hattest, dachte Torben. Er suchte verzweifelt nach einer Möglichkeit weiterzugehen, ohne unhöflich zu sein und dadurch Aufsehen zu erregen. »Aber jetzt macht es mir wirklich nichts mehr aus«, fuhr die junge Frau fort. »Es ist nicht schlimm, geschlagen zu werden, wenn auf dem ersten Platz zwei so wunderschöne kleine Engel liegen.«

Engel? Torben verspürte ein kurzes, eisiges Frösteln. O ja, eines von ihnen ist ganz zweifellos einer und das andere ist das genaue Gegenteil. Und nur Gott allein weiß, wer wer ist, und vielleicht nicht einmal er.

»Tun Sie etwas«, raunte Pjotrs Stimme an seinem Ohr, »oder ich werde etwas tun!«

»Bitte entschuldigen Sie mich jetzt«, sagte Torben laut. »Meine Schwiegermutter wartet unten in der Halle auf mich. Auf uns. Sie brennt darauf, die beiden Kleinen zu sehen.«

Schon während er die Worte aussprach, wurde ihm klar, wie dumm diese Ausrede war. Er kannte sich im Gesundheitswesen dieses Landes nicht besonders gut aus, aber es war garantiert auch hier nicht üblich, Neugeborene direkt aus dem Kreißsaal zu holen, um sie der stolzen Großmutter zu zeigen, die irgendwo wartete. Aber dumm oder nicht, die Worte taten ihren Dienst. Er konnte weitergehen und steuerte mit schnellen Schritten den Aufzug an und Pjotr folgte ihm. Von den beiden Brüdern war schon nichts mehr zu sehen. Torben nahm an, dass sie die Treppe genommen hatten, um auf das Dach hinaufzukommen, das nur eine Etage über ihnen lag. Ihnen wurde noch zwei oder drei Mal zugeprostet, aber sie erreichten den Lift, ohne noch einmal angehalten zu werden, und traten in die Kabine. Als sich die Türen jedoch schließen wollten, huschte noch eine weitere Person zu ihnen herein. Ein grauhaariger, sehr schlanker Mann mit einem Namensschildchen am Revers seines weißen Kittels, das ihn als Dr. Masewski auswies. Torben fuhr fast, aber eben nur fast, unmerklich zusammen. Sie waren aufgeflogen. Mit seiner dummen Ausrede hatte er die Aufmerksamkeit des Arztes wahrscheinlich erst geweckt.

Pjotr streckte ruhig die Hand aus, drückte den Knopf für das Dach und trat mit der gleichen Bewegung unauffällig hinter den Arzt. Masewski registrierte es nicht einmal. Er hielt ein Champagnerglas in der Linken, an dem er bisher allerdings nur genippt zu haben schien, und hatte, wie die Schwangere gerade, nur Augen für die beiden Babys. Er sah nicht einmal Torben an. »Das sind also unsere beiden Neujahrsbabys«, sagte er lächelnd. »Eigentlich dürfte ich das ja nicht erlauben, aber weil heute Silvester ist, will ich mal nicht so sein.«

Er nippte an seinem Glas, sah nun doch hoch und lächelte. Dann wurde aus diesem Lächeln etwas … anderes.

»Moment mal«, murmelte er. »Wer sind Sie? Was geht hier vor? Sie sind nicht … «

Pjotr brach ihm das Genick.

Es ging unglaublich schnell. Torben sah die Bewegung kaum und der Arzt spürte vermutlich nicht einmal mehr den Schmerz, als seine Wirbelsäule mit einem trockenen Knacken brach. Lautlos sank er in den Armen des Russen zusammen, und Pjotr brachte sogar noch das Kunststück fertig, das Champagnerglas aufzufangen, ehe es zu Boden fallen und zerbrechen konnte.

»Warum haben Sie das getan?«, murmelte Torben. Er war nicht sicher, ob er die Worte wirklich laut aussprach oder nur dachte, und die Antwort interessierte ihn auch nicht wirklich. Er konnte keinen Schrecken mehr empfinden, kein Entsetzen, eigentlich gar nichts mehr. Es war, als wäre er ausgebrannt, hätte in wenigen Augenblicken das ganze Maß an Entsetzen und Furcht und Angst ertragen müssen, für das die gesamte Lebensspanne eines Menschen gedacht war, so dass er nun gar nichts mehr spüren konnte. Er fragte sich nur, wie ihm die Ereignisse derartig aus den Fingern hatten gleiten können. Sein Plan war nicht nur nicht aufgegangen; er war auf die schlimmstmögliche Weise gescheitert.

Der Lift hielt an. Torben trat, ohne eine Antwort von Pjotr bekommen zu haben, aus der Kabine und fand sich in einem kahlen Treppenhaus aus unverkleidetem Beton wieder. Es gab nur eine einzige weitere Tür, die aus geriffeltem Drahtglas bestand, in dem ab und zu verschwommene Farben aufglommen. Es war sehr kalt. Pjotr benutzte den Oberkörper des toten Arztes, um die Aufzugtüren zu blockieren, dann ging er wortlos an Torben vorbei und stieß die Glastür zum Dach auf. Ein brutal kalter Wind fuhr herein und aus den verwaschenen Farben im Glas wurde das farbenfrohe Spektakel des Feuerwerkes, das noch immer über der Stadt abgebrannt wurde.

Als sie auf das Dach hinaustraten, stellte Torben beiläufig fest, dass die Tür gewaltsam aufgebrochen worden war und die beiden anderen Söldner bereits auf sie warteten. Lev stand direkt neben der Tür. Er hatte den weißen Kittel ausgezogen und hielt nun die gleiche Art von israelischer Maschinenpistole in beiden Händen, mit der auch Pjotr bewaffnet war. Sein Bruder war zur anderen Seite des Daches gegangen und blickte in den Himmel hinauf. Es sah aus, als beobachte er das Feuerwerk, aber natürlich hielt er nach dem Hubschrauber Ausschau. Er hätte längst hier sein müssen.

Torben sah umständlich auf die Armbanduhr und runzelte dann überrascht die Stirn. Seit sie in den Kreißsaal eingedrungen waren, waren noch nicht einmal fünf Minuten vergangen. Der Hubschrauber war überfällig, aber erst seit wenigen Sekunden, nicht seit einer Stunde, wie ihm sein vollkommen zusammengebrochenes Zeitgefühl vorgaukeln wollte. Dennoch – er war überfällig. Selbst jetzt, da aus ihrem so sorgfältig ausgeklügelten Plan ein vollkommenes Fiasko geworden war, erschreckte ihn diese weitere Verzögerung über die Maßen. Vielleicht wollte etwas sie hier festhalten. Vielleicht sollten sie dieses Dach nicht verlassen.

Eines der beiden Kinder gab einen meckernden Laut von sich; kein Weinen, sondern eher eine Beschwerde. Es war bitter kalt auf dem Dach. Die Temperaturen waren weit unter dem Gefrierpunkt, und die dünnen Tücher boten so gut wie keinen Schutz vor der Kälte und dem schneidenden Wind. Torben drehte sich so herum, dass die beiden Säuglinge durch seinen eigenen Körper wenigstens notdürftig vor dem Wind geschützt wurden, aber er wusste, wie wenig es nutzen konnte. Sein Blick tastete abwechselnd über die Gesichter der beiden Neugeborenen. Es war ihm unmöglich zu sagen, welches Kind welches war. Obgleich unterschiedlichen Geschlechts, waren sie sich so ähnlich wie das sprichwörtliche Ei dem anderen. Eineiige Zwillinge mit unterschiedlichem Geschlecht. Er wusste nicht einmal, ob das möglich war. Aber welche Rolle spielte das schon bei diesen Kindern? Und noch etwas: Sie waren wunderschön! Torben war alles andere als ein Kindernarr. Anderenfalls hätte man ihn kaum für diese Aufgabe ausgewählt, aber er konnte die Begeisterung der jungen Frau auf der Wöchnerinnenstation plötzlich verstehen. Ihre Gesichter waren glatt und rosig, nicht verschrumpelt und zerknittert, wie es die wenige Minuten alter Säuglinge normalerweise waren, und ihre Augen waren klar und von einem fast furchteinflößenden Wissen erfüllt. Was haben wir diesen Kindern angetan?, dachte Torben schaudernd. Sie waren seit wenig mehr als fünf Minuten auf der Welt und sie hatten bereits das Schlimmste erlebt, was Menschen einander antun konnten.

Er hörte Schritte, sah hoch und wurde mit einem höchst ungewöhnlichen Anblick belohnt: Pjotr schlenderte auf ihn zu. Er hielt die Maschinenpistole in der rechten und ein klobiges Walkie-Talkie mit einer kurzen Gummiantenne in der linken Hand, und sein Gesicht sah ausnahmsweise einmal nicht aus wie eine Latexmaske, sondern zeigte ein breites Grinsen. »Steht Ihnen gut«, sagte er. »Für einen Mann, der hergekommen ist, um ein Kind zu töten, geben Sie einen hervorragenden Vater ab, finde ich.«

»Halten Sie den Mund«, antwortete Torben müde. »Sie wissen ja nicht, was Sie getan haben.«

»So, weiß ich nicht?«, fragte Pjotr. »Warum erklären Sie es mir dann nicht?«

Und für einen winzigen Moment wollte Torben es sogar. Er wollte nichts mehr, als diesem gewissenlosen Mörder die Wahrheit ins Gesicht zu schreien, damit Pjotr begriff, was er getan hatte, welchen unermesslichen Schaden er angerichtet hatte. Doch wozu? Pjotr würde ihm nicht glauben. Er konnte es nicht. Und selbst wenn, wäre es ihm vermutlich egal. »Weil es Sie nichts angeht«, sagte er grob.

Das Lächeln auf Pjotrs Gesicht wurde wieder zu der gewohnten undurchdringlichen Maske. Es blieb, aber es war jetzt falsch. »Und wenn ich anderer Meinung wäre?«

»Dann ist das allein Ihr Problem«, sagte Torben, so kalt, wie es ihm möglich war. »Ich bezahle Ihnen viel Geld dafür, dass Sie mich begleiten und dafür sorgen, dass ich unbehelligt an mein Ziel komme. Ich bezahle Sie nicht dafür, Fragen zu stellen.«

Pjotr nickte. Er wirkte ein bisschen nachdenklich. Langsam drehte er den Kopf, sah eine Sekunde lang nach rechts, dann eine weitere Sekunde nach links und nickte noch einmal. Etwas an dieser Bewegung beunruhigte Torben. »Ich habe gerade mit dem Hubschrauberpiloten gesprochen«, sagte der Russe. »Er wird in einer Minute hier sein. Wir müssten ihn schon fast hören können. Und Sie haben natürlich Recht. Sie bezahlen mir sehr viel Geld. Fast schon zu viel.« Er drehte sich gemächlich nach rechts, hob die Maschinenpistole und schoss Lev eine einzelne Kugel in die Stirn. Noch während der Söldner zusammenbrach, drehte er sich ohne Hast herum, schaltete seine Waffe auf Dauerfeuer und gab eine zwei- oder dreisekündige Salve ab, und Stanislaw warf die Arme in die Höhe, drehte sich in einer komplizierten Pirouette halb um seine Achse und kippte dann lautlos über das Dach in die Tiefe.

Torben riss entsetzt die Augen auf. »Warum … haben Sie das getan?«, keuchte er.

Der Söldner drehte sich wieder zu ihm herum und schwenkte seine Waffe dabei wie zufällig in Torbens Richtung. »Ich bin ein ehrlicher Geschäftsmann«, sagte Pjotr. »Sie haben viel Geld bezahlt. Also haben Sie auch Anspruch auf eine angemessene Gegenleistung. Ich bleibe ungern jemandem etwas schuldig.«

Torben starrte ihn an. Er verstand nicht, was Pjotr meinte, und er war unfähig, zu antworten oder auch nur einen klaren Gedanken zu fassen. Aber er wusste nun, was er stets in Pjotrs Gegenwart gespürt hatte und was er noch immer spürte. Gewalt und Tod waren auch ein Teil von Mikails und den Leben der beiden Brüder gewesen, und bis zu einem gewissen Punkt auch seines eigenen. Aber mit Pjotr war es anders. Plötzlich war ihm klar, dass er in der Nähe des Russen nicht nur einfach den Tod gespürt hatte, sondern seinen eigenen Tod. Pjotr würde ihn umbringen, so einfach war das. Seltsam – er war fast erleichtert.

»Wie gesagt: Sie waren sehr großzügig«, fuhr Pjotr fort, als er begriff, dass er keine Antwort bekommen würde. »Eindeutig zu großzügig. Das war ein Fehler.«

»Wieso?«

»Sie haben nicht viel Erfahrung im Umgang mit Leuten wie uns, nicht wahr?«, fragte Pjotr und beantwortete seine Frage gleich selbst, indem er den Kopf schüttelte. »Aber ich dafür mit Leuten wie Ihnen. Sie planen etwas. Etwas, das nicht legal ist und vor dem Sie selbst Angst haben. Also suchen Sie sich jemanden, der die Drecksarbeit für Sie erledigt und dabei nicht allzu viele Fragen stellt. Jemanden wie mich.«

»Worauf wollen Sie hinaus?«, fragte Torben.

»Es gibt auch in unserem Gewerbe Regeln«, erwiderte Pjotr.

»Und es gehört zu diesen Regeln, Ihre Kameraden umzubringen?«, fragte Torben. Er wartete darauf, dass die Angst kam, aber er spürte sie immer noch nicht.

»Sie haben zu viel bezahlt«, sagte Pjotr. »Es gibt so etwas wie Tarife, wissen Sie? Selbst in unserem Gewerbe.«

»Und was ist das Leben eines Säuglings wert?«, fragte Torben bitter. Warum tötete Pjotr ihn nicht einfach? Er wünschte sich so sehr, dass es vorbei wäre.

»Ein Bruchteil dessen, was Sie mir und den anderen angeboten haben«, antwortete Pjotr. »Anfangs dachten wir nur, Sie wären einfach dumm oder verrückt. Ein reicher Spinner, der eine Menge Geld für einen leichten Job bezahlt.«

»Vielleicht bin ich das ja«, sagte Torben.

»Aber dann wurde ich nachdenklich«, fuhr der Russe unbeeindruckt fort. »Sie haben mich bezahlt, damit ich dabei zusehe, wie Sie ein Kind töten. Aber statt es zu tun, finden Sie ein zweites Kind und entschließen sich, beide mitzunehmen. Das ist seltsam.«

In das immer noch anhaltende Geräusch des Feuerwerks hatte sich ein neuer Laut gemischt; ein dumpfes Wummern, fast unterhalb der Hörgrenze, das allmählich näher kam. Torben sah hoch und erblickte einen winzigen Lichtpunkt, der nicht zum Feuerwerk gehörte, sich aber trotzdem bewegte und dabei dem Dach näherte. Der Hubschrauber. »Das geht Sie nichts an«, sagte er.

Pjotr schüttelte den Kopf, senkte seine Waffe und schoss Torben ins Knie. Es tat nicht weh. Torben spürte nur einen harten Schlag, dann knickte sein Bein unter ihm weg und er fiel schwer zu Boden. Irgendwie gelang es ihm, sich so zu drehen, dass er die Kinder nicht unter sich begrub, sondern sie mit seinem Körper vor dem Aufprall schützte, aber zu mehr reichte es nicht. Die beiden lebenden Bündel entglitten seinen Armen und rollten ein Stück weit davon, seltsamerweise gaben sie nicht den mindesten Laut von sich.

»Falsche Antwort«, sagte Pjotr.

Das Hubschraubergeräusch war näher gekommen. Torben schätzte, dass die Maschine in zwanzig oder höchstens dreißig Sekunden landen würde. Spätestens in diesem Moment würde Pjotr ihn erschießen.

»Ich werde Ihnen sagen, wie ich die Sache sehe«, fuhr Pjotr fort. »An diesen Kindern ist etwas Besonderes. Etwas ungeheuer Wichtiges. Ich weiß nicht, was, und um ehrlich zu sein, kann ich es mir nicht einmal vorstellen, aber sie müssen verdammt wertvoll sein.«

Wertvoller, als er sich auch nur vorstellen konnte, selbst jetzt. Torben sagte nichts, und wozu auch? Nichts, was er nun noch hätte sagen oder tun können, würde noch irgendetwas ändern. Er lag da und wartete auf den Tod. Sehnte ihn herbei wie niemals etwas zuvor.

»Sie werden mir verraten, was es ist«, fuhr Pjotr fort.

»Warum sollte ich das?«, murmelte Torben. »Sie bringen mich doch so oder so um.«

»Nur wenn ich muss«, behauptete Pjotr. »Ich will ganz ehrlich sein: Ich würde Sie nur ungern töten. Es ist viel einfacher, wenn ich Sie am Leben lasse.« Er deutete in die Richtung, aus der das lauter werdende Rotorengeräusch kam. »Es ist leichter, wenn Sie Ihren Freunden sagen, was geschehen ist und was ich möchte. Ich werde die Kinder mitnehmen.«

»Sie sind völlig wertlos für Sie«, murmelte Torben.

»Das mag sein«, antwortete Pjotr ruhig. »Aber nicht für *Sie*.«

»Sie … Narr«, sagte Torben leise. Er lauschte in sich hinein. Sein Knie war immer noch taub, er spürte nicht den geringsten Schmerz, aber er konnte fühlen, wie stark er blutete. Und da war etwas wie ein unangenehmes Kribbeln, das sich von seinem Knie ausgehend langsam in seinem Körper auszubreiten begann. »Sie haben ja keine Ahnung, worauf Sie sich einlassen. Mit wem Sie es zu tun haben. Diese Kinder sind … *gefährlich*.«

»Gefahr ist mein Beruf«, sagte Pjotr leichthin. »Also?«

Er spürte nun doch einen leichten Schmerz. Wenn auch nicht im Knie, aber nun in seiner rechten Hüfte, auf die er gefallen war. Er trug etwas Hartes in der Jackentasche, das auf seinen Knochen drückte.

»Ich könnte Ihnen jetzt auch noch das andere Knie zerschießen«, sagte Pjotr gelassen. »Aber ich werde es nicht tun. Ich werde Sie töten und die Kinder mitnehmen, oder Sie sagen mir, was ich wissen will, und ich lasse Sie am Leben. So haben Sie wenigstens die Chance, sie zurückzuholen.«

Torbens Blick fiel auf das winzige Bündel, das zwei oder drei Meter entfernt auf dem Dach lag. Ein weniger als handflächengroßes, blasses Gesichtchen sah ihm daraus entgegen. Winzige, wissende Augen, die direkt auf den Grund seiner Seele blickten. Der Schmerz in seiner Hüfte schien für einen Moment stärker zu werden und dann erinnerte er sich auch, was dort auf seinen Knochen drückte: Es war die Waffe, die er im Kreißsaal eingesteckt hatte. Mühsam wälzte er sich auf den Rücken, um Pjotr anzusehen. Seine rechte Hand bewegte sich wie zufällig zu seiner Jackentasche und hielt einen Moment davor inne. Trotzdem natürlich nicht unauffällig genug. Pjotr entging die Bewegung nicht und er musste wissen, was in Torbens Tasche war. Aber er zeigte sich kein bisschen beunruhigt. Ganz im Gegenteil schien er sogar wieder zu lächeln. »Was wollen Sie?«, fragte Torben. »Geld?«

»Was sonst?«, fragte Pjotr.

»Geld?«, fragte Torben noch einmal ungläubig. »Sie … Sie unglaublicher Narr! Sie haben ja keine Ahnung, was auf dem Spiel steht!«

»Es geht immer nur um Geld«, behauptete Pjotr achselzuckend. Er schwenkte die Uzi herum und richtete sie nun auf Torbens Gesicht. »Also?«

Statt zu antworten, zog Torben die Waffe aus der Jackentasche und zielte damit auf den Russen. Er war fest davon überzeugt, dass Pjotr ihn erschießen würde, noch bevor er die Bewegung auch nur halb zu Ende gebracht hatte, aber der Söldner verzog nur geringschätzig die Lippen.

»Sie müssen sie entsichern«, sagte er. »Der kleine Hebel an der Seite. Sie müssen ihn nach oben schieben, sonst funktioniert das Ding nicht.«

Der Helikopter war jetzt so laut geworden, dass es nur noch Sekunden dauern konnte, bis die Maschine auf dem Dach aufsetzte. Torben schob den Sicherungshebel nach oben und Pjotr erschoss ihn immer noch nicht.

»Jetzt haben wir ein Problem, nicht wahr?«, fragte der Russe ruhig. »Entweder erschießen Sie mich oder ich Sie. Haben Sie den Mut abzudrücken? Es ist gar nicht so leicht, wie die meisten sich das vorstellen. Und aus dieser Entfernung auch eine ziemliche Schweinerei.«

»Warum tun Sie das?«, fragte Torben. »Das ... das ist doch Wahnsinn!«

»Vielleicht will ich herausfinden, was Ihnen diese Kinder wert sind«, antwortete Pjotr. »Sie können sich nicht damit herausreden, dass Sie ihr Leben verteidigen müssen. Ich werde ihnen nichts tun. Ich liebe Kinder, wissen Sie? Ich würde ihnen kein Haar krümmen. Aber ich werde sie mitnehmen.« Er legte den Zeigefinger um den Abzug seiner Waffe. »Sind Sie bereit, für sie zu töten? Einer von uns wird schießen, wenn der Hubschrauber aufsetzt. Ich überlasse Ihnen die Entscheidung, wer es ist.«

»Sie sind wahnsinnig«, flüsterte Torben. »Völlig wahnsinnig!«

»Nein«, antwortete Pjotr. »Ich bin ein Verbrecher. Sagen Sie nicht, das hätten Sie nicht gewusst.«

Das Dröhnen der Helikoptermotoren hatte mittlerweile eine Lautstärke erreicht, die Pjotrs Worte fast verschluckte. Noch wenige Sekunden. Was sollte er tun? Was sollte er nur tun? Gib mir ein Zeichen, Herr, flehte Torben in Gedanken. Bitte, Gott, zeig mir, was ich tun soll! Aber der Himmel schwieg.

Die Sekunden dehnten sich zu Ewigkeiten, aber schließlich wuchs das Rotorengeräusch zu einem ohrenbetäubenden Dröhnen an und ein gelb und weiß lackierter Rettungshelikopter setzte keine zwanzig Meter entfernt von ihnen auf dem Dach auf.

Ein einzelner Schuss peitschte durch die Nacht.

1

Das Firmament hatte Feuer gefangen und der Himmel hatte alle seine Schleusen geöffnet und probte für eine neue Sintflut. Beides war seit Wochen nichts Besonderes und beides stimmte nicht wirklich, aber es kam der Wahrheit immerhin nahe genug, um unerschöpflichen Stoff für Schlagzeilen und aus dem Boden gestampfte pseudowissenschaftliche Sendungen im Privatfernsehen herzugeben, und beides interessierte Rachel im Moment nicht die Bohne. Alles, was sie im Augenblick wirklich interessierte, war die Frage, wie zum Teufel sie die knapp anderthalb Kilometer nach Hause zurücklegen sollte, ohne dabei bis auf die Knochen durchnässt zu werden und sich höchstwahrscheinlich die schlimmste Erkältung ihres Lebens einzuhandeln.

Rachel belegte sich in Gedanken mit einer ganzen Anzahl ebenso fantasievoller wie wenig damenhafter Bezeichnungen, zog fröstelnd die Schultern zusammen und versuchte einen Blick in den Himmel hinauf zu werfen, nach Möglichkeit, ohne dass ihr der Regen dabei wie eine eiskalte, nasse Hand ins Gesicht klatschte. Es funktionierte nicht. Das Wartehäuschen war nach dem gleichen universellen Gesetz erbaut, nach dem sämtliche Bushaltestellen auf der ganzen Welt errichtet wurden, und das besagte, dass die offene Seite immer dem Wind zugewandt war, ganz egal, aus welcher Richtung er gerade kam. Und das prächtige Farbenspiel, mit dem der Himmel die Menschen wenigstens zum Teil für den seit drei Wochen anhaltenden Dauerregen entschädigen sollte, verbarg sich hinter tief hängenden, fast schwarzen Wolken. Es war bitter kalt. Das sollte es nicht sein. Die großen Ferien hatten vor einer Woche begonnen. Es war Hochsommer. Die Leute waren bereits im Urlaub oder heftig mit Kofferpacken und anderen Urlaubsvorbereitungen beschäftigt, und auch wenn es erst halb sieben Uhr morgens war – sie sollte nicht in Kostüm und Trenchcoat an einer Bushaltestelle stehen und vor Kälte mit den Zähnen klappern.

Ein Wagen fuhr vorüber und Rachel unterbrach ihren Gedankenfluss für einen Moment, um ihn zu begutachten. Möglicherweise war es ja jemand, den sie kannte und der sich ihrer erbarmen und sie nach Hause fahren würde. Vielleicht auch jemand, der sie nicht kannte und der sich ihrer trotzdem erbarmte.

Statt jedoch abzubremsen, wurde der Wagen wieder schneller und Rachel trat mit einer raschen Bewegung in den zweifelhaften Schutz des Wartehäuschens zurück, um nicht zusätzlich von der hochgewirbelten Wasserfontäne durchnässt zu werden. Sie verbrachte weitere zehn Sekunden damit, die ausgestorben daliegende Straße beiderseits der Bushaltestelle vergeblich nach einem Anzeichen von Leben abzusuchen, gab dann ein leises, resigniertes Seufzen von sich und nahm mit der rechten Hand ihren Koffer auf. Mit der anderen schlug sie den Kragen des Trenchcoats hoch und trat mit einem entschlossenen Schritt in den Regen hinaus. Es nutzte ihr nichts, mit dem Schicksal zu hadern und sich selbst Leid zu tun. Der Regen würde für die nächsten achtundvierzig Jahre oder so wahrscheinlich nicht mehr aufhören und mit Bekannten war es irgendwie wie mit dieser Bushaltestelle: Sie ließen einen immer im Stich, wenn man sie wirklich brauchte. Und anderthalb Kilometer waren schließlich auch nicht so weit.

Nicht an einem strahlend schönen Spätsommernachmittag, wenn man einen Waldspaziergang machte, am besten noch nach einem guten Essen und in angenehmer Gesellschaft. Nach einer mehr oder weniger durchwachten Nacht in einem überfüllten Bummelzug bei strömendem Regen und allerhöchstens zehn Grad und mit einem zwanzig Pfund schweren Koffer an der Hand, dehnten sie sich zu einer Ewigkeit. Rachel bereute ihren Entschluss schon nach dem ersten Dutzend Schritten, aber nun war sie einmal unterwegs und sie wäre nicht sie gewesen, hätte sie auf die Stimme der Vernunft gehört und kehrtgemacht. Einmal ganz davon abgesehen, dass es wenig Sinn gehabt hätte. Der Koffer musste sich binnen Sekunden voller Wasser gesogen haben und wog nun ungefähr achtzig statt zwanzig Pfund, und es wurde mit jeder Sekunde kälter. Sie wechselte ihn von der rechten in die linke Hand, ohne dass es viel nutzte, biss die Zähne zusammen und versuchte ihre Schritte zu beschleunigen. Schon mit dem zweiten oder dritten trat sie in eine Pfütze und eiskaltes Wasser lief ihr in die Schuhe und jagte ihr einen zusätzlichen kalten Schauer über den Rücken. Das hatte sie jetzt davon, dass sie vernünftig gewesen war!

Sie war vielleicht hundertfünfzig Schritte weit gegangen, nicht einmal ein Zehntel der Strecke, die sie sich vorgenommen hatte, als sie hinter sich ein Motorengeräusch hörte. Rachel blieb nicht stehen, ging aber ein wenig langsamer und warf einen Blick über die Schulter zurück. Ein Wagen näherte sich, fast im Schritttempo, und Rachel war zwar nicht völlig, aber doch ziemlich sicher, dass es sich um denselben nicht mehr ganz neuen hellblauen Opel handelte, der gerade an ihr vorbeigefahren war. Hatte er gewendet? Der kleine Wagen kam näher, machte einen leichten Schlenker und kam so dicht neben ihr zum Stehen, dass die Reifen am Bordstein quietschten. Durch die regennassen Scheiben hindurch konnte sie sehen, wie sich der Fahrer über den leeren Sitz neben sich beugte und mit mehr Mühe als Geschick oder Schnelligkeit das Fenster auf der Beifahrerseite herunterkurbelte. Ein leicht übernächtigt wirkendes, aber durchaus sympathisches Gesicht sah durch einen doppelt handbreiten Spalt zu ihr hoch.

»Kann ich Sie ein Stück mitnehmen?«

Kälte und strömender Regen beantworteten seine Frage mit einem eindeutigen Ja, aber es verging trotzdem eine gute Sekunde – eine sehr lange Zeit, wenn man frierend im Regen stand und einen Fußmarsch in der Größenordnung Hamburg–Peking vor sich hatte –, bevor sie antwortete, und in dieser einen Sekunde entstanden mindestens zwei Dutzend Szenarien vor ihrem geistigen Auge, was alles passieren konnte, wenn sie jetzt in diesen Wagen einstieg. Und nicht eines davon war angenehm. Blödsinn! Rachel rief sich in Gedanken zur Ordnung und nickte. Der Fahrer war keinen Tag älter als sie und schien nicht besonders gut in Form, er war zwar mindestens zwanzig Kilo schwerer als sie, aber ganz bestimmt kein potenzieller Vergewaltiger und mit einiger Wahrscheinlichkeit auch kein CIA-Agent, der aus unerfindlichen Gründen auf sie angesetzt worden war. Und vermutlich auch kein Außerirdischer, den man über sechzig Millionen Lichtjahre hinweg hierher geschickt hatte, um ihr Erbgut zu stehlen, mittels dessen seine Rasse vor dem Aussterben bewahrt werden sollte. Er war nichts anderes als einfach nur hilfsbereit. Ein Autofahrer, der früh morgens an einer Bushaltestelle vorbeifuhr und eine einsame Frau im strömenden Regen stehen sah und beschlossen hatte, fünf Minuten seiner Lebenszeit und einen Fingerhut voller Sprit zu opfern, um einfach nur nett zu sein. Sie sollte sich schämen, ihm unlautere Absichten zu unterstellen!

Sie öffnete die Tür, wuchtete mit einiger Mühe den Koffer in den Fußraum des Wagens und schaffte es mit deutlich mehr Mühe sogar, auf den Beifahrersitz zu klettern und ihre Beine irgendwie in den Wagen zu bekommen. »Vielen Dank«, sagte sie. »Ich dachte schon, ich wäre der letzte Mensch auf der Welt.«

»Das wahrscheinlich nicht«, antwortete er, »aber wahrscheinlich der Einzige, der bei diesem Wetter aus dem Haus geht.«

Rachel zog die Tür hinter sich zu, überlegte eine halbe Sekunde, den Sicherheitsgurt anzulegen, und entschied sich dann dagegen. In der verdrehten Haltung, in der sie auf dem Beifahrersitz saß und sich den Platz mit dem Koffer vor ihren Knien teilte, hätte sie wahrscheinlich länger dazu gebraucht, als der gesamte Weg dauerte. Allerdings fuhr ihr Lebensretter noch nicht los, sondern sah sie nur erwartungsvoll an. Sie spürte seinen Blick, bevor sie den Kopf drehte und ihn ansah. »Es ist wirklich nett, dass Sie angehalten haben.« Sie kam sich ein bisschen unbeholfen bei diesen Worten vor, und das vermutlich zu Recht. Der junge Mann hinter dem Steuer sah sie auch jetzt nur wortlos an, auf eine Weise, die sie nicht deuten konnte, und wozu auch? Sie hatten sich vor einem Augenblick kennen gelernt, und ihre Wege würden sich in einem weiteren Augenblick wieder trennen. Es lohnte sich nicht einmal, sich sein Gesicht einzuprägen. Dennoch kam sie nicht umhin, sich in ihrer ersten, flüchtigen Einschätzung bestätigt zu sehen. Ihr Gegenüber war etwa in ihrem Alter, musste etwa so groß sein wie sie und hätte vermutlich gut ausgesehen, hätte er zehn Kilo mehr gewogen und einen etwas gesünderen Eindruck gemacht. Er war sehr blass. Sein kurz geschnittenes, schwarzes Haar war stumpf und sah irgendwie ungepflegt aus, obwohl es tadellos frisiert war, und er machte den Eindruck, als habe er in den letzten zwei Wochen keine Nacht mehr als drei oder vier Stunden geschlafen.

»Ich habe schon als kleiner Junge davon geträumt, ein Ritter auf einem weißen Pferd zu sein, der eine wunderschöne Jungfrau vor einem Drachen rettet.« Ein Schulterzucken und ein verlegenes Lächeln.

»Zugegeben: Es ist nur ein alter Opel und statt des Drachens kann ich nur mit einem Platzregen aufwarten, aber es ist ein Anfang, oder?«

Also doch, dachte Rachel mit einem vagen Gefühl von Enttäuschung. Sie wusste selbst nicht, was sie erwartet hatte, am liebsten wäre ihr nichts gewesen, aber das war so ziemlich die unbeholfenste und dümmste Anmache, die sie sich vorstellen konnte. Sie tat das Einzige, was ihr vernünftig erschien, und ignorierte seine Worte kurzerhand. »Worauf warten wir?«, fragte sie, als er auch nach einigen weiteren Sekunden noch keinen Finger rührte, um loszufahren, sondern sie nur weiter erwartungsvoll anblickte.

»Es wäre hilfreich, wenn Sie mir sagen könnten, wohin«, antwortete er.

Rachel hoffte, dass sie nur in Gedanken die Augen verdrehte, aber sie war ganz und gar nicht sicher. Anscheinend hatte er diesen Dialog in einem Roman gelesen oder in irgendeinem Hollywoodspielfilm gehört; in beiden mochte er sich ganz gut machen, aber aus seinem Mund klangen die Worte einfach nur unbeholfen, schmeichelhaft ausgedrückt. »Einfach geradeaus.« Rachel deutete durch die stiebenden Miniaturkatarakte auf der Windschutzscheibe nach vorne. »An der Ampel dann links. Es ist nicht weit.« Wenn er jetzt ein bedauerndes Gesicht macht und »Schade« sagt, dachte sie, steige ich aus und gehe zu Fuß weiter.

»Schade«, sagte ihr Helfer, aber er legte auch den Gang ein und fuhr so schnell los, dass sie keine Gelegenheit bekam, irgendetwas wirklich Dummes zu tun.

Die Ampel sprang von Grün auf Gelb, als sie noch fünfundzwanzig Meter davon entfernt waren, aber der junge Mann hinter dem Steuer bremste nicht etwa ab, sondern gab im Gegenteil plötzlich Gas, so dass der Wagen einen kleinen Satz machte und in einer hochspritzenden Wasserfontäne nach links abbog. Genau in dem Moment, in dem das Lichtsignal endgültig auf Rot umsprang. Rachel presste die Lippen aufeinander, um keine entsprechende Bemerkung zu machen. Sie versuchte sich in Gedanken zu beruhigen. Es war Sonntag, noch nicht einmal sieben Uhr, und die nächste Polizeiwache war in der Stadt, gute fünf Kilometer entfernt. Trotzdem ertappte sie sich dabei, einen nervösen Blick nach hinten zu werfen, und spürte einen heftigen Anflug von schlechtem Gewissen. Warum eigentlich? Selbst wenn sich gleich ein Polizeiwagen aus dem Nichts materialisierte und die berüchtigte rote Kelle aus dem Fenster geschwenkt wurde: Schließlich saß nicht sie hinter dem Steuer.

Ihr Retter musste ihre Nervosität bemerkt haben, denn er lächelte flüchtig und sagte: »Entschuldigung, aber ich hatte das Gefühl, Sie haben es eilig.«

»So?«, fragte Rachel. »Warum?«

»Wenn ich Sie wäre, würde ich erbärmlich frieren«, antwortete der Fahrer.

Damit kam er der Wahrheit näher, als er vielleicht glaubte, und für eine halbe Sekunde hasste Rachel ihn fast für diese Behauptung. Sie fror erbärmlich, aber sie hatte es irgendwie fertig gebracht, den Gedanken daran weit genug aus ihrem Bewusstsein zu verdammen, um die Kälte kaum noch zu spüren. Jetzt empfand sie sie dafür als doppelt schlimm. »Stimmt«, antwortete sie widerwillig. »Aber es ist wirklich nicht mehr weit. Das rote Haus, dort hinten links. Sehen Sie?« Sie bezweifelte, dass er es sah. Der Regen war wieder heftiger geworden. Die Scheibenwischer schafften es kaum noch, die Wassermassen von der Windschutzscheibe zu schaufeln, und das Glas begann von innen zu beschlagen. Auch die Heizung des Wagens war den Witterungsbedingungen eindeutig nicht gewachsen.

Dennoch nickte er, nahm den Fuß endlich wieder ein wenig vom Gas und steuerte den Wagen etwas mehr in die Straßenmitte hinaus. Sicherlich lag es nur am Wetter, aber die Analogie zu einem kleinen Boot drängte sich ihr auf, dessen Führer versuchte die Mitte des Flusses zu erreichen, um mit der Strömung mitzuschwimmen und nicht zerschmettert zu werden. Der Fahrer nahm den Fuß nun endgültig vom Gas und ließ den Wagen ausrollen, obwohl sie noch ein gutes Stück von ihrem Ziel entfernt waren. Rachel schätzte, dass sie auf halber Strecke zum Stehen kommen würden, wenn er nicht wenigstens wieder ein bisschen Gas gab, und schon dieser Gedanke reichte, um wieder ein wenig Sorge in ihr wachzurufen. Sie hätte doch nicht in diesen Wagen steigen sollen! Wäre sie zu Fuß losmarschiert, hätte sie jetzt schon die Ampel erreicht.

»Ich meine das Haus hinten an der Ecke«, sagte sie, wobei sie das sichere Gefühl hatte, dass diese Worte vollkommen überflüssig waren. »Nicht das hier vorne.«

Der junge Mann hinter dem Steuer drehte den Kopf und sah sie eine geschlagene Sekunde lang auf eine Weise an, die aus dem leisen Unwohlsein in Rachel ein eindeutig mulmiges Gefühl werden ließ, und zwang sich dann wieder zu einem ebenso nervösen, nicht überzeugend wirkenden Lächeln. »Ich weiß«, sagte er.

Woher? Rachel sprach die Frage nicht laut aus, aber sie erschien wie mit roter Leuchtschrift vor ihrem geistigen Auge, und etwas von ihren wahren Empfindungen musste sich wohl auf ihrem Gesicht abzeichnen, denn auch ihr Gegenüber fuhr ganz leicht erschrocken zusammen und sah plötzlich ein bisschen schuldbewusst aus.

»Sie haben es mir gezeigt, oder?« Das klang zu sehr nach einer Entschuldigung. Ein Vorwand, den er sich zurechtgelegt hatte.

Rachel fragte sich zum ersten Mal ernsthaft, ob sie vielleicht Grund haben könnte, Angst zu bekommen. Nein, entschied sie. Jedenfalls jetzt noch nicht. Und auch nicht für den Rest des Weges, wie sich zeigte.

Der Wagen wurde langsamer, begann tatsächlich auszurollen, aber dann legte der Fahrer den Gang wieder ein und gab Gas und wenige Augenblicke später quietschten die nassen Reifen am Bürgersteig des kleinen Backsteinhauses, in dem sie wohnte. Rachel schüttelte hastig den Kopf, als er die Tür öffnen wollte, um vermutlich um den Wagen herumzueilen und ihr beim Aussteigen zu helfen, angelte ungeschickt nach dem Koffer vor ihren Knien und öffnete mit der anderen Hand bereits die Tür.

Natürlich ließ sich der junge Mann nicht davon abhalten, weiter den Kavalier zu spielen und sich damit nicht nur endgültig lächerlich zu machen, sondern vermutlich auch noch eine Erkältung einzuhandeln, aber Rachel war bereits aus dem Wagen und mit dem Koffer in der Hand auf halber Strecke zur Tür, bevor er sie eingeholt hatte. Sie wechselte den Koffer von der rechten in die linke, griff mit der frei gewordenen Hand in die Manteltasche und fand zu ihrer Erleichterung auf Anhieb den Schlüsselbund. Noch bevor hinter ihr auf der kurzen Treppe Schritte laut wurden, hatte sie den Schlüssel ins Schloss geschoben, drehte ihn zweimal herum und öffnete die Tür.

Abgestanden riechende, aber sehr warme Luft schlug ihr entgegen. Sie machte einen Schritt ins Haus, setzte den Koffer ab und drehte sich in der gleichen Bewegung herum. Ihre rechte Hand rutschte auf die innere Türklinke und drückte sie herunter, und ihr aufdringlicher Helfer hätte schon blind sein müssen, um diese Körpersprache nicht richtig zu deuten. Er blieb auch prompt stehen und sah ein bisschen enttäuscht aus und so unschlüssig, dass er ihr fast Leid tat. Aber nur fast.

Rachel zwang sich zu einem, wie sie hoffte, halbwegs überzeugenden dankbaren Lächeln und sagte: »Vielen Dank. Sie haben mir das Leben gerettet. Aber jetzt will ich Sie nicht weiter aufhalten.«

Natürlich ließ er sich davon nicht abschrecken. Rachel wäre überrascht gewesen, hätte er es getan. Er stand einfach im strömenden Regen da, trat unschlüssig von einem Fuß auf den anderen und sah aus wie ein Sextaner, der all seinen Mut zusammengerafft hatte, um seiner Mathematiklehrerin zu erklären, dass er sich unsterblich in sie verliebt hatte, nun aber die so sorgsam vor dem Spiegel geübten Worte einfach nicht mehr fand. »Ich ...«, begann er.

»Wie gesagt«, unterbrach ihn Rachel, »vielen Dank noch einmal.« Damit trat sie einen halben Schritt zurück, schloss die Tür und legte fast mit der gleichen Bewegung die Kette vor. Seltsamerweise empfand sie dabei wieder einen Anflug von schlechtem Gewissen. Das typische Klirren musste draußen deutlich zu hören sein und mit Sicherheit wusste er auch, was dieses Geräusch bedeutete. Jetzt hatte sie ihm seine Hilfe doch mit Undankbarkeit belohnt.

Rachel verscheuchte den Gedanken, hob die Schultern und schlüpfte aus ihrem durchnässten Mantel, während sie mit langsamen Schritten durch die Diele und in das kleine, abgedunkelte Wohnzimmer dahinter trat. Es war sehr still. Es war eine Woche her, seit sie das letzte Mal hier gewesen war, aber irgendwie hatte sie das Gefühl, einen Raum zu betreten, der seit Menschengedenken leer gewesen war. Die Luft roch trocken und irgendwo in der Küche oder im Vorratsraum musste etwas zu faulen begonnen haben, denn sie spürte ein ganz leichtes süßliches Aroma. Aber auch darum würde sie sich später kümmern. Jetzt brauchte sie zuerst einen Kaffee und eine heiße Dusche, vielleicht auch nicht unbedingt in dieser Reihenfolge. Sie warf den Mantel achtlos über einen Stuhl, ging in die Küche und ließ heißes

Wasser in die Glaskanne der Kaffeemaschine laufen. Während sie Pulver in den Filter gab, blickte sie durch das schmale Küchenfenster nach draußen auf die Straße.

Es regnete mittlerweile so heftig, dass sie alles, was weiter als drei oder vier Meter entfernt war, nur wie durch einen seit fünfzig Jahren nicht mehr geputzten Spiegel hindurch sah, aber der hellblaue Farbfleck auf der anderen Straßenseite war trotzdem nicht zu übersehen. Rachel überschlug in Gedanken rasch die Zeit, die vergangen war, seit sie das Haus betreten hatte. Nur wenige Sekunden, fünfzehn oder zwanzig, aber auf jeden Fall Zeit genug, um zum Wagen zurückzugehen und loszufahren. Das hatte er nicht getan.

Warum nicht? Vielleicht sollte sie sich doch Sorgen machen? Schließlich hörte man solche Geschichten ununterbrochen, sobald man nur den Fernseher oder das Radio einschaltete. Die Welt war voller Verrückter, daran gab es keinen Zweifel. Und wer sagte ihr, dass ausgerechnet sie davor gefeit war, einem solchen Verrückten über den Weg zu laufen?

Sie verscheuchte auch diesen Gedanken, schaltete den Kaffeeautomaten ein und begann sich auszuziehen, noch während sie auf dem Weg nach oben und ins Bad war. Die nächsten zehn Minuten verbrachte sie unter der Dusche, aber obwohl sie das Wasser so heiß stellte, dass ihre Haut bald krebsrot war und zu schmerzen begann, wurde sie die Kälte nicht wirklich los, die in ihre Glieder gekrochen war. Es lag nicht nur am Regen und an der äußeren Kälte. Sie war jetzt seit nahezu dreißig Stunden auf den Beinen und völlig übermüdet, und wahrscheinlich würde sie selbst dann noch frieren, wenn sie in geschmolzenem Blei badete.

Sie fühlte sich auch nicht erfrischt, als sie endlich aus der Duschkabine trat und nachlässig in den Morgenmantel schlüpfte, sondern eher noch matter, jetzt aber auf eine angenehme Art. Während der letzten Stunden war sie zu dem Entschluss gekommen, besser wach zu bleiben und diesen Tag früh zu Ende gehen zu lassen, statt sich hinzulegen und bis weit in den Nachmittag hinein zu schlafen, nur mit dem Ergebnis, dann ganz aus ihrem Tagesrhythmus gerissen zu sein und vermutlich wieder bis in die frühen Morgenstunden wach daliegen zu müssen. Aber sie spürte auch, dass sie das nicht durchhalten würde.

Eine Woche Urlaub auf dem Land oder nicht, sie war körperlich mit ihren Kräften am Ende und, wie der kleine Zwischenfall gerade bewiesen hatte, psychisch wohl auch. Mittlerweile stufte sie das Benehmen des jungen Mannes wieder als so harmlos ein, wie es vermutlich auch gemeint gewesen war. Er war sicher niemand, den sie näher kennen lernen wollte, aber ebenso sicher auch harmlos. Jemand, der einfach noch nicht richtig begriffen hatte, dass sie mittlerweile im einundzwanzigsten Jahrhundert lebten und nicht jede Frau, die morgens allein an einer Bushaltestelle stand, zwangsläufig darauf wartete, angesprochen und abgeschleppt zu werden. Wahrscheinlich tat sie ihm bitter Unrecht.

Rachel schüttelte den Kopf über ihr eigenes, völlig überzogenes Benehmen, schob es auf ihre körperliche und seelische Verfassung und ging mit langsamen Schritten wieder nach unten. Aus der Küche erscholl das metallische Rasseln der Kaffeemaschine, das besagte, dass sie gleich etwas Warmes zu trinken bekommen würde, und der unangenehme Geruch in der Wohnung kam ihr jetzt schon gar nicht mehr so schlimm vor, da er von frischem Kaffeeduft überlagert wurde. Trotzdem ging sie erst zum Fenster, zog die Jalousien hoch und öffnete die Terrassentür. Ein Schwall eisiger Luft drang zu ihr herein und ließ sie kurz frösteln, aber sie schloss die Tür trotzdem nicht wieder, sondern kippte im Gegenteil auch die beiden Fenster rechts und links daneben auf und warf im Vorbeigehen einen Blick auf die Anzeige des Anrufbeantworters. Sie erschrak. Sie stand auf Neunundneunzig, dem Maximum, das das Gerät aufnehmen konnte, und sie konnte sich lebhaft vorstellen, wer der Großteil der neunundneunzig Anrufer – wenn nicht alle – gewesen war.

Ohne lange darüber nachzudenken, was sie tat, streckte sie die Hand aus und löschte den Speicher des Gerätes. Mit allen wichtigen Menschen, die sie kannte, hatte sie in der vergangenen Woche gesprochen und wer ihr wirklich etwas mitzuteilen hatte, würde ohnehin noch einmal anrufen. Der Rest konnte ihr gestohlen bleiben, vorsichtig ausgedrückt. Auch das war eine Möglichkeit, die sie noch gar nicht in Betracht gezogen hatte: Vielleicht war der junge Mann ja einfach ein Journalist gewesen, der seinen Beruf noch nicht besonders gut beherrschte, oder jemand, der glaubte, sie einfach nur ansprechen zu müssen, um auf diese Weise an ein paar Informationen zu gelangen, die sie all den Profis vor ihm vorenthalten hatte.

Seltsam. Während Rachel in die Küche ging, sich einen Kaffee einschüttete und mit der heißen Tasse in beiden Händen ins Wohnzimmer zurückschlenderte, fragte sie sich, warum diese kleine Episode sie eigentlich so sehr beschäftigte. Sie sollte den Jungen einfach vergessen. Und wäre er ihr unter den gleichen Umständen vor einer Woche begegnet, dann hätte sie das vermutlich auch schon längst getan.

Nein, sie war noch längst nicht darüber hinweg. Und wie konnte sie das auch? Schließlich erlebte sie nicht jeden Tag, dass ein Mensch vor ihren Augen von Gottes Zorn getroffen und wortwörtlich zur Hölle geschickt wurde.

Rachel schaltete den Fernseher ein, setzte sich mit angezogenen Knien in den zerschlissenen Ohrensessel neben dem Kamin und nippte mit kleinen, vorsichtigen Schlucken an ihrem Kaffee. Sie war zu Hause. Auf dem ganzen Weg hierher hatte sie sich fast ein bisschen vor diesem Moment gefürchtet, denn hier war sie nicht nur allein, sondern auch all dem wieder ausgeliefert, wovor sie geflohen war, aber plötzlich spürte sie, wie sehr ihr diese vertraute Umgebung gefehlt hatte. Es hatte gut getan, ja, es war vielleicht sogar lebenswichtig für sie gewesen, sich mit Uschi auszusprechen und für einige wenige Tage einfach so tun, als wäre überhaupt nichts geschehen.

Aber sie war letztendlich noch nie jemand gewesen, der vor Problemen davonlief.

Während sie den zweiten Schluck Kaffee trank und das Gefühl genoss, mit dem sich die Wärme allmählich weiter in ihrem Körper ausbreitete, wanderte ihr Blick zum Fernsehschirm, über den irgendein japanischer Zeichentrickfilm flimmerte; die übliche Geschichte eines Superhelden, der ganz allein die Welt vor irgendwelchen Schurken aus dem Kosmos rettete – wenigstens vermutete sie das. Sie sah dem Film nicht lange genug zu, um sicher zu sein, sondern griff nach der Fernbedienung und schaltete auf ein anderes Programm – mit dem Ergebnis, diesmal die Abenteuer eines halben Dutzends menschengroßer sprechender Mäuse vom Mars mitzuerleben, die gekommen waren, um die Welt vor irgendwelchen Schurken aus dem Kosmos zu retten …

Rachel schüttelte den Kopf, schaltete auf das nächste Pogramm und verfolgte ein paar Sekunden lang die Abenteuer einer sprechenden Ente, die (wie originell!) auf der Flucht vor irgendwelchen Schurken aus dem Kosmos auf der Erde gestrandet war, ehe sie weiterzappte und für zwei oder drei Sekunden mit den Zeichentrickabenteuern von Superman belohnt wurde, der die Erde vor irgendwelchen Schurken aus dem Kosmos beschützte. Rachel wusste für einen Moment nicht, ob sie wütend werden oder laut lachen sollte. Es war Sonntagmorgen, noch nicht einmal sieben – welches Kind saß um diese Zeit vor dem Fernseher und sah sich diesen *Schwachsinn* an?

Die korrekte Antwort hätte vermutlich gelautet: *alle,* aber Rachel war nicht in der Verfassung, sich Gedanken über den intellektuellen Zustand der Jugend des beginnenden einundzwanzigsten Jahrhunderts zu machen: Sie wusste, dass er erbärmlich war. Einmal ganz davon abgesehen, dass es im Moment genügend handfeste Bedrohungen für die Erde aus dem Kosmos gab.

Sie schaltete weiter und fand schließlich einen Nachrichtenkanal. Für eine halbe Sekunde schwebte ihr Daumen unentschlossen über der Fernbedienung. Ihr war nicht nach Nachrichten, aber ihr war noch viel weniger nach *Stille*, und wenn sie weiterschaltete, würde sie wahrscheinlich weitere Abenteuer japanischer Superhelden erleben, die die Erde vor fiesen Schurken aus dem Kosmos retteten. Sie legte die Fernbedienung aus der Hand, griff stattdessen wieder nach der Kaffeetasse und trank einen weiteren großen Schluck.

Der Fernseher erfüllte das Zimmer mit der Illusion von Leben und Geräuschen, die sich im ersten Moment ebenso beharrlich weigerten, irgendeinen Sinn zu ergeben wie die bunten Comic-Abenteuer zuvor – und als sie es schließlich taten, waren sie auch nicht viel erbaulicher.

Rachel bedauerte es mittlerweile fast, den Fernseher eingeschaltet zu haben. Sie hatte nach ein wenig Abwechslung gesucht, aber das war eine dumme Idee gewesen. Die Wirklichkeit hatte sie wieder eingeholt und letzten Endes war sie vor einer Woche von hier verschwunden, um vor genau dieser Wirklichkeit davonzulaufen – auch wenn sie sehr gut wusste, dass das nicht möglich war. Der Fernseher brachte das, woraus das Programm seit drei Wochen (ausgenommen vielleicht am Sonntagmorgen) fast ausschließlich bestand: Katastrophenmeldungen. Zehntausend Obdachlose nach einer Überschwemmung in Chile, Hunderte von Toten nach dem Bruch eines Staudamms in China, ein Vertreter irgendeiner landwirtschaftlichen Vereinigung, deren Name ihr zu kompliziert (und zu hochtrabend) war, um ihn sich zu merken, der mit sorgenvoller Miene die schlimmste Missernte der Neuzeit prophezeite, wenn sich das Wetter nicht bald besserte, und prophylaktisch schon einmal nach staatlicher Hilfe für die Landwirte rief, die in ihrer Existenz bedroht seien; in einem halben Dutzend Städte war der Notstand ausgerufen worden, weil der Dauerregen der letzten Wochen die Kanalisation überforderte und das öffentliche Leben langsam, aber unbarmherzig zum Erliegen brachte … Vermutlich würde die Aufzählung noch eine halbe Stunde weitergehen. Rachel streckte die Hand nach der Fernbedienung aus, um nun doch weiterzuschalten, und hielt dann noch einmal in der Bewegung inne. Auf dem Bildschirm war zur Abwechslung keine überflutete Straße und auch kein über die Ufer getretener Fluss zu sehen, sondern etwas, das eher an Bilder aus einem Bürgerkrieg in irgendeinem Dritte-Welt-Land erinnerte. Sie schalteten den Ton lauter und benötigte noch einmal ein paar Sekunden, um der Stimme des unsichtbaren Kommentators einen Sinn abzugewinnen. Bei dem Tumult, den die Kamera zeigte, handelte es sich offensichtlich nicht um Aufnahmen aus Paraguay oder irgendeinem asiatischen Kleinstaat, dessen Namen allenfalls seine Bewohner aussprechen konnten, sondern um Bilder aus der Nachbarschaft. Der Tumult tobte nirgendwo anders als auf dem Petersplatz im Vatikan, auf dem sich offenbar eine von diesen Weltuntergangssekten zusammengerottet hatte, die in letzter Zeit fast ebenso rasch aus dem Boden schossen, wie der Regen vom Himmel fiel. Wie es hieß, hatte die italienische Polizei auf Bitten des Vatikan hin versucht, die – selbstverständlich illegale – Demonstration aufzulösen, und anscheinend war die Aktion kräftig aus dem Ruder gelaufen und hatte in einer ausgewachsenen Straßenschlacht geendet. Das war schlimm. Rachels Respekt vor dem Heiligen Stuhl in Rom – und auch vor dem Mann, der darauf saß – hielt sich in Grenzen, aber es gab Dinge, die man einfach nicht tat. Die … einfach nicht richtig waren. Es gab Dinge, die Menschen taten, und Dinge, die sie nicht tun sollten, und Rachels

Meinung nach waren diese ungeschriebenen Gesetze so etwas wie die Eckpfeiler einer Gesellschaft, die immer und unter allen Umständen beachtet werden sollten, und wenn dies nicht mehr geschah, dann sagte das eine Menge über die innere Verfassung ebendieser Gesellschaft aus.

Das Telefon klingelte. Rachel runzelte die Stirn und sah den Apparat einen Moment lang völlig verständnislos an. Es war immer noch Sonntag Morgen, kurz vor sieben, und es gab nur eine einzige Person auf der Welt, die wusste, dass sie um diese Zeit bereits zu Hause und vermutlich auch wach war. Sie schüttelte den Kopf, als ihr klar wurde, dass sie gerade die Antwort auf ihre eigene Frage gedacht hatte. Natürlich war es Uschi, die anrief, um sich davon zu überzeugen, dass sie heil und unversehrt angekommen war.

Sie schaltete den Fernseher aus, nippte noch einmal an ihrem Kaffee, stellte die Tasse behutsam auf die Sessellehne und kam gerade noch rechtzeitig zum Telefon, um abzuheben, bevor der Apparat das vierte Mal klingelte und der Anrufbeantworter ansprang. »Weiss?«

Keine Antwort. Aus dem Hörer drang nur ein ganz leises Rauschen, mehr nicht.

»Hallo?«

Keine Antwort. Das Rauschen blieb. Nach ein paar Sekunden erklang ein kaum hörbares Klicken und das Display ihres Telefons erklärte ihr, dass der Teilnehmer am anderen Ende aufgelegt hatte. Das war wirklich sonderbar. Die Beunruhigung war wieder da und diesmal war sie von einer anderen Qualität. Natürlich gab es tausend Erklärungen für diesen Anruf, aber irgendetwas sagte ihr, dass keine davon die richtige war. Sie hängte ein, nahm den Hörer fast in der gleichen Bewegung wieder hoch und drückte die Tastenkombination, die ihr der freundliche Mitarbeiter der Telekom gezeigt hatte. Auf dem Display sollte jetzt die Nummer des Anrufers erscheinen, aber das kleine graue Feld blieb leer.

Fast eine Minute lang blieb sie einfach reglos stehen, blickte den Telefonhörer in ihrer Hand an und fragte sich, ob sie dabei war, paranoid zu werden, oder vielleicht doch besser die Polizei anrief und von ihrer gerade erlebten seltsamen Begegnung erzählte.

Nein. Wenn es auf der ganzen Welt überhaupt Menschen gab, die sie im Moment noch weniger sehen wollte als Journalisten, dann waren es Polizeibeamte.

Sie hängte ein, ging mit schnellen Schritten in die Küche und sah wieder nach draußen. Der Regen hatte ein wenig nachgelassen. Sie konnte die Straße jetzt wieder deutlicher erkennen und sie konnte sehen, dass der Wagen nicht mehr da war. Aber diese Erkenntnis beruhigte sie keineswegs, ganz im Gegenteil. Es wäre ihr fast lieber gewesen, er hätte noch dort gestanden, denn dann hätte sie sich wenigstens einreden können, dass er nicht zugleich auf der Straße stehen und ihr Haus beobachten und von einer Telefonzelle aus anrufen konnte.

Rachel ließ die Gardine zurückfallen, ging mit schnellen Schritten zur Haustür und schob den Schlüssel ins Schloss. Sie kam sich selbst fast ein bisschen albern dabei vor, aber es änderte nichts daran, dass sie sich sicherer fühlte, nachdem sie ihn zweimal herumgedreht und zu allem Überfluss auch noch einmal die Klinke gedrückt hatte, um sich davon zu überzeugen, dass sich die Tür nun wirklich nicht mehr öffnen ließ.

Nicht, dass diese Sicherheit mehr als ein frommer Wunsch gewesen wäre. Das Haus war ein ganz normales Haus, keine Festung. Wer wirklich hereinwollte, der *kam* auch herein. Aber er würde Lärm dabei machen und das würde ihr Gelegenheit geben davonzulaufen. Erst als sie diesen Gedanken zu Ende formuliert hatte, wurde ihr klar, dass er gut zu ihrer eigenen Frage von gerade passte: Sie begann offensichtlich ein gerüttelt Maß an Verfolgungswahn zu entwickeln.

Aber wer konnte ihr das nach der zurückliegenden Woche übel nehmen?

Sie ging wieder ins Wohnzimmer, trank einen großen Schluck Kaffee, diesmal mit der eindeutigen Absicht, davon wach zu werden, dann begab sie sich nach oben ins Schlafzimmer und zog sich an.

Oder wollte es.

Auch hier war es dunkel. Die Jalousien waren heruntergelassen und das winzige Nachtlicht, das sie eingeschaltet hatte, reichte kaum aus, um die Schatten zu vertreiben. Dennoch sah sie, dass etwas nicht stimmte, kaum dass sie den Kleiderschrank geöffnet hatte.

Eine Sekunde lang blieb sie mit klopfendem Herzen dort stehen und blickte auf das Durcheinander von Schatten und vage vertrauten

Umrissen vor sich, an dem irgendetwas verändert war, ohne dass sie sagen konnte, was und warum. Dann ging sie zum Fenster, zog die Rollos hoch und drehte sich auf dem Absatz herum.

Es gab keinen Zweifel. Jemand hatte ihren Schrank durchwühlt. Alles war ordentlich. Die Kleider und Jacken hingen säuberlich nebeneinander auf ihren Bügeln. Die Wäsche war pedantisch aufgestapelt und ausgerichtet. Alles *schien* so, wie sie es hinterlassen hatte, aber es *war* nicht so. Sie hätte nicht den Finger darauf legen können, aber der Unterschied war da.

Jemand war hier gewesen. Jemand, der hier nichts zu suchen hatte, denn außer ihr hatte niemand auf der ganzen Welt einen Schlüssel zu diesem Haus. Aber jemand war hier gewesen, hatte ihren Kleiderschrank und vermutlich auch alles andere durchwühlt und sich hinterher große Mühe gegeben, seine Spuren zu verwischen, es aber nicht völlig geschafft.

Rachels Herz begann zu klopfen. Instinktiv wich sie einen halben Schritt zurück, bis ihr Rücken gegen die kalte Fensterscheibe stieß, und durchsuchte mit Blicken jeden Winkel des Raumes. Das Zimmer war sehr klein und bis auf den wuchtigen Schrank, der die gesamte gegenüberliegende Wand einnahm, und das schmale Messingbett leer, und es gab keinen Platz, um sich zu verstecken.

Trotzdem hatte sie für einen Moment das unheimliche Gefühl, beobachtet zu werden. Angestarrt von unsichtbaren Augen, belauert.

Das war nicht komisch. Sie hatte so eine Szene wie diese hundert Mal im Film gesehen und tausend Mal in Büchern gelesen, aber die Wirklichkeit war anders. Plötzlich hatte sie Angst. Sie wusste mit ziemlicher Sicherheit, dass sie allein im Haus war. Die Stille war zu absolut und sie hätte gespürt, wenn sich jemand irgendwo versteckt hätte, aber allein der Gedanke, dass jemand hier gewesen war, jemand in ihrer Abwesenheit ihre Schränke durchwühlt, in ihren Habseligkeiten herumgeschnüffelt hatte, hatte etwas Unheimliches. Etwas, das ihr Angst machte.

Sie schalt sich selbst in Gedanken eine Närrin, stieß sich vom Fensterbrett ab und durchquerte das Schlafzimmer so schnell es gerade noch ging, ohne dass sie wirklich rannte. Noch immer im Morgenmantel, lief sie die Treppe hinab, eilte zum Schreibtisch und hob den

Telefonhörer ab, um nun doch die Polizei anzurufen. Wahrscheinlich war es falscher Alarm. Wären es Einbrecher gewesen, hätten sie sich nicht solche Mühe gemacht, ihre Spuren zu verwischen, sondern alles durchwühlt, mitgenommen, was nicht niet- und nagelfest war, und den Rest vermutlich zertrümmert. Sie hatte sogar eine ziemlich konkrete Vorstellung davon, um wen es sich bei den ungeladenen Besuchern gehandelt hatte, aber das machte es nicht besser, sondern schürte ihren Zorn sogar noch.

Sie wählte die 110 und lauschte gute fünf oder sechs Sekunden lang in den Hörer hinein, ehe ihr auffiel, dass das Freizeichen nicht kam. Rachel drückte auf die Gabel, wählte die Notrufnummer noch einmal und hörte auch diesmal nichts.

Sie sah auf das Telefon hinab. Das Display war leer. Das winzige rote Lämpchen auf dem Gerät leuchtete, aber sie bekam keinen Anschluss. Sie hängte ein, nahm den Hörer mit einer bedächtigen Bewegung wieder ab und wählte zum dritten Mal die Nummer der Polizei, mit dem gleichen Ergebnis. Ihr Herz begann heftiger zu klopfen. Sie verfluchte sich selbst dafür, aber sie sah, wie ihre Hand, die den Telefonhörer hielt, immer stärker zu zittern begann. Das hatte jetzt nichts mehr mit Paranoia zu tun, nicht einmal mehr mit Hysterie. Hier stimmte irgendetwas nicht!

Sie hängte abermals ein, zählte in Gedanken langsam bis fünf, nahm den Hörer wieder ab und wählte die erstbeste Nummer, die ihr einfiel – mit dem gleichen Ergebnis. Ihr Telefon blieb stumm. Die Leitung war tot.

Rachel trat vom Schreibtisch zurück und sah sich mit klopfendem Herzen um. Plötzlich fielen ihr tausend Dinge ein, von denen sie nicht mehr sicher war, ob sie sie tatsächlich so zurückgelassen hatte. Die Bücher auf dem Regal schienen in der richtigen Reihenfolge zu stehen, aber taten sie es wirklich? War der Sender im Radio der gleiche, den sie am letzten Abend gehört hatte? Sie öffnete die Schreibtischschublade und musterte ihren Inhalt, um zu einem klareren Ergebnis zu kommen. Alles sah aus, wie es aussehen sollte. Und dennoch: Sie wusste mit unerschütterlicher Gewissheit, dass jemand hier gewesen war. Jemand, der nicht hierher gehörte. Und vielleicht wiederkommen würde.

Nach einem letzten nervösen Blick in die Runde lief sie zum zweiten Mal ins Schlafzimmer hinauf, zog sich an und verbrachte zwei oder drei schreckliche Minuten damit, vergeblich nach den Wagenschlüsseln zu suchen. Sie hatte sie irgendwo hingelegt, während sie auf das Taxi wartete, aber nun in ihrer Panik vergessen, wohin. Schließlich wurde sie fündig, klaubte im Vorbeigehen den immer noch triefnassen Trenchcoat vom Sessel und warf ihn sich über die Schulter. Durch die geöffnete Terrassentür trat sie in den immer noch strömenden Regen hinaus und lief gebückt die wenigen Schritte zur Garage.

Der Wagen stand mit offenem Verdeck da, so wie sie ihn zurückgelassen hatte. Als sie das letzte Mal hier gewesen war, hatte draußen strahlender Sonnenschein geherrscht und die Sintflut war noch nicht hereingebrochen. Sie versuchte jetzt gar nicht mehr, sich einzureden, dass sie nicht in Panik war, sondern konzentrierte sich lieber darauf, irgendwie damit fertig zu werden und das Garagentor von innen zu öffnen – ein Vorhaben, das gar nicht so leicht zu bewerkstelligen war. Als sie es endlich geschafft hatte, war sie fast schon wieder genauso nass wie vorhin, als sie nach Hause gekommen war, denn der Wind peitschte den Regen fast waagerecht durch das offene Garagentor zu ihr herein.

Rachel fluchte leise, eilte zum Wagen zurück und brach sich zwei Fingernägel bei dem Versuch ab, das Dach in Rekordzeit zu schließen. Natürlich brauchte sie länger dafür als normalerweise und ihre Laune sank noch weiter. Sie war beunruhigt, sie hatte Angst, aber sie war mittlerweile auch wütend auf sich selbst, dass sie so reagierte, wie sie es tat. Aber sie war auch unfähig, die Angst zurückzudrängen und so gelassen und überlegt zu handeln, wie sie es von sich selbst erwartete und normalerweise auch schaffte.

Sie stieg in den Wagen, fummelte mit einiger Mühe den Schlüssel ins Schloss und drehte ihn herum.

Alles, was sie hörte, war ein leises, schweres Klacken. Rachel fluchte, versuchte es noch einmal und diesmal erklang nicht einmal mehr das Geräusch des Anlassers. Auch das Armaturenbrett blieb dunkel. Die Batterie war leer. Wahrscheinlich gab es auch dafür eine ganz normale Erklärung, aber in dem Zustand immer stärker werdender Panik, der sich ihrer bemächtigt hatte, hatten Erklärungen nicht mehr viel Sinn.

Sie blieb einige Sekunden lang reglos hinter dem Steuer sitzen, starrte gegen die graue Wand aus Regen und Kälte vor dem offenen Garagentor und wurde sich plötzlich bewusst, wie verwundbar sie hier war. Mit einer erzwungen ruhigen Bewegung öffnete sie die Wagentür, stieg aus und ging ins Haus zurück. Sie verriegelte sorgsam die Terrassentür hinter sich, schloss die Fenster und wartete vergeblich darauf, dass sich ein halbwegs sicheres Gefühl einstellte. Was sollte sie tun? Ein Teil von ihr schreckte noch immer davor zurück, sich wie eine hysterische Ziege zu benehmen und zum Nachbarn hinüberzulaufen, um dort um Hilfe zu bitten. Aber ein anderer, viel größerer Teil sagte ihr mit immer stärker werdendem Nachdruck, dass dies das einzig Vernünftige war, was sie tun konnte.

Es klingelte.

Rachel schrak so sehr zusammen, dass sie um ein Haar einen Schrei ausgestoßen hätte, fuhr auf dem Absatz herum und starrte die Haustür an. Das einzige Bleiglasfenster, das in Kopfhöhe darin eingelassen war, diente vor allem der Dekoration und ließ ein wenig gefärbtes Licht, aber kaum Informationen durch. Sie konnte einen verschwommenen Umriss erkennen, mehr aber auch nicht. Ihr Herz schlug so hart, dass sie es bis in die Fingerspitzen hinein spüren konnte, und in ihrem Mund war plötzlich ein bitterer, fremder Geschmack. Das war nicht in Ordnung. Das war ganz und gar nicht in Ordnung. Niemand wusste, dass sie hier war. Niemand außer …

Das Klingeln wiederholte sich. Rachels Gedanken begannen zu rasen. Sie war immer noch in Panik, aber ein kleiner Teil ihres Verstandes arbeitete so klar und präzise wie ein Computer. Wenn es wirklich der junge Mann von vorhin war, was immer er auch in Wahrheit sein mochte, dann hatte sie jetzt eine Chance zu entkommen. Er konnte nicht gleichzeitig hier an der Haustür klingeln und das Gartentor bewachen. Sie konnte davonlaufen und irgendwo um Hilfe bitten, bevor er auch nur merkte, dass sie nicht mehr da war. Statt es jedoch zu tun, ging sie mit langsamen Schritten los und erreichte die Tür, als zum dritten Mal geklingelt wurde. »Wer ist da?«, rief sie laut.

»Frau Weiss? Rachel?«

Sie versuchte sich an die Stimme des jungen Mannes zu erinnern, aber sie war zu aufgeregt. Sie konnte es sein, ebenso gut aber auch nicht. »Wer ist da?«, fragte sie noch einmal. »Was wollen Sie?«

»Ich bin es. Wir haben uns gerade kennen gelernt. Ich habe Sie nach Hause gebracht. Bitte machen Sie auf. Ich muss Sie sprechen!«

Seltsam, sie sollte Angst haben, aber sie war fast erleichtert zu begreifen, dass es genau der war, den sie erwartet hatte. Vielleicht war es eine besondere Art von Hysterie, die von ihren Gedanken Besitz ergriffen hatte, aber aus irgendeinem Grund war sie fast davon überzeugt, dass ihr von diesem jungen Mann keine Gefahr drohte. Vollkommener Unsinn! »Was wollen Sie?«, fragte sie noch einmal.

»Ich muss mit Ihnen reden. Bitte machen Sie die Tür auf!«

»Das werde ich ganz bestimmt nicht tun«, antwortete Rachel. Sie versuchte einen möglichst sicheren Klang in ihre Stimme zu legen, hörte aber selbst, wie kläglich dieser Versuch misslang. »Bitte gehen Sie«, rief sie. »Ich bin Ihnen dankbar, aber ich habe jetzt keine Zeit.«

Das Klingeln wiederholte sich, brach nach einer Sekunde ab, dann klopfte es energisch an der Tür. »Ich weiß, dass Sie wahrscheinlich Angst haben«, fuhr die Stimme des jungen Mannes fort. »Und ich weiß auch, dass Sie mir wahrscheinlich nicht glauben werden, aber ich muss Sie sprechen, bitte machen Sie die Tür auf. Es ist wichtig!«

Die Situation war vollkommen absurd, aber Rachel ertappte sich tatsächlich dabei, die Hand nach der Sicherungskette auszustrecken. Als ihr die Bewegung bewusst wurde, zog sie den Arm erschrocken zurück und machte einen Schritt nach hinten. »Gehen Sie jetzt oder ich rufe die Polizei«, sagte sie. Gleichzeitig kam sie sich bei diesen Worten fast lächerlich vor. Wenn er tatsächlich hinter alldem steckte, dann wusste er verdammt genau, dass sie nichts und niemanden rufen konnte, schon gar nicht die Polizei. Andererseits – wenn der junge Mann tatsächlich irgendein ausgeflippter Massenmörder war, der sonntagmorgens jungen Frauen an Bushaltestellen auflauerte, warum sollte er sie dann erst nach Hause bringen und in aller Seelenruhe zusehen, wie sie die Tür hinter sich abschloss, bevor er über sie herfiel? Das alles ergab überhaupt keinen Sinn!

Das Klopfen wiederholte sich und war jetzt eher ein Hämmern. Rachel trat mit pochendem Herzen und zitternden Knien wieder an die

Tür heran und konnte durch das bunte Glas hindurch zumindest seinen Umriss erkennen, wenn auch nicht sein Gesicht. Aber in seiner Stimme war ein Ton, der fast so panisch klang, wie sie selbst sich fühlte, als er fortfuhr: »Also gut, wenn Sie schon nicht auf mich hören wollen, dann verlassen Sie das Haus! Laufen Sie weg! Verschwinden Sie, so schnell Sie können! Ich meine es ernst!«

»Ich auch!«, antwortete Rachel. »Ich rufe jetzt die Polizei und lasse Sie verhaften!«

»Tun Sie das nicht!«, antwortete der junge Mann. »Hören Sie! Ich kann Sie verstehen. Mein Name ist Benedikt. Benedikt Darkov. Ich schiebe Ihnen eine Karte mit meiner Handynummer unter der Tür durch. Nur für den Fall, dass Sie mich erreichen wollen.« Der Umriss hinter dem Bleiglasfenster verschwand und einen Augenblick später wurde eine Visitenkarte unter der Haustür hindurchgeschoben. Rachel starrte sie verständnislos an, streckte den Arm aus und richtete sich dann wieder auf, um einen Blick durch das Fenster zu werfen. Sie konnte einen Schatten sehen, der sich von der Tür entfernte. Sie wartete, bis er außer Sichtweite war, dann bückte sie sich nach der Karte, hob sie auf und stellte fest, dass es sich wahrscheinlich um eine selbst gemachte Karte handelte. Die Tinte war an einigen Stellen verwischt und die Schrift kaum leserlich. Sie steckte den Zettel ein, ohne der Nummer mehr als einen flüchtigen Blick gegönnt zu haben, ging wieder ins Wohnzimmer zurück und versuchte wider besseres Wissen noch einmal den Hörer abzuheben und die Polizei anzurufen. Das Telefon war immer noch tot.

Ihr Handy befand sich im Wagen und da es an die Batterie des Autos angeschlossen war, war es ebenso nutzlos wie alles andere, und ihre Nachbarn schliefen vermutlich noch. Es würde wenig Sinn haben, gegen die Wand zu klopfen und um Hilfe zu rufen. Außerdem würde sie sich damit wohl endgültig blamieren. Rachel versuchte sich zur Ruhe zu zwingen und die Situation mit der gebotenen Gelassenheit zu analysieren. Vermutlich befand sie sich nicht in unmittelbarer Gefahr. Wer immer hier gewesen war (wenn überhaupt jemand hier gewesen war; sie war mittlerweile nicht mehr sicher, sich das alles nicht nur eingebildet zu haben), hatte sich alle erdenkliche Mühe gegeben, seine Spuren zu verwischen, und würde sich jetzt bestimmt nicht so auffällig benehmen wie dieser junge Bursche. Wahrscheinlich war er nur ein harmloser Spinner, jemand, der fest davon überzeugt war, dass Gottes Zorn aus irgendeinem Grund auf sie gerichtet sein würde, wenn sie ihn nicht anhörte. Oder der in ihr eine Art weiblicher Messias sah, der seiner eigentlichen Aufgabe zugeführt werden musste. Auch von dieser Sorte hatte sie in der vergangenen Woche mehr kennen gelernt, als ihr recht war. Dennoch: Sie konnte die Sache nicht einfach auf sich beruhen lassen, sondern musste irgendetwas unternehmen.

Sie ging zur Haustür zurück, überzeugte sich noch einmal davon, dass sie fest verschlossen war, und trat dann an den großen Garderobenspiegel heran. Die Diele war dunkel. Das Licht milderte den Anblick, der sich ihr bot, auf barmherzige Art, aber man konnte auch bei viel gutem Willen nicht behaupten, dass sie gut aussah. Unter ihren Augen lagen dunkle Ringe, ihr Haar hing nass und in klebrigen Strähnen bis auf ihre Schultern herab und ihre Haut hatte einen ungesunden, teigigen Glanz. Und da war etwas in ihren Augen, das sie selbst erschreckte. Ein Flackern. Die Panik, die sie immer noch spürte, und der Schrecken, den sie durchgestanden hatte, aber jeder andere würde diesen Ausdruck anders deuten. Nein, sie kam zu dem Schluss, dass sie in diesem Zustand unmöglich irgendwo hingehen und erzählen konnte, was ihr widerfahren war. Selbst wenn sie auf einen Polizeibeamten traf, der sie nicht kannte oder wenigstens ihr Bild in der Zeitung gesehen hatte, würde es nur Minuten dauern, bis man erfuhr, wer sie war. Und sie konnte sich gut vorstellen, wie es weiterging. Die Beamten würden höflich sein, zuvorkommend, sie würden sie nach Hause begleiten, ihr Haus durchsuchen und ihr versichern, dass alles in Ordnung sei. Und insgeheim würden sie sie für eine hysterische Ziege halten, die Geschmack daran gefunden hatte, ihr Gesicht auf den Titelblättern der Zeitschriften zu sehen, und sich nun eine neue Geschichte ausdachte. Oder einfach nur hysterisch war, was auf dasselbe hinauslief.

Vielleicht war sie es ja. Nein – Rachel kam zu dem Schluss, dass sie in diesem Zustand unmöglich unter Menschen gehen konnte, nicht bei der Geschichte, die sie zu erzählen hatte. Sie wandte sich vom Spiegel ab und ging erneut ins Bad hinauf. Dort verwandte sie knappe zehn

Minuten darauf, sich mit Hilfe eines Föhns und ihrer Schminkutensilien wieder in ein menschenähnliches Wesen zu verwandeln, ging dann noch einmal ins Schlafzimmer und unterzog den Kleiderschrank einer zweiten, sehr viel aufmerksameren Musterung als zuvor. Das Ergebnis beunruhigte sie. Sie war sich tatsächlich nicht mehr sicher, ob nicht doch alles an Ort und Stelle war – ganz genau so und vor allem unberührt, wie sie es zurückgelassen hatte. Sie konnte nicht einmal sagen, welcher Gedanke sie mehr beunruhigte: dass tatsächlich jemand hier gewesen war oder dass sie sich das alles nur eingebildet hatte. Sie hatte eine verdammt aufregende Woche hinter sich. Sie hatte jedes Recht der Welt, nervös zu sein, sogar überempfindlich, aber sie würde sich nicht gestatten, hysterisch zu werden. Das war das Allerletzte, was sie sich gestatten würde!

Draußen hielt ein Wagen. Daran war an sich nichts Ungewöhnliches. Nicht einmal zu dieser Uhrzeit und bei der herrschenden Witterung, aber ihre Sinne arbeiteten offensichtlich immer noch mit mindestens hundertzwanzig Prozent ihrer normalen Leistung, und Rachel drehte sich fast ohne ihr Zutun herum und trat ans Fenster, um hinauszusehen. Sie war fast davon überzeugt, dass es wieder der kleine blaue Opel ihres aufdringlichen Retters war *(Benedikt Darkov …* was für ein seltsamer Name), doch stattdessen erblickte sie einen unauffälligen schwarzen Kombi, einen Volvo, vielleicht auch einen großen Mercedes, so genau konnte sie das bei der schlechten Sicht nicht sagen, der ziemlich genau an der gleichen Stelle angehalten hatte wie der Opel zuvor. Die beiden hinteren Türen wurden geöffnet und zwei Gestalten in schwarzen Regenmänteln stiegen aus. Die eine entfernte sich nach rechts aus ihrem Blickfeld, die andere blieb trotz des strömenden Regens reglos stehen und sah zu ihr hoch.

Natürlich wusste Rachel, dass der Mann sie hier oben hinter der Scheibe unmöglich sehen konnte. Sie hatte kein Licht eingeschaltet und der Regen platschte ihm direkt ins Gesicht. Trotzdem prallte sie erschrocken ein kleines Stück zurück und schlug die Hand vor den Mund, wie um einen Schrei zu unterdrücken. Der Mann dort unten konnte sie nicht sehen, aber er sah eindeutig in ihre Richtung. Er beobachtete das Haus. Und im gleichen Moment setzte sich auch der Wagen wieder in Bewegung und fuhr, zu langsam, wie es ihr vorkam, davon. Also gut, es hatte keinen Sinn mehr, sich selber etwas vorzumachen. Hier geschah etwas. Etwas höchst Seltsames und Beunruhigendes. Und egal, ob es nun tatsächlich etwas mit ihr zu tun hatte oder nicht, sie verlor nichts, wenn sie davon ausging, dass es so war.

Sie beobachtete die Gestalt vor dem Haus noch einige Sekunden lang reglos, dann drehte sie sich um, trat wieder an den Schrank heran und nahm den Regenmantel vom Bügel. Auf dem Weg nach unten zog sie ihn an. Sie warf nicht einmal einen Blick in Richtung Haustür, sondern wandte sich sofort nach links, entriegelte die Terrassentür und schlüpfte, eine letzte Sekunde lang zögernd, hindurch.

2

Wind und Kälte erwarteten Rachel wie alte, aber nicht unbedingt gute Freunde und die Sicht schien noch einmal schlechter geworden zu sein. Sie konnte kaum die Hecke am anderen Ende des Gartens erkennen, obwohl sie weniger als zwanzig Meter entfernt war. Aber das schien ihr im Moment eher von Vorteil. Sie blickte sichernd nach rechts und links. Es war nichts zu sehen, aber sie registrierte erschrocken, dass der Kombi nicht besonders weit gefahren war, sondern vielleicht dreißig Meter entfernt am Straßenrand parkte – ziemlich genau dort, wo sie auf die Straße hinaustreten musste, wenn sie das Grundstück durch das hintere Gartentor verließ –, und wenn sie überhaupt noch gezögert hätte, für einen Moment in die Rolle eines weiblichen James Bond zu schlüpfen und vor imaginären russischen Agenten davonzulaufen, so hätte sie dieser Anblick eines Besseren belehrt. Statt den Garten zu durchqueren und das Grundstück auf der Rückseite zu verlassen, wie sie es ursprünglich vorgehabt hatte, lief sie zum zweiten Mal binnen weniger Minuten zur Garage und trat hinein.

Sie hatte das Tor offen gelassen. Wind und Regen hatten den winzigen Raum längst erobert und der flache Sportwagen bot trotz des hochgeklappten Verdecks nur wenig Deckung. Sie duckte sich hinter den Kofferraum, spähte einen Moment angestrengt an der Karosserie vorbei nach draußen und war fast überrascht, dort keine Gestalt in einem regennassen schwarzen Mantel auftauchen zu sehen, die versuchte, durch das einladend offen stehende Garagentor ins Haus einzudringen. Dafür registrierte sie eine Bewegung im Rückspiegel.

Rachel fuhr erschrocken herum. Sie hatte die Tür hinter sich offen gelassen und konnte einen schmalen Ausschnitt des verwilderten Gartens überblicken. Der schwarze Regenmantel ließ die Gestalt, die vor der Hecke aufgetaucht war, fast unsichtbar werden, aber eben nur fast. Rachel verspürte eine sonderbare Mischung aus Schrecken, Ungläubigkeit und Verwirrung. Trotz allem war ihr die Situation bisher so absurd erschienen, dass sie sie nicht wirklich als wahr akzeptiert hatte.

Ein Spiel, das sie mit sich selbst und einigen Unbekannten spielte, die gar keine Ahnung von ihrer Rolle hatten. Aber nun war es plötzlich Wahrheit geworden! Wer immer diese Männer waren, einer von ihnen hatte das Grundstück durch das Gartentor betreten und stand nun im Schutz der Koniferenhecke da und beobachtete das Haus. Nicht von außen. Er hatte das Grundstück betreten und aus einem Akt bloßer Neugier und Unhöflichkeit etwas anderes gemacht; etwas, das sie tief erschreckte.

In diesem Moment hörte sie ein Geräusch aus dem Haus. Es war sehr leise. Wäre es im Haus nicht absolut still und wären nicht alle ihre Sinne bis zum Zerreißen angespannt gewesen, hätte sie es vermutlich gar nicht zur Kenntnis genommen, aber so hörte sie es: ein gedämpftes Poltern, als falle etwas zu Boden oder als sei jemand im Halbdunkel des Flures mit dem Knie gegen dieselbe Kante der Kommode gestoßen, gegen die sie selbst seit zwanzig Jahren regelmäßig lief.

Ihr Herz begann zu klopfen. Ganz plötzlich wurde ihr klar, wie verwundbar sie war. Es gab keinerlei Versteck hier in der Garage. Sobald jemand hereinkam, gleich durch welche Tür, musste er sie unweigerlich sehen. Es erschien ihr fast wie ein kleines Wunder, dass der Mann hinten im Garten sie nicht längst erblickt hatte oder sein Kamerad draußen nicht schon hereingekommen war. Binnen einer einzigen Sekunde erwog und verwarf sie ein halbes Dutzend Ideen. Sie konnte unter den Wagen kriechen, sie konnte sich in den Wagen setzen, sie konnte versuchen, sich im Kofferraum zu verstecken, aber eine Idee war so albern wie die andere. Das Einzige, was sie genau wusste, war, dass sie hier nicht bleiben konnte.

Vorsichtig, um nicht durch eine plötzliche Bewegung die Aufmerksamkeit des Beobachters hinten im Garten zu wecken, schob sie sich seitlich an dem roten Honda vorbei, richtete sich unendlich behutsam auf und sah hinaus. Die Straße vor dem Haus war jetzt leer. Der Mann, der gerade zum Fenster hinaufgesehen hatte, befand sich nun in ihrer Diele, vermutlich bereits im Wohnzimmer und mit großer Wahrscheinlichkeit hatte er bereits die offene Terrassentür entdeckt und die richtigen Schlüsse daraus gezogen. Sie hatte keine Wahl.

Rachel hatte den zweiten Mann, der aus dem Wagen gestiegen war, keine Sekunde lang vergessen, doch wenn sie noch länger hier herumsaß, dann würde sie ganz bestimmt erfahren, was diese Fremden von ihr wollten. Ohne noch weiter zu zögern, stürmte sie mit gesenkten Schultern aus der Garage und in den Regen hinaus.

Das Feld auf der gegenüberliegenden Straßenseite bot keinerlei Deckung, aber es waren nur wenige Schritte bis zum nächsten Haus und zu dem verwilderten Vorgarten, über dessen Anblick sie sich seit Jahren ärgerte. Nun erschien er ihr wie ein Geschenk des Himmels, denn die wild wuchernden Sträucher und Büsche boten genug Verstecke. Wenn sie es bis dorthin schaffte, war sie in Sicherheit.

Sie schaffte es nicht. Hinter ihr wurden keine Schritte laut. Es erscholl kein zorniger Schrei, nicht einmal ein Rufen, aber gerade als sie sich fast in Sicherheit wähnte, hörte sie das Brummen eines Motors. Rachel stürmte weiter, sah über die Schulter zurück und registrierte mit einem seltsam distanzierten Schrecken, dass der Kombi zurückgesetzt hatte, um auf der schmalen Straße zu wenden. Sie hatte ganz automatisch angenommen, dass der Mann, den sie auf der Rückseite des Grundstückes gesehen hatte, der Fahrer des Wagens wäre, aber das stimmte nicht. In dem Kombi hatten vier Männer gesessen.

Rachel machte eine Bewegung nach links und steuerte jetzt nicht mehr das nutzlos gewordene Versteck an, sondern die gegenüberliegende Straßenseite mit dem brachliegenden, aufgeweichten Feld. Es war keine bewusste Entscheidung, denn sie war viel zu sehr in Panik, um auch nur noch einen einzigen klaren Gedanken fassen zu können, aber dennoch die vermutlich einzig richtige, die sie in diesem Moment treffen konnte. Der Wagen hatte sein Wendemanöver beendet und beschleunigte jetzt so rücksichtslos, dass die Räder auf dem nassen Asphalt für einen Moment durchdrehten, ehe sie fassten und der Kombi einen regelrechten Satz in ihre Richtung machte. Der dröhnende Motor verriet ihr zweierlei: zum einen, dass es ein Wagen älterer Bauart war, der noch nicht über elektronische Spielereien verfügte, die ein Durchdrehen der Reifen verhinderten (aus irgendeinem Grund erschien ihr diese Erkenntnis wichtig, auch wenn sie nicht sagen konnte, warum), zum anderen, dass es dem Mann hinter dem Steuer offenbar vollkommen gleichgültig war, ob er Aufsehen erregte oder nicht. Es kam ihm nur darauf an, sie einzuholen – und das würde binnen weniger Sekunden der Fall sein. Sie erwog für einen ganz kurzen Moment, laut um Hilfe zu schreien, verwarf diesen Gedanken aber fast sofort wieder, und für einen noch kürzeren Augenblick, alles auf eine Karte zu setzen und bis zur Kreuzung zu rennen. Beides war völlig sinnlos. Niemand hier würde ihr helfen können und die Hauptstraße lag immer noch wie ausgestorben vor ihr. Außerdem war sie mittlerweile ziemlich sicher, dass es ihren Verfolgern herzlich egal war, ob sie beobachtet wurden oder nicht.

Sie verschwendete keine Zeit mehr damit, sich nach ihnen umzudrehen, aber das Motorengeräusch war bereits hörbar näher gekommen, der Wagen konnte allerhöchstens noch zwanzig oder dreißig Meter weit entfernt sein, wenn überhaupt. Rachel mobilisierte alle Kräfte, schlug einen Haken nach links und überquerte die Straße mit drei, vier weit ausgreifenden Sätzen. Unter ihren Füßen spritzte zuerst Wasser und dann dünner Schlamm auf, als sie in das Feld hineinstürmte. Für einen schrecklichen Moment hatte sie das Gefühl, in klebrigen Teer getreten zu sein. Sie verlor den rechten und eine halbe Sekunde später den linken Schuh, warf sich mit einer verzweifelten Anstrengung nach vorn und kam frei. Das Feld lag wie ein halb erstarrter See aus braunem Brackwasser vor ihr, lang wie die Straße und mehr als einen Kilometer tief, bevor es in einem kleinen, verwilderten Waldstückchen endete. Wenn sie es bis dorthin schaffte, war sie in Sicherheit. Sie war in dieser Gegend aufgewachsen und kannte jeden Busch und jeden Baum in diesem Wald.

Rachel hatte kaum zehn Schritte getan, als hinter ihr Bremsen quietschten. Gehetzt blickte sie über die Schulter zurück und sah, dass der Volvo unmittelbar hinter ihr am Straßenrand zum Stehen gekommen war. Die Tür flog auf und eine Gestalt in einem schlecht sitzenden, dunklen Anzug stürzte heraus. Der Mann hatte dunkles Haar und war sehr groß und muskulös, soweit sie das erkennen konnte, und er war ihr vollkommen fremd. Aber er zögerte keinen Sekundenbruchteil, zur Verfolgung anzusetzen. Es blieb bei dem Versuch. Dem Mann erging es nicht besser als ihr, aber die Folgen waren ungleich katastrophaler. Er setzte mit einem Sprung über den schmalen Bürgersteig hinweg, versank bis zu den Knöcheln im Schlamm und versuchte sich loszureißen, indem er den Schwung seiner eigenen Bewegung nutzte, aber damit machte er alles nur noch schlimmer. Wäre Rachel in der Verfassung dazu gewesen, hätte sie sicher ein gebührendes Maß an Schadenfreude empfunden, während sie dabei zusah, wie er mit hilflos rudernden Armen nach vorne kippte und mit dem Gesicht voran in den Schlamm fiel.

Unverzüglich versuchte er sich in die Höhe zu stemmen, aber seine Hände fanden in dem aufgeweichten Boden, der ungefähr die Konsistenz von Schmierseife hatte, keinen rechten Halt. Er arbeitete sich gut dreißig oder vierzig Zentimeter weit hoch, dann schlitterte er hilflos wieder nach vorne und pflügte ein Stück weit mit dem Gesicht durch den Morast, ehe er wenigstens auf den Gedanken kam, den Kopf zur Seite zu drehen. Fluchend spuckte er Wasser und dünnen braunen Schlamm aus. Der Anblick war so komisch, dass Rachel trotz allem laut auflachen musste, was sie allerdings nicht daran hinderte, weiter so schnell zu rennen, wie sie nur konnte; auch wenn es nicht annähernd so schnell war, wie sie wollte. Sie hatte mit den gleichen Schwierigkeiten zu kämpfen wie ihr Verfolger. Mehr als drei Wochen Dauerregen hatten aus dem Feld einen Sumpf gemacht, in den sie nicht nur bei jedem Schritt bis über die Knöchel einsank, sondern aus dem sie sich auch nur mit immer größerer Mühe befreien konnte. Schon nach wenigen Schritten musste sie deutlich mehr Energie darauf verwenden, nicht das Gleichgewicht zu verlieren und zu stürzen, als auf das Laufen selbst. Trotzdem kam sie von der Stelle, was für ihren Verfolger nicht unbedingt galt: Rachel blickte immer wieder über die Schulter zurück und sah, dass er zwei- oder dreimal vergeblich versuchte, auf die Beine zu kommen, um die Verfolgung fortzusetzen, und schließlich aufgab. Breitbeinig und mit seitlich ausgestreckten Armen, um das Gleichgewicht zu halten, tapste er zurück zu seinem Wagen, der mit laufendem Motor und offener Tür am Straßenrand stand; ein zottiger, brauner Bär, aus dessen Fell Schlamm tropfte. Von den anderen Männern war immer noch nichts zu sehen. Mit etwas Glück durchsuchten sie immer noch das leer stehende Haus und wunderten sich, wo seine Bewohnerin eigentlich geblieben war.

Rachel verscheuchte den Gedanken und konzentrierte sich lieber darauf, einen Fuß nach dem anderen aus dem Morast zu ziehen und weiterzulaufen, ohne ebenfalls auf die Nase zu fallen. Sie hatte noch nicht einmal ein Viertel des Weges zum Wald hin zurückgelegt und ihre Beine fühlten sich jetzt schon an wie mit Blei gefüllt, jeder Schritt kostete sie mehr Kraft als der davor, und sie war nicht einmal mehr sicher, das Stück bis zum Waldrand hin überhaupt zu schaffen. Aber selbst wenn – was dann? Die Kerle würden nicht aufhören, sie zu verfolgen, sondern den Wald Meter für Meter durchkämmen und so groß war er nun auch wieder nicht. Das –

Rachel begriff den Fehler in ihren Gedanken gerade noch rechtzeitig genug, um sich nicht selbst noch weiter in Panik zu reden. Sie war ja schließlich nicht im Wilden Westen, sondern im Deutschland des einundzwanzigsten Jahrhunderts, am Rand einer Großstadt. Und Sonntagmorgen oder nicht: Auf der anderen Straßenseite standen drei Dutzend Häuser. Irgendjemand musste mitbekommen, was hier vor sich ging, und wahrscheinlich war die Polizei bereits alarmiert und auf dem Weg hierher.

Ihre Füße fanden plötzlich festeren Halt. Der braune Morast vor ihr unterschied sich in nichts von dem, durch den sie bisher gestolpert war, aber sie musste einen der Feldwege erreicht haben, die den Acker in ein Karree unterschiedlich großer Rechtecke zerschnitten. Ihre nackten Füße versanken jetzt nur noch wenige Zentimeter tief im Schlamm, ehe sie auf betonharten Widerstand trafen, den selbst drei Wochen ununterbrochener Regen nicht hatten aufweichen können. Rachel schwenkte instinktiv nach links und beschleunigte ihre Schritte. Im Gegensatz zu dem mühseligen Sich-vorwärts-Quälen bisher schien der Waldrand nun geradewegs auf sie zuzufliegen. Im Rennen sah sie wieder über die Schulter zurück. Der Volvo hatte gewendet und unmittelbar vor ihrem Haus wieder angehalten und gerade in diesem Moment stürzte eine dunkel gekleidete Gestalt aus der Garage, aus der sie selbst vorhin gekommen war. Eine zweite stürmte vom Ende der Stichstraße heran und gestikulierte dabei wild mit beiden Armen in der Luft herum. Die Kerle gaben sich tatsächlich nicht die geringste Mühe, unauffällig zu sein. Rachel sah wieder nach vorne und konzentrierte sich darauf, den Waldrand zu erreichen, der zwar schnell näher kam, sich aber zugleich auf fast magische Weise immer wieder fast um dieselbe Distanz entfernte, die sie gerade zurückgelegt hatte, aber sie konnte dennoch nicht verhindern, dass sich ein beunruhigender Gedanke in ihr breit zu machen begann: Wenn sich ihre Verfolger so auffällig benahmen, dann konnte es dafür eigentlich nur zwei Erklärungen geben – sie waren entweder die abgebrühtesten Burschen, von denen sie jemals gehört hatte, oder sie hatten tatsächlich nichts zu befürchten, wenn sie nämlich in ganz offiziellem Auftrag handelten. Sie hatten es gemerkt. Jemand hatte endlich begriffen, was sie getan hatte, und jetzt waren sie gekommen, um sie zu holen und zur Rechenschaft zu ziehen.

Unsinn! Niemand hatte etwas herausgefunden, ganz einfach, weil es gar nichts herauszufinden gab. Das einzige Verbrechen, das sie begangen hatte, hatte in ihrem Kopf stattgefunden und so weit ging die göttliche Gerechtigkeit nun doch noch nicht, körperliche Häscher zu schicken, um sie für eine in Gedanken begangene Sünde zu bestrafen. Wer immer diese Männer waren, sie hatten sie entweder verwechselt oder einen sehr viel handfesteren Grund, hier zu sein. Rachel hatte nicht die allermindeste Lust, ihn herauszufinden.

Sie hatte auf dem mit Schlamm überfluteten Weg mittlerweile einen Rhythmus gefunden, der ihr gestattete, relativ zügig von der Stelle zu kommen und dabei ein Mindestmaß an Kraft aufzuwenden, sodass sie dem Waldrand nun relativ schnell näher kam. Wieder warf sie einen Blick zu ihren Verfolgern zurück. Der Volvo hatte abermals gewendet (was nebenbei bemerkt vollkommen hirnrissig war: Auf dem kurzen Stück verbrauchte der Fahrer mehr Zeit mit den Wendemanövern, als es ihn gekostet hätte, die Strecke im Rückwärtsgang zurückzulegen) und bewegte sich erneut in ihre Richtung. Der Fahrer war möglicherweise nicht sehr clever, aber er war zumindest ein guter Beobachter, der die richtigen Schlüsse aus der Tatsache gezogen hatte, dass sie sich plötzlich so mühelos bewegte. Er jagte den Wagen an der Stelle vorbei, an der er gerade im Schlamm stecken geblieben war, und hielt zwanzig Meter weiter vor dem abgesenkten Bürgersteig an. Die beiden hinteren Türen flogen auf und zwei Gestalten in schwarzen Regenmänteln stürzten heraus, um zu Fuß die Verfolgung aufzunehmen. Rachel verstand zwar nicht, wie – die braune Krume des Kornfeldes hatte sich in einen zähflüssigen Brei verwandelt, der unterschiedslos in alle Richtungen schwappte und jede noch so kleine Unebenheit ausglich, sodass der Feldweg einfach verschwunden war –, aber irgendwie gelang es ihnen, genau wie sie auf relativ festem Untergrund zu laufen und ein erschreckendes Tempo vorzulegen. Sie bewegten sich eindeutig schneller als Rachel selbst. Aber ebenso eindeutig auch nicht schnell genug. Rachel war klar, dass sie ihr nicht einmal nahe kommen würden, ehe sie den Waldrand erreicht hatte. Aber sie war mittlerweile auch nicht mehr davon überzeugt, dort tatsächlich in Sicherheit zu sein. Die Männer stellten sich vielleicht nicht besonders geschickt an, aber sie waren hartnäckig und irgendetwas sagte ihr, dass sie es mit professionellen Menschenjägern zu tun hatte. Und das Waldstück war tatsächlich nicht besonders groß.

Der Wagen raste weiter, nachdem er seine beiden Passagiere entlassen hatte, und verschwand nach wenigen Augenblicken aus ihrem Sichtfeld. Rachel registrierte das absurde Gefühl von Erleichterung, als der Fahrer über die Kreuzung preschte, ohne auf das Rotlicht zu achten, vollkommen widersinnigerweise aber den Blinker betätigte, während er nach links abbog. Dann war er verschwunden, während die beiden Männer in den schwarzen Regenmänteln unerbittlich näher kamen. Sie hatten nicht einmal die Spur einer Chance, sie einzuholen, ehe sie zwischen den Bäumen verschwand, und trotzdem spornte sie allein der Anblick noch einmal zu größerer Schnelligkeit an.

Als sie noch fünf Meter vom Waldrand entfernt war, spürte sie einen warmen Lufthauch auf der Wange und praktisch im gleichen Sekundenbruchteil explodierte die Baumrinde ein Stück vor ihr. Mikroskopisch kleine Holzsplitter prasselten wie unsichtbare, aber gefährliche Schrapnellgeschosse rings um sie nieder, und irgendetwas biss so dünn und schmerzhaft wie ein Bienenstachel in ihren linken Handrücken. Rachel registrierte den Schmerz nicht einmal. Nicht ihr Verstand, sehr wohl aber etwas, das viel tiefer in ihr verborgen war, hatte sofort begriffen, was die winzige Explosion bedeutete. Und das schiere Entsetzen über diese Einsicht lähmte sie so total, dass sie abrupt stehen blieb und sich zu ihren Verfolgern herumdrehte. Einer der beiden Männer rannte noch immer mit weit ausgreifenden Schritten in ihre Richtung. Sein Mantel war aufgeklafft und wehte im Regen hinter ihm her; er sah aus wie eine Figur aus einem Wildwestfilm: der Revolverheld, dessen Staubmantel im Wind hinter ihm flatterte, während er seine menschliche Beute verfolgte. Rachels Blick suchte den zweiten Mann und ihr wurde schlagartig klar, wieso sich ihr ausgerechnet diese Assoziation aufgedrängt hatte: Ihr bewusster Verstand hatte immer noch nicht realisiert, was eigentlich geschah – vielleicht weil die Vorstellung einfach zu absurd war; so etwas geschah in zweitklassigen Romanen oder drittklassigen Spielfilmen, aber doch nicht in der Wirklichkeit! –, aber ihre Fantasie ließ ihr auf diese Weise eine Warnung zukommen, dass es bitter ernst war. Todernst, um genau zu sein.

Der zweite Mann war stehen geblieben und hatte die Beine leicht gespreizt, um festen Stand auf dem unsicheren Boden zu haben, und beide Arme mit durchgedrückten Ellbogen in ihre Richtung gestreckt. Seine zusammengelegten Hände hielten etwas Kleines, Langgestrecktes und Dunkles, etwas, das ihre Augen sehr wohl sahen, während ihr Verstand sich immer noch weigerte, es zu erkennen. Rachel hörte im Rauschen des Regens nicht den mindesten Laut, aber sie sah ein winziges, orangerotes Flackern und etwas wie eine blasse Rauchwolke, die sich von der Spitze des Gegenstandes löste, mit dem der Mann auf sie zielte. Und dann schrammte ein rotglühender Draht über ihren rechten Oberarm. Der Schmerz war nicht einmal so schlimm. Sie spürte einen heftigen Schlag, der sie zurück- und einen ungeschickten, stolpernden Schritt zur Seite torkeln ließ, und einen vibrierenden roten Stich, der sich ohne Umweg in direkter diagonaler Linie von ihrem Bizeps bis ins Herz grub. Aber was sie aufschreien ließ, das war weder das eine noch das andere, sondern die Erkenntnis, vor der sie die Augen nun nicht mehr verschließen konnte: der Mann hatte auf sie geschossen! Und er würde es wieder tun. In seiner Waffe befanden sich noch mindestens vier weitere Patronen – wahrscheinlich sogar deutlich mehr – und er hatte schon mit seinen beiden ersten Schüssen bewiesen, dass er ein ausgezeichneter Schütze war. Bevor er seine Treffsicherheit erneut und vielleicht noch drastischer unter Beweis stellen konnte, wirbelte Rachel herum und rannte Haken schlagend weiter. Eine dritte Kugel zerfetzte Blätter und dünne Äste, diesmal aber weit genug entfernt, um keine wirkliche Gefahr darzustellen, dann hatte sie den Wald erreicht und war zumindest so weit in Sicherheit, dass der Mann das Feuer einstellte. Was allerdings ganz und gar nicht hieß, dass sie auch tatsächlich in Sicherheit war.

Rachel blieb für einen Moment stehen und sah sich mit wachsender Verzweiflung um. Obwohl sie seit beinahe dreißig Jahren hier lebte, hatte sie den Wald praktisch nie betreten. Nicht einmal als Kind. Sie war oft am Waldrand spazieren gegangen, hatte das dichte Unterholz mit seinem dornigen Gestrüpp und den zähen Ranken aber stets gemieden und viel mehr noch die Dunkelheit, die dazwischen lauerte. Jetzt schien es sich völlig verändert zu haben: Sie erinnerte sich an ein scheinbar undurchdringliches Dickicht ineinander gekrallter Äste und nachtschwarzer Schatten, doch das, was vor ihr lag, hatte nichts mehr mit ihrer Erinnerung zu tun. So, als hätten drei Wochen Dauerregen nicht nur ausgereicht, den Waldboden knöcheltief aufzuweichen, sondern auch die Schatten weggespült und etliche Bäume dazu. Die einzelnen Stämme standen so weit auseinander, dass man bequem mit einem Wagen hätte hindurchfahren können, und das Gestrüpp, an das sie sich zu erinnern glaubte, war praktisch nicht vorhanden – es war gerade noch dicht genug, um sie zu behindern und aus ihrer rasenden Flucht ein ungeschicktes Stolpern und Ringen ums Gleichgewicht zu machen, keinesfalls aber so dicht, dass man sich irgendwo verstecken konnte. Dabei würden ihre Verfolger in dieser Umgebung vermutlich rasch aufholen, weil sie ihre überlegenen Körperkräfte einsetzen konnten, um einfach durch Hindernisse hindurchzubrechen, die sie Kraft und Zeit kosteten. Rachel begriff, dass sie vielleicht einen Fehler gemacht hatte, ausgerechnet hierher zu fliehen. Ein Fehler, den sie möglicherweise mit dem Leben bezahlen würde. Draußen auf dem Feld oder der Straße bestand zumindest noch die geringe Wahrscheinlichkeit, dass irgendjemand vorbeikam, der eingriff oder zumindest die Polizei alarmierte. Hier drinnen im Wald konnten die beiden Männer mit ihr machen, was immer sie wollten. Und sie hatte mittlerweile eine ziemlich deutliche Vorstellung davon, was das war.

Rachel dachte jedoch nicht daran aufzugeben. Sie hörte Schritte und das Geräusch brechender Zweige hinter sich – unangenehm nah hinter sich –, verschwendete jedoch keine Zeit damit, sich umzudrehen, sondern rannte nur noch schneller. Vielleicht hatte sie doch noch einen winzigen Vorteil. Sie kannte sich hier aus, während ihre Verfolger ganz bestimmt nicht aus dieser Gegend stammten; ein Unterschied, den sie möglicherweise zu ihren Gunsten nutzen konnte. Der Wald begrenzte den Streifen Ackerland auf seiner gesamten Länge von gut drei oder vier Kilometern, aber er war nicht besonders tief;

vielleicht fünfzig Meter an der dichtesten Stelle und kaum mehr als zwanzig an der schmalsten. Auf seiner Rückseite erhob sich eine drei Meter hohe, verwilderte Böschung; künstlich angelegt vor zwanzig oder fünfundzwanzig Jahren, als das Land noch Geld gehabt hatte und der Bau einer Autobahntrasse begonnen worden war, ohne dass die geringste Chance bestand, sie jemals fertig zu stellen. Wenn es ihr gelang, diese Böschung zu erreichen und auf die andere Seite zu kommen, war sie wieder in der Zivilisation, vielleicht in Sicherheit. Wenn.

Als wäre dieser Gedanke ein Stichwort gewesen, auf das ein bösartiger Regisseur nur gewartet hatte, drangen die stampfenden Schritte ihres Verfolgers nun wieder verstärkt in ihr Bewusstsein. Rachel warf im Rennen einen Blick über die Schulter zurück und stellte erschrocken fest, dass er mittlerweile aufgeholt hatte – der Mann war keine fünf Meter mehr entfernt, und er kam mit jedem Schritt näher. Zum ersten Mal konnte sie sein Gesicht erkennen. Es war dunkel und verzerrt vor Anstrengung und Zorn; buschige Augenbrauen, ein kantiges Kinn und Wangen, auf denen ein dunkler Schimmer lag, gegen den vermutlich auch der beste Rasierapparat machtlos war. Soweit sie das nach einem einzigen Blick beurteilen konnte, ein slawischer Typ – Russe, Bulgare, Rumäne oder sonst was, auf jeden Fall niemand, den sie je zuvor hier gesehen hatte. Was um alles in der Welt wollte er von ihr?

Rachel schlug einen blitzschnellen Haken nach links, duckte sich unter einem tief hängenden Ast hindurch, dessen Blätter schwer von Regenwasser waren, und hob instinktiv die Hand, um ihn ein Stück mit sich zu ziehen. Sie selbst rechnete am allerwenigsten damit, aber die Aktion hatte Erfolg: Als sie den Ast losließ, schnellte er wie eine Peitsche zurück und einen Sekundenbruchteil später nur erscholl ein klatschender Laut, gefolgt von einem wütenden Grunzen und dem dumpfen Geräusch, mit dem ein schwerer Körper zu Boden fällt.

Sie sah sich noch einmal im Laufen um und aus dem kurzen Hochgefühl, mit dem sie der hörbare Erfolg ihrer Attacke erfüllt hatte, wurde das genaue Gegenteil. Ihr Verfolger war tatsächlich gestürzt, sprang aber bereits wieder mit einer behänden Bewegung in die Höhe. In seinem Gesicht prangte ein halbes Dutzend blutiger Schrammen und aus der grimmigen Entschlossenheit, die sie gerade in seinen Augen gelesen hatte, war Schlimmeres geworden: Als er weiterstürmte, war er deutlich schneller als zuvor, keineswegs langsamer.

Cleveres Mädchen, dachte Rachel sarkastisch, *das hast du wirklich fein hingekriegt!* Jetzt hatte sie den Kerl erst richtig wütend gemacht. Sie versuchte ebenfalls, schneller zu laufen, kam aber nur aus dem Tritt und fiel wieder in ihr altes Tempo zurück.

Sie hatte den Wald fast durchquert. Vor ihr lagen noch zwei oder drei Baumreihen, ein Dickicht mit Unkraut und wild wuchernden Büschen und eine mit kleineren Bäumen bewachsene Böschung, die zur alten Autobahntrasse hinaufführte. Sie legte nun doch einen kurzen Endspurt ein, stürzte zwischen den Bäumen hervor und drehte instinktiv den Kopf zur Seite, als ihr der Regen wie eine nasse Hand ins Gesicht klatschte. Trotzdem jagte sie, ohne langsamer zu werden, die Böschung hinauf.

Allerdings nur zwei Schritte weit. Das wild wuchernde Gras war so rutschig wie Schmierseife. Sie glitt aus, fiel hilflos nach vorne und prellte sich schmerzhaft beide Handgelenke, als sie versuchte, ihren Sturz irgendwie aufzufangen. Dennoch versuchte sie sofort, sich wieder in die Höhe zu stemmen und die Böschung hinaufzurennen. Diesmal gelang es ihr immerhin, sich halb zu drehen, sodass sie nur mit der Schulter aufprallte, was ebenfalls wehtat, aber nicht annähernd so schlimm wie gerade. Dafür schlitterte sie ein gutes Stück des Weges wieder zurück, den sie sich gerade so mühsam hinaufgekämpft hatte, und befand sich nun beinahe wieder am Fuße der Böschung.

Hinter ihr stürmte ihr Verfolger aus dem Wald. Sein Gesicht war blutüberströmt und verzerrt vor Wut, und der bloße Anblick versetzte Rachel einen regelrechten Schub neuer Kraft. Aus Schaden klug geworden, versuchte sie kein drittes Mal aufzustehen, sondern ignorierte den pochenden Schmerz in ihren Handgelenken und kroch auf Händen und Füßen und mit zusammengebissenen Zähnen los.

Es ging besser, als sie erwartet hatte, wenn auch natürlich erbärmlich langsam, verglichen mit dem Tempo, das ihr Verfolger vorlegte. Mit einem einzigen Satz überwand er die Entfernung zwischen dem Waldrand und der Böschung, war mit dem zweiten beinahe neben ihr und schlug der Länge nach hin, als seine Schuhsohlen auf dem schlüpfrigen Gras noch viel weniger Halt fanden als Rachels nackte

Füße zuvor. Er prallte sehr schwer auf, wie Rachel mit grimmiger Befriedigung registrierte, aber er reagierte trotzdem mit erschreckender Schnelligkeit: Sein rechter Arm geriet irgendwie unter seinen Körper und Rachel hoffte inständig, dass er ihn sich brach, aber seine andere Hand streckte sich blitzschnell nach ihrem Knöchel aus und umklammerte ihn. Rachel wurde mit einem brutalen Ruck aus dem Gleichgewicht gerissen und schlitterte wieder ein Stück weit die Böschung hinab. Ihr Instinkt wollte sie dazu bringen, die Hände in den Boden zu krallen und sich mit aller Kraft festzuklammern, aber diesmal war ihr Verstand stärker: Statt Widerstand zu leisten, drehte sie sich blitzschnell auf den Rücken und stieß mit dem freien Fuß ins Gesicht des Verfolgers. Sie traf und wurde mit einem schmerzerfüllten Grunzen belohnt, womit sich die Wirkung ihres Angriffs allerdings auch schon erschöpfte.

Aber der Kerl war dumm genug, den Helden spielen zu wollen. Statt ihr Bein loszulassen und sein dann schon sicheres Opfer auf eine andere Weise zu überwältigen, zerrte er sie mit einem wütenden Ruck weiter zu sich herab und gab Rachel auf diese Weise Gelegenheit, einen zweiten und ungleich härteren Tritt zu platzieren.

Die Wirkung war verheerend: Rachel konnte hören, wie irgendetwas unter ihrer Ferse zerbrach. Blut spritzte, der Mann stieß einen schrillen Schmerzensschrei aus und ließ endlich ihr Bein los. Rachel warf sich mit einer verzweifelten Bewegung herum und robbte los, bis sie vollkommen sicher war, nicht mehr in seiner Reichweite zu sein, dann erhob sie sich auf Hände und Knie und kroch auf diese Weise das letzte Stück nach oben. Erst dort angekommen, richtete sie sich wieder auf und drehte sich herum.

Der Mann, der sie verfolgt hatte, hockte fünf Meter unter ihr auf den Knien und presste beide Hände gegen die untere Hälfte seines Gesichts. Hellrotes Blut quoll zwischen seinen Fingern hervor und tropfte an seinen Handgelenken entlang zu Boden, eine ganze Menge Blut. Sie hatte ihn ziemlich übel erwischt, aber wo war der andere? Rachel drehte sich halb im Kreis und suchte den Waldrand mit Blicken ab. Von dem Mann, der auf sie geschossen hatte, war nichts zu sehen, aber das beruhigte sie kein bisschen; ganz im Gegenteil. Er war nur ein paar Schritte hinter dem anderen gewesen und hätte längst auftauchen müssen. Hier zu warten, bis vielleicht genau das geschah oder sie eine vielleicht noch bösere Überraschung erlebte, erschien ihr allerdings auch keine sonderlich gute Idee.

Rachel drehte sich auf dem Absatz herum und überquerte den vielleicht zwölf Meter breiten, künstlich aufgeschütteten Damm so schnell sie konnte, ohne wirklich zu rennen. Das wäre völlig unmöglich gewesen. Der Regen hatte auch hier oben seine Spuren hinterlassen und Sand und das lose Erdreich bis auf den letzten Krümel weggewaschen; auf ihre nackten Füße wartete eine Folterstrecke aus scharfkantigem Basalt und spitzen Steinen. Als sie sie überquert hatte, bluteten ihre Fußsohlen aus einem halben Dutzend mehr oder weniger tiefer Risse und Schnittwunden und jeder Schritt war eine Qual. Trotzdem schöpfte sie zum ersten Mal wirkliche Hoffnung, diesen verrückten Albtraum irgendwie lebend zu überstehen. Auf der anderen Seite der Trasse lag nur ein schmaler Wirtschaftsweg, der von Traktoren und dann und wann von einem Jogger genutzt wurde und nach fünfhundert Metern in die Hauptstraße mündete. Wenn sie es bis dorthin schaffte, dann war sie gerettet. Vielleicht.

Rachel schlitterte ungeschickt, aber sehr schnell die Böschung hinab, fiel an deren Fuß auf beide Knie und nutzte den Schwung ihres eigenen Sturzes, um wieder in die Höhe zu kommen und weiterzurennen. Auch der Weg auf dieser Seite war unter der braunen Soße verschwunden, zu der sich das Feld verwandelt hatte, aber sie wusste, wo er war, und musste nur in zwei Meter Abstand parallel zur Böschung bleiben, um auf einigermaßen sicherem Grund zu sein. Fünfhundert Meter waren nicht so weit.

Sie hatte zwei Drittel dieser Distanz zurückgelegt, als eine Gestalt in glänzendem, nassem Schwarz über der Böschung vor ihr erschien. Wenigstens wusste sie jetzt, wo der andere Verfolger geblieben war. Rachel kam mit zwei, drei ungeschickt stolpernden Schritten zum Stehen. Ihre Gedanken überschlugen sich, während sie dabei zusah, wie der Mann mit ausgebreiteten Armen den Hang herunterbalancierte und mit beneidenswertem Geschick in der Mitte des Weges zum Stehen kam. Sein rechter Arm deutete lang ausgestreckt in ihre Richtung. Orangerotes Feuer und Rauch – aber der tödliche Schlag, auf den sie wartete, kam nicht. Stattdessen spritzte der Schlamm unmittelbar zwischen ihren Füßen auseinander. So präzise, dass ihre großen Zehen und die Stelle, an der die Kugel einschlug, ein exaktes gleichschenkeliges Dreieck bildeten. Rachel starrte die Stelle wie betäubt an. Es war kein Fehlschuss gewesen, sondern eine Warnung, die deutlicher nicht sein konnte. Ganz langsam hob sie die Arme und wich gleichzeitig zwei Schritte zurück. Aus. Es war vorbei. Der Mann war keine zehn Meter von ihr entfernt und er hatte gerade bewiesen, dass er ein ausgezeichneter Schütze war.

Sie machte einen weiteren, stolpernden Schritt und blieb abrupt stehen, als der Fremde drohend mit seiner Waffe wedelte. Immerhin hatte er bis jetzt darauf verzichtet, sie zu erschießen. Vielleicht wollte er sie aus irgendeinem Grund lebend einfangen. Vielleicht wollte er den Moment auch nur noch ein wenig hinauszögern, um sich an der Furcht in ihrem Blick zu weiden. Aber wenigstens lebte sie noch. Und vielleicht würde sie sogar noch weiterleben.

Hinter dem Fremden war ein grell aufgeblendetes Scheinwerferpaar aufgetaucht. Strömender Regen und Gegenlicht machten es fast unmöglich, den dazu gehörigen Umriss zu erkennen, aber er erschien ihr nicht massig genug für den schweren Volvo ihrer Verfolger. Dann sah sie ihn doch. Es war ein schäbiger hellblauer, kleiner Opel, dessen durchdrehende Räder alle Mühe hatten, den Wagen in der Spur zu halten, so dass er wie ein Boot auf stürmischer See wild hin und her schwankte; ein wenig zu weit, und er würde vom Weg abkommen und hoffnungslos im Schlamm stecken bleiben. Rachel machte einen weiteren Schritt zurück. Der Mann vor ihr wedelte ärgerlich mit seiner Pistole, einer klobigen Waffe, die – wie sie nun erkannte – mit einem übergroß erscheinenden Schalldämpfer ausgestattet war, und sie blieb mit übertrieben pantomimisch gespieltem Schrecken wieder stehen. »Nicht schießen!«, rief sie. »Bitte, erschießen Sie mich nicht! Ich, ich tue alles, was … was Sie von mir verlangen!«

Sie zwang sich, die Waffe anzustarren. Sein Gesicht, alles, nur nicht den Wagen hinter ihm, der mit quälender Langsamkeit näher kam. Ihre Entscheidung hatte nichts mit irgendwelchen Vernunftgründen zu tun – sie wusste so wenig, wer in dem blauen Opel saß, wie sie irgendetwas über die Beweggründe der Männer in Schwarz wusste –, aber sie spürte einfach, dass ihr von ihm keine Gefahr drohte. Es war der schiere Wahnsinn, ihr Leben auf diese Entscheidung zu setzen, aber schließlich war die ganze Situation vollkommen und total wahnwitzig – was also hatte sie zu verlieren?

Der Fremde machte einen Schritt in ihre Richtung und blieb wieder stehen. Die Pistole zielte unverwandt und ohne das geringste Zittern auf ihre Stirn, aber auf seinem Gesicht war ein misstrauischer Ausdruck erschienen. Vielleicht hatte sie sich doch irgendwie verraten? Der Wagen war mittlerweile auf zehn oder zwölf Meter herangekommen und sie war vollkommen sicher, ausschließlich seine Hände und die Waffe angestarrt zu haben, die auf sie zielte. Und dennoch: Etwas erschien für den Bruchteil eines Augenblicks auf dem Gesicht des Mannes, ein Ausdruck des Verstehens oder Erschreckens, dann wirbelte er mit einer unglaublich schnellen Bewegung herum. Sein ausgestreckter Arm und mit ihm die Pistole vollführten einen perfekten Halbkreis und zielten nun genau auf den verschwommenen Umriss hinter der regennassen Windschutzscheibe. Hätte er abgedrückt, der Fahrer hätte nicht die Spur einer Chance gehabt.

Doch er drückte nicht ab, sondern zögerte einen einzigen, aber entscheidenden Sekundenbruchteil. Vielleicht war er auch einfach überrascht, den Wagen scheinbar aus dem Nichts hinter sich auftauchen zu sehen. Vielleicht wog er nur seine Chancen ab, zur Seite zu springen und zugleich einen sicheren Schuss anzubringen – ganz egal warum, er zögerte einen winzigen Moment, im Gegensatz zu Rachel. Wenn sie später über diese Situation nachdachte, dann war sie nie sicher, ob sie nun ihre eigene Kaltblütigkeit bewundern oder sich eingestehen sollte, dass sie gar nicht nachgedacht, sondern ganz instinktiv reagiert hatte. Aus welchem Grund auch immer – sie sprang vor und rammte dem Mann die ausgestreckten Hände zwischen die Schulterblätter, genau in dem Moment, in dem sich sein Finger um den Abzug krümmte.

Der Stoß reichte nicht aus, ihn von den Füßen zu reißen, aber er taumelte mit einem überraschten Laut zur Seite, und anstatt ein sauberes Loch in die Windschutzscheibe und die Stirn des Mannes dahinter zu stanzen, schlug die Kugel nur Funken aus dem Fensterholm und heulte als Querschläger davon. Dann war der Wagen heran und Rachel begriff mit einem absurden Gefühl von Schuld, dass ihr Angriff noch einen zweiten, viel spektakuläreren Effekt gehabt hatte: Statt dem Opel auszuweichen, stolperte der Mann direkt in den Weg des heranschlitternden Wagens. Es gab einen dumpfen, sonderbar weichen Knall. Die Gestalt vor ihr verlor plötzlich den Boden unter den Füßen und war dann einfach nicht mehr da, und für einen unendlich kurzen, aber schrecklichen Moment sah sie die abgeflachte Kühlerhaube des Opels nun auf sich zurasen, und den Bruchteil einer Sekunde, bevor die blau lackierte Haifischschnauze sie treffen konnte, warf sie sich zur Seite. Ihre Füße verloren auf dem schlammigen Untergrund den Halt. Sie glitt aus und fiel, aber der Wagen schlitterte auf blockierenden Rädern an ihr vorbei, ohne sie zu verletzen, und kam nach fünf oder sechs weiteren Metern zum Stehen.

Rachel arbeitete sich mühsam in die Höhe. Schlamm und klebriges Brackwasser bedeckten ihr Gesicht und liefen ihr in die Augen, so dass sie kaum noch etwas sah, und irgendwo weit – viel zu weit! – entfernt heulte eine Polizeisirene. Sie konnte nicht einmal sagen, ob sie sich entfernte oder näher kam, aber ein Teil von ihr empfand eine eindeutig hysterische Belustigung. Das war wieder einmal typisch. Wenn man die Bullen schon mal brauchte, dann kamen sie zu spät! Sie blinzelte ein paar Mal, um die Augen freizubekommen, aber es funktionierte nicht. Sie konnte sehen, aber die Dinge hatten einen verschwommenen Rand. Die grell aufleuchtenden Bremslichter des Wagens vor ihr schickten zerfaserte rote Lichtspeere bis in den entferntesten Winkel ihres Gesichtsfeldes. Der Wagen setzte mit durchdrehenden Hinterrädern zurück. Hochspritzender Schlamm besudelte sie von Kopf bis Fuß – als ob sie nicht schon dreckig genug wäre! – und Rachel drehte hastig das Gesicht zur Seite, sprang aber trotzdem weiter hoch und streckte die Hand nach der Beifahrertür aus. Die wurde im gleichen Moment von innen aufgestoßen, in dem ihre Finger noch zehn Zentimeter weit vom Türgriff entfernt waren, und zu ihrem ohnehin malträtierten Handgelenk gesellten sich noch drei abgebrochene Nägel und vier geprellte Fingerknöchel. Es tat so weh, dass sie die Hand abrupt zurückzog, so, als hätte sie glühendes Eisen berührt. Rachel fluchte, riss die Tür mit der anderen Hand auf und warf sich mit einer kraftvollen Bewegung in den Wagen.

Ein gleichermaßen erschrocken wie übernächtigt wirkendes Gesicht starrte sie an und wurde noch ein bisschen blasser, als Rachel seinen Besitzer anfuhr: »Fahren Sie! Los!« In Zukunft würde sie sich genauer überlegen, was sie sagte, denn der junge Mann hinter dem Steuer reagierte fast schneller, als ihr lieb war: Sein Fuß, der die Kupplung bisher niedergedrückt hatte, schnellte zurück und der Wagen machte einen so gewaltigen Satz, dass Rachel zum zweiten Mal und noch nachhaltiger in den Sitz geworfen wurde. Irgendwie brachte sie das Kunststück fertig, die Füße in den Wagen zu ziehen, bevor sie von der zufallenden Tür einfach abgequetscht wurden, aber das war auch schon alles. Ihr Versuch, sich auf dem wild bockenden Sitz in die Höhe zu stemmen, scheiterte kläglich.

»Unten bleiben!«, herrschte ihr Retter sie an. »Wir haben es noch nicht geschafft!«

»Ach?«, fragte Rachel spöttisch. Die Antwort – nicht seine, sondern die Antwort – bestand aus einem dumpfen Plopp!, mit dem ein kreisrundes, milchig eingefasstes Loch ziemlich genau dort in der Windschutzscheibe entstand, wo sich ihr Kopf befunden hätte, wäre es ihr gelungen, sich auf dem Sitz aufzurichten. Nur einen Sekundenbruchteil später explodierte die Heckscheibe in einem Hagel kubischer Glassplitter nach draußen.

Darkov – oder Benjamin oder wie zum Teufel auch immer er heißen mochte, sie erinnerte sich nicht genau – fluchte lauthals, warf den rechten Arm über die Lehne des Beifahrersitzes und verdrehte den Hals, um durch das zerschossene Heckfenster hinauszusehen. »Unten bleiben!«, brüllte er noch einmal.

Nichts anderes hatte sie im Sinn gehabt. Statt irgendetwas wirklich Dummes zu tun, sich zum Beispiel aufzurichten und nach vorne zu blicken, um herauszufinden, wie eine Pistolenkugel in direktem Anflug aussah, ließ sie sich noch ein Stück weiter zurücksinken und kauerte sich im Fußraum des Wagens zusammen, so klein sie nur konnte. Der Opel schlitterte weiter im Rückwärtsgang über den praktisch unsichtbaren Feldweg und Rachel konnte sehen, dass es dem Fahrer immer schwerer fiel, ihn in der Spur zu halten. Sie nahm alles zurück, was sie jemals über seine fahrerischen Fertigkeiten gedacht hatte. Rückwärts zu fahren war ohnehin nicht einfach. Sehr schnell rückwärts zu fahren war noch deutlich weniger einfach, und dabei auf einem mit Schlamm überfluteten Weg zu bleiben, den man nicht einmal sehen konnte, grenzte schon an ein kleines Wunder. Und der Umstand, dabei aus allen Rohren beschossen zu werden, machte es auch nicht gerade einfacher.

Etwas klirrte und der Seitenspiegel unmittelbar über Rachel löste sich in einer winzigen Explosion auseinander stiebender Glas- und Kunststoffsplitter auf. Ihr Lebensretter fluchte und zog hastig den Kopf ein, als ein zweiter Schuss ein daumendickes rundes Loch in das Verbundglas unmittelbar vor ihm stanzte. Die Kugel verfehlte ihn und grub sich mit einem dumpfen Geräusch in die Rückbank. Aber die erschrockene Bewegung des Fahrers übertrug sich auf die Lenkung. Für einen kurzen, schrecklichen Moment konnte sie spüren, wie die Hinterräder von der Straße abkamen und plötzlich fast ohne Widerstand durchdrehten. Hinter der zerschossenen Heckscheibe stiegen zwei gewaltige Fontänen aus dünnflüssigem Morast in die Höhe, und das Heck des Opels bewegte sich ganz langsam, aber unbarmherzig weiter von der befestigten Fahrbahn weg. Vermutlich war es pure Einbildung, aber für einen unendlich kurzen Moment glaubte sie ganz deutlich zu spüren, wie sich das Heck des Wagens zu senken begann, während sich die Hinterräder in rasender Geschwindigkeit in den Schlamm wühlten, dann tat Darkov – oder wusste der Geier, wie er hieß – irgendetwas und der Wagen kam frei und hüpfte mit einem spürbaren Ruck in die befestigte Spur zurück.

Die Reaktion ihrer Verfolger bestand in einem noch wütenderen Kugelhagel. Funken stoben aus der Karosserie, ein Reifen platzte mit hörbarem Knall und das Sicherheitsglas der Windschutzscheibe machte seinem Namen alle Ehre, indem es noch zwei weitere Treffer aushielt, bevor es endlich in einem Scherbenregen auseinander platzte. Entweder diese letzte Kugel oder einer der Glassplitter musste ihren Lebensretter getroffen haben, denn als Rachel das nächste Mal zu ihm hochsah, war die linke Seite seines Gesichts voller Blut. Seine Augen blickten glasig.

»Großer Gott!«, keuchte sie. »Was ist passiert?«

»Nichts«, erwiderte er schleppend, mühsam artikulierend wie ein Betrunkener, der kaum noch in der Lage war zu sprechen. Und selbst wenn es nicht so gewesen wäre, hätte Rachel gewusst, dass er log. Ein Streifschuss, noch dazu an der Schläfe, war kein Kratzer, er musste entsetzlich wehtun. Sie sprach schließlich aus Erfahrung. Ihr gesamter rechter Oberarm war noch immer taub, schien zugleich aber auch in helle Flammen gebadet zu sein. Wie um unverzüglich den Beweis für diese Behauptung anzutreten, sackte Darkov in diesem Moment regelrecht in sich zusammen. Sein Gesicht verlor auch noch das letzte bisschen Farbe, sah mit all dem Blut darauf plötzlich nur noch gespenstisch aus; ein Vampir, der sich aus seiner Horrorgeschichte in die Wirklichkeit verirrt hatte. Seine Hände hatten nicht mehr die Kraft, das Lenkrad zu halten, und klammerten sich nur noch daran fest, aber sein Fuß trat das Gaspedal weiter bis zum Boden durch. Der Wagen geriet ins Schlingern und brach aus. Und bei diesem Tempo bestand nicht nur die Gefahr, dass er sich im Schlamm festfuhr und sich die Räder in den weichen Morast wühlten – dann musste sich der Wagen ganz zweifellos überschlagen.

Rachel begriff die neuerliche Gefahr, in der sie plötzlich schwebte, mit einer Art müden Erschreckens, so, als hätte sie die Fähigkeit verloren, ein immer noch größeres Maß an Entsetzen zu empfinden, langte aber trotzdem hastig nach oben und versuchte wenigstens das Ärgste zu verhindern, doch wie es aussah, machte sie es auf diese Weise eher noch schlimmer: Der Wagen brach endgültig aus und prallte mit furchtbarer Wucht gegen ein Hindernis. Glas splitterte und während sie durchgerüttelt wurde, hörte sie den charakteristischen dumpfen Laut, mit dem sich dünnes Karosserieblech verformt. Der Wagen kreiste gerade noch lange genug weiter, um sie mit der Schläfe heftig gegen das Armaturenbrett zu schmettern, sodass sie Sterne sah, dann endete die irre Karussellfahrt so abrupt, wie sie begonnen hatte.

Für einen Moment wurde es unglaublich still. Rachel blieb für die Dauer eines einzelnen, schweren Herzschlags reglos dort hocken, wo sie war, dann streckte sie unsicher beide Arme aus, um sich an Lenkrad und Türgriff in die Höhe zu hangeln. Versehentlich musste sie die Tür dabei wohl geöffnet haben, denn die schwang nach außen und Rachel wäre um ein Haar mit dem Gesicht voran aus dem Wagen gestürzt, hätte sie sich nicht im letzten Moment mit der anderen Hand am Lenkrad festgeklammert. Zwei oder drei Sekunden lang hing sie in einer fast absurd anmutenden Haltung so da, ächzend vor Anstrengung und absolut hilflos, ehe ihre schmerzenden Oberarmmuskeln dem Befehl gehorchten, sie zurück in den Wagen zu ziehen. Immerhin wusste sie jetzt, warum sie sich nicht überschlagen hatten: Der Boden, auf den sie beinahe geknallt wäre, bestand nicht mehr aus braunem Morast, sondern aus nass glänzendem, schwarzem Asphalt. Sie hatten trotzdem mehr Glück als Verstand gehabt – Darkovs letzter, unbewusster Tritt aufs Gaspedal hatte den Wagen zurück auf die Straße katapultiert. Aber gegen was waren sie geprallt? Rachel drehte sich umständlich im Sitz herum und wurde mit einem Anblick belohnt, der so ganz und gar unglaublich war, dass sie im ersten Moment beinahe bezweifelte, ihn wirklich zu sehen. Der schwarze Volvo stand quer hinter ihnen auf der Straße. Kotflügel, ein Teil der Motorhaube und die Tür auf der Fahrerseite waren hoffnungslos eingedrückt, und alle schwedische Sicherheitstechnik hatte den Fahrer nicht davor bewahrt, mit solcher Wucht gegen das Lenkrad geschleudert zu werden, dass ihm auch der Airbag nicht mehr viel nutzte: Er hing reglos und offenbar ohne Bewusstsein in einem allmählich schlaffer werdenden weißen Plastiksack, aus dem langsam die Luft entwich. Rachel blinzelte ein paar Mal, als müsse sie sich selbst davon überzeugen, dass das, was sie sah, auch wirklich war. Aber ein Teil von ihr begriff dennoch ziemlich genau, was geschehen sein musste: Offenbar hatte der Fahrer versucht, ihnen den Weg abzuschneiden, und die Zufahrt zu der überschwemmten Wirtschaftsstraße mit seinem Wagen blockiert. Sein Pech war nur, dass der Opel mit unerwartet hoher Geschwindigkeit herangerast war – und den Volvo offensichtlich im ungünstigsten aller nur denkbaren Winkel getroffen hatte; so wie der Karateschlag eines schmächtig gebauten Mädchens auch einen Preisboxer fällen konnte, wenn er gut genug platziert war. Angewandte Physik, dachte Rachel, gepaart mit einem schon unverschämten Maß an Glück. Das allerdings nicht mehr ewig anhalten würde. Mittlerweile schlugen keine Kugeln mehr in den Wagen um sie herum ein, aber die beiden Männer waren garantiert bereits auf dem Weg hierher, um das, was sie angefangen hatten, zu Ende zu bringen. Ganz davon abgesehen, dass es noch mindestens einen vierten Mitspieler gab, der auch nicht allzu weit entfernt sein konnte und ganz bestimmt ebenfalls bereits hierher unterwegs war.

Sie stemmte sich herum, warf einen flüchtigen Blick auf Darkov und verwarf den Gedanken, ihn wach zu machen, ebenso schnell, wie er gekommen war. Er war bei Bewusstsein, aber er starrte aus glasigen Augen ins Leere und seine Kopfwunde blutete so heftig, dass es mittlerweile aussah, als hätte man ihm die Haut vom Gesicht gezogen. Hier galt es, selbst Hand anzulegen. Ungeschickt, aber sehr schnell wuchtete sie seinen schlaffen Körper so weit, wie es ging, zu sich herüber auf den Sitz, dann stieg sie aus, warf die Tür ins Schloss und eilte um den Wagen herum. Es gab noch einmal einen kurzen, angsterfüllten Moment, nachdem sie den Zündschlüssel herumgedreht hatte und der Anlasser wimmernd durchdrehte, ohne dass irgendetwas geschah, aber letzten Endes hielt ihre Glückssträhne doch noch weiter an: Der Motor erwachte stotternd und spuckend zum Leben und als sie den Gang hineinhämmerte und Gas gab, setzte sich der Wagen gehorsam in Bewegung. Nicht allzu gut und alles andere als schnell. Etwas kreischte mit nervenzerfetzender Lautstärke und in einer Frequenz, die keinerlei Zweifel daran aufkommen ließ, dass in Kürze etwas (vermutlich Wichtiges) endgültig kaputt gehen würde, und das Lenkrad teilte wilde Stöße an ihre ohnehin schmerzenden Handgelenke aus. Auf nur drei intakten Reifen gelang es ihr kaum, den Wagen in der Spur zu halten. Der intensive Geruch von verbranntem Gummi hüllte sie ein und unter dem vorderen rechten Kotflügel des Wagens stoben Funken hoch. Aber er fuhr, nicht schnell, aber deutlich schneller, als ein Mann rennen konnte, und das allein war es, was im Moment zählte.

Auch schneller, als eine Pistolenkugel flog? Rachel versuchte den hässlichen Gedanken aus ihrem Kopf zu verjagen, aber es gelang ihr nicht. Sie hatte noch immer nicht die leiseste Vorstellung, wer diese Männer waren, geschweige denn, warum sie sich solche Mühe gaben, sie umzubringen. Aber ihr war eines vollkommen klar: dass sie mit schrecklicher Entschlossenheit zu Werke gingen. Und auch wenn ihr der Gedanke völlig absurd vorkam: Sie war sicher, dass nichts außer ihrem eigenen Tod sie daran hindern konnte, ihr Vorhaben zu Ende zu bringen.

Es fiel ihr jetzt immer schwerer, den Wagen unter Kontrolle zu behalten. Der zerschossene Reifen hatte sich wohl endgültig in Wohlgefallen aufgelöst, denn es stank nicht mehr nach verbranntem Gummi, dafür aber hatte der Funkenschauer deutlich zugenommen und aus dem Kreischen von Metall war ein Geräusch wie von einer blockierenden Diesellok geworden, die sich anschickte, aus den Schienen zu springen. Obwohl der rechte Vorderreifen geplatzt war, versuchte der Wagen immer wieder, nach links und zur Straßenmitte hin auszubrechen. Ein Mercedes kam ihr entgegen. Der Fahrer signalisierte heftig mit der Lichthupe, als er den wild hin und her schlingernden Opel auf sich zuschießen sah, und Rachel erhaschte einen flüchtigen Blick auf ein schreckensbleiches Gesicht und vor Entsetzen weit aufgerissene Augen, dann war sie vorbei und verfolgte den weiteren Weg des anderen Wagens im Rückspiegel. Die Bremslichter des Mercedes leuchteten grellrot auf, was Rachel nicht besonders überraschte. Aber der Fahrer hielt keineswegs an, um ihr erbost nachzublicken oder sich vielleicht die Nummer des Amokfahrers zu notieren. Er hatte einen sehr viel handfesteren Grund, genauer gesagt zwei: beide trugen schwarze, vor Nässe glänzende Regenmäntel und standen mitten auf der Straße. Der eine etwas verkrümmt, als versuche er sein verletztes Bein möglichst wenig zu belasten (vielleicht hatte er ja vor kurzem eine unangenehme Begegnung mit einem Wagen gehabt?), der andere mit gespreizten Beinen und weit vorgestreckten Händen, in denen er eine Pistole hielt. Rachel beobachtete mit wachsendem Entsetzen, wie der Wagen mit kreischenden Reifen endgültig zum Stehen kam. Der Mann mit der Pistole bedrohte den Fahrer unverwandt weiter, während sein Begleiter hastig um den Mercedes herum humpelte und die Tür aufriss. Rachel konnte sich lebhaft vorstellen, wie es weiterging, und löste ihren Blick vom Rückspiegel. Rücksichtslos trat sie das Gaspedal bis zum Boden durch, aber das Ergebnis war höchst mäßig. Der Motor heulte zwar schrill auf, aber der Wagen wurde keinen Deut schneller, sondern schien im Gegenteil eher an Tempo zu verlieren. Auf dem Armaturenbrett flackerte ein halbes Dutzend roter Lämpchen um die Wette und der verbrannte Gestank war wieder da, bösartiger und durchdringender als vorher. Noch ein paar Augenblicke und die Karre würde einfach auseinander fallen – wenn sie Glück hatten. Oder in Flammen aufgehen, wenn sie weniger Glück hatten. Ein weiterer Wagen kam ihnen entgegen und passierte sie in größerem Abstand als vorhin der Mercedes. Rachel hörte Reifen hinter sich kreischen, aber sie widerstand der Versuchung, in den Spiegel zu sehen.

Der Mercedes musste längst gewendet haben und holte vermutlich bereits auf. Noch ein paar Augenblicke und ihre Verfolger waren nahe genug, um auf sie zu schießen – falls sie es nicht vorzogen, sie kurzerhand von der Straße zu rammen, um die Sache danach und in aller Ruhe zu Ende zu bringen. Obwohl sie wusste, wie sinnlos es war, versuchte sie noch einmal das Gaspedal weiter durchzutreten. Als einziges Ergebnis schnellte die Temperaturanzeige im Armaturenbrett schlagartig in die Höhe und eine zischende graue Dampfwolke quoll unter der eingedrückten Motorhaube hervor und wurde vom Fahrtwind weggerissen. Wie lange hält der Motor ohne Kühlung durch?, dachte sie verzweifelt. Zehn Sekunden? Zwanzig? Ganz bestimmt nicht länger als eine Minute.

Über all dem Lärm konnte sie jetzt wieder deutlich das Heulen der Polizeisirenen hören und diesmal war sie sicher, dass sie näher kamen. Jemand hatte endlich die Polizei alarmiert. Aber sie würde zu spät kommen. Ein Erinnerungsfetzen schoss ihr durch den Kopf, so unpassend, wie es nur ging, und zweifellos durch nichts anderes als ihre Hysterie ausgelöst: Sie hatte einmal zu ihrer Freundin Tanja gesagt, dass sie sich als Kind nichts sehnsüchtiger als einen Wildwestfilm mit John Wayne gewünscht hätte, in dem die Kavallerie zu spät kam, um die tapferen Siedler vor dem Überfall der blutrünstigen Indianer zu beschützen. Wie es aussah, sollte ihr Wunsch jetzt in Erfüllung gehen! Die Polizei kam zu spät. Es war nicht ihre Schuld. Ganz plötzlich wurde Rachel klar, dass seit dem Moment, in dem sie aus ihrer Garage gestürmt war, allerhöchstens fünf Minuten vergangen sein konnten, vermutlich sogar weniger, auch wenn es ihr selbst wie eine Ewigkeit vorkam. Dennoch würden die Beamten vermutlich gerade noch rechtzeitig eintreffen, um ein brennendes Autowrack mit zwei verkohlten Leichen vorzufinden. Bei der späteren Obduktion würde sich herausstellen, dass beide durch saubere Kopfschüsse hingerichtet worden waren, was wiederum Anlass für die wildesten Spekulationen (und selbstverständlich Verdächtigungen) geben würde. Die Vorstellung, umgebracht zu werden, ohne auch nur zu wissen, warum, war vielleicht das Schlimmste an allem. Rachel hatte keine übergroße Angst vor dem Tod (und warum auch? Entweder es gab ein Danach, dann hatte sie nichts zu befürchten, oder da war rein gar nichts, wovon sie ergo auch nichts mitbekommen würde), wohl aber große Angst vor dem Vorgang des Sterbens – und die Vorstellung, so vollkommen sinnlos hinweggefegt zu werden, war einfach mehr, als sie akzeptieren konnte. Sie musste es irgendwie schaffen, und sei es nur wegen des halb bewusstlosen jungen Mannes neben ihr, der sein Leben riskiert hatte, um ihres zu retten.

Der Wagen näherte sich einer Kreuzung, und auch das Sirenengeräusch war deutlich lauter geworden. Nahe genug jetzt, sie doch wieder eine verzweifelte Hoffnung schöpfen zu lassen. Vielleicht kam die Kavallerie doch noch rechtzeitig! Aber das Motorengeräusch hatte sich auch auf beunruhigende Weise verändert: Es klang jetzt schrill und gequält, ein Laut wie von Kugellagern, die sich festfraßen, und der Gestank nach heißem Metall war unerträglich geworden. Noch ein paar Sekunden. Sie kuppelte aus, als sie spürte, dass der Motor nun unmittelbar davor war, sich festzufressen, und der Opel wurde für einen winzigen Moment tatsächlich noch einmal schneller, während er auf die Kreuzung hinausschoss. Die Ampel stand auf Rot und Rachel musste für eine Sekunde gegen den absurden Impuls ankämpfen, auf die Bremse zu treten. Unmittelbar hinter ihr kreischten Bremsen, dann erscholl ein dumpfes Krachen und das Heulen der Polizeisirene verstummte mit einem klagenden Misslaut. Der Opel rollte noch ein Stück weiter, prallte vor den Bordstein auf der anderen Straßenseite und kam zitternd zum Stehen. Rachel sank erschöpft hinter dem Steuer zusammen. Ihre Stirn prallte gegen das harte Plastik, das schlüpfrig von Darkovs Blut und ihrem Schweiß war, und für einen Moment begann sich die Schwärze hinter ihren geschlossenen Lidern zu drehen. Es war noch nicht wirklich vorbei. Die fast vollkommene Stille, die dem letzten, eher sanften Aufprall gefolgt war, existierte nur in ihrem Inneren; irgendeine komplizierte psychische Reaktion, die für einen Moment jeglichen anderen Laut außer dem Schlagen ihres eigenen Herzens herausfilterte. Aber sie hielt nur wenige Sekunden vor – ganz genau so lange, wie sie brauchte, um sich selbst davon zu überzeugen, dass es nicht nur albern, sondern nachgerade dämlich wäre, nach allem, was sie überstanden hatte, am Ende vielleicht doch noch erschossen zu werden, nur weil sie ein paar Sekunden zu früh glaubte in Sicherheit zu sein.

Sie zwang sich den Kopf zu heben und die Augen zu öffnen, und im gleichen Moment hörte sie auch wieder den Lärm, der sich für einen Augenblick hinter der traumatischen Stille in ihrem Kopf verborgen hatte: Schreie, Sirenengeheul, eine Folge dumpfer, fast rhythmischer Schläge (Schüsse?), Schritte und noch mehr Sirenengeheul, das sich aus verschiedenen Richtungen näherte. Durcheinander rufende Stimmen. Sie schien sich genau im Zentrum eines Orkans zu befinden, der aus purem Lärm bestand, nur dass in seinem Auge alles andere als Stille herrschte. Müde drehte sie den Kopf, um hinter sich zu blicken. Aber noch bevor sie die Bewegung halb zu Ende bringen konnte, regte sich die zusammengesunkene Gestalt auf dem Beifahrersitz neben ihr.

Rachel beugte sich rasch über ihn und streckte die Hand aus, aber dann wagte sie es aus irgendeinem Grund doch nicht, ihn zu berühren. Er war voller Blut und zitterte und er sah so zerbrechlich aus. »Weg!«, murmelte Darkov. »Du musst … verschwinden! Schnell! Sie dürfen dich nicht … nicht kriegen!« Seine Stimme war noch immer schwach und sein Blick nach wie vor trüb, aber zumindest ein Teil seines Bewusstseins schien sich geklärt zu haben. Vielleicht. Vielleicht redete er aber auch nur wirres Zeug.

»Es ist alles in Ordnung«, versicherte Rachel. »Es ist vorbei.« Wenigstens hoffte sie das. Sie sah eine hektische Bewegung aus dem Augenwinkel, die sich ihr näherte, aber sie gestattete sich nicht hinzusehen. Wenn sie sich irrte und es doch die Männer waren, dann war es sowieso zu spät.

Darkov jedenfalls schien in seinem halb weggetretenen Zustand dieser Meinung zu sein, denn er schüttelte den Kopf und versuchte mit heftig zitternden Fingern seine Jacke aufzuknöpfen. »Du musst … weglaufen«, wiederholte er stockend. »Sie dürfen dich … nicht kriegen! Unter keinen Umständen! Hier – nimm sie. Nur für alle Fälle.« Irgendwie hatte er es geschafft, seine Jacke aufzumachen. Seine Hände verschwanden unter dem schwarzen Leder und kamen mit einem kurzläufigen Trommelrevolver wieder zum Vorschein. Rachel war so verblüfft, dass sie ganz automatisch zugriff und die Waffe mit beiden Händen packte. Sie war unerwartet schwer und fühlte sich vollkommen anders an, als sie geglaubt hätte, hätte sie jemals auch nur den Gedanken an sich herangelassen, eine Schusswaffe mitzunehmen: warm und auf eine unheimliche Weise … verlockend.

»Ist bei Ihnen alles in Ordnung? Bleiben Sie sitzen, ich helfe Ihnen.«

Rachel drehte verständnislos den Kopf und sah einen Polizeibeamten in grüner Uniform auf sich zurennen. Er hatte seine Mütze verloren und hielt irgendetwas in der rechten Hand, das sie nicht genau erkennen konnte. Hinter Rachels Stirn begann eine Alarmsirene zu schrillen. Sie hörte den Ton, aber es war unmöglich, seinen Grund zu erkennen. Der Polizist rannte mit weit ausgreifenden Schritten heran, stützte sich mit der linken Hand im offenen Seitenfenster ab und sprudelte los: »Ist alles in Ordnung mit Ihnen? Sie –«

Er brach mitten im Wort ab und im gleichen Moment, in dem Rachel die Veränderung in seinem Gesicht sah, wurde ihr auch der Grund für das warnende Gefühl klar – unglücklicherweise mindestens eine Sekunde zu spät, was unter den gegebenen Umständen eine lange Zeit war. Für einen winzigen Moment war es, als könnte sie durch seine Augen sehen, und ihr wurde mit einer Art stillem Entsetzen klar, was er erblickte: einen Wagen, der nicht nur aussah, als wäre er mit Mühe und Not der Schrottpresse entkommen, sondern noch dazu von Einschusslöchern regelrecht durchsiebt war. Auf dem Beifahrersitz eine zusammengesunkene Gestalt, blutüberströmt und mehr tot als lebendig, und auf dem Sitz neben ihr eine junge Frau, der die nackte Panik ins Gesicht geschrieben stand und die eine bösartig aussehende Waffe in Händen hielt. Er konnte gar nicht anders, als zu reagieren, wie er reagierte: der Mann prallte mit einem erschrockenen Laut zurück. Das Schemen in seiner rechten Hand, das sie bisher nicht hatte identifizieren können, gerann zu einer Pistole – die Standardpolizeiwaffe, nicht so schwer und nicht annähernd so bösartig wie die, die sie in Händen hielt, aber nichtsdestoweniger eine Waffe! –, die mit fantastischer Schnelligkeit hochkam und sich auf ihre Stirn richtete.

»Die Waffe fallen lassen!«, schnappte der junge Polizist. »Und keine Bewegung!«

Rachel starrte ungefähr eine halbe Sekunde lang ihn, dann etwa eine ganze die Achtunddreißiger in ihren Händen an, und irgendwie gelang es ihr einfach nicht, seine Worte mit dem Ding in Zusammenhang zu bringen, das schwer und hässlich wie eine aus Blei gegossene Kröte auf ihrer Handfläche ruhte. Dafür sagte sie etwas ganz und gar Blödsinniges; etwas, von dem ihr erst später klar wurde, dass es sie in diesem Moment gut und gerne das Leben hätte kosten können: »Also was denn nun?«, fragte sie. »Die Waffe fallen lassen oder keine Bewegung? Beides zusammen geht ja wohl schlecht.«

Der Polizeibeamte trat einen weiteren halben Schritt vom Wagen zurück und ergriff seine Waffe nun mit beiden Händen. Ihre Mündung zitterte, aber nicht so stark, dass eine realistische Chance bestand vorbeizuschießen. »Weg mit der Waffe!«, befahl er laut und mit einer Stimme, in der deutlich mehr Angst als antrainierte Autorität lag. »Und raus aus dem Wagen – sofort!«

Rachel starrte ihn noch eine weitere Sekunde lang an – eine Ewigkeit, wenn man in eine Pistolenmündung blickte, an deren anderem Ende ein äußerst nervöser junger Streifenpolizist stand, durch dessen Kopf in diesem Moment alle möglichen Erinnerungen an ermordete Kollegen, schießwütige Terroristen und durchgeknallte Jugendliche schossen, die zu viele amerikanische Actionfilme gesehen hatten, die ihnen das Gefühl gaben, einen Cop abzuschießen sei ein Kavaliersdelikt oder irgendeine spezielle Art der Mutprobe; dann endlich ließ sie die Waffe zu Boden fallen. Sie konnte regelrecht hören, wie ihrem uniformierten Gegenüber ein weitaus größeres Gewicht vom Herzen fiel.

Trotzdem wedelte er unwillig mit seiner Pistole und bellte: »Raus aus dem Wagen! Und ganz langsam!«

»Hören Sie«, begann Rachel, »das ist jetzt … alles ein Irrtum. Ich bin nicht –«

»Aus dem Wagen, habe ich gesagt! Auf der Stelle!«

Rachel resignierte. Sehr vorsichtig öffnete sie die Tür, stieg aus und hob beide Hände in Schulterhöhe. Obwohl sie selbst mit den Nerven am Ende war, konnte sie die Nervosität des jungen Beamten durchaus verstehen. Die Medien waren voll mit Meldungen über Polizistenmorde und Attentate und wahrscheinlich war im Moment kein Zeigefinger so locker wie der eines Streifenbeamten, der einen Unbekannten mit einer Waffe in der Hand vor sich sah; ein indirekter Erfolg der versammelten Vollidioten dieses Landes, die lautstark und möglichst bewaffnet gegen die Polizeigewalt demonstrierten. Ja, sie konnte den Beamten durchaus verstehen – aber das änderte nichts daran, dass sie eine gerechte Empörung empfand, als er sie grob packte und noch gröber herumwirbelte und gegen den Wagen stieß, kaum dass sie ausgestiegen war. Instinktiv fing sie ihre Bewegung mit ausgestreckten Armen ab und bedauerte diese Reaktion sofort, denn ihre Handgelenke sandten Wellen dumpfen Schmerzes bis in ihre Schultern und den Nacken hinauf, die ihr die Tränen in die Augen trieben. »Bitte hören Sie mir doch zu«, keuchte sie. »Es ist alles ein Missverständnis. Ich kann es erklären.«

Die Reaktion fiel nicht unbedingt anders aus, als sie erwartet hatte, wenn auch völlig anders als erhofft: Eine zornige Bewegung fegte ihre Füße auseinander und so weit nach hinten, dass sie nun vollends hilflos gegen den Wagen gelehnt dastand. Ihr gesamtes Körpergewicht lastete auf ihren verstauchten Handgelenken, eine Höllenqual, die sie sich vor fünf Minuten noch nicht einmal hätte vorstellen können, trotz allem. Aber es wurde noch schlimmer: Rachel zerbrach sich verzweifelt den Kopf darüber, was sie sagen konnte, um ihren Peiniger zum Einlenken zu bewegen, doch sie kam nicht einmal dazu, den Gedanken ganz zu Ende zu denken. Eine Hand von der Größe und Kraft einer Bärenpranke ergriff ihren Arm und drehte ihn mit einem brutalen Ruck nach hinten, und dann hörte sie ein Geräusch, das sie noch nie im Leben wirklich vernommen hatte, von dem sie aber trotzdem sofort und jenseits allen Zweifels wusste, was es bedeutete: Das metallische Zuschnappen einer Handschelle.

3

Der Kaffee schmeckte abscheulich. Er war schwarz und stark und weder von Zucker noch von Milch verunreinigt, und wenn es irgendetwas auf der Welt gab, das sie verabscheute (abgesehen von nervösen jungen Polizeibeamten vielleicht, die mit Pistolen auf sie zielten, und slawischen Mordbuben, die dasselbe mit sehr viel größeren Waffen taten), dann war es schwarzer Kaffee ohne Zucker und Milch. Sie hasste schwarzen Kaffee. Einer ihrer beliebtesten Sprüche war, dass sie Kaffee als solchen nicht mochte, aber heißes Wasser mit Zucker und Milch eben auch nicht schmeckte, und das kam der Wahrheit deutlich näher, als die meisten von denen, die mit einem gequälten Lächeln auf diesen vermeintlichen Scherz antworteten, auch nur ahnten. Trotzdem nippte sie mit kleinen, regelmäßigen Schlucken an der Tasse, würgte das bittere Gebräu tapfer herunter und schmiegte sogar die Hände um den heißen Keramikbecher, als wäre sie gerade von einem Spaziergang aus einem sibirischen Schneesturm zurückgekehrt und bräuchte das bisschen Wärme, um nicht innerlich zu Eis zu erstarren.

Das genaue Gegenteil war der Fall. Das Krankenzimmer war hoffnungslos überheizt; wenn es jemals eine Klimaanlage besessen hatte (was sie ernsthaft bezweifelte), dann musste diese schon vor langer Zeit ihren Dienst quittiert haben, und das Porzellan zwischen ihren Fingern war unangenehm heiß. Darüber hinaus pochten ihre Handgelenke noch immer vor Schmerz. Die Röntgenaufnahmen hatten ergeben, dass sie nicht gebrochen, sondern nur verstaucht waren, und die festen Verbände, die man ihr angelegt hatte, machten es einigermaßen erträglich, schotteten den Schmerz aber keineswegs vollkommen ab. Sie trank diesen abscheulichen Kaffee wohl allein deshalb, weil sie irgendwie das Gefühl hatte, dass es in einer Situation wie dieser richtig war. Sie fragte sich immer mehr, wie viele Dinge sie vielleicht noch tat und getan hatte, weil sie glaubte, man müsse sie eben in einer bestimmten Situation ganz genau so tun. Aber dieser Irrsinn ließ sich durchaus noch steigern. Als die Krankenschwester, die ihr den Kaffee gebracht hatte, fragte, ob er schmecke, nickte sie eifrig und beeilte sich sogar, zum Beweis einen besonders großen Schluck herunterzuwürgen. Offenbar ging sie dabei ein wenig zu hastig vor, denn ihre Handgelenke begannen so wild zu pochen, dass sie die Tasse mit einem Ruck wieder absetzen musste. Rachel verzog das Gesicht. Bisher hatte sie es immer heimlich bezweifelt, wenn man ihr erzählt hatte, dass eine Verstauchung deutlich schmerzhafter sei als ein Bruch, aber es schien wohl zu stimmen.

»Das mit Ihren Händen tut mir Leid«, sagte Naubach. Er hatte ihre Bewegung richtig gedeutet, aber in seiner Stimme lag keine wirkliche Anteilnahme. »Aber Sie müssen den Beamten verstehen. Auch Polizisten hängen an ihrem Leben.«

»Es war nicht seine Schuld. Das ist schon vorher passiert.« Rachel machte eine Kopfbewegung zu ihren bandagierten Gelenken hin und zwang sich, ihre Lippen zu einer Grimasse zu verziehen, die er deuten konnte, wie er es wollte. Im Stillen dachte sie an die blauen Flecken an ihren Fußknöcheln und an denen trug der Beamte eindeutig die Schuld, aber sie zog es vor, nichts dazu zu sagen. Es hätte ihr ohnehin nichts anderes eingebracht als eine weitere, unehrlich gemeinte Mitleidsbezeigung. Was sie vor Wochenfrist das erste Mal über Naubach gedacht hatte, das galt heute noch ganz genauso: Er mochte ein guter Polizist sein, aber er war kein besonders netter Mensch. Möglicherweise schloss das eine ja das andere aus.

Eine geraume Weile verstrich, in der Naubach offensichtlich darauf wartete, dass sie irgendetwas sagte, dann räusperte er sich unbehaglich und bewegte sich auf dem Stuhl hin und her. Das billige Plastikmöbel ächzte unter seinem Gewicht und der Kommissar hielt erschrocken inne, als befürchte er allen Ernstes, dass es unter ihm zusammenbrach. Naubach war kein überdurchschnittlich großer, wohl aber ein sehr massig gebauter Mann. Rachel schätzte sein Gewicht auf mindestens neunzig Kilo, wenn nicht mehr, ohne dass er dadurch im Geringsten fett wirkte. »Ich habe gerade mit dem Arzt gesprochen«, begann er. »Wie es aussieht, haben Sie ziemliches Glück gehabt. Jede Menge blauer Flecken und Prellungen, aber nichts Ernstes.«

Rachel blickte ihn finster an. Seit sie hier hereingebracht worden war, waren gute anderthalb Stunden vergangen. Neunzig Minuten, in denen man sie geröntgt, durchleuchtet, gewogen und gemessen hatte, gestochen und gekniffen und auf ein Dutzend andere Arten gepiesackt; das Ganze nannte sich Untersuchung und hätte normalerweise wohl einen ganzen Tag in Anspruch genommen, hätte Naubachs Polizeimarke (die in Wirklichkeit aus einem in Plastik eingeschweißten Ausweis mit dem mehr als schmeichelhaften Foto eines zehn Jahre jüngeren und zwanzig Kilo leichteren Mannes bestand) ihr nicht sämtliche Wartezeiten erspart. Dennoch war sie ein wenig überrascht, dass Ergebnisse dieser Tortur schon komplett vorliegen sollten. Sie zog zweifelnd die Augenbrauen zusammen. »Ich fühle mich auch ganz fantastisch«, nörgelte sie. »Wie neugeboren. Oder heißt es: durch die Mangel gedreht?«

»Glauben Sie mir, Sie haben Glück gehabt«, versicherte Naubach ernst. »Es könnte viel schlimmer sein.« Er deutete ein Achselzucken an. »Sie könnten jetzt tot sein, zum Beispiel.«

»Bin ich aber nicht.« Rachel schob die Kaffeetasse mit einem demonstrativen Ruck bis in die Mitte der Tischplatte aus zerschrammtem grünem Kunststoff. »Und wenn alles in Ordnung ist, dann spricht ja wohl nichts dagegen, dass ich jetzt nach Hause fahre. Wissen Sie, wo man hier ein Taxi bekommt?«

»Ich lasse Sie selbstverständlich nach Hause bringen«, antwortete Naubach, schüttelte aber zugleich auch den Kopf. »Aber so einfach ist das leider nicht. Zuerst müssen Sie mir noch ein paar Fragen beantworten, fürchte ich.«

»Ich muss gar nichts«, antwortete Rachel scharf. »Und ich bezweifle auch, dass Sie mich gegen meinen Willen hier festhalten können – oder ist es neuerdings strafbar, Opfer eines Überfalls zu sein?«

Naubach blinzelte, überrascht durch den plötzlichen feindseligen Ton in ihrer Stimme (wenn sie ehrlich war, verstand sie die völlig überzogene Heftigkeit ihrer Reaktion selbst nicht ganz), und in seinen Augen erschien ein Funkeln, das seiner Erscheinung auch noch den letzten Rest von ohnehin nur vorgetäuschter Gemütlichkeit nahm. Dann konnte sie regelrecht sehen, wie er sich plötzlich in Gedanken zur Ordnung rief. Wahrscheinlich war er zu dem Schluss gekommen, dass sie mit den Nerven am Fußboden schleifte, was der Wahrheit auch ziemlich nahe kam. »Selbstverständlich nicht«, antwortete er kühl. »Es ist einfach nur so, dass ich Ihnen ein paar Fragen stellen muss, das können Sie sich doch sicher selbst denken, oder etwa nicht?«

Rachel nickte. »Natürlich. Entschuldigen Sie, ich bin –«

Naubach unterbrach sie mit einer großmütigen Geste und zog mit der gleichen Bewegung ein ledernes Zigarrenetui aus der Jackentasche. Als er auch noch das dazugehörige Feuerzeug zückte, räusperte sich die Krankenschwester übertrieben und sagte: »Hier ist Rauchen verboten, Herr Inspektor.«

»Kommissar«, verbesserte sie Naubach, »und ich weiß das. Wenn Sie jetzt vielleicht die Güte hätten, uns für einen Moment allein zu lassen?«

Die Krankenschwester zögerte. Sie hatte die letzten zehn Minuten damit verbracht, Handtücher und Wäsche von einem Regalbrett auf das andere zu sortieren und mindestens dreimal hintereinander das Waschbecken zu putzen. Rachel fragte sich, ob sie einfach nur neugierig war oder ob ihr irgendjemand den Auftrag erteilt hatte, ein wenig auf Naubach und sie aufzupassen. Aber natürlich war sie dem Kommissar nicht gewachsen. Nachdem sie seinem Blick zwei oder drei Sekunden lang standgehalten hatte, nickte sie nervös und verließ hastig das Zimmer.

Naubach biss das Ende seiner Zigarre ab, nahm es mit spitzen Fingern aus dem Mund und steckte es in die Jackentasche, ehe er sein Feuerzeug aufschnappen ließ. Ein uraltes, benzinbetriebenes Ding, das aussah, als stamme es noch aus dem Ersten Weltkrieg, und einen entsetzlichen Gestank verbreitete. Die blaugraue Qualmwolke, die er anschließend in ihre Richtung blies, war danach beinahe eine Wohltat. Rachel stand demonstrativ auf, humpelte zum Fenster und öffnete es.

»Sie brauchen nicht aus dem Fenster zu springen«, sagte Naubach lächelnd. »Ich will Ihnen wirklich nur ein paar Fragen stellen.«

Rachel sah ihn mit schräg gehaltenem Kopf und sehr nachdenklich an. Nicht zum ersten Mal hatte sie das Gefühl, dass Naubach aus irgendeinem Grund Zeit zu schinden versuchte. »Nein, ich weiß es nicht und ich habe keine Ahnung«, sagte sie.

Naubach blinzelte.

»Die Antworten auf die Fragen, die Sie mir gleich stellen werden«, erklärte Rachel. »Auf diese Weise sparen wir Zeit. Nein, ich habe diese Männer noch nie zuvor gesehen und ich weiß nicht, warum sie mich umbringen wollten. Und ich habe auch keine Ahnung, wer mich so hasst, dass er mir den Tod wünscht.«

Die falsche Taktik. Naubach zeigte sich kein bisschen amüsiert, sondern sog mit ausdruckslosem Gesicht an seiner Zigarre und ließ einige Sekunden verstreichen, ehe er fragte: »Wie kommen Sie auf die Idee, dass diese Männer Sie umbringen wollten?«

»Vielleicht, weil sie auf mich geschossen haben?«, schlug Rachel vor. Mein Gott, wie das klang, weil sie auf mich geschossen haben! Das war wie ein Dialog aus einem Kriminalfilm, den man sich mit einem wohligen Schaudern und dem sicheren Wissen ansah, dass einem selbst nichts passieren konnte, ganz egal, wie haarig es auch wurde. Und nun war sie tatsächlich mitten drin in diesem Irrsinn! Die diversen schmerzenden Stellen an ihrem Körper machten ihr nachhaltig klar, dass es alles andere als ein Albtraum war, und dennoch kam ihr die Situation mit jeder Sekunde, die verstrich, unwirklicher vor.

»Es könnte ebenso gut eine versuchte Entführung gewesen sein«, sagte Naubach. »Nach allem, was passiert ist, scheint mir das sogar wahrscheinlicher.«

Und wenn sie über die zurückliegende Verfolgungsjagd nachdachte, dann musste sie ihm fast widerwillig Recht geben. Die Kerle hatten auf sie geschossen, aber irgendetwas sagte ihr, dass sie auch getroffen hätten, hätten sie es wirklich gewollt. Aber wie konnte er das wissen? »Nach allem, was passiert ist?«

Diesmal wirkte Naubach ehrlich überrascht. »Wo waren Sie in der letzten Woche?«, fragte er. »Auf dem Mond? Ich meine: Lesen Sie keine Zeitung, oder sehen Sie nicht fern?«

»Da, wo ich war, gibt es so etwas nicht«, antwortete Rachel. Naubach blickte zweifelnd und sie fügte erklärend hinzu: »Ich wollte einfach ein paar Tage Ruhe haben. Ein bisschen Abstand gewinnen. Verstehen Sie? Ich bin zu einer Freundin gefahren, die tatsächlich keinen Fernseher besitzt.«

»Und keine Zeitung abonniert hat«, vermutete Naubach. »Ich wusste gar nicht, dass es solche Leute wirklich gibt.« Er sah sich vergeblich nach etwas um, das er als Aschenbecherersatz benutzen konnte, hob schließlich die Schultern und schnippte seine Zigarrenasche in

Rachels Kaffee, der vor ihm auf dem Tisch stand. Es zischte. Der graue Ascheklumpen schwamm einen Moment auf der Oberfläche und ging dann unter; ein schmutziger Eisberg, der in geschmolzenen Teer gefallen war. »Wenn das stimmt, dann haben Sie wirklich eine Menge verpasst«, fuhr er fort.

Was hieß hier: Wenn das stimmt?, dachte Rachel empört. Unterstellte er ihr etwa, dass sie log? Sie sagte nichts, versuchte aber Naubach mit feindseligen Blicken aufzuspießen.

»Unsere friedliche kleine Stadt hat in den letzten sechs Tagen eine gewisse Berühmtheit erlangt«, begann Naubach umständlich. »Allerdings eine, auf die ich gerne verzichtet hätte.« Er sog erneut an seiner Zigarre und Rachel konnte regelrecht sehen, wie es hinter seiner Stirn arbeitete. Er versuchte etwas zu sagen, ohne etwas zu sagen, dachte sie. Verdammt, er spielte auf Zeit, aber warum?

»Sie meinen, es war nicht der erste Zwischenfall dieser Art?« Sie ging zum Tisch zurück und setzte sich.

Naubach nickte. Er schnippte eine weitere Ladung Asche in den Kaffee. Der Inhalt der Tasse begann sich allmählich zu einem unappetitlichen Grau zu verfärben. »Drei, insgesamt«, sagte er. »Jedenfalls drei, von denen wir wissen.«

»Drei?«, ächzte Rachel. »Sie meinen, es hat hier drei Wildwestshows gegeben, ohne dass Sie etwas dagegen unternommen haben?« Sie bedauerte ihre Worte sofort wieder. Nicht nur, weil es in Naubachs Augen feindselig aufblitzte, sondern auch, weil es einfach unfair war und ziemlich dumm klang.

»Die einzige Wildwestshow hier haben Sie abgeliefert, meine Liebe«, antwortete er kühl. »Ihre Vorgängerinnen waren ein wenig diskreter. Sie waren rücksichtsvoll genug, sich entführen zu lassen, ohne Widerstand zu leisten und dabei die halbe Stadt in Lebensgefahr zu bringen.«

»Entschuldigung«, murmelte Rachel.

Diesmal sagte Naubach nichts. Er paffte nur schweigend an seiner Zigarre und starrte sie an.

»Entführt?«

»Wir wissen es in zwei Fällen definitiv«, bestätigte Naubach. »Es gab Zeugen, auch wenn sie wahrscheinlich gar nicht richtig begriffen haben, was sie beobachteten – nach dem, was heute passiert ist, war das vermutlich ihr Glück. Die andere ist einfach verschwunden, aber wir nehmen mit ziemlicher Sicherheit an, dass sie ebenfalls entführt wurde.«

»Welche andere?«, fragte Rachel. Naubach tat so, als hätte er die Frage nicht gehört, und sog an seiner Zigarre.

»Und selbstverständlich möchten Sie jetzt wissen, von wem und warum, und suchen nach einem Zusammenhang.« Rachel hob bedauernd die Schultern. »Ich weiß nicht, ob ich Ihnen dabei helfen kann.«

»Das kommt auf einen Versuch an.« Naubach hob ebenfalls die Schultern und grub einen zusammengefalteten Zettel aus der Jackentasche; derselben, in die er gerade das abgebissene Zigarrenende gesteckt hatte. »Fangen wir mit dieser Namensliste an: Sagt Ihnen irgendeiner dieser Namen etwas?«

Rachel nahm das Blatt mit spitzen Fingern entgegen, faltete es auseinander und fuhr heftig zusammen, kaum dass sie einen Blick darauf geworfen hatte. Sie kannte jedes einzelne Gesicht, das zu den fünf Namen gehörte. Besser, als ihr in diesem Moment lieb war.

»Sie kennen sie«, sagte Naubach. Er wirkte nicht überrascht. Es war auch keine Frage, sondern eine Feststellung. Vielleicht sogar eine, in der sich ein leiser Vorwurf verbarg.

»Natürlich kenne ich sie«, sagte Rachel verstört. »Wir sind zusammen zur Schule gegangen. Wenigstens ein paar Jahre.« Ob sie sie *kannte?* Rachel war zutiefst erschüttert. Bettina, Tanja und Monika … Tanja und sie waren während der gesamten Schulzeit die dicksten Freundinnen gewesen, und es hatte keinen Tag gegeben, an dem sie nicht beieinander gehockt hatten. Danach hatten sich ihre Wege ein wenig getrennt; die Ausbildung, die ersten wirklich ernst zu nehmenden Freunde. Tanja hatte bald darauf eine eigene Familie. Aber sie waren trotzdem Freundinnen geblieben und es verging kaum eine Woche, in der sie nicht mindestens miteinander telefonierten oder sich auf einen Kaffee trafen. Es wäre sogar deutlich öfter gewesen, wäre Tanjas Mann nicht ein Riesenarsch, den Rachel so wenig ausstehen konnte wie er sie. Sie hatte nie begriffen, was Tanja an diesem Dummkopf fand.

Sie starrte Naubach an. »Großer Gott! Tanja entführt? Von diesen – diesen Monstern?«

»Darüber hinaus gibt es noch ein paar Gemeinsamkeiten zwischen Ihnen. Um nur die wichtigsten zu nennen: Sie alle sind im gleichen Monat geboren und Sie alle sind Kinder strenggläubiger Katholiken. O ja und natürlich: Sie alle sind Frauen.«

Rachel fuhr erschrocken herum und hoch. Naubachs Eröffnung hatte sie so schockiert, dass sie nicht einmal bemerkt hatte, wie die Tür aufgegangen war und ein weiterer Mann das Zimmer betrat. Er war so groß, dass er sich unter dem Türsturz bücken musste, um nicht mit dem Kopf anzustoßen, und im ersten Moment erschrak sie so sehr, dass sie um ein Haar aufgesprungen wäre. Sie war fest davon überzeugt, einem ihrer Verfolger vom Morgen gegenüberzustehen. Der Mann hatte pechschwarzes, mittellang geschnittenes Haar (so ziemlich die einzige Haartracht, die im Moment eindeutig *nicht* in Mode war) und ein breites, nicht unsympathisches Gesicht mit eng beieinander stehenden dunklen Augen und einem markanten Kinn. Leicht buschige Brauen und ein sichtlich starker Bartwuchs vervollständigten den exotischen Eindruck, an dem nichts wirklich bedrohlich war, sondern der ihn eher interessant machte, sie aber zu stark an das Gesicht vom Morgen erinnerte. Er trug die Art Kleidungsstück, die in den letzten drei Wochen zu einer Art kastenübergreifender Nationaltracht geworden war: einen schwarzen Regenmantel, der vor Nässe troff. Seine Hände waren nicht ganz so groß wie Schaufeln, aber auch nicht viel kleiner. Er humpelte leicht.

»De Ville!« Naubach stand auf und streckte dem Neuankömmling die Hand entgegen, aber der ignorierte sie genau so geflissentlich wie den Kommissar in seiner Gesamtheit und fuhr an Rachel gewandt fort: »Ich bin fast sicher, dass es noch mehr Gemeinsamkeiten gibt. Und ich bin ebenso sicher, dass uns genau diese Gemeinsamkeiten helfen werden, die Spur der Verbrecher aufzunehmen und sie dingfest zu machen, wenn wir sie nur erst einmal erkannt haben. Das ist auch der Grund, weshalb ich Herrn Naubach gebeten habe, Sie so lange festzuhalten, bis ich mit Ihnen sprechen kann. Wie es aussieht, sind Sie im Moment unsere einzige Zeugin.«

Kein Wort der Entschuldigung, des Bedauerns. Er machte sich

nicht einmal die Mühe, sich vorzustellen. Wäre Rachel nicht noch immer zutiefst bestürzt gewesen von dem, was Naubach ihr gerade über Tanja und die anderen eröffnet hatte, so hätte sie vermutlich sehr viel harscher reagiert. So fragte sie nur: »Wer sind Sie?«

»Herr De Ville ist zu unserer Unterstützung hier«, sagte Naubach rasch, fast ein bisschen *zu* schnell für Rachels Geschmack. Beinahe, als wolle er verhindern, dass De Ville etwas sagte, das Rachel seiner Meinung nach nicht unbedingt erfahren musste.

»Ihrer Unterstützung?«

»Ich bin dem Innenministerium unterstellt, mehr brauchen Sie im Moment nicht zu wissen«, sagte De Ville mit einem bezeichnenden Seitenblick auf Naubach. »Die ganze Sache hier ist ein paar Nummern zu groß für die normale Polizei – ohne Kommissar Naubach zu nahe treten zu wollen. Er hat selbst um Unterstützung gebeten.«

Aber bestimmt nicht um diese Art von Unterstützung, das machte Naubachs Blick ganz zweifelsfrei klar. Trotzdem nickte er, um De Villes Worte zu bekräftigen.

»Welche *Sache?*«, fragte sie misstrauisch.

»Um genau das herauszufinden, bin ich hier«, antwortete De Ville. »Im Moment wissen wir so gut wie nichts. Vielleicht sind es nur ein paar Verrückte, vielleicht international gesuchte Terroristen, religiöse Fanatiker … Wir haben nicht die geringste Ahnung, um ehrlich zu sein. Deshalb gehen wir auch erst einmal vom Schlimmsten aus.«

»Und was wäre das?«

»Sagen Sie es uns.«

Rachel beschloss endgültig, De Ville nicht zu mögen – was wahrscheinlich ungerecht war. Der Mann tat nur seine Arbeit, aber ihr gefiel die Art nicht, wie er sie tat. »Wie kommen Sie darauf, dass ich es wüsste?«, fragte sie feindselig.

De Ville setzte sich. Selbst Naubach sah auf dem Stuhl neben ihm aus wie ein Zwerg. »Lassen Sie es uns gemeinsam herausfinden«, schlug er vor, ohne auch nur mit einer Silbe auf ihre Worte einzugehen. »Immerhin sind Sie bisher der einzige Mensch, der sie wenigstens von nahem gesehen hat.«

»Ich?« Rachel sah überrascht in Naubachs Richtung. »Aber warum haben Sie sie denn nicht verhaftet?« Sie verstand die Frage nicht.

Nachdem der Polizeibeamte ihr die Handschellen angelegt hatte, war sie rasch weggebracht und in einen Wagen verfrachtet worden, aber natürlich war sie bisher davon ausgegangen, dass man die beiden Männer aus dem Mercedes dingfest gemacht hatte.

Naubach schüttelte den Kopf. »Sie sind entkommen«, gestand er.

»Entkommen?«

»Ja, verdammt!«, polterte Naubach. »Was haben Sie denn erwartet? Die Kerle waren offensichtlich Profis. Zwei ausgewachsene Profikiller gegen drei Streifenpolizisten, die keine Ahnung hatten, auf was sie stoßen würden, und von denen einer noch dazu bei dem Unfall verletzt wurde. Ich bin froh, dass die Männer noch leben.«

Er sah zwar die ganze Zeit über Rachel an, aber die Worte waren so deutlich an De Ville adressiert, dass dieser missbilligend die Stirn runzelte. Er hatte Naubach nicht angegriffen und fragte sich anscheinend jetzt, warum der sich eigentlich so vehement verteidigte.

Bevor Naubach weiterreden konnte, hob De Ville die Hand und sagte in bestimmtem Ton: »Was geschehen ist, ist geschehen. Schuldzuweisungen helfen im Moment niemandem. Wie es aussieht, ist mindestens einer der Männer bei dem Unfall ziemlich übel verletzt worden. Außerdem haben wir jede Menge Fingerabdrücke und viele andere Spuren. Wir werden sie kriegen. Wir kriegen sie immer, wissen Sie? Das ist es, was diese Burschen einfach nicht kapieren. Am Ende kriegen wir sie immer, ohne Ausnahme. Aber es würde vermutlich schneller gehen, wenn wir eine anständige Beschreibung hätten.«

Er sah Rachel auffordernd an, aber sie hob nur die Schultern. Ihre Feindseligkeit war verflogen und einer tiefen Verstörung gewichen. »Ich weiß nicht, ob ich Ihnen da helfen kann«, sagte sie. »Alles ging sehr schnell und ich war ziemlich damit beschäftigt, Angst zu haben.«

De Ville lächelte flüchtig. »Jede Kleinigkeit ist wichtig«, sagte er. »Waren sie groß, klein, alt, jung? Erzählen Sie einfach alles, woran Sie sich erinnern, auch wenn es Ihnen noch so unwichtig vorkommt.«

Erstaunlich – sie hätte nicht gedacht, dass Polizisten das wirklich sagten. Trotzdem hob sie nur die Schultern und sagte abermals: »Es ging alles viel zu schnell. Allerhöchstens … «

»Ja?«

»Er sah ein bisschen aus wie Sie«, sagte Rachel verlegen.

»Wie ich? Ein südländischer Typ?«

»Eher ein Russe«, antwortete Rachel. »Oder jedenfalls so, wie man sich einen Russen vorstellt. Ein wenig älter als Sie vielleicht. Aber nicht so groß.«

»Na, das ist doch schon einmal etwas«, sagte De Ville zufrieden. Er wirkte kein bisschen beleidigt. »Und Sie haben nur diesen einen Mann gesehen?«

»Ich fürchte«, antwortete Rachel. »Ich würde Ihnen ja gerne weiterhelfen, wenn ich es könnte, bitte glauben Sie mir. Schon wegen Tanja. Aber ich weiß nichts.«

»Tanja?«

»Tanja Scheller«, sprang Naubach ein. »Eine der vermissten Frauen.«

»Das weiß ich selbst«, sagte De Ville. Sein Blick wurde fordernd. »Was ist mit ihr?«

»Wir waren –« Rachel verbesserte sich rasch und fast schuldbewusst. »Wir sind befreundet.«

»Waren Sie das mit den anderen verschwundenen Frauen auch?«

»Nein.« Rachel schüttelte den Kopf. Wieso hatte sie eigentlich mit jeder Sekunde mehr das Gefühl, sich *verteidigen* zu müssen? »Ich kannte sie.« Diesmal machte es ihr nichts aus, in der Vergangenheitsform zu sprechen. »Wir sind zusammen zur Schule gegangen und natürlich haben wir uns auch hinterher noch gesehen. Die Stadt ist nicht besonders groß. Aber befreundet?« Sie schüttelte den Kopf. »Nein, eigentlich nicht.« In mindestens einem Punkt war das glattweg gelogen, aber sie hatte nicht die mindesten Gewissenbisse dabei. Im Gegenteil. Sie wäre sich wie eine Verräterin vorgekommen, hätte sie die Wahrheit gesagt.

De Ville wirkte weder enttäuscht noch zufrieden. Sein Gesicht blieb völlig ausdruckslos. »Kommen wir zu dem jungen Mann, der bei Ihnen im Wagen war«, sagte er.

»Eigentlich war es andersherum«, verbesserte ihn Rachel. »*Ich* war bei *ihm* im Wagen. Das ist ein Unterschied.«

»Ich dachte, Sie hätten am Steuer gesessen.« De Ville warf einen fragenden Blick in Naubachs Richtung, aber es war Rachel, die antwortete: »Ich habe den Platz mit ihm getauscht, nachdem er angeschossen wurde, das ist richtig. Aber es war Darkovs Wagen.«

»Darkov?« De Ville wirkte mit einem Mal deutlich angespannter als noch vor einer Sekunde. Irgendwie hatte sie das Gefühl, etwas Falsches gesagt zu haben. »Woher kennen Sie seinen Namen?«

»Weil er ihn mir genannt hat«, antwortete Rachel.

»Wann?«, fragte Naubach.

»Woher kennen Sie diesen Mann?«, setzte De Ville hinzu.

Rachel wollte wütend werden, aber dann verbot sie es sich, seufzte ergeben und erzählte den beiden ausführlich und in allen Details, was am Morgen geschehen war und wie sie Benedikt Darkov kennen gelernt hatte.

Naubach hörte die Geschichte zum zweiten Mal und De Villes Gesicht blieb so ausdruckslos, wie es die meiste Zeit über gewesen war, aber er machte trotzdem irgendwie nicht den Eindruck, dass er ihr glaubte. Als sie die Karte erwähnte, die Darkov ihr gegeben hatte, streckte er fordernd die Hand aus. Sie reichte ihm das Kärtchen. De Ville drehte es einen Moment unschlüssig in der Hand und fuhr schließlich mit dem angefeuchteten Daumen darüber. Der aufgedruckte Text verwischte zu einem hässlichen schwarzen Fleck. »Selbst gemacht«, stellte er fest. »Mit einem billigen Tintenstrahldrucker.« Es klang irgendwie zufrieden.

»Ist das verboten?«, fragte Rachel spitz.

»Nein, aber aufschlussreich. Visitenkarten zu drucken kostet so gut wie nichts. Sie selbst herzustellen ist ziemlich umständlich und führt zu keinem sehr professionellen Ergebnis, wie Sie ja sehen. Das gibt Anlass zu der Vermutung, dass dieser Name falsch ist und er nicht allzu viele von diesen Karten braucht.« Offensichtlich gefiel er sich in der Rolle des Sherlock Holmes.

Rachel sah ihn zwar einen Moment zweifelnd an, machte sich aber nicht die Mühe, seinem Gedankengang folgen zu wollen, sondern erzählte den Rest der Geschichte, wozu sie gute zehn Minuten brauchte. Als sie zu Ende gekommen war, sah De Ville sie schweigend und sehr nachdenklich an. Naubach, der seine Zigarre mittlerweile aufgepafft hatte, ging zum Waschbecken, um sie zu löschen, wobei er die Asche auf dem gesamten Weg dorthin verteilte. Bevor er zurückkam und sich wieder setzte, machte er das Fenster weiter auf. Kalter Wind und ein fein sprühender Regen wehten herein, aber niemand beschwerte sich darüber. Die Luft war in den letzten Minuten zum Schneiden dick geworden.

»Das klingt alles sehr seltsam«, sagte De Ville schließlich.

Nichts anderes hatte sie erwartet. »Das stimmt. Aber genau so war es«, antwortete Rachel. »Fragen Sie ihn selbst, wenn Sie mir nicht glauben – es sei denn, er ist Ihnen auch entkommen.«

De Ville schwieg, aber er und Naubach tauschten einen bezeichnenden Blick.

»Er befindet sich zwei Etagen tiefer«, sagte Naubach schließlich. »In einem gut bewachten Zimmer. Unglücklicherweise ist er nicht sehr gesprächig.«

»Aber Sie haben doch bestimmt Mittel und Wege, um ihn zum Sprechen zu kriegen«, vermutete Rachel.

De Ville blieb ruhig. »Die Zeiten der Inquisition sind vorbei«, antwortete er. Rachel hatte das Gefühl, dass es ihm aufrichtig Leid tat. »Sie haben natürlich völlig Recht. Wir verfügen über gewissen Methoden, jeden zum Reden zu bringen, über kurz oder lang. Aber das braucht Zeit und Zeit ist ganz genau das, was wir im Moment am wenigsten haben.«

»Wieso?«

De Ville blickte für eine kurze Zeitspanne an ihr vorbei ins Leere, bevor er antwortete, und in diesen zwei oder drei Sekunden schien eine sehr sonderbare Veränderung mit seinem Gesicht vonstatten zu gehen. Nichts daran wandelte sich wirklich, aber für einen Moment schienen alle Härte und Unerbittlichkeit aus seinen Zügen zu weichen, stattdessen erblickte Rachel in seinen Augen eine tiefe Verzweiflung und zugleich Hoffnungslosigkeit, so allumfassend, dass sie innerlich erschauderte. Nicht etwa aus Mitleid mit De Ville; obwohl sie diesen Mann erst seit wenigen Augenblicken kannte, gab es bereits nicht mehr viel Übel, das sie ihm nicht gegönnt hätte. Was sie innerlich erschauern ließ, war die Frage, was um alles in der Welt schlimm genug sein konnte, um einen Mann wie ihn mit einem solchen Entsetzen zu erfüllen wie dem, das sie gerade in seinen Augen erblickt hatte. Ganz bestimmt nicht die Entführung oder auch Ermordung von fünf Menschen, die er nicht einmal kannte.

Der Moment verging und die gewohnte Härte kehrte in De Villes Blick zurück. Er maß sie aus kalten, glitzernden Augen, bewegte sich leicht vor und griff dabei nach der Kaffeetasse auf dem Tisch, anscheinend ohne dass ihm die Geste selbst bewusst war. »Es muss noch einen weiteren Zusammenhang geben«, sagte er mit einer Kopfbewegung auf Naubachs Liste, die noch immer zwischen ihnen auf dem Tisch lag. »Irgendetwas, das wir übersehen haben.«

»Natürlich haben wir am Anfang an ein Sexualverbrechen gedacht«, fügte Naubach hinzu. »Der Gedanke liegt nahe; die Entführten sind Frauen, sie sind jung und durchweg attraktiv. Das wäre schlimm genug, aber nach dem, was heute Morgen passiert ist …« Er schüttelte den Kopf. »Pathologische Serienmörder laufen nicht in Rudeln herum und schießen in aller Öffentlichkeit auf ihre Opfer.«

»Es muss einen anderen Grund geben«, pflichtete ihm De Ville bei.

»Und was macht Sie da so sicher?«, fragte Rachel.

»Ganz einfach die Tatsache, dass es unsere einzige Spur ist«, beharrte De Ville. »Wenn es nichts damit zu tun hat, dann haben wir gar nichts.« Er hob die Kaffeetasse an die Lippen und zögerte im letzten Moment, als er Rachels und Naubachs Blicke bemerkte. »Stimmt irgendwas nicht?«, fragte er. »Ich meine … gehört er Ihnen?«

»Kein Problem«, sagte Rachel hastig. »Bedienen Sie sich.« Sie wartete darauf, dass Naubach etwas sagte, aber auch der Kriminalbeamte schwieg und De Ville hob abermals die Schultern, nahm einen großen Schluck und setzte die Tasse wieder ab, ohne auch nur eine Miene verzogen zu haben.

Rachel starrte ihn an und Naubach drehte sich hastig zur Seite und schien irgendetwas auf dem Boden hinter sich zu suchen.

»Fehlt vielleicht irgendein Name auf dieser Liste?«, fragte De Ville. »Jemand, den wir übersehen haben, auf den aber alle Kriterien zutreffen, auf die wir schon gekommen sind?«

Rachel musste nicht lange überlegen. »Meine Freundin Uschi Mahler«, sagte sie. »Die, bei der ich die vergangene Woche verbracht habe.«

Bevor De Ville etwas erwidern konnte, verbesserte sie sich allerdings auch schon selbst: »Nein, das stimmt nicht. Sie passt nicht genau in das Muster. Ihre Familie war alles andere als erzkatholisch. Sie selbst ist bekennende Agnostikerin.«

»Vielleicht ist das der Schlüssel«, sinnierte Naubach. Er hatte immer noch Mühe, De Ville anzusehen und nicht die Kaffeetasse vor ihm. »Religion.«

»Eine Gruppierung religiöser Fanatiker?«, fragte De Ville. »Das wäre möglich.«

»Kaum«, mischte sich Rachel ein.

»Wieso?«

»Weil es keine Gemeinsamkeit ist«, behauptete Rachel. »Tanja zum Beispiel hat mit der katholischen Kirche nicht viel im Sinn. Ihre Eltern sind zwar strenggläubige Katholiken, aber sie selbst wäre längst aus der Kirche ausgetreten, wenn es ihre Eltern nicht gäbe. Sie will ihnen das nicht antun, verstehen Sie? Und sie befürchtet Repressalien«, fügte sie erklärend hinzu. »Es ist eine kleine Stadt.« Erst nachdem sie die Worte ausgesprochen hatte, wurde ihr bewusst, was sie da eigentlich gesagt hatte. Sie schwieg betreten. Sie hatte nicht einmal gelogen. Tanja *war* in vieler Hinsicht ein Riesenfeigling – aber was zum Teufel ging das De Ville an?

De Ville sagte ihr Fauxpas natürlich gar nichts, aber Naubach maß sie mit einem Blick, unter dem sie sich schlagartig noch unwohler zu fühlen begann, als es sowieso der Fall war. »Und Sie?«

Rachel war De Ville fast dankbar, dass er diese Frage stellte. »Ich bin ausgetreten«, sagte sie. »Ein halbes Jahr nachdem meine Eltern gestorben sind. Sie waren strenggläubige Christen, wissen Sie? Und ich wollte ihnen nicht antun, praktisch unter ihren Augen Fahnenflucht zu begehen.«

»War es das denn?«, fragte De Ville. »Fahnenflucht?«

Rachel machte eine Bewegung, die irgendwo zwischen einem Kopfschütteln und einem Achselzucken lag. »Das kommt immer auf den Standpunkt an. Ich habe der Kirche den Rücken gedreht, nicht dem Glauben.« Und schon war sie mittendrin in genau der Diskussion, die sie in den zurückliegenden Wochen einfach zu oft geführt hatte. So oft, dass sie schließlich davor geflohen war. Sie bedauerte es bereits, De Villes Frage überhaupt so ausführlich beantwortet zu haben.

De Ville seufzte. »Wäre ja auch zu schön gewesen.« Stirnrunzelnd wandte er sich wieder an Naubach: »Sie haben die Daten dieses Benedikt Darkov ins BKA gemailt, nehme ich an? Fingerabdrücke und so weiter?«

»Aber noch keine Antwort erhalten«, bestätigte Naubach mit einem Nicken. »Unsere Server-Verbindung bricht immer wieder zusammen. Keine Ahnung, was da los ist.«

»Das gesamte Telefonnetz ist hoffnungslos überlastet«, antwortete De Ville. »Diese verdammten Meteore haben mittlerweile den dritten Fernmeldesatelliten erwischt und ausgeschaltet. Wenn das so weitergeht, dann benutzen wir in ein paar Monaten wieder Buschtrommeln, Spiegel und Signalfeuer.« Er lächelte knapp und völlig humorlos und wurde dann sofort wieder ernst. »Ich werde dafür sorgen, dass man Ihrer Dienststelle eine sichere Frequenz zuweist. Und was Sie angeht«, er wandte sich wieder zu Rachel um, »gibt es irgendeinen Platz, wo Sie hingehen könnten?«

»Hingehen?«, wiederholte Rachel verständnislos. »Wie wäre es mit meiner Wohnung?«

»Das ist keine besonders gute Idee«, erwiderte De Ville ernst. »Nicht nach dem, was gerade passiert ist.«

»Aber Sie können es mir doch auch nicht verbieten?« Rachel sah schadenfroh zu, wie De Ville einen weiteren Schluck Kaffee trank und anschließend genießerisch das Gesicht verzog. »Oder etwa doch?«

»Nein«, antwortete De Ville widerwillig. »Natürlich kann ich das nicht, aber ich kann auch nicht für Ihre Sicherheit garantieren, wenn Sie darauf bestehen, in Ihre Wohnung zurückzukehren. Selbstverständlich wird Herr Naubach zwei Beamte zu Ihrem Schutz abstellen, aber ob das reicht … « Er hob vielsagend die Schultern. »Ganz offensichtlich haben wir es mit Männern zu tun, die vollkommen unberechenbar sind.«

»Dann stellen Sie mehr Polizisten zu meinem Schutz ab«, schlug Rachel vor.

Um ein Haar hätte Naubach aufgelacht. »Wie stellen Sie sich das vor? Ich bin schon froh, wenn ich zwei Männer erübrigen kann. Wir befinden uns nicht im Kriegszustand, wissen Sie?« Er schüttelte den

Kopf und deutete mit einer widerwilligen Bewegung auf De Ville. »Ich fürchte, er hat Recht. Sie wären weitaus sicherer, wenn Sie in ein Hotel gingen oder zu Verwandten, vorzugsweise welchen, die niemand hier in der Stadt kennt.«

»Und woher wollen Sie wissen, dass sie mich dort nicht ebenfalls finden?«

»Das wissen wir nicht«, räumte De Ville ein. »Was wir hingegen wissen, ist, dass die Männer Ihre Wohnung kennen. Seien Sie vernünftig. Es muss kein Hotel sein. Wir haben ein paar sichere Häuser für genau solche Zwecke.«

»Lassen Sie mich raten«, sagte Rachel spitz. »Sie haben Gitter vor den Fenstern.«

Ihre Worte taten ihr sofort wieder Leid. Sie benahm sich zickig und das war vermutlich genau das, was zumindest De Ville erwartet hatte. Es ärgerte sie, ihm diesen Triumph verschafft zu haben. Außerdem hatten die beiden einfach *Recht*. Sie verstand mittlerweile selbst nicht mehr so genau, warum sie sich so benahm. Etwas an De Ville reizte sie einfach. Sie wusste nicht, was, aber er war ihr auf Anhieb unsympathisch gewesen.

»Wie wäre es, wenn ich mit diesem Darkov rede?«, schlug sie vor.

»Was versprechen Sie sich davon?«, fragte De Ville. Sein Misstrauen war schlagartig wieder da, falls es überhaupt jemals erloschen gewesen war. »Wo Sie ihn doch angeblich überhaupt nicht kennen.«

Das Wort »angeblich« ärgerte sie schon wieder, aber sie ließ es sich nicht anmerken, sondern antwortete ruhig: »Immerhin hat er eine Menge riskiert, um mich zu warnen. Vielleicht erzählt er mir ja, was eigentlich los ist.«

»Kaum«, antwortete De Ville, aber Rachel fuhr lauter und in verändertem Tonfall fort:

»Ganz egal, was er sagt, es kann uns weiterhelfen. Das waren doch Ihre eigenen Worte, oder?«

»Jede noch so winzige Kleinigkeit.« Naubach wirkte leicht amüsiert, aber De Ville schien nicht überzeugt.

Wenigstens blieb er nicht bei seiner energischen Ablehnung. »Ich weiß nicht«, sagte er unschlüssig. »Wer immer dieser Mann ist, er ist bestimmt nicht dumm. Er wird uns nichts verraten.«

»Uns nicht, aber vielleicht mir«, beharrte Rachel. »Was haben wir denn zu verlieren?«

»Nichts«, sagte Naubach.

De Ville warf ihm einen leicht indignierten Blick zu, beinahe als hätte er seine Anwesenheit zwischenzeitlich ganz vergessen und fragte sich, wieso sich Naubach überhaupt in ihr Gespräch einmischte. Aber endlich nickte er, wenn auch mit allen Anzeichen von Widerwillen. »Also gut. Aber wir werden das Gespräch mithören.«

»Muss ich mich ausziehen, damit Sie mir ein Mikrofon an die Brust kleben können?«, fragte Rachel. Es war ein Scherz, der zugegebenermaßen weder besonders originell noch komisch war, aber mehr auch nicht. Trotzdem merkte sie an De Villes Reaktion, dass ihn ihre Worte fast peinlich berührten.

»Das wird kaum nötig sein«, sagte er und stand auf. »Wenn Sie mich begleiten würden?«

Rachel erhob sich gehorsam und auch Naubach stemmte seine Körperfülle von dem Plastikstuhl hoch. Als De Ville sich umwandte und zur Tür gehen wollte, fragte Rachel: »Übrigens, wie war der Kaffee?«

De Ville blieb stehen, sah zum Tisch zurück und musterte zuerst die halb geleerte Kaffeetasse und dann sie mit einem gleichermaßen verwirrten wie misstrauischen Blick. Vielleicht erinnerte er sich ja in diesem Moment an die sonderbare Art, auf die Naubach und sie die Tasse angestarrt hatten. »Gut«, sagte er. »Vielleicht ein bisschen zu stark. Warum fragen Sie? Stimmt etwas nicht damit?«

»Nein, nein, nichts«, versicherte Rachel hastig. »Ich frage nur so.«

Naubach grinste breit.

Das Zimmer, in dem Darkov untergebracht war, lag zwei Etagen tiefer im ersten Stock des Krankenhauses. Sie fuhren mit dem Aufzug hinunter. Vor dem Lift warteten zwei Polizeibeamte in grünen Uniformen, die sich unaufgefordert zu ihnen gesellten, und auch vor der Milchglastür der Intensivstation erwarteten sie uniformierte Beamte, die misstrauisch jeden kontrollierten, der den Gang hinter ihnen betreten wollte. Naubach hatte zwar behauptet, sie befänden sich nicht im Krieg, aber Rachel konnte sich trotzdem des Eindrucks nicht erwehren, dass sich zumindest dieses Krankenhaus in einem unerklärten Belagerungszustand befand.

Darüber hinaus war sie ziemlich erschrocken, als ihr klar wurde, auf welche Abteilung man Darkov verlegt hatte. »Ich dachte, sein Zustand wäre nicht so schlimm?«

»Ist er auch nicht«, beruhigte sie Naubach. »Aber das hier ist der einzige Trakt, den man einigermaßen absichern kann. Keine Sorge, es geht ihm schon wieder ganz gut.«

»Sie glauben, sie … sie könnten hierher kommen?«, fragte Rachel – ungläubig, aber auch ein bisschen erschrocken. Diese Möglichkeit hatte sie bisher nicht einmal in Betracht gezogen, die beiden Polizeibeamten aber offensichtlich schon.

Naubach hob die Schultern und wartete, bis die Streifenbeamten die Tür freigegeben und sie durchgelassen hatten, bevor er antwortete: »Solange ich nicht weiß, mit wem ich es eigentlich zu tun habe, glaube ich gar nichts, aber ich rechne prinzipiell mit allem. Außerdem sind diese Killer nicht unser einziges Problem. Vielleicht noch nicht einmal unser größtes.« Er machte eine zornige Kopfbewegung in keine bestimmte Richtung. »Draußen auf dem Parkplatz sind die römischen Kohorten aufmarschiert, nur dass sie statt mit Schild und Speer mit Fotoapparaten und Tonbandgeräten bewaffnet sind.«

»Reporter?«, vermutete Rachel.

»Die Pest der modernen Zeit«, bestätigte Naubach. »Manchmal ist Pressefreiheit wirklich Scheiße.«

De Ville, der natürlich jedes Wort gehört hatte, enthielt sich jeglichen Kommentars, bedachte sie aber beide mit einem schrägen Blick. Rachel konnte nicht sagen, ob er nun Naubachs Bemerkung über die Pressefreiheit galt oder ihrer unverhohlenen Sorge um den Mann, den sie angeblich gar nicht kannte, vermutete aber letzteres. So, wie sie De Ville einschätzte, würde er jeden Journalisten, der in seiner Gegenwart auf das Recht der freien Berichterstattung pochte, unter irgendeinem Vorwand einsperren und den Schlüssel wegwerfen.

Vor einem Zimmer am anderen Ende des langen, in nüchternem Weiß gehaltenen Korridors hielten zwei weitere Polizisten Wache. Beide sprangen hastig von ihren Stühlen hoch, als sie Naubach und seine Begleiter näher kommen sahen. Der Kommissar machte eine besänftigende Handbewegung. »Es ist alles in Ordnung. Setzen Sie sich wieder hin.« Dann wandte er sich an Rachel: »Der Raum wird videoüberwacht. Sie brauchen also keine Angst zu haben.« Er deutete auf das Stationszimmer, das nur ein paar Schritte entfernt war. »Wir sehen und hören alles und sind in einer Sekunde bei Ihnen, wenn irgendetwas nicht stimmt. Aber seien Sie trotzdem vorsichtig.«

Rachel nickte und sah Naubach zugleich fragend und verstört an, worauf er nur mit einem mit den Augen angedeuteten Nicken antwortete. Sie war leicht verwirrt. Seine Worte klangen unverfänglich, aber sie wurde das Gefühl nicht los, dass er damit nicht unbedingt die Gefahr meinte, die von Darkov ausging – falls es eine solche überhaupt gab. De Villes Gegenwart hinderte sie jedoch daran, eine entsprechende Frage zu stellen.

Sie wartete, bis die beiden Männer sich herumgedreht hatten und im Stationszimmer verschwunden waren, dann wandte sie sich mit einem auffordernden Blick an einen der beiden Polizeibeamten, die das Krankenzimmer bewachten. Der Mann reagierte darauf, indem er deutlich verlegen wurde und im ersten Moment nicht so genau zu wissen schien, wo er hinsehen sollte. Jede Richtung schien ihm recht, nur nicht in ihr Gesicht. Erst nach einer oder zwei Sekunden wurde ihr der Grund dafür klar: Es war der Beamte, der sie aus dem Wagen gezerrt und ihr so grob die Handschellen angelegt hatte. Rachel musterte sein Gesicht genauer und stellte fest, dass er nicht nur vor Verlegenheit am liebsten im Boden versunken wäre, sondern auch ein gutes Stück jünger war als sie selbst. Anfang zwanzig, kaum älter. Wahrscheinlich hatte er die Polizeischule gerade erst hinter sich gelassen und fragte sich jetzt verzweifelt, was er eigentlich falsch gemacht hatte. »Nichts«, murmelte sie.

Der junge Beamte sah sie verwirrt an. »Bitte?«

»Ich sagte, Sie müssen sich nichts vorwerfen«, antwortete Rachel rasch. Verdammt, sie sollte aufhören, nur Bruchstücke von dem auszusprechen, was sie dachte, das führte nur zu Verwirrung. »Sie haben nichts falsch gemacht. Ich an Ihrer Stelle hätte nicht anders reagiert.«

Die Reaktion auf ihre Worte fiel vollkommen anders aus, als sie erwartet hatte. Er sah ganz und gar nicht erleichtert aus. Seine Verlegenheit schien im Gegenteil sogar noch zuzunehmen. Seltsam. Rachel räusperte sich. »Wenn Sie mir jetzt die Tür öffnen würden?«

Peinlich: Der Beamte starrte sie einen Sekundenbruchteil irritiert an, dann streckte er die Hand aus und drückte die Klinke herunter und die Tür schwang ohne den geringsten Widerstand auf. Sie war nicht abgeschlossen gewesen.

Rachel trat rasch hindurch und wartete, bis der Polizist die Tür wieder geschlossen hatte, ehe sie sich langsam dem einzigen Krankenbett näherte, das allein in der Mitte des Zimmers stand. Auf einer unterbewussten Ebene hatte sie alle möglichen Horrorszenarien durchgespielt, die sie erwarten mochten: Darkov von Kopf bis Fuß eingegipst in einem Streckbett oder eingesponnen in ein ganzes Netz aus Schläuchen und farbigen Kabeln, als wäre er von einer Horde kybernetischer Spinnen überfallen worden. Nichts davon war der Fall. Darkov saß aufrecht im Bett. Die Armee kompliziert und bedrohlich aussehender elektronischer Wächter an der Wand hinter ihm war im Tiefschlaf versunken und der einzige Schlauch, mit dem er verbunden war, führte zu einem verchromten Ständer neben seinem Bett, an dem ein Infusionsbeutel hing. Und selbst der war wahrscheinlich nicht wirklich notwendig. »Aufsteigende Apparatemedizin«, wie Uschi es genannt hätte – ein bequemer Weg, um ein neues Kreuzchen auf einem Formular zu machen, das dabei half, die Kostenrechnung um eine Stelle vor dem Komma nach links zu verschieben. Darkov selbst trug einen jener modischen Krankenhauspyjamas, die im Grunde nur aus einem zu groß geratenen Lätzchen bestanden und hinten offen waren, sodass jeder Ausflug aus dem Bett zu einer peinlichen Angelegenheit wurde, und einen weißen Verband um die Stirn. Wäre die Erinnerung an die beiden Polizeibeamten nicht gewesen, die draußen vor der Tür Wache hielten, und die verchromte Handschelle, die seinen linken Arm an das Bettgestell fesselte, er hätte ein ganz normaler Patient sein können. Offenbar hatte Naubach die Wahrheit gesagt: Man hatte ihn nicht auf die Intensivstation gebracht, weil es aus medizinischer Sicht notwendig gewesen wäre, sondern weil sich dieser Trakt der Klinik am besten bewachen ließ. Die Vorstellung hatte etwas Beruhigendes.

Darkov hatte ihr Eintreten natürlich bemerkt und sah ihr schweigend und mit sehr ernstem Ausdruck entgegen. Dennoch glaubte sie, die Andeutung eines Lächelns in seinen Augen zu erkennen, als sie das Bett erreicht hatte und kurz davor stehen blieb. Das Zimmer war nicht besonders hell.

»Hallo«, begann sie unbeholfen. Was war los mit ihr? Sie war doch sonst nicht auf den Mund gefallen.

»Ist es schlimm?« Darkov deutete mit einer Kopfbewegung auf die sauberen weißen Verbände, die sich um ihre Handgelenke schmiegten. Hätte sie noch das passende Kleid dazu getragen, man hätte glauben können, sie sei auf dem Weg zu einem Tennismatch.

Rachel schüttelte den Kopf und das Lächeln verließ seine Augen und breitete sich für eine Sekunde auf seinem ganzen Gesicht aus. »Ich bin sehr froh, dass dir nichts passiert ist.«

»Hey«, protestierte Rachel. »Das ist mein Satz. Wie geht es Ihrem Kopf?« Sie wusste selbst, wie hölzern das klang, aber sie musste noch immer mit jedem einzelnen Wort ringen. Vielleicht lag das an der Tatsache, dass sie sich mit jeder Sekunde des Umstandes bewusster wurde, belauscht zu werden. Es war ungefähr so angenehm, als stünde De Ville unsichtbar hinter ihr und schriebe mit.

»Das war wirklich nur ein Kratzer«, behauptete Darkov. Anscheinend wollte er die Hand heben und nach seiner Stirn deuten, aber die Handschelle setzte der Bewegung nach ein paar Zentimetern ein abruptes Ende. Für einen kurzen Augenblick zitterte das ganze Bett.

»Vorhin sah das aber anders aus«, sagte sie.

»So ist es nun mal mit Kopfverletzungen. Man blutet immer wie ein frisch abgestochenes Schwein.«

»Fällt man auch immer in Ohnmacht?« Sie bedauerte die Worte, kaum dass sie sie ausgesprochen hatte, denn das Lächeln in seinen Augen erlosch nun endgültig und machte einem Ausdruck von Betroffenheit Platz. Vielleicht hatte er in ihrer Frage einen Vorwurf gehört, den sie ganz bestimmt nicht hatte hineinlegen wollen.

»Es tut mir Leid«, sagte er leise. »Ich habe versagt. Um ein Haar wärst du getötet worden. Das hätte nie passieren dürfen.«

»Ach, Unsinn«, widersprach Rachel. »Sie haben mir das Leben gerettet. Ohne Sie hätten die Kerle mich verschleppt oder vielleicht gleich umgebracht.« Sie zögerte noch einen winzigen Moment. »Ich verstehe nur nicht, warum.« Das war alles andere als eine rhetorisch geschliffene Formulierung, gar keine Frage, die ihm möglicherweise eine Antwort entlocken konnte, die er gar nicht geben wollte. Aber wenn sie darauf wartete, dass ihr die passenden Worte einfielen, dann stand sie möglicherweise morgen früh noch hier. Irgendetwas musste an seiner Gegenwart sein, das sie über die Maßen verwirrte. Vielleicht war es auch gar nicht er. Vielleicht weckte seine Gegenwart einfach nur die Erinnerung an die zurückliegende Zeit. Rachel bildete sich nicht ein, das irrsinnige Intermezzo bereits verarbeitet zu haben. Das würde später kommen, wenn überhaupt, und vermutlich würde es verdammt hart werden. Im Moment war sie schon mit der Vorstellung zufrieden, dass irgendetwas in ihrem Bewusstsein eine Art Pufferzone eingerichtet haben musste, in der unterschiedslos jede Art von Schrecken, Angst und Entsetzen zwischengelagert wurde, die sie in den zurückliegenden schrecklichen Minuten durchlebt hatte. Mit ein wenig Glück würde dieses Sammelsurium unangenehmer Erinnerungen langsam verblassen oder wenigstens in homöopathischen Dosen weitergegeben werden, die leichter zu ertragen waren. Und mit ein bisschen weniger Glück …

Nun, dann hatte sie eben weniger Glück. Rachel schüttelte den Gedanken ab. »Sie haben nicht geantwortet.«

Fast schien es, als würde Darkov auch darauf nicht antworten wollen, aber dann deutete er ein kaum merkliches Kopfnicken an. »Es wäre nicht gut.«

»Was? Dass ich erfahre, wer mich einen Kopf kürzer machen will?« In ihrer Stimme war mehr Fassungslosigkeit als wirkliche Empörung.

»Es ist schon einmal geschehen«, antwortete er. »Schon oft. Sie versuchen es immer. Oft gelingt es ihnen. Aber diesmal nicht. Ich darf nicht noch einmal versagen.«

»Ach so.« Rachel warf ihm einen schrägen Blick zu. Sie fragte sich, ob seine Kopfverletzung vielleicht doch schlimmer war, als er behauptete. Oder ob er sie vielleicht einfach auf den Arm nahm. Sie fühlte sich hilfloser als zuvor.

»Du musst fliehen«, fuhr Darkov fort. »Ich kann es dir jetzt nicht erklären, aber es ist wichtig, dass du mir glaubst. Sie dürfen dich nicht kriegen! Zu viel steht auf dem Spiel.«

So war das also, dachte Rachel. Er redete wirres Zeug. Sonderbarerweise fühlte sie sich erleichtert und enttäuscht zugleich. »Hören Sie mir zu, Darkov«, begann sie.

»Benedikt«, unterbrach er sie. »Mein Name ist Benedikt. Ich kann nichts dafür«, fügte er mit einem leicht verlegenen Lächeln hinzu, »meine Eltern hatten ein Faible für Namen aus dem Alten Testament.«

»Genau wie meine. Benedikt also. Hören Sie mir zu, Benedikt.« Sie beharrte auf dem förmlichen Sie, als wäre es irgendeine Art von letzter Verteidigungslinie, von der sie unter gar keinen Umständen zurückweichen durfte. »Sie missverstehen die Situation, fürchte ich. Das hier ist ein Krankenhaus. Draußen auf dem Flur stehen ein halbes Hundert Polizisten, die auf mich aufpassen. Ich bin hier so sicher, wie es nur geht, glauben Sie mir.« Sie zwang sich zu einem Lächeln, das in krassem Gegensatz zu ihren wirklichen Gefühlen stand. »Sie haben nicht versagt, ich bin in Sicherheit.«

»Du bist es, die nicht versteht«, ereiferte sich Benedikt. »Es gibt keine Sicherheit vor ihnen. Sie sind überall. Sie sind jeder. Du musst fliehen und du darfst niemandem glauben.«

Vielleicht war das der erste vernünftige Satz, den er sagte, seit sie hereingekommen war, dachte Rachel, und sie wusste auch schon, bei wem sie damit anfangen würde. Es hatte keinen Zweck. Schade. »Ich komme vielleicht später noch einmal«, sagte sie müde. »Sie sollten jetzt ein wenig schlafen.«

»Du glaubst mir nicht«, sagte Benedikt betrübt.

Vorsichtshalber antwortete sie nicht darauf, sondern beließ es bei einem letzten, abschließenden Lächeln und verließ das Zimmer, erfüllt von einer Mischung aus Verwirrung und Enttäuschung, die ihr mehr zu schaffen machte, als es eigentlich der Fall sein sollte. Sie gestand es sich zwar eindeutig widerwillig ein, aber sie gestand es sich ein: An diesem sonderbaren Benedikt Darkov war etwas, das sie faszinierte.

Naubach und De Ville kamen ihr entgegen, als sie ungefähr den halben Weg zum Stationszimmer zurückgelegt hatte.

»So viel zu Ihrer Idee«, sagte Naubach Grimassen schneidend. »Der Kerl hat doch einen Sprung in der Schüssel!«

»Oder er ist ein ausgezeichneter Schauspieler«, meinte De Ville und der Blick, mit dem er Rachel fixierte, fügte lautlos – aber trotzdem unüberhörbar – hinzu: Vielleicht ist er ja nicht der Einzige hier. So ein paar Oscar-Verdächtige haben wir ja, oder?

»Dazu hätte er wissen müssen, dass er belauscht wird«, meinte Naubach.

De Ville machte ein abfälliges Geräusch. »So viel Fantasie gehört nun wirklich nicht dazu, sich das auszudenken, Herr Kommissar.«

Rachel wandte sich ab und ging ein paar Schritte. Sie hatte keine Ahnung, ob es ihr auf diese Weise gelang, den sich anbahnenden Streit zwischen den beiden zu beenden, und es war ihr auch ziemlich egal. Sie hatte einfach keine Lust, daran teilzunehmen. Verwirrung und das Gefühl einer drohenden, ganz und gar schrecklichen Gefahr, das war alles, was sie empfand. Aber war das ein Wunder?

De Ville kam hinter ihr her und machte eine barsche Handbewegung. »Ich danke Ihnen auf jeden Fall, dass Sie es versucht haben«, sagte er. »Wir werden uns jetzt weiter um Ihren Freund kümmern. Falls er uns tatsächlich etwas vormacht, dann finden wir es heraus, keine Sorge.«

»Und wenn nicht?«

De Villes linke Augenbraue rutschte ein Stück weit in die Höhe, als wäre an dieser Frage irgendetwas Ordinäres. »Dann wird er die allerbeste ärztliche Betreuung bekommen, die es gibt.« Die Möglichkeit, dass Darkov die Wahrheit gesagt haben könnte, zog er offenbar erst gar nicht in Betracht. »Und jetzt würde ich vorschlagen …«

»… dass mich einer Ihrer Leute nach Hause bringt«, unterbrach ihn Rachel. »Keine Sorge. Ich mache keine Schwierigkeiten. Ich will nur ein paar Sachen zusammenpacken und mich umziehen.« Sie deutete an sich herab. »Ich sehe aus wie ein Schwein.«

Weder De Ville noch Naubach machten sich die Mühe, aus reiner Höflichkeit zu widersprechen. Es wäre auch ziemlich lächerlich gewesen, denn sie hatte Recht. Der Schlamm an ihrer Kleidung war mittlerweile getrocknet und irgendwann zwischendurch hatte sie sogar Zeit gefunden, sich die Haare zu waschen. Aber das war auch schon alles. Ihre Kleidung starrte vor Schmutz und sie fühlte sich am ganzen Leib schmierig.

»Die paar Minuten werden nicht schaden«, murmelte Naubach. »Ich fahre Sie rasch selbst.«

»Aber danach kommen Sie bitte wieder hierher zurück«, fügte De Ville hinzu. »Einer meiner Männer wird Sie an einen sicheren Ort bringen.«

Naubach verstand die Anspielung sehr wohl, aber er war klug genug – oder vielleicht auch einfach nur müde genug –, es bei einem viel sagenden Stirnrunzeln als Antwort zu belassen. Rachel wunderte sich erneut über ihre eigenen Reaktion; so wenig, wie sie Naubach leiden konnte, hätte sie zumindest eine gewisse Schadenfreude empfinden sollen, dass er endlich seinen Meister gefunden zu haben schien, aber dem war nicht so. Er tat ihr sogar ein wenig Leid. Aber wirklich nur ein wenig.

4

Sie verließen das Krankenhaus nicht durch die Halle, sondern mit Naubachs Privatwagen, einem betagten Mercedes, durch eine Ausfahrt der Tiefgarage, die auf den rückwärtigen Teil des Klinikgeländes hinausführte. Als sie den Block umrundeten und in raschem Tempo am Haupteingang des Krankenhauses vorbeifuhren, sah Rachel auch, was er gemeint hatte: Es waren nicht die römischen Legionen, die das Gebäude belagerten, aber doch gute zwei Dutzend Journalisten, mit Diktiergeräten, Kameras und Fotoapparaten mit gewaltigen Teleobjektiven bewaffnet, und Rachel nahm an, dass ungefähr noch einmal die gleiche Anzahl genau in diesem Moment versuchte die Klinik auf irgendeine andere (und möglichst unauffällige) Weise zu betreten. Nicht wenige der Gesichter kannte sie. Sie waren der Grund, weshalb sie die Stadt verlassen hatte. Nun ja – einer der Gründe.

»Sehen Sie nicht so auffällig hin«, sagte Naubach. »Wenn sie erkennen, wer bei mir im Wagen sitzt, haben wir die ganz Bande wieder am Hals.«

Falls sie nicht schon vor meiner Haustür auf uns warten, fügte Rachel in Gedanken hinzu, was mit einiger Wahrscheinlichkeit der Fall sein würde. Mit ziemlicher Sicherheit sogar. Wahrscheinlich konnte sie ihr Elternhaus heute Abend in den Nachrichten bewundern, zusammen mit einem Uraltfoto von ihr selbst, das aussah wie direkt aus der Ahnengalerie einer Mafiafamilie. So ungern sie es zugab – sie war vermutlich gut damit beraten, De Villes Vorschlag anzunehmen und sich für eine Weile irgendwo zu verkriechen. Wenigstens, bis sich die größte Aufregung gelegt hatte. Und so ganz nebenbei: Es gab kaum ein besseres Versteck für einen Mann mit einer Pistole als eine Horde aufdringlicher Reporter, die ihr Haus belagerten, über die Zäune zu klettern versuchten, ihre Blumenbeete niedertrampelten und sich die Nasen an den Fensterscheiben platt drückten, um ein verwackeltes Foto zu schießen. Vielleicht sollte sie wegziehen.

»Wissen Sie, meine Liebe«, sagte Naubach in das unbehaglich

werdende Schweigen hinein, das nur vom regelmäßigen Geräusch der Scheibenwischer und dem Trommeln des Regens auf dem Wagendach unterbrochen wurde, »Sie hätten sich selbst und auch mir eine Menge Ärger ersparen können, wenn Sie nicht einfach so sang- und klanglos verschwunden wären.«

»Ich dachte, wir leben in einem freien Land«, antwortete Rachel spitz. »Oder ist während meiner Abwesenheit die Meldepflicht wieder eingeführt worden?«

»Nein«, erwiderte Naubach, »aber wir hätten Sie beispielsweise warnen können.«

»So wie Tanja?«

Naubach blieb weiter ruhig. Vielleicht gab es nichts mehr, was ihn noch erschüttern konnte, weil er in dreißig Jahren im Polizeidienst jede nur denkbare Beleidigung und Provokation schon ein Dutzend Mal gehört hatte. »Das hätte nichts genutzt«, sagte er. »Soweit wir das rekonstruieren konnten, war sie die Erste, die entführt wurde.« Er seufzte. »Das alles ergibt einfach keinen Sinn.« Vielleicht wartete er auf eine Antwort, aber er würde keine bekommen. Nach einer Weile wechselte er das Thema. »Sie müssen mir noch die Adresse Ihrer Freundin geben, bei der Sie die vergangene Woche verbracht haben.«

»Warum?«, fragte Rachel. »Wollen Sie mein Alibi überprüfen?«

Ihr dritter Hieb zeigte immerhin Wirkung. Naubach hatte sich nun nicht mehr ganz so gut in der Gewalt und in seinen Augen blitzte es kurz und zornig auf. »Vielleicht, um sie zu warnen«, sagte er. »Oder möchten Sie, dass sie am Ende auch noch verschwindet?«

»Kaum«, gestand Rachel. »Dazu müssten die Kerle sie übrigens erst einmal finden. Selbst mir fällt das manchmal nicht leicht.«

Fast zu ihrer Überraschung gab sich Naubach mit dieser Erklärung sogar zufrieden. Wahrscheinlich hatte er ihre Hilfe gar nicht nötig, um Uschis Adresse herauszubekommen, oder glaubte es zumindest. »Wie Sie meinen«, sagte er achselzuckend. »Jetzt werden wir erst einmal – Mist!« Den Grund für das letzte, mit Nachdruck hervorgestoßene Wort verstand Rachel im gleichen Moment, in dem sie den Blick hob und nach vorne sah. Sie waren fast da. Der Weg von der Klinik hierher war nicht weit, zumal Naubach sehr schnell gefahren war, aber wie es aussah, würden sie für die letzten hundert Meter wahrscheinlich länger brauchen als für das gesamte Stück vom Krankenhaus hierher.

Rachels Haus wurde belagert. Direkt in der Garageneinfahrt (jemand hatte das Tor mittlerweile zugemacht) parkte ein Streifenwagen der Polizei und ein zweiter stand ein kleines Stück davor und quer zur Fahrbahn, sodass er die gesamte Straße blockierte. Nicht, dass es viel zu blockieren gab – auf dieser Straße würde sich innerhalb absehbarer Zeit sowieso nicht mehr viel rühren, was deutlich größer als ein Skateboard war. Mindestens ein Dutzend Fahrzeuge standen kreuz und quer geparkt da – einige sogar auf dem Bürgersteig – und in geringer Entfernung gewahrte sie einen Ü-Wagen eines privaten Fernsehsenders, auf dessen Dach sich eine gewaltige Parabolantenne erhob, die wie eine futuristische Waffe aus einem Sciencefictionfilm auf ihr Haus gerichtet war. Die Insassen dieser Wagen umlagerten das Haus und taten so genau das, was sie sich vorhin vorgestellt hatte, als hätten sie ihre Gedanken gelesen und als Aufforderung verstanden: sie zertrampelten ihre Blumenbeete, verrenkten sich die Hälse, um einen Blick über den Zaun zu werfen, und drückten sich die Nasen an den Fensterscheiben platt. Blitzlichter zuckten ununterbrochen, obwohl es rein gar nichts zu fotografieren gab, und Rachel entdeckte einen ihrer Nachbarn, der heftig gestikulierend, aber ohne viel Erfolg versuchte, sich einen Weg zu seinem eigenen Haus zu bahnen. Hatte sie vorhin gedacht, sie sollte hier wegziehen? Wenn es noch eine Weile so weiterging, fügte sie mürrisch in Gedanken hinzu, dann würde sie es müssen.

Naubach trat vorsichtig auf die Bremse, betätigte den Blinker und bog nach links ab, und Rachel atmete innerlich auf. Sie konnte sich lebhaft vorstellen, wie sich ein Foto von ihr – noch dazu in ihrem heruntergekommenen Zustand – auf den Titelseiten der Boulevardpresse ausmachen würde. »Sieht so aus, als seien Sie berühmt, meine Liebe«, grinste Naubach mit unverhohlener Schadenfreude.

»Danke«, antwortete Rachel säuerlich. »Ich kann darauf verzichten. Es sieht eher so aus, als müsste ich heute Abend in ungewaschenen Kleidern schlafen.«

»Kein Problem. Geben Sie mir eine Minute.« Naubach sah einen Moment lang aus zusammengekniffenen Augen in den Rückspiegel, dann steuerte er den Wagen an den Straßenrand, zog ein Handy aus der Tasche und wählte eine eingespeicherte Nummer. Rachel konnte nicht verstehen, worum es in dem Gespräch ging. Es bestand im Grunde nur aus Halbsätzen, einzelnen Wörtern und gegrunzten Lauten der Zustimmung oder Ablehnung. Aber als er fertig war und das Gerät wieder einsteckte, zog er eine Grimasse. »Als ob man mit Timbuktu spricht«, beschwerte er sich. »Diese verdammten Interferenzen.«

»Angeblich soll es ja noch schlimmer werden«, sagte Rachel. »Und? Was haben Sie erreicht?«

»Warten Sie ab«, beschied sie Naubach. »Ein paar Minuten, und – hey! Das ging aber schnell!« Er sah wieder in den Rückspiegel und auch Rachel drehte sich auf dem Beifahrersitz herum, um in die gleiche Richtung zu blicken. Sie waren nur ungefähr fünfundzwanzig Meter von der Kreuzung entfernt, sodass sie die Wagen, die in einer sich schnell bewegenden Kolonne vorbeifuhren, deutlich erkennen konnte. Ein paar davon hatte sie vor einem Augenblick erst gesehen.

»Ich verstehe«, sagte sie stirnrunzelnd. »Eine gezielte Indiskretion?«

Naubach nickte. »Die geschätzten Kollegen von der Presse vermuten Sie jetzt auf dem Weg zum Bahnhof. Ich fürchte nur, allzu lange werden sie nicht auf den Trick hereinfallen. Aber wenn wir uns beeilen, reicht die Zeit.«

Dennoch fuhren sie nicht sofort los. Naubach wartete, bis als Letzter auch der Ü-Wagen vorbeigefahren war, erst dann wendete er den Mercedes und fuhr im Schritttempo zurück. Die Straße vor ihrem Haus war nicht ganz so leer, wie sie es sich gewünscht hätte; mindestens zwei Journalisten waren nicht auf Naubachs Täuschungsmanöver hereingefallen und stürmten sofort und mit erhobenen Kameras und Kassettenrekordern in ihre Richtung. Sie kamen dem Wagen allerdings nicht einmal nahe. Wie aus dem Nichts tauchten plötzlich neben jedem der Reporter zwei Polizeibeamte auf und drängten die Männer mit schon etwas mehr als nur sanfter Gewalt zurück.

»Sie halten wirklich nicht viel von Pressefreiheit, wie?«, fragte Rachel.

»Wäre es Ihnen lieber, ich würde die beiden Herren da auf Sie loslassen?«, erkundigte sich Naubach. Er schüttelte den Kopf. »Außerdem ist es nur eine Personenkontrolle, auch wenn ich befürchte, dass sie überaus gründlich ausfallen und auch eine ganze Weile dauern wird. Unter den gegebenen Umständen habe ich nicht nur das Recht dazu, ich muss es sogar, oder sind Sie ganz sicher, dass nicht einer der beiden eine Pistole in der Manteltasche hat?«

Nein, verdammt, das war sie selbstverständlich nicht. Und worüber beschwerte sie sich eigentlich? Sie sollte Naubach dankbar sein. Nach der Geschichte mit Pater Adrianus war sie der Presse wirklich nichts mehr schuldig, schon gar keinen guten Willen. Sie schwieg.

Naubach parkte den Wagen so dicht vor dem Eingang, dass sie nur zwei Schritte weit durch den Regen eilen mussten, um hineinzukommen. Als sie die Tür öffnete, erstarrte sie.

Die Wohnung war verwüstet. Der Flur und der kleine Teil des Wohnzimmers, den sie vom Eingang aus überblicken konnte, waren ein reines Chaos. Schranktüren standen offen, Schubladen waren herausgerissen und offenbar kurzerhand herumgedreht worden, damit man ihren Inhalt besser durchwühlen konnte; jemand hatte selbst die Polster von der Couchgarnitur genommen und die Reißverschlüsse aufgezogen, um ihr Inneres zu durchsuchen. Bilder hingen schief an den Wänden. Rachel machte zwei Schritte in den Raum hinein und blieb schockiert wieder stehen. Die Verwüstung setzte sich auch in dem Teil des Zimmers fort, den sie bisher nicht hatte erkennen können. Sämtliche Schubladen des Schreibtischs standen nicht nur offen, sondern waren leer, ihr Inhalt auf dem Fußboden verteilt. Ihre komplette CD-Sammlung lag auf dem Teppich und jemand hatte sich tatsächlich die Mühe gemacht, aus mehr als zweihundert Hüllen nicht nur die silberfarbenen Scheiben, sondern auch die Inlays herauszunehmen und über einen ansehnlichen Teil des Teppichbodens zu verstreuen.

»Oh!« Naubach war hinter ihr hereingekommen und riss überrascht die Augen auf. »Das hätte ich nicht erwartet.«

»Was hätten Sie denn erwartet?« Rachel drehte sich zu ihm herum und funkelte ihn an.

Naubach sah einen kurzen Moment lang ziemlich hilflos aus, aber er antwortete nicht, sondern drehte sich plötzlich auf dem Absatz herum und stürmte wieder aus dem Haus. Rachel hörte ihn draußen herumbrüllen, dann kam er zurück.

»Und?«

»De Ville«, grollte er.

»De Ville hat diese Unordnung hinterlassen?«

»Nein, verdammt!«, schnappte Naubach. »Aber er hat eine Hausdurchsuchung angeordnet. Das hier waren seine Leute!« Er machte eine unsicher flatternde Geste in keine bestimmte Richtung. »Hören Sie: Das hier, das tut mir wirklich Leid. Ich entschuldige mich dafür und ich verspreche Ihnen, dass alles wieder in Ordnung gebracht wird.«

»Eine Hausdurchsuchung?« Rachel überhörte Naubachs Entschuldigung ganz bewusst. »Bei mir? Aber warum denn? Ich habe doch nichts getan. Was zum Teufel gibt ihm das Recht dazu?«

Naubach hob unglücklich die Schultern. »Packen Sie ein paar Sachen zusammen und wir fahren zurück und fragen ihn.«

»Worauf Sie sich verlassen können!« Rachel fuhr auf dem Absatz herum und stapfte in Richtung Treppe, blieb aber nach ein paar Sekunden noch einmal stehen. »Habe ich noch Zeit für eine Dusche?«

Der Kommissar hatte bereits sein Handy aus der Tasche gezogen und war dabei, eine Nummer einzutippen. Er hielt inne, sah sie eine Sekunde lang nachdenklich an, dann schüttelte er den Kopf. »Lieber nicht. Ich weiß nicht, wie lange wir hier noch Ruhe haben. Ziehen Sie sich nur um. Rasch, bitte.«

Sie hatte die Antwort vorausgeahnt und fragte sich, warum sie diese Frage überhaupt gestellt hatte, verzichtete aber darauf zu protestieren, sondern ging mit schnellen Schritten die Treppe hinauf und ins Schlafzimmer. Dort sah es nicht anders aus als unten, aber der Anblick machte sie ungleich wütender. De Villes Männer – sie hatte nicht einmal gewusst, dass er nicht allein gekommen war – hatten jeden Quadratzentimeter des Zimmers verwüstet, die Schränke aufgerissen, ihre Wäsche durchwühlt … selbst die Matratze lag schief auf dem Sprungrahmen und die Laken waren zerknüllt, was bewies, dass man sie hochgehoben und darunter nachgesehen hatte – wonach eigentlich? Der Anblick erfüllte Rachel mehr und mehr mit kalter Wut. Im Prinzip hatten die Männer nichts anderes getan als die unbekannten Eindringlinge, auf deren Spuren sie am Morgen gestoßen war, aber während diese sich zumindest noch Mühe gegeben hatten, ihr Tun zu verheimlichen, hatten De Villes Handlanger gehaust wie die sprichwörtlichen Vandalen. Rachel glaubte sie für einen Moment regelrecht vor sich zu sehen, wie sie in ihren Kleidern wühlten, jedes Handtuch herausrissen und ausschüttelten (es könnte sich ja ein Terrorist darin verstecken …) und zotige Bemerkungen machten, während sie in ihrer Unterwäsche herumfingerten. Der Unterschied war der, dass sich die Verbrecher alle Mühe gegeben hatten, unauffällig zu bleiben, während die Vertreter der Ordnungsmacht (ha, ha!), die sich doch eigentlich um ihren Schutz bemühen sollten, das Haus hinterließen, als wären Dschingis Khans Horden hindurchgezogen. Es sollte umgekehrt sein! Dass es nicht so war, stellte in Rachels Augen die ultimative Demütigung dar und erfüllte sie mit einem stillen, aber brennenden Zorn. Heute Nacht, dachte sie. Spätestens heute Nacht würde sie sich diesen De Ville vorknöpfen und ihm die Pest an den Hals träumen! Nun ja, vielleicht nicht unbedingt die Pest, aber irgendetwas in der Art, etwas ziemlich Unangenehmes und vor allem Langwieriges, damit er sich noch eine Weile an sie erinnerte …

Sie verscheuchte den Gedanken. Er war kindisch und albern, aber sie konnte nicht darüber lächeln, sondern verspürte ganz im Gegenteil einen neuerlichen, wenn auch vollkommen anderen eisigen Schauer. Gott bewahre sie davor, die Fähigkeiten, die sie so fürchtete, irgendeines Tages tatsächlich zu haben!

»Wie weit sind Sie?« Naubach war immerhin diskret genug, nicht heraufzukommen, aber sie konnte hören, dass er unten an der Treppe stand, und seine Stimme klang mehr als ungeduldig.

»Fast fertig«, log Rachel. »Noch eine Minute.« Sie trat dicht an den kniehohen Wäscheberg heran, der sich vor dem Kleiderschrank auf dem Fußboden türmte, schlüpfte aus ihren Kleidern und wühlte mit einer kindischen, anarchistischen Freude in dem Durcheinander herum, bis sie eine Ausstattung zusammengestellt hatte, die der Situation angemessen schien. Rasch zog sie sich an, schloss die Schranktür und betrachtete sich prüfend in dem zwei Meter hohen Spiegel auf der Vorderseite der Tür. Plötzlich wurde ihr bewusst, wie sehr sie sich ihren namenlosen Verfolgern bereits angepasst hatte: sie trug schwarze, eng anliegende Jeans und bis in die Mitte der Schienbeine hinauf geschnürte Halbstiefel, einen schokoladenbraunen (was für eine Farbzusammenstellung!) Pullover und darüber einen knapp sitzenden Lederblouson, der ihr nicht einmal ganz bis zu den Hüften reichte. Jetzt noch ein kupferfarbenes Stirnband und ein Schwert auf dem Rücken, dachte sie spöttisch, und fertig ist Xena, die Kriegerprinzessin. Doch der Anblick amüsierte sie nicht annähernd so sehr, wie es der Fall hätte sein sollen, sondern erfüllte sie ganz im Gegenteil mit einer sonderbar ziellosen Beunruhigung. Es war ein holperiger Versuch, sich auf Kampf und Flucht vorzubereiten, als hätte irgendetwas tief in ihr ein Verteidigungsprogramm gestartet, dessen Existenz sie bisher noch nicht einmal geahnt hatte. Dabei hatte sie sich bislang stets für einen eigentlich friedliebenden Menschen gehalten. War es vielleicht an der Zeit, dass sie anfing, sich vor sich selbst zu fürchten?

Sie zog es vor, diesen Gedanken nicht bis zu seinem Ende zu verfolgen, stopfte fast wahllos einige weitere Kleider in eine Reisetasche und kam nach kaum einer weiteren Minute bei Naubach an, der voller Ungeduld unten an der Treppe auf sie wartete. Der Kommissar zog erstaunt die Augenbrauen zusammen, als er ihr so völlig verändertes Aussehen registrierte, aber er sagte nichts dazu, sondern streckte nur schweigend die Hand nach der Reisetasche aus und drehte sich in der gleichen Bewegung herum.

»Geld, Papiere, Kreditkarten?«, sagte er.

»Brauche ich das denn?«, gab Rachel zurück. »Ich dachte, da, wo wir hingehen, ist Vollpension.« Trotzdem trat sie rasch, wenn auch ohne viel Hoffnung, an den Schreibtisch heran. Ihre Handtasche befand sich noch ungefähr an der gleichen Stelle, an der sie sie am Morgen abgelegt hatte, aber der Inhalt war über die gesamte Platte verteilt. Die kleine lederne Brieftasche mit ihrem Personalausweis, dem Führerschein und ihrer EC-Karte fehlte. Rachel war nicht überrascht.

»Vermutlich hat De Ville sie in Verwahrung genommen«, sagte Naubach finster.

»Weil er ein fürsorglicher Polizist ist und nicht will, dass irgendetwas verschwindet?«, fügte Rachel hinzu. »Es könnte ja immerhin sein, dass Einbrecher vorbeikommen und hier alles durchwühlen. Die Zeiten sind schlecht.« Sie grub ohne große Hoffnung weiter in ihrer

Handtasche und fand immerhin das kleine Plastiketui mit ihrer Kreditkarte, das De Villes Leute offensichtlich übersehen hatten. Manchmal, dachte sie spöttisch, lohnte es sich eben doch, auf die Warnungen zu hören, die man ununterbrochen bekam – ob man nun wollte oder nicht. Es *machte* Sinn, Ausweis und Kreditkarte nicht zusammen aufzubewahren.

Zumindest dann, wenn man vorher von Terroristen überfallen, um ein Haar verschleppt und um ein noch knapperes bisschen umgebracht und zu allem Überfluss auch noch von den Agenten irgendeiner streng geheimen Dienststelle heimgesucht worden war …

Naubach sah sie einen Moment lang unentschlossen an, als sei er nicht ganz sicher, ob er ihr das Nachfolgende tatsächlich sagen sollte, dann murmelte er: »Der Kerl ist kein Polizist.«

»Was denn sonst?«

Statt zu antworten, drehte sich Naubach herum und ging mit raschen Schritten zur Tür. Er sprach erst weiter, als sie draußen im Wagen saßen und er den Motor angelassen hatte. »Ich habe ein bisschen herumtelefoniert, während ich auf Sie gewartet habe. Ich weiß nicht, wer er ist. Aber ich weiß ziemlich genau, was er nicht ist. Ein Polizeibeamter.« Er fuhr los.

Rachel warf einen Blick zu den Streifenbeamten hin, die sich noch immer damit beschäftigten, die Papiere der beiden vorwitzigen Reporter einer sehr gründlichen Prüfung zu unterziehen, dann griff sie nach dem Sicherheitsgurt, ließ ihn einrasten und fragte: »Was ist er dann?«

»Keine Ahnung«, antwortete Naubach. »Aber ich kriege es noch raus. Keine Angst. Ich habe vielleicht nicht so einen hübschen Sonderausweis wie er, aber nach dreißig Jahren in dem Job kennt man eine Menge Leute. Manchmal ist das nützlicher als ein Stück in Plastik eingeschweißtes Papier.«

Was war das, was sie in seiner Stimme hörte? Neid? Ärger? Vielleicht war Naubach ja einfach nur wütend auf De Ville, weil der Sonderbeauftragte des Innenministeriums ihn ganz unverblümt so behandelte, wie Naubach es normalerweise gewohnt war, seinerseits mit Menschen umzugehen; vorzugsweise mit Verdächtigen. Sie nahm sich vor, die Distanz zwischen ihnen nicht noch weiter schrumpfen zu lassen. Die zurückliegende Stunde hatte sie dazu verleitet, Naubach als eine Art stillen Verbündeten zu betrachten, aber das war vermutlich ein Irrtum. Nur weil es jemanden gab, den sie beide nicht leiden konnten, wurde der Kommissar nicht automatisch zu ihrem Verbündeten oder gar Freund.

»Warum erzählen Sie mir das?«, fragte sie geradeheraus.

»Weil ich will, dass Sie sich vor De Ville in Acht nehmen«, antwortete Naubach in leicht verärgertem Tonfall. »Ich weiß nicht, wer dieser Kerl ist, aber ich kenne Typen wie ihn zur Genüge. Trauen Sie ihm nicht einmal so weit, wie Sie ihn sehen können.«

»Wieso?«

»Er wird den Fall aufklären, da bin ich ziemlich sicher.« Naubach schnaubte verächtlich. »Aber Sie haben ja gerade selbst gesehen, wie wenig wählerisch er in seinen Methoden ist. Es könnte sein, dass Sie dabei auf der Strecke bleiben. Ich will nicht, dass Sie Schaden nehmen.«

»Haben Sie gerade Ihr Herz für mich entdeckt?«, fragte Rachel.

Naubach sah sie ernst an. »Nein. Ich werde dafür bezahlt, Schaden von den Menschen in dieser Stadt fernzuhalten. Sie vertrauen mir. Und wenn schon nicht mir, dann dem, was ich repräsentiere.«

Rachel schwieg mit einem Mal sehr nachdenklich und sie nahm wenigstens einen Teil von dem zurück, was sie über Naubach gedacht hatte, weil sie spürte, wie aufrichtig diese Worte gemeint waren. Vielleicht waren es die ehrlichsten, die er in ihrer Gegenwart gesagt hatte, seit sie sich kannten. Ganz egal, was sie persönlich von ihm halten mochte, auf seine Art war er ein ehrlicher Mann. Vielleicht hatten ihm drei Jahrzehnte Polizeidienst einfach nur zu viele Illusionen genommen.

Sie fuhren eine Weile schweigend durch den Regen, dann fragte Rachel: »Darf ich Sie um einen Gefallen bitten?«

»Kommt drauf an.«

»Ich möchte Tanjas Eltern besuchen«, sagte Rachel.

»Wir haben nicht viel –«

»Nur fünf Minuten, bitte. Das … das ist das Mindeste, was ich ihnen schuldig bin.«

Naubach sah kurz, aber sehr konzentriert in den Rückspiegel, wie um sich davon zu überzeugen, dass sie auch wirklich nicht verfolgt wurden, ehe er antwortete: »Also meinetwegen. Gut. Aber wirklich nur fünf Minuten. Ich bin erst beruhigt, wenn wir die Stadt verlassen haben.«

Es hätte eine Menge gegeben, was Rachel darauf hätte sagen können, aber sie hüllte sich in Schweigen; irgendwie hatte Naubach ja sogar Recht.

Sie brauchten nur wenige Minuten, um Tanjas Elternhaus zu erreichen, ein gepflegtes, aber ziemlich fantasieloses Einfamilienhaus, das hinter einem sorgsam angelegten, aber vollkommen fantasielosen Vorgarten in einer schmucken (und hoffnungslos fantasielosen) Straße voller Einfamilien- und in Dreiergruppen angeordneter Reihenhäuser lag. Naubach fragte sie weder nach dem Weg noch nach der Hausnummer, was bewies, dass er schon einmal hier gewesen war, sondern parkte den Wagen direkt in der Garagenauffahrt, drehte den Zündschlüssel herum und streckte die Hand nach dem Türöffner aus.

»Bitte nicht«, sagte Rachel. »Ich möchte –«

»Ich verstehe.« Naubach zog die Hand zurück. »Sie wollen allein mit ihren Eltern reden. Aber machen Sie es kurz, bitte. Ich brenne darauf, ein paar Takte mit meinem geschätzten Kollegen zu sprechen.«

Spätestens mit der letzten Bemerkung verscherzte er sich wieder eine Menge der Sympathien, die er sich in den letzten Minuten bei Rachel erworben hatte. Aber immerhin beharrte er nicht darauf, sie zu begleiten, und das war ja auch schon etwas. Es war schon erstaunlich, wie schnell man bescheiden wurde, dachte sie.

Sie stieg aus, ging mit schnellen Schritten um den Wagen herum und lief die drei Stufen zur Haustür hinauf, wobei sie immer langsamer wurde, ohne es zu merken. Ihr Herz begann zu klopfen und sie fühlte sich sehr unsicher. Sie war der Meinung gewesen, Tanjas Eltern diesen Besuch irgendwie schuldig zu sein, aber nun wusste sie nicht mehr, was sie ihnen sagen sollte. Nicht einmal, ob es überhaupt richtig war, hierher zu kommen.

Die Tür wurde geöffnet, ehe sie die Hand halb nach der Klingel ausgestreckt hatte, und Tanjas Mutter sah ihr entgegen. Rachel war sehr erleichtert, dass Susanne Breuling ihr aufmachte, und nicht etwa

Frank, Tanjas Mann. Aber sie erschrak zugleich auch. Sie kannte Tanjas Mutter als eine stille, ein wenig vor der Zeit gealterte Frau, die sich ein gütiges Wesen bewahrt hatte und stets die Andeutung eines Lächelns im Gesicht trug. In den Jahren nach dem viel zu frühen Tod ihrer Eltern hatte Susanne sich rührend um sie gekümmert und war fast so etwas wie eine Ersatzmutter für sie geworden, ganz bestimmt aber eine mütterliche Freundin.

Jetzt wirkte sie um zehn Jahre gealtert, wenn nicht mehr. An die Stelle des stets irgendwie unter der Oberfläche anwesenden Lächelns war ein Ausdruck tiefer Verbitterung und großen Leids getreten, und da war etwas in ihrem Blick, das Rachel erschauern ließ. Sie wusste nicht, was es war, aber es war nichts Gutes. Befangen, wie sie war, brachte sie kein Wort hervor, sondern sah Tanjas Mutter nur mit heftig schlagendem Herzen an und musste plötzlich mit aller Macht gegen die Tränen ankämpfen, die ihr in die Augen steigen wollten. Vielleicht gelang es ihr nur deshalb, sie zurückzuhalten, weil sie wusste, dass die alte Frau vor ihr dann auch anfangen würde zu weinen, und das wollte sie nicht.

»Rachel! Ich bin so froh, dass du noch da bist!« Es war Tanjas Mutter, die das Schweigen schließlich brach, und sie tat es auf eine Art und in einem Ton, der Rachel weit mehr erschreckte als erleichterte. Sie konnte immer noch nichts sagen. In ihrer Kehle war ein bitterer Klumpen, der sich nicht herunterschlucken ließ.

Susanne Breuling trat einen halben Schritt zurück und zog die Tür dabei weiter auf, blickte aber zugleich misstrauisch an Rachels Schulter vorbei zu dem Wagen hin, der in der Garagenauffahrt stand. Ihr Gesicht nahm einen anderen Ausdruck an. Wenn schon nicht das Fahrzeug, so hatte sie doch ganz bestimmt seinen Insassen erkannt.

»Er kommt nicht herein«, sagte Rachel hastig. »Und ich kann auch nicht lange bleiben. Nur ein paar Minuten.«

Es war natürlich vollkommen absurd – sie musste sich irren –, aber für eine halbe Sekunde schien es ihr, als zögere Tanjas Mutter, sie hereinzulassen. Dann deutete sie ein Nicken an und gab die Tür frei.

Rachel warf noch einen raschen Blick über die Schulter zu Naubachs Wagen zurück und trat dann ein. Drinnen war es dunkel und so kühl, dass sie fröstelte. Tanjas Mutter hatte sich herumgedreht und ging mit langsamen Schritten in Richtung Wohnzimmer, ohne sich davon zu überzeugen, ob sie ihr folgte. Das war an sich nichts Besonderes; Rachel gehörte praktisch zur Familie, doch auch wenn sich dieses Verhältnis seit Tanjas Heirat ein wenig abgekühlt hatte: dieses Verhalten war eher ein Akt des Vertrauens als der Unhöflichkeit. Jetzt aber schien es ihr anders. Sie kam sich vor wie ein Gast, der jedwedes Recht hatte, hier zu sein, aber nicht mehr ganz so willkommen war wie in der Vergangenheit. Dann wurde ihr klar, dass sie Tanjas Mutter damit bitter Unrecht tat. Natürlich benahm sie sich seltsam – was hatte sie denn erwartet? Sie selbst stand noch immer unter dem Schock, den Naubachs Eröffnung ihr bereitet hatte, und obgleich es lange her war, erinnerte sie sich noch genau an den tiefen Schmerz, den sie empfunden hatte, als ihre Eltern kurz nacheinander und binnen eines einzigen Jahres starben. Um wie viel größer musste Susannes Leid sein, denn sie hatte ein Kind verloren. Vielleicht war es das Schlimmste, was einem Menschen widerfahren konnte. Sie hatte jedes Recht, sich zu benehmen, wie immer sie wollte!

Die Ruhe fiel Rachel auf. Das Haus war von einer Atmosphäre stiller Trauer erfüllt, die ihren Einfluss auch in die physikalische Welt hinein zu erstrecken schien. Es war nichts Gutes an diesem Schweigen. Wenn Tanjas Eltern trauerten, so war es keine Verarbeitung, sondern Bitterkeit, ein Vorwurf, der dem Schicksal und dem Universum in seiner Gänze galt. Tanjas Vater saß auf der Couch und starrte ins Leere. Er nahm keinerlei Notiz von ihr, auch nicht, als sie auf ihn zu trat und »Guten Tag« murmelte. Rachel versuchte es kein zweites Mal. Karl Breuling schien in seinem eigenen Universum aus Schmerz und Verzweiflung versunken zu sein, was ganz gewiss nicht gut war, aber sie hatte weder die Möglichkeit noch die Macht, ihn daraus zu befreien, und vielleicht sollte sie es auch gar nicht.

»Setz dich«, sagte Tanjas Mutter. »Kaffee?«

»Nein, danke«, antwortete Rachel, nahm aber gehorsam Platz. »Ich habe wirklich nicht viel Zeit.«

Tanjas Mutter nickte mit ausdruckslosem Gesicht und ließ sich ihr gegenüber auf die Couch sinken, direkt neben die Statue, die einmal ihr Mann gewesen war. Er warf ihr nicht einmal einen Blick zu.

»Ich … ich habe es gerade erst gehört«, begann Rachel. »Es tut mir so unendlich Leid. Wenn ich gewusst hätte, was passiert ist, wäre ich selbstverständlich sofort zurückgekommen.« Das war gewiss kein Trost. Es war nicht einmal hilfreich und Rachel hätte sich selbst ohrfeigen können für diese Worte. Sie kam sich immer noch so unbeholfen vor wie vorhin, als sie versucht hatte, mit Darkov zu reden, aber tausendmal hilfloser. Es war ihr zeit ihres Lebens niemals schwer gefallen, mit Worten umzugehen, doch nun waren sie alle verschwunden.

Aber sie war schließlich auch noch nie in einer Situation wie dieser gewesen.

»Was hätte es schon genutzt?«, sagte Tanjas Mutter nach einer Weile. Sie schüttelte den Kopf. »Es ist gut, dass du nicht hier warst. Vielleicht wärst du sonst auch …«

Was hatte sie sagen wollen? Entführt? Verschwunden? Tot? Besser, sie fragte nicht danach. Rachel sah sich linkisch im Zimmer um und erneut fiel ihr die Stille auf. Das Haus war einfach zu ruhig. Weder ein Radio noch der Fernseher lief. Die Jalousien waren heruntergelassen und sperrten die Straßengeräusche aus. Dennoch hätte es nicht so still sein dürfen. In diesem Haus fehlte nicht nur eine Person, sondern ein Teil des Lebens.

Sie räusperte sich unbehaglich. »Würde es euch etwas ausmachen, mir zu erzählen, was passiert ist?«, fragte sie stockend.

Tanjas Vater sah nun doch auf und starrte sie wortlos an, aber seine Frau antwortete: »Nichts. Sie ist einfach weggegangen und nicht zurückgekommen. Am vergangenen Mittwoch. Sie … wollte nur eine Zeitung holen und einen Termin beim Arzt machen, aber sie ist einfach nicht wiedergekommen.«

»Einen Termin beim Arzt? Ist es denn schon so weit?«

Tanjas Mutter schüttelte den Kopf. »Nein. Es sind noch gute zwei Wochen. Und es ist alles in Ordnung, aber du weißt ja, wie sie ist.«

»Ja«, murmelte Rachel. Sie war sehr froh, dass Tanjas Mutter nicht gesagt hatte, wie sie *war.*

»Sie ist einfach nicht wiedergekommen«, wiederholte Susanne Breuling mit veränderter, leiserer Stimme und einem Blick, der jetzt beinahe so leer war wie der ihres Mannes. »Wie die anderen auch.«

»Alle, außer dir.«

Rachel drehte sich betont langsam herum. Natürlich hatte sie die Stimme sofort erkannt, ebenso das, was ihr Klang verriet, aber vielleicht irrte sie sich ausnahmsweise.

Sie irrte sich nicht. Es war Frank und er war betrunken, wie üblich. Sie hatte nicht gehört, dass er hereingekommen war, was bei der fast vollkommenen Stille hier drinnen schon beinahe ein kleines Wunder zu sein schien, aber auch eine Menge über ihren momentanen Gemütszustand aussagte. Er stand keine anderthalb Meter hinter ihr und sah aus trüb glänzenden Augen auf sie herab. Sie konnte nicht sagen, ob er tatsächlich schwankte oder ob es an dem blassen Licht hier drinnen lag, das seine Umrisse flackern ließ, aber er hielt eine brennende Zigarette in der rechten und eine Bierflasche in der linken Hand und sie konnte seine Fahne bis hierhin riechen.

»Hallo, Frank«, sagte sie ruhig. Eines würde sie ganz bestimmt nicht tun – sich von ihm provozieren lassen.

»Sie sind alle verschwunden«, fuhr Frank fort. »Alle drei, außer dir. Kannst du mir das erklären?«

Wider besseres Wissen antwortete sie: »Wenn es dich beruhigt – sie hätten mich auch fast erwischt. Heute Morgen. Sie haben sogar auf mich geschossen.«

Am liebsten hätte sie sich auf die Zunge gebissen. Das war ganz gewiss nicht die Art von Neuigkeit, die sie in Gegenwart von Tanjas Eltern verkünden sollte, aber als sie sich zu ihnen herumdrehte, saßen die beiden nur stumm auf der Couch und blickten sie auf die gleiche, beunruhigende Art wie zuvor an. Sie wussten es bereits. Neuigkeiten schienen sich tatsächlich umso schneller herumzusprechen, je schlechter sie waren.

»Aber sie haben dich nicht getroffen.« Frank verkniff es sich, *leider* hinzuzufügen, aber irgendwie hörte sie es trotzdem. »Aber das hätte mich auch gewundert, bei dir.«

Es fiel Rachel zwar schwer, aber sie ignorierte selbst diese Bemerkung und schaffte es irgendwie, ruhig zu bleiben. Wenn sie allein gewesen wären, hätte sie vielleicht anders reagiert. Aber sie wollte Tanjas Eltern ganz gewiss nicht zumuten, sich jetzt noch einen lautstarken Streit zwischen ihr und dem ungeliebten Schwiegersohn anzuhören.

Unglückseligerweise war Frank nicht ganz so rücksichtsvoll. Dieses Wort gehörte nicht unbedingt zu seinem Sprachschatz.

Er umrundete die Couch langsam und mit nun eindeutig leicht schwankenden Schritten, und als er weitersprach, hörte sie, dass er zwar noch nicht lallte, aber bereits Mühe hatte, sich zu artikulieren: »Es sind drei Leute verschwunden, innerhalb eines einzigen Tages. Nur dich haben sie nicht erwischt – obwohl sie sogar auf dich geschossen haben. Kannst du mir das vielleicht erklären?«

»Nein«, antwortete Rachel. Sie konnte es ja auch wirklich nicht. »Aber die Polizei ist bereits auf der Spur der Täter. Ich bin ganz sicher, dass sie sie finden.«

Und dass sie Tanja auch zurückbringen. Warum war es ihr eigentlich nicht möglich, diese wenigen, einfachen Worte auszusprechen? Unwahr oder nicht, in diesem Moment hätten sie einen gewissen Trost gespendet, und sei es auch nur ihr selbst.

»Wenn sie dann noch am Leben ist, ja«, giftete Frank mit schwerer Zunge. Die Flasche Bier in seiner Hand war nicht die erste, die er an diesem Tag trank, und es würde auch nicht die letzte sein.

»Du bist betrunken«, sagte Rachel sanft. Sie versuchte aufzustehen, aber Frank trat so rasch und mit solcher Schnelligkeit auf sie zu, dass sie erschrocken wieder zurücksank.

»Ja, ich bin betrunken, verdammt noch mal«, grölte er. »Und? Habe ich etwa nicht das Recht dazu? Meine Frau ist verschwunden und du sitzt hier und grinst mich feist an. Verdammte Hexe. Wundert es dich, dass ich trinke? Was soll ich sonst tun? Mich vielleicht bei dir *bedanken?«*

»Aber es ist doch nicht meine Schuld«, murmelte Rachel fassungslos. Sie war nicht einmal richtig wütend, sondern einfach wie vor den Kopf geschlagen. Sie war bis vor einer Sekunde der Meinung gewesen, dass nichts, was Frank sagte oder tat, sie noch überraschen konnte, aber diese Anschuldigung war so … so *ungeheuerlich*, dass es ihr einfach die Sprache verschlug.

»Ist es nicht?« Franks Augen wurden schmal. »Nein, ist es nicht?«, lallte er noch einmal. »Ist es etwa nicht?«

»Nein, das ist es nicht«, antwortete Rachel, ruhig und nunmehr in so kühlem, sachlichem Ton, dass das betrunkene Selbstbewusstsein in

Franks Augen einen gehörigen Knacks bekam und bloßer Aggressivität wich.

Das war kein Problem. Damit konnte sie umgehen. Sehr langsam stand sie auf und sah ihm fest in die Augen. Frank hielt ihrem Blick weniger als eine Sekunde stand, dann wich er einen halben Schritt zurück und sog erneut an seiner Zigarette.

»Es tut mir Leid«, sagte sie. »Ich hätte nicht herkommen sollen.«

»Nein, das hättest du nicht«, antwortete Frank, aber seinen Worten fehlte der Nachdruck. Es war nur noch Trotz. Er war ihr nie gewachsen gewesen und das war vielleicht auch der Grund, weshalb er sie von Anfang an gehasst hatte.

»Es tut mir wirklich Leid«, sagte sie noch einmal, während sie sich zu Tanjas Eltern herumdrehte. »Ich wollte wirklich nicht –«

Sie sprach nicht weiter, als sie in Karls Gesicht blickte. Die Leere in seinen Augen war abermals etwas anderem gewichen und diesmal wusste sie, was es war.

Er stimmte seinem Schwiegersohn zu. Und dasselbe galt für Tanjas Mutter.

Die Erkenntnis traf sie mit solcher Wucht, dass ihr für einen Moment schwindlig wurde. Ganz plötzlich verstand sie, warum Tanjas Mutter so sonderbar reagiert hatte, als sie hereingekommen war, und warum die Atmosphäre hier drinnen so abweisend und kalt war. Natürlich stimmten sie Franks betrunkenem Gerede von Hexerei nicht zu und doch waren sie in einem Punkt einer Meinung mit ihm. Irgendwie gaben sie ihr die Schuld. Und das Allerschlimmste war: Rachel konnte sie sogar verstehen.

Susanne und Karl Breuling hatten nur ein einziges Kind: Tanja, ihre Adoptivtochter, die sie abgöttisch liebten und für die sie alles getan und ohne zu zögern die größten Opfer gebracht hatten. Aber für nicht wenige Jahre hatten sie eine Tochter und eine Fast-Tochter gehabt – Rachel –, der ohne das geringste Wenn und Aber ein Platz in der Familie angeboten worden war, nachdem sie ihre eigene verloren hatte, und sie hatten niemals irgendeine Art von Gegenleistung oder auch nur Dank erwartet. Und nun hatte das Schicksal es ihnen gedankt, indem es ihnen ohne Warnung und ohne irgendeine Erklärung ihre Tochter genommen und sie selbst verschont hatte. Sie hassten sie nicht, wie Frank es tat, aber sie konnten auch nicht verstehen, dass Rachel noch da und Tanja verschwunden war. Irgendwie konnte Rachel es ja selbst nicht.

»Diese verdammte Hexe«, lallte Frank. »Es ist alles nur ihre Schuld.«

Tanjas Vater stand auf. »Sei still, Frank!«, sagte er. »Du bist betrunken.« Dann drehte er sich zu Rachel um. »Und du solltest jetzt besser gehen. Es ist nicht der richtige Moment, um zu reden.«

Es gelang Rachel nun nicht mehr, die Tränen zurückzuhalten. Sie versuchte es auch gar nicht erst. Sie konnte nichts sagen. Der bittere Kloß war noch immer in ihrem Hals und diesmal war er tatsächlich da, nicht nur eingebildet.

»Es … es tut mir so Leid«, sagte sie stockend. »Ich werde …«

»Was wirst du?«, fiel ihr Frank ins Wort. »Sie zurückholen?«

»Ja«, antwortete Rachel. *War sie völlig verrückt geworden?* »Ich hole sie zurück.«

Frank lachte und Tanjas Vater sagte noch einmal und sehr leise: »Bitte geh jetzt. Später. Wir können später miteinander reden.«

Er hatte nicht einmal gehört, was sie gesagt hatte. Eine Sekunde lang starrte sie den gebrochenen alten Mann noch an, dann fuhr sie auf dem Absatz herum und rannte aus dem Zimmer, so schnell sie konnte.

»Verdammte Hexe!« Frank stürmte ihr nach und fuchtelte aufgebracht mit der Bierflasche herum. »Ja, richtig so! Hau bloß ab und lass dich nie wieder hier blicken! Wenn ich dich noch einmal hier sehe, dann drehe ich dir den Hals um!«

Sie hatte die Haustür erreicht, riss sie auf und stürmte auf den Wagen zu. Hinter der Windschutzscheibe richtete sich Naubach alarmiert auf und Frank war dicht hinter ihr, blieb dann aber stehen und begnügte sich damit, ihr aus der Deckung des Hauses heraus nachzubrüllen: »Verschwinde bloß! Lass dich nie wieder hier blicken, hörst du? Und ich hoffe, sie kriegen dich! Hast du verstanden, du Hexe? Ich hoffe, sie kriegen dich und jagen dir eine Kugel in den Kopf!«

Rachel rannte um den Wagen herum, riss die Beifahrertür auf und ließ sich neben Naubach auf den Sitz fallen. »Fahren Sie los«, sagte sie, noch bevor der Kommissar auch nur einen Ton gesagt hatte.

Naubach streckte wortlos die Hand nach dem Zündschlüssel aus, drehte ihn aber noch nicht herum, sondern sah Frank und sie abwechselnd und mit misstrauisch gefurchter Stirn an. »Ist auch wirklich alles in Ordnung?«, vergewisserte er sich.

Am liebsten hätte sie ihn angebrüllt, aber sie beherrschte sich und sagte nur noch einmal, wenn auch sehr hastig: »Ja. Bitte fahren Sie.«

Der Kommissar sah sie zwar weiter zweifelnd an – bei dem, was er gerade beobachtet hatte, und bei ihrem Zustand war die Behauptung, alles sei in bester Ordnung, schon mehr als lächerlich –, hob aber dann nur die Schultern und startete den Motor. Während er rückwärts aus der Garageneinfahrt setzte, wischte sich Rachel die Tränen aus dem Gesicht und sah noch einmal zu Frank hin. Er rief ihr irgendetwas hinterher. Sie waren schon zu weit entfernt und das Motorengeräusch zu laut, um seine Stimme zu hören, aber Rachel konnte das Wort ganz deutlich von seinen Lippen ablesen: *Hexe.*

»Was war los?«, fragte Naubach, nachdem sie gewendet hatten und er langsam die Straße hinabfuhr.

»Nichts«, antwortete Rachel. Dann hob sie die Schultern. »Frank«, sagte sie. »Frank war los. Der Kerl ist ein Idiot.«

»Frank Scheller, Tanjas Ehemann.« Naubach beantwortete seine eigene Frage mit einem Kopfnicken und zog eine Grimasse. »Das Vergnügen hatte ich ebenfalls schon. Sie halten ihn für einen Idioten?«

»Sie etwa nicht?«

»Ich hätte ein anderes Wort gewählt«, sagte Naubach ernst. »Aber ich bin ja in Begleitung einer Dame und sollte aufpassen, was ich sage. Konnten Sie mit Frau Schellers Eltern reden?«

»Nein«, antwortete Rachel, verbesserte sich aber sofort und sagte: »Ja. Aber nur ein paar Worte. Ich hätte nicht kommen sollen. Es war eine dumme Idee. Ich dachte, ich könnte ihnen vielleicht irgendwie helfen, aber ich glaube, ich habe so alles nur noch schlimmer gemacht.«

»Was haben sie gesagt?«

Rachel sah Naubach einen Herzschlag lang verwirrt an und plötzlich glaubte sie zu begreifen, warum er sich einverstanden erklärt hatte, diesen Umweg zu machen, obwohl ihm die Zeit doch angeblich so auf den Nägeln brannte. Es war weder Verständnis für ihre Situation noch ein Anflug von Menschlichkeit gewesen, sondern pures Kalkül. Er hatte einfach gehofft, dass Tanjas Eltern ihr vielleicht etwas erzählen würden, was sie ihm verschwiegen hatten. »Sie glauben mir also immer noch nicht«, sagte sie traurig.

Naubach versuchte nicht einmal, sich herauszureden. Er sah sie allerdings auch nicht an, als er antwortete: »Neugier ist so eine Art Berufskrankheit der Polizisten, wissen Sie?«

»Neugier oder Misstrauen?«

»Das ist meistens gar kein so großer Unterschied«, behauptete Naubach. »Jedenfalls nicht für den, der die Frage stellt.«

»Hm«, machte Rachel. Darüber musste sie nachdenken. Es wäre wohl zu billig gewesen, die Worte als bloße Ausflucht abzutun.

»Sie sollten wirklich versuchen mich zu verstehen«, fuhr Naubach fort. »Mein Instinkt sagt mir, dass Sie die Wahrheit sagen, aber ich wäre ein verdammt schlechter Polizist, wenn ich mich ausschließlich auf meinen Instinkt verlassen würde. Die ganze Geschichte ist so verflucht undurchsichtig.« Er zuckte mit den Schultern und die Bewegung machte Rachel klar, dass er keineswegs um Verständnis bettelte oder ihm gar etwas an ihrer Sympathie gelegen war. Er versuchte lediglich ein paar Dinge klarzustellen, weil das vieles erleichterte. »Solange ich nicht einmal die Spur einer Spur habe, ist für mich einfach jeder verdächtig. Und ich glaube prinzipiell nichts.«

»Das klingt, als ob es Spaß macht«, sagte Rachel.

»In gewisser Hinsicht – tatsächlich.« Sie bogen ab. Naubach gab Gas und schaltete die Scheibenwischer in ein langsameres Intervall, denn der Regen ließ ein wenig nach, vielleicht würde er sogar ganz aufhören.

Es hatte in den vergangenen Wochen unglaublich viel geregnet, aber keineswegs ununterbrochen. Es gab immer wieder Zeiten – manchmal wenige Minuten, manchmal aber auch eine oder zwei Stunden, wenn auch niemals länger –, in denen der Regen zu einem feinen Nieseln wurde oder der Himmel seine Schleusen sogar ganz schloss. Zum Ausgleich riss die Wolkendecke an zahlreichen Stellen auf, so dass sie das Flammenmeer aus Farben sehen konnten, das von Osten her über den Himmel kroch. Pastellfarbene Bänder aus Rot, Blau und Grün, durchzogen von dünnen Linien aus Weiß und breiteren, verschwommenen Bereichen von vollkommenem Schwarz, als wäre die Dunkelheit des Weltalls dort kondensiert, um sich im Schutz des Lichtes in den Tag hineinzuschleichen; ein planetenumspannender Regenbogen, der jeden Tag ein wenig an Leuchtkraft gewann und sich im gleichen Maße weiter auf die Erde herabzusenken schien, und ein Schauspiel von einer sonderbar brutalen, beeindruckenden Schönheit.

Eine Weile beobachteten sie beide schweigend dieses ebenso prachtvolle wie (wenigstens nach Aussage offizieller Stellen, die nicht müde wurden, ganze Legionen von Wissenschaftlern aufzufahren, um es immer und immer wiederholen zu lassen) harmlose Naturschauspiel. Schließlich knüpfte Naubach so nahtlos an seine Ausführungen an, dass sie seinen Worten im ersten Moment nicht einmal Sinn abzugewinnen vermochte. »Man entwickelt ein gewisses Gefühl für die Dinge, wissen Sie? Nehmen wir zum Beispiel Ihren Freund Scheller.« Er klappte die Sonnenblende herunter, um von dem himmlischen Feuerwerk nicht geblendet zu werden. »Wenn ich seinem Gerede auch nur die Spur von Glauben schenken würde, dann müssten Sie jetzt eigentlich Handschellen tragen.«

»Woher wissen Sie das?«, fragte sie erschrocken. Er konnte doch unmöglich gehört haben, was drinnen im Haus gesprochen wurde.

Naubach lachte leise. Offenbar amüsierte er sich prächtig auf ihre Kosten, was ihm einen weiteren Minuspunkt einbrachte. »Wie gesagt, ich hatte bereits das Vergnügen. Wenn man diesem Verrückten also glaubt, dann sind allein Sie für alles Unglück auf der Welt verantwortlich, einschließlich dem da.« Er wies nach oben.

»Wie schon öfter gesagt: Er ist ein Idiot«, schmollte Rachel.

»Aber ein überzeugender«, fügte Naubach hinzu. »Wenigstens wenn er nüchtern ist. Was haben Sie ihm eigentlich getan, dass er Sie so hasst?«

»Nichts«, antwortete Rachel. »Frank braucht keinen Grund, um jemanden zu hassen. Wie ich schon mehrmals gesagt habe: Er ist einfach ein Dummkopf.«

Aber das war natürlich nicht die ganze Wahrheit. Es entsprach den Tatsachen, dass sie sich vom ersten Moment an unsympathisch gewesen waren – und zwar durchaus gegenseitig –, und Rachel hatte nicht allzu lange gebraucht, um zu dem Schluss zu kommen, dass Frank Scheller ein ziemlicher Dummkopf war, dennoch hatte Frank – zumindest von seinem eigenen, verschrobenen Standpunkt aus – einen durchaus handfesten Grund, sie zu hassen. Tanja war vierundzwanzig gewesen, als sie ihn kennen gelernt hatte; eine Zufallsbekanntschaft nach einem ausgedehnten Disco-Abend in der Stadt, der für sie alle leicht beschwipst und in ausgelassener Stimmung geendet hatte, ausgelassener, als vielleicht gut war. Rachel hatte Tanjas neueste Eroberung zwar stirnrunzelnd, aber ohne große Sorge zur Kenntnis genommen. Tanja sah nicht nur fantastisch aus, sie war auch lebenslustig – und vor allem kontaktfreudig – genug, um an jedem Finger zehn haben zu können, wie man so schön sagte. Oft genug hatte sie das auch.

Rachel konnte sich durchaus an Gelegenheiten erinnern, an denen sie zwei, wenn nicht gar drei Freunde parallel gehabt hatte; wobei Rachel sicher war, dass es sich nicht immer nur um platonische Freundschaften handelte. Vielleicht war das der einzige Punkt, an dem sie nicht fast hundertprozentig einer Meinung waren. Manchmal waren sie sich so ähnlich, dass es schon fast unheimlich war. Nicht äußerlich – Tanja war viel hübscher als sie und sie hatte eine Figur, auf die Rachel ganz offen neidisch war –, aber in fast allem anderen: sie hörten die gleiche Art von Musik, fuhren auf dieselben Popstars und Hollywood-Ikonen ab, trugen die gleichen Kleider und hatten einen nahezu identischen Geschmack, was die Einrichtung ihrer Wohnung beziehungsweise, in Tanjas Fall, des ausgebauten Dachapartments im Haus ihrer Eltern anging. Das war vom ersten Moment an so gewesen. Sie hatten sich am ersten Schultag kennen gelernt und auf Anhieb ineinander verguckt, und an diesem Zustand hatte sich in den darauf folgenden achtzehn Jahren nichts geändert. Aus der Kleinmädchenfreundschaft war eine Beziehung geworden, wie sie so intensiv und intim wohl nur unter Frauen denkbar war, und das war bis zum heutigen Tag so geblieben.

Außer, was Jungen und später Männer anging.

Manchmal, wenn sie sich scherzhaft neckten, beschimpfte Rachel Tanja als Flittchen und Schlampe, die mit jedem ins Bett stieg, der alt genug war, um sich einmal im Monat rasieren zu müssen, und Tanja ihrerseits nannte Rachel eine prüde Ziege, die noch immer glaubte, dass der Unterschied zwischen Männern und Frauen einzig in der Schreibweise bestand. Beides ging natürlich um Lichtjahre an der Wahrheit vorbei – aber die Richtung stimmte. Tanja hatte ihre Sexualität nicht nur viel früher entdeckt als Rachel, sie lebte sie auch viel freier aus. Nicht, dass sie wirklich auf dem Weg gewesen wäre, zu einem jener gewissen Mädchen zu werden, von denen ihre Mutter manchmal sprach, wobei sich ein Ton in ihre Stimme schlich, der mehr sagte, als alle Worte es gekonnt hätten. Aber sie entwickelte sich doch in eine Richtung, die dazu angetan war, ihre Eltern mit stiller Besorgnis zu erfüllen. Gleichzeitig – davon war Rachel vollkommen überzeugt – waren genau diese Eltern auch der Grund, weshalb Tanja so war: Ebenso wie Rachels eigene Eltern waren sie strenggläubige Katholiken, bei denen das Wort des Herrn oberste Priorität hatte und die Bibel eindeutig mehr Gewicht als der Zeitgeist oder das Gesetzbuch. Aber während Rachels Eltern versucht hatten, ihr die Grundzüge christlichen Lebens mit Geduld und einem schier unendlichen Maß an Verständnis und Nachsicht beizubringen, waren die Eltern Tanjas unerbittlich gewesen; auf ihre Art ebenso sanftmütig und duldsam wie die Rachels, aber zugleich auch auf eine beinahe besessene Weise missionarisch, von einem heiligen Eifer erfüllt, der Tanja das Leben manchmal wohl unerträglich gemacht haben musste, auch wenn sie niemals darüber sprach oder sich gar beschwerte. Sie hatte eben auf ihre Weise rebelliert und zumindest darauf hatten ihre Eltern auf eine Art reagiert, die Rachel angenehm überraschte: Es hatte keine großen Auseinandersetzungen gegeben, kein Wehklagen und Jammern, keine Drohungen mit dem ewigen Höllenfeuer. Vielleicht hatten sie einfach darauf gehofft, dass ihre Tochter von selbst zur Vernunft kam, wenn sie sich erst einmal richtig ausgetobt hatte oder das Schicksal sie auf irgendeine Weise zur Raison brachte. Genau das war der Fall – wenn auch bestimmt nicht auf die Art, die sie sich gewünscht hätten; von ihrer Tochter ganz zu schweigen.

Das Schicksal kam in Gestalt eines muskelbepackten Schwachkopfes über sie, dessen einzige Attribute ein PS-starkes Motorrad waren, mit dem er bei jeder Gelegenheit herumprotzte, sein bodybuildinggestählter Körper und ein einigermaßen attraktives Gesicht. Mittlerweile war es von zu viel Alkoholgenuss aufgequollen. Seine Muskeln waren erschlafft und hatten sich zum größten Teil in Fett verwandelt, nachdem er aufgehört hatte, regelmäßig zu trainieren. Und seit er arbeitslos geworden war und fast den ganzen Tag mit einer Zigarette in der einen und einer Flasche Bier in der anderen Hand auf dem Sofa vor dem Fernseher saß, hatte er sich von einem geistigen Tiefflieger in einen intellektuellen Tiefseetaucher verwandelt.

An jenem Tag aber, an dem Tanja und Rachel aus einem unzertrennlichen Paar zu guten, aber eben ganz normalen Freundinnen wurden, an dem Tanjas unbeschwertes Leben endgültig und unwiderruflich vorbei sein sollte, an dem Tanjas Eltern sich mit der schockierenden Erkenntnis abfinden mussten, dass Gott sich offensichtlich von ihnen abgewandt hatte und ihre Familie bestrafte, an dem Rachel das erste Mal Angst vor sich selbst und vor dem, was in ihr schlummerte, bekam und an dem Frank zu der Überzeugung gelangte, dass sie eine leibhaftige Hexe sei – an jenem wirklich schicksalhaften Tag also, an dem so unendlich viel geschehen sollte, war Frank noch ein halbwegs gut aussehender Bursche gewesen, Rachels Meinung nach auch damals schon mit dem IQ eines dressierten Schimpansen, aber immerhin mit einem Gesicht und einem Körper, denen man schon einmal einen zweiten Blick schenkte. Es war ein warmer Sonntagnachmittag im Hochsommer. Nicht so brüllend heiß wie viele der vorangegangenen Tage, aber doch warm genug, um die Menschen aus ihren Häusern zu locken und vor allem die Jugendlichen der näheren Umgebung an die Ufer des kleinen Baggersees, der vor vier Jahren stillgelegt worden war und sich seither zu einer Art unerklärtem Freizeitpark entwickelt hatte. An dem einzigen schmalen Waldweg, über den man ihn erreichen konnte, stand noch immer ein von Rost zerfressenes Schild, auf dem so unschöne Worte wie »Privatgelände«, »Betreten verboten« und »Baden verboten – Lebensgefahr« zu lesen waren, aber diese Schilder wurden von jedermann genauso ignoriert wie die eiserne Kette, die quer über den Weg gespannt gewesen war. Jemand – Rachel wusste sogar, wer – hatte einen Bolzenschneider genommen und sie durchgeknipst, kaum dass die letzten Arbeiter gegangen waren und die Kiesgrube ihren Dienst offiziell eingestellt hatte. Niemand hatte etwas dagegen. Ganz am Anfang hatte es einen halbherzigen Versuch der Behörden gegeben, die überwiegend jugendlichen Badegäste zu vertreiben, aber er war von Anfang an zum Scheitern verurteilt gewesen.

Mittlerweile tauchte dann und wann noch ein Streifenwagen der Polizei am Ufer auf, um Behördenpräsenz zu zeigen und dafür zu sorgen, dass die Dinge nicht ganz aus dem Ruder liefen, aber darüber hinaus hatte sich die Obrigkeit damit zufrieden gegeben, beide Augen zuzudrücken und eine neue, größere Tafel direkt am Ufer aufzustellen, auf der »Baden auf eigene Gefahr« zu lesen war – genauer gesagt, zu lesen gewesen war, bevor irgendein Graffiti-Künstler sie als Leinwand entdeckt hatte.

Rachel fühlte sich fehl am Platze. Tanja und sie hatten sich locker für diesen Nachmittag verabredet, ohne eine genaue Uhrzeit oder einen bestimmten Treffpunkt auszumachen, und sie hatte sogar gezögert, ob sie überhaupt kommen sollte. Es ging nicht nur um Frank, auch wenn ihr die Aussicht, den Nachmittag in seiner Gesellschaft zu verbringen, die Entscheidung gewiss nicht erleichtert hatte. Aber in letzter Zeit ertappte sie sich immer häufiger dabei, das Gefühl der Zugehörigkeit zu all diesen lachenden, fröhlichen und ausgelassen herumtollenden jungen Leuten zu verlieren. Das war vollkommen lächerlich – mit gerade einmal fünfundzwanzig war sie alles andere als alt; sie hatte noch nicht einmal damit begonnen alt zu werden. Und dennoch: Der Abstand zwischen ihr und dem Durchschnitt der lautstark rings um sie herum tollenden und planschenden Menge war bereits spürbar und er wuchs mit jedem Tag und unbarmherzig. Sie war beileibe nicht die Älteste hier. Es hab eine Anzahl junger Mütter (einige davon zweifellos jünger als sie selbst), die schon mit eigenen Kindern gekommen waren, Säuglingen oder tollpatschigen kleinen Geschöpfen, die breitbeinig in ihren Pampers am Strand herumwatschelten, und einige (wenige) wirklich ältere Besucher, aber die Jugend war in der Überzahl, eindeutig. Was war das?, fragte sie sich sarkastisch. Midlife-Crisis mit fünfundzwanzig? Wohl kaum, entschied sie. Eher der natürliche Lauf der Dinge. Wahrscheinlich war es allmählich an der Zeit, dass sie sich – so wie Tanja es ausgedrückt hätte – nach anderen Jagdgründen umsah.

Sie ließ ihren Blick ohne besonderes Ziel über das Ufer des kleinen Sees schweifen und sah Frank auf der anderen Seite, der seine persönlichen Jagdgründe schon gefunden hatte. Die Leute vom Kieswerk, die den Baggersee angelegt und gute fünfzehn Jahre lang immer breiter und tiefer ausgebaggert hatten, hatten die meisten Maschinen abgebaut und weggeschafft, nachdem das Werk seinen Betrieb eingestellt hatte, aber nicht alle. Auf der gegenüberliegenden Seite, gute dreißig Meter entfernt, erhob sich eine ehemals gelbe, jetzt von Rost und Altersflecken zerfressene Metallgitterkonstruktion, von der Rachel nicht ganz begriffen hatte, wozu sie einmal gedient haben mochte: ein Bagger? Es schien irgendeine Art von Transportgerät zu sein oder eine Maschine, von der sie möglicherweise noch niemals gehört hatte. Gleichgültig, was es einmal gewesen war, jetzt eignete es sich hervorragend als Sprungturm, denn sein Ende ragte gute zehn Meter weit und etwa fünf Meter hoch über den See hinaus.

Frank war gerade dabei, mit ausgebreiteten Armen und deutlich langsamer als nötig (damit man das Spiel seiner Muskeln unter der eingeölten Haut besser bewundern konnte, nahm sie an) über den Ausleger nach oben zu balancieren. Sie sah auf Anhieb mindestens ein Dutzend Mädchen – vorzugsweise zwischen fünfzehn und siebzehn –, die mit unverhohlener Bewunderung zu ihm hochgafften, und nicht wenige Jungen, die dasselbe voller Neid taten. Frank war sich dieser Blicke zweifellos bewusst und er genoss jede Sekunde ebenso zweifellos in vollen Zügen. Sehr langsam näherte er sich dem Ende des Auslegers und blieb mindestens eine halbe Minute lang mit geschlossenen Augen stehen, als müsse er sich auf einen Sprung von einer Fünfzig-Meter-Klippe konzentrieren, bevor er sich abstieß. Er vollführte einen nicht ganz perfekten, aber recht ansehnlichen anderthalbfachen Salto, ehe er mit einem gewaltigen Platschen im Wasser verschwand. Ein paar der Teenies, die ihn beobachtet hatten, applaudierten und irgendjemand stieß einen anerkennenden Pfiff aus.

»Was für ein Kindskopf! Irgendwann bricht er sich noch den Hals oder etwas noch Wertvolleres.«

Rachel hob den Kopf und blinzelte gegen die schon tief stehende Sonne zu der schlanken Silhouette hoch, die neben ihr stand. Tanja trug einen schwarzen Bikini, der im Grunde mehr zeigte, als er verbarg, und hatte das Haar zu einem strengen Knoten zusammengebunden, der sie sonderbarerweise jünger aussehen ließ, als sie war, nicht etwa älter. »Na, das wollen wir doch nicht hoffen«, sagte Rachel. Sie setzte sich weiter auf, umklammerte die Knie mit den Armen und machte eine Kopfbewegung auf den freien Platz neben sich. Tanja zögerte gerade lange genug, um ihr Anlass zu geben, über den möglichen Grund dieses Zögerns nachzudenken, aber dann setzte sie sich. Rachel hatte ohnehin eine ziemlich konkrete Vermutung. Der Grund für ihr Zögern befand sich auf der anderen Seite des Sees und war hoffentlich mit dem Kopf im Schlamm am Boden des Gewässers stecken geblieben. Frank schätzte es nicht, wenn sie zu viel Zeit miteinander verbrachten, und er machte keinen Hehl aus seiner Abneigung ihr gegenüber.

»Du bist nicht fair«, sagte Tanja und zog einen übertriebenen Schmollmund. »Ich weiß gar nicht, was du gegen Frank hast.«

»Nichts«, sagte Rachel. »Das ist ja gerade das Schlimme. Hätte ich was, dann hätte ich es ganz bestimmt schon längst eingesetzt, verlass dich drauf.«

»Jetzt übertreib es aber mal nicht.« Tanja grinste, aber in ihrer Stimme – und vor allem in ihren Augen – war auch eine ganz schwache Spur von … etwas anderem, etwas, das Rachel sagte, dass sie besser nicht in diese Richtung stichelte. Sie nahm die Arme herunter, setzte sich weiter auf und kramte einen Moment lang in ihrer Handtasche herum. Bevor sie weitersprach, zündete sie sich eine Zigarette an und hielt auch Tanja die Packung hin.

Ganz automatisch hob Tanja die Hand und zog sie dann wieder zurück, ohne sich bedient zu haben. »Nein, danke. Ich gewöhne es mir gerade ab.«

»Seit heute?«

»Seit Freitag Nachmittag, um genau zu sein.«

»Na, dann herzlichen Glückwunsch.« Rachel nahm einen tiefen Zug aus ihrer Zigarette und blies den Rauch genießerisch und provozierend in Tanjas Richtung, was diese allerdings mit stoischer Gelassenheit hinnahm. Sie wussten beide, dass ihr heldenhafter Entschluss, das Rauchen aufzugeben, allerhöchstens drei Tage vorhalten würde. »Jetzt noch mal ernst.« Rachel deutete auf den See hinaus. Frank war mittlerweile wieder aufgetaucht und schwamm im Schmetterlingsstil auf das Ufer zu; lautstark, sehr kräftezehrend und alles andere als schnell, aber mächtig beeindruckend. »Sieh dir diesen Pfau doch an. Wie lange geht das jetzt schon mit euch? Ein halbes Jahr?«

»Acht Monate.«

»Sieben zu viel, wenn du mich fragst. Was willst du mit dem?«

»Vielleicht ist er ja gut im Bett«, sagte Tanja schnippisch.

Rachel zog eine Grimasse. »Sei nicht so ordinär.«

»Bin ich nicht«, behauptete Tanja. »Du bist prüde. Und falls es dich interessiert: Er ist gut.«

»Falls es dich interessiert: Das interessiert mich nicht«, antwortete Rachel im gleichen Ton. Verdammt, was taten sie hier eigentlich? Sie waren drauf und dran, sich zu streiten. Doch nicht etwa wegen dieses Dummkopfs, der da im Wasser planschte.

Rachel zwang sich mit aller Macht, einen Gang zurückzuschalten, und nahm einen sehr tiefen und sehr langen Zug aus ihrer Zigarette, ehe sie fortfuhr: »Selbst wenn es so ist, jetzt erzähl mir bloß nicht, dass er so viel besser ist als alle anderen, die du vor ihm gehabt hast.«

»Hey«, protestierte Tanja. »So viele waren es auch wieder nicht.«

»Das wollte ich damit auch nicht sagen«, antwortete Rachel im Tonfall einer Entschuldigung. »Ich verstehe nur nicht, was du an diesem Kerl findest, wirklich. Gut, er sieht ja halbwegs anständig aus und er hat vielleicht auch ein paar Qualitäten, von denen ich nichts weiß, aber was heißt denn das? Es gibt tausend andere, die mindestens genauso gut aussehen. Der Kerl ist einfach nicht dein Niveau.«

»Jetzt klingst du wieder wie meine Mutter.«

Rachel wollte ganz impulsiv antworten, aber dann sah sie Tanja sekundenlang schweigend an und fragte in fast erschrockenem Ton: »Sag mal, du klammerst dich doch nicht etwa nur an diesen Blödmann, weil deine Eltern ihn nicht mögen?«

Auch diesmal antwortete Tanja nicht gleich, aber Rachel sah in ihrem Blick, dass sie der Wahrheit mit dieser Vermutung ziemlich nahe gekommen sein musste. Möglicherweise war es ein Treffer ins Schwarze gewesen. Die bloße Vorstellung, dass es so sein könnte, entsetzte sie regelrecht. Tanja war nicht nur ihre beste Freundin, sie war der liebenswerteste und anständigste Mensch, den sie kannte. Der Gedanke, dass sie möglicherweise ihr Leben an diesen Schwachkopf verschwenden würde, nur um sich nicht dem Willen ihrer Eltern zu beugen, war grotesk. Grotesk und erschreckend zugleich.

Noch vor einer Sekunde hatte sie sich fest vorgenommen, das Gespräch abzubrechen und über etwas Unverfängliches zu reden, schon weil sie spürte, dass es in einen ausgewachsenen Streit auszuarten drohte, den ihr dieser Dummkopf Frank einfach nicht wert war. Sie waren schon ein paar Mal an diesem Punkt gewesen und sie hatte stets auf die gleiche Weise reagiert. Frank nahm so wenig Raum in ihrem Denken ein, dass ihr bisher noch nicht einmal klar gewesen war, wie lange die Geschichte mit Tanja nun schon ging. Und bisher war sie immer ganz selbstverständlich davon ausgegangen, dass sich das Problem mit der Zeit schon erledigen würde, ganz von selbst. Und wenn nicht? Unvorstellbar!

»Das kannst du nicht ernst meinen«, sagte sie eindringlich. »Sieh dir diesen Dummkopf an! Ein arbeitsloser Schreiner, der sich bisher wahrscheinlich nur deshalb noch nicht alle Finger abgesägt hat, weil er selbst dazu zu dumm ist! Was glaubst du, was von ihm übrig bleibt, wenn du ihm sein Motorrad wegnimmst, seine Sonnenbankbräune und die gefälschten Designerklamotten?«

Selbstverständlich antwortete Tanja auch darauf nicht, aber Rachel las in ihren Augen, dass sie es ganz genau wusste.

Sie sprach es laut aus. »Nichts«, sagte sie. »Ein Blödmann und Muskelprotz, der wahrscheinlich bei seinen Freunden damit angibt, dass er so ein Superweib wie dich ins Bett gekriegt hat – falls er sich nicht auch noch mit allen möglichen Details brüstet. Sei vernünftig, Tanja! Die Hälfte der Jungs hier würde sich die rechte Hand dafür abschneiden lassen, nur einmal mit dir ausgehen zu dürfen! Verdammt, ich würde meine rechte Hand dafür geben, wenn ich so aussehen würde wie du! Du kannst dir die Männer aussuchen und das weißt du auch. Also was zum Teufel noch mal willst du mit dem?«

Tanja griff nach Rachels Packung und zündete sich eine Zigarette an, ehe sie antwortete. Sie sah nicht einmal in Rachels Richtung. »Ich bin schwanger«, sagte sie ganz leise.

Rachel riss die Augen auf. Sie konnte nichts sagen, nicht einmal einen erstaunten Laut von sich geben.

»Ich war am Freitag beim Arzt«, fuhr Tanja fort. »Meine Periode ist ausgeblieben. Erst dachte ich, ich hätte mich vertan, aber nach einer Woche ...« Sie sog fahrig an ihrer Zigarette und blies den Rauch wieder aus, ohne inhaliert zu haben. »Es ist ganz sicher. Anfang des dritten Monats.«

Ganz automatisch senkte Rachel den Blick und sah auf Tanjas Bauch herab. Er war so flach und fest wie immer. Ihre sonnengebräunte Haut schimmerte wie Seide und die Vorstellung, dass darunter schon seit mehr als acht Wochen ein neues Leben heranwachsen sollte, erschien ihr einfach absurd.

Tanja hatte ihren Blick bemerkt und lächelte bitter. »Man sieht es noch nicht, aber man wird es bald sehen. Keine Sorge.«

»Aber wieso?«, murmelte Rachel hilflos. »Ich meine: Wie? Nimmst du denn nicht die Pille?«

»Aber das wäre doch eine Sünde«, antwortete Tanja spöttisch. Sie schnaubte. »Selbstverständlich nehme ich die Pille! Sie hat eben versagt oder ich habe einen Fehler gemacht, oder weiß der Teufel, was passiert ist. Welche Rolle spielt das jetzt schon?« In ihren Augen schimmerten Tränen und Rachel machte sich heftige Vorwürfe, diese dumme Frage überhaupt gestellt zu haben. Was Tanja jetzt brauchte, das war Hilfe, keine Schuldzuweisung.

»Wissen es deine Eltern schon?«, fragte sie.

»Gott bewahre!«, antwortete Tanja erschrocken. »Ich weiß auch noch nicht, wie ich es ihnen beibringen soll. Es wird ihnen das Herz brechen.«

Das Angebot, die Rolle der Unglücksbotin zu übernehmen, lag Rachel auf der Zunge, aber sie sprach es nicht aus. Es war nicht der richtige Moment. Sie würde es tun, und sie war ziemlich sicher, dass Tanja dieses Angebot auch annehmen würde, aber nicht jetzt. »Und er?«

»Frank hat erst recht keine Ahnung«, sagte Tanja. Sie rauchte nervös. »Ich wollte es ihm sagen, aber ... später. Vielleicht heute Abend, nachdem ich mit dir gesprochen habe.«

»Mit mir?« Rachel fühlte sich beinahe geehrt, aber zugleich auch betroffen. Sie hatte die volle Tragweite dessen, was Tanja ihr gerade eröffnet hatte, noch längst nicht begriffen, so wenig wie Tanja selbst, und sie fühlte sich schon jetzt hilflos. Was glaubte Tanja, was sie für sie tun könnte? Natürlich würde sie ihr helfen, wo immer es ging und wie immer sie konnte – das Problem war nur, dass es so verdammt wenig gab, was sie für sie tun konnte, eigentlich nichts. »Willst du das Kind?«, fragte sie. Das war ganz bestimmt nicht die Art von Hilfe, die Tanja erwartet hatte, und im Grunde rechnete Rachel nicht einmal ernsthaft mit einer Antwort. Tanja mochte in den vergangenen Jahren kräftig über die Stränge geschlagen haben, wohl um sich von ihren Eltern freizuschwimmen, aber Abtreibung kam für sie sicherlich nicht in Frage; dieses Wort existierte in ihrem Vokabular nicht einmal. Sie hatten nie über dieses Thema gesprochen, aber Rachel kannte ihre Freundin gut genug, um die Antwort zu wissen.

»Ich weiß nicht, was Frank dazu sagt«, antwortete Tanja.

»Frank?«, machte Rachel überrascht.

»Ich weiß, was du sagen willst«, sagte Tanja. »Du hältst nichts von ihm. In mancher Hinsicht hast du vielleicht sogar Recht, aber du kennst ihn auch nicht so gut wie ich. Du wärst erstaunt: Er ist ganz vernarrt in Kinder. Ich bin eigentlich sicher, dass er es haben will.«

Und warum auch nicht?, dachte Tanja. Ein Kind käme Frank wahrscheinlich gerade recht. Sicher, es würde ein großes Geschrei und Zähneklappern geben, aber in einer so strenggläubigen Familie wie der Tanjas war die Hochzeit eigentlich die einzig vorstellbare Folge eines solchen Fehltritts. Und Tanjas Eltern waren nicht nur strenggläubige Katholiken, sondern auch nicht ganz unvermögend. Nicht reich, beileibe nicht, aber sie besaßen ein schuldenfreies Haus, ein bescheidenes Vermögen und hatten nur dieses eine Kind, genau das, was einem Kerl wie Frank gelegen kommen musste, um sich ins gemachte Nest zu setzen.

»Es tut mir so Leid«, murmelte sie hilflos.

Tanja sagte nichts mehr, sondern fuhr sich nur mit dem Handrücken über die Augen und versuchte die Tränen wegzublinzeln, und Rachel legte ihr sanft den Arm um die Schultern und drückte sie an sich. Tanjas Tränen waren bereits wieder versiegt, aber Rachel spürte ihren Schmerz mit fast körperlicher Intensität, und sie wünschte sich nichts mehr, als ihr diesen Schmerz irgendwie abnehmen zu können oder ihn wenigstens zu teilen.

»Na, ihr beiden Turteltäubchen – störe ich?«

Rachel sah hoch und erblickte Frank, der mit einem anzüglichen breiten Grinsen und in die Hüften gestemmten Fäusten vor ihnen stand. Er triefte vor Nässe und hatte ein Handtuch über die Schulter geworfen – nicht, um es zu benutzen, sondern nur, weil es cool aussah, wie Rachel annahm – und er atmete nicht einmal schwer, obwohl er den See in einer der anstrengendsten Arten überhaupt durchschwommen hatte.

»Was ist los«, sagte er, »kann man da vielleicht noch mitmachen?«

Rachel hätte ihm den Schädel einschlagen können. Sie funkelte zornig zu ihm hoch, was Frank nicht besonders zu beeindrucken schien, denn er grinste noch breiter, aber nur für eine Sekunde, dann trat eine steile Falte zwischen seine Augenbrauen.

»He, was soll denn das, Kleines?«, fragte er Tanja. »Du hast mir doch versprochen, das Rauchen aufzugeben.«

»Verdammt noch mal, halt endlich die Klappe!«, zischte Rachel. »Und tu uns beiden und vor allem dir selbst einen Gefallen und verschwinde hier. Du störst.«

Franks Augen wurden schmal. Das Grinsen verschwand wie weggewischt aus seinem Gesicht. »Falls es dir nicht aufgefallen ist, Süße, ich rede mit meinem Mädchen.«

»Und falls es dir nicht aufgefallen ist, Süßer«, antwortete Rachel in der gleichen Tonlage, »ich versuche meine Freundin zu trösten, die –«

»Hört auf! Beide!« Tanja sprang so hastig auf, dass sie um ein Haar das Gleichgewicht verloren hätte, und fuhr herum, um davonzustürzen, aber Frank hielt sie mit einer schnellen und fast brutalen Bewegung am Arm zurück. Tanja keuchte vor Schmerz und Überraschung und ließ ihre Zigarette fallen, und einige der Badegäste in ihrer unmittelbaren Umgebung hoben überrascht die Köpfe oder sahen stirnrunzelnd und missbilligend in ihre Richtung.

»Was soll der Unsinn?«, fragte Frank. »Was geht hier ab, verdammt noch mal?«

Rachel hatte endlich ihre Überraschung über diesen unerwarteten Ausbruch von Gewalt überwunden und stand ebenfalls auf, und Tanja riss sich mit einer hastigen Bewegung los und lief davon. Über ihr Gesicht rannen jetzt wieder Tränen.

Frank knurrte wütend und wollte ihr folgen, aber Rachel vertrat ihm mit einer so entschlossenen Bewegung den Weg, dass er überrascht zurückprallte und für einen winzigen Moment verwirrt wirkte. Dann verzerrte blanke Wut sein Gesicht. »Du dämliche Kuh«, zischte er. »Geh sofort aus dem Weg, oder –«

»Oder?«, fragte Rachel. Ihre Gedanken rasten. Sie war eindeutig erschrocken über sich selbst, denn sie verabscheute Gewalt nicht nur, sie hatte auch Angst davor, und sie verstand einfach nicht, wie die Situation so schnell und so gründlich hatte eskalieren können. Aber sie spürte auch ganz instinktiv, dass sie nur eine einzige Chance hatte, heil aus dieser Situation herauszukommen: Sie durfte auf gar keinen Fall Schwäche zeigen. Frank mochte ein Blödmann sein, wie er im Buch stand, aber er wäre niemals so weit gekommen, wenn er mangelnde Intelligenz nicht mit einer gehörigen Portion Bauernschläue und den scharfen Instinkten eines Raubtiers wettgemacht hätte. Er würde sofort spüren, wenn sie auch nur einen Anflug von Furcht oder Schwäche zeigte, und unbarmherzig darauf reagieren. Sie traute ihm durchaus zu, sie zu schlagen. »Oder was?«, hakte sie nach. »Willst du mich schlagen? Nur zu!«

»Vielleicht ist das genau das, was du brauchst«, antwortete Frank wütend. »Verdammte Scheiße, was geht hier vor? Was zum Teufel hast du mit meinem Mädchen gemacht?«

»Dein Mädchen hat einen Namen, wenn ich mich richtig erinnere«, sagte Rachel betont. »Aber ich nehme an, der ist für dich auch nicht wichtig, oder? Dich interessiert wahrscheinlich nur, dass du mit ihr vor deinen Freunden angeben kannst und wie oft du sie ins Bett bekommst.«

»Ach, das ist es.« Frank lachte gehässig. »Was bist du? Eifersüchtig oder bloß neidisch? Wenn's dich juckt, dann musst du es nur sagen, Süße, ich besorg es dir gerne. Wenn du willst, gleich hier.«

Rachel ohrfeigte ihn. Der Schlag überraschte sie vermutlich mehr als ihn selbst, und sie fuhr entsetzt zurück und starrte ihre Hand an, als wäre sie ein Fremdkörper, der nur durch Zufall am Ende ihres Armes war und einen eindeutig eigenen Willen hatte.

Frank war einen Schritt zurückgewichen und starrte sie an und für eine Sekunde sah sie tatsächlich Tränen in seinen Augen schimmern, aber es waren ganz eindeutig Tränen der Wut, die er über den Angriff und die damit verbundene Demütigung empfand. Sie hatte den Bogen überspannt. Sie wusste mit unerschütterlicher Gewissheit, dass er nun seinerseits schlagen würde. Er hatte gar keine andere Wahl, zumindest seinen eigenen, verschrobenen Wertmaßstäben nach. Schlagartig wich der feuchte Schimmer in Franks Augen einem eisig entschlossenen Funkeln. Er trat auf sie zu und hob die Hand und die Vision überkam sie mit solcher Plötzlichkeit und so großer Wucht, dass sie aufstöhnte. Frank verschwamm vor ihren Augen.

Sie fand sich in einem Universum voller chaotischer Geräusche, Farben und durcheinander wirbelnder Bilder wieder. Es war nicht das erste Mal. Beileibe nicht, aber die Visionen waren noch niemals so warnungslos gekommen und hatten sie noch nie mit so großer Kraft übermannt. Und sie waren selten so klar gewesen. Bilder, Geräusche und tausend andere, durcheinander wirbelnde Sinneseindrücke ordneten sich zu einem Kaleidoskop des Schreckens, das vielleicht nur den millionsten Teil einer Sekunde währte und doch eine grauenerregende Geschichte erzählte.

Ein heißer Nachmittag, der Asphalt flirrte in der heißen Luft. Die Sonne stand schon tief und ihre Strahlen brachen sich tausendfach am zerkratzten Visier des Helmes und machten es schwer, etwas zu sehen. Und da war dieser verdammte Traktor mit seinem viel zu hoch mit Rüben beladenen Anhänger, der die Straße entlangzuckelte und ein Überholen fast unmöglich machte. Hitze. Es war unerträglich warm unter der Lederkombi. Und das Gefühl von Hast; etwas ungeheuer Wichtiges wartete am Ende dieser gewundenen, kurvenreichen Straße, etwas, das keinen Aufschub duldete. Und so ganz nebenbei ein sachtes, aber penetrantes Gefühl von Trotz. Dieser bescheuerte Traktor! Schon zweimal waren kopfgroße Rüben von seiner Ladefläche gefallen, was ein hastiges Ausweichmanöver nötig gemacht hatte, nicht wirklich gefährlich, aber lästig. Und die Zeit war so knapp! Dann ein kurzes Betätigen des Blinkers, ein entschlossener Ruck am Gasgriff – und das Motorrad explodierte förmlich unter dem Tritt seiner zahllosen Pferdestärken. Die Warnung? Egal. Nichts konnte geschehen. Die Straße war ein Durcheinander aus tanzenden Sternen und flirrenden Lichtreflexen hinter dem zerkratzten Visier, aber die Beschleunigung der Maschine war ungeheuerlich. Eine Sekunde, um den Traktor samt Anhänger zu überholen, allerhöchstens zwei; ausgeschlossen, dass etwas passierte!

Dann zerrissen die blitzenden Schleier aus Licht und inmitten des optischen Wirbelsturms materialisierte sich ein Wagen: alt, rostig, aber groß und ungeheuer schnell näher kommend. Bremsen oder herunterschalten und beschleunigen war keine bewusste Entscheidung – dafür blieb keine Zeit –, sondern bloßer Instinkt. Beschleunigen! Alles oder nichts, wie schon so oft.

Diesmal war es nichts.

Die Vision erlosch, bevor das Chaos aus Lärm und wirbelnden Lichtreflexen, das gequälte Kreischen von zerfetzendem Metall und das fürchterliche Geräusch brechender Knochen, der Geruch von spritzendem Blut und der unvorstellbare Schmerz Rachels Bewusstsein vollends überwältigen konnten, aber allein die Ahnung dessen, was kommen musste, ließ sie haltlos zurücktaumeln und mit einem kleinen Schrei die Augen öffnen.

Es konnte nicht länger als den Bruchteil einer Sekunde gedauert haben, vielleicht nicht einmal eine messbare Zeitspanne, denn Frank stand noch immer in derselben Haltung vor ihr, den Arm halb erhoben, um sie zu schlagen, und das Gesicht von Wut verzerrt. Aber der Ausdruck in seinen Augen veränderte sich schlagartig und vollkommen. Plötzlich war kein Zorn mehr darin, keine brodelnde Wut, die jeden Ansatz vernünftigen Denkens einfach hinweggefegt hätte. Stattdessen blickte sie in ein Augenpaar, das von blankem Entsetzen erfüllt war. Konnte es sein, dass er … es wusste? Nein. Unmöglich! Nie. Dennoch: Irgendetwas musste er in ihren Augen gelesen haben, denn der Ausdruck von Entsetzen in seinem Blick änderte sich nicht, sondern wurde allenfalls zu einem unsteten Flackern, während er den Arm sinken ließ und nun seinerseits einen Schritt vor ihr zurückwich. Keine Rede mehr davon, sie zu schlagen.

»Was … ?«, stammelte er hilflos.

»Geh mir aus dem Weg!«, sagte Rachel. »Und wag es nie wieder, die Hand gegen mich zu erheben oder gegen Tanja! Hast du das verstanden?« Sie funkelte ihn noch einen Moment lang herausfordernd an – sie wollte fast, dass er die Beherrschung verlor und sie doch noch schlug, denn das hätte seine Niederlage in diesem Moment komplett gemacht –, dann drehte sie sich mit einem Ruck herum und ging davon. Aber nach kaum einem halben Dutzend Schritten blieb sie wieder stehen und drehte sich noch einmal zu ihm um: »Ach, und noch etwas«, sagte sie. »Wenn du das nächste Mal auf dein Motorrad steigst, dann pass ganz besonders auf Traktoren auf.«

Zwei Tage später verlor Frank bei einem riskanten Überholmanöver mit seinem Motorrad die Kontrolle über die Maschine und prallte mit annähernd einhundertfünfzig Stundenkilometern gegen einen Rübentransporter. Dass er den Unfall überlebte, glich einem Wunder, aber er verbrachte die nächsten fünf Monate in verschiedenen Krankenhäusern. Tanja und er heirateten in der Reha-Klinik, aus der er – auf eigenen Wunsch – eine Woche vor der Geburt ihrer Tochter entlassen wurde. Das Kind kam tot zur Welt.

5

Sie fuhren nicht auf dem direkten Weg zurück zum Krankenhaus, sondern näherten sich dem Gelände in einem großen Bogen von der Rückseite her. Naubach rechnete offensichtlich nicht damit, dass die versammelten Journalisten ein zweites Mal auf den gleichen Trick hereinfallen würden, und damit hatte er Recht: Auch vor der rückwärtigen Einfahrt des Klinikgeländes lungerten ein halbes Dutzend Gestalten mit Fotoapparaten und Kassettenrekordern herum. Naubach hielt nicht an, aber er wurde gezwungen, die Geschwindigkcit auf ein langsames Schritttempo zu reduzieren, und ein paar Mal flackerte das Blitzlicht eines Fotoapparates auf.

»So viel zu Ihrer Tarnung«, sagte Rachel mürrisch.

Naubach lachte leise, während er den Wagen über die Abfahrt der Tiefgarage steuerte.

»Was ist so komisch?«, wollte Rachel wissen.

»Die werden sich wundern, wenn sie die Fotos entwickeln«, grinste Naubach. Er schnippte mit den Fingernägeln der Linken gegen die Seitenscheibe. »Diese Folie reflektiert jedes Blitzlicht. Sie kriegen nur weiße Flecken.«

»Gehört das zur Standardausrüstung der Polizei?«, wunderte sich Rachel.

»Es gehört zum Standardangebot jedes Schwarzhändlers, der Radarwarner und ähnliche Spielereien verkauft«, antwortete Naubach. »Vollkommen illegal, aber an jeder Ecke zu bekommen. Wir haben mal vor ein paar Jahren eine Lastwagenladung davon beschlagnahmt und ich habe ein bisschen für mich abgezweigt. Manchmal ganz praktisch.«

»Aber illegal.«

»Stimmt«, antwortete Naubach. »Und? Sind Sie scharf drauf, sich schon wieder auf den Titelblättern der Zeitungen bewundern zu können?« Ohne ihre Antwort abzuwarten – er hätte sowieso keine bekommen –, lenkte er den Wagen in eine Parkbucht unmittelbar neben dem Lift und stieg aus.

Rachel registrierte ganz beiläufig, dass er sich nicht die Mühe machte abzuschließen, während sie das Fahrzeug ebenfalls verließ. Sie fuhren mit dem Lift nach oben, schweigend, wie beinahe auf der gesamten Fahrt von Tanjas Elternhaus hierher, und stiegen in der fünften Etage aus. Auf dem Flur stand jetzt nur noch ein einzelner Polizist, und soweit Rachel das beurteilen konnte, schien sich das Leben hier oben weitgehend normalisiert zu haben.

Vielleicht aber auch nicht. Sie sah keine weiteren Uniformen mehr, während sie den langen Flur entlanggingen, aber vor der Tür des Zimmers, in dem sie das erste Mal mit Naubach und De Ville gesprochen hatte, standen drei junge Männer mit modisch geschnittenen Sommeranzügen und Krawatten. Einer von ihnen trug trotz des Wetters eine Sonnenbrille. Vermutlich De Villes Männer. Rachel fragte sich, ob einer davon vielleicht bei denen gewesen war, die vor einer Stunde oder so ihre Unterwäsche durchwühlt hatten, und hielt unauffällig nach einem anzüglichen Grinsen oder auch nur einem entsprechenden Blick Ausschau. Aber die Gesichter der drei blieben vollkommen ausdruckslos. Vielleicht hatten sie sich auch einfach nur perfekt in der Gewalt.

De Ville saß am selben Tisch wie vorher und telefonierte mit einem Handy, als sie eintraten. Ein zweites, aufgeklapptes Mobiltelefon lag vor ihm auf der Tischplatte, und als er sie sah, winkte er ihnen mit der freien Hand hektisch zu, sich zu setzen. Es dauerte noch fast eine Minute, bis er sein Telefonat beendet hatte, aber Rachel verstand so gut wie nichts davon, denn seine Hälfte des Gespräches bestand nur aus einem gelegentlichen Ja oder Nein und einer ganzen Palette zustimmender oder ablehnender Laute. Offensichtlich gehörte es zur angelernten Geheimniskrämerei dieser Leute, eine Art Geheimsprache zu verwenden, die für Uneingeweihte nicht den geringsten Sinn ergab.

Nachdem er geendet hatte, maß er Rachel mit einem langen, skeptischen Blick. »Haben Sie vor, in den Krieg zu ziehen?«

»Nein«, antwortete Rachel. »Aber ich muss mich bei Ihnen noch für die Neugestaltung meiner Wohnung bedanken. Sie haben mir eine Menge Geld erspart. Ich meine: Innenarchitekten sind ja normalerweise ziemlich teuer.«

De Ville versuchte nicht einmal irgendetwas zu leugnen. »Es war notwendig«, sagte er. »Und ich kann Sie beruhigen. Die Durchsuchung Ihrer Wohnung hat nicht den geringsten Anhaltspunkt ergeben. Wie es aussieht, haben Sie tatsächlich nichts mit der ganzen Sache zu tun.«

»Wie es aussieht?«, wiederholte Rachel ungläubig. »Verdächtigen Sie mich etwa immer noch?«

»Natürlich tue ich das«, sagte De Ville unwirsch. »Irgendeinen Sinn muss die ganze Geschichte schließlich ergeben, oder etwa nicht? Verrückte Killer, die in Scharen auftreten und wahllos Leute umbringen, kommen höchst selten vor, glauben Sie mir.«

»Ach?«, fragte Rachel. »Ich kenne ein paar.«

»So, wie Sie das Vorgehen der Männer beschrieben haben, waren es Profis«, fuhr De Ville unbeeindruckt fort. »Außerdem haben wir uns inzwischen den Volvo ein wenig genauer angesehen. Natürlich gestohlen. Sowohl die Wegfahrsperre als auch die Alarmanlage waren professionell außer Betrieb gesetzt worden. Diese Männer wissen ganz genau, was sie tun. Und deshalb wissen sie auch, dass wir sie über kurz oder lang schnappen.« Er sah sie auf eine auffordernde Art an, als hätte er ihr soeben das Geheimnis des ewigen Lebens enthüllt oder den wirklichen Sinn des Universums vor ihr ausgebreitet.

»Und?«, machte Rachel nur.

»Sie gehen das Risiko ein, erschossen oder für den Rest ihres Lebens eingesperrt zu werden«, setzte Naubach De Villes Ausführungen fort.

Wie schon einmal hatte sie das verwirrende Gefühl, dass die beiden ein eingespieltes Team waren, das sich gegenseitig die Bälle zuwarf. Nur, dass sie sich die meiste Zeit nicht so benahmen.

»Sie müssen einen verdammt triftigen Grund dafür haben.«

»Und irgendjemand von dieser Liste hier kennt den Grund.« De Ville tippte mit dem Zeigefinger auf Naubachs Liste, die immer noch auf dem Tisch lag. »Wenn nicht jeder.«

»Ich nicht«, beharrte Rachel. »Und selbst wenn es so wäre, ich stehe auf der Liste der Opfer, nicht der Täter. Ist es strafbar, bedroht zu werden?«

»Nein«, antwortete De Ville. »Aber es ist sehr wohl strafbar, der Polizei Informationen vorzuenthalten, die zur Aufklärung eines Verbrechens führen könnten. Und es ist reiner Zufall, dass bisher noch niemand ums Leben gekommen ist. Wenigstens hoffe ich, dass es so ist. Wenn Sie also wissen, worum es geht, dann sollten Sie uns lieber helfen, die Kerle zu schnappen, bevor noch jemand zu Schaden kommt. Oder Sie sind ganz genau so dran wie sie.«

Es war Rachel selbst beinahe schleierhaft, wieso sie immer noch so ruhig blieb. »Haben Sie nicht gerade selbst gesagt, dass ich nicht mehr zu den Verdächtigen gehöre?«

»Nein, das habe ich nicht. Ich habe gesagt, dass ich keinerlei Anhaltspunkte gefunden habe, die dafür sprechen; das ist ein Unterschied.«

»Niemand behauptet, dass Sie zu den bösen Buben gehören.« Naubach warf De Ville einen raschen Blick zu und versuchte die Wogen zu glätten. »Unglückseligerweise sind Sie im Moment die einzige unmittelbar Beteiligte, an die wir uns halten können.«

»Ja, das nennt man Pech, wie?«, fragte Rachel sarkastisch. »Soll ich mich vielleicht aus dem Fenster stürzen? Ich meine: Das würde uns allen eine Menge Ärger und Kopfzerbrechen ersparen.«

»So etwas nennt man Verdachtsmomente«, korrigierte sie De Ville. »Und Sarkasmus bringt uns alle im Moment nicht weiter. Sie am allerwenigsten.« Er schüttelte den Kopf und stand ganz langsam auf. »Herr Naubach hat völlig Recht. Es ist keineswegs so, dass wir Sie verdächtigen, irgendetwas mit dem Verschwinden dieser fünf jungen Frauen zu tun zu haben. Und schon gar nicht mit dem Mordanschlag auf Sie selbst. Aber ich bin sicher, dass Sie irgendetwas wissen – auch wenn es Ihnen selbst wahrscheinlich nicht einmal klar ist.« Er trat ans Fenster, öffnete es ganz und zündete sich eine Zigarette an. »Da muss irgendetwas sein. Irgendetwas, das Sie und die anderen verbindet. Etwas, das sie gemeinsam erlebt oder gesehen haben.« Er blies eine graue Rauchwolke in den Regen hinaus. »Gemeinsam beobachtet.«

Rachel zermarterte sich das Hirn, aber sie kam zu keinem Ergebnis. Da war nichts. Tanja und sie: Sicher, es hatte über eine lange Zeit ihres Lebens kaum etwas gegeben, das sie nicht gemeinsam getan hatten … Aber die anderen? Sie waren zusammen zur Schule gegangen, aber das war auch schon alles. In der vierten Klasse hatte sie eine kurze

Freundschaft mit Svenja verbunden, aber mehr war niemals gewesen. Sie schüttelte den Kopf. »Nein.«

Und dennoch … da war etwas. Etwas, das … Darkov gesagt hatte. Es ist schon einmal geschehen. Sie haben es schon einmal getan und sie werden es wieder tun.

»Kann ich noch einmal mit ihm sprechen?«

»Mit wem?«

»Benedikt.«

»Benedikt«, wiederholte De Ville misstrauisch. Was hatte sie falsch gemacht?

»Benedikt Darkov.« Rachel machte eine Handbewegung. »Sie erinnern sich doch noch an ihn?«

De Ville tauschte erneut einen Blick mit Naubach, bevor er antwortete.

Jetzt begriff sie, dass es ein Fehler gewesen war, Benedikts Vornamen zu benutzen.

»Das ist im Augenblick leider nicht möglich«, sagte De Ville. »Wir mussten ihn ruhig stellen.«

»Haben Sie ihn in Ketten gelegt? Was soll das heißen: *ruhig stellen?«*

»Das hier ist ein Krankenhaus«, erinnerte De Ville. »Es gibt gewisse Möglichkeiten. Er begann zu randalieren und ich dachte, eine harmlose Beruhigungsspritze ist vielleicht besser, als die Gefahr einzugehen, dass er sich selbst verletzt.« Er nahm einen weiteren Zug aus seiner Zigarette und sah sie durch die blauen Rachschwaden abschätzend an. »Was wollen Sie von ihm?«

»Nichts Bestimmtes.« Rachel hob die Schultern und hoffte, dass die Bewegung unverfänglich genug wirkte. »Vorhin war er nicht sehr kooperativ, aber das haben Sie ja selbst gehört. Hätte ja sein können, dass er jetzt gesprächiger ist.«

»Leider«, sagte De Ville. Er gab sich keine Mühe, Bedauern zu heucheln.

»Und was geschieht jetzt?«

»Ich werde in einer Stunde abgeholt«, antwortete De Ville. »Spätestens. Von einem Helikopter, der oben auf dem Dach landet. Ich nehme Sie mit. Das ist der bequemste Weg, um Sie hier herauszukriegen. Auf diese Weise entgehen wir wenigstens den Verrückten da unten auf der Straße.« Er machte eine Kopfbewegung auf das offene Fenster hinter sich und das Dutzend Sensationsreporter, die noch immer auf der Zufahrt der Klinik herumlungerten, und Rachel sah …

… wie ein orangefarbener Blitz seinen Rücken traf und seinen Körper durchbohrte und dabei gleichzeitig in Stücke riss. Bevor er weiterraste und sich schließlich an der gegenüberliegenden Wand entlud, wobei er das Zimmer in gleißendes Licht und Flammen tauchte, die heiß genug waren, um Metall zu schmelzen und …

Sie sprang so heftig von ihrem Stuhl auf, dass er umfiel und wie von einem Tritt getroffen davonschlitterte. »*Vorsicht!*«, schrie sie.

De Ville reagierte mit unvorstellbarer Schnelligkeit. Noch bevor Rachel ihre Warnung vollständig geschrien hatte, ließ er sich einfach zur Seite fallen und das Bazooka-Geschoss, das durch das offene Fenster hereinheulte, traf ihn nicht genau zwischen den Schulterblättern, sondern verfehlte ihn um Haaresbreite, raste durch den Raum und zertrümmerte die Milchglasscheibe der Tür, die dem Fenster gegenüberlag, um draußen auf dem Flur zu detonieren.

Der Explosionsknall war das mit Abstand Lauteste, was Rachel jemals in ihrem Leben gehört hatte. Die Druckwelle verwandelte die Scherben der zerborstenen Glastür, noch bevor sie auch nur Zeit fanden, gänzlich nach draußen zu fallen, in einen Hagel lebensgefährlicher Geschosse, die mit annähernder Schallgeschwindigkeit durch das Zimmer rasten, daumentiefe Narben in die Wände rissen, das Bett und einen der Plastikstühle zerfetzten und den Spiegel über dem Waschbecken zertrümmerten. Dann brach die gesamte Wand, in der sich die Tür befunden hatte, zusammen, und überschüttete das Zimmer mit einem Hagel größerer, aber nicht minder gefährlicher Geschosse, gefolgt von einem Schwall brodelnder Flammen und schwarzem Qualm.

Naubach hatte versucht, sich schützend über Rachel zu werfen, als die Rakete durch das Fenster hereinfauchte, und die Druckwelle gab seiner Bewegung zehn Mal mehr Kraft, als er beabsichtigt hatte. Mit furchtbarer Wucht wurde er gegen sie geschleudert, riss sie von den Füßen und begrub sie noch im Fallen unter sich. Ihr entsetzter Aufschrei wurde zu einem halb erstickten, unhörbaren Keuchen.

Ein Schwall furchtbarer Hitze schlug über ihr zusammen und nahm ihr zusätzlich den Atem und sie hörte Naubach aufstöhnen, als irgendetwas Schweres seinen Körper traf, dann erschlaffte er. Der Lärm hielt an, aber es war jetzt nicht mehr das trommelfellzerreißende Krachen und Dröhnen der Explosion, sondern ein Durcheinander aus gellenden Schreien, dem nicht enden wollenden Splittern von Glas, den Geräuschen von Menschen, die in heller Panik durcheinander rannten, Rufen, einem dumpfen Rumpeln und Vibrieren, als wäre das gesamte Gebäude im Begriff zusammenzustürzen. Möglicherweise würde genau das geschehen, dachte sie schaudernd. Das Gebäude war alt, mindestens fünfzig Jahre, wenn nicht älter, und Krankenhäuser wurden nicht unbedingt unter der Prämisse gebaut, von Granatwerfern beschossen zu werden und danach noch stehen zu bleiben.

Sie versuchte Naubach von sich herunterzustoßen, aber sie lag in einer so unglücklichen Haltung da, dass sie die notwendige Hebelkraft nicht aufbringen konnte, und Naubach war wirklich schwer. Er rührte sich nicht. Vielleicht war er tot, auf jeden Fall aber ohne Bewusstsein und vermutlich schwer verletzt. Ihr schlechtes Gewissen meldete sich. Das Trümmerstück, das ihn getroffen hatte, war für sie bestimmt gewesen. Und Absicht oder nicht: Er hatte sich dem Geschoss in den Weg geworfen.

Plötzlich war De Ville über ihr. Sein Gesicht war blutüberströmt und sein linker Arm hing schlaff herab; aus dem Jackenärmel tropfte ein beständiger roter Strom. Mit dem anderen Arm zerrte er Naubachs reglosen Körper von ihr herunter und riss sie in die Höhe. Ohne sich auch nur mit einem Blick davon zu überzeugen, was mit Naubach los war, stieß er sie herum und auf den qualmenden Trümmerhaufen zu, der einmal die Trennwand zum Flur hin gewesen war. Überall tobten Flammen. Es war so heiß, dass sie das Gefühl hatte, flüssiges Feuer zu atmen.

De Ville stieß sie auf eine schmale Lücke in der lodernden Flammenwand zu und stolperte dicht hinter ihr hindurch. Rachel riss hastig die Hände vor das Gesicht, um sich vor der schlimmsten Hitze zu schützen, aber sie sah trotzdem, dass der Flur einen ungleich schrecklicheren Anblick bot als das Zimmer, aus dem sie gerade entkommen waren. Auch die gegenüberliegende Wand war zum Teil eingestürzt und in dem Zimmer dahinter brannte es lichterloh. Mindestens drei Gestalten in verkohlten schwarzen Anzügen lagen verkrümmt auf dem Boden; De Villes Männer, die die volle Wucht der Explosion abbekommen hatten. Sie hatten nicht die geringste Chance gehabt. Und sie hörte auch das Stöhnen und die verzweifelten Hilferufe weiterer Verletzter, die sie barmherzigerweise aber nicht sehen konnte. Der Korridor war nicht nur von Flammen erfüllt, sondern auch von fettem, schwarzem Qualm, der ihr fast vollständig die Sicht nahm.

De Ville stieß sie grob in Richtung des Ausgangs, packte sie gleichzeitig aber auch noch gröber am Handgelenk, als sie losstolperte. »So, Sie wissen also von nichts, wie?«, brüllte er. »Vielen Dank für die Warnung. Aber auf die Erklärung bin ich gespannt!«

Rachel hatte Schwierigkeiten, ihn zu verstehen. In ihren Ohren war ein dumpfes Rauschen, das im rasenden Takt ihres eigenen Herzens kam und ging und alle übrigen Geräusche zwar nicht übertönte, ihnen aber einen Großteil ihrer hohen und niedrigen Frequenzen nahm, so dass sich seine Stimme so dumpf anhörte, als spräche er unter Wasser oder mit einem Knebel im Mund. Aber die Wut darin war trotzdem nicht zu überhören.

Von De Ville in eisernem Griff gehalten, stolperte sie auf die Tür am Ende des Korridors zu. Sie war mindestens fünfundzwanzig Meter entfernt, aber die Druckwelle hatte das Glas trotzdem zertrümmert und auf der gesamten Länge des Ganges dahinter verteilt. Der Marmorboden glitzerte, als wäre Hagel gefallen, und der Polizist, der am Lift Wache gestanden hatte, hockte auf den Knien und presste beide Hände gegen das Gesicht. Immer noch gellten Schreie durch die Luft und als sie die halbe Strecke zur Tür hinter sich gebracht hatten, tauchte ein junger Mann in der weißen Kleidung eines Krankenpflegers auf, der einen Feuerlöscher in der Hand hielt; angesichts des Infernos, das hinter ihnen tobte, eine Geste von fast rührender Hilflosigkeit.

Von draußen wehte der dumpfe Knall einer zweiten, womöglich noch heftigeren Explosion herein. Diesmal erzitterte das Haus nicht und es gab keine neuen Flammen, aber sie konnte hören, wie auf der Straße ein ganzer Chor gellender Schmerzens- und Entsetzensschreie laut wurde. Zwei oder drei Sirenen, alle noch weit entfernt, begannen gleichzeitig zu heulen, und sie glaubte etwas zu hören, das wie ein einzelner Schuss klang. De Ville fluchte lauthals, sprintete plötzlich an ihr vorbei und zerrte sie einfach mit sich, und Rachel hatte alle Mühe, überhaupt noch mit ihm Schritt zu halten und dabei nicht das Gleichgewicht zu verlieren und zu stürzen.

Dicht vor ihnen flog eine Tür auf und ein vollkommen verstörter Mann mittleren Alters, der nur eine Pyjamahose und einen einzelnen Hausschuh trug, stolperte heraus. De Ville wich ihm mit einem fast komisch anmutenden Schritt aus, aber Rachel schaffte es nicht mehr ganz. Sie prallte hart gegen den Patienten, der einen krächzenden Schrei ausstieß und rücklings in sein Zimmer zurückstolperte und fiel. Rachel selbst stürzte nicht, aber sie machte zwei ungeschickte, stolpernde Schritte, bei denen De Ville sie noch zusätzlich aus dem Gleichgewicht brachte, und schrammte gute zwei Meter mit der Schulter an der Wand entlang, ehe sie ihre Balance wiederfand. Keuchend blieb sie stehen.

De Ville ließ für einen Moment ihre Hand los und drehte sich zu ihr herum. »Alles in Ordnung?«

Rachel wollte nicken – obwohl natürlich ganz und gar nichts in Ordnung war –, aber in diesem Moment sah sie, wie sich die Aufzugtüren auf dem Flur hinter De Ville auseinander bewegten und ein dunkelhaariger Mann in nasser Lederkleidung heraustrat. Er hielt ein Gewehr in den Händen. Ihre Augen weiteten sich entsetzt.

Erneut bewies De Ville, dass er über die Instinkte und Reaktionen eines Raubtiers verfügte. Er stieß sie mit dem verletzten Arm zu Boden, wirbelte in der gleichen Bewegung herum und griff mit der linken Hand unter die Jacke, zweifellos aus keinem anderen Grund als dem, eine Waffe zu ziehen. Die Kugel traf ihn, als er die Bewegung halb beendet hatte. De Ville wurde tatsächlich von den Füßen und gute zehn Zentimeter weit in die Höhe gerissen, wobei er eine groteske Dreiviertel-Pirouette beschrieb; sein rechter Arm machte eine weit ausholende Bewegung und die verchromte Pistole segelte nutzlos davon. Er brach zusammen und bewegte sich nicht mehr.

Auch Rachel war gestürzt, und diesmal so unglücklich, dass es ihr nicht gelang, sofort wieder auf die Füße zu kommen. Nicht, dass es ihr irgendetwas genutzt hätte. Der Mann stand keine fünf Meter vor ihr und sie hatte gerade mit eigenen Augen gesehen, wie wenig Skrupel er hatte, seine Waffe einzusetzen. Es machte den Unterschied, ob sie eine Kugel in die Brust oder in den Rücken bekam, mehr nicht.

Irgendwie gelang es ihr, sich auf die Ellbogen hochzustemmen, dann schwenkte der Gewehrlauf herum und richtete sich auf ihr Gesicht, und sie erstarrte mitten in der Bewegung. Sie hatte nicht einmal Angst. Dazu war die Situation einfach zu unwirklich. Der Fremde machte einen Schritt auf sie zu, löste die linke Hand vom Gewehr und machte eine herrische Geste, über deren Bedeutung nicht der geringste Zweifel bestand. Rachel rührte sich nicht, aber es gelang ihr immerhin, ihren Blick von der Mündung des großkalibrigen Gewehrs loszureißen und dem Mann ins Gesicht zu sehen. Sie erkannte ihn jetzt. Es war derselbe, der sie am Morgen gejagt hatte und um ein Haar erwischt hätte, wenn Benedikt ihn nicht mit dem Wagen angefahren hätte. Anscheinend war er nicht so schwer verletzt worden, wie sie bisher angenommen hatte.

»Aufstehen!«, befahl er barsch. »Los!« Seine Stimme war dunkel und rau und unterstrich noch den fremdartigen Eindruck, den sein Gesicht hinterließ, aber der Ton darin ließ keinen Zweifel an der Ernsthaftigkeit seines Befehls aufkommen. Wenigstens in einem Punkt, dachte sie, hatten Naubach und De Ville mit ihrer Theorie ins Schwarze getroffen: die Männer waren nicht mit der erklärten Absicht hier, sie zu töten. Aber er würde bestimmt auch nicht zögern, es zu tun, wenn sie sich widersetzte. Ganz offensichtlich war sie den Fremden tot immer noch lieber als auf freiem Fuß.

Sie zögerte nicht lange genug, um diese Theorie auf die Probe zu stellen, sondern arbeitete sich mühsam in die Höhe. Ihr verletzter Knöchel schmerzte – sie musste ihn sich abermals geprellt haben –, so dass sie sich reichlich ungeschickt dabei anstellte, und der Fremde tat etwas völlig Unerwartetes: Er streckte den Arm aus, um ihr zu helfen; wahrscheinlich nichts anderes als ein Reflex, der ihm zu sehr in Fleisch und Blut übergegangen war, um ihn zu unterdrücken. Außerdem war es reichlich dumm.

Rachel griff nach seinem hilfreich ausgestreckten Arm und ließ sich von ihm in die Höhe ziehen, aber nur gerade so weit, bis der Gewehrlauf nicht mehr direkt auf ihr Gesicht zielte, sondern schräg an ihr vorbei nach oben. Dann bewegte sie sich plötzlich sehr viel schneller und riss das rechte Knie in die Höhe. Er stand breitbeinig vor ihr; eine offene Einladung, der sie Folge leistete. Ihr Knie bewegte sich mit furchtbarer Kraft und Schnelligkeit nach oben und genau auf die Stelle zwischen seinen Beinen zu, an der man jeden Mann außer Gefecht setzen konnte, ganz egal, wie stark, hartgesotten und schwer bewaffnet er auch war. Wenn man traf. Rachel hätte es für vollkommen unmöglich gehalten, aber er wehrte ihren heimtückischen Angriff ohne die geringste Mühe ab, indem er seinerseits das Bein in die Höhe riss und seinen Oberschenkel zwischen ihr Knie und seine Genitalien brachte. Der Treffer musste ihm trotzdem ziemlich wehtun, aber er gab nicht einmal einen Laut von sich, doch er ließ ihren Arm los und versetzte ihr einen Schlag mit der flachen Hand, der sie haltlos gegen die Wand taumeln ließ. Als sich die roten Schleier vor ihren Augen hoben, zielte das Gewehr wieder auf sie.

»Nicht noch mal«, sagte er.

Das hatte Rachel auch nicht vor. Ihre Ohren klingelten noch immer von dem Schlag, den er ihr versetzt hatte, und dabei hatte er noch nicht einmal mit ganzer Kraft zugeschlagen. Sie schmeckte Blut, fuhr sich mit dem Handrücken über den Mund und stieß sich mit dem anderen Arm von der Wand ab, als er ungeduldig mit dem Gewehr wedelte. Anscheinend hatte sie ihm doch ein wenig Respekt eingeflößt, denn er trat einen Schritt zurück und wies mit einer Kopfbewegung auf den Lift. Rachel ging – vorsichtshalber mit halb erhobenen Armen – an ihm vorbei und näherte sich dem Aufzug. Ihr Entführer murrte ärgerlich und schlug ihr leicht mit dem Gewehrlauf auf den linken Arm – nicht um ihr wehzutun, sondern damit sie sich ein bisschen weniger auffällig verhielt.

Als sie an dem verletzten Polizeibeamten vorbeikamen, nahm dieser die Hände herunter und sah zu ihnen hoch. Sein Gesicht war schrecklich zerschnitten, aber zumindest seine Augen waren unversehrt und offensichtlich hinderte ihn sein bedauernswerter Zustand auch nicht daran, die Situation mit einem einzigen Blick zu erfassen, denn er griff sofort nach seiner Waffe. Er war jedoch nicht schnell genug. Der Entführer schlug ihm den Gewehrlauf gegen die Stirn und der junge Mann kippte zur Seite. Immerhin, dachte Rachel, hatte er darauf verzichtet, ihn einfach zu erschießen.

Sie erreichten den Aufzug. Die Kabine war nicht da, aber das rote Licht über der Tür leuchtete, und als ihr Entführer ungeduldig auf den Rufknopf hämmerte, erklang beinahe augenblicklich ein leiser Glockenton. Während die Türen aufzugleiten begannen, trat der Mann hinter sie und hielt sein Gewehr so, dass es von ihrem Körper verdeckt wurde und man die Waffe nicht sofort sah, nur für den Fall, dass die Kabine nicht leer war.

Sie war es nicht. Ein dunkelhaariger Mann in weißem Arztkittel befand sich darin. Er hatte den Blick gesenkt und hob den Kopf auch nicht, als sie eintrat, machte aber einen halben Schritt zur Seite, um sie vorbeizulassen. Rachel betete, dass der Entführer ihn nicht umbringen, sondern ebenfalls nur niederschlagen würde. Und dann kam alles ganz anders.

Der vermeintliche Arzt hob den Kopf und sah sie an. Gleichzeitig griff er mit der Linken nach ihrem Oberarm und zerrte sie mit solcher Gewalt zu sich in die Kabine hinein, dass sie wuchtig gegen die verspiegelte Rückwand prallte und fast gestürzt wäre. Ihr Entführer stieß ein überraschtes Keuchen aus und versuchte seine Waffe zu heben, aber diesmal war er es, der nicht schnell genug war: Darkov führte seinen begonnenen Schritt zu Ende und stieß ihm gleichzeitig die flachen Hände vor die Brust. Der Hieb war so wuchtig, dass sie hören konnte, wie der Mann keuchend den Atem ausstieß. Er ließ das Gewehr fallen, taumelte zurück und stürzte. Noch während er haltlos über den mit Glasscherben übersäten Boden schlitterte, schlug Darkov die Faust auf den Knopf für die untere Etage und die Türen begannen sich bereits wieder zu schließen.

»Das war knapp«, sagte er, während er sich zu ihr herumdrehte und die Kabine mit einem kaum hörbaren Summen in die Tiefe zu gleiten begann. »Ich dachte schon, ich würde abermals zu spät kommen. Bist du verletzt?«

Rachel nahm seine Worte kaum wahr. Aus weit aufgerissenen, ungläubigen Augen starrte sie ihn an. »Darkov?«

»Benedikt«, korrigierte er sie.

»Aber … aber wie … ?«

»Ich hatte Glück«, sagte Darkov. »Und ich fürchte, wir werden noch eine ganze Menge mehr davon brauchen, um heil hier herauszukommen. Was ist passiert?«

Rachel antwortete ganz automatisch. »So etwas wie der Weltuntergang, fürchte ich. Naubach ist verletzt oder vielleicht auch tot, ich weiß es nicht. Und De Ville auch. Ihre Freunde werden allmählich ungeduldig, fürchte ich.«

»Sie sind verzweifelt«, sagte Darkov. »Verzweifelte Menschen greifen zu verzweifelten Maßnahmen. Sie haben nur noch sehr wenig Zeit. Und wir auch.«

»Na, dann ist ja alles klar. Hätten Sie mir das gleich erzählt, dann hätte ich mich nicht so zickig angestellt, sondern mich treu und brav erschießen lassen.«

In Darkovs Augen erschien ein Ausdruck unbestimmter Trauer. »Ich werde dir alles erklären«, sagte er bekümmert. »Aber nicht jetzt. Wir müssen versuchen, irgendwie hier herauszukommen, bevor sie uns erwischen. Danach wirst du alles erfahren, das verspreche ich.«

Rachel war nicht ganz sicher, wen Darkov mit »sie« meinte – die Terroristen, Naubachs Seite oder auch beide? –, aber sie sparte es sich, eine entsprechende Frage zu stellen. Sie hätte ohnehin keine Antwort bekommen; wenigstens keine, mit der sie etwas anfangen konnte.

Der Aufzug bewegte sich mit quälender Langsamkeit nach unten. Es vergingen nur Sekunden, bis er das Erdgeschoss erreicht hatte, und wie durch ein Wunder hielt er unterwegs weder an noch feuerte irgendjemand mit einer Maschinenpistole durch die geschlossenen Türen oder warf von oben eine Handgranate auf sie herab – nichts davon hätte sie wirklich überrascht –, aber sie hatte das Gefühl, eine halbe Ewigkeit in dem zwei mal zwei Schritte messenden Metallkasten eingesperrt zu sein. Vielleicht war sie auch längst tot und dies war der Aufzug zur Hölle, der erst anhalten würde, wenn sie die Ebene des ewigen Fegefeuers erreicht hatten.

Es war natürlich eine alberne Vorstellung, aber Rachel lief trotzdem ein eisiger Schauer über den Rücken, als die Türen schließlich auseinander glitten und sie in die dahinter liegende Halle hinausblicken konnte – der Anblick hatte etwas von Dantes Visionen des Infernos.

Die zweite Granate, deren Explosion sie gehört hatte, war unmittelbar vor dem Eingang der Klinik eingeschlagen, wo nun ein zwei Meter tiefer rauchender Krater klaffte. Rachel starrte entsetzt auf die zahlreichen reglosen Körper, die überall vor oder auch ein Stück hinter dem Eingang lagen. Ihre genaue Anzahl war nicht festzustellen, denn obwohl seit der Explosion erst eine oder zwei Minuten vergangen sein konnten, wimmelte es in der Halle und draußen vor dem Gebäude bereits von Ärzten, Krankenpflegern und Schwestern, die verzweifelt versuchten, den Verwundeten zu helfen, obwohl etliche von ihnen selbst verletzt zu sein schienen. Die zehn Meter breite Glasfront der Halle war verschwunden, und auch hier glitzerten buchstäblich Millionen von Scherben auf dem Boden; ein tödlicher Regen, der vermutlich für den allergrößten Teil der Verletzten verantwortlich war.

Darkov, der vor ihr aus der Kabine getreten war, erstarrte mitten im Schritt und sah sich schockiert um. »Großer Gott!«, flüsterte er.

Gott hat damit bestimmt nichts zu tun, dachte Rachel. Laut sagte sie: »Wie gesagt: Ihre Freunde beginnen allmählich ungeduldig zu werden.«

Es war das zweite Mal, dass sie diese Formulierung benutzte – und diesmal ganz bewusst –, und das zweite Mal, dass Darkov nur mit einem verunsicherten Blick reagierte und nicht irgendetwas sagte wie: Sie sind nicht meine Freunde. Ganz plötzlich war sie nicht mehr sicher, dass das nichts zu bedeuten hatte.

»Entsetzlich«, murmelte er. »Das … das muss ein Unfall gewesen sein. So etwas würden sie niemals absichtlich tun. Nicht einmal sie.«

Das war zu viel. Rachel trat mit einem entschlossenen Schritt zur Seite und drehte sich demonstrativ zu ihm um. »Ich gehe keinen Schritt weiter«, sagte sie. »Es sei denn, Sie erzählen mir jetzt, was hier los ist. Und was Sie mit diesen Kerlen zu tun haben.«

»Dazu ist jetzt keine Zeit«, sagte Darkov nervös. »Bitte, du musst mir einfach vertrauen. Du bist in großer Gefahr.«

»Das sehe ich nicht so.« Rachel machte eine Kopfbewegung nach draußen. Zwischen den Verletzten und den Ärzten und Krankenschwestern, die sich um sie bemühten, tauchten jetzt immer mehr Polizeibeamte auf, die sich zwar ebenfalls um die verwundeten Menschen kümmerten, dennoch aber Polizisten waren. Nach dem, was gerade eben hier passiert war, musste es schon an Selbstmord grenzen, hier auch nur ein Taschenmesser zu ziehen, geschweige denn irgendeine andere Waffe. »Ich habe Zeit«, sagte sie. »Entweder Sie erklären mir, was hier los ist, oder ich gehe zu den Beamten dort draußen und bitte sie, mich festzunehmen und in das sicherste Gefängnis zu sperren, das es in diesem Land gibt. Also?«

»Du bist es mir schuldig«, sagte Darkov plötzlich.

»Quatsch!«, fauchte sie. »Sie haben mir vielleicht gerade das Leben gerettet, aber erst nachdem Sie mich selbst in Lebensgefahr gebracht haben, oder?«

»Glaub mir, du wärst nirgendwo vor ihnen sicher«, sagte Darkov. Und es war schon fast unheimlich – aber Rachel spürte einfach, dass er die Wahrheit sagte.

Ganz plötzlich überkam sie ein Gefühl von solchem Vertrauen, wie sie es in dieser Intensität vielleicht noch niemals zuvor im Leben gespürt hatte; allenfalls bei Tanja und wahrscheinlich nicht einmal dort. Sie wusste einfach, dass sie Darkov vertrauen konnte, und das mit einer Sicherheit, die etwas schon fast Erschreckendes hatte. »Was …?«, murmelte sie hilflos.

Bevor sie die Frage zu Ende formulieren konnte, flog die Tür zum Treppenhaus auf und der Mann, der auf De Ville geschossen hatte, kam heraus. Er trug jetzt ebenfalls einen weißen Kittel, aber Rachel konnte deutlich die Umrisse des Gewehres erkennen, das er darunter verborgen hatte. Er brauchte nur einen einzigen Blick, um sie und Darkov zu identifizieren und in ihre Richtung loszugehen. Er rannte nicht, aber auf seinem bis dahin völlig ausdruckslosen Gesicht lag jetzt ein Ausdruck grimmiger Entschlossenheit.

»Willst du leben?«, fragte Darkov.

Sie nickte.

»Dann komm mit!«

Rachels Beine setzten sich in Bewegung, noch bevor ihr Bewusstsein ihnen den Befehl dazu geben konnte. Sie drehte sich herum und entfernte sich in scharfem Tempo von dem Attentäter, der keine zwanzig Meter hinter ihnen war. Er versuchte nicht zu rennen, um sie einzuholen, aber er fiel auch nicht zurück. Rachel fragte sich verwirrt, warum er nicht seine Waffe zog und die Geschichte damit ein für alle Mal beendete. Der Bereich vor der zerstörten Eingangstür wimmelte zwar mittlerweile von Polizisten und einige Beamte waren auch schon drinnen, aber der Bursche hatte ja bereits bewiesen, wie wenig Respekt er vor grünen Uniformen hatte, und sie traute ihm durchaus zu, sich seinen Weg hier aus dem Gebäude heraus freizuschießen. Eine Sekunde lang spielte sie sogar mit dem Gedanken, laut um Hilfe zu schreien, verwarf ihn aber augenblicklich wieder. Selbst wenn man ihre Schreie über all den Lärm hinweg überhaupt hörte – was gar nicht so sicher war –, würde ihr Verfolger spätestens in diesem Moment das Feuer auf sie und Darkov eröffnen.

Sie näherten sich einer weiteren aus Drahtglas bestehenden Tür, über der ein Schild verkündete, dass es dahinter zum Parkdeck ging. Darkov öffnete sie hastig, zog Rachel hindurch und drückte die Tür mit der gleichen Bewegung wieder ins Schloss. Sie befanden sich in einem schmucklosen, aber sehr hellen Treppenhaus, das ganz aus Sichtbeton und Glasbausteinen errichtet war, und Rachel rechnete damit, dass Darkov nun wie der Teufel zu rennen beginnen würde, aber er signalisierte ihr ganz im Gegenteil nur mit einem hastigen Kopfschütteln, ein paar Stufen die Treppe hinaufzugehen, und ging mit einer fließenden Bewegung zur anderen Seite in die Hocke. Seine Hände nahmen eine sehr sonderbare Haltung an.

Weniger als eine halbe Sekunde später flog die Tür auf und ihr Verfolger stürmte herein. Er hatte das Gewehr unter dem Mantel hervorgezogen und in Anschlag gebracht, den Zeigefinger der rechten Hand bereits am Abzug. Und er rechnete ganz eindeutig mit einem Hinterhalt, denn er stürmte nicht blindlings vor, sondern beschrieb einen blitzschnellen Halbkreis, mit dem der Lauf seiner Waffe praktisch das gesamte Treppenhaus bestrich. Womit er nicht gerechnet hatte, das war ein Angriff von unten.

Natürlich musste er die Gestalt unter sich zumindest aus den Augenwinkeln gesehen haben und er reagierte ebenso schnell und präzise wie vorhin, als sie selbst versucht hatte, ihm das Knie zwischen die Beine zu rammen. Aber die unerwartete Richtung, aus der die Attacke erfolgte, verschaffte Darkov trotzdem einen winzigen, aber entscheidenden Vorteil: Seine Hände schossen mit nach oben gedrehten

Handflächen vor und trafen die Unterarme des Killers mit solcher Wucht, dass ihm die Waffe aus den Händen geprellt wurde. Sie flog davon, prallte mit einem Geräusch, das durch das gesamte Treppenhaus zu hören sein musste, gegen das Geländer und verschwand auf Nimmerwiedersehen in der Tiefe.

Darkov bezahlte einen hohen Preis für diesen Erfolg. Noch bevor das Gewehr gegen das Treppengeländer prallte, landete das hochgerissene Knie des Angreifers mit einem trockenen Krachen in seinem Gesicht. Darkovs Kopf wurde nach hinten geschleudert. Er riss die Arme in die Höhe, als versuche er nach einem nicht vorhandenen Halt zu greifen, kippte nach hinten und rollte sich unbeholfen ab. Als er in die Höhe zu kommen versuchte, setzte ihm der Killer nach und trat ihm in die Seite. Darkov keuchte schmerzerfüllt, fiel zu Boden und wälzte sich auf den Rücken, und der Fuß des Killers, der in einem gewaltigen Kampfstiefel steckte, stampfte auf sein Gesicht herab. Im letzten Moment gelang es Darkov, den Kopf zur Seite zu drehen, so dass er der gemeinen Attacke entging, und irgendwie bekam er sogar den Fuß des Angreifers zu fassen und verdrehte ihn mit einem Ruck, der den Mann zwar nicht zu Fall, wohl aber aus dem Gleichgewicht brachte. Er taumelte ungeschickt zurück und musste sich mit der rechten Hand abstützen, um nicht zu fallen. Die Zeit, die er dazu brauchte, reichte Darkov, um wieder auf die Beine zu kommen. Er war sichtbar angeschlagen und wirkte benommen. Blut lief aus seiner Nase und den aufgeplatzten Mundwinkeln und sein Gesicht begann bereits deutlich anzuschwellen. Trotzdem blockte er die Hiebe des Killers geschickt ab, als dieser sich erneut auf ihn stürzte.

Was folgte, war der bizarrste Kampf, den Rachel jemals beobachtet hatte. Nicht, dass sie schon viele gesehen hätte, außer im Fernsehen oder auf der Kinoleinwand, aber es war weder eine wüste Schlägerei noch eine sorgsam choreografierte Kung-Fu-Show, sondern fast so etwas wie ein Tanz; voller eleganter, gleitender Bewegungen, die fast spielerisch wirkten, aber von tödlicher Präzision und warnungslos explodierender Kraft bestimmt waren. Und anders als die Hollywoodshows, die sie kannte, dauerte der Kampf auch nicht endlose Minuten, sondern nur wenige Augenblicke. Zwei, drei blitzschnelle Attacken und Konter, dann taumelte Darkov rückwärts auf die Treppe zu, von einem geschwungenen Fußtritt an der Hüfte getroffen und aus dem Gleichgewicht gebracht. Der Angreifer setzte nach – und merkte zu spät, dass er auf eine Finte hereingefallen war. Darkov machte eine blitzartige Bewegung und der Mann krachte gegen die Wand und brach mit haltlos zuckenden Gliedern in die Knie. Rachel hatte nicht einmal gesehen, dass Darkov ihn getroffen hatte.

Aber auch der Sieger in diesem bizarren Kampf sah eher aus wie ein Verlierer. Darkov taumelte vor Erschöpfung. Er war kaum noch in der Lage, sich auf den Beinen zu halten, und seine Nase und seine aufgeplatzte Lippe bluteten immer heftiger.

»Um Gottes willen!«, flüsterte Rachel benommen. »Was ... was war das?« Wie lange hatte der Kampf gedauert? Zehn Sekunden, fünfzehn? Kaum länger.

»Nicht jetzt«, sagte Darkov. »Wir müssen weiter. Es wird bald hell und er wird bald wieder zu sich kommen. Und er ist nicht allein.«

Rachels Gedanken überschlugen sich. Die ganze Situation – das, was sie tat – war der helle Wahnsinn. Statt auch nur mit Darkov zu reden, sollte sie die Beine in die Hand nehmen und zu den Polizisten in die Halle zurücklaufen, so schnell sie konnte!

Stattdessen setzte sie sich die Treppe hinab in Bewegung und folgte Darkov. Sie war wahnsinnig!

Unten angekommen, stieß Darkovs Fuß gegen das Gewehr des Attentäters, das klappernd davonschlitterte. Er warf ihm nicht einmal einen Blick nach, geschweige denn, dass er versuchte, es aufzuheben, sondern näherte sich der blau gestrichenen Feuerschutztür, die zur eigentlichen Tiefgarage führte, und drückte die Klinke herunter. Sie musste entweder außergewöhnlich schwergängig sein oder er war buchstäblich am Ende seiner Kräfte, denn es kostete ihn so große Mühe, dass Rachel schon überlegte, ihm zu helfen. Plötzlich aber schwang die Tür auf und Darkov stolperte in den dahinter liegenden Raum. Rachel folgte ihm in geringem Abstand.

Die Tiefgarage war vollkommen verlassen – Gott sei Dank! – und Darkov machte nur ein paar Schritte, ehe er stehen blieb und sich mühsam zu ihr herumdrehte. »Ich kann nicht weiterlaufen«, murmelte er. »Bist du mit dem Wagen hier?«

Rachel verneinte. »Aber ich weiß, wo wir einen finden«, sagte sie. »Komm!« Also gut, dann war der Wahnsinn eben komplett. Jetzt war sie es, die ihm bei der Flucht half. Nicht genug damit, standen sie auch noch im Begriff, einen Wagen zu stehlen. Und damit es sich lohnte, auch noch den eines Kriminalbeamten. Das alles konnte sie doch nur träumen?

Und dennoch eilte sie auf Naubachs rostroten Mercedes zu, riss die Tür auf und machte eine einladende Handbewegung, aber Darkov schüttelte auch diesmal nur den Kopf. »Du fährst«, sagte er. »Ich kann nicht.«

»Auch das noch«, murmelte Rachel, nahm aber gehorsam hinter dem Steuer Platz und streckte ganz automatisch die Hand nach dem Zündschlüssel aus. Natürlich war keiner da. Naubach war zwar zu bequem gewesen, den Wagen abzuschließen, aber leider nicht so leichtsinnig, auch noch den Schlüssel im Schloss stecken zu lassen.

Darkov ließ sich neben ihr auf den Beifahrersitz fallen und sackte erschöpft in sich zusammen. »Fahr los«, murmelte er.

»Das würde ich ja gerne«, sagte Rachel unglücklich. »Wissen Sie vielleicht, wie man einen Wagen kurzschließt?«

Darkov langte mit der linken Hand herüber, griff unter das Zündschloss und riss es mit einem einzigen heftigen Ruck heraus. Er benötigte kaum eine Sekunde, um aus dem Gewirr verschiedenfarbiger Drähte darunter die beiden richtigen herauszufinden und zusammenzudrehen. Der Motor sprang mit einem beruhigenden Geräusch an. Ob er einen Wagen kurzschließen konnte? Was für eine Frage.

Rachel legte den Rückwärtsgang ein, wendete im engstmöglichen Bogen und gab Gas, nachdem die klobige Kühlerhaube des Mercedes genau auf die nach oben führende Rampe deutete. Der Motor heulte auf, aber der Wagen setzte sich nur mit enervierender Langsamkeit in Bewegung. Im ersten Moment glaubte sie sogar, der Motor sei kaputt, aber dann wurde ihr klar, dass sie nicht mit ihrem eigenen, hochgetunten Sportwagen fuhr, sondern mit einem betagten 200er-Diesel. Für eine Verfolgungsjagd mit quietschenden Reifen war diese Kiste jedenfalls denkbar ungeeignet.

Sie warf einen raschen Blick in den Rückspiegel, während sie den Fuß behutsam vom Gas nahm. Der Wagen näherte sich der Rampe, trotzdem genauso schnell – oder langsam – wie zuvor. Die Metalltür war zwar von selbst wieder zugefallen, wie es die Brandschutzvorschriften verlangten, und bisher war von Verfolgern nichts zu sehen; irgendwie hatte sie aber das Gefühl, dass es wichtig war. Wenn die Verfolger wussten, in welchem Wagen sie saßen, dann waren sie schon so gut wie verloren. Aber die Tür war geschlossen und sie blieb es auch, bis sie die Auffahrt erreichte und sich darauf konzentrieren musste, den Wagen nicht gegen die Wände des engen Schneckenhauses aus Beton zu setzen, das nach oben führte.

Ihre Glückssträhne (Glück? – ein wirklich guter Witz!) hielt an. Das Rolltor am oberen Ende der Auffahrt stand offen und auf dem kurzen Stück des Klinikgeländes, das sie überqueren mussten, herrschte ein so heilloses Durcheinander, dass sie zwar nur im Schritttempo vorwärts kamen, aber niemand auch nur Notiz von ihnen nahm.

Auf der anderen Seite des Krankenhausgeländes, dreihundert Meter entfernt, heulten Sirenen und gellten noch immer Schreie und wild durcheinander brüllende Stimmen. Als sie auf die Straße hinausfuhren, warf sie noch einmal einen Blick in den Rückspiegel und sah eine schwarze Rauchwolke, die sich über dem Gebäude erhob. Nicht einmal der heftig strömende Regen vermochte sie auseinander zu reißen, als würde sie von einem finsteren Zauber beschützt. »Und jetzt?«, fragte sie, nachdem sie das Gelände verlassen hatten und wahllos abgebogen waren. Im Grunde war ihr die Richtung egal, nur weg vom Zentrum des Chaos.

Ein Polizeiwagen kam ihnen entgegen und raste mit heulender Sirene vorbei, ohne sie zu beachten.

»Nach Süden«, murmelte Darkov. »Wir müssen raus aus der Stadt. Sie werden Straßensperren errichten.«

»Prima«, sagte Rachel. »Genau die Neuigkeit, die ich jetzt brauche. Und wohin nach Süden genau?«

Sie bekam keine Antwort und als sie den Blick wandte und Darkov ansah, erkannte sie, dass er endgültig in sich zusammengesunken war und das Bewusstsein verloren hatte.

Falls die Polizei tatsächlich Straßensperren errichtete, dann kam sie zu spät. Was allerdings kein Wunder war – Rachel befuhr die Ausfallstraße mit rücksichtslos überhöhter Geschwindigkeit. Die Polizei hatte im Moment ganz bestimmt anderes zu tun, als Radarfallen aufzustellen und Verkehrssünder zu jagen. Eine Zeit lang fuhr sie in Richtung Autobahn, ganz selbstverständlich ihrem Instinkt folgend, die Stadt auf dem schnellstmöglichen Weg zu verlassen, bog aber dann wieder von dem einmal eingeschlagenen Kurs ab und fuhr in Richtung Landstraße weiter. Wenn die Polizei nach ihnen suchte, dann ganz gewiss zuallererst auf der Autobahn, die am einfachsten zu überwachen war. Auch die Bundesstraße barg gewisse Gefahren – wie fast überall gab es auch hier nicht allzu viele Möglichkeiten, die Stadt zu verlassen, eine Tatsache, die den meisten Menschen kaum bewusst war. Andererseits: Wenn es ihr gelang, erst einmal die Stadtgrenze hinter sich zu bringen und in das Gewirr kleinerer Ortschaften, Landstraßen und Wirtschaftswege dahinter unterzutauchen, dann konnten sie nach ihr suchen, bis sie schwarz wurden.

An diesem Punkt ihrer Überlegungen angekommen, wurde Rachel schmerzhaft klar, dass sie bereits wie ein Verbrecher auf der Flucht dachte – und handelte; mit einer Kaltblütigkeit und Konsequenz, die sie beinahe selbst erschreckte. Sie verstand einfach selber nicht, warum. Wenn überhaupt, dann war sie das Opfer in dieser Geschichte, nicht der Täter. Wovor lief sie davon?

Sie warf einen Blick auf die reglose Gestalt im Sitz neben sich. Sie waren jetzt seit zwanzig Minuten unterwegs und Darkovs Bewusstlosigkeit war einem tiefen Schlaf gewichen. Manchmal bewegten sich seine Hände, fast als suchten sie nach einem Halt, an dem sie sich festklammern konnten, um ihn wieder ins Wachsein zurückzuziehen, und von Zeit zu Zeit kam ein seufzender Laut über seine Lippen. Falls er träumte, waren es keine besonders angenehmen Träume.

Rachel verspürte eine unerwartet heftige Aufwallung von Mitleid. Was schlechte Träume anging, hatte sie genug Erfahrung, mehr als sie irgendeinem anderen wünschte. Aber sie musste endlich wissen, was hier gespielt wurde. Mitgefühl oder nicht, diese Informationen waren lebenswichtig für sie. Möglicherweise hatte sie jetzt schon mehr und schlimmere Fehler gemacht, als sie jemals wieder gutmachen konnte, aber das bedeutete nicht, dass sie bis zum bitteren Ende auf diesem Weg weitergehen musste. Oder? Sie war Realistin genug, um sich nichts vorzumachen. Sie war zweimal hintereinander dem Anschlag von Profikillern entkommen, die es verdammt ernst meinten, und allein das grenzte an ein Wunder. Die Vorstellung, ihnen auf Dauer ein Schnippchen schlagen zu können, war mehr als naiv. Und die, es so ganz nebenbei auch noch mit der gesamten Polizei dieses Landes aufzunehmen, war schlichtweg absurd.

Sie musterte Darkov eine weitere Sekunde, dann warf sie einen Blick in den Spiegel, um nach eventuellen Verfolgern Ausschau zu halten (vollkommen verrückt!), und suchte schließlich die Straße vor sich ab. Sie mussten noch gute zwei Kilometer zurücklegen, bis sie eine Möglichkeit fand, die ihr zum Anhalten geeignet schien: eine lang gezogene Parkbucht, die zur Straße hin von einer Reihe uralter Bäume abgeschirmt wurde, deren weit ausladende Kronen schlimmstenfalls sogar als Schutz vor einer Entdeckung aus der Luft dienen konnten. Sie lenkte den Mercedes von der Straße, steuerte ihn unter eine der Baumkronen und stellte den Motor aus.

Darkov schlug die Augen auf, als das monotone Brummen des Dieselmotors erstarb, und blinzelte verständnislos in ihre Richtung. »… was?«

»Wir sind aus der Stadt raus«, sagte Rachel. »In südlicher Richtung, wie Sie es verlangt haben. Ich wüsste jetzt gerne, wie es weitergeht. Unter anderem.« Sie sah Darkov an und erkannte, dass er kein Wort von dem verstand, was sie sagte. Sein Körper war wach, aber sein Geist war noch in den chaotischen Dimensionen gefangen, in denen er die letzten zwanzig Minuten verbracht hatte. Sie fragte sich, wie lange diese Zeit für ihn gewesen sein mochte. Zwanzig Minuten? Oder eine Ewigkeit?

»Werden Sie erst mal wach«, sagte sie. »Aber lassen Sie sich nicht zu viel Zeit damit. Meine Geduld ist nämlich langsam erschöpft.«

Natürlich verstand er auch das nicht. Rachel blickte nach einer Sekunde in ein Augenpaar, in dem weder Erkennen noch Verständnis für die fundamentalsten Dinge zu sein schien, dann zuckte sie die Schultern, öffnete die Tür und stieg aus.

Obwohl es nach wie vor regnete, war es spürbar wärmer geworden. Der Wind hatte sich gelegt und hier unter den Bäumen war es sogar halbwegs trocken. Sie entfernte sich ein paar Schritte vom Wagen, blieb stehen und ging fast sofort weiter, ohne irgendein Ziel oder irgendeinen Grund, außer aus dem Bedürfnis heraus, in Bewegung zu bleiben. Wie ein gejagtes Tier auf der Flucht, das instinktiv wusste, dass es verloren war, wenn es auch nur für einen Atemzug innehielt.

Ein Wagen fuhr vorbei. Weil es der erste war, dem sie begegneten, seit sie die Stadt verlassen hatten, folgte Rachel ihm ganz automatisch mit Blicken; und auch der Wagen fuhr langsamer und Rachel konnte sehen, wie sich die Gesichter der beiden Insassen in ihre Richtung drehten. Als er vorüberfuhr, leuchteten die Bremslichter für einen kurzen Moment auf und Rachel spannte sich ganz automatisch. Natürlich war es überflüssig. Die Bremslichter erloschen und nach einer Sekunde gab der Fahrer wieder Gas und der weiße Golf verschwand hinter einer Wolke aus mikroskopisch feinen, hochgewirbelten Wassertröpfchen.

Rachel entspannte sich, aber der harmlose Zwischenfall war viel bedeutsamer, als sie sich eingestehen mochte. Seit das Wetter permanent schlechter wurde, hatte das Verkehrsaufkommen deutlich nachgelassen. Die Leute fuhren nur noch mit dem Wagen, wenn es unumgänglich war. Und ein einzelnes Automobil, das mitten auf einer Landstraße am Straßenrand geparkt war, war schon einmal einen Blick wert und jeder, der ausstieg und im Regen spazieren ging, erst recht. Wenn sie sich eines nicht leisten konnte, dann, Aufsehen zu erregen. Rachel zog eine ärgerliche Grimasse, als ihr klar wurde, dass sie bereits zu denken begann wie eine Verbrecherin. Verdammt, sie hatte nichts getan! Ganz im Gegenteil.

Wütend ging sie zum Wagen zurück, stieg ein und knallte die Tür mit solcher Wucht hinter sich zu, dass Benedikt überrascht die Brauen zusammenzog. »Zu kalt zum Spazierengehen?«

»Nein, verdammt!«, antwortete sie gereizt. »Ich frage mich nur, ob ich eigentlich noch alle Tassen im Schrank habe, hier draußen mit Ihnen im Wagen zu sitzen und vor der Polizei zu fliehen, statt so schnell wie möglich zu ihr zu laufen und sie zu bitten, mich in Schutzhaft zu nehmen. Und Sie gleich dazu.«

»Vielleicht, weil du spürst, dass du das Richtige tust«, antwortete Darkov.

Seine Worte machten sie noch ärgerlicher. Sie funkelte ihn an. »Ich kann mich gar nicht erinnern, dass wir miteinander Brüderschaft getrunken haben«, fauchte sie. »Und ich sehe verdammt noch mal nicht ein, was an dem hier richtig sein soll!«

»Weil du nicht verstehst, worum es geht«, antwortete Darkov sanft. »Und wie könntest du auch?«

Rachel schloss die Augen, zählte in Gedanken ganz langsam bis fünf und zwang sich, wenigstens äußerlich einen Anschein von Ruhe zu bewahren. Das Schlimmste war, dass es ihr einfach nicht gelang, wirklich wütend auf Benedikt zu sein: Sie war wütend – auf sich, auf diese Irrsinnigen, die hinter ihr her waren, auf das Schicksal und selbstverständlich auch auf ihn, aber nicht so wütend, wie sie es sein sollte. Fast, als hätte er Recht und irgendetwas in ihr spürte, dass er auf der richtigen Seite stand.

Was für ein Unsinn! Das Einzige, was irgendetwas in ihr spürte, war, dass sie seit mittlerweile weit mehr als dreißig Stunden nicht mehr richtig geschlafen hatte, dass ihr so ziemlich jeder Knochen im Leib wehtat und dass sie sich auf irgendeine Weise mitten in einem Hollywood-Actionfilm wiedergefunden hatte; einem von der ganz üblen Sorte, in dem jeder auf jeden schießt und eigentlich niemand so genau weiß, warum.

»Du solltest weiterfahren«, sagte Darkov. »Wenn sie uns hier entdecken, ist es aus. Sie werden mich töten und dich mitnehmen und vielleicht auch töten.«

»Sparen Sie sich die Mühe – falls es Ihnen darum geht, mir Angst zu machen: Die habe ich schon.« Rachel streckte die Hand nach dem Armaturenbrett aus und ließ sie auf halbem Weg wieder sinken, als ihr klar wurde, dass kein Schlüssel im Schloss steckte.

Darkov wollte sich zu ihr herüberbeugen, um den Wagen zu starten, aber sie schüttelte den Kopf und ließ die Hand stattdessen auf das Autotelefon sinken. »Verraten Sie mir einen einzigen vernünftigen Grund, warum ich nicht abheben und die Hundertzehn wählen soll«, sagte sie. »Noch habe ich jede Möglichkeit, irgendwie aus der Geschichte herauszukommen. Niemand wird sich etwas dabei denken, dass ich geflohen bin. Ich habe einfach in dem Chaos die Nerven verloren.«

»Die Männer, die hinter dir her sind«, antwortete Darkov, »würden es nicht zulassen. Du hast gesehen, wozu sie fähig sind.«

»Womit wir wieder am Anfang wären«, sagte Rachel in müdem Tonfall. »Wer sind sie?«

Darkov schwieg einen Moment, als müsse er darüber nachdenken, wie er ihre Frage beantworten konnte. Wahrscheinlicher aber war, dass er über eine plausibel klingende Ausrede nachdachte. »Gefährliche Männer«, sagte er.

»Ach? Gut, dass ich das erfahre. Ich hätte es sonst womöglich gar nicht gemerkt.«

»Du würdest sie Söldner nennen«, fuhr Darkov unbeeindruckt fort, »auch wenn es nicht ganz der Wahrheit entspricht.«

»Söldner? Aber was habe ich denn …?«

»Fahr weiter«, unterbrach sie Darkov. »Bitte. Ich werde dir alles erklären, so weit ich es kann.« Er knotete die beiden Drähte wieder zusammen und der Motor des Mercedes sprang gehorsam an. Ein warmer Luftstrom drang aus den Schlitzen der Heizung und auch die Scheibenwischer begannen wieder mit ihrem monotonen Hin und Her.

Rachel hielt für einen Moment die gespreizten Finger über das Armaturenbrett. Sie merkte erst jetzt, wie kalt es draußen gewesen war. »Also gut«, sagte sie widerstrebend. »Der nächste Ort ist sieben Kilometer entfernt. Wenn Sie mich bis dahin überzeugt haben, liefere ich Sie vielleicht nicht an die Polizei aus.« Ja, das klang überzeugend, dachte sie spöttisch. Vor allem wenn man bedachte, dass er schätzungsweise doppelt so stark war wie sie, nach dem, was sie vor kurzem mit eigenen Augen angesehen hatte.

Darkov machte sich nicht einmal die Mühe, darauf zu antworten.

Sie fuhr los. Zwei der sieben Kilometer, die sie Darkov eingeräumt hatte, verstrichen, ohne dass er auch nur einen Laut von sich gab, dann hob er die Hand und deutete durch die halb beschlagene Windschutzscheibe nach oben; die Lüftung des Wagens schaffte es einfach nicht, sie vollkommen freizuhalten. »Was weißt du darüber?«

Im ersten Moment verstand Rachel nicht einmal, wovon er überhaupt sprach. Der Himmel über der Straße bot im Großen und Ganzen denselben Anblick wie in den vergangenen Wochen: Er war grau. Vielleicht, dass er eine Spur heller war als sonst, und die Schatten kamen ihr ein wenig härter vor, die Konturen der Dinge übermäßig betonend, aber das konnte auch ein Nebeneffekt ihrer Übermüdung sein. Sie hob die Schultern. »Es regnet«, sagte sie. »Und?«

»Seit mehr als drei Wochen«, bestätigte Darkov. »Praktisch ohne Unterbrechung. Und nicht nur hier, sondern überall. Praktisch auf der ganzen Welt. In Amerika, Afrika, Australien, selbst in der Sahara.«

»Worauf wollen Sie hinaus?«, fragte Rachel. Ein seltsames Gefühl überkam sie.

»Auf den Grund, weshalb das alles hier geschieht.«

»Den Grund?« Rachel sah abermals nach oben. »Welchen Grund? Sie müssen nur den Fernseher einschalten oder das Radio oder eine x-beliebige Zeitung aufschlagen und Sie erfahren ihn; in allen Details, ob es Sie interessiert oder nicht. Es gibt kein anderes Thema mehr als diese Meteoriten.« Beinahe hätte sie ihn gefragt, ob er die letzten drei Wochen auf der Rückseite des Mondes zugebracht hatte oder in einer Eisstation am Nordpol, in der es keinerlei Verbindung zur Außenwelt gab, aber dann fiel ihr im letzten Moment ein, dass Naubach ihr vor wenigen Stunden erst fast dieselbe Frage gestellt hatte. »Also gut«, sagte sie und atmete tief ein. »Wenn Sie unbedingt darauf bestehen: Unsere gute alte Mutter Erde kreuzt seit gut drei Wochen die Bahn eines großen Meteoritenschwarmes – der gottlob fast ausschließlich aus kleineren Brocken besteht, so ungefähr von der Größe einer Mülltonne bis hinunter zu mikroskopisch kleinen Brocken. Und der zweite, noch viel glücklichere Umstand besteht darin, dass der Schwarm ausschließlich aus Eismeteoriten zusammengesetzt ist. Was wiederum bedeutet, dass diese Meteore ausschließlich in den obersten Schichten der Atmosphäre verglühen. Das schützt uns nicht nur vor einem himmlischen Bombardement von verheerenden Ausmaßen, sondern beschert uns auch seit drei Wochen ein fantastisches Farbenspiel am Himmel – falls die Wolken einmal lang genug aufreißen, heißt das.« Sie seufzte erneut und noch viel tiefer. »Nachzulesen in der neuesten Ausgabe der ›Welt der Wissenschaft‹.«

»Wissenschaft.« Darkov sprach das Wort mit sonderbarer Betonung aus. »Du glaubst also auch alles mit Wissenschaft erklären zu können?«

»Womit denn sonst?«, fragte Rachel.

Sie bekam keine Antwort, aber Darkov sah sie auf eine Weise an, die sie innerlich schaudern ließ. Es verging sicher eine Minute, bis er das immer unangenehmer werdende Schweigen endlich brach, aber auch dann tat er es auf eine Art, dass sie sich beinahe wünschte, er hätte es nicht getan. »Wissenschaft.« Darkov wiederholte das Wort kopfschüttelnd und auf eine Weise, die ihre Beunruhigung schlagartig ein gehöriges Stück weiter die Skala hinaufschießen ließ. »Natürlich versuchen sie es zu erklären. Irgendwie. Und ich bin sicher, sie finden auch eine Erklärung. Ein natürlich Phänomen. Ein Haufen kosmischer Staub und Trümmer, der zufällig die Bahn der Erde kreuzt. Irgendetwas, das hübsch einleuchtend und vor allem überzeugend klingt. Wissenschaft!«

Rachel hütete sich, noch einmal zu antworten, aber ihre Beunruhigung wuchs weiter. Vielleicht nicht einmal so sehr über das, was Darkov sagte, aber sehr wohl über das Wie. Er war eindeutig dabei, sich in Rage zu reden, und sie verzichtete ganz bewusst darauf, ihm noch einmal und genauer ins Gesicht zu blicken. Sie fürchtete, in seinen Augen ein ganz bestimmtes Funkeln zu erkennen. Besser, sie sagte jetzt gar nichts mehr. Sie bedauerte bereits, auf seine Frage überhaupt geantwortet zu haben.

Aber es war zu spät. Vielleicht wertete er ihr beharrliches Schweigen falsch und als Aufforderung, von sich aus weiterzureden, aber wahrscheinlicher war wohl, dass er ohnehin auf ein Stichwort gewartet hatte. »Es ist nichts von alledem.«

»Sondern?« Verdammt, warum antwortete sie überhaupt?

»Ich glaube, du kennst die Antwort«, sagte Darkov.

»Wer weiß?« Rachel deutete ein Achselzucken an und gewann eine weitere Sekunde damit, einen langen Blick in den Rückspiegel zu werfen und die Straße hinter ihnen zu begutachten. Sie war leer. Aber sie war auch nicht mehr ganz sicher, ob sie sich tatsächlich wünschen sollte, dass sie es blieb.

»Es gibt Dinge zwischen Himmel und Erde ...«

»... die sich unsere Schulweisheit nicht erklären kann, ich weiß.« Rachel war selbst ein wenig erschrocken über die Schärfe in ihrer Stimme, aber sie versuchte auch erst gar nicht mehr sich zur Ordnung zu rufen. Ihr Verstand beharrte weiter darauf, dass sie jetzt besser die Klappe hielt. Aber da war offensichtlich irgendetwas in ihr, das dieses

Gespräch führen wollte. Vielleicht, weil ein Teil von ihr spürte, wie wichtig es war.

»Und? Etwas nicht erklären zu können heißt noch lange nicht, dass es keine Erklärung gibt, oder?«

»Was soll das denn sonst sein, wenn kein natürliches Phänomen?« Sie machte eine wedelnde Bewegung zum Wagendach hinauf. »Vielleicht Gottes Strafgericht?«

»Und wenn es so wäre?«

»Lächerlich!«

»Es wundert mich, dass gerade du das sagst«, antwortete Darkov ernst. »Du glaubst doch an Gott.« Es war eindeutig keine Frage, aber dafür lag eine Art sanfter Tadel in seiner Stimme und wieder verging eine geraume Weile, ehe sie antwortete.

Diesmal ließ sie die Sekunden jedoch ganz bewusst verstreichen und sie war sich auch darüber im Klaren, dass der hauptsächliche Grund für ihr Zögern der war, dass sie Angst vor der Antwort hatte. Nicht, dass sie sie tief in sich drinnen nicht schon kannte. Da war dieses Glitzern in seinen Augen, dieser ganz bestimmte Ton in seiner Stimme, fast so etwas wie ein heiliger Zorn … O ja, sie kannte all das zur Genüge und besser, als ihr lieb war. »Ich glaube an Gott«, antwortete sie ernst. »Nicht an einen alten, weißhaarigen Mann mit Bart und Harfe, der auf einer Wolke sitzt und voller Güte auf uns herabsieht, wenn Sie das meinen. Aber ich glaube an eine höhere Macht.« Sie hob die Schultern. »Vielleicht finde ich ja auch nur den Gedanken unerträglich, dass dieses ganze gewaltige Universum nur durch Zufall entstanden sein soll. Willkürlich. Dass es keinen anderen Sinn hat außer dem zu existieren.«

Darkov wollte antworten, aber Rachel sprach schnell und mit ganz leicht erhobener Stimme weiter: »Aber das eine schließt das andere schließlich nicht aus. An Gott zu glauben bedeutet nicht zwangsläufig, die Wissenschaft zu leugnen. Und umgekehrt.«

»Ich kenne eine Menge Leute, die anderer Meinung sind«, sagte Darkov.

»Dann kennen Sie die falschen Leute«, erwiderte Rachel. Sie schüttelte heftig den Kopf. »Wissenschaft verleugnet nicht die Existenz einer höheren Macht. Sie erklärt, wie die Dinge funktionieren, nicht warum.« Fast hätte sie gelacht. Die Situation war … einfach absurd. Noch vor wenigen Stunden hatte sie ein ganz normales, eher durchschnittliches (und um ehrlich zu sein, ziemlich langweiliges) Leben geführt – nun: Über Langeweile konnte sie sich nun nicht mehr beschweren. Irgendwelche Verrückten hatten versucht, sie zu entführen, jemand hatte auf sie geschossen, sie hatte sich mitten durch ein Kriegsgebiet gekämpft und war auf der Flucht vor einer Bande blutrünstiger Terroristen, die wahrscheinlich nicht einmal davor zurückschrecken würden, einen taktischen Atomsprengkopf einzusetzen, um ihrer habhaft zu werden, und das aus einem Grund, den sie sich nicht einmal vorstellen konnte – und sie saß mit einem wildfremden Mann, von dem sie kaum mehr als seinen Namen (der wahrscheinlich falsch war) kannte, im Wagen und führte eine theologische Diskussion!

»Also gut«, fuhr sie fort, als Darkov nicht antwortete, sondern sie nur weiter stumm und auf diese fast unheimliche Weise vorwurfsvoll ansah. Sie fragte sich, ob sie mit einem Verrückten im Wagen saß. Und wenn ja, wie gefährlich er war. »Ohne Umschweife: Wer sind diese Männer und was wollen sie von mir?« Noch während sie sprach, wurde ihr klar, dass Darkov nicht antworten würde, weil das die falsche Taktik war, und sie machte erneut eine wedelnde Handbewegung zum Wagendach hinauf und fügte in etwas versöhnlicherem Ton hinzu: »Und was hat das alles mit diesem … Unwetter zu tun?«

Darkov sah sie gerade lange genug weiter schweigend und auf diese seltsame Art an, um sie zu der Überzeugung gelangen zu lassen, dass er auch jetzt nicht antworten würde. Dann schüttelte er den Kopf und lehnte sich ein kleines Stück auf dem Beifahrersitz zurück; fast, als bräuchte er eine bequemere Stellung, um Muße für eine lange und ausführliche Erklärung zu haben. Und noch etwas: Als er redete, wurde ihr klar, dass das, was er sagte, nicht die Wahrheit war. Jedenfalls nicht die ganze Wahrheit.

»Die Männer, die hinter dir her waren und die deine Freundin und die anderen entführt haben«, sagte er, »glauben, dass es Gottes Strafgericht ist. Dass das Ende der Welt naht.«

Die Worte hätten sie nicht überraschen dürfen nach dem, was sie gerade gesagt und wie er auf ihre Erwiderung reagiert hatte, aber sie fuhr trotzdem leicht zusammen und warf ihm einen raschen, bösen Blick aus den Augenwinkeln zu. »Und?«

»Der Herr sagte: Ich will den Menschen, den ich erschaffen habe, vom Erdboden vertilgen, mit ihm auch das Vieh, die Kriechtiere und die Vögel des Himmels, denn es reut mich, sie gemacht zu haben«, sagte Darkov.

»Genesis sechs, Vers sieben«, reagierte Rachel, ohne auch nur darüber nachzudenken. Und auch dann verging noch einmal eine gute Sekunde, bis die Bedeutung dessen, was er gerade gesagt hatte, wirklich in ihr Bewusstsein drang – dann allerdings heftig genug, um sie so hart auf die Bremse treten zu lassen, dass der Wagen um ein Haar ausgebrochen wäre und auf blockierenden Reifen ein Stück weit über den regennassen Straßenbelag schlitterte, bis sie den schweren Mercedes wieder unter Kontrolle hatte. Sie ließ den Fuß weiter auf der Bremse, aber nicht mehr so hart, dass Naubachs altersschwaches Vehikel auszubrechen drohte. So schnell es ging, aber mit der gebotenen Vorsicht lenkte sie den Wagen an den rechten Straßenrand und kuppelte aus.

»Fahr weiter«, sagte Darkov sanft. »Es ist nicht gut, wenn wir zu lange an einem Ort bleiben.«

Rachel schlug wütend mit der flachen Hand auf das Lenkrad. »Den Teufel werde ich tun!«, sagte sie. »Ich fahre keinen Meter, bevor ich nicht endlich weiß, was hier gespielt wird!«

Darkov maß sie mit einem fast traurigen Blick. »Wäre es nur so einfach zu erklären«, sagte er. »Dabei ist es so leicht. Es steht alles geschrieben. Die Menschen haben nur vergessen zu glauben.«

Rachel trommelte nervös mit den Fingerspitzen auf dem Lenkrad. Sie sagte nichts, aber ihr Blick wanderte fast ohne ihr Zutun wieder zum Rückspiegel und suchte die Straße hinter ihnen ab. Sie war so leer, wie sie es die ganze Zeit über gewesen war und auch aller Logik nach weiter bleiben würde. Woher kam aber dann das Gefühl der Bedrohung, die sich von Moment zu Moment näherte?

Vielleicht saß der Grund ja einen halben Meter neben ihr …

»Bitte fahr weiter«, sagte Darkov zum wiederholten Male. »Ich werde dir alles erklären, soweit … soweit ich es kann.«

»Oh«, sagte Rachel.

»Bitte!«

»Nun, warum eigentlich nicht?«

Sie hatten noch vier oder fünf Kilometer vor sich – selbst wenn sie langsam fuhr, allerhöchstens zehn Minuten –, sie vergab sich rein gar nichts, wenn sie ihm diese Frist noch gönnte. Und sie hatte nichts zu gewinnen, wenn sie darüber in Streit gerieten und sie darauf beharrte, hier zu bleiben. Mit einem angedeuteten Achselzucken legte sie den Gang ein und fuhr los, und obwohl sie dabei in den Rückspiegel sah, blieb ihr nicht verborgen, dass Darkov erleichtert aufatmete.

»Wir hatten unsere Chance«, begann Darkov, nachdem sie sich wieder in Bewegung gesetzt und einigermaßen an Geschwindigkeit gewonnen hatten. »Mehr als nur eine. Gott war geduldig mit uns. Zweitausend Jahre lang Geduld, das ist eine lange Zeit. Meinst du nicht? Mehr, als man erwarten sollte. Aber was haben wir daraus gemacht? Was haben wir gelernt, seit der Zeit der römischen Kaiser?« Er schüttelte den Kopf. »Nichts. Die Welt ist schlimmer denn je. Ungerechtigkeit, Hass, Neid und Habsucht, wohin du auch blickst. Wir haben unsere Chance gehabt, aber wir haben sie nicht genutzt. Babel ist überall. Gottes Geduld ist erschöpft.«

Rachel schwieg verbissen weiter. Darkovs Worte klangen so absurd, dass sie sich einen Moment lang fragte, warum sie eigentlich nicht laut zu lachen begann. Sogleich aber machten sie ihr auch Angst. Seit die Erde in die Bahn des Meteoritenschwarmes geraten war und das himmlische Feuerwerk begonnen hatte, hatte sie Tiraden wie diese unzählige Male gehört und ebenso oft darüber den Kopf geschüttelt oder geschmunzelt, je nach dem, aber es war ein gewaltiger Unterschied, ob man Worte wie diese aus dem Mund eines durchgeknallten Fernsehpredigers hörte oder aus dem eines Mannes, der vor wenigen Minuten bewiesen hatte, dass er mit bloßen Händen töten konnte und auch keine Skrupel besaß, es zu tun. Ein gewaltiger Unterschied. »Also gut.« Sie vermied es ganz bewusst, Darkov anzusehen, und sie hoffte zumindest, dass ihre Stimme nicht nur in ihren eigenen Ohren einigermaßen neutral klang. »Meinetwegen. Nehmen wir einfach einmal an, ich glaubte das alles – was habe ich damit zu tun?«

»Vielleicht nichts«, antwortete Darkov. »Vielleicht alles.«

»Ach so.« Sie sah auf den Tachometer. Noch drei Kilometer, allerhöchstens vier. Aber was dann? Der Gedanke, dass er freiwillig aus dem Wagen steigen und zusehen würde, wie sie davonfuhr, war ziemlich lächerlich.

»Das Ende der Zeiten ist nahe«, proklamierte Darkov. »Gottes Zorn wird über uns kommen. So, wie es geschrieben steht.«

»Und wo?«, fragte Rachel vorsichtig.

Darkov blinzelte. »Wie? Was meinst du?«

»Wo?«, wiederholte Rachel. »Ich meine: Wo steht es geschrieben? Ich kenne die Bibel nicht auswendig, aber ich kenne sie. Mir ist keine Prophezeiung über eine zweite Sintflut bekannt.«

»Genesis sechs, Vers sieben«, antwortete er. Das war exakt die gleiche Bibelstelle, die er gerade zitiert hatte.

Rachel wählte ihre nächsten Worte sehr sorgsam, aber sie war trotzdem alles andere als sicher, ob sie die richtige Wahl traf. Ihre Stimme klang ganz ruhig; so wohlmoduliert und zugleich teilnahmslos wie die einer Nachrichtensprecherin, die den Wetterbericht verlas, aber was, wenn er gerade diese Ausdruckslosigkeit als Provokation empfinden würde? Verdammt, ihre Erfahrung mit Verrückten beschränkte sich auf Kriminalromane und einschlägige Filme.

Sie hatte unzählige Male gehört, dass man Amokläufern nicht widersprechen sollte, aber wer zum Teufel sagte ihr eigentlich, dass das auch stimmte?

»Bei dieser Bibelstelle geht es um die alte Sintflut«, sagte sie vorsichtig. »Soweit ich weiß, ist es keine Prophezeiung.«

»Soweit du weißt.« Darkov machte ein abfälliges Geräusch. »Du glaubst also, dass sie uns die echten Bibeltexte zugänglich gemacht haben? Ich hätte dich nicht für so naiv gehalten.« Seine Stimme klang fast amüsiert, aber vielleicht klang sie nur in ihren Ohren so.

Rachel wurde immer deutlicher bewusst, wie dünn der Grat war, auf dem sie wandelte, und wie tief der Abgrund darunter. »Das kann ich nicht beurteilen«, antwortete sie vorsichtig. »Aber noch einmal – selbst wenn das alles so wäre: Was habe ich damit zu tun? Oder Tanja oder die anderen?«

Wahrscheinlich würde er ihr jetzt erzählen, dass es ihre Schuld war. Dass sie, Tanja oder eine der anderen oder auch sie alle zusammen die Auslöser der kosmischen Katastrophe waren, mittels derer Gott der Herr sein Strafgericht vollziehen würde.

»Ich weiß nicht, ob du diejenige bist, nach der sie suchen«, antwortete Darkov. »Aber ich weiß, dass es eine von euch ist.«

»Selbstverständlich.« Es gelang ihr nicht mehr ganz, den sarkastischen Klang in ihrer Stimme zu unterdrücken. »Sie meinen, so wie in diesem alten englischen Spielfilm mit Richard Burton: ›Die Schrecken der Medusa‹.«

Darkov sah sie nur noch verwirrter an. Englische Sciencefictionfilme aus den Siebziger Jahren waren augenscheinlich nicht sein Fachgebiet.

»Dem Film, in dem er über die Macht verfügt, Katastrophen heraufzubeschwören«, erklärte sie. »Zuerst stürzt ein Flugzeug auf London, dann stürzt eine Kathedrale zusammen und der Film endet damit, dass die Kamera auf ein Atomkraftwerk zoomt – so in etwa?«

Darkov blinzelte sie weiter so vollkommen verständnislos an, dass sie sich ernsthaft zu fragen begann, ob er überhaupt begriff, wovon sie sprach. Aber endlich schüttelte er den Kopf und sagte: »Nein. Genau andersherum. Eine von euch ist dazu ausersehen, es aufzuhalten.«

»Warum auch nicht?« Rachel deutete ein Achselzucken an, schloss die Augen und presste für zwei oder drei Sekunden die Lider so fest zusammen, dass bunte Lichtpunkte auf ihren Netzhäuten erschienen. Dann öffnete sie die Augen wieder und zuckte abermals mit den Schultern. »Es tut mir Leid«, sagte sie in perfekt geschauspielertem bedauerndem Ton. »Ich habe es versucht, aber es klappt nicht. Ich fürchte, es regnet immer noch.« Sie war plötzlich von einer hysterischen Albernheit erfüllt, gegen die sie machtlos war; vielleicht einfach ihre Art, mit der Situation fertig zu werden. Selbst die Stimme der Vernunft, die irgendwo tief in ihr (und sehr leise) immer noch da war und ihr zuschrie, dass sie möglicherweise gerade dabei war, sich um Kopf und Kragen zu reden, hatte in diesem Moment etwas Erheiterndes.

Darkov wurde jedoch nicht wütend, sondern sah sie nur wortlos an, und nach ein paar Sekunden stahl sich sogar die Andeutung eines Lächelns auf sein Gesicht. »So einfach ist es nicht, fürchte ich.«

So plötzlich, wie der Anflug hysterischer Heiterkeit gekommen war, so rasch war er wieder vorbei und das Pendel schlug warnungslos und beinahe noch heftiger in die Gegenrichtung aus. Mit einem Male fühlte sie sich erbärmlich. Sie bedauerte längst, Darkov nach dem Grund für all diesen Wahnsinn gefragt zu haben. So verrückt sich seine Antworten auch anhören mochten, war sie dennoch davon überzeugt, dass es die Wahrheit war – nicht, dass sie, Tanja oder irgendjemand sonst auf dieser Welt etwas mit dem kosmischen Feuerwerk und dem Dauerregen zu tun hatte, aber die Männer, die sie verfolgten, glaubten es, und diese Erklärung schien die Situation nur noch schlimmer zu machen. Irgendwie hätte sie sich vielleicht mit dem Gedanken abfinden können, zwischen die Mühlen verschiedener Geheimdienste geraten zu sein oder sich unversehens auf der Abschussliste der Mafia wieder zu finden, warum auch immer, aber eine Bande religiöser Fanatiker, die glaubte, das Ende der Welt sei gekommen – nein. Dieser Gedanke war ebenso absurd wie Furcht einflößend.

Eine Weile fuhren sie in unbehaglichem Schweigen dahin, bis im Dunst des Regentages eine Ansammlung ein- und zweigeschossiger Gebäude vor ihnen auftauchte. Rachel nahm ein wenig Gas weg, wodurch sie praktisch nur noch dahinkrochen, hielt aber nicht völlig an. »Wir haben ein Problem«, sagte sie.

»So könnte man es ausdrücken«, bestätigte Darkov, aber Rachel schüttelte den Kopf.

»Ich meine nicht Ihre schießwütigen Freunde«, sagte sie. »Ich meine Sie und mich.«

Darkov schwieg.

»Ich kann nicht weiter bei Ihnen bleiben«, fuhr sie fort. »Allein mit Ihnen aus dem Krankenhaus zu flüchten war schon eine Riesendummheit, aber ich schätze, aus der Sache komme ich schon irgendwie wieder raus. Trotzdem muss ich zurück.«

»Das wäre ein Fehler«, erwiderte Darkov, aber Rachel fuhr unbeirrt fort:

»Sie gehören zu ihnen, habe ich Recht?« Natürlich hatte sie Recht. Sie erwartete nicht wirklich, eine Antwort zu bekommen, und es war auch nicht nötig. Sie wusste, dass es so war. Es war das Einzige, was überhaupt Sinn ergab. »Aber ich kann Sie nicht der Polizei ausliefern. Sie haben mir zweimal das Leben gerettet. Ich bin Ihnen etwas schuldig.«

»Du bist mir gar nichts schuldig«, antwortete Darkov. »Aber du solltest nicht zurückgehen. Du wärst nicht vor ihnen sicher.«

»Ich muss«, beharrte Rachel. Verdammt, wieso hatte sie das Gefühl, dass er Recht hatte? »Es reicht mir schon, dass diese Irren hinter mir her sind. Ich kann darauf verzichten, auch noch vor der Polizei davonzulaufen, wissen Sie. Schließlich habe ich nichts getan. Aber ich mache Ihnen einen Vorschlag«, sie deutete nach vorne und legte gleichzeitig die rechte Hand auf das Handy in der Mittelkonsole. »Ich steige dort vorne aus und nehme es mit. Nach zehn Minuten rufe ich die Polizei an und lasse mich abholen. Ich werde ihnen nicht sagen, in welche Richtung Sie gefahren sind, und ich werde nichts von dem verraten, was Sie mir gerade erzählt haben. Mehr kann ich nicht tun. Aber so viel bin ich Ihnen schuldig.« Ihr Herz klopfte heftig, während sie auf seine Antwort wartete. Noch vor zehn Minuten, bevor er ihr diese völlig verrückte Geschichte vom bevorstehenden Ende der Welt und Gottes Strafgericht erzählt hatte, wäre sie vollkommen sicher gewesen, dass er auf diesen Vorschlag einging, aber jetzt?

»Ich werde aussteigen«, sagte er nach einer kleinen Ewigkeit. Es klang enttäuscht und traurig, nicht wütend, und Rachel atmete innerlich auf. »Nimm du den Wagen.«

»Das wäre nicht sonderlich klug«, antwortete sie. »Ich kann ihnen vielleicht irgendwie weismachen, dass ich Ihnen entkommen konnte oder dass Sie mich einfach aus dem Wagen geworfen haben, nachdem wir weit genug von der Stadt entfernt waren, aber kaum, dass Sie ausgestiegen und zu Fuß weitergeflohen sind. Außerdem hätten Sie ohne Wagen überhaupt keine Chance.« Sie rechnete noch immer nicht ernsthaft damit, dass Darkov sich so einfach geschlagen geben würde, aber er tat es. Bis sie den kleinen Ort erreichten, der aus kaum zwei Dutzend Häusern bestand, sagte keiner von ihnen mehr ein Wort.

Rachel hielt an, als sie die einzige Kreuzung erreichten, riss das Handy aus seiner Halterung und schob es in die Jackentasche. Mit der anderen Hand machte sie eine Handbewegung in die Runde. »Geradeaus und rechts kommen ein paar kleine Ortschaften, in denen Sie vielleicht untertauchen können. Links geht es zur Autobahn. Nein!« Sie machte eine abwehrende Geste, als er etwas sagen wollte. »Ich will gar nicht wissen, wohin Sie fahren! Was ich nicht weiß, kann ich nicht verraten. Zehn Minuten. Mehr kann ich Ihnen nicht geben.« Sie stieg so schnell aus, dass ihm keine Gelegenheit mehr blieb, noch irgendetwas zu sagen, und entfernte sich rasch ein paar Schritte vom Wagen.

Darkov hatte sich nicht gerührt und er tat es auch jetzt für weitere Sekunden nicht, sondern saß einfach reglos auf dem Beifahrersitz und starrte zu ihr heraus.

Rachel begann sich zu fragen, was sie tun würde, wenn er ausstieg und sie aufforderte, ihn weiter zu begleiten. Sie wusste es nicht. Die Entschlossenheit, mit der sie ihre Worte vorgebracht hatte, war nicht eine Sekunde lang echt gewesen, sondern nur geschauspielert; perfekt geschauspielert, vielleicht so gut, dass sie für eine kurze Weile sogar selbst daran geglaubt hatte, aber dennoch nicht echt. Sie war einfach vorgestürmt und hatte gehofft, dass niemand sie aufhalten würde, und fast zu ihrer eigenen Überraschung hatte es sogar funktioniert. Jetzt aber fühlte sie sich so leer und hilflos, dass es vermutlich nur einer Bewegung seiner Hand bedurft hätte und sie wäre wieder in den Wagen gestiegen.

Aber er rief sie nicht zu sich. Zu ihrer Erleichterung sah er sie nur noch eine weitere Sekunde lang durch die beschlagene Scheibe hindurch an, dann kletterte er umständlich hinter das Lenkrad und fuhr los.

6

Rachel drehte sich fröstelnd um und sah in die Richtung zurück, aus der sie gekommen waren. Ein Wagen näherte sich. Noch weit entfernt, aber in raschem Tempo, die Scheinwerfer eingeschaltet und eine wehende Gischtfahne hinter sich herziehend; ansonsten wirkte der kleine Ort wie ausgestorben. Der Regen hatte auch hier alles Leben von den Straßen gespült, und obwohl es auf Mittag zuging, brannte in der Hälfte der Häuser noch Licht. Vermutlich wurde sie von einem Dutzend neugieriger Augenpaare beobachtet, was bedeutete, dass sie Darkov die zehn Minuten, die sie ihm zugesagt hatte, eigentlich nicht gewähren konnte.

Ihre Hand glitt in die Jackentasche, in die sie Naubachs Handy gesteckt hatte, und kam leer wieder zum Vorschein. Nein, sie hatte ihm ihr Wort gegeben und sie würde es halten. Zehn Minuten reichten selbst bei diesem Wetter, um die Autobahn zu erreichen. Sie konnte sich auf Schock oder Verwirrung herausreden, wenn irgendjemand sie fragte, warum sie nicht sofort um Hilfe gerufen hatte. Sie hatte schließlich jedes Recht der Welt, Angst zu haben.

Es gab allerdings keinen Grund, weiter im Regen herumzustehen und zu frieren. Rachel warf noch einmal einen Blick in die Richtung, in der Darkov verschwunden war, dann zog sie den Kopf zwischen die Schultern und trat zwei Schritte vom Straßenrand zurück, um in den Windschatten eines der niedrigen Gebäude zu gelangen. Außerdem machte der Wagen, der sich ihrer Position näherte, keinerlei Anstalten, seine Geschwindigkeit zu reduzieren, und sie hatte keine besondere Lust, sich noch eine zweite eiskalte Dusche einzuhandeln, wenn er an ihr vorüberjagte.

Das Handy in ihrer Jackentasche klingelte. Rachel fuhr wie elektrisiert zusammen und für einen Moment geriet sie endgültig in Panik. Sie prallte so heftig zurück, dass sie schmerzhaft mit dem Hinterkopf gegen die raue Ziegelsteinwand stieß. Einem blinden Impuls folgend, wirbelte sie herum und wollte davonstürmen, aber sie kam nur einen einzigen Schritt weit, ehe sie erneut und noch heftiger zurückprallte.

Auch aus der anderen Richtung näherte sich nun ein Wagen. Er fuhr nicht ganz so schnell wie der andere, war dafür aber auch viel weniger unauffällig, sondern grün und weiß lackiert und hatte ein hektisch blinkendes Blaulicht auf dem Dach.

Das Telefon meldete sich zum zweiten Mal. Rachel zog das Gerät hervor, blickte es eine Sekunde lang vollkommen verständnislos an und hob es schließlich ans Ohr. Ihre Hand zitterte so heftig, dass sie Mühe hatte, es überhaupt zu halten. »Ja?«

»Rühren Sie sich nicht von der Stelle. Ich bin in zwanzig Sekunden bei Ihnen.«

Trotz der schlechten Übertragungsqualität erkannte sie die Stimme sofort – auch wenn es eigentlich unmöglich war. »De Ville?«

»Schön, dass Sie sich wenigstens an meinen Namen erinnern. Und jetzt bleiben Sie gefälligst, wo Sie sind!«

Rachel ließ das Gerät sinken und sah sich mit klopfendem Herzen um. Der Streifenwagen war fast heran, aber er stoppte nicht, wurde nicht einmal langsamer, sondern schlitterte in einer Gischtwolke um die Kurve und beschleunigte sofort wieder. Der zweite Wagen hingegen wurde langsamer und kam schließlich unmittelbar neben ihr am Straßenrand zum Stehen. Eine eiskalte Welle schwappte aus dem Rinnstein und durchtränkte ihre Schuhe, aber das bemerkte sie nicht einmal. Die hintere Tür des Wagens flog auf und ein kreidebleicher und ziemlich verärgert aussehender De Ville starrte zu ihr heraus.

»Steigen Sie ein!«, befahl er.

Beinahe jeder Mensch gehorcht ganz instinktiv, wenn er einen Befehl in entsprechendem Ton erhält, und Rachel machte in diesem Moment keine Ausnahme; aber sie tat nur einen einzigen Schritt und blieb dann wieder stehen. Ihre Gedanken rasten. Sie hätte nicht aussteigen sollen. Sie hätte bei Darkov im Wagen bleiben sollen und –

»Steigen Sie ein!«, sagte De Ville noch einmal. Dann wurde seine Stimme einen Deut versöhnlicher, aber wirklich nur eine Winzigkeit. »Machen Sie es doch nicht noch schlimmer, ich bitte Sie!«

Rachel zögerte noch eine allerletzte Sekunde, dann stieg sie zu De Ville in den Wagen.

De Ville beugte sich über sie, zog die Tür mit einem unnötig heftigen Knall ins Schloss und nahm ihr mit der gleichen Bewegung das Telefon aus der Hand.

»Ich bin froh, dass Sie nicht versucht haben zu fliehen«, sagte er. »Ihre Situation ist auch so schlimm genug.« Er wandte sich mit einer entsprechenden Geste an den Mann hinter dem Steuer, einen jungen Polizeibeamten, der eine schwarze Lederjacke trug und seine Mütze neben sich auf den Beifahrersitz gelegt hatte. Scheinbar sah er konzentriert nach vorne, aber sein Blick wanderte auch immer wieder nervös zum Rückspiegel.

»Wenden Sie. Wir fahren zurück in die Stadt.«

Während der Wagen zweimal vor- und zurücksetzte, um auf der schmalen Straße zu wenden, drehte sich Rachel im Sitz herum und blickte in die Richtung, in der Darkov und der Streifenwagen verschwunden waren.

»Machen Sie sich keine Hoffnungen«, sagte De Ville. »Er hat keine Chance. Jede Straße und jeder Feldweg ist abgeriegelt. Wir kriegen Ihren Freund.«

»Er ist nicht …«

De Ville unterbrach sie mit einem ärgerlichen Kopfschütteln. »Ich weiß, was er ist und was er nicht ist«, sagte er. »Sparen Sie sich die Mühe. Ich habe weder Zeit noch Lust für irgendwelche Spielchen.«

Rachel sah ihn fragend und verwirrt an. Sie verstand nicht genau, worauf er hinauswollte.

»Wussten Sie, dass man die Dinger anwählen kann, ohne dass es klingelt oder die Nummer im Display erscheint?« De Ville wedelte mit dem Handy, das er ihr abgenommen hatte, herum. »Ersparen Sie es mir also bitte, mir irgendwelche ausgedachten Geschichten anhören zu müssen. Wir haben jedes Wort gehört.«

»Sie werden ihm nichts tun, oder?«, fragte Rachel.

»Das kommt ganz auf ihn selbst an«, antwortete De Ville. »Wenn er Widerstand leistet …« Er hob die Schultern. »Nach dem, was heute Vormittag in der Stadt passiert ist, sind die Beamten ziemlich nervös, fürchte ich. Wer will es ihnen verdenken?«

»Wenn Sie jedes Wort gehört haben, dann wissen Sie ja auch, dass er nichts mit diesen Verrückten zu tun hat«, antwortete Rachel.

»Da habe ich etwas anderes gehört«, sagte De Ville. Er schüttelte den Kopf. »Ich verstehe Sie nicht. Nach allem, was dieser Bursche mit Ihnen gemacht hat – Sie sollten sich vielleicht besser Sorgen um sich selbst machen, nicht um diesen Verrückten.«

»Bin ich verhaftet?«, fragte Rachel.

De Ville sah sie eine Sekunde lang abschätzend an. »Wenn ich jetzt nein sage, steigen Sie dann aus und gehen zu Fuß weiter?«, fragte er dann, schüttelte aber auch zugleich den Kopf. »Nein. Sie sind nicht verhaftet. Ich habe gar nicht die Befugnis, sie festzunehmen – und übrigens auch keinen Anlass.« Er wedelte erneut mit dem Handy. »Allerdings kostet es mich genau einen Anruf, Sie festnehmen zu lassen. Sollte ich das tun? Was meinen Sie?«

Rachel würdigte ihn keiner Antwort. »Wie geht es Kommissar Naubach?«, fragte sie. »Ist er schwer verletzt?«

»Nicht lebensgefährlich, aber es hat ihn ziemlich übel erwischt«, antwortete De Ville. »Er hat eine ziemlich tiefe Fleischwunde davongetragen, die ihn noch eine ganze Weile außer Gefecht setzen wird. Und mir geht es auch wieder ganz gut, danke der Nachfrage.«

»Tragen Sie eine kugelsichere Weste?«, erkundigte sich Rachel.

»Ja«, antwortete De Ville. »Was mich nicht davor beschützt hat, zwei gebrochene Rippen und einen blauen Fleck von der Größe Afrikas zu haben.«

»Das klingt, als würde es wehtun«, vermutete Rachel.

»Das tut es auch.«

»Gut«, sagte Rachel. »Aber ich schätze, Sie können froh sein, dass Sie noch leben.«

»Oder dass der Kerl ein so miserabler Schütze war.«

Wahrscheinlich konnte er froh sein, dass er ein so *ausgezeichneter* Schütze war, dachte Rachel. Sie rief sich die kurze Szene im Krankenhaus noch einmal ins Gedächtnis zurück und war jetzt vollkommen sicher, dass der Attentäter De Ville ganz bewusst nicht tödlich getroffen hatte. Aber sie sparte es sich, das laut auszusprechen.

De Ville zog eine Grimasse und schenkte ihr zugleich einen bösen Blick, der sie daran hinderte, dieses alberne Spielchen noch weiter zu treiben. »Lassen wir das«, sagte er. Er schaltete Naubachs Handy aus, schob es umständlich in die Manteltasche und verzog das Gesicht, als bereite ihm die Bewegung Schmerzen. Offensichtlich hatte er nicht übertrieben, was seine gebrochenen Rippen und den Bluterguss anging. Rachel bedauerte plötzlich ihre gehässige Bemerkung von gerade.

»Wohin fahren wir?«, fragte sie.

»An einen Ort, an dem wir in Sicherheit sind«, erwiderte De Ville. Wieso, dachte sie, sagt er *wir* und nicht *Sie?* »Sie werden noch früh genug erfahren, wohin.«

»Ich dachte, ich wäre nicht verhaftet«, sagte Rachel.

»Das sind Sie auch nicht.«

»Dann können Sie mir auch verraten, wohin Sie mich bringen. Oder ich steige tatsächlich aus und gehe zu Fuß zurück.«

De Ville verdrehte die Augen. »Sie machen es mir wirklich nicht leicht«, seufzte er. »Also gut, wenn Sie darauf bestehen ...« Er warf einen raschen, aber sichtlich nervösen Blick nach vorn, zu dem Polizisten hinter dem Lenkrad hin, als habe er Angst, in dessen Gegenwart laut zu sprechen. Natürlich war das absurd. Wenn er seinen eigenen Leuten nicht mehr vertrauen konnte, dachte Rachel, wem dann?

»Der Helikopter kommt uns entgegen und nimmt uns auf halber Strecke auf. Und ob Sie es glauben oder nicht: Ich weiß selbst nicht genau, wohin. Noch nicht.«

Rachel war nicht ganz sicher, ob sie ihm glauben sollte – aber sie war vollkommen sicher, dass dies die beste und einzige Antwort war, die sie im Moment von De Ville bekommen würde; warum auch immer. Vielleicht hatte er tatsächlich einen Grund, jedem zu misstrauen, aber vielleicht gehörte Paranoia auch einfach zu seinem Beruf.

»Was geschieht jetzt mit ihm?«, fragte Rachel nach einer Weile.

»Mit wem?«

Rachel war völlig sicher, dass er wusste, wovon sie sprach. »Benedikt«, sagte sie und verbesserte sich sofort. »Darkov.«

De Ville maß sie mit einem Blick, der mehr über das sagte, was er wirklich von ihrem Versprecher hielt, als ihm vermutlich selbst klar war. »Das kommt zum größten Teil auf ihn selbst an«, sagte er schließlich. »Wenn er keinen Widerstand leistet, wird ihm nichts passieren – und ich hoffe aufrichtig, dass es so kommt. Mir ist nicht daran gelegen, dass ihm irgendetwas zustößt.«

»Streng genommen hat er ja auch nichts getan«, antwortete Rachel. »Außer dass er versucht hat, mich zu warnen.«

»Sie verteidigen ihn immer noch«, sagte De Ville kopfschüttelnd. »Ich werde einfach nicht schlau aus Ihnen. Aber ich gebe Ihnen mein Wort, dass ihm nichts zustoßen wird.«

»Wenn er vernünftig ist«, vermutete Rachel.

Wie De Ville gesagt hatte, erwartete sie der Helikopter auf halbem Weg zurück zur Stadt. De Ville hatte die Zeit genutzt, um mit Naubachs Handy zwei Telefonate zu führen; das erste, kürzere, hatte nur aus ein paar knappen Jas, Neins und einigen komischen Lauten bestanden, während er das zweite in einer Sprache geführt hatte, die Rachel nicht verstand. Sie vermutete, dass es Italienisch war, war aber nicht ganz sicher. De Ville erklärte ihr natürlich nichts, wirkte aber irgendwie beunruhigt, als er das Gerät abschaltete und umständlich in die Manteltasche zurückschob.

Der Helikopter kam in Sicht, nachdem De Ville sich ächzend und mit schmerzhaft zusammengepressten Lippen wieder in den Sitz hatte zurückfallen lassen. Er war bereits gelandet, und zwar – zufällig oder nicht – auf demselben Parkplatz, auf dem Rachel vor wenigen Minuten erst angehalten hatte, um mit Darkov zu reden, sodass er zwar halb hinter den Bäumen verborgen, dennoch aber deutlich sichtbar war. Rachel hatte wohl automatisch angenommen, dass es sich um einen Polizeihubschrauber handelte, aber die Maschine war viel größer und selbst sie, die rein gar nichts von Hubschraubern oder irgendwelchen Fluggeräten verstand, sah auf Anhieb, dass sie mindestens zwanzig Jahre alt sein musste, wenn nicht mehr. Der Hubschrauber war in einem stumpfen Dunkelgrün gestrichen, das ihn an einem bedeckten Tag wie heute vor dem Himmel praktisch unsichtbar werden lassen musste, und Rachel schätzte, dass er gut und gerne acht Passagieren Platz bot. Auf der menschenleeren, verregneten Straße wirkte er wie ein missgestaltetes Rieseninsekt, das sich sprungbereit zwischen die Bäume gekrallt hatte, um auf Beute zu lauern; ein Anblick, der ebenso surreal wie auf schwer fassbare Weise bedrohlich war. Die Rotorblätter drehten sich noch; wahrscheinlich hatte die Maschine gerade erst aufgesetzt.

»Sie haben ein Taxi bestellt?« De Ville grinste zwar, aber seine Stimme zitterte leicht, und als Rachel sich zu ihm herumdrehte, sah sie, dass seine Stirn von einem Netz winziger Schweißperlen bedeckt war. Gerade als sie in den Wagen gestiegen war, war das noch nicht so gewesen. Er war in viel schlechterer Verfassung, als er zugab.

Da Rachel nicht antwortete, beugte sich De Ville ächzend zu ihrem Fahrer vor. »Fahren Sie zum Parkplatz«, sagte er überflüssigerweise. »Und möglichst nah ran. Ich habe keine Lust, mich schon wieder nass regnen zu lassen. Wenden Sie dort vorne und fahren Sie von der anderen Seite heran. Der Einstieg ist links.«

Der Mann nickte auf eine Art, der seine Nervosität deutlich machte. Er hatte ganz automatisch den Fuß vom Gas genommen, als der Parkplatz mit dem gelandeten Hubschrauber in Sicht gekommen war, jetzt beschleunigte er wieder und fuhr in so großem Abstand an der Parkbucht vorbei, dass die Räder des Wagens zweimal kurz über die unbefestigten Bankette rumpelten.

De Ville machte ein ärgerliches Gesicht, ersparte sich aber jeden Kommentar und auch Rachel dachte sich ihren Teil. Sie war offensichtlich nicht die Einzige hier, die der Anblick dieses fliegenden Monstrums nervös machte. Vor allem aber machte ihr der Anblick endgültig klar, dass ihr Leben von diesem Moment an nie wieder so sein würde wie vorher. Nach allem, was geschehen war, hätte ihr diese Erkenntnis geradezu lächerlich banal vorkommen müssen, aber das genaue Gegenteil war der Fall. Es war tatsächlich der Anblick des wartenden Helikopters, der sie wirklich begreifen ließ, dass ihr Leben an einem Wendepunkt angelangt war, jenseits dessen es kein Zurück mehr gab, und ein Gefühl von Endgültigkeit überkam sie, das fast körperlich wehtat.

Sie durfte nicht in diese Maschine einsteigen! Unter gar keinen Umständen! Irgendetwas Schreckliches würde geschehen, wenn sie es tat.

Der Wagen rollte fünf oder sechs Meter vor dem gelandeten Helikopter aus und fuhr dann noch einmal ein kurzes Stück weiter, als De Ville dem Fahrer über den Spiegel einen ärgerlichen Blick zuwarf. Weniger als zwei Schritte neben dem metallenen Ungeheuer blieben sie endgültig stehen. Der Fahrer schaltete den Motor aus und De Ville warf Rachel einen ungeduldig auffordernden Blick zu.

»Ich …« Rachel biss sich auf die Unterlippe und versuchte ihren Blick von dem Hubschrauber loszureißen, der so hoch wie ein Berg über dem Wagen emporzuragen schien. Riesenhaft, dunkel und auf schwer greifbare Weise bedrohlich. Die Rotorblätter bewegten sich noch langsam, aber mit einer majestätischen Kraft, die sie fast körperlich zu spüren glaubte, und zerschnitten das Tageslicht in asymmetrische Bereiche grauer und dunkelgrauer Helligkeit.

»Wo ist das Problem?«, erkundigte sich De Ville.

Rachel antwortete nicht gleich. »Ich … ich möchte nicht dort hinein«, sagte sie schließlich schleppend.

»Flugangst?«, erkundigte sich De Ville. Wahrscheinlich sollte es witzig klingen, aber das tat es nicht, und als es ihr endlich gelang, sich vom Anblick des Helikopters zu lösen und sich zu De Ville herumzudrehen, sah er fast ein bisschen verlegen aus. »Wieder eine von Ihren … Ahnungen, nehme ich an.«

Sie hatte bis zu diesem Moment nicht einmal gewusst, dass er davon wusste, aber es gelang ihr, sich ihre Überraschung nicht zu deutlich anmerken zu lassen. Sie beließ es bei einer Mischung aus einem Achselzucken und einem angedeuteten Nicken und ganz selbstverständlich rechnete sie damit, dass er ihre Antwort mit einem herablassenden Lächeln oder bestenfalls mit einem Achselzucken oder einer entsprechenden Bemerkung abtun würde, aber er reagierte vollkommen anders.

Sein Gesichtsausdruck änderte sich nicht wirklich, aber das spöttische Funkeln in seinen Augen verschwand wie weggeblasen und machte einem Ausdruck Platz, den sie für Sorge gehalten hätte, wäre ihr dieser Gedanke nicht einfach absurd erschienen. So wenig sie De Ville kannte, war sie doch sicher, dass Ahnungen so ziemlich das Letzte waren, worauf er etwas gab.

»Warum erzählen Sie mir nicht davon?«, fragte De Ville.

»Wovon?«

»Von Ihren Ahnungen.«

»Da gibt es nichts zu erzählen«, antwortete Rachel. »Ich habe …« Sie zögerte einen Moment und setzte dann mit einem Schulterzucken und leicht veränderter Stimme neu an. »Vielleicht war das alles einfach zu viel.«

Danach hatte De Ville weder gefragt noch hatte er es gemeint, aber er gab sich zumindest für den Moment mit dieser Antwort zufrieden. Umständlich beugte er sich über sie, öffnete die Tür und ließ sich ächzend wieder zurücksinken, während Rachel widerstrebend die Beine aus dem Wagen schwang und ausstieg. Ganz instinktiv zog sie den Kopf zwischen die Schultern, aber diesmal schlug ihr der Regen ausnahmsweise einmal nicht ins Gesicht. Die dicht stehenden Bäume auf der einen und der mehr als drei Meter hoch aufragende Hubschrauberkoloss auf der anderen Seite schützten sie vor dem eisigen Nieselregen. Sie entfernte sich anderthalb Schritte weit vom Wagen und blieb dann stehen, um auf De Ville zu warten.

Er brauchte eine geraume Weile und nicht nur, weil er auf der anderen Seite des Wagens ausstieg und ihn umständlich umkreisen musste. Er bewegte sich sehr langsam und ging nach vorne gebeugt – ein weiteres Indiz für seine Behauptung, nicht völlig ungeschoren davongekommen zu sein – und sie hatte das Gefühl, dass er sich beherrschen musste, um sich nicht während des Gehens am Wagen aufzustützen.

Die große Seitentür des Helikopters glitt mit einem scharrenden Geräusch auf, als sie sich der Maschine näherten. Rachels Herz begann zu klopfen. Trotz des blassen Lichtes konnte sie das Innere des Hubschraubers vollkommen einsehen; ein Anblick, der nichts anderes als durch und durch profan war: zwei gegenüberliegende Reihen einfacher Sitzbänke, die mit dunkelgrünem Plastik bezogen waren und deutliche Spuren von Abnutzung zeigten, wie überhaupt die gesamte Maschine. Nichts daran war in irgendeiner Weise bedrohlich oder auch nur sonderbar. Und trotzdem: Sie durfte nicht einsteigen. Nichts würde mehr so sein wie zuvor, wenn sie es tat. Vielleicht erwartete sie kein großes Unglück, keine Gefahr, aber es war der Wendepunkt; die Gabelung, an der sie sich für einen von mehreren Wegen entscheiden musste.

De Ville stoppte neben ihr im Schritt – gerade lange genug, damit es ihr auffiel – und ging dann etwas schneller weiter. Auf die gleiche umständliche Art, auf die er den Wagen umkreist hatte, stieg er in den

Helikopter und drehte sich herum, um ihr die Hand entgegenzustrecken. Rachel empfand die Geste als beinahe rührend, denn es war nicht zu übersehen, dass er kaum die Kraft gehabt hatte, selbst einzusteigen. »Kommen Sie, meine Liebe«, sagte er. »Keine Angst. Die Maschine ist nicht mehr ganz neu, aber sehr zuverlässig. Genau wie ich.«

Rachel ignorierte den schalen Scherz genauso wie seine vorausgegangenen Versuche, sie aufzumuntern, aber sie gab sich auch einen Ruck, griff nach De Villes ausgestreckter Hand und tat so, als ob sie sich von ihm in den Hubschrauber helfen ließ.

De Ville hievte sie in die Maschine und ließ sich aus der gleichen Bewegung heraus kurzerhand erschöpft auf die unbequem aussehende Sitzbank fallen, während Rachel einen Moment lang – nicht wirklich mit angehaltenem Atem, aber nahe dran – reglos stehen blieb und darauf wartete, dass der lautlosen Warnung hinter ihrer Stirn die Realität folgte.

Die Maschine explodierte nicht. Die Erde tat sich nicht auf, um sie zu verschlingen, und auch der Himmel stürzte nicht auf sie herab. Nicht einmal der klitzekleinste Attentäter tauchte zwischen den Bäumen auf, um auf sie zu schießen.

Rachel atmete vorsichtig auf. Das ungute Gefühl war noch immer da, und wäre sie in der Verfassung gewesen, objektiv über ihren eigenen Gemütszustand zu urteilen (was sie eindeutig nicht war), dann wäre sie wohl zu dem Schluss gekommen, dass es sogar noch stärker geworden war, aber die Realität sprach nun einmal dagegen.

»Nehmen Sie es nicht persönlich«, sagte De Ville. »Es funktioniert eben nicht immer.«

Rachel drehte sich zu ihm herum. De Ville lächelte, aber sie konnte sich des Eindrucks nicht erwehren, dass in diesem Lächeln ein gehöriger Anteil von Erleichterung war.

»Was funktioniert nicht immer?«, fragte sie.

»Präkognition«, antwortete De Ville.

Rachel legte den Kopf auf die Seite und sah ihn fragend an, und in De Villes Blick erschien nun ganz eindeutig (immer noch gutmütiger) Spott.

»Jetzt sparen Sie sich die Mühe, ›Ich verstehe überhaupt nicht, wovon Sie reden‹ zu sagen oder irgendetwas in der Art. Ich weiß über Ihre Begabung Bescheid.«

Eine halbe Sekunde lang war Rachel nahe daran, trotzdem ganz genau das zu sagen, sogar wortwörtlich, aber dann deutete sie stattdessen nur ein Achselzucken an und ließ sich auf die gegenüberliegende Sitzbank sinken. Sie war so hart und unbequem, wie sie aussah. Das brüchig gewordene Kunstleder knarrte unter ihrem Gewicht. »Präkognition?«

»Hellsehen, wenn Sie so wollen. Auch wenn es das nicht wirklich trifft.«

»Seit wann glauben knochentrockene Kriminalbeamte an diesen esoterischen Humbug?«, erkundigte sich Rachel.

»Knochentrocken?« De Ville runzelte in gespielter Verletztheit die Stirn. »Ich habe niemals behauptet, Kriminalbeamter zu sein«, sagte er dann. »Und so abwegig ist dieser esoterische Humbug auch gar nicht, glauben Sie mir.«

Rachel blinzelte. »Sie sind nicht zufällig mit Darkov verwandt?«, wollte sie wissen. »Oder Mitglied derselben Loge?«

»Viele Menschen besitzen diese Fähigkeiten, Frau Weiss«, antwortete De Ville ungerührt. »Die meisten sind sich dieser Tatsache nur nicht bewusst – oder wollen es einfach nicht wahrhaben, weil es nicht in unser modernes Weltbild passt.« Er seufzte. »Aber lassen wir das jetzt. Worauf warten wir? Auf die Starterlaubnis vom Tower?« Die beiden letzten Sätze, die er in lautem Tonfall hervorgebracht hatte, galten dem Piloten.

Der Mann reagierte nicht so, wie De Ville es offenbar erwartet hatte, indem er nämlich startete, drehte sich aber umständlich auf dem Sitz herum und gestikulierte nach draußen. Sowohl Rachel als auch De Ville wandten die Köpfe und blickten in dieselbe Richtung, und aus Rachels ungutem Gefühl wurde schlagartig die Gewissheit, dass ihre Ahnung sie auch diesmal nicht getrogen hatte, sie hatte sie nur falsch gedeutet.

Der junge Polizist, der sie hierher chauffiert hatte, war aus dem Wagen gestiegen und kam mit ausgreifenden Schritten und stark nach vorne gebeugt auf sie zu. In der linken Hand hielt er ein Handy, mit dem er aufgeregt herumfuchtelte, die andere hatte er sonderbarerweise auf die Pistolentasche an seiner Hüfte gelegt, als habe er Angst, der Luftzug der Rotorblätter könnte die Waffe packen und davonwirbeln. Er hatte die Mütze aufgesetzt und zum Schutz vor dem Regen weit ins Gesicht gezogen, so dass Rachel den Ausdruck darauf nicht erkennen konnte, aber sämtliche Alarmanlagen hinter ihrer Stirn schrillten mittlerweile nicht nur, sondern versuchten sich aus ihren Fassungen zu reißen, und ihr Herz schlug so wild wie ein außer Kontrolle geratenes Hammerwerk.

»Was zum Teufel ist jetzt wieder los?«, murrte De Ville. Er beugte sich vor und schrie in den Regen hinaus: »Was ist passiert?«

Entweder verschluckten das Rotorgeräusch und der Regen seine Stimme, oder der andere hatte keine Lust zu schreien, solange er noch drei oder vier Schritte von der offenen Tür des Helikopters entfernt war. Er legte einen kurzen Endspurt ein, sprang mit einem federnden Satz und eingezogenem Kopf zu ihnen herein und warf De Ville das Handy zu. Während De Ville ganz automatisch mit beiden Händen danach schnappte, drehte sich der Uniformierte in der gleichen Bewegung herum, zog die Pistole aus dem Holster und gab einen einzelnen Schuss auf die Rückenlehne des Pilotensitzes ab. Der Schuss war kaum zu hören; ein dumpfer, sonderbar flacher Knall, eher wie das Zusammenschlagen zweier hohler Hände als ein Pistolenschuss, der im Rauschen der Turbinen beinahe unterging, aber im schmutziggrünen Lederbezug des Sitzes entstand ein winziges, an den Rändern schwarz versengtes Loch und der Pilot warf sich mit einer entsetzten Bewegung zur Seite, während vor ihm ein etwas größeres, von einem Spinnennetz milchiger Risse eingerahmtes Loch im Glas der Kanzel erschien. Noch bevor er die Bewegung zu Ende gebracht hatte, wirbelte der Angreifer in einem komplizierten, fast tänzerisch anmutenden Schritt herum, sodass die Waffe in seinen Händen nun auf Rachel deutete, und sein linker Fuß stieß nach hinten und traf De Ville so wuchtig, dass der im Sitz zurückgeschleudert wurde und ihm die Luft wegblieb. Seit er in den Helikopter gesprungen war, war nicht einmal eine ganze Sekunde verstrichen.

»Niemand rührt sich«, sagte der angebliche Polizist ruhig. »Es ist nicht notwendig, dass jemand stirbt.«

Rachel starrte wie betäubt zu dem jungen Mann in der schwarzen

Lederjacke hoch. Sie hatte nicht einmal wirklich Angst. Alles war so … so unglaublich schnell gegangen, dass sie noch gar nicht begriffen hatte, was geschehen war. Und selbst wenn, wäre sie unfähig gewesen, in irgendeiner Form darauf zu reagieren. Die Zeit schien um sie herum zu unsichtbarem Glas erstarrt zu sein, in dem sie gefangen war – hilflos und eingesperrt wie ein Insekt in wasserklarem Bernstein.

»Tun Sie, was er sagt«, stöhnte De Ville. Seine Stimme klang gepresst und kurzatmig. Er hatte Mühe, überhaupt zu sprechen, und versuchte zweimal vergeblich, sich im Sitz aufzurichten, ehe es ihm wenigstens halbwegs gelang.

»Ich wusste, dass Sie ein vernünftiger Mann sind«, sagte der Angreifer. Er wedelte knapp und unwillig mit seiner Waffe. »Und Sie?«

Die Frage galt dem Piloten, der nach einem kurzen Blick auf das ausgefranste Loch in der Rückenlehne seines Sitzes mit einem abgehackten Nicken reagierte. Ihm musste so klar wie auch Rachel sein, dass die Kugel ihn nicht durch Zufall verfehlt hatte. Er hatte sich gut genug in der Gewalt, sogar seine Angst zu überspielen, aber nicht gut genug, sich seine Nervosität nicht anmerken zu lassen.

»Sehr gut.« Ein weiteres, herrisches Wedeln mit der Waffe, diesmal wieder in Rachels Richtung. »Schließen Sie die Tür.«

Rachel erhob sich mit einer Ruhe, die sie selbst nicht völlig verstand, und kam der Aufforderung nach. Es kostete sie einige Mühe, die schwergängige Metalltür zuzuschieben, und noch mehr, der Versuchung zu widerstehen, der so offenkundigen Einladung nachzukommen und einen Fluchtversuch zu wagen. Ihre Chancen standen vermutlich nicht einmal schlecht – ein entschlossener Satz aus der Tür und eine rasche Bewegung nach rechts oder links, um aus dem stark eingeengten Schussfeld des Angreifers zu entkommen … Sie war beinahe sicher, dass sie es schaffen könnte, aber sie war auch ebenso davon überzeugt, dass sie damit das Todesurteil über De Ville und den Piloten aussprechen würde. Statt etwas Unüberlegtes zu tun, schloss sie die Tür und kehrte zu ihrem Platz zurück. Als sie De Villes Blick begegnete, sah sie deutlich Erleichterung darin. Seine Überlegungen mussten den ihren ziemlich ähnlich gewesen sein.

»Und jetzt?«, fragte De Ville.

»Jetzt holen wir Benedikt«, antwortete der falsche Polizist. »Ich hoffe für Sie, dass Ihre Leute ihm nichts getan haben.«

»Machen Sie sich nicht lächerlich«, antwortete De Ville ruhig. »Sie wissen ganz genau, dass ich ihn Ihnen nicht ausliefern kann. Nicht einmal, wenn ich es wollte, und ich glaube nicht, dass ich es will.«

»Das sollten Sie aber lieber.« Die Pistole schwenkte wieder in Richtung des Piloten. »Wenn nicht, habe ich keine Verwendung mehr für Ihren Piloten, fürchte ich.«

De Villes Gesicht verdüsterte sich. »Sie haben zu viele schlechte Kriminalfilme gesehen, junger Mann«, sagte er. »So funktioniert das nicht. Außerdem glaube ich nicht, dass Sie schießen werden.«

»Bitte, De Ville.« Rachels Stimme klang fast flehend. »Er bringt ihn um!«

»Sicher«, antwortete De Ville, »aber das tut er doch sowieso. Habe ich Recht?«

»Sie wollen doch nur mich.« Rachel war sich nicht ganz sicher, wem die Worte galten; aber das spielte in diesem Moment auch wahrlich keine Rolle. Mit mühsam erzwungener Ruhe drehte sie sich ganz zu dem angeblichen Polizisten um und sah ihm so fest in die Augen, wie sie nur konnte. »Ich mache Ihnen einen Vorschlag«, sagte sie. »Sie haben mein Wort, dass ich freiwillig mit Ihnen gehe. Ich werde weder Widerstand leisten noch einen Fluchtversuch unternehmen oder Ihnen irgendwelche Schwierigkeiten bereiten. Aber Sie werden niemandem etwas tun.« Sie drehte sich zu De Ville um. »Bitte!«

Erneut schien die Zeit für eine kleine Ewigkeit einfach stillzustehen, aber schließlich – endlich! – nickte De Ville.

»Also gut. Aber dazu muss ich telefonieren. Darf ich mein Handy aus der Tasche ziehen oder erschießen Sie mich dann gleich?«

Der angebliche Polizist antwortete nicht laut, aber seine Waffe richtete sich drohend auf De Villes Stirn. Er machte einen Schritt zur Seite und wedelte widerwillig mit der freien Hand. »Setzen Sie sich neben sie. Vorsichtig.«

De Ville stand mühsam auf und ließ sich ächzend auf den freien Platz neben Rachel fallen und der vermeintliche Polizist nahm auf der gegenüberliegenden Bank Platz; eine Position, von der aus er sowohl Rachel und De Ville als auch den Piloten im Auge behalten konnte.

De Villes Hand glitt – sehr vorsichtig – in die Manteltasche und kam mit einem weniger als zigarettenschachtelgroßen Handys wieder zum Vorschein. Als er es aufklappen wollte, schüttelte ihr Gegenüber jedoch den Kopf.

»Gerade haben Sie ein anderes Gerät benutzt«, sagte er.

»Und?« De Ville versuchte möglichst unbefangen auszusehen, aber ganz gelang es ihm nicht. »Spielt das eine Rolle?«

»Das weiß ich nicht«, antwortete der angebliche Polizist, »aber wenn es keinen Unterschied macht, dann können Sie genauso gut das andere benutzen, oder?«

»Was für ein Unsinn«, knurrte De Ville. Dennoch steckte er das Gerät wieder ein und zog Naubachs Handy aus der anderen Manteltasche. Er schaltete es ein, überzeugte sich mit einem fragenden Blick davon, dass er nicht sofort niedergeschossen wurde, wenn er irgendeine Taste drückte, und wählte nur mit dem Daumen eine Nummer.

»Überlegen Sie genau, was Sie sagen«, warnte ihr Gegenüber. »Ich möchte ungern jemanden erschießen, aber ich werde es tun, wenn ich muss, glauben Sie mir.«

Es war seltsam – aber Rachel spürte einfach, dass er die Wahrheit sagte; sowohl was seine Entschlossenheit anging als auch seinen Widerwillen, Blut zu vergießen.

Während De Ville mit mürrischem Gesichtsausdruck die Nummer zu Ende eingab und das Gerät ans Ohr hob, unterzog sie den jungen Mann auf der gegenüberliegenden Sitzbank zum ersten Mal einer gründlichen Musterung. Das Ergebnis überraschte sie. Nach dem, was er bisher getan hatte, hatte sie ganz selbstverständlich unterstellt, dass er zu den gleichen Männern gehörte, die sie verfolgten und vor denen Benedikt sie gewarnt hatte, aber das konnte nicht sein. Er war kaum älter als zwanzig, und wenn sie jemals einen jungen Mann gesehen hatte, der kein slawischer Typ war, dann ihn. Er hatte kurz geschnittenes, hellblondes Haar und ein schmales, offenes Gesicht. Und so strahlend blaue Augen, dass sie schon fast wieder unnatürlich wirkten. Er sprach ohne Akzent, aber allein der Klang seiner Stimme machte klar, dass er am Ufer des Rheins aufgewachsen war, nicht an der Moskwa. Aber das war nur das, was sie sah. Wichtiger erschien ihr, was sie spürte. Es war unmöglich, im Gesicht des jungen Mannes zu lesen. Er hatte sich perfekt in der Gewalt. Seine Miene war wie Stein und sein Blick verriet ebenso wenig über seine wahren Gefühle und war einfach nur aufmerksam und sehr misstrauisch, und dennoch spürte sie, dass es hinter dieser Maske vollkommen anders aussah: Er litt Höllenqualen. Es erschien ihr selbst völlig absurd und doch spürte sie in jeder Sekunde deutlicher, dass er kein schlechter Mensch war und schon gar nicht gewissenlos. Er litt unter dem, was er tat, und mehr noch unter dem, was er noch tun würde.

De Ville hatte sein Telefongespräch beendet und ließ die Hand sinken, als hätte er mit einem Mal nicht mehr die Kraft, das Gerät zu halten. »Sie haben ihn«, sagte er. »Unversehrt. Er hat keinen Widerstand geleistet.«

»Dann fliegen wir jetzt hin und holen ihn ab.«

»Seien Sie doch vernünftig«, antwortete De Ville. »Das wird nicht funktionieren und das wissen Sie ganz genau. Die Männer dort hinten sind Polizeibeamte. Echte Polizeibeamte, die ihre Arbeit ernst nehmen. Sie werden ihren Gefangenen nicht mir nichts, dir nichts ausliefern, nur weil ich sie höflich darum bitte.«

Der junge Mann lächelte knapp. »Sie versuchen Zeit zu gewinnen. Das nehme ich Ihnen nicht übel. Ich habe nichts anderes erwartet. Aber wissen Sie, auch ich bin ein echter Polizist und ich kenne Ihre Befugnisse.« Er wedelte mit seiner Waffe. »Fliegen wir los.«

De Ville funkelte ihn noch eine Sekunde lang trotzig an, aber dann nickte er widerwillig und drehte sich im Sitz nach vorne, um sich an den Piloten zu wenden: »Fliegen Sie los!«

Rachel war sieben Jahre alt gewesen, als sie sich ihres besonderen Talentes das erste Mal wirklich bewusst wurde. Es war nicht das erste Mal, dass sie es spürte, und schon gar nicht das erste Mal, dass es sie vor einem Unglücksfall oder zumindest vor Schwierigkeiten bewahrte, aber das erste Mal, dass sie wirklich begriff, dass an ihr etwas anders war als an den meisten Menschen, die sie kannte.

Es war ein Tag im Spätherbst. Der Oktober verdiente die Bezeichnung »golden« in diesem Jahr ganz besonders und das Wetter hätte in so manchem anderen Jahr dem Hochsommer Konkurrenz machen können, und Rachel, die sich wie all ihre Klassenkameradinnen und -kameraden im vielleicht aufregendsten aller Lebensabschnitte befand, in dem jeder Tag eine neue Erfahrung und manchmal jede Stunde eine neue und aufregende Entdeckung brachten, machte an diesem Tag eine ganz besonders neue und ganz besonders aufregende Erfahrung, auch wenn sie sich der Tragweite und Bedeutung natürlich nicht bewusst war.

Die Klasse hatte einen Ausflug in den Zoo gemacht, der eine Stunde mit dem Bus entfernt lag und das mit Abstand Spannendste war, woran sich Rachel bis zu diesem Augenblick erinnern konnte; eine komplett fremde Welt voller fantastischer Geschöpfe und exotischer Pflanzen und Tiere, die ihr mindestens so aufregend vorkamen wie die bizarren Kreaturen aus den Sciencefictionfilmen, die ihr Vater manchmal im Fernsehen sah. Nur, dass die Tiere im Zoo real und greifbar waren; dass sie sie sehen, hören, riechen und zum Teil sogar anfassen konnte – ganz anders als die albernen Filmgeschöpfe, die nur aus Pappmaché und Gummi bestanden.

Ganz besonders die Wölfe hatten es ihr angetan. Die meisten anderen Kinder begeisterten sich für die großen Raubtiere, die Löwen, die Tiger und vor allem den einzelnen schwarzen Panther, der ganz allein für sich in einem Käfig lag und die lärmende Kinderschar aus seinen unheimlichen gelben Augen mit jener Verachtung anstarrte, zu der von allen Geschöpfen nur Katzen imstande sind, oder auch für die kuscheligen Pandabären oder die schnatternde Affenbande, die auf ihren künstlichen Felsen herumtobte, den Besuchern Grimassen schnitt oder sie mit Obstschalen und anderen Essensresten bewarf und ihnen manchmal – was immer ein großes Gekicher und Gegröle bei der gesamten Klasse auslöste – die feuerroten nackten Hinterteile entgegenstreckte. Rachel fand dieses Benehmen ziemlich kindisch; vielleicht Dreijährigen angemessen, oder allenfalls einem Kindergartenkind, aber doch keinem fast erwachsenen Mädchen, das schon zur Schule ging und zweifellos noch in diesem Jahr seinen ersten Freund haben würde. Außerdem fand sie die Wölfe in ihrem Gehege viel interessanter.

Die Tiere wurden nicht in einem Käfig gehalten wie die meisten anderen Bewohner des Zoos, sondern in einer gut zwanzig auf dreißig Meter messenden und drei Meter tiefen Grube, in der mittels künstlicher Felsen und geschickt drapierter Baumattrappen und Büsche ein winziger Ausschnitt ihrer natürlichen Heimat nachgebildet worden war. Umgeben war diese Grube von einer meterhohen Natursteinmauer, sodass die Tiere gar keine Chance hatten, aus ihrem Gefängnis zu entkommen, die Besucher sie aber völlig ungehindert, nicht durch Gitterstäbe getrennt, beobachten konnten. Im ersten Moment hatte Rachel diese Art der Tierhaltung einfach nur toll gefunden – sie liebte Tiere und sie mochte es nicht, wenn sie in Gefangenschaft oder gar in Käfigen gehalten wurden. Schon der Anblick eines Kanarienvogels im Käfig bereitete ihr Unbehagen. Und sie war für eine Weile nicht einmal ganz sicher gewesen, ob sie sich auf den Ausflug in den Zoo überhaupt freuen sollte. So war es kein Wunder, dass das Wolfsgehege sie fast magisch angezogen hatte, bot es doch zumindest die Illusion von Freiheit.

Aber je länger sie hier stand und auf das Freigehege hinabsah, desto mehr Zweifel kamen ihr. Sicher, die Tiere waren frei und konnten sich ungehindert auf einem weit größeren Gelände bewegen als die meisten anderen Tiere im Zoo, aber es war doch eine nur scheinbare Freiheit und vielleicht war der Preis, den sie dafür bezahlten, einfach zu hoch.

»Können wir jetzt endlich weiter?«

Rachel fuhr erschrocken zusammen und sah hoch und in Tanjas Gesicht. Den strafend zusammengezogenen Augenbrauen und der Schnute nach zu urteilen, die sie zog, schien ihre Freundin wohl schon eine ganze Weile neben ihr zu stehen und darauf zu warten, dass sie sich endlich vom Anblick der eleganten grauen Jäger losriss.

Ihre Freundin ... wie sich das anhörte.

War Tanja ihre Freundin? Rachel dachte eine Sekunde lang ernsthaft über diese Frage nach und die Antwort war nicht nur ein ganz eindeutiges Ja, sondern auch ein schlechtes Gewissen, dass sie sich die Frage überhaupt gestellt hatte. Sie kannte das dunkelhaarige Mädchen erst seit knapp drei Monaten; seit dem ersten Schultag eben, was auch im Leben einer Siebenjährigen nicht mehr so ewig war, und wenn sie es recht bedachte, dann hatte Tanja nicht nur eine Menge guter, sondern auch einige echt ätzende Eigenschaften, zu denen allen voran eine gehörige Portion Egoismus und ein reichlich dünn geratener Geduldsfaden gehörten. Und trotzdem … Rachel hatte natürlich auch vorher schon Freundinnen gehabt, aber seit sie eingeschult worden war und Tanja kennen gelernt hatte, hatte sie begriffen, dass das gar keine echten Freundinnen gewesen waren, sondern allenfalls Spielkameradinnen. Tanja war … anders. Dabei hätte sie gar nicht richtig in Worte fassen können, was an ihr so anders war. Sie machte die gleichen Scherze wie die anderen, sie lachte über dieselben Scherze wie die anderen, sie lachte über dieselben Dinge und sie schlug dieselben Spiele vor, aber in Tanjas Gegenwart fühlte sie sich einfach wohl. Auf eine Art, für die sie nicht nur keine Erklärung hatte, sondern die gar keiner bedurfte. Wenn sie zusammen waren, hatte sie das Gefühl, genau an dem Ort zu sein, an den sie gehörte.

»Also – was ist jetzt?« Tanjas Stimme klang nicht nur deutlich ungeduldiger, sondern auch eine Spur schärfer – das war eine von ihren wenigen unangenehmen Eigenschaften. Sie war das, was ihre Mutter immer als einen dominanten Menschen bezeichnete, auch wenn Rachel nicht ganz sicher war, die Bedeutung dieses Wortes wirklich begriffen zu haben.

»Sie kommen doch sowieso hierher zurück.« Rachel machte eine Kopfbewegung zu den anderen Schülern, die zwanzig Meter entfernt vor dem Affenfelsen standen und mit dessen Bewohnern um die Wette lärmten, wobei die Paviane im Augenblick eindeutig im Rückstand waren. Der Zoo war, so groß er auch sein mochte, längs eines einzigen, in einem lang gestreckten, gewundenen Oval führenden Weges angelegt, und das Affengehege befand sich genau am Ende dieses Weges. Ihre Klassenkameraden – und die Aufsicht führende Lehrerin, die von Zeit zu Zeit einen misstrauischen Blick in Tanjas und ihre Richtung warf – konnten ihnen weder davonziehen noch auf andere Weise abhanden kommen, denn sobald die Besichtigung des Affengeheges abgeschlossen war, mussten sie notgedrungen wieder zu ihnen stoßen; was wohl auch der einzige Grund war, aus dem die Lehrerin nicht energischer darauf bestanden hatte, dass Rachel und Tanja beim Rest der Klasse blieben.

Tanja verdrehte die Augen, trat vollends neben sie und stellte sich überflüssigerweise auf die Zehenspitzen, um in das Wolfsgehege hinabzusehen. »Ich weiß überhaupt nicht, was du an den blöden Viechern findest«, sagte sie. »Sie sind langweilig. Die Affen sind viel spannender.«

»Dann geh doch hin«, sagte Rachel schnippisch.

»Und die Tiger vorhin waren viel stärker«, fuhr Tanja ungerührt fort, als hätte sie ihre Antwort gar nicht gehört. Auch das war etwas, das Rachel an ihr nicht besonders mochte: Sie hatte die Angewohnheit, Dinge, die ihr nicht in den Kram passten oder ihr einfach nicht gefielen, schlichtweg zu ignorieren.

»Aber sie sind eingesperrt«, antwortete Rachel.

Tanja beugte sich noch weiter vor, wobei sie sich mit beiden Händen an der Oberkante der rauen Bruchsteinmauer abstützte, obwohl sie ihr nahezu bis zum Brustbein reichte und wirklich keine Gefahr bestand, dass sie das Gleichgewicht verlor. »Das nennst du frei?«, fragte sie spöttisch. »Für mich sitzen sie in einem Loch.«

»Immer noch besser als hinter Gittern«, erwiderte Rachel. Sie hatte eine ziemlich genaue Vorstellung davon, wie die Diskussion weitergehen würde, und bereute schon längst, sie angefangen zu haben.

Aber es war natürlich zu spät. Wenn Tanja einmal beschlossen hatte, eine Antwort nicht zu ignorieren, dann führte sie das Gespräch so lange fort, bis sie es als gewonnen verbuchen konnte.

»Außerdem sind es im Grunde doch nur große Hunde – und ziemlich hässliche dazu.« Tanja drehte sich auf der Stelle herum und stützte sich mit den Ellbogen auf der Mauerkrone auf; ein Anblick, der Rachel aus einem ihr selbst nicht verständlichen Grund Unbehagen bereitete.

»Ich finde sie nicht hässlich«, sagte sie, ein wenig hilflos.

Tanja hob die Schultern, sah sie eine Sekunde lang an und dachte sichtlich darüber nach, ob es Zweck hatte, das Gespräch fortzusetzen, kam dann aber wohl zu dem Schluss, dass dem nicht so sei. Sie hob erneut die Schultern und machte eine Kopfbewegung zum Rest der Klasse hin, der sich noch immer vor dem Paviangehege amüsierte. »Du hast Recht, es lohnt sich nicht. Sie kommen sowieso gleich zurück. Hey … wie findest du eigentlich Markus?«

Rachel hatte im ersten Moment Mühe, dem Gedankensprung zu folgen. Obwohl sie seit drei Monaten einen nicht geringen Teil ihres Lebens bildeten, hatte sie sich noch immer nicht alle Namen ihrer Mitschüler gemerkt; zumindest nicht in Verbindung mit den dazugehörigen Gesichtern. Das galt allerdings nicht für Markus. Der schwarzhaarige Junge mit der kräftigen Figur und dem sommersprossigen Gesicht saß in der Klasse zwei Bankreihen vor ihnen – ein Privileg, das er sich gleich am dritten Schultag verdient hatte, weil er ständig störte, dazwischensprach und praktisch nie Ruhe gab, außer wenn ihre Lehrerin darauf wartete, dass er sich meldete; und zu sagen, dass Tanja ein Auge auf ihn geworfen hätte, wäre die Untertreibung des Jahres gewesen. Rachel mochte ihn nicht besonders.

Sie hob die Schultern. »Hmm.«

Obwohl das keine Antwort war, schon gar nicht die, die Tanja sich wohl erhofft hatte, wusste sie doch sehr wohl, was sie davon zu halten hatte. »Du bist ja nur eifersüchtig«, sagte sie.

»Eifersüchtig?« Rachel überlegte einen Moment, ob das vielleicht stimmte. Ein bisschen eifersüchtig war sie vermutlich sogar – sie kannte Tanja jetzt seit drei Monaten und dankte Gott jeden Abend vor dem Schlafengehen in einem stummen Gebet dafür, ihr eine so gute Freundin geschickt zu haben, und sie betrachtete tatsächlich jeden, der auch nur in den Verdacht geriet, sich möglicherweise in diese Freundschaft hineindrängen zu können, mit äußerstem Misstrauen. Aber das war nicht der wirkliche Grund. Der eigentliche Grund war der, dass sie einfach wusste, dass Markus nicht gut für Tanja war.

»Bin ich nicht«, antwortete sie mit gerade genug Verspätung, um der Behauptung jede Glaubwürdigkeit zu nehmen. »Ich mag ihn nicht, aber das ist auch schon alles.«

»Er ist ein ziemlicher Dummkopf«, pflichtete ihr Tanja zu Rachels nicht geringer Überraschung bei. »Aber er sieht gut aus.«

Spätestens jetzt war der Moment gekommen, wo Rachel für sich zu dem Schluss kam, dass es besser war, das Gespräch nicht fortzusetzen. Sie war sogar drauf und dran, ihrer Freundin den Vorschlag zu machen, nun doch zu den anderen zu gehen, um sich am Anblick eines nackten Affenhinterns zu ergötzen oder das wunderschöne Gefühl zu genießen, eine halb verfaulte Bananenschale ins Gesicht zu bekommen, aber in diesem Moment sah sie, wie die Klassenlehrerin in die Hände klatschte und die Rasselbande mit hoch erhobener Stimme zu sich rief. Wenigstens ging es nun bald zurück.

Neben ihr wartete Tanja darauf, dass sie antwortete und ihr einen Vorwand gab, ihr weiter einzureden, dass sie nur eifersüchtig war, und ihr schlechtes Gewissen damit zu schüren, und Rachel drehte sich ganz bewusst zur Seite und ließ ihren Blick ohne bestimmtes Ziel in die Runde schweifen. Ein kleiner, in fleckigem Waldgrün gespritzter Elektrokarren näherte sich ihnen fast lautlos. Die Ladefläche, die gerade mal die Größe zweier aneinander gestellter Einkaufswagen hatte, war hoffnungslos mit Kisten und verschiedenfarbigen Plastikwäschekörben überladen, sodass der Fahrer selbst im Schritttempo sichtlich Mühe hatte, das Fahrzeug in der Spur zu halten. Rachel betrachtete ihn eine Sekunde lang interessiert und sah dann wieder zur Klasse hin, die keinerlei Anstalten machte, eine ordentliche Aufstellung einzunehmen, sondern fröhlich weiter durcheinander lief und schrie, behielt das kleine Transportwägelchen aber aus den Augenwinkeln im Blick. Irgendetwas daran stimmte nicht. Sie …

Ein grässlicher Schmerz, der sie in der Leibesmitte traf und nahezu in zwei Hälften zu zerreißen schien. Das Geräusch von Metall, das zerriss, und Stein, der von einer brutalen Gewalt zerbrochen wurde. Der Geruch von wirbelndem, trockenem Kalk, dann ein Sturz; drei oder vier Meter und doch endlos, gefolgt von einem dumpfen Aufschlag, der zuerst den Schmerz und dann alles Gefühl aus ihrem Leib vertrieb. Schreie. Furcht und durcheinander wirbelndes Licht und Schatten, und das Tappen leiser, kräftiger Pfoten. Ein dumpfes Knurren und plötzlich die grauenhafte Gewissheit, Beute zu sein …

Ohne zu wissen, was sie tat, wirbelte sie herum und stieß Tanja die flachen Hände mit solcher Kraft vor die Brust, dass das Mädchen drei Schritte zurückstolperte, ehe es mit hilflos rudernden Armen und einer Mischung aus einem Schmerzens- und einem Schreckensschrei nach hinten kippte. Irgendwie gelang es ihr, sich mit der rechten Hand an der Mauer festzuhalten, sodass sie nicht auf den Rücken schlug, sondern nur reichlich unsanft auf dem Hinterteil landete, und auch Rachel wurde von der Wucht ihres eigenen Stoßes zwei Schritte zurückgetrieben, ehe sie gegen die Wand prallte. Sie fiel nicht, handelte sich aber eine üble Schürfwunde an der Hüfte ein, die ihr noch Wochen zu schaffen machen sollte.

»Hey!«, schrie Tanja. »Bist du verrückt ge…«

Der Rest ihres Schreies ging in einem Wirbel aus verschiedenfarbigem Grün und einem entsetzten Keuchen und dem gleichen Laut unter, den Rachel gerade in ihrer Vision gehört hatte: dem dumpfen Knirschen, mit dem sich Metall verformte, und dem fast unheimlichen Laut, mit dem die fünfzig Jahre alte Bruchsteinmauer unter dem Anprall des Elektrokarrens zerbrach. Der Wagen durchstieß die Wand nicht. Er war weder schwer noch schnell genug, um das Hindernis zu durchbrechen, sondern blieb mit vollkommen eingedrückter Frontpartie in einem Wust aus Stein und verbeultem Metall stecken, aber der Fahrer wurde von der Wucht des Aufpralls aus seinem Sitz gerissen, schlug einen kompletten Salto über das Lenkrad und landete drei Meter tiefer auf dem harten Betonboden des Wolfsgeheges.

Hinter ihnen wurden erst ein einzelner, dann die erschrockenen Schreie aus mehr als zwei Dutzend Kinderkehlen laut, und Rachel sah aus den Augenwinkeln, wie eine der beiden Lehrerinnen mit weit ausgreifenden Sätzen herangerannt kam, während die andere genau richtig reagierte und die Klasse zurücktrieb oder es wenigstens versuchte. Rachel selbst sah kaum hin. Wie betäubt starrte sie in die Tiefe, in der das Drama in seinen zweiten Akt ging – dessen Verlauf und Ende sie ebenfalls mit unerschütterlicher Gewissheit kannte.

Wie sich später herausstellen sollte, war der Unfall nicht einmal die Schuld des Fahrers gewesen. Er hatte keineswegs die Kontrolle über sein Fahrzeug verloren. Vielmehr hatte es eine äußerst unwahrscheinliche Verkettung unglücklicher Umstände und Defekte an seinem Wagen gegeben, so dass der Elektrokarren weder auf die Bremse noch auf die Lenkung angesprochen hatte. Jetzt jedenfalls war der Mann dort unten und bei Bewusstsein, und allem Anschein war er auch nicht so schwer verletzt, dass er sich nicht mehr bewegen konnte. Hinter ihm stürzten immer noch vereinzelte Steine aus der zerstörten Mauer und polterten in die Tiefe, aber er hatte sich bereits wieder auf Hände und Knie erhoben und sah sich verzweifelt nach einem Fluchtweg um.

Rachel schlug entsetzt die Hand vor den Mund, als sie sah, wie sich zwei Wölfe der knienden Gestalt näherten. Die Tiere waren im Zoo geboren und aufgewachsen. Sie hatten niemals lebende Beute geschlagen und niemals Blut geleckt und sollten eigentlich nicht gefährlicher als die großen Hunde sein, als die Tanja sie vorhin bezeichnet hatte. Vielleicht waren es seine hektischen Bewegungen. Vielleicht war es das Blut, das aus zahlreichen Hautabschürfungen und Rissen quoll und dessen Geruch Jahrmillionen alte Instinkte in den Tieren weckte, die sich nicht so einfach binnen einer Generation wegzüchten ließen. Was immer es auch war, der Mann kam nicht einmal mehr dazu, ganz aufzustehen, bevor ihn der erste Wolf ansprang.

Rachel schlug auch noch die andere Hand vor den Mund und wandte sich ab, und praktisch in der gleichen Sekunde war auch die Lehrerin zur Stelle. Mit einem einzigen Blick erfasste sie die Situation und zog zuerst Rachel und dann Tanja von der Mauer weg, um den Kindern den grässlichen Anblick zu ersparen.

»Jemand muss Hilfe rufen!«, schrie sie zu ihrer Kollegin zurück. »Schnell! Sie töten den Mann!«

Gleichzeitig schob sie die beiden Mädchen weiter vom Wolfsgehege fort und in Richtung der anderen Kinder, wobei sie ihre Arme um Tanjas und Rachels Schultern gelegt hatte und ihren eigenen Körper wie schützend zwischen ihnen und dem Wolfsgehege hielt; als hätte sie Angst, die Tiere könnten aus ihrem Gefängnis ausbrechen und ein Blutbad unter den Schülern anrichten. Erst als sie sich gute zehn Schritte entfernt hatten, ließ sie ihre beiden Schützlinge los, drehte sich herum und ließ sich halb in die Hocke sinken, damit sich ihre Gesichter auf gleicher Höhe befanden. »Ist euch etwas passiert?«, fragte sie. »Seid ihr verletzt?«

Rachel schüttelte stumm den Kopf und biss gleichzeitig die Zähne zusammen, um sich nichts anmerken zu lassen. Die Schürfwunde unter ihrem Kleid brannte höllisch und sie fühlte etwas Warmes und Nasses an ihrem Oberschenkel herunterlaufen. Und offensichtlich hatte sie sich nicht so gut in der Gewalt, wie sie geglaubt hatte, denn die Lehrerin runzelte nur die Stirn, sah an ihr herab und machte dann ein erschrockenes Gesicht. Als Rachel ihrem Blick folgte, sah sie, dass ihr Kleid sich über der Hüfte dunkel verfärbt hatte.

Ohne ein weiteres Wort schlug die Lehrerin Rachels Kleid hoch, zog mit der linken Hand ihren Schlüpfer ein Stück herab und betrachtete die Wunde mit einer kühlen Sachlichkeit, die Rachel beinahe peinlicher war als die Tatsache, vor der ganzen Klasse halb nackt dazustehen. Nach einem Moment ließ sie den Rocksaum wieder sinken und sagte: »Das sieht übel aus und tut bestimmt ziemlich weh, aber es ist nicht gefährlich. Wir gehen nachher zum Arzt, aber im Moment musst du es aushalten. Glaubst du, dass du das kannst?«

Rachel nickte tapfer und die Lehrerin wandte sich an Tanja. »Und du?«

»Mir ist … nichts passiert«, antwortete Tanja stockend. Sie sah Rachel dabei an und ihre Augen waren riesig und voller Furcht, und sie blinzelte nicht ein einziges Mal. »Ich habe mich nur erschrocken.«

»Ganz bestimmt?«, vergewisserte sich die Lehrerin.

Tanja nickte stumm und ihre Lehrerin gab sich für den Moment mit dieser Erklärung zufrieden und stand auf. »Also gut. Ihr beide bleibt hier und rührt euch nicht von der Stelle. Kann ich mich darauf verlassen?«

Tanja nickte auch jetzt nur wortlos. Rachel reagierte gar nicht, aber das schien der jungen Frau als Antwort für den Augenblick zu genügen, denn sie drehte sich auf dem Absatz herum und eilte zum Wrack des Elektrokarrens und der Mauer zurück. Rachel sah, wie sie erschrocken die Hand vor den Mund schlug, als sie in die Tiefe blickte, und sie musste nicht fragen, was sie dort sah. Sie wusste es. Sie hatte es sogar schon vorher gewusst.

»Wie … wie hast du das gemacht?«, stammelte Tanja.

»Was?«

»Du hast mir das Leben gerettet«, murmelte Tanja. Sie klang eher verwirrt als erleichtert. »Wenn … wenn du nicht … wenn du mich nicht weggestoßen hättest, dann … dann –«

»Das war Zufall«, behauptete Rachel, aber Tanja schüttelte so heftig den Kopf, dass sie nicht weitersprach.

»Ich habe genau dort gestanden«, sagte Tanja. »Wenn du mich nicht weggestoßen hättest, hätte er mich erwischt und platt gequetscht.«

Nein, dachte Rachel, das hätte er nicht. Du wärest über die Mauer geschleudert worden und die Wölfe hätten dich gefressen. Sie sprach nichts davon aus und sie bezweifelte auch, dass Tanja ihre Antwort wirklich verstanden hätte – wie denn auch? Sie verstand es ja selbst nicht. »Das war nur ein Reflex«, sagte sie. »Nichts Besonderes.«

»Nichts Besonderes?« Tanja riss die Augen auf. »Du hast –«

»Ja, schon gut«, unterbrach Rachel sie in ärgerlichem Tonfall. »Dann habe ich dir halt das Leben gerettet. Aber jetzt bilde dir nichts darauf ein. Das hätte ich für jeden getan.«

»Aber du konntest es gar nicht sehen«, murmelte Tanja. »Du hast nicht mal in die Richtung geguckt.«

»Da musst du dich täuschen«, antwortete Rachel. Die Situation wurde ihr immer unangenehmer. Sie sollte sich freuen, sie sollte erleichtert sein, sich vorkommen wie eine Heldin, denn ganz egal, wie man es drehte oder wendete, Tanja hatte Recht: Hätte sie sie nicht zu Boden gestoßen, dann hätte sie der Wagen erwischt und entweder zu Tode gequetscht oder in die drei Meter tiefe Grube hinabgeschleudert, aber sie fühlte sich durch und durch elend.

»Also gut«, sagte sie. »Du hast recht. Ich hab dir das Leben gerettet. Aber dafür bist du mir was schuldig, oder?«

Tanja sah sie misstrauisch an. Sie sagte nichts, aber sie nickte.

»Du darfst niemandem was davon erzählen«, sagte Rachel. »Weder jetzt noch später. Das bleibt unser Geheimnis. Versprochen?«

»Aber –«

»Versprochen?«, beharrte Rachel.

Tanja zögerte noch einen winzigen Moment, dann nickte sie.

Und sie sollte ihr Wort halten. Nicht einer der zwei Dutzend Schüler – und auch die beiden Lehrerinnen nicht – hatten wirklich gesehen, was geschehen war, und so erfuhr nie jemand von der Heldentat, die Rachel an diesem Tat vollbracht hatte und die ihre Freundschaft wohl endgültig besiegelte.

7

Der Helikopter setzte kaum zwei Minuten nach dem Start schon wieder auf. Die Strecke, für die De Villes Wagen fünf Minuten gebraucht hatte, war für ihn nicht mehr als ein kleiner Hüpfer, kaum der Mühe wert, die Motoren anzulassen und abzuheben, und sie wären noch schneller am Ziel gewesen, wäre der Pilot nicht zweimal über der Straße gekreist, um einen geeigneten Landeplatz zu suchen.

Die schmale Landstraße bot einen Anblick wie aus einem amerikanischen Actionfilm. Naubachs gestohlener Mercedes stand schräg wie ein gestrandetes Boot am Straßenrand und war mit zwei Rädern in den Graben gerutscht – augenscheinlich hatte Benedikt doch nicht ganz so widerstandslos kapituliert, wie De Ville behauptet hatte – und sowohl vor als auch hinter ihm blockierten jeweils drei oder vier quer stehende Streifenwagen mit zuckenden Blaulichtern die Straße. Nicht weit entfernt stand ein Rettungswagen des Roten Kreuzes, den die Beamten wohl vorsichtshalber bereits mitgebracht hatten, und obwohl Rachel von ihrem Sitz aus keinen besonders guten Ausblick hatte, sah sie doch, dass sich auf der Straße und dem angrenzenden Feld mindestens dreißig oder vierzig Polizeibeamte aufhielten; die meisten davon mit Maschinenpistolen bewaffnet, einige sogar mit Helmen und großen, durchsichtigen Plastikschilden. Für ihren Geschmack ein bisschen zu viel Aufwand, um einen einzelnen Mann zu stellen. Sie warf De Ville einen fragenden Blick zu, den er aber ignorierte, vielleicht auch gar nicht bemerkte.

»Landen Sie direkt auf der Straße«, gab ihr Entführer dem Piloten Anweisung. »Dort vorne, vor den Streifenwagen.«

»Das ist viel zu gefähr...«, protestierte der Pilot, aber ihr Entführer schnitt ihm mit einer herrischen Geste das Wort ab.

»Tun Sie, was ich sage!«, befahl er. »Sofort!«

Der Mann zögerte noch einmal einen Sekundenbruchteil, dann nickte De Ville fast unmerklich und die Maschine senkte sich in einer engen Spirale auf die Straße hinab. Rachel sah, wie etliche Polizisten hastig zur Seite sprangen oder sich hinter ihre Wagen duckten, und sie konnte sich lebhaft vorstellen, was jetzt in den Männern vorging.

»Das ist nicht gerade unauffällig«, sagte De Ville.

»Aber es passt zu Ihnen, oder?«, erwiderte der junge Polizeibeamte.

»Was versprechen Sie sich davon?«, wollte De Ville wissen. »Ich meine: Selbst wenn mir die Männer Ihren Freund ausliefern – Sie glauben doch nicht wirklich, dass Sie damit davonkommen?«

Sein Gegenüber lächelte knapp. »Ich habe auf der Polizeischule gelernt, dass man immer ein Problem nach dem anderen lösen soll«, sagte er. »Sobald wir aufgesetzt haben, gehen Sie hinaus und holen Benedikt.«

»Ich?«, fragte De Ville mit schriller Stimme. »Sind Sie verrückt?«

»Nicht verrückt genug, um es selbst zu tun«, erwiderte der Beamte. Er starrte De Ville eine Sekunde lang fest in die Augen, dann schwenkte er seine Pistole herum und zielte auf den Hinterkopf des Piloten. »Und falls Sie versuchen, mich hereinzulegen, ist er der Erste, der stirbt.« Er machte eine Kopfbewegung auf Rachel. »Dann sie und als Letzter ich.«

»Sie sind ja wahnsinnig«, grollte De Ville.

»Wenn Sie das wirklich glauben, dann tun Sie besser, was ich sage«, antwortete der Polizist. »Sie wissen doch, dass man mit Wahnsinnigen nicht diskutieren kann.«

Der Helikopter setzte mit einem harten Ruck auf. De Ville starrte den Mann mit der Pistole aus Augen an, in denen sich Wut und Ohnmacht spiegelten, aber dann stemmte er sich ächzend in die Höhe und ging geduckt zur Tür.

»Denken Sie daran«, erinnerte ihn der Polizist. »Ich habe nichts zu verlieren.«

»Das werden wir sehen«, murmelte De Ville. Er streckte die Hand nach dem Türgriff aus und musste sich noch mehr anstrengen als Rachel zuvor, um die schwere Schiebetür zu öffnen. Während er es tat, ließ der Entführer die Pistole unter seiner schwarzen Lederjacke verschwinden, sodass sie von draußen nicht mehr zu sehen war, aber Rachel sah trotzdem, dass ihre Mündung weiter auf De Villes Rücken gerichtet war. Sie lauschte fast verzweifelt in sich hinein, aber da war nichts. Diesmal ließen ihre hellseherischen Fähigkeiten sie wohl im Stich. Vielleicht sollte sie diese Erkenntnis beruhigen, hätte sie doch bedeuten können, dass sie nicht in Gefahr war, aber vielleicht war auch das genaue Gegenteil der Fall. Sie hatte niemals zuvor eine ihrer Ahnungen ignoriert und eine zweite Warnung bekommen, ganz einfach, weil es nicht nötig gewesen war.

Noch bevor De Ville die Tür weit genug aufgeschoben hatte, um aus dem Helikopter zu steigen, konnte Rachel sehen, dass sich mindestens ein Dutzend Männer der gelandeten Maschine näherten. Die meisten trugen dunkelgrüne Polizeiuniformen oder schwarze Lederjacken, aber einige waren auch in Zivil. Die meisten waren bewaffnet und sahen nicht besonders erfreut aus. Weiter hinten bei den Wagen hatten sogar zwei oder drei Männer ganz offen auf den Helikopter angelegt und erst jetzt wurde ihr klar, wie gefährlich die Situation war. Augenscheinlich hatte De Ville in seinem Telefonat nicht angekündigt, auf welch dramatische Weise er ankommen würde. Die Nerven der Männer mussten bis zum Zerreißen angespannt sein. Ein einziger, winziger Fehler …

Sie gestattete sich nicht, den Gedanken zu Ende zu denken, sondern riss ihren Blick mit einiger Mühe von De Ville und dem näherkommenden Beamten los und drehte sich zu dem jungen Mann auf der Sitzbank gegenüber um. Er hatte sich nicht gerührt, aber die Mündung der Waffe, die er unter der Jacke trug, deutete nun nicht mehr auf De Villes Rücken, sondern genau in ihre Richtung. Seltsamerweise vermittelte ihr der Anblick nicht das Gefühl einer Bedrohung, nicht einmal das einer Gefahr. Dabei spürte sie ganz genau, wie ernst seine Warnung gemeint gewesen war.

»Warum tun Sie das?«, fragte sie.

Sie bekam keine Antwort. Der Ausdruck auf dem Gesicht des jungen Mannes änderte sich nicht, aber der Schmerz, den sie in seinen Augen las, wurde tiefer.

»Sie gehören nicht zu diesen Männern, habe ich Recht?«, fragte sie. »Ich meine: Sie sind wirklich Polizist, nicht wahr?«

Sie rechnete eigentlich nicht mit einer Antwort, aber sie bekam sie, auch wenn sie nur aus einem angedeuteten Nicken bestand.

»Geht es um Geld?«, wollte sie wissen. »Ich verstehe zwar nichts davon, aber ich glaube, wenn es darum geht, machen Sie einen großen Fehler. Die werden Sie kriegen. Selbst wenn wir jetzt entkommen, werden sie Sie kriegen. Kein Geld der Welt ist es wert, den Rest seines Lebens auf der Flucht zu verbringen.«

»Seien Sie still«, antwortete er. Er hatte grob klingen wollen, aber sein Ton verunglückte. »Sie haben ja keine Ahnung.«

»Dann erklären Sie es mir«, antwortete Rachel. »Vielleicht ist es noch nicht zu spät. Ich kenne De Ville nicht, aber mit Kommissar Naubach kann man reden. Er ist ein vernünftiger Mann und …«

»Sie sollen still sein!« Diesmal klang seine Stimme schon schärfer und sie biss sich auf die Zunge und schluckte den Rest ihres Satzes herunter. Sie glaubte immer noch nicht, dass er ihr etwas antun würde – nicht, wenn ihn die Umstände nicht dazu zwangen –, aber er war sichtlich mit den Nerven am Ende und musste unter fürchterlichem Stress stehen. Ein Zustand, in dem Menschen Fehler begingen und Dinge taten, die sie nicht tun wollten.

»Ich verstehe nicht, warum Sie Ihr Leben wegwerfen«, sagte sie sanft. »Genau das tun Sie nämlich.«

»Mein Leben?« Sie war nicht ganz sicher, ob der Laut, den er von sich gab, ein Lachen oder irgendetwas wie ein verunglückter leiser Schrei war. »Als ob das noch eine Rolle spielt. Bitte seien Sie jetzt ruhig. Sie können es nicht verstehen.«

»Dann erklären Sie es mir«, wiederholte Rachel.

Seine Antwort bestand nur aus einem traurigen Blick und Rachel gab auf. Wie schon einmal spürte sie ganz deutlich, dass dieser Junge nicht schlecht war oder aus niederen Beweggründen handelte, sondern aus einer tiefen Überzeugung. Aber welcher? Sie verstand es einfach nicht. Die Männer, die sie verfolgt hatten, waren möglicherweise Verbrecher; Kriminelle, die einen Auftrag bekommen hatten und ihn ausführten, wenn man sie dafür bezahlte, und denen ein Menschenleben immer genau so viel wert war wie die Summe, die sie dafür bekamen, dass sie es beendeten. Selbst Benedikt … sie kannte ihn nicht. Möglicherweise war er der gemeingefährliche Geistesgestörte, als den De Ville ihn so gerne hinstellen wollte, auch wenn sich alles in ihr dagegen sträubte, diese Möglichkeit auch nur in Betracht zu ziehen. Aber dieser vielleicht zwanzigjährige junge Mann? Sie versuchte zu erraten, wie sein Leben aussah, und es fiel ihr nicht besonders schwer: ein mittlerer Schulabschluss, eine halbwegs geregelte Jugend, die ihn vor größeren Konflikten mit dem Gesetz bewahrt hatte, und eine Ausbildung im unteren Polizeidienst … vielleicht eine Familie, möglicherweise schon das erste Kind und die Aussicht auf eine langsame, aber stetige Karriere, in zehn oder zwölf Jahren ein kleines Reihenhaus mit einem handtuchgroßen Garten und einer Garage für den geleasten Mittelklassewagen – nicht unbedingt das Leben, das er sich erträumt hatte, aber doch eine Zukunft, die man nicht so einfach wegwarf. Seine Drohung, zuerst den Piloten, dann sie und am Schluss sich umzubringen, war bitter ernst gewesen.

Es vergingen gut fünf Minuten, bis De Ville zurückkehrte, und Rachel erlebte eine Überraschung. Er kam nicht allein. In seiner Begleitung befanden sich zwei weitere Polizeibeamte, die einen mit Handschellen gefesselten und ziemlich mitgenommen aussehenden Benedikt zwischen sich führten – er humpelte sichtbar und seine rechte Wange war gerötet und angeschwollen; spätestens in zwei oder drei Stunden würde er ein wunderschönes blaues Auge haben –, sowie ein mittelgroßer, stämmig gebauter Mann in einem schmutzigen Trenchcoat, dessen rechter Ärmel lose herunterschlabberte, weil er den Arm nicht darin, sondern darunter in einer Schlinge trug: Naubach.

Rachel sah erschrocken zu ihrem Entführer hinüber, der aber keinerlei Reaktion zeigte, und versuchte dann De Villes Blick zu fixieren, aber er wich ihr aus und starrte mit finsterem Gesichtsausdruck auf einen imaginären Punkt irgendwo zwischen ihr und der Kabinendecke. Er kletterte umständlich und schwer schnaufend in die Maschine, ließ sich auf den gleichen Sitz neben Rachel fallen, auf dem er auch vorher gesessen hatte, und sah wortlos zu, wie die beiden Beamten ihren Gefangenen grob hereinbugsierten. Rachel war jetzt sicher, dass Benedikt deutlich mehr Widerstand geleistet hatte, als De Ville sie hatte glauben machen wollen. Selbst die kleine Mühe, in den Hubschrauber zu klettern, schien seine Kräfte zu übersteigen. Er schaffte es zwar, fiel aber auf ein Knie herab und konnte nur noch mit Mühe einen Schmerzensschrei unterdrücken. De Ville musste ihm helfen, sich hochzustemmen und neben ihrem Entführer Platz zu nehmen.

Als Letzter kletterte Kommissar Naubach zu ihnen herein. Ihr

Entführer nahm es ohne Kommentar, aber mit gerunzelter Stirn zur Kenntnis und De Ville sagte laut, und zwar an Naubach gewandt, aber an die Adresse des Kidnappers gerichtet: »Ich bin immer noch dagegen! Sie haben nicht die Befugnis –«

»Im Moment ist das mein Gefangener«, unterbrach ihn Naubach zornig. Wie auch De Ville musste er schreien, um sich über den Motorenlärm überhaupt verständlich zu machen, aber Rachel war ziemlich sicher, dass er es sowieso getan hätte. »Sie können sich meinetwegen später bei Ihren oder bei meinen Vorgesetzten oder von mir aus auch beim Papst beschweren, aber dieser Mann geht nirgendwo hin, ohne dass ich ihn begleite.« Er deutete wütend auf Benedikt, warf dem jungen Polizeibeamten auf dem Sitz neben ihm einen kurzen, stirnrunzelnden Blick zu, und lenkte seinen Groll dann wieder auf De Ville. »Und verlassen Sie sich darauf: Wenn Sie es nicht tun, werde ich es tun. Allmählich wird das Ganze hier zu einem Affentheater.«

»Schließen Sie bitte die Tür«, sagte De Ville.

Einer der beiden Polizisten, die Darkov begleitet hatten, wollte zu ihnen hereinklettern, aber De Ville schüttelte heftig den Kopf. »Das ist nicht nötig.«

Der Mann überzeugte sich mit einem fragenden Blick in Naubachs Richtung davon, dass diese Aussage ihre Richtigkeit hatte, dann zuckte er mit den Schultern und ging, und Naubach knallte die Tür mit einem wütenden Ruck zu und setzte sich auf den letzten freien Platz neben Darkov. Er schüttelte unentwegt den Kopf, als könne er nicht fassen, was hier vor sich ging – vermutlich konnte er es wirklich nicht –, warf De Ville einen ärgerlichen Blick zu und wandte sich dann an Rachel: »Ich hätte Sie lieber unter anderen Umständen wieder gesehen. Aber trotzdem: Wie geht es Ihnen?«

»Nicht so gut wie Ihnen«, antwortete Rachel lahm.

»Was soll das heißen?«

»Ich finde, für einen Mann, der angeblich im Krankenhaus liegt und mit dem Tod ringt, sind Sie in Topform«, antwortete Rachel.

Naubach legte die Stirn in Falten, dann sog er hörbar die Luft ein und fuhr zu De Ville herum. »Sie sind doch …«

»Das genügt!«

Naubach unterbrach sich abermals und hatte sichtlich in der ersten

Sekunde Mühe, überhaupt zu realisieren, wer diese Worte ausgesprochen hatte. Verwirrt drehte er sich im Sitz herum – und riss ungläubig die Augen auf. Der Kidnapper hatte die Pistole wieder unter der Jacke hervorgezogen und ihre Mündung auf Naubachs Stirn gerichtet.

»Aber was … ?«, murmelte Naubach.

»Ihre Waffe, bitte, Herr Kommissar«, sagte der Entführer.

Naubach reagierte nicht. Er starrte den jungen Mann einfach nur an und verstand ganz offensichtlich gar nicht, was geschah.

»Sie sollten besser tun, was er sagt«, riet De Ville süffisant. »Glauben Sie mir, er meint es ernst.«

»Aber was …«, murmelte Naubach verständnislos. »Wer … wer sind Sie?«

»Unser neuer Reiseleiter«, sagte De Ville. Er gab sich nicht einmal Mühe, seine Schadenfreude zu verbergen.

»Ihre Waffe, Herr Kommissar«, sagte der junge Polizist noch einmal, eine Spur schärfer, aber noch immer nicht in drohendem Tonfall. Er wartete, bis Naubach, der zwar immer noch vollkommen verwirrt aussah, die Bedeutung der auf seine Stirn gerichteten Pistolenmündung aber mittlerweile immerhin begriffen zu haben schien, umständlich mit dem linken Arm unter den Mantel gegriffen und die Pistole hervorgezogen und ihm ausgehändigt hatte, steckte sie ein und wiederholte dann seine befehlende Kopfbewegung. »Und jetzt die Schlüssel für die Handschellen. Machen Sie sie auf.«

»Fällt mir nicht ein«, sagte Naubach. Er hatte seine Überraschung endgültig überwunden und sah immer noch nicht wirklich ängstlich aus, aber sehr wütend. »Was tun Sie, wenn ich mich weigere? Mich erschießen? Zwei Sekunden später wimmelt es hier von Ihren Kollegen.«

»Sie sollten besser auf ihn hören«, sagte Rachel. »Er meint es ernst. Wirklich.«

Naubach trotzte noch einen kurzen Moment, dann hob er die Schultern, grub ein zweites Mal umständlich und mit schmerzhaft zusammengepressten Lippen in seinem Mantel und zog einen einzelnen kleinen Schlüssel heraus. Ohne ein weiteres Wort öffnete er die Handschellen, die Benedikts Gelenke fesselten. Rachel fiel auf, dass sie viel zu eng angelegt waren. Benedikts Haut war wundgescheuert und blutete an einigen Stellen bereits, und die Handschellen mussten ihm Schmerzen bereitet haben. Dennoch reagierte er nicht, als sie sich mit einem hörbaren Klicken öffneten und in seinen Schoß fielen. Er saß weiter nach vorne gebeugt da und starrte ins Leere.

»Und jetzt?«, fragte Naubach.

»Jetzt starten wir«, antwortete ihr Entführer. Er hob die Stimme, damit der Pilot ihn verstehen konnte. »Fliegen Sie in Richtung Stadt zurück. Sobald wir außer Sichtweite sind, drehen Sie ab und fliegen nach Norden!«

Der Helikopter hob ab, kletterte aber gerade einmal auf zehn oder zwölf Meter Höhe, ehe er in die befohlene Richtung schwenkte und allmählich an Geschwindigkeit aufzunehmen begann. Der Pilot schien wohl doch nervöser zu sein, als es den Anschein hatte, denn er flog so dicht über die Baumwipfel hinweg, dass die Kufen der Maschine die Blätter tatsächlich ein paar Mal streiften, und es gehörte nicht viel Fantasie dazu, sich auszumalen, dass ihnen jetzt verwirrte oder auch erschrockene Blicke folgten.

»Lassen Sie den Unsinn!«, sagte ihr Entführer scharf. »Wenn irgendetwas schief geht, überlebt das hier keiner von uns. Sie eingeschlossen.«

Der Helikopter stieg gehorsam um weitere fünf oder zehn Meter und wurde dabei allmählich schneller. Sie flogen noch immer sehr tief, ganz bestimmt tiefer als erlaubt, sodass die Maschine nicht nur eine Schleppe aus hochgewirbeltem Wasser und Blättern hinter sich herzog, sondern ihr Lärm auch kilometerweit zu hören sein musste, und es bedurfte eines weiteren, noch schärferen Verweises ihres Kidnappers, bis der Pilot endlich auf eine Höhe stieg, in der die Maschine immer noch deutlich zu sehen war und Aufmerksamkeit erregte, aber nun vermutlich nicht mehr Dutzende von verärgerten Bürgern veranlasste, bei der nächsten Polizeiwache anzurufen, um sich zu beschweren. Rachel war nicht ganz sicher, ob sie die Kaltblütigkeit des Piloten bewundern oder seinen Versuch, auf diese Weise eine deutliche Spur zu hinterlassen, als Wahnsinn abtun sollte.

Sie passierten die Stelle, an der sie gestartet waren, und flogen noch einmal zwei oder drei Kilometer weiter, dann sagte der Entführer:

»Das reicht jetzt. Biegen Sie ab und fliegen Sie einen großen Bogen. Nicht, dass uns am Ende noch jemand sieht.«

Naubach maß ihn mit einem Blick, den Rachel nur im ersten Moment für zornig hielt. »Ich verstehe nicht, was in Sie gefahren ist«, sagte er. »Was versprechen Sie sich davon? Sie wissen doch so gut wie ich, dass Sie keine Chance haben.«

»Sparen Sie sich Ihren Atem«, sagte De Ville leise.

Naubach schenkte ihm nun einen eindeutig zornigen Blick, hörte aber trotzdem auf seinen Rat und ließ sich in die knarrenden Kunstlederpolster des Sitzes zurücksinken.

»Wohin fliegen wir?«, erkundigte sich der Pilot.

Der Kidnapper überlegte eine Sekunde, dann antwortete er mit einer Gegenfrage: »Kennen Sie sich hier aus?«

»Nein.«

»Dann hat es auch wenig Sinn, es Ihnen zu sagen«, antwortete der Polizist. »Fliegen Sie einfach geradeaus. Ich sage Ihnen Bescheid, wenn wir landen.«

An De Ville und Rachel gewandt und in fast entschuldigend klingendem Ton fügte er hinzu: »Es ist nicht weit.«

»Genießen Sie den Flug«, knurrte Naubach. »Es ist wahrscheinlich für zwanzig Jahre das letzte Mal, dass Sie weiter als fünf Meter sehen können.«

Rachel hätte sich gewünscht, dass er damit aufhörte. Sie konnte Naubach verstehen – nach allem, was er an diesem Tag erlebt und durchgemacht hatte, musste diese letzte, böse Überraschung das Fass wirklich zum Überlaufen bringen. Aber er machte es nicht besser. Und das wiederum sollte er eigentlich besser wissen als sie.

Sie verscheuchte den Gedanken und wandte ihre Konzentration wieder ganz Benedikt zu. Der junge Mann saß noch immer nach vorne gebeugt und mit auf den Knien aufgestützten Unterarmen da, und sein Blick war fast so leer wie gerade, als man ihn hereingebracht hatte, aber nur fast. Ganz unbewusst hatte er begonnen, mit der rechten Hand sein linkes, blutig aufgeschürftes Handgelenk zu massieren, und Rachel konnte regelrecht sehen, wie schwer es ihm fiel, in die Wirklichkeit zurückzukehren. Langsam hob er den Kopf und sah erst sie und dann, eine Sekunde länger und mit sonderbar verändertem Blick,

De Ville an, dann richtete er sich sehr langsam und sehr mühevoll ganz auf und drehte sich zu dem jungen Mann rechts neben sich herum.

Er stellte eine Frage in einer fremden Sprache, die der Polizeibeamte so wenig zu verstehen schien wie Rachel, denn er antwortete nur mit einem verwirrten Blick, dann deutete Benedikt ein Achselzucken an und fragte noch einmal und auf Deutsch: »Hat Dimitri dich geschickt?«

»Nein«, antwortete der Polizist. Er hob die Schultern und verbesserte sich: »Vielleicht. Ich weiß nicht, wie er heißt. Ich soll Sie zu einem bestimmten Treffpunkt bringen. Das ist alles.«

»Und was bekommen Sie dafür?«, fragte Naubach böse, wartete die Antwort aber gar nicht erst ab, sondern schüttelte den Kopf und fuhr fort: »Was immer es ist, es ist nicht genug, um zwanzig Jahre dafür ins Gefängnis zu gehen, glauben Sie mir.«

»Sparen Sie sich die Mühe«, sagte De Ville. Er klang irgendwie müde; auf eine Art enttäuscht und resigniert, die Rachel einen kalten Schauer über den Rücken laufen ließ.

Naubach ignorierte ihn einfach. »Verraten Sie mir wenigstens, warum Sie das alles tun«, beharrte er. »Was ist so viel wert, dass Sie so viel dafür riskieren?«

»Der größte Preis überhaupt«, erwiderte sein Gegenüber ernst. »Ich erfülle Gottes Willen.«

Naubach wirkte für eine Sekunde erschüttert, dann eindeutig fassungslos. »Das … das meinen Sie jetzt nicht ernst?«, stammelte er. »Sie wollen mir erzählen, dass Sie Ihre Zukunft und vielleicht Ihr Leben wegwerfen, weil Sie glauben –«

»Sie können das nicht verstehen«, unterbrach ihn der Polizeibeamte. »Wenn wir scheitern, spielt nichts davon mehr eine Rolle. Und wenn wir Erfolg haben, dann ist es ein kleiner Preis.«

Irgendetwas in Naubachs Blick änderte sich. Bevor er sich wieder zurücksinken ließ, spürte Rachel, dass er das Gespräch nicht fortsetzen würde, weil er genau wie sie und offensichtlich auch De Ville wusste, dass es vollkommen sinnlos war. Vielleicht war der einzige Unterschied, dass er den jungen Mann in der schwarzen Lederjacke mit Sicherheit jetzt für wahnsinnig hielt, während Rachel sich über De

Villes Beweggründe nun weniger im Klaren war als je zuvor. Und sie selbst? Die Verlockung, sich einfach Naubachs so offensichtlichen Standpunkt zu Eigen zu machen und sich einzureden, dass sie es entweder mit einem Verrückten oder mit einem Fanatiker zu tun hatte (was nur zu oft auf dasselbe hinauslief), war groß, und trotzdem … irgendetwas sagte ihr, dass es nicht so leicht war.

Die nächsten zehn Minuten verliefen in unangenehmem Schweigen. Der Pilot flog, den Anweisungen ihres Entführers Folge leistend, parallel zur Bundesstraße, mied aber die kleineren Orte und Ansiedlungen, die sich rechts und links davon aufreihten; ein Kurs, den er allerdings nicht mehr allzu lange würde beibehalten können. Sie befanden sich schließlich nicht in der Sahara oder irgendeinem Dritte-Welt-Land, sondern in einem der dichtbesiedeltsten Länder der Welt und mussten fast zwangsläufig bald wieder auf eine größere Gemeinde oder Stadt treffen. Rachel versuchte ihre mangelhaften Geografiekenntnisse zusammenzukratzen, um wenigstens herauszufinden, in welche Richtung sie flogen, kapitulierte aber schon nach wenigen Augenblicken vor dieser eigentlich sehr simplen Aufgabe. Der Unterschied, mit einem Wagen über eine Landstraße zu fahren oder die gleiche Strecke in dreißig Meter Höhe fliegend zurückzulegen, war gewaltig. Viel größer, als sie sich ihn vorgestellt hatte. Sie wusste ungefähr, wo sie waren, aber hatte nicht einmal eine Ahnung davon, in welche Richtung sie flogen, geschweige denn, wo ihr Ziel liegen mochte.

Aber es war so, wie ihr Entführer gesagt hatte: Der Weg war nicht allzu weit. Nach wenigen Minuten, in denen sie vielleicht dreißig oder vierzig Kilometer zurückgelegt hatten, machte ihr Entführer eine wedelnde Handbewegung, um die Aufmerksamkeit des Piloten auf sich zu ziehen, und sagte: »Fliegen Sie langsamer.«

Der Pilot gehorchte. Die Maschine verlor an Tempo und gleichzeitig wieder ein wenig an Höhe, wogegen ihr Entführer diesmal nichts einzuwenden hatte. Vor ihnen tauchte ein lang gestrecktes, dunkelgrünes Waldgebiet auf, das an einen flachen See mit sonderbar zerfasert wirkenden Ufern grenzte, und als sie ihn fast überflogen hatten, deutete ihr Entführer nach vorne und sagte: »Landen Sie direkt am Ufer. Dort hinten, bei der kleinen Baumgruppe.«

Der Helikopter verlor weiter an Höhe und Geschwindigkeit, kam für einen Moment in der Luft beinahe zum Stehen und setzte dann überraschend sanft auf dem kaum fünf Meter breiten Uferstreifen auf. Der Motorenlärm sank von einem ohrenbetäubenden Dröhnen zu einem nur noch lauten Rauschen herab, während sich der Pilot im Sitz herumdrehte und mit einem fragenden Blick an den Kidnapper wandte: »Und jetzt?«

»Jetzt warten wir«, antwortete der Mann.

»Und worauf, wenn ich fragen darf?«, knurrte Naubach.

De Ville warf ihm einen warnenden Blick zu, den er aber gar nicht zur Kenntnis nahm, und Rachel spürte plötzlich die Gefahr, die von Naubach ausging. Verletzt und vermutlich von Schmerzen gepeinigt, von der Situation vollkommen überfordert und so gedemütigt, wie es überhaupt nur ging, war er nicht mehr in der Verfassung, auf die Stimme der Vernunft zu hören oder auch nur vorsichtig zu sein. Er stand kurz davor, etwas ziemlich Unüberlegtes zu tun, etwas, das sie vermutlich alle bedauern würden.

»Naubach!«, sagte De Ville warnend.

Naubach ignorierte ihn weiter. »Ich erinnere mich jetzt«, sagte er. »Sie arbeiten in der Südstadt, nicht wahr? Auf dem Revier Martinstraße.« Er krauste die Stirn. »Warten Sie … Storck. Richtig? Polizeiobermeister Storck.«

Sein Gegenüber starrte ihn ausdruckslos an. Er sagte nichts.

»Ja, richtig«, fuhr Naubach fort. »Wir haben uns im vergangenen Jahr einmal getroffen, glaube ich. Sie sind doch verheiratet, nicht wahr? Genau, jetzt fällt es mir wieder ein: Ihre Frau war damals schwanger. Was ist es geworden? Ein Junge oder ein Mädchen?«

»Ein Junge«, antwortete Storck widerwillig. Sein Gesicht war weiter ausdruckslos, aber seine Stimme zitterte ganz leicht.

Naubach nickte. »Er müsste jetzt ungefähr ein halbes Jahr alt sein. Und Ihre Frau … lassen Sie mich raten: Sie sitzt jetzt zu Hause und wartet vermutlich darauf, dass Sie vom Dienst kommen. Wahrscheinlich hat sie Radio gehört und macht sich ziemliche Sorgen um Sie. Und sie hat ja auch allen Grund dazu, nicht wahr? Was meinen Sie: Ob sie wohl ahnt, dass sie ihren Mann und den Vater ihres Kindes vermutlich nie wieder sehen wird?«

»Das hat doch keinen Sinn«, sagte De Ville.

Naubach ignorierte ihn unerschütterlich weiter, aber Storck nickte und sagte: »Ihr Kollege hat Recht, Herr Kommissar. Es hat keinen Sinn. Ich kenne diese Taktik der Deeskalation so gut wie Sie. Ich war vor zwei Jahren in einem Vortrag über genau dieses Thema, den Sie selbst gehalten haben.«

»Aber ganz offenbar haben Sie mir nicht zugehört«, erwiderte Naubach scharf. »Und allem Anschein nach haben Sie auch ansonsten auf der Polizeischule nicht besonders gut aufgepasst, sonst wüssten Sie, dass Sie nicht davonkommen.«

Er verzog geringschätzig die Lippen. Rachel verstand mittlerweile nicht mehr, was er überhaupt bezweckte. Trotz allem hatte sie Naubach bisher für einen sehr vernünftigen Mann gehalten, der nichts tat, ohne vorher darüber nachgedacht zu haben, aber was er jetzt tat, war einfach irrational. Er konnte nichts erreichen. Selbst wenn es ihm gelang, den jungen Beamten hinlänglich zu provozieren, um ihn zu einer Sekunde der Unaufmerksamkeit zu verleiten, wäre ein körperlicher Angriff der reine Wahnsinn gewesen. Sowohl er als auch De Ville waren verletzt und unbewaffnet. Und auch ohne die Pistole in der Hand des Polizisten waren dieser und Benedikt den beiden älteren Männern hoffnungslos überlegen. Außerdem war Naubach einfach nicht der Typ, der sich herumprügelte. Sie konnte sich vieles vorstellen, aber nicht, dass er seine Fäuste benutzte, um zum Ziel zu gelangen.

Dennoch verzog er schon wieder das Gesicht zu einer Grimasse und setzte dazu an weiterzusprechen, und vielleicht nur um irgendetwas zu sagen und die drohende Explosion so vielleicht doch noch zu verhindern, richtete sich Rachel ein wenig im Sitz auf und wandte sich direkt und mit ganz leicht erhobener Stimme an Benedikt: »Wie geht es Ihnen?«, fragte sie. »Sind Sie verletzt?«

Darkov schüttelte den Kopf und sagte: »Gut.« Was eine glatte Lüge war, denn er war noch immer so bleich wie die sprichwörtliche Wand und zitterte, zwar nur ganz leicht, aber am ganzen Körper, und als er versuchte ein Lächeln auf seine Lippen zu zaubern, um seine Worte zu untermauern, geriet es eher zu einer Grimasse. Dennoch fuhr er fort: »Mir ist nichts passiert.«

»Schade eigentlich«, sagte Naubach.

»Und auch Ihnen wird nichts geschehen«, sagte Benedikt, nunmehr direkt an ihn gewandt. »Ich gebe Ihnen mein Wort, dass weder Ihnen noch sonst jemandem hier drinnen ein Leid geschehen wird, wenn Sie nichts Dummes tun.«

»Wie zum Beispiel eine geplante Entführung zu verhindern?«, erkundigte sich Naubach.

Benedikt maß ihn mit einem Blick, in dem Rachel vergeblich nach Zorn oder auch nur Ärger suchte, sondern in dem, wenn überhaupt, allenfalls eine schwache Spur von Trauer zu lesen war. »Ich wollte, ich könnte Ihnen erklären, worum es geht«, sagte er. »Aber Sie würden es nicht verstehen.«

»Das ist auch nicht nötig«, erwiderte Naubach mit einem Blick auf Storck. »Ihr Kumpan da wird Zeit genug haben, es zu tun. Ich schätze, irgendetwas zwischen sieben und zwölf Jahren – bis jetzt.«

Bevor Darkov antworten konnte, drang eine quäkende elektronische Tonfolge aus der Jackentasche des Polizisten. Storck griff hinein, zog ein Handy heraus und hielt es ans Ohr. Er lauschte eine gute Minute, ohne irgendetwas zu sagen, dann nickte er. »Wir warten hier«, sagte er. »Aber beeilt euch.«

Er steckte das Telefon wieder ein und wandte sich mit einem knappen »Sie sind unterwegs« an Benedikt. »Noch zehn Minuten, allerhöchstens.«

»Und dann?«, erkundigte sich Naubach. »Ich meine, nur falls es Ihnen nichts ausmacht, mir diese Frage zu beantworten: Werden Sie uns erschießen, sobald Ihre Kumpane hier eingetroffen sind?«

Storcks Blick wurde gequält, aber Benedikt kam ihm mit der Antwort zuvor: »Ihnen wird nichts geschehen, Herr Kommissar. Sie sind frei, sobald wir fort sind. Darauf haben Sie mein Wort.«

»Aber selbstverständlich«, antwortete Naubach spöttisch. »Ihr Kollege wird mir seine Waffe aushändigen und sich ohne Widerstand festnehmen lassen, sobald Sie in den Wagen gestiegen und davongefahren sind.«

»So ungefähr. Vielleicht nicht unbedingt sofort, aber nach einer halben Stunde«, erwiderte Benedikt ernst. Er schüttelte den Kopf. »Ich wollte, ich könnte Sie davon überzeugen, dass wir nicht Ihre Feinde sind.« Ohne Naubachs Antwort abzuwarten – er hätte wahrscheinlich ohnehin keine bekommen, die deutlich über eine weitere bissige Bemerkung hinausging –, wandte er sich an Storck: »Das war gute Arbeit. Es tut mir wirklich Leid.«

»Was?« Das Gesicht des jungen Polizisten spiegelte völliges Unverständnis und Benedikt stand auf, drehte sich ein Stück zur Seite, als wollte er sich an Naubach oder De Ville wenden, und schlug dem jungen Beamten ohne die geringste Vorwarnung und ansatzlos die Faust gegen die Schläfe. Storck verlor nicht das Bewusstsein, aber er sackte mit einem überraschten Seufzen in sich zusammen und gleichzeitig zur Seite, und Benedikt entriss ihm blitzschnell die Waffe und ließ den Lauf einen drohenden Halbkreis durch die kleine Passagierkabine beschreiben. »Tun Sie jetzt nichts Unüberlegtes«, sagte er.

Rachel hätte nicht sagen können, ob die Warnung De Ville oder Naubach galt, aber es war ohnehin alles viel zu schnell gegangen, als dass einer der beiden auch nur Zeit gefunden hätte, wirklich zu begreifen, was geschah, geschweige denn, die Situation vielleicht zu seinen Gunsten auszunutzen.

Naubach starrte Benedikt nur mit offenem Mund an, während sich auf De Villes Gesicht ein Ausdruck breit zu machen begann, den Rachel als Zufriedenheit gedeutet hätte – wäre diese Vorstellung nicht einfach zu absurd gewesen.

»Ich habe mich schon gefragt, wann Sie es tun«, sagte er schließlich.

»Was?«, murmelte Naubach. »Was haben Sie sich gefragt, De Ville?«

»Wann er ganz genau das tut, was er jetzt getan hat«, antwortete De Ville mit einer Kopfbewegung auf die Waffe in Benedikts Hand, die so plötzlich ihren Besitzer gewechselt hatte. Storck war weiter in seinem Sitz zusammengesunken und kämpfte stöhnend darum, nicht ganz das Bewusstsein zu verlieren. »Es ist doch immer wieder schön, dabei zuzusehen, wie sich die bösen Jungs gegenseitig fertig machen, meinen Sie nicht auch?«

Benedikt maß ihn mit einem Blick, der Rachel erschreckte, aber er schien trotzdem zu dem Schluss zu kommen, dass es der Mühe nicht wert war, auf De Villes Provokation zu reagieren, denn stattdessen machte er eine wedelnde Handbewegung zur Tür. »Aufmachen!«

De Ville verzog zwar verächtlich das Gesicht, stand aber trotzdem gehorsam auf und wuchtete die schwere Schiebetür mit einiger Anstrengung zur Seite. Der Helikopter war so gelandet, dass sie der windabgewandten Richtung zugedreht war, sodass sie diesmal wenigstens nicht sofort wieder bis auf die Knochen durchnässt wurden, aber die Kälte, die hereinfauchte, war entsetzlich. Rachel umschlang die Knie mit den Händen und zog sich auf ihrem Sitz zu einem Ball zusammen, um eine möglichst kleine Angriffsfläche zu bieten, aber es nutzte nicht sehr viel. Die Kleidung, die sie vorhin instinktiv gewählt hatte, mochte gut zu der kindischen Emma-Peel-Rolle passen, in der sie sich (warum auch immer) für eine Weile gewähnt hatte, aber sie passte ganz und gar nicht zur Witterung.

Benedikt wechselte die Waffe von der Rechten in die Linke und benutzte die frei gewordene Hand, um in Storcks Jackentasche zu greifen und das Handy des jungen Polizisten herauszuholen. Achtlos ließ er es auf den Sitz fallen und ergriff Storck anschließend am Aufschlag seiner schwarzen Lederjacke, um ihn in die Höhe zu ziehen. Der Beamte machte eine schwächliche Abwehrbewegung, die Benedikt allerdings gar nicht zur Kenntnis nahm. »Helfen Sie ihm«, befahl er. »Beide!«

De Ville streckte gehorsam die Arme aus und wäre fast zusammen mit Storck rücklings aus der Maschine gestolpert, während er ihn ungeschickt hinausbugsierte. Naubach jedoch rührte sich nicht, sondern starrte Darkov nur weiter und mit immer größer werdender Verständnislosigkeit an. »Was zum Teufel wird das, wenn es fertig ist?«

»Begreifen Sie eigentlich immer so langsam?«, ächzte De Ville. Er hatte alle Mühe, Storck aus der Maschine zu bekommen, ohne ihn einfach fallen zu lassen, und ärgerte sich offensichtlich darüber, dass Naubach keinen Finger rührte, um ihm zu helfen. »Ihr so offenbar unterbezahlter und schlecht motivierter Untergebener hier hatte wohl keine Ahnung, dass unser Freund die Fronten gewechselt hat, habe ich Recht?«

Benedikt machte sich nicht die Mühe zu antworten, sondern wedelte erneut und diesmal eindeutig gereizt mit seiner Pistole. »Wir können uns gerne weiter unterhalten, aber das geht alles von Ihrer Zeit ab«, sagte er. »Nur falls Sie es vergessen haben sollten – in spätestens zehn Minuten tauchen hier ein paar Leute auf, denen Sie ganz bestimmt nicht begegnen möchten. Tun Sie sich also selbst einen Gefallen und laufen Sie, so schnell Sie können. Und versuchen Sie nicht, per Anhalter zu fahren. Man weiß nie, wer einen mitnimmt.«

»Sie sind ja wahnsinnig«, murmelte Naubach. »Was glauben Sie, wie weit Sie mit einem gestohlenen Hubschrauber kommen?«

Benedikt zuckte mit den Achseln. »Steigen Sie aus. Aber vorher geben Sie mir Ihre Handys – beide!«

Naubach griff mit finsterem Gesicht in die Manteltasche und händigte ihm ein metallicfarbenes Mobiltelefon aus. De Ville tat nach kurzem, störrischem Zögern, das er wahrscheinlich nur seinem Selbstverständnis als gekidnappter Staatsbeamter schuldig war, dasselbe, und Rachel hörte sich zu ihrer eigenen, fassungslosen Überraschung sagen:

»Er hat noch eins.«

Naubach starrte sie nur ungläubig und aus aufgerissenen Augen an, aber De Ville schüttelte auf eine Art den Kopf, als habe er nichts anderes erwartet, aber gehofft, dass es nicht geschehe. Kommentarlos griff er erneut in die Manteltasche und zog das zweite Handy heraus, um es mit einer schwungvollen Bewegung auf den Sitz neben Rachel zu werfen.

»Sie werden mir eine Menge erklären müssen, wenn wir uns wieder sehen, meine Liebe«, sagte er.

Ihm?, dachte Rachel fast hysterisch. Wieso ihm? Sie hatte sich selbst eine Menge zu erklären! Warum um alles in der Welt hatte sie das getan?

Benedikt gab ihr jedoch nicht einmal Zeit, sich über ihr eigenes Verhalten zu wundern, sondern wedelte abermals und noch ungeduldiger mit der erbeuteten Waffe. »Aussteigen!«, befahl er.

De Ville gehorchte, störrisch, aber widerspruchslos, doch Naubach zierte sich noch einen Augenblick. Er erhob sich zwar halb aus seinem Sitz, ließ sich aber dann wieder zurücksinken und starrte Rachel an. »Ich verstehe Sie nicht«, sagte er. »Warum tun Sie das? Ich dachte, wir stehen auf derselben Seite?«

»Wenn es Sie tröstet, Herr Kommissar«, murmelte Rachel, »ich verstehe mich im Moment selbst noch viel weniger.«

»Und wir stehen auf derselben Seite«, fügte Benedikt hinzu. »Mir ist klar, dass Sie mir im Moment nicht glauben können, aber sollten wir uns wiedersehen –«

»Worauf Sie sich verlassen können«, knurrte Naubach.

»– dann werde ich Ihnen alles erklären«, schloss Benedikt ungerührt. »Und jetzt steigen Sie aus, bitte.«

»Und wenn nicht?«, fragte Naubach trotzig. »Erschießen Sie mich dann?«

»Nein«, erwiderte Benedikt. »Ich töte niemanden. Aber ich verspreche Ihnen, dass ich Ihnen ohne zu zögern in die andere Schulter schieße, wenn Sie mich dazu zwingen. Sie werden nicht daran sterben, aber es wird sehr wehtun.« In seiner Stimme war nicht einmal die Spur einer Drohung, aber vielleicht war es gerade das, was Naubach klar machte, wie ernst er seine Worte gemeint hatte.

Er starrte Benedikt noch eine halbe Sekunde lang trotzig an, dann stemmte er sich ächzend in die Höhe und kletterte umständlich aus dem Hubschrauber. Der Boden draußen war so schlüpfrig, dass er um ein Haar gestürzt wäre.

»Sie auch!« Benedikts Pistole richtete sich auf den Piloten. »Raus!«

Anders als Naubach gehorchte der Mann sofort und mit so großer Hast, dass er mehr aus der Maschine fiel als hinauskletterte, und Benedikt ging gebückt nach vorne und nahm auf dem frei gewordenen Pilotensitz Platz.

Rachel warf noch einen Blick nach draußen und sah, dass Naubach und De Ville den noch immer halb bewusstlosen Polizeibeamten in die Mitte genommen hatten und sich hastig von der Maschine entfernten, dann kletterte sie umständlich ebenfalls nach vorne und ließ sich in den freien Sitz neben Benedikt sinken. »Du … du kannst so ein Ding fliegen?«, fragte sie unsicher.

»Nein«, antwortete Benedikt. »Aber so schwer kann das doch eigentlich nicht sein.«

Rachel sagte vorsichtshalber nichts mehr. Sie verdrehte sich halbwegs den Hals, um erneut nach Naubach und den beiden anderen zu sehen. Sie hatten sich mittlerweile gute zwanzig Schritte von der Maschine entfernt und schienen schneller zu werden; der Pilot rannte hinter ihnen her. Aber sie kamen nur sehr langsam von der Stelle. Der wochenlange Regen hatte den Boden derart aufgeweicht, dass nicht einmal mehr genau zu erkennen war, wo der See aufhörte und das Ufer begann. Sie hatten nicht die Spur einer Chance, die Straße zu erreichen, bevor Benedikts Freunde hier waren.

»Mach dir keine Sorgen«, sagte Benedikt, als hätte er ihre Gedanken gelesen. »Sie werden ihnen nichts tun. Sie wollen nur dich ... und mich«, fügte er nach kurzem Zögern und etwas leiser hinzu. Er sah Rachel bei diesen Worten nicht an, sondern ließ seinen Blick unentwegt und sehr schnell über das Armaturenbrett des Helikopters streifen. Der Ausdruck, der dabei in seinen Augen stand, gefiel Rachel nicht. Nicht im Entferntesten.

»Das ... das war doch gerade nur ein Scherz, oder?«, fragte sie. »Dass du nicht weißt, wie man so eine Maschine fliegt, meine ich.«

Benedikt grinste flüchtig und mit so wenig Überzeugungskraft, wie sie es vor einem Augenblick noch nicht einmal für möglich gehalten hätte, streckte die Hand nach den Kontrollhebeln des Helikopters aus und zog sie wieder zurück, ohne irgendetwas berührt zu haben. »Diese verdammte Kiste ist uralt«, murmelte er. »Wahrscheinlich hat Leonardo da Vinci sie persönlich konstruiert. Ich hätte gedacht, dass sich der Vatikan etwas Besseres leisten könnte.«

»Das ist jetzt nicht mehr witzig«, sagte Rachel nervös. »Bitte, Benedikt –«

Der Rest ihrer Worte ging in einem erschrockenen Keuchen unter, als Benedikt den Helikopter warnungslos einen Meter weit in die Höhe steigen ließ. Eine Sekunde lang hing die Maschine scheinbar schwerelos über dem Boden, dann kippte sie bedrohlich nach rechts, im nächsten Augenblick ein noch weiteres Stück nach links und setzte schließlich mit einem so harten Ruck wieder auf, dass Rachel zum zweiten Mal die Luft wegblieb.

»Für den ersten Versuch nicht schlecht, wie?«, grinste Benedikt. »Ich schätze, wenn ich noch ein bisschen übe, kriege ich es hin. Wenn ich nur wüsste, wozu all diese lustigen bunten Lämpchen und Schalter gut sind ...«

Rachel setzte sich mühsam auf und durchbohrte ihn mit dem wütendsten Blick, den sie zustande brachte. Am liebsten hätte sie ihn angeschrien. Stattdessen jedoch griff sie hastig nach dem Anschnallgurt, zog ihn über die Brust und ließ den Verschluss einrasten. Sie benötigte einige Augenblicke dazu, denn der Gurt unterschied sich in Funktion und Konstruktion vollkommen von allen anderen, die sie je gesehen hatte. Vielleicht hatte Benedikt ja Recht: Zumindest dieser Sicherheitsverschluss sah ein bisschen so aus, als hätte ihn da Vinci nicht nur konstruiert, sondern auch eigenhändig zusammengebaut.

»Wo sind deine Freunde?«, erkundigte sich Benedikt.

De Ville und die beiden anderen waren ganz gewiss nicht ihre Freunde, aber sie verstand trotzdem, wen er meinte, und drehte sich abermals im Sitz herum. In dem schmalen Ausschnitt des Seeufers, das sie durch die immer noch offen stehende Seitentür der Maschine erkennen konnte, war keine Spur mehr von ihnen zu sehen; wortwörtlich. Der Regen hatte die tiefen Fußabdrücke, die sie im Uferschlamm hinterlassen hatten, binnen weniger Augenblicke vollkommen ausgelöscht. Wenigstens etwas. »Keine Ahnung«, sagte sie. »Wahrscheinlich verstecken sie sich irgendwo unter den Bäumen dahinten. Besonders viel wird das allerdings nicht nutzen, fürchte ich.« Sie drehte sich wieder nach vorne. Ihr Nacken schmerzte von der angespannten Haltung. »Ich hoffe, du hast Recht und ihnen geschieht wirklich nichts.« Sie war nicht ganz sicher, ob Benedikt diese Worte überhaupt gehört hatte. Auf seinem Gesicht lag noch immer derselbe angespannte Ausdruck, aber er starrte jetzt nicht mehr die Instrumente vor sich an, sondern blickte durch das Fenster nach draußen, als suche er nach etwas Bestimmtem. Oder nach jemandem?

»Worauf wartest du?«, fragte sie.

»Ich versuche mich zu erinnern«, erwiderte Benedikt. »Ich habe vor ein paar Jahren einmal einen Film über Hubschrauberfliegen gesehen, aber ich –«

»Das ist jetzt wirklich nicht mehr komisch«, sagte Rachel scharf.

»Ich weiß.« Benedikt sah kurz in ihre Richtung und dann wieder nach draußen. »Entschuldige. Ich dachte, ich könnte dich ein bisschen aufheitern.«

»Das kannst du«, antwortete Rachel. »Indem du mir zum Beispiel endlich erklärst, was das alles hier zu bedeuten hat.«

»Das habe ich dir schon erklärt«, erinnerte Benedikt. »Aber du glaubst mir ja nicht. Gib mir ein Handy.«

»Eins von denen?« Rachel deutete mit dem Daumen über die Schulter zurück auf eines der vier Mobiltelefone, die auf den plastikbezogenen Sitzen hinter ihnen lagen, und schüttelte den Kopf. »Ganz bestimmt nicht.«

»Wir brauchen Hilfe«, erinnerte Benedikt. »Ich muss telefonieren.«

»Aber nicht mit einem von diesen Dingern«, sagte Rachel, als er dazu ansetzte, sich aus dem Sitz zu stemmen und selbst nach hinten zu gehen.

Benedikt verharrte mitten in der Bewegung. »Wieso?«

»Weil sie die Nummern all dieser Apparate kennen«, sagte Rachel. »Man kann die Dinger anpeilen, weißt du? Und abhören.«

»Auch wenn niemand telefoniert?«, fragte er zweifelnd.

»Auch wenn niemand telefoniert«, bestätigte Rachel. »Was glaubst du denn, woher De Ville und seine Leute so schnell gekommen sind? Sie haben die ganze Zeit über gewusst, wo wir waren, und auch, was wir gesprochen haben.«

»Oh«, machte Benedikt.

Rachel grinste über diesen kleinen Triumph, aber dann sah sie in seine Augen, und was sie darin las, ließ das Lächeln so schlagartig aus ihrem Gesicht verschwinden, als hätte es jemand abgeschaltet. »Du hast gedacht, ich hätte dich verraten«, murmelte sie.

»Ich weiß nicht, was ich gedacht habe«, sagte Benedikt ausweichend. »Aber ich hätte es dir nicht übel genommen.«

Das war nicht die Antwort, die sie hatte hören wollen, ganz und gar nicht. »Das … das darf ja wohl nicht wahr sein!«, begehrte sie auf. Sie erwartete, Zorn in sich aufsteigen zu fühlen oder wenigstens gerechte Empörung, aber alles, was sie empfand, war eine vollkommene und totale Fassungslosigkeit. »Ich riskiere meinen Hals, um dich zu warnen! Ich … ich werfe praktisch mein Leben weg, um deinen Hals zu retten, und du traust mir immer noch nicht?«

Benedikt antwortete nicht darauf, sondern sah sie nur weiter an, aber er tat es auf eine ganz bestimmte Art, und es war dieser Blick, der ihr klar machte, was sie da gerade gesagt hatte.

»Entschuldige«, murmelte sie.

»Schon gut.« Benedikt machte eine Handbewegung. »Das ist jetzt wirklich nicht der Moment.«

Und es war auch nicht der Moment, sich noch einmal zu entschuldigen. Jedes Wort, das sie hätte sagen können, hätte die Peinlichkeit des Augenblicks noch vertieft. Rachel blickte schaudernd durch das transparente Kanzeldach nach oben. Nach Benedikts misslungenem Startversuch hatten die Rotorblätter aufgehört, sich so rasend schnell zu drehen, dass sie praktisch unsichtbar wurden, sondern bewegten sich nur noch fast gemächlich im Kreis, und mit der Bewegung war auch der unsichtbare Schutzschild erloschen, der sie vor dem schlimmsten Regen geschützt hatte. Der Himmel, der bisher grau gewesen war, begann sich allmählich schwarz zu färben, und obwohl der ohrenbetäubende Lärm der Turbinen ebenfalls zu einem Grollen herabgesunken war, war es nicht wirklich leiser geworden, denn der Regen trommelte wie mit Fäusten auf das Kanzeldach und Rachel glaubte regelrecht zu sehen, wie kalt es geworden war. Ein neuerliches, noch kälteres Frösteln lief wie eine Armee winziger Eisameisen ihren Rücken herunter. Seit diese verrückte Geschichte begonnen hatte (großer Gott, waren das wirklich erst vier oder fünf Stunden? Sie zählte in Gedanken nach und kam zu einem schockierenden Ergebnis: ja!), hatte sie praktisch ununterbrochen über den bevorstehenden Weltuntergang geredet, darüber nachgedacht oder war vor Leuten davongelaufen, die nach Kräften daran zu arbeiten schienen, aber jetzt war es ihr, als ob sie zum ersten Mal wirklich begriff, wovon Benedikt überhaupt sprach. Der Anblick war durch und durch unheimlich: Der Himmel über dem Helikopter und dem See war noch nicht ganz schwarz, verlor aber zusehends an Farbe und schien sich im gleichen Maß auf die Erde herabzusenken; wie die Unterseite einer gigantischen Presse, mit der Gott beschlossen hatte, die Welt zu zerquetschen. Nicht einmal sehr weit entfernt, im Norden, war das Universum bereits erloschen. Die vollkommene Schwärze des Himmels hatte sich mit der ebenso kompakten Dunkelheit vereinigt, die über das Land gefallen war, und den Horizont verschlungen. Nicht ein einziges Licht brannte. Es war nicht zu erkennen, wo der Himmel aufhörte und die Erde begann oder ob es überhaupt noch einen Unterschied zwischen beiden gab.

»Unheimlich, nicht?« Benedikt war ihrem Blick gefolgt und lächelte jetzt auf eine Art, die dazu angetan war, ihre Sorge noch zu verstärken. »Und das ist erst der Anfang.«

Nicht schon wieder, dachte sie. Sie wollte nicht darüber reden. Statt zu antworten, drehte sie sich demonstrativ zur Seite, dennoch sah sie aus den Augenwinkeln, dass Benedikt zweimal den Kopf von rechts nach links und wieder zurück drehte und den Waldrand und das nur noch zu erahnende Seeufer vor ihnen mit Blicken absuchte, ehe er sich wieder an sie wandte.

»Du bist wirklich sicher, dass du das tun willst?«, vergewisserte er sich.

»Dass ich was tun will?«

»Mit mir kommen.« Er schnitt ihr mit einer entsprechenden Geste das Wort ab, noch bevor sie überhaupt etwas sagen konnte. »Du kannst immer noch zurück.«

»Nach dem, was ich gerade getan habe? Kaum.«

»Wenn wir uns jetzt trennen und du dich stellst, passiert dir gar nichts«, behauptete er. »Aber wenn du bei mir bleibst, werden sie dich genauso jagen wie mich.«

»Du meinst, sie werden hinter uns her sein wie der Teufel hinter der armen Seele?«

Der Vergleich schien Benedikt nicht zu behagen, denn sein Gesicht verdüsterte sich für einen Moment, aber er ging nicht weiter darauf ein, sondern nickte sogar. »So ungefähr. Und nicht nur meine Leute, sondern auch die Polizei.«

»Ich wollte immer schon einmal wissen, wie sich Bonnie und Clyde gefühlt haben«, antwortete Rachel; ein ebenso schwacher wie fehlgeschlagener Versuch, den immer unbehaglicher werdenden Moment durch einen Scherz zu entspannen.

»Ich muss einfach wissen, warum du das getan hast.«

Die ehrliche Antwort wäre die gleiche gewesen, die sie auch Naubach vor ein oder zwei Minuten schon einmal gegeben hatte: Sie wusste es einfach nicht. Sie hatte in dem Moment, in dem sie sich so offen auf Benedikts Seite geschlagen hatte, ganz einfach das Gefühl gehabt, dass es richtig war. Sie hatte jemandem ein Versprechen gegeben. »Tanja.«

»Tanja?« Er runzelte die Stirn. »Deine Freundin.«

»Deine Leute haben sie entführt, oder? Glaubst du, dass Naubach oder dieser De Ville in der Lage sind, ihr zu helfen?«

»Selbstverständlich«, antwortete Benedikt überzeugt. »Aber nicht in der kurzen Zeit, die uns noch bleibt.«

»Siehst du, da hast du deine Antwort. Aber jetzt bist du mir ebenfalls eine Antwort schuldig, okay?«

Er legte den Kopf schräg und sah sie an. Wenn ihn ihre Antwort überraschte, so ließ er es sich zumindest nicht anmerken. »Wenn ich die Frage kenne.«

»Ich will endlich wissen, was hier los ist«, sagte Rachel. »Und fang nicht wieder an mit dieser Weltuntergangsgeschichte und Gottes Strafgericht. Die Wahrheit!«

»Aber es ist die Wahrheit«, sagte er. Er klang irgendwie traurig. Vielleicht auch ein bisschen enttäuscht.

Rachel schloss die Augen und zählte in Gedanken langsam bis fünf. Sie waren wieder am gleichen Punkt angekommen wie vorhin. Vielleicht hatte De Ville ja tatsächlich Recht und Benedikt und die Leute, mit denen er zumindest bis heute Morgen zusammengearbeitet hatte, waren nichts anderes als religiöse Fanatiker. Seit das Wetter angefangen hatte, verrückt zu spielen, waren zahllose Spinner und Eiferer aus ihren Verstecken gekrochen und hatten begonnen, lauthals das bevorstehende Ende der Welt zu verkünden. Die meisten waren harmlos, einige wenige waren nicht ganz so harmlos und eine Hand voll von ihnen waren es ganz und gar nicht. Möglicherweise gehörten Benedikt und seine Freunde ja zu dieser Hand voll.

»Also schön«, sagte sie. »Beweise es.«

»Beweisen?«

»Weißt du, du und deine Freunde, ihr seid nicht die Einzigen, die laut von Gottes Zorn sprechen, der uns gerade auf die Köpfe fällt«, sagte sie. »Die Zeitungen und das Fernsehen sind voll von solchen …«

»Verrückten?«, schlug Benedikt vor.

Rachel zögerte einen Sekundenbruchteil länger, als gut war, ehe sie den Kopf schüttelte und der Bewegung dadurch das meiste von ihrer Glaubwürdigkeit nahm. »Ich hätte ein anderes Wort gewählt«, antwortete sie ausweichend. Sie glaubte das dünner werdende Eis, auf dem sie sich bewegte, unter ihren Füßen knirschen zu hören.

»Das ist in Ordnung«, sagte Benedikt ruhig. »Das Wort spielt keine Rolle. Ich weiß, was du meinst. Ich an deiner Stelle würde vielleicht nicht einmal anders reagieren.« Er seufzte. »Du willst einen Beweis. Aber wie kann ich dir etwas beweisen, das so offensichtlich ist?«

»Ein kleiner Fingerzeig Gottes würde mir schon reichen«, bestätigte Rachel. »Vielleicht ein Blitz, der ein Kreuz in den Boden brennt, oder etwas in dieser Art?« Die Worte taten ihr schon Leid, noch bevor sie sie ganz ausgesprochen hatte. Sie waren nicht nur eindeutig nicht witzig, sie waren geschmacklos.

Benedikt wirkte verletzt, und das mit Recht. »Als die Sonne über dem Land aufgegangen und Lot in Zoar angekommen war, ließ der Herr auf Sodom und Gomorra Schwefel und Feuer regnen, vom Himmel herab. Er vernichtete von Grund auf jene Städte und die ganze Gegend, auch alle Einwohner der Städte und alles, was auf den Feldern wuchs.«

»Genesis neunzehn, Verse dreiundzwanzig bis fünfundzwanzig«, antwortete sie ganz automatisch. Erst danach wurde ihr klar, was sie gerade getan hatte, und sie kam sich albern vor; so, als wäre sie in ihre Kindheit zurückversetzt worden, befände sich wieder im Kommunionsunterricht und müsste ihrem Lehrer beweisen, dass die letzten Monate nicht umsonst gewesen waren. Aber da war noch etwas. Erst nachdem sie diesen Gedanken gedacht hatte, wurde ihr klar, worüber Benedikt gerade gesprochen hatte, und dieses Begreifen löste eine so hysterische Heiterkeit in ihr aus, dass sie um ein Haar laut aufgelacht hätte. Allerdings war ihr auch selbst klar, dass sich unter dieser Heiterkeit nichts anderes als pures Entsetzen verbarg. »Das ist jetzt ein Scherz«, sagte sie. »Du bist ein paar tausend Jahre zu spät dran, weißt du?«

Benedikt blickte sie fünf Sekunden lang – eine Ewigkeit! – so ernst und durchdringend an, dass ihr erneut ein eisiger Schauer über den Rücken lief, dann hob er den Arm und sah auf die Uhr. Er schien einen Moment lang angestrengt zu überlegen, dann sagte er: »Noch vier Stunden. Ungefähr. Falls wir dann noch leben, wirst du begreifen.«

»Was ist in vier Stunden?«, fragte Rachel.

Als er nicht antwortete, packte sie ihn bei den Schultern und schüttelte ihn zweimal kurz: »Was ist in vier Stunden?« Diesmal schrie sie – allerdings größtenteils vor Schmerz, als sich ein rot glühender Draht direkt durch ihre Handgelenke zu bohren schien und sie nachhaltig an die Verstauchung erinnerte, die sie sich am Morgen zugezogen hatte.

Benedikt machte sich mit sanfter Gewalt los, sah sie sehr sonderbar an und fragte dann: »Hast du es schon einmal mit Beten versucht?«

Rachel biss die Zähne zusammen und massierte abwechselnd ihr rechtes Handgelenk mit der Linken und umgekehrt. Der Schmerz verebbte nur ganz allmählich. »Was?«, fragte sie übellaunig.

Benedikt machte eine entsprechende Kopfbewegung. »Deine Verletzung. Sie tut ziemlich weh, nicht?«

»Nur wenn ich lache«, knurrte Rachel.

»Dann solltest du stattdessen vielleicht beten«, schlug er vor. So lächerlich ihr die Worte auch erschienen, sie spürte, dass er sie in diesem Moment vollkommen ernst meinte. »Versuch es einfach.«

»Unsinn!« widersprach Rachel. »Du willst nur ablenken, damit du meine Frage nicht beantworten musst. *Was* geschieht in vier Stunden?«

»Wann hast du das letzte Mal gebetet?«, fragte Benedikt stur.

Rachels Gesicht verdüsterte sich. »Darüber möchte ich nicht reden«, sagte sie.

Benedikt nickte. »Ich verstehe«, sagte er – was Rachel allerdings bezweifelte. »Es hat etwas mit dieser Sache zu tun, derentwegen du die Stadt verlassen hast. Bruder Antonius.«

»Adrianus«, verbesserte ihn Rachel widerwillig.

»Erzähl mir davon«, bat Benedikt.

»Das möchte ich nicht«, erwiderte sie. Verdammt, er *hatte* Erfolg. Er dachte nicht daran, ihre Frage zu beantworten, sondern stellte ganz gezielt eine Frage, die es ihr unmöglich machte, sich weiter auf das Thema zu konzentrieren, das ihm offensichtlich so unangenehm war.

»Warum nicht?«, fragte Benedikt. »Manchmal erleichtert es zu reden, weißt du.«

»Sicher«, sagte Rachel spöttisch. »So sehr, dass ich die Stadt verlassen habe. Ich hätte nie wiederkommen sollen.« Sie schüttelte den Kopf, aber die Bewegung wirkte nicht annähernd so wütend, wie sie beabsichtigt hatte. Sie hatte innerlich bereits resigniert und war nur noch nicht bereit, es zuzugeben.

»Es waren diese verdammten Journalisten«, sagte sie. »Adrianus ist praktisch vor meinen Augen umgekommen. Ich war … ich stand neben ihm, weißt du, nicht viel weiter entfernt als du jetzt von mir.«

»Ich weiß«, sagte er.

»Du weißt?«

»Ich lese Zeitung«, antwortete Benedikt mit sanftem Spott.

»Warum fragst du dann?«

»Weil ich weiß, was passiert ist, aber nicht, wie es passiert ist«, antwortete Benedikt, was sich eigentlich komisch anhören sollte, es aber irgendwie nicht tat. »Er wurde von einem Kirchenfenster erschlagen, nicht wahr?«

Rachel machte eine Bewegung, die gerade vage genug zwischen einem Nicken und einem Schulterzucken angesiedelt war, um seiner Fantasie freien Spielraum zu lassen.

»Das war wenigstens das, was in den Zeitungen stand.«

»Und das war dann auch schon fast die ganze Geschichte«, sagte sie.

»Und deswegen warst du eine Woche lang in den Zeitungen?«

Nein, nicht deswegen, dachte Rachel. Aber sie nickte. »Was erwartest du? Sensationen sind kostbar. Ich stand daneben, als es passiert ist. Augenzeuge bei einem schrecklichen Unfall. Auf so etwas stürzen sich die Zeitungen.«

Aber das war natürlich nicht die ganze Wahrheit. Sie war viel komplizierter. *Noch* komplizierter, als selbst die Meute sensationslüsterner Journalisten, die eine Woche lang ihr Haus belagert und sie schließlich aus der Stadt vertrieben hatten, auch nur ahnte. Vielleicht noch komplizierter, als selbst Naubach glaubte – obwohl sie argwöhnte, dass er vielleicht als Einziger der Wahrheit einigermaßen nahe gekommen war.

Bruder Adrianus war der Pfarrer der Gemeinde gewesen, so lange sie sich erinnern konnte; und wahrscheinlich noch viel, viel länger. Er hatte sie getauft, zur heiligen Kommunion geführt und während ihrer

Schulzeit seelsorgerisch begleitet, aber sie waren niemals Freunde gewesen. Rachel hatte den Grund nie verstanden, aber zwischen ihr und Adrianus war stets eine latente, doch selbst für Außenstehende spürbare Feindseligkeit gewesen und die war nach ihrem Austritt aus der Kirche offen ausgebrochen.

Adrianus war kein wirklich schlechter Mensch gewesen, aber er war ein sehr harter Mann, für den die Bibel das Wort Gottes und das Wort Gottes unumstößliches Gesetz und nicht diskutierbar war und der seine Gemeinde mit eiserner Hand regierte. Sie wusste längst nicht mehr, wie oft sie sich schon mit ihm gestritten hatte, niemals laut, niemals unhöflich, aber niemals war einer von ihnen bereit gewesen, auch nur einen Millimeter von seinem Standpunkt abzuweichen. Für Rachel war Bruder Adrianus ein verbiesterter alter Mann, der es vielleicht sogar gut meinte, aber seinen Kommunionsschülern allen Ernstes erklärte, dass er Gott näher sei als sie, der sich weigerte, Kinder von geschiedenen und wieder verheirateten Müttern mit ihren neuen Namen anzusprechen, und der sonntags von der Kanzel feurige Predigten hielt, in denen er Unmoral und Sündhaftigkeit attackierte, die seiner Meinung nach bereits fast die gesamte Welt erobert hatten. Wahrscheinlich meinte er es sogar gut – von seinem Standpunkt aus –, aber Rachels Meinung nach hätte er mit einem schwarzen Hut und dem passenden Bart einen ganz passablen *Amish* abgegeben, und was *er* von *ihr* hielt, das wollte sie lieber gar nicht erst wissen.

An jenem Tag hatte sie sich im wahrsten Sinn des Wortes in die Kirche verirrt gehabt. Es hatte geregnet – was sonst? – und sie war im Grunde nur deshalb in die Sonntagsmesse gegangen, weil der Weg sie an der Kirche vorbeiführte, ihr Regenschirm selbstverständlich zu Hause lag – das gute Stück könnte ja nass werden – und es so aussah, als ob der Himmel innerhalb der nächsten zehn Minuten vielleicht aufklaren könnte.

»Es war die dümmste Idee meines Lebens«, sagte sie nickend, als Benedikt sie so zweifelnd anblickte, als sei die Vorstellung, dass sie freiwillig in eine Kirche gehen würde, vollkommen absurd. »Adrianus war in Höchstform. Ich weiß nicht, was vorher los war oder worüber er gepredigt hatte, dass er so mies drauf war. Ich habe jedenfalls vorn in der ersten Reihe Platz genommen. Die Kirche war voll. Es war kein anderer Platz mehr frei.«

»Anscheinend warst du nicht die Einzige, die das schlechte Wetter in die Arme von Mutter Kirche zurückgetrieben hat«, sagte Benedikt mit sanftem Spott. »Vielleicht stellt sich am Ende noch heraus, dass diese ganze Wetterkatastrophe in einem Geheimlabor des Vatikans erzeugt worden ist, damit die Leute wieder mehr in die Kirche gehen.«

Rachel blieb ernst. Natürlich sagte er das nur, um sie aufzuheitern, aber ihr war nicht nach Lachen zumute. Ganz und gar nicht. Die Worte hatten die Erinnerung an etwas geweckt, das sie mühsam zu vergessen versucht hatte, und nun konnte sie nicht mehr aufhören.

»In diese bestimmt nicht«, sagte sie ernst. »Er hat mich von Anfang an feindselig angesehen, aber natürlich hat er nichts gesagt.« Sie hob die Schultern. »Nicht, bis Tanja hereingekommen ist.«

»Tanja?«, vergewisserte sich Benedikt überrascht. *»Die* Tanja?«

»Die Tanja«, bestätigte Rachel. »Sie setzte sich neben mich. Du kennst Tanja nicht, aber sie gehört zu den Menschen, die praktisch nichts ernst nehmen, weißt du? Sie machte irgendeine dumme Bemerkung ... ich weiß gar nicht mehr genau, worum es ging. Irgendetwas über den, der nicht mit Steinen werfen soll, wenn er im Glashaus sitzt. Nicht genau, aber etwas in der Art.«

Benedikt nickte. »Ich verstehe. Und Adrianus hat es gehört.«

»Und ist hochgegangen wie eine Rakete«, bestätigte Rachel. »Er fing an, von der Kanzel herunter zu wettern. Er hat unsere Namen nicht genannt, er hat uns auch nicht angesehen, aber es war ganz klar, dass er uns gemeint hat.«

Benedikt griff nach ihren Händen, vielleicht nur, um sie zu beruhigen, und obwohl ihr erster Impuls der war, die Arme zurückzuziehen, ließ sie es geschehen. Sie hatte selbst nicht einmal gemerkt, dass sie mittlerweile am ganzen Körper zitterte. »Warum seid ihr nicht einfach aufgestanden und gegangen?«

»Das frage ich mich seither ungefähr tausend Mal am Tag«, sagte Rachel leise. »Ich wollte es. Ich hätte es tun *müssen.* Aber stattdessen habe ich irgendeine blöde Bemerkung über den Zorn Gottes gemacht. Ich habe gefragt, ob er keine Angst hätte, dass ihn eines Tages der göttliche Zorn trifft, mit dem er uns so gerne droht.«

»Und?« Benedikt begann ihre Handgelenke zu massieren. Sie wusste nicht genau, was er tat, aber es tat gut.

»Natürlich hat er es gehört. Er *sollte* es hören«, sagte Rachel.

»Und dann hat er erst richtig losgelegt«, vermutete Benedikt.

»Er wollte es«, bestätigte Rachel. Der Druck auf ihre Handgelenke nahm zu und tat jetzt schon ein wenig weh, aber sie entzog sich Benedikts Griff trotzdem nicht. Instinktiv spürte sie, dass das, was er tat, gut war.

»Was ist geschehen?«

»Das, womit ich ihm gedroht habe«, sagte Rachel leise. »Der Zorn Gottes hat ihn getroffen.«

Benedikt blinzelte. »Wie?« Er hörte jedoch nicht auf, ihre Handgelenke zu massieren.

»Natürlich war es nicht wirklich der Zorn Gottes«, sagte Rachel. *Ach nein? Tatsächlich nicht? Aber vielleicht der einer Hexe?* »Der Regen hatte zugenommen, statt nachzulassen, und der Sturm muss wohl einen Dachziegel gelöst haben. Die Kirche ist alt.« Sie hob die Schultern. »Im Polizeibericht steht jedenfalls, dass ein losgerissener Dachziegel eines der großen Fenster zertrümmert hat, und eine der Scherben hat Bruder Adrianus getroffen und ihm die Kehle durchgeschnitten. Direkt auf der Kanzel, vor der versammelten Gemeinde.«

»Großer Gott«, murmelte Benedikt. »Und du hast es mit angesehen.«

Sie hatte mehr als es *mit angesehen.* Sie war vielleicht die Einzige, die gesehen hatte, was *wirklich* passiert war. Es war nicht das Fenster gewesen. Die Scherben waren auf ihn herabgeprasselt wie Skalpelle und sie *hatten* ihn verletzt und regelrecht zerfleischt, aber was ihn *wirklich* getötet hatte, das war etwas anderes gewesen. Sie hatte damals nicht gewusst, was, und sie wusste es im Grunde auch jetzt noch nicht und hatte allenfalls eine Theorie, nicht mehr, aber in diesem entsetzlichen Moment war sie felsenfest davon überzeugt gewesen, dass es tatsächlich die strafende Faust Gottes gewesen war: etwas Kleines, Glitzerndes, tatsächlich von der Größe einer Kinderfaust, das das bunt bemalte Bleiglasfenster zertrümmert und ihn mit tödlicher Zielsicherheit getroffen hatte, ein Geschoss, das geradewegs vom Himmel gekommen war, um Bruder Adrianus für seine Selbstgerechtigkeit und seinen Hochmut zu bestrafen.

»Aber wieso haben sie sich alle so auf dich gestürzt?«, wunderte sich Benedikt.

»Jemand hat gehört, was ich gesagt habe«, sagte Rachel leise. »Ich war völlig schockiert, weißt du, ich … ich war in diesem Moment wirklich der Meinung, *ich* hätte die Katastrophe heraufbeschworen, und ich muss es wohl zu Tanja gesagt haben. Jemand hat es gehört.« Sie seufzte. »Das war aber auch schon alles. Ich habe einen gewissen Ruf in der Stadt, weißt du? Niemand hat es mir je direkt ins Gesicht gesagt – außer Frank vielleicht –, aber das, was passiert ist, was ich gesagt habe und was man sich hinter vorgehaltener Hand über die *Hexe* erzählt …«

»Ich verstehe«, sagte Benedikt. »Das hat gereicht.«

»Es war eine regelrechte Hexenjagd«, sagte Rachel düster.

»Und ich nehme an, ganz an der Spitze der Jagdpartie warst du selbst«, sagte Benedikt. Er machte eine rasche Kopfbewegung, als sie widersprechen wollte, und knetete ihre Handgelenke jetzt *wirklich* schmerzhaft – fast als hätte er vor, sie ihr endgültig zu brechen. Rachel versuchte sich loszumachen, aber es gelang ihr nicht.

»Mach mir nichts vor«, sagte Benedikt – obwohl sie gar nicht laut widersprochen hatte. »Du hast dir die ganze Zeit über Vorwürfe gemacht. Du hast geglaubt, es sei wirklich deine Schuld, habe ich Recht?«

»Quatsch«, sagte Rachel müde. Sie versuchte erneut sich loszureißen, aber er hielt sie eisern fest. Der Druck, den seine Daumen auf ihre Handgelenke auslösten, war fast unerträglich, aber es war ein Schmerz von einer Art, wie sie ihn noch nie zuvor gespürt hatte: schlimm, aber zugleich auch so, dass sie spürte, wie *gut* er war.

»Kein Quatsch«, behauptete Benedikt. »Oder doch, sicher. Ich schätze, es war einer von diesen Eismeteoriten. Sie kommen die ganze Zeit runter, weißt du, aber die Behörden versuchen es zu verschweigen, damit keine Panik ausbricht. So simpel ist die Erklärung.« Er machte ein Geräusch, das fast wie ein Lachen klang, aber keines war. »Aber das ändert nichts, nicht wahr? Ich meine, ich könnte es dir beweisen, dir einen Videofilm vorspielen oder dich mit dem besten

Meteorologen der Welt sprechen lassen und du würdest immer noch glauben, dass es deine Schuld war. Beiß die Zähne zusammen.«

Rachel sah ihn nur verständnislos an, und noch bevor sie fragen konnte, wie seine letzten Worte gemeint waren, tat er etwas, das nun wirklich *grässlich* wehtat. Rachel warf sich mit einem Schrei zurück, riss ihre Hände los …

… und der Schmerz war verschwunden. Ihre Handgelenke kribbelten, als wären sie eingeschlafen, aber der pochende Schmerz, der sie jetzt seit Stunden quälte, war nicht mehr da. Und irgendwie spürte sie auch, dass er nicht mehr wiederkommen würde.

»Was … was hast du gemacht?«, murmelte sie verwirrt.

Benedikt grinste breit. »Ein Wunder. Ich bin nämlich ein Hexer, weißt du? Ich wollte es einfach … ich meine, es könnte natürlich auch sein, dass ich einen schlichten chiropraktischen Griff angewendet habe oder etwas, das ich vom letzten Schamanen eines vergessenen Indianerstamms am Amazonas gelernt habe – aber wie ich dich kenne, ziehst du die unwahrscheinlichste Lösung vor. Also war es ein Wunder.«

Rachel starrte ihn wütend an, aber Benedikt sprach nicht weiter, sondern drehte sich im Sitz herum und blickte wieder nach vorne. Nach einem Moment sagte er: »Sie sind da.«

Rachel folgte seinem Blick. Im ersten Moment sah sie auch weiterhin nichts als ineinander fließende Grün- und Braunschattierungen und die bizarren Muster, die der Regen auf das Plexiglas der Kanzel malte, aber dann erkannte sie, dass einer der Schatten dort draußen zu kantig war, um nicht von Menschenhand geschaffen worden zu sein. Sie strengte ihre Augen an und Benedikt schaltete hastig die Scheibenwischer ein; sie waren hoffnungslos damit überfordert, die Wassermassen zu bändigen, die über das gewölbte Kanzeldach in die Tiefe stürzten, aber immerhin sah sie jetzt, dass es sich bei dem näher kommenden Fahrzeug um einen großen Geländewagen handelte. Eines jener schweren, hochbeinigen Offroad-Fahrzeuge mit grobstolligen Reifen und Vierradantrieb, die seit ein paar Wochen eine ungeahnte Konjunktur erlebten. Es war die einzige Art von Fahrzeug – von einem Panzer vielleicht einmal abgesehen –, die in diesem Gelände und bei dieser Witterung überhaupt eine Chance hatten, von der Stelle zu kommen.

»Deine Freunde?«, murmelte sie.

Benedikt nickte stumm. Seine Hand legte sich auf den Steuerknüppel des Hubschraubers und umschloss das schwarze Plastik mit solcher Kraft, dass seine Fingernägel weiß wurden.

»Dann wäre jetzt vielleicht der passende Moment, um mich an diesen Film zu erinnern«, sagte sie nervös. Sie hob die Schultern. »Oder ein Taxi zu rufen.«

»Einen Moment noch.«

»Sicher.« Rachel zuckte mit den Schultern. »Wir haben Zeit. Jede Menge. Und ich habe im Moment sowieso nichts Besseres zu tun. Verrätst du mir auch, worauf wir warten?«

Benedikt schwieg, aber die Antwort auf ihre Frage tauchte schon im nächsten Augenblick in Gestalt eines zweiten, womöglich noch größeren Geländewagens zwischen den Bäumen auf, der sich exakt in der Spur des ersten hielt, aber entweder keinen so guten Fahrer oder ein schlechteres Fahrwerk hatte, denn er schaukelte so wild hin und her, dass es Rachel nicht überrascht hätte, wenn er sich im nächsten Augenblick überschlagen hätte.

Sie konnte nicht erkennen, wie viele Männer sich in den Wagen befanden, aber beide zusammen mussten gut und gerne Platz für zwölf bis vierzehn Insassen bieten. Benedikts Freunde liebten es offensichtlich, in Kompaniestärke aufzutreten.

»Halt dich fest«, sagte Benedikt. »Es könnte ein bisschen holperig werden.«

Die Maschine schoss ebenso warnungslos wie das erste Mal in die Höhe, hielt jedoch diesmal nicht einen Meter über dem Boden an, um wie ein flügellahmer Schmetterling hin und her zu taumeln, sondern jagte in stumpfem Winkel auf den vorderen der beiden Geländewagen zu und kippte dann im buchstäblich letzten Moment zur Seite, um schräg nach oben in den Himmel zu schießen. Die Beschleunigung war so heftig, dass Rachel in die Polster gedrückt wurde, als befände sie sich in einem startenden Düsenjet, nicht in einem Hubschrauber.

»Du hast Recht«, keuchte sie. »Du hast wirklich keine Ahnung, wie man so ein Ding fliegt.«

Benedikt lächelte knapp. »Ich lerne ziemlich schnell, keine Angst.«

Rachel schenkte ihm ein verkniffenes Lächeln, beugte sich zur Seite und versuchte einen Blick auf die beiden Geländewagen unter ihnen zu werfen, aber der Winkel stimmte nicht und vermutlich waren sie bereits zu weit entfernt. Sie hatte bisher gar nicht gewusst, dass Hubschrauber zu einer derartigen Beschleunigung imstande waren.

»Du hast absichtlich gewartet«, vermutete sie.

Benedikt nickte.

»Du wolltest, dass sie sehen, wie wir abfliegen.«

Benedikt nickte abermals.

»Damit sie denken, irgendetwas ist schief gegangen und Naubach und De Ville haben dich wieder überwältigt.«

Benedikt nickte wieder. Er sagte immer noch nichts.

»Und erst gar nicht auf die Idee kommen, nach Spuren zu suchen«, schloss Rachel. »Ich bin gespannt, was Naubach sagt, wenn ich ihm erzähle, dass du dieses Risiko eingegangen bist, nur um De Ville und ihn zu retten.«

»Ich hoffe, du bekommst die Gelegenheit dazu«, antwortete Benedikt. »Aber im Moment haben wir andere Probleme.«

»Du machst mir Angst«, sagte Rachel sarkastisch, doch Benedikt blieb vollkommen ernst.

»Wir müssen dieses verdammte Ding loswerden«, sagte er mit einer Kopfbewegung auf das Armaturenbrett vor sich.

»Ist es dir zu langsam?«, fragte sie.

»Was glaubst du, wie weit wir mit einem gestohlenen Hubschrauber kommen?«, erwiderte Benedikt und schüttelte gleichzeitig den Kopf, um seine eigene Frage zu beantworten. »Du kennst dich hier in der Gegend aus, hoffe ich doch.«

»Hundert Meter über dem Boden? Nicht besonders.«

»Wenn nicht schon jetzt, dann werden sie in spätestens ein paar Minuten anfangen, uns mit allem zu suchen, was sie haben«, sagte Benedikt ungerührt. »Wir brauchen einen Platz, wo wir ungesehen landen und dieses Ding verstecken können.«

»Hier?« Rachel hätte fast laut aufgelacht. Wahrscheinlich – nein: bestimmt – waren sie jetzt bereits auf einem Dutzend Radarschirmen zu sehen. »Nur falls du es vergessen hast: Wir befinden uns in einem der am dichtesten besiedelten Länder der Welt. Nicht in Afghanistan oder am Nordpol.«

»Wenn wir in Afghanistan wären, müsste ich dich nicht um Rat fragen«, antwortete Benedikt.

»Ja. Vermutlich nicht«, seufzte Rachel. »Aber wenigstens würde es dort nicht regnen.«

»O doch«, erwiderte Benedikt. »Das würde es.«

Alles in allem blieben sie vielleicht zehn oder zwölf Minuten in der Luft und Rachel begriff schon in den ersten Augenblicken zweierlei: Das Erste war, dass Benedikt tatsächlich nicht besonders gut mit dem gestohlenen Helikopter umgehen konnte – sie hütete sich, ihn danach zu fragen, aber sie nahm an, dass er entweder kein besonders geübter Pilot oder ihm dieses Modell vollkommen fremd war. Er schwankte nicht etwa wild hin und her oder drohte gar die Kontrolle über den Hubschrauber zu verlieren, aber die überpräzise Art, in der er die Instrumente bediente, und seine kleinen, nervösen Blicke und Bewegungen verrieten ihr genug. Das Zweite war, wie vollkommen anders selbst eine vertraute Landschaft wirkte, wenn man sie aus vierzig oder fünfzig Meter Höhe betrachtete. Sie dirigierte Benedikt, so gut sie konnte, und eigentlich hätte sie es sehr gut können müssen, denn schließlich war sie in dieser Gegend aufgewachsen, aber sie verlor doch ein paar Mal die Orientierung und begann schließlich aus reiner Verzweiflung nach einer Karte zu suchen. Es gab jede Menge davon an Bord des Helikopters; mehr, als sie sich gewünscht hätte. Unglückseligerweise befand sich jedoch keine mit der näheren Umgebung in großem Maßstab darunter – und hätte es eine gegeben, hätte sie vermutlich nichts damit anfangen können, denn sie begriff schon beim ersten Blick auf die großen Faltblätter, dass sich Flugkarten drastisch von jeder anderen Art von Landkarten unterschieden, die sie je gesehen hatte. Schließlich war es Benedikt, der ihren Landeplatz bestimmte, nicht sie. Er deutete auf eine dünne, graue Linie im Westen, die nur manchmal zwischen den Regenschleiern sichtbar wurde.

»Das da hinten scheint die Autobahn zu sein«, sagte er. Als sie nicht antwortete, sah er sie kurz und fragend an, aber Rachel konnte auch jetzt nur mit einem Achselzucken darauf reagieren.

Sie hatte vollkommen die Orientierung verloren, was sicher zum Teil an der schlechten Sicht und der ungewohnten Perspektive lag, zum allergrößten Teil aber an ihrer Aufregung.

»Wir brauchen einen Landeplatz irgendwo in der Nähe«, sagte Benedikt. »Irgendetwas Unauffälliges.«

Rachel konnte auch darauf nur mit einem hilflosen Achselzucken antworten. Von hier oben sah alles so fremd aus … sie hätte genauso gut auf einem anderen Kontinent sein können, oder gleich auf einem fremden Planeten.

Benedikt wartete für einen Moment vergeblich auf eine Antwort, dann ging er ein wenig tiefer, schüttelte gleich darauf den Kopf, so, als führe er eine Art innerer Diskussion mit sich selbst, und ließ den Helikopter dann wieder ein gutes Stück in die Höhe steigen.

Ein kurzlebiger weißer Blitz zerteilte das Firmament über ihnen und erlosch, lange bevor er der Erde auch nur nahe kommen konnte. Kein dünn verästeltes Gespinst, das so grell war, dass man kaum mit bloßem Auge hineinsehen konnte, sondern eine wie mit dem Lineal gezogene, jäh endende Linie aus mildem Weiß; die Spur eines der zahllosen Meteore, mit denen das Universum die Erde seit drei Wochen bombardierte. Allerdings hatte sie bisher keinen gesehen, der so nahe gekommen war, dass man seine Explosion in der Atmosphäre tatsächlich beobachten konnte. Das musste einer der größeren Brocken gewesen sein, von denen in den Nachrichten gesprochen wurde.

»Dort hinten scheint eine Raststätte oder so etwas zu sein.« Benedikt deutete auf einen verschwommenen Fleck, der seitlich an die nicht minder verschwommene Linie angeklebt war, die die Autobahn darstellte. Die Betonung, mit der er die Worte aussprach, machte sie zu einer Frage.

Rachel beugte sich gehorsam vor, sah eine Minute lang angestrengt in die gleiche Richtung wie er und kramte zugleich in ihrem Gedächtnis – und dann erkannte sie die große restaurierte Windmühle auf dem Gelände und wusste, wo sie waren. Nur, dass es keinen Sinn ergab. »Das ist Geissmühle«, sagte sie verwirrt. Eine Sekunde lang fühlte sie sich noch hilfloser als zuvor. Sie hatte gedacht, dass sie nach Süden flogen, die Richtung, in der sie die Stadt verlassen hatten, aber sie mussten sich in die genau entgegengesetzte Richtung bewegt haben.

Geissmühle lag ein gutes Stück weiter nördlich, schon fast an der holländischen Grenze.

»Und?«, erkundigte sich Benedikt.

Rachel warf ihm einen verwirrten Blick zu, aber sie schluckte die Frage herunter, die ihr auf der Zunge lag, und machte stattdessen eine wedelnde Handbewegung in Richtung der näher kommenden Tankstelle. »Da ist ein alter Autofriedhof«, sagte sie nachdenklich. »Anderthalb oder vielleicht zwei Kilometer weiter nach Norden. Ein perfekter Platz, um den Hubschrauber zu verstecken.«

Benedikt wirkte ein bisschen überrascht. »Du würdest eine gute Terroristin abgeben«, sagte er anerkennend. »Bist du sicher, dass er nicht mehr in Betrieb ist?«

»Früher habe ich dort meine Ersatzteile gekauft«, bestätigte Rachel. Fast verlegen fügte sie hinzu: »Als ich noch studiert habe und mit dem Pfennig rechnen musste. Aber vor anderthalb oder zwei Jahren haben ihn die Behörden geschlossen, nachdem sich herausgestellt hatte, dass der Besitzer es mit dem Umweltschutz offenbar nicht ganz so genau genommen hat.« Sie hob die Schultern. »Es war wohl mehr Öl im Boden als in den entsprechenden Auffangbehältern. Seitdem streiten sich die verschiedenen Ämter darüber, wer das ganze Zeug jetzt entsorgt.«

»Perfekt«, lobte Benedikt. »Zwei Kilometer, sagst du?«

»Direkt neben der Autobahn«, bestätigte sie.

Der Helikopter verlor erneut an Höhe und wurde gleichzeitig langsamer. Benedikt flog einen weiten Bogen, um mit der gestohlenen Maschine nicht direkt über die Autobahnraststätte hinweg zu donnern, aber natürlich wurden sie trotzdem gesehen. Sie passierten zwei oder drei zwar nur schwach, aber dennoch befahrene Straßen und flogen über einen kleinen Ort, der nur aus einer Hand voll Häusern und einem einzeln stehenden Bahnhof bestand. Selbst wenn niemand sofort anrief, um sich über den verboten niedrig fliegenden Helikopter zu beschweren, hinterließen sie doch eine Spur, die so breit war wie der Grand Canyon.

»Dort!«

»Schon gesehen.« Benedikt nickte knapp, strich nervös mit den Fingern über den Steuerknüppel und flog einmal in geringer Höhe über den Schrottplatz hinweg, bevor er die Maschine in eine enge Kehre zwang und zur Landung ansetzte.

Rachel kamen bald Zweifel an ihrer eigenen Idee. Das Gelände war von einem zwei Meter hohen Zaun umgeben, der relativ neu aussah, und schien tatsächlich so verlassen zu sein, wie sie selbst behauptet hatte. Aber es war auch voll. Seit sie das letzte Mal hier gewesen war, musste sich die Anzahl der Autowracks, die in ordentlichen Reihen, zu viert oder fünft übereinander gestapelt, auf ihren letzten Weg in die Schrottpresse warteten, mindestens verdoppelt haben, wenn nicht mehr. Und dazu kam noch eine Anzahl großer Metallcontainer, wie man sie auf Tiefladern oder auf Schiffen transportierte, die fast das gesamte hintere Drittel des Geländes einnahmen und relativ neu waren. Die Gassen zwischen den aufgestapelten Wracks schienen ihr kaum breit genug, um den Hubschrauber sicher dazwischen landen zu können. Ihr Herz begann zu klopfen, als Benedikt die Maschine zehn Meter über dem Boden zum Stehen brachte und dann langsam tiefer sinken ließ. Und zumindest dem angespannten Ausdruck auf seinem Gesicht nach zu schließen, erging es Benedikt nicht sehr viel anders. Er steuerte die Maschine praktisch zentimeterweise, aber alles andere als sicher. Rachel hütete sich jedoch, irgendetwas dazu zu sagen. Es war vermutlich besser, wenn sie seine Konzentration jetzt nicht störte.

Die Landung war so hart, wie sie erwartet hatte, und sie wäre vermutlich noch viel härter ausgefallen, wäre der Helikopter nicht mindestens dreißig Zentimeter tief in den grau-braunen Morast eingesunken, in den sich der Boden auch hier verwandelt hatte. Trotzdem wurde sie unsanft nach vorne geworfen und ihre Zähne schlugen so fest aufeinander, dass kleine weiße Schmerzblitze durch ihren Kiefer bis in ihre Schläfen hinaufschossen.

Benedikt schaltete mit allen Anzeichen deutlicher Erleichterung den Motor ab, löste seinen Sicherheitsgurt und sah ihr zwei oder drei Sekunden lang stirnrunzelnd dabei zu, wie sie mit ungeschickt fummelnden Bewegungen versuchte, dasselbe zu tun. Dann schob er ihre Finger mit sanfter Gewalt zur Seite und drückte auf eine bestimmte Stelle auf dem Schloss. Es sprang mit einem harten Klicken auf.

Rachel korrigierte in Gedanken ihre Beurteilung des Schlosses. Es war nicht von Leonardo da Vinci gebaut, sondern von dem Entfesselungskünstler Houdini.

»Alles in Ordnung?«, fragte Benedikt.

Rachel streifte mit einer hastigen Bewegung den Gurt ab, ehe sie antwortete. »Natürlich. Ich wollte immer schon einmal einen Abenteuerurlaub machen. Aber erinnere mich daran, dass ich das nächste Mal bei einer anderen Airline buche.«

»Keine Sorge. Diese hier stellt mit sofortiger Wirkung ihren Betrieb ein.« Er zog die erbeutete Pistole, legte den Sicherungshebel um und feuerte dreimal rasch hintereinander auf das Instrumentenbord vor sich.

Rachel schlug mit einem erschrockenen Schrei die Hände gegen die Ohren. Die Pistole war eine kleinkalibrige Waffe, deren Kugeln wahrscheinlich schon Mühe hatten, eine dicke Lederjacke zu durchdringen, aber auf dem empfindlichen Instrumentenbord richteten sie trotzdem einen verheerenden Schaden an und in der engen Kabine klangen die gedämpften Schüsse wie Kanonenschläge. Winzige Metall- und Kunststoffsplitter sirrten durch die Luft, Funken sprühten und es stank plötzlich durchdringend nach schmorendem Gummi. Rachel nahm empört die Hände herunter und starrte Benedikt und die Waffe in seiner Hand abwechselnd mit einer Mischung aus Schrecken und Ungläubigkeit an. »Was … was soll das?«, fragte sie. »Bist du verrückt geworden?«

Benedikt ließ seinen Blick misstrauisch über das zerfetzte Instrumentenpult schweifen und schien zu dem Schluss zu kommen, dass er genug Schaden angerichtet hatte, denn er sicherte die Waffe pedantisch wieder und steckte sie dann ein. »Damit wird niemand mehr fliegen, jedenfalls nicht so schnell.«

Rachels Ohren klingelten immer noch. »Bist du verrückt geworden?«, fragte sie noch einmal. »Du hättest uns umbringen können.«

»Kaum.«

»Also gut, wenigstens mich! Ich hätte fast einen Herzinfarkt bekommen, verdammt noch mal! Und wozu? Nur falls du es nicht weißt, du Schlaumeier – die Polizei verfügt durchaus über mehr als einen Hubschrauber.«

»Eure Polizei möglicherweise«, antwortete Benedikt ungerührt,

»aber De Ville nicht.« Er verhinderte mit einer entsprechenden Handbewegung, dass sie antwortete, und streckte die andere Hand nach der Tür aus, führte die Geste aber nicht zu Ende. Stattdessen sah er nach draußen und auf seinem Gesicht erschien schon wieder dieser angespannte Ausdruck, der Rachel jedes Mal weniger gefiel, wenn sie ihn sah. »Wo genau ist die Autobahn?«

Auch Rachel blickte nach draußen. Sie brauchte einen Moment, um sich zu orientieren. Es war mindestens fünf Jahre her, dass sie das letzte Mal hier gewesen war, und diesen Teil des Autofriedhofs hatte sie noch niemals betreten. Sie wusste, dass das Gelände unmittelbar an die Autobahn grenzte, aber der direkte Blick auf die Böschung wurde von einer Reihe dreifach übereinander gestapelter Container versperrt. Als sie in diese Richtung sah, lief ihr ein kalter Schauer über den Rücken, denn sie erkannte noch etwas anderes, etwas, das sie eigentlich gar nicht so genau hatte wissen wollen: Die Rotorblätter waren mittlerweile zum Stillstand gekommen, und ihre Enden waren allerhöchstens dreißig Zentimeter von dem Containerstapel entfernt. Benedikt war entweder doch ein viel besserer Pilot, als sie bisher geglaubt hatte, oder sie hatten mehr Glück als Verstand gehabt.

Sie beantwortete seine Frage mit einiger Verspätung, indem sie in die entsprechende Richtung wies, und fragte ihrerseits: »Worauf warten wir?«

»Dass es aufhört zu regnen. Ich habe meinen Schirm vergessen, weißt du?« Er öffnete die Tür, sprang hinaus und fluchte lauthals, als er die Kufe verfehlte und bis weit über die Knöchel im Morast versank.

Rachel nahm sich die Zeit für ein flüchtiges, schadenfrohes Lächeln, dann folgte sie auf der anderen Seite, allerdings sehr viel vorsichtiger als er – was nicht viel nutzte, sie sank kaum weniger tief im Schlamm ein. Schon die wenigen Schritte, die sie brauchte, um den Hubschrauber zu umkreisen und an seine Seite zu gelangen, kosteten sie große Kraft. Ihr Herz schlug schnell und heftig und sie zitterte am ganzen Leib, und das nicht nur vor Kälte.

»Gibt es hier ein Büro oder so was?« Benedikt musste schreien, um sich über das Geräusch des Regens hinweg verständlich zu machen.

Während sie unterwegs gewesen waren, war aus dem staubfeinen

Nieseln wieder ein ausgewachsener Wolkenbruch geworden, ohne dass Rachel es überhaupt richtig gemerkt hatte. Sie sah nach rechts, dann nach links und deutete schließlich beinahe wahllos in die Richtung, in die die abgerundete Pilotenkanzel des Helikopters wies – ohnehin die einzige, in die sie überhaupt gehen konnten.

Benedikt runzelte viel sagend die Stirn, enthielt sich aber jeden Kommentars und stapfte voraus. Nachdem sie die ersten Schritte zurückgelegt hatten, fiel ihnen das Gehen etwas leichter. Der Boden wurde allmählich fester. Die Schlammschicht, unter der sich festerer Untergrund verbarg, war nur wenige Zentimeter tief und der ununterbrochene Nachschub von Regen sorgte dafür, dass der Morast beinahe so flüssig wie Wasser war. Aber er war auch eiskalt. Noch bevor sie das Ende der aus aufgestapelten Autowracks und Containern gebildeten Gasse erreicht hatten, war jegliches Gefühl aus Rachels Zehen gewichen und die Kälte kroch ununterbrochen weiter in ihren Beinen hoch. Sie würden es nicht schaffen. Ganz plötzlich wurde ihr klar, dass sie nicht einmal die knapp zwei Kilometer bis nach Geissmühle bewältigen würden. Sie war am Ende ihrer Kräfte. Die Batterien waren leer. Mein Gott – und sie sollte die Welt retten? Sie war nicht einmal sicher, ob sie noch die Kraft hatte, sich selbst zu retten!

Sie wandten sich am Ende der Gasse nach links und Rachel deutete völlig überflüssigerweise auf die roh zusammengezimmerte Wellblechbaracke neben dem Tor. Benedikt stürmte los, aber nur ein paar Schritte weit, bis ihm auffiel, dass sie nicht mitkam, worauf er sein Tempo wieder etwas drosselte. Trotzdem gelang es ihr kaum, zu ihm aufzuschließen. Der Boden war hier wieder weicher und die Kälte kroch immer schneller in ihren Beinen empor. Es wäre wahrscheinlich leichter gewesen, mehr am Rand der aus Schrott gebildeten Gasse entlangzumarschieren, aber das wagte sie nicht. Die Wagenstapel waren hier nicht mehr so hoch wie dort, wo sie gelandet waren, aber auch nicht mehr so ordentlich. Hier und da hatte sich ein Autowrack aus der bizarren Mauerkrone gelöst und war in die Tiefe gestürzt, und einer der Stapel stand so bedrohlich schräg, dass es fast schon ein kleines Wunder schien, dass er noch nicht umgestürzt war. An zwei oder drei Stellen wirkte die Mauer aus Schrott, als hätten die Autowracks endgültig vor dem Regen kapituliert und damit begonnen sich ebenfalls zu verflüssigen. Wahrscheinlich brach das ganze Zeug allmählich unter seinem eigenen Gewicht zusammen und der immer weicher werdende Boden tat ein Übriges, um der Konstruktion ihre Stabilität zu nehmen. Sie konnte sich ein angenehmeres Ende vorstellen, als unter einem zusammenbrechenden Stapel Autowracks begraben zu werden.

Sie holte Benedikt ein, als er die Baracke erreichte. Vor der Tür hing ein ebenso neu wie massiv aussehendes Vorhängeschloss, aber Benedikt machte nicht viel Federlesens damit. Das Schloss selbst hielt seinem Fußtritt zwar stand, aber die Tür flog zusammen mit dem Schließblech und einem Teil des zersplitternden Rahmens nach innen. Benedikt verschwand mit zwei schnellen Schritten im Gebäude und Rachel beeilte sich, ihm zu folgen.

Im ersten Moment sah sie fast überhaupt nichts. Die Luft war so muffig und alt, dass sie das Gefühl hatte, kaum noch atmen zu können, und die Feuchtigkeit war längst auch hier hereingekrochen. Die vorgelegten Läden sperrten das ohnehin blasse Licht vollkommen aus. Aber es war wärmer als draußen, wenn auch nur eine Spur, und wenigstens regnete es hier drinnen nicht.

Benedikt polterte eine Weile lautstark vor ihr herum, dann hörte sie das Splittern von Holz und es wurde hell. Rachel trat einen weiteren Schritt in den Raum hinein, drehte sich herum und schloss die Tür, aber der Wind drückte sie sofort wieder auf. Sie wiederholte ihren zwecklosen Versuch noch zweimal, dann gab sie auf, holte einen Stuhl und klemmte ihn unter den Türgriff, um ihn damit zu blockieren. Benedikt warf ihr einen anerkennenden Blick zu und fuhr fort, mit bloßen Händen die Bretter herunterzureißen, mit denen die Fenster vernagelt waren. Es wurde auch danach nicht richtig hell. Die Scheiben waren so schmutzig, dass sie nur einen trüb-grauen Schein hereinließen, in dem die Konturen der Einrichtung zu verschwimmen schienen, als wäre alles hier drinnen aus flüchtigem Staub zusammengesetzt, der sich schon unter der geringsten Berührung wieder auflösen könnte.

»Gemütlich«, sagte Benedikt, nachdem er einen raschen Blick in die Runde geworfen hatte, »aber für den Moment reicht es vollkommen.«

Rachel rieb sich fröstelnd mit den Handflächen über die Oberarme. »Was hast du vor?«, fragte sie. »Wir können nicht hier bleiben. Es dauert keine Stunde, bis sie uns gefunden haben.«

Statt zu antworten, ging Benedikt zum Schreibtisch und hob den Telefonhörer ab. Nachdem er zwei oder drei Sekunden gelauscht hatte, tat er dasselbe, was Menschen stets in einer Situation wie dieser tun, obwohl jeder weiß, wie sinnlos es ist: Er drückte mehrmals rasch hintereinander die Gabel herunter, dann machte er ein enttäuschtes Gesicht und hängte wieder ein. »Tot.«

»Selbstverständlich tot«, antwortete Rachel gereizt. »Was hast du erwartet? Dass sie in einer stillgelegten Firma extra eine Telefonleitung aktiv lassen, nur für den Fall, dass hier flüchtige Terroristen vorbeikommen?«

Benedikt würdigte sie nicht einmal einer Antwort, sondern ging um den Schreibtisch herum und begann die Schubladen zu durchsuchen. Zwei oder drei waren abgeschlossen, aber er brach sie ohne besondere Mühe auf. Während Rachel ihm dabei zusah, wurde ihr – wieder einmal – klar, wie unglaublich stark dieser so schlank und fast zerbrechlich wirkende junge Mann war. Und wie wenig sie im Grunde doch über ihn wusste.

»Wonach suchst du?«, fragte sie.

»Das weiß ich wahrscheinlich selbst erst, wenn ich es gefunden habe.« Benedikt zuckte enttäuscht mit den Schultern, schloss die letzte Schublade und seufzte: »Irgendetwas, das uns weiterhilft. Keine Ahnung, was.« Er ging zum anderen Ende des Raumes, stieß eine der beiden Türen auf, die sich dort befanden, und warf einen flüchtigen Blick hindurch, ehe er sich der zweiten zuwandte. Was er dahinter fand, schien ihn schon mehr zu interessieren, denn er trat hindurch und war verschwunden.

Ein seltsames Gefühl überkam Rachel, als sie allein war. Wie lange waren sie jetzt zusammen? Sie versuchte in Gedanken nachzurechnen, aber sie war viel zu müde, um diese Anstrengung auf sich zu nehmen. Ein paar Stunden, mehr nicht. Aber wieso hatte sie dann das Gefühl, ihn schon eine Ewigkeit zu kennen? Und wieso zum Teufel vertraute sie ihm? »Weil du eine romantische kleine Närrin bist«, murmelte sie im Selbstgespräch. Oder, um es auf den Punkt zu bringen, fügte sie in Gedanken hinzu, vollkommen wahnsinnig! Sie schüttelte den Gedanken ab und begann ihrerseits mit einer ziellosen Inspektion des Raumes, zu der sie deutlich länger brauchte als Benedikt zuvor, ohne zu einem anderen Ergebnis zu kommen. Obwohl sie früher ziemlich oft hier gewesen war, fiel ihr jetzt zum ersten Mal auf, wie schäbig der Raum war. Es lag nicht an dem Staub, der sich im Lauf der letzten zwei Jahre wie eine flauschige graue Flickendecke über jedem Quadratzentimeter ausgebreitet hatte. Die gesamte Einrichtung war alt und in mehr oder minder schlechtem Zustand. Das Mobiliar beschränkte sich auf den Schreibtisch, eine lange Theke mit einer von Öl und Schmiere schwarz gefärbten, fünf Zentimeter dicken Holzplatte und ein grob aus Brettern unterschiedlicher Stärke zusammengezimmertes Regal an der Wand dahinter. Die Fächer waren zum größten Teil leer. Nur hier und da lagen eine vergessene Schraube, ein paar Muttern oder ein paar andere Kleinteile herum. War der Raum immer schon so schäbig gewesen? Sie drehte sich herum, lehnte sich mit dem Rücken gegen das leere Regal und versuchte die Bilder aus der Vergangenheit heraufzubeschwören, aber sie war nicht ganz sicher, ob es ihr wirklich gelang. Sie war nicht in der Stimmung und schon gar nicht in der Verfassung, über irgendetwas objektiv zu urteilen.

Schon gar nicht über einen Verrückten, der aus dem Nichts auftaucht und dir erzählt, du wärst dazu ausersehen, die Welt vor dem Untergang zu retten!, flüsterte eine dünne Stimme irgendwo tief unter ihren Gedanken. Für einen Moment war der alte Zweifel wieder da, aber dann wurde sie zornig; wütend auf sich selbst. Die Stimme hatte Recht. Natürlich, denn es war keine göttliche Eingebung oder sonst etwas, sondern schlichtweg die Stimme ihrer Vernunft, die zum Verstummen zu bringen sie sich in den letzten Stunden so viel Mühe gegeben hatte. Sie wusste, dass sie Recht hatte, aber sie ärgerte sich trotzdem über sich selbst. Sie hatte sich entschieden, diesen Weg zu gehen, und es half weder Benedikt noch ihr – und schon gar nicht Uschi oder Tanja! –, wenn sie immer wieder versuchte sich selbst in ihrem Entschluss wankend zu machen. Es war eine ganz klare, logische Entscheidung gewesen, eingeschlossen das kalkulierte Risiko, einen Fehler zu begehen, der sie möglicherweise das Leben kosten konnte, zumindest aber ihre Existenz.

Rachel fuhr erschrocken zusammen, als unter der Decke ein weißes Licht aufflackerte. Die Neonröhre summte dunkel und Unheil verkündend, aber dann erwachte sie mit einem deutlich hörbaren »Pling« zum Leben, und die ungewohnte Helligkeit ließ Rachel im ersten Moment die Augen zusammenkneifen.

Als sie die Lider wieder hob, tauchte Benedikt in der Tür auf. Er grinste breit. »Sie hatten einen Elektriker bestellt?«, fragte er fröhlich.

»Wie hast du das gemacht?«

»Der Strom war abgestellt.« Benedikt schnippte eine Art verbogenen Metallknopf auf die Theke vor ihr, der an zwei dünnen Drahtenden befestigt war. »Gott sei Dank ist Deutschland ein Land voller ehrlicher Menschen. Die Behörden begnügen sich damit, die Hauptsicherung zu verplomben, statt das Kabel durchzuschneiden. Ich fürchte, die Heizung kriege ich leider nicht wieder in Gang.«

»Du hast die Plombe gebrochen?« Rachel machte ein missbilligendes Gesicht. »So etwas ist illegal.«

»Ich weiß«, grinste Benedikt. »Schreib es auf die Liste. Wenn sie mich erwischen, bringt es noch einmal zwei Tage mehr.« Und sein Grinsen wurde für einen Moment noch breiter. Offensichtlich freute er sich wie ein kleines Kind über den winzigen Erfolg. Als Rachel ihn jedoch nur irritiert ansah, wurde er schlagartig wieder ernst und machte eine Kopfbewegung in den Gang hinter sich. »Da hinten steht etwas, das man mit einigem guten Willen als Bett bezeichnen könnte«, sagte er. »Es ist nicht besonders sauber und vermutlich auch nicht besonders bequem, aber besser als nichts.«

Rachel verstand nicht. »Ein Bett?«

Statt irgendetwas zu erklären, drehte sich Benedikt herum und ging, und Rachel folgte ihm nach sekundenlangem Zögern. Die Tür führte in einen schmalen Gang, von dem auf jeder Seite zwei Türen abzweigten. Die Luft war hier drinnen noch schlechter als draußen im Büro und trotz der Feuchtigkeit wirbelten bei jedem Schritt kleine, zum Husten reizende Staubwölkchen unter ihren Füßen hoch. Am Ende des Ganges befand sich eine weitere Tür, die in eine große, von hellem weißem Neonlicht erfüllte Werkstatt führte. Rachel blinzelte überrascht, als sie die drei halb zerlegten Wagen sah, die in der Werkstatt standen. Misstrauisch sah sie zu Benedikt hoch. »Du willst doch nicht etwa –«

»Den Ford kriege ich hin, schätze ich«, sagte er. »Die Batterie scheint leer zu sein, aber das ist kein Problem.«

»Das meinst du nicht ernst«, murmelte Rachel ungläubig. »Du willst doch jetzt nicht anfangen, an diesen Wagen herumzubasteln!«

»Ich kann das«, versicherte Benedikt. »Wenn irgendetwas vier Räder hat, kriege ich es zum Laufen.«

»Aber dafür haben wir keine Zeit!«, protestierte Rachel.

»Ich habe ihn mir angesehen«, beharrte Benedikt. »Die Batterie ist leer, aber das ist kein Problem. Für alles andere brauche ich eine Stunde. Allerhöchstens anderthalb. Und«, fuhr er mit leicht erhobener Stimme und eine Spur lauter fort, als sie ihn erneut unterbrechen wollte, »wir brauchen einen Wagen.«

»Wir haben keine Stunde Zeit«, sagte Rachel beinahe verzweifelt.

»Es sind zwei Kilometer bis zur Autobahn«, sagte Benedikt ruhig. »Bei diesem Wetter und in dem Zustand, in dem die Straße ist, brauchen wir zu Fuß wahrscheinlich auch eine Stunde. Davon ganz abgesehen, dass du es nicht schaffen würdest.«

»Unsinn!«, widersprach Rachel, aber Benedikt schüttelte stur den Kopf.

»Sieh dich doch an«, sagte er. »Du bist völlig am Ende.«

»Du meinst, ich halte dich auf«, sagte Rachel böse.

»Das soll kein Vorwurf sein«, gab Benedikt ruhig zurück, ohne damit direkt auf ihre Worte zu reagieren. »Du bist so etwas nicht gewohnt. Du hast schon weiter und länger durchgehalten, als die allermeisten anderen es an deiner Stelle getan hätten, glaub mir. Aber du tust uns beiden keinen Gefallen, wenn du irgendwo auf halber Strecke zusammenklappst. Du brauchst Schlaf. Geh nach nebenan und leg dich hin. Ich wecke dich, sobald ich die Kiste zum Laufen gebracht habe. Glaub mir, eine Stunde wirkt manchmal Wunder.«

Rachel hätte ihm ja gerne widersprochen, aber sie konnte es nicht; ganz einfach, weil er Recht hatte. Noch vor einem Augenblick war sie nicht einmal sicher gewesen, die wenigen Schritte vom Landeplatz bis hierher zu schaffen, und es waren mindestens zwei Kilometer bis zur Raststätte, wenn nicht mehr. Als typisches Kind einer Generation, die mit Automobilen, Hochgeschwindigkeitszügen und Überschalljets aufgewachsen war, neigte sie dazu, Entfernungen im Kilometerbereich zu unterschätzen, falls sie sie überhaupt zur Kenntnis nahm. Aber zwei Kilometer bei strömendem Regen und Wind, der sich allmählich an Orkanstärke herantastete, und auf Wegen, auf denen jeder einzelne Schritt zu einer Tortur wurde, waren eine ernst zu nehmende Distanz. Er hatte Recht, so wenig es ihr gefiel, es zuzugeben. »Und du … du glaubst, du kriegst diesen Schrotthaufen wirklich wieder flott?« Sie deutete auf den blauen Ford. Sie verstand wenig bis gar nichts von Automotoren und konnte nicht sagen, um welches Modell es sich handelte, aber selbst sie erkannte, dass es uralt war.

»Wenn ich irgendwann einmal damit anfangen kann, bestimmt.« Der sanfte Tadel in dieser Antwort entging ihr keineswegs, aber sie beschloss ihn zu ignorieren.

»Gibt es eigentlich irgendetwas, das du nicht kannst?«, fragte sie.

»Kochen«, antwortete Benedikt. »Oder was glaubst du, warum ich dich mitgenommen habe.« Obwohl er bei diesen Worten lachte, hatte sie das Gefühl, dass sie einen größeren Anteil an Wahrheit enthielten, als sie glauben wollte, und setzte das Gespräch allein aus diesem Grund nicht fort.

»Und wohin fahren wir, von hier aus?«, erkundigte sie sich.

Einige Sekunden vergingen, in denen Benedikt nicht so tat, als hätte er die Frage überhaupt gehört, aber dann sagte er, ohne sich zu ihr herumzudrehen: »Das liegt mehr an dir als an mir, oder?«

»Wieso?«

»Weil *du* es weißt, ich nicht«, erwiderte er. Mittlerweile hatte er sich über die offen stehende Motorhaube gebeugt und war anscheinend dabei, irgendetwas los- oder festzuschrauben. Sie konnte sehen, wie sich seine Muskeln unter dem Hemd anspannten.

»Ich –«

»Wir müssen deine Freundin finden«, unterbrach sie Benedikt. »Die Letzte auf der Liste. Du weißt das.«

Wusste sie es? Sie war nicht sicher und wie konnte sie es auch sein? Wenn es wahr war, was De Ville und Naubach behauptet hatten, und wenn Benedikts »Freunde« wirklich so gefährlich waren, wie es den Anschein hatte, dann hatten sie vermutlich Recht und Uschi *war* in

Gefahr. Aber möglicherweise war der beste Schutz, den sie ihr bieten konnte, der, gar nichts zu tun. Wenn Uschi nicht gefunden werden wollte, dann wurde sie auch nicht gefunden.

Verdammt, sie wusste einfach nicht, wie sie sich entscheiden sollte. Sie sagte nichts mehr, sondern drehte sich stattdessen herum und ging ein paar Schritte weiter in den Korridor zurück.

Sie fand das Bett, von dem Benedikt gesprochen hatte, schon hinter der ersten Tür, die sie öffnete. Die Kammer war winzig, hatte kein Fenster und war ansonsten vollkommen leer, aber die Neonröhre unter der Decke nahm gehorsam ihren Betrieb auf, nachdem sie den Schalter gefunden hatte. Benedikt hatte keineswegs übertrieben. Die schmale Pritsche sah ungefähr so bequem aus wie das Nagelbett eines Fakirs und starrte vor Schmutz. Nachdem sie sich ungefähr fünf Minuten lang die Seele aus dem Leib gehustet hatte, kapitulierte sie und entfernte zuerst den schmuddeligen Schlafsack und dann auch noch die kaum daumendicke Schaumstoffmatratze, um sich auf der bloßen Unterlage aus grobem Segeltuch auszustrecken – und schlief wie durch ein Wunder auf der Stelle ein.

8

Es war kein besonders erholsamer Schlaf gewesen. Sie erwachte mit leichten Kopfschmerzen – nicht schlimm, aber von der Art, die penetrant irgendwie immer da ist und einem fast mehr zu schaffen machen kann als wirklicher Schmerz – und mit der verschwommenen Erinnerung an einen kruden Albtraum (von dem sie eigentlich ganz froh war, sich nicht genauer daran zu erinnern) und einem Geschmack im Mund, als hätte sie auf der vermoderten Matratze herumgekaut, die jetzt auf dem Boden neben der Pritsche lag. Ein gedämpftes, nicht ganz regelmäßiges Hämmern drang durch die dünne Sperrholzwand und sie hatte nicht nur einen schlechten Geschmack im Mund, sondern auch entsetzlichen Durst. Dennoch fühlte sie sich auf eine seltsame, nicht körperliche Art erfrischt. Es war wohl tatsächlich so, wie Benedikt behauptet hatte: Eine Stunde Schlaf wirkte manchmal Wunder.

Sie setzte sich hoch, blinzelte müde auf die Armbanduhr und hatte im ersten Moment arge Probleme, die Stellung der winzigen Zeiger richtig zu interpretieren. Als es ihr gelungen war, runzelte sie die Stirn. Ihre innere Uhr schien gehörig durcheinander gekommen zu sein. Normalerweise konnte sie sich darauf verlassen, exakt nach einer Stunde aufzuwachen, wenn sie es sich vor dem Einschlafen nur fest genug vornahm; eine Fähigkeit, um die sie viele ihrer Freundinnen heimlich oder auch ganz offen beneidet hatten. Heute hatte es nicht funktioniert. Ihre Armbanduhr behauptete, dass mehr als anderthalb Stunden vergangen waren, und sie hatte keinen Grund, an dieser Behauptung zu zweifeln. Aber wahrscheinlich war es schon ein kleines Wunder, dass sie überhaupt von selbst aufgewacht und nicht gleich in einen todesähnlichen Schlaf versunken war, der bis zum nächsten Frühjahr dauerte.

Das Hämmern, das sie vermutlich auch geweckt hatte, hörte für einen Moment auf und setzte dann, schneller und mit etwas größerer Lautstärke, wieder ein, und sie glaubte eine Stimme zu hören, die gedämpft und in einer fremden Sprache vor sich hin fluchte. Benedikt schien mit seiner Reparatur wohl doch nicht so gut voranzukommen, wie er geglaubt hatte.

Rachel lächelte zwar flüchtig über diesen Gedanken, machte sich aber auch gleichzeitig wieder Sorgen. Wenn sie jetzt seit insgesamt anderthalb Stunden hier waren, bedeutete das nichts weniger, als dass die Frist, die sie selbst bei optimistischer Betrachtung der Fakten hatten, nahezu abgelaufen war. Sie stand auf, fuhr sich noch einmal mit dem Handrücken über die Augen, blinzelte den letzten Rest von Müdigkeit weg und versuchte dann den schlechten Geschmack herunterzuschlucken, der sich in ihrer Kehle eingenistet hatte. Damit machte sie es allerdings eher schlimmer. Rachel verzog angeekelt das Gesicht, verließ den winzigen Raum und wandte sich nach rechts. Der blaue Ford stand immer noch mit hochgeklappter Motorhaube da; ein dickes Kabel ringelte sich von der Batterie zu einer wuchtigen, sehr altmodisch aussehenden Apparatur an der Wand, bei der es sich vermutlich um ein antiquiertes Ladegerät handelte. Benedikt selbst war nur von den Hüften abwärts zu sehen; sein Unterleib und seine Beine schauten unter dem Heck des Wagens hervor, von wo auch das rhythmische Hämmern kam, das sich jetzt allerdings eher wütend als zielgerichtet anhörte.

Rachel blieb längere Zeit unter der Tür stehen und erwartete aus irgendeinem absurden Grund, dass er ihre Anwesenheit spürte. Als ihr klar wurde, dass das nicht der Fall war, räusperte sie sich übertrieben und sagte: »Anscheinend bist du doch nicht so gut als Automechaniker.«

Es vergingen noch einmal Sekunden, bis das Hämmern aufhörte, und dann weitere und deutlich mehr, bevor Benedikt ächzend und mit der Eleganz einer halbseitig gelähmten Krabbe auf dem Rücken robbend unter dem Wagen hervorkroch. Sein Gesicht und vor allem seine Hände waren ölverschmiert und er trug einen schweren Schraubenschlüssel in der Rechten, den er so fest umklammerte, als überlege er ernsthaft, damit nach ihr zu werfen. Jedenfalls machte er das passende Gesicht dazu. Dann aber benutzte er das Werkzeug doch nur, um sich ächzend vom Boden hochzustemmen und sich in der gleichen Bewegung vollends zu hier herumzudrehen. »Warum bist du aufgestanden?«, fragte er. »War ich zu laut?«

»Weil mittlerweile fast zwei Stunden vorbei sind statt einer«, antwortete Rachel. »Ich will ja nicht hetzen, aber wir sind nicht auf Besuch eingerichtet, weißt du? Es sind kaum Getränke im Haus und aufgeräumt werden müsste auch wieder einmal.«

»Ich bin gleich so weit.« Benedikt ging mit leicht schleppenden Schritten um den Wagen herum, rüttelte prüfend an dem Kabel, das die Batterie mit dem Ladegerät verband (Rachel maßte sich nicht an, irgendetwas von dem zu verstehen, was er tat, aber sie war trotzdem sicher, dass die Bewegung nicht den mindesten Sinn hatte). »Es dauert noch ungefähr zehn Minuten. Bist du einigermaßen wach?«

Natürlich war sie das nicht, dennoch nickte sie. »Es geht.«

»Dann geh nach vorne und sieh nach, ob du irgendetwas findest«, bat er. »Eine Straßenkarte wäre nicht schlecht. Und vielleicht irgendetwas zum Anziehen. Mittlerweile dürfte jeder Polizist im Umkreis von fünfhundert Kilometern wissen, wie wir aussehen und welche Kleidung wir tragen.«

Was zumindest in Benedikts Fall kein großes Problem mehr darstellen dürfte, dachte Rachel spöttisch. Seine Sachen waren auch vorher schon nicht ansehnlich gewesen; jetzt waren sie ölverschmiert und so zerknittert, als hätte er eine Woche lang darin geschlafen, und zwar im Motorraum des Wagens. Wahrscheinlich aber hatte er ohnehin mehr sie gemeint. Zum wiederholten Mal wurde ihr klar, wie wenig umsichtig sie in der Wahl ihrer Kleidung gewesen war. Nicht nur, dass diese viel zu dünn und alles andere als wetterfest war – viel schlimmer war, wie auffällig sie damit aussah.

Benedikt beendete das Gespräch, indem er sich demonstrativ unter die offene Motorhaube beugte und an irgendetwas herumzufummeln begann, und Rachel drehte sich herum und ging in den vorderen Teil des Gebäudes zurück, um das Büro ein zweites Mal und diesmal etwas gezielter zu durchsuchen. Das Ergebnis war mager. Sie fand einen mindestens zehn Jahre alten Autoatlas, aus dem zahlreiche Seiten herausgerissen waren, und eine Anzahl Falk-Pläne, ebenso alt und im Grunde nutzlos, denn es handelte sich zum großen Teil um Straßen- und Stadtkarten der näheren Umgebung. Trotzdem stopfte sie alles in eine Plastiktüte, die sie in einer der Schreibtischschubladen fand. Damit erschöpfte sich der Erfolg ihrer Suchaktion aber auch schon. Der schmale Spind neben der Tür war leer. Keine Kleidungsstücke, nicht einmal eine alte Decke.

Sie legte die Plastiktüte mit ihrer mageren Beute auf den Schreibtisch, dachte einen Moment lang daran, zu Benedikt in die Werkstatt zurückzugehen, und trat dann stattdessen an eines der beiden schmalen, staubverkrusteten Fenster neben der Tür. Selbst als sie unmittelbar davor stand, konnte sie kaum Einzelheiten erkennen, so schmutzig war das Glas. Rachel rieb mit dem Handballen darüber, um sich ein Guckloch zu schaffen, und als sie die Hand heruntemahm, ertönte ein helles, scharfes »Ping« und in dem Glas unmittelbar vor ihrem Gesicht entstand ein kreisrundes Loch mit milchig zerfransten Rändern von der Stärke ihres kleinen Fingers. Ein halbes Dutzend mikroskopisch kleiner Glassplitter biss dicht unter ihrem linken Auge in ihr Gesicht und irgendetwas surrte mit einem Geräusch einer zornigen Wespe an ihrer Schläfe vorbei; so dicht, dass sie einen heißen Luftzug wie eine flüchtige, aber äußerst unangenehme Berührung spüren konnte. Nur einen Sekundenbruchteil später schlug etwas mit einem dumpfen Krachen in das Regal auf der anderen Seite des Raumes und zertrümmerte eines der Bretter. Erst in diesem Moment begriff sie überhaupt, was geschah. Spät, aber gerade noch früh genug. Rachel reagierte nicht bewusst; dazu hätte sie gar keine Zeit gehabt. Sie ließ sich einfach fallen und drehte in der gleichen Bewegung den Oberkörper in einer komplizierten rückwärtigen Pirouette zur Seite, so dass die zweite Kugel, die das Glas ein gutes Stück unter der ersten durchschlug und dabei wesentlich mehr Schaden anrichtete, sie ebenfalls verfehlte und harmlos in den Boden auf halber Strecke zwischen dem Fenster und der Theke fuhr. Sie schlug schwer auf dem Boden auf, rollte herum und verschränkte instinktiv die Arme über dem Kopf. Erst dann, mit einer Verzögerung von sicherlich zwei oder drei Sekunden (eine Ewigkeit in dieser Situation), stieß sie einen spitzen, erschrockenen Schrei aus, der in einem hellen Klirren und Bersten unterging, als eine dritte Kugel die Fensterscheibe traf und ihr genug von ihrer Stabilität raubte, um sie endgültig zerspringen zu lassen. Noch während das Glas wie in einem absurd langsamen Wasserfall aus geometrischen, harten Tropfen in sich zusammensank und zu Boden regnete, robbte sie hastig ein Stück von der Tür weg und erhob sich erst dann auf Hände und Knie, als sie ganz sicher war, sich im toten Winkel unter dem Fenster zu befinden und von draußen nicht mehr gesehen zu werden.

Auch die zweite Scheibe zerbarst, diesmal schon unter der ersten Kugel, die das Glas traf. Splitter, Kälte und mit eisigem Regen vermengter Wind fauchten herein, dann traf irgendetwas die Tür und stanzte rasch hintereinander drei fingerdicke, kreisrunde Löcher in das morsche Holz; das erste unmittelbar über dem Schloss, das zweite in Brusthöhe und das dritte schräg darunter – wer immer in diesem Moment hinter der Tür gestanden hätte, hätte keine Chance gehabt zu entkommen. Sie robbte ein kurzes Stück auf dem Bauch entlang, erhob sich dann auf Knie und Ellbogen und warf sich sofort wieder flach auf den Boden, als die Tür unter dem Anprall von etwas sehr viel Größerem, sehr viel Schwererem ächzte. Der Stuhl, den sie unter die Klinke geklemmt hatte, zitterte und knirschte, hielt der Belastung aber wie durch ein Wunder stand. Für eine Sekunde. Dann zerbarst die gesamte Tür unter einem zweiten, ungleich heftigeren Schlag und flog in Stücken davon. Nur der Stuhl stand vollkommen absurderweise noch eine halbe Sekunde lang schräg gegen einen Widerstand gelehnt da, den es gar nicht mehr gab, ehe er wie in Zeitlupe umkippte und beim Aufprall zerbrach.

In der Öffnung erschien eine riesige Gestalt, die von Rachels Furcht noch zusätzlich verzerrt und ins Gigantische vergrößert wurde. Dennoch erkannte sie den Mann sofort. Es war derselbe, der sie im Krankenhaus überfallen und De Ville niedergeschossen hatte. Er trug sogar noch dasselbe Gewehr in den Händen und er zögerte keine Sekunde, damit auf sie anzulegen.

»Zur Seite!« Benedikts Schrei und ihre Reaktion erfolgten im selben Sekundenbruchteil, vielleicht eine Hundertstelsekunde bevor der Killer abdrückte. Diesmal bildete sie sich nicht ein, das Geschoss vorüberfliegen zu fühlen: Sie spürte es tatsächlich. Kaum einen Zentimeter neben ihrem Gesicht explodierte ein winziger Staubgeysir aus dem Boden und ein zweiter ein Stück weiter links und womöglich noch näher, während sie sich verzweifelt herumwarf. Der dritte Schuss würde treffen. Aber er fiel nicht. Statt des gedämpften Krachens des halbautomatischen Gewehrs erscholl ein schmerzerfülltes Grunzen von der Tür her. Rachel rollte ein weiteres Mal herum, prallte unsanft gegen die

Wand und stemmte sich zitternd hoch, während sie noch versuchte die Benommenheit abzuschütteln. Der Killer, der auf sie geschossen hatte, war gegen den Türrahmen gesunken. Sein Gesicht war schmerzverzerrt und das Gewehr entglitt seinen plötzlich kraftlosen Händen und polterte zu Boden. Aus seiner Schulter ragte der ölverschmierte Griff eines Schraubenziehers, den Benedikt zielsicher quer durch den Raum geschleudert hatte. Noch während er zusammenbrach, sprang Benedikt mit zwei, drei gewaltigen Sätzen zu ihm hin, rammte ihm die Schulter gegen die Brust und warf sich aus der gleichen Bewegung heraus zur Seite. Holzsplitter und Funken stoben aus dem zerborstenen Türrahmen, als jemand von draußen auf ihn feuerte. Der Angreifer kippte mit einem halb erstickten Schrei nach draußen und fiel rücklings in den Schlamm und Benedikt kam in einer fließenden Bewegung wieder auf die Beine, das Gewehr des Killers in den Händen. Die ganze Aktion hatte weniger als zwei Sekunden gedauert.

Rachel stemmte sich umständlich weiter in die Höhe und zog gleich darauf erschrocken den Kopf ein, als eine Salve aus einer deutlich schwereren Waffe eine diagonale Reihe winziger runder Löcher in die dünne Wellblechwand stanzte. In der gegenüberliegenden Wand antwortete eine korrespondierende Linie mikroskopischer Staubexplosionen darauf und eine der nackten Neonröhren unter der Decke explodierte mit einem dumpfen Knall.

Benedikt warf sich mit weit vorgestreckten Armen in ihre Richtung und riss sie mit sich von den Füßen. Sie fiel. Ihr malträtierter Knöchel, der sich noch längst nicht von der groben Behandlung vom Morgen erholt hatte, dankte es ihr mit einem kleinen Schmerzblitz, der bis in ihr Knie hinaufschoss, und das Gewehr, das Benedikt in der Linken trug, schrammte schmerzhaft über ihre Schulter und knallte ungefähr so sanft wie ein Vorschlaghammer gegen ihren Ellbogen. Der Schmerz hielt nur ungefähr eine Sekunde an, ehe er zu einem Gefühl dumpfer Betäubung verebbte, aber in dieser Zeit war er so schlimm, dass ihr übel wurde. »Willst du dich umbringen?«, keuchte Benedikt. »Wir müssen weg!«

Umbringen?, dachte Rachel benommen. Eigentlich hatte sie das Gefühl gehabt, dass jemand anders genau das versuchte. Bisher zwar mit wenig Erfolg, aber er arbeitete sich eindeutig heran.

Nachdem Benedikt sie gerade so unsanft zu Boden gestoßen hatte, zerrte er sie jetzt ebenso derb wieder in die Höhe und riss sie gleichzeitig herum. Draußen stieß die Maschinenpistole eine weitere Salve aus und ein mehr als mannsgroßer Teil der Wand unmittelbar neben der Tür löste sich in einem Wirbel aus auseinander fliegenden Metallsplittern und reiner Bewegung auf. Eine Zehntelsekunde später implodierte die Theke mitsamt einem Teil der dahinter liegenden Wand.

»Großer Gott!«, keuchte Rachel. »Warum nehmen sie nicht gleich einen Granatwerfer?«

»Sag das nicht zu laut. Sie könnten es hören und deinen Wunsch erfüllen.« Benedikt zerrte sie so grob hinter sich her, dass sie keine Luft mehr bekam, raste durch die Tür und den kurzen Gang dahinter und blieb mit einem Fluch wieder stehen, als sie die Werkstatt erreichten. Eine Seite der großen Doppeltür an ihrem anderen Ende stand offen und darin waren zwei Männer mit Gewehren erschienen. Ein dritter war bereits auf halbem Weg zu ihnen. Er hielt eine klobige Waffe in den Händen, die so bizarr aussah, dass Rachel lieber nicht über ihre Funktion nachdachte; oder gar über das, was sie anzurichten imstande war.

Der einzige Grund, aus dem sie die nächste Sekunde überlebten, war vermutlich der, dass die drei Killer von ihrem plötzlichen Auftauchen mindestens ebenso überrascht waren wie sie umgekehrt; und dass Benedikt einen Sekundenbruchteil schneller reagierte. Er stieß sie unsanft zur Seite, brachte gleichzeitig das erbeutete Gewehr in die Höhe und riss den Abzug durch. Die Salve war ungezielt und richtete nicht mehr Schaden an als einen Schauer von Splittern und Lampentrümmern, die von der Decke regneten, aber sie ließ die beiden Männer unter der Tür hastig in Deckung springen und den dritten Angreifer erschrocken mitten im Schritt innehalten. Ein Fehler. Benedikt gab ihm keine Chance, sich von seiner Überraschung zu erholen. Noch während Rachel hilflos zur Seite stolperte und dann trotz ihrer verzweifelt rudernden Arme nach vorne fiel, sprang er dem Mann entgegen und rammte ihm den Gewehrlauf in den Leib. Der Killer ächzte, ließ seine Waffe fallen und kippte nach vorne, und Benedikt wich ihm mit einer rasenden Drehung aus und knallte ihm gleichzeitig den Gewehrlauf mit solcher Gewalt in den Nacken, dass er ihm damit möglicherweise das Genick brach. Der Mann stürzte mit einem Laut zu Boden, der etwas irgendwie Endgültiges hatte, und nur eine halbe Sekunde später schlug Rachel ebenfalls der Länge nach hin; nicht ganz so endgültig, dafür aber umso schmerzhafter. Dennoch war sie sich vollends der Gefahr bewusst, in der sie immer noch schwebte, und rollte ganz instinktiv drei, vier Mal herum, bis sie hinter einem der Wagen war. Keinen Augenblick zu früh. Mindestens einer der beiden Angreifer hatte seine Überraschung mittlerweile überwunden und gab einen kurzen Feuerstoß aus seiner Maschinenpistole ab, der den Boden genau dort zerfurchte, wo sie gerade noch gelegen hatte. Benedikt schoss zurück, auch diesmal ohne mehr als ein paar Bretter und fünfzig Jahre alten Schmutz zu treffen, und brachte sich erst dann mit einem gewaltigen Satz hinter dem Ford in Sicherheit.

Eine zweite, abgehackte MP-Salve zertrümmerte sämtliche Scheiben des Wagens und stanzte ein fast symmetrisches Lochmuster in die Beifahrertür, und eine einzelne Kugel traf irgendetwas unter der offenen Motorhaube und löste einen Funkenschauer und eine kurze, zischende Stichflamme aus. Benedikt fluchte lauthals, aber Rachel war nicht einmal sicher, ob es dem Angriff auf ihn galt oder seinen Zorn darüber zum Ausdruck brachte, dass die Arbeit der letzten zwei Stunden binnen eines einzigen Augenblicks wieder ruiniert war. Er schoss zurück und das MP-Feuer vom anderen Ende des Raumes verstummte.

»Unten bleiben!«, schrie er – was Rachels Meinung nach so ziemlich das Überflüssigste war, was er heute gesagt hatte. Sie hatte nicht vorgehabt, irgendetwas anderes zu tun. Zitternd vor Anstrengung und Furcht kroch sie noch ein Stück weiter auf den Wagen zu, hinter dem sie Deckung gesucht hatte, und überlegte eine oder zwei Sekunden lang ernsthaft, sich darunter in Sicherheit zu bringen, verwarf diesen Gedanken dann aber wieder. Es war möglicherweise ein guter Ort, um nicht von einem Querschläger oder einer blind abgefeuerten Salve getroffen zu werden, aber auch eine tödliche Falle, wenn einer der Angreifer sie darunter entdeckte. Benedikt schrie irgendetwas, das offensichtlich nicht ihr galt, denn er sprach jetzt Russisch, vielleicht auch irgendeine andere verwandte Sprache, die sie nicht verstand, und es dauerte nur einen Augenblick, bis er die gebrüllte Antwort in der gleichen Sprache erhielt.

Benedikt antwortete und ersetzte das Ausrufungszeichen am Ende seines Satzes durch einen einzelnen Schuss, der Funken aus der Karosserie des Wagens schlug, hinter dem einer der Angreifer Deckung gesucht hatte, und als Reaktion hämmerte eine ganze Geschoss-Salve in den Ford. Einer der Reifen platzte mit einem Knall, der Rachel deutlich lauter vorkam als die Gewehrschüsse, und der ganze Wagen senkte sich wie ein leckgeschlagenes Boot ein Stück zur Seite und nach vorne. Die Motorhaube fiel mit einem Knall zu und klemmte das Kabel ein, das zwischen der Batterie und dem Ladegerät gespannt war. Und der plötzliche Ruck war zu viel für die klobige Apparatur, die wohl ohnehin nicht sehr sicher gestanden hatte: Sie kippte nach vorn, fiel vom Tisch und hätte Benedikt unter sich begraben, hätte er sich nicht mit einer raschen Bewegung zur Seite geworfen. Rachels Herz machte einen erschrockenen Sprung, als sie sah, dass er damit seine Deckung verließ und für einen Moment vollkommen ungeschützt auf dem Boden lag.

Die Reaktion erfolgte prompt. Eine kurze MP-Salve riss den Boden unmittelbar vor ihm auf, eine zweite, etwas längere, zeichnete eine schnurgerade Linie aus hochgerissenem Schmutz direkt neben seiner Schulter. Benedikt stieß sich in einer nahezu unmöglich erscheinenden Bewegung ab und rollte wieder hinter den Wagen, und das Feuer hörte auf. Einer der beiden Männer schrie etwas auf Russisch und Benedikt hob das Gewehr und gab einen ungezielten Schuss in seine Richtung ab.

»Was wollen sie?«, schrie Rachel.

»Nichts«, antwortete Benedikt gepresst.

»Unsinn!«

»Halt den Kopf unten!«

Sie musste keine gute Psychologin sein, um zu erkennen, dass er log. Sie musste nicht einmal Russisch verstehen, um zu wissen, was der Mann gerade gesagt hatte. »Hört auf!«, schrie sie. »Wenn ihr mich wollt, dann komme ich raus! Aber hört auf zu schießen!«

»Bist du verrückt geworden?«, keuchte Benedikt.

Wahrscheinlich, dachte Rachel, aber zugleich begriff sie auch mit schrecklicher Klarheit, dass es noch verrückter wäre, nicht aufzugeben. Sie saßen in einer Falle, aus der es kein Entrinnen mehr gab, und Benedikt musste das ebenso gut wissen wie sie. Er war gut, wie er ja schon ein paar Mal bewiesen hatte, aber die beiden Männer dort drüben verstanden ihr Handwerk mindestens ebenso gut wie er, und sie hatten es nicht nur mit diesen beiden zu tun. Das Gewehrfeuer hinter ihnen hatte aufgehört, aber das war keineswegs ein Grund zur Erleichterung. Ganz im Gegenteil. Vermutlich stürmte auch aus dieser Richtung bereits eine Horde schwer bewaffneter Killer herbei.

»Ich will Ihr Wort, dass Sie ihm nichts tun!«, rief sie.

»Rachel! Du weißt nicht, was du sagst!« Benedikt klang verzweifelt. Er hatte sich auf ein Knie hochgestemmt und umklammerte das Gewehr so fest, als versuche er die Waffe durchzubrechen.

»Kein Problem!«, antwortete der eine der beiden Männer aus seinem Versteck heraus. Er sprach mit einem schweren östlichen Akzent, der seine Worte nicht nur sonderbar bedrohlich klingen ließ, sondern ihnen auch fast jegliche Glaubwürdigkeit nahm. »Kommen Sie raus! Mit erhobenen Händen!«

In der ersten Sekunde war sie nicht einmal fähig, sich zu rühren. Der winzige Rest ihres Bewusstseins, der noch zu klarem Denken fähig war, sagte ihr mit glasklarer Gewissheit, dass sie nur diese eine Chance hatten, am Leben zu bleiben. Aber sie konnte sich nicht rühren. Jeder Muskel in ihrem Körper schien verkrampft und weigerte sich gleichzeitig, ihren Befehlen zu gehorchen. Es kostete sie unendliche Kraft, sich auf Hände und Knie hochzustemmen und den Arm zu heben, um in Ermangelung einer weißen Fahne die Hand über der Motorhaube zu schwenken.

»Stehen Sie auf!«, schrie der Russe. »Herkommen! Ganz langsam!«

»Das lasse ich nicht zu«, stammelte Benedikt. »Niemals! Du weißt nicht, was du tust! Du weißt nicht, was sie dir antun werden!« In seiner Stimme war ein Unterton von Verzweiflung, der beinahe dazu angetan gewesen wäre, sie noch einmal in ihrem Entschluss wankend zu machen, aber es war bereits zu spät: Sie hatte sich auf die Knie erhoben und sah mit Kopf und Oberkörper über die Motorhaube des Wagens hinaus. Wenn sie auch nur auf die falsche Art blinzelte, würde der Mann sie erschießen.

»Ich lasse es nicht zu!«, sagte Benedikt noch einmal. »Niemals!«

Aber was wollte er schon tun? Sie erschießen? Kaum.

Rachel stand weiter auf, was mit einem angeschlagenen Knöchel und ohne Zuhilfenahme der Hände gar nicht so leicht war, warf Benedikt einen fast flehenden Blick zu und ging dann mit vorsichtigen, kleinen Schritten um den Wagen herum. Von den beiden Männern, die auf der anderen Seite der Werkstatt in Deckung gegangen waren, war keine Spur zu sehen, aber Rachel glaubte die Gewehrläufe beinahe zu spüren, die sich auf sie gerichtet hatten.

Benedikt tat etwas vollkommen Wahnsinniges – zweifellos nichts anderes als ein letzter Akt der Verzweiflung: Schreiend sprang er hinter seiner Deckung hoch, schwenkte den Gewehrlauf im Halbkreis herum und hielt den Finger dabei auf den Abzug gepresst. Die Waffe stieß einen rasenden Feuerstoß aus, dessen Lautstärke allein zu reichen schien, den kleinen Raum auseinander zu reißen. Funken stoben, Dutzende von Querschlägern heulten durch die Luft und richteten nur wie durch ein kleines Wunder keinen weiteren Schaden an. Benedikt schoss, bis seine Waffe leer war und statt des Hämmerns der Schüsse nur noch ein leises, rasend schnelles metallisches Klicken erscholl, aber selbst dann hielt er den Finger noch zehn oder fünfzehn Sekunden lang am Abzug, ehe er die Waffe sinken ließ. Gleichzeitig schien sämtliche Kraft aus seinem Körper zu entweichen. Er stand noch immer hoch aufgerichtet da, aber seine Schultern sanken nach vorne und Rachel konnte regelrecht sehen, wie irgendetwas in ihm erlosch. Er hatte gekämpft und verloren. Endgültig.

Hinter einem der Wagen entstand Bewegung, dann richtete sich ein dunkelhaariger, kräftig gebauter Mann unbestimmbaren Alters dahinter auf, der mit einem großkalibrigen automatischen Gewehr in Benedikts Richtung zielte. Praktisch im gleichen Moment erschien auch der zweite Killer hinter dem Stapel aus Schrott und rostigen Ersatzteilen, hinter dem er Deckung gesucht hatte. Auch er hielt eine Waffe in den Händen, zielte damit jedoch nicht in Benedikts Richtung, sondern hielt den Lauf gesenkt. »Kommen Sie her!«, befahl er. »Schnell! Und keine Dummheiten!«

»Du weißt nicht, was du tust«, murmelte Benedikt kraftlos. Er machte einen Schritt, wankte plötzlich und musste sich am Kotflügel des Ford festhalten, um nicht zu stürzen. Sein Atem ging schnell und sein Puls so hart, dass Rachel eine Ader an seiner Schläfe klopfen sehen konnte. Trotzdem war sie sicher, dass es nicht die körperliche Erschöpfung war, die ihm so zu schaffen machte. Sie hatte annähernd das Gleiche durchgemacht und war schrecklich müde und erschöpft, aber keineswegs der Ohnmacht nahe. Nein – er sah aus wie ein Mensch, der den Kampf seines Lebens gekämpft hatte und nun mit grässlicher Gewissheit begriff, dass er ihn verlor. Und dass er nichts mehr daran ändern konnte.

»Das war sehr vernünftig von Ihnen, Rachel«, sagte eine Stimme hinter ihr. Rachel drehte sich langsam und mit erhobenen Händen herum und erkannte ohne sonderliche Überraschung, dass hinter ihnen zwei weitere Bewaffnete aufgetaucht waren. Beide waren groß und von dem gleichen durchtrainiert-muskulösen Wuchs wie auch Benedikt und die anderen Männer, auf die sie bisher getroffen war, aber zumindest bei dem älteren der beiden war sie sicher, dass es sich nicht um einen Russen handelte. Sein Gesicht hatte eindeutig asiatische Züge – nicht mongolisch wie bei vielen Bewohnern der ehemaligen UdSSR, eher war es ein Japaner, vielleicht auch ein Taiwanese oder Koreaner. Wahnsinn und Fanatismus schienen nicht nur ansteckend zu sein, sondern offenbar auch grenzübergreifend.

Benedikt sank noch ein wenig weiter in sich zusammen, machte sich aber nicht einmal die Mühe, sich herumzudrehen; vielleicht hatte er auch nicht mehr die Kraft dazu, aber Rachel führte ihre Bewegung langsam zu Ende und sah dem Dunkelhaarigen, der sie angesprochen hatte, so fest in die Augen, wie sie nur konnte. »Ich habe Ihr Wort, oder?«

»Meines?« Der Dunkelhaarige zog die Augenbraue hoch.

»Das von einem Ihrer Männer«, sagte Rachel ruhig. »Es sollte auch für Sie gelten.«

»Sie haben zu viele schlechte amerikanische Kriminalfilme gesehen, meine Liebe«, antwortete der Dunkelhaarige. Rachel hatte das sichere Gefühl, dass er seinen russischen Akzent dabei bewusst noch betonte. »So funktioniert das nicht.« Er ließ gute zwei oder drei Sekunden verstreichen – genug, um ihrer Furcht mehr als nur ein wenig neue Nahrung zu geben –, bevor er fortfuhr: »Aber ich habe keinen Grund, Benedikt etwas anzutun. Obwohl er uns eine Menge Schwierigkeiten bereitet hat.«

Der letzte Satz galt nicht mehr Rachel, sondern Benedikt, der die Worte zweifellos gehört hatte, aber nicht im Geringsten darauf reagierte. Er hatte sich mittlerweile mit einem Bein auf die Kofferraumhaube des Ford gesetzt und saß mit hängenden Schultern und weit nach vorne gebeugt da. Er stierte ins Leere.

»Sind Sie bewaffnet?«, fragte der Russe.

Rachel schüttelte den Kopf und dem Dunkelhaarigen schien diese einfache Antwort zu genügen. »Das ist gut«, sagte er. »Sie hätten sich selbst und vor allem uns und Ihrem Freund eine Menge Ärger ersparen können, wenn Sie gleich mitgekommen wären. Ich versichere Ihnen, dass Ihnen kein Leid geschehen wird, solange Sie vernünftig sind.«

»So wie Tanja und den anderen?«, fragte Rachel böse. Ihre innere Stimme meldete sich wieder, noch dünner als bisher und in noch verzweifelterem Ton. Dass sie überhaupt noch lebte, war ein kleines Wunder. Aber anscheinend arbeitete irgendein destruktiver Teil ihres Selbst mit aller Macht daran, diesen Zustand zu ändern.

»Ihnen ist nichts geschehen«, behauptete der Dunkelhaarige. »Und ihnen wird auch nichts passieren.« Er wandte sich mit gerunzelter Stirn und einer weit ausholenden Geste, die den gesamten Raum einschloss, an Benedikt. »Das alles hier wäre nicht nötig gewesen. Dein Vater wird nicht sehr glücklich sein, wenn er hört, was du getan hast.«

Dein Vater? Rachel blinzelte fragend in Benedikts Richtung, aber er reagierte so wenig darauf wie auf die Worte des Dunkelhaarigen. Wahrscheinlich hatte er sie nicht einmal gehört. Er starrte weiter ins Leere.

Einer der Männer hielt Benedikt weiter mit seiner Waffe in Schach, während sich der Asiat um den Bewusstlosen kümmerte. Der Mann stöhnte leise, als er ihn auf den Rücken drehte. Rachel vermochte nicht zu sagen, ob und wie schwer verletzt er war, aber zumindest lebte er noch. Aus irgendeinem Grund war ihr das wichtig.

Der Dunkelhaarige sagte einige Worte auf Russisch. Die beiden Bewaffneten nahmen Benedikt in die Mitte und führten ihn grob zwischen sich her zur Tür, aber Rachel entging auch keineswegs, dass sie ihn mit einem gewissen Respekt behandelten. Benedikt machte keine Bewegung, um sich zu widersetzen. Er schien fast willenlos. Vielleicht hatte er tatsächlich aufgegeben – auch wenn Rachel sich das noch immer nicht vorstellen konnte. Das Wort »aufgeben« und Benedikt passten irgendwie nicht zusammen.

»Gehen wir.« Der Dunkelhaarige machte eine auffordernde Geste.

»Und wenn nicht? Erschießen Sie mich dann?«

»Falls Sie versuchen, Zeit zu gewinnen, verstehe ich nicht ganz, weshalb«, sagte der Dunkelhaarige, statt ihre Frage zu beantworten. »Ihre Freunde von der Polizei suchen zwar nach Ihnen, aber ich kann Ihnen versichern, dass sie noch nicht einmal in der Nähe sind.« Er wiederholte seine auffordernde Geste, diesmal mit etwas mehr Nachdruck. »Bitte!«

Sie verließen das Gebäude auf dem gleichen Weg, auf dem sie es betreten hatten. Benedikt und seine beiden Bewacher waren bereits auf halbem Weg zu den beiden Geländewagen, die dicht hinter dem Tor standen; einer der beiden Flügel des Maschendrahttors war herausgerissen und meterweit davongeschleudert worden. Rachel nahm an, dass die Wagen einfach hindurchgerast waren.

»Wohin bringen Sie mich?«, fragte sie, während sie in den Regen hinaustraten. Der Morast unmittelbar vor der Tür war aufgewühlt und von hellrosa Schlieren durchsetzt und sie machte instinktiv einen großen Schritt über die Stelle hinweg, an der der Verletzte gelegen hatte.

»Das liegt ganz bei Ihnen«, antwortete der Dunkelhaarige.

»An mir?« Rachel blieb stehen und drehte sich überrascht zu ihrem Entführer um, aber er scheuchte sie mit einer unwilligen Kopfbewegung in Richtung der beiden Landrover weiter. Rachel gehorchte, aber sie fragte sich gleichzeitig auch, warum sie diese Frage überhaupt gestellt hatte. Sie kannte die Antwort, die tatsächlich bei ihr lag. Sie konnte diese Männer entweder direkt zu Uschi führen – oder sie an einen Ort begleiten, der vermutlich sehr viel unangenehmer war als dieser verlassene Schrottplatz.

Und das Schlimmste war: Tief in sich wusste sie, dass sie Uschi verraten würde. Keiner dieser Männer hatte sie bisher direkt bedroht, aber vielleicht war es gerade das, was ihr Angst machte. Wozu sie bedrohen, wenn sie diese Arbeit getrost ihrer eigenen Fantasie überlassen konnten?

Ein greller Blitz zerriss die Wolkendecke, die sich mittlerweile von einem Horizont zum anderen über das Land gesenkt hatte, gefolgt von einem peitschenden Laut, als wäre irgendwo ein überdehntes Drahtseil zersprungen. Rachel fuhr erschrocken zusammen, aber sie sah aus dem Augenwinkel, dass es ihrem Begleiter noch sehr viel schlimmer erging: Er blieb abrupt stehen und für einen kurzen Moment erschien beinahe so etwas wie Panik auf seinem Gesicht. Er hatte sich nahezu sofort wieder in der Gewalt, aber nur nahezu, und sein Blick irrte noch einige Sekunden lang misstrauisch über die Reihen übereinander gestapelter Autowracks; ein Verhalten, das in einer Situation wie dieser fast normal erschien – wäre es nicht ein durch und durch natürliches Geräusch gewesen.

»Es war nur ein Blitz«, sagte sie spöttisch. »Oder haben Sie etwa Angst, dass Gott selbst in die Geschichte eingreift?«

Der Dunkelhaarige sah sie nur wortlos, wenn auch auf eine irgendwie vorwurfsvolle Art an, und Rachel bedauerte die Bemerkung bereits wieder. Nicht einmal, weil sie geschmacklos war. Es gab Dinge, die sagte man einfach nicht.

»Das hat er schon längst, glauben Sie mir«, sagte der Dunkelhaarige, nachdem er sie eine Weile auf diese fast unheimliche Art angesehen hatte. »Gehen Sie weiter. Bitte. Wir haben nicht viel Zeit.«

Wie um seine Worte zu unterstreichen, zuckte über den Himmel ein weiterer Blitz, der diesmal zwar nicht in einer akustischen Explosion endete, dafür aber von einem dumpfen Donnergrollen gefolgt wurde, das unnatürlich lange anzuhalten schien. Als es vorüber war, deutete Rachel ein Achselzucken an und setzte sich in Bewegung.

Obwohl es wenig mehr als ein Dutzend Schritte bis zu den beiden Wagen waren, war sie schon wieder bis auf die Haut durchnässt, als sie die Landrover erreichten. Der Regen war spürbar kälter geworden und ihr angeschlagener Knöchel machte ihr wieder zu schaffen. Sie humpelte, nicht stark, aber deutlich genug, dass es auffiel.

Der Dunkelhaarige führte sie zu dem hinteren Landrover. Das Fahrzeug verfügte über drei Sitzreihen, von denen sich die beiden hinteren gegenüber standen. Auf einer davon saß der Mann, den Benedikt mit dem Schraubenzieher niedergestochen hatte. Er hatte Jacke und Hemd ausgezogen und zwei seiner Kameraden kümmerten sich um ihn; was bedeutete, dass seine Schulter bereits provisorisch verbunden war und sein Arm in einer behelfsmäßigen Schlinge hing. Aber sein Gesicht war grau, er saß so weit nach vorne gebeugt da, dass er wahrscheinlich bei der leisesten Bewegung des Wagens aus dem Sitz fallen würde, und der gerade erst angelegte Verband war schon wieder nass und dunkel von seinem Blut. Benedikt hatte zwar gesagt, dass er niemanden töten würde, aber in diesem Fall war er nahe daran gewesen. Außer den drei Männern befanden sich noch der Fahrer und ein weiterer Bewaffneter im Wagen. Wenn der zweite Landrover ebenso belegt war, dann waren Benedikts Freunde tatsächlich mit einer kleinen Armee angerückt.

Rachel zog den Kopf ein, um sich nicht am Türholm zu stoßen, als irgendetwas mit einem hellen Laut gegen das Fenster neben ihr schlug und dann abprallte.

»Wo ist Benedikt?«

»Im anderen Wagen«, antwortete der Dunkelhaarige. Er hatte einen Fuß in die geöffnete Tür gesetzt, kam aber noch nicht herein, sondern sah sich erneut auf diese sonderbar erwartungsvoll-ängstliche Art um, die sie mehr beunruhigte, als sie sollte. Auch er war bis auf die Haut durchnässt. Seine Kleidung klebte ihm schwer und nass am Körper, und er musste erbärmlich frieren. Trotzdem hatte Rachel den sicheren Eindruck, dass er es gar nicht merkte.

»Ich würde gerne zusammen mit ihm fahren«, sagte sie. Sie kam sich bei diesen Worten selbst lächerlich vor, aber der Dunkelhaarige antwortete trotzdem.

»Ich habe Ihnen mein Wort gegeben, dass ihm nichts geschieht«, erinnerte er sie. »Die Männer werden ihm nichts tun – auch wenn ich es ihnen nicht einmal verübeln könnte. Immerhin sind sie seine Kameraden.« Er deutete auf den Verletzten. »Die beiden haben vor ein paar Tagen noch zusammen Schach gespielt. Benedikt hat verloren.«

»Dann hätte er ihn vielleicht besser gewinnen lassen sollen«, sagte Rachel.

»Halten Sie das für witzig?«, fragte der Dunkelhaarige ernst.

»Nein.« Rachel senkte beschämt den Blick. »Entschuldigung.«

Wieder schlug irgendetwas gegen das Fenster gleich neben ihrem Gesicht, dann ertönte ein zweites, gleichartiges Geräusch von der anderen Seite, und plötzlich änderte sich die akustische Untermalung durch den Regen: Aus dem seidigen Hintergrundgeräusch wurde ein Laut wie von Millionen winziger Nadeln, die gegen die Karosserie und die Scheiben des Wagens prasselten. In den Regen hatte sich Hagel gemischt.

Der Dunkelhaarige fluchte, zog sich mit einem Ruck endgültig in den Wagen hinein und knallte die Tür hinter sich zu. Der Fahrer startete den Motor, wartete aber, bis der Dunkelhaarige sich gesetzt hatte, bevor er den Gang einlegte und losfuhr. Obwohl Rachel mit dem Rücken zu ihm saß, spürte sie, wie viel Mühe es ihm machte, den Wagen aus dem Morast herauszubekommen, in den der Landrover nahezu bis an die Achsen eingesunken war. Selbst Vierradantrieb und Geländereifen waren offensichtlich Grenzen gesetzt. Mühsam und mit grollendem Motor, dessen Geräusch man anhörte, wie schwer es ihm fiel, seinen Dienst zu tun, setzte der Wagen mehrmals vor und zurück, um praktisch auf der Stelle zu wenden, und steuerte dann das aus den Angeln gerissene Maschendrahttor an.

Aus den vereinzelten klirrenden Treffern der Hagelkörner war mittlerweile ein anhaltendes und allmählich lauter werdendes Prasseln geworden; noch nicht heftig genug, um Rachel tatsächlich Angst zu machen, aber durchaus beunruhigend. Und den anderen im Wagen schien es nicht besser zu ergehen. Der Mann hinter dem Steuer saß verkrampft da und auch wenn Rachel keine Erfahrung im Offroadfahren hatte, so war ihr doch klar, dass er viel zu hektisch mit Gas und Kupplung hantierte. Der Dunkelhaarige blickte immer nervöser aus dem Fenster und auch die beiden, die sich um ihren verwundeten Kameraden bemühten, sahen immer wieder beunruhigt hoch. Rachel glaubte Angst auf ihren Gesichtern zu sehen.

Als sie noch zwanzig Meter vom Tor entfernt waren, hämmerte ein Blitz in den Autostapel rechts von ihnen.

Es geschah vollkommen warnungslos – kein Wetterleuchten, kein elektrisches Knistern in der Luft. Von einem Sekundenbruchteil auf den anderen senkte sich ein weiß glühender Strahl aus reiner, gleißender Helligkeit vom Himmel, schlug in die Mauer aus übereinander gestapelten Autowracks und explodierte in einem Schauer aus weißen und orangefarbenen Funken. Irgendwo in dem Jahrzehnte alten Stapel mussten sich wohl noch Reste von Benzin oder anderen brennbaren Flüssigkeiten befinden, denn er fing mit einem berstenden Schlag Feuer. Ein zweiter, gefährlicherer Hagelschauer aus zerborstenem Glas regnete auf den Wagen herab, Flammen und immer noch hochstiebende Funken leckten nach der Karosserie, und der Hagel nahm derartig zu, dass sich der Landrover urplötzlich im Zentrum eines himmlischen Maschinengewehrfeuers zu befinden schien: die Hagelkörner schlugen mit der Gewalt von Hammerschlägen auf den Wagen ein. Meterhohe Wasserfontänen spritzten ringsum hoch und in der Windschutzscheibe entstand ein Spinnennetz milchiger Sprünge.

Rachel schrie entsetzt auf, während der Fahrer – ebenso verzweifelt wie vergeblich – am Lenkrad kurbelte, um den Wagen irgendwie unter Kontrolle zu halten. Alles ging unvorstellbar schnell: Von dem Augenblick an, in dem sich der himmlische Laserstrahl aus den Wolken herabgesenkt hatte, bis jetzt waren weniger als zwei Sekunden vergangen und trotzdem hatte sich der aufgegebene Schrottplatz um sie herum in eine Hölle verwandelt. Rachel war nicht mehr die Einzige, die schrie. Die Sicht reichte kaum noch weiter als fünf Meter und der Wagen schlingerte so wild hin und her, dass es fast schon ein Wunder schien, dass er noch nicht umgestürzt war.

Und das war erst der Anfang.

Hitze. Unvorstellbare, grauenhafte Hitze, die das Wageninnere schlagartig in einen Backofen verwandelte und Glas und Metall zum Schmelzen brachte, tödlich und zu schnell, um auch nur noch einen flüchtigen Schmerz zuzulassen, ein weißes, mildes Licht am Ende eines wabernden Tunnels, der in die Unendlichkeit und hindurchführte, und –

»Links!«, schrie Rachel.

Sie war fest davon überzeugt, dass ihre Stimme über dem Höllenlärm untergehen musste, der den Wagen erfüllte, aber das Wunder geschah: Der Fahrer hörte ihren Schrei und reagierte ganz instinktiv, indem er das Lenkrad herumriss und brutal aufs Gas trat. Für einen unendlich kurzen, aber schrecklichen Moment drehten die Räder im

Schlamm durch und der Wagen neigte sich bedrohlich zur Seite. Dann griffen die schweren Geländereifen. Der Landrover machte einen regelrechten Satz und zwei Meter hinter ihm, präzise dort, wo er gewesen wäre, hätte der Fahrer nicht auf Rachels Schrei reagiert, schlug ein zweiter Blitz in den Stapel aus Autowracks und explodierte unter solcher Hitzeentwicklung, dass geschmolzenes Metall in alle Richtungen spritzte. Die Heckscheibe des Wagens färbte sich schwarz und implodierte eine halbe Sekunde später. Tausende winziger, weiß glühender Glassplitter überschütteten das Wageninnere, zerfetzten die Polster und fielen wie zahllose rasiermesserscharfe Klingen über die Insassen her. Der Dunkelhaarige neben Rachel schrie auf und schlug die Hände vor sein plötzlich zerschnittenes Gesicht, und der ohnehin verwundete Mann auf dem gegenüberliegenden Sitz kippte lautlos zur Seite und rutschte von der Bank. An Dutzenden von Stellen brachen winzige Feuer aus und der Wagen geriet ins Schlingern, neigte sich bedrohlich nach rechts und kippte mit einem gewaltigen Schlag in die Waagerechte zurück, raste aber zugleich immer noch schneller werdend weiter.

Und es war noch immer nicht vorbei. *Sie hörte das Bersten von Metall und spürte einen dumpfen Schlag, ein Laut wie der Hammerschlag eines zornigen Riesen, der den Wagen traf und zermalmte.* Sie schrie noch einmal und lauter auf, aber diesmal reagierte der Fahrer nicht. Er konnte es nicht. Falls er noch lebte, war er ohne Bewusstsein. Er lag nach vorne gesunken über dem Lenkrad und blockierte es, und sein Fuß drückte das Gaspedal bis zum Boden durch. Hinterkopf, Nacken und Schultern waren blutüberströmt und mit Dutzenden winziger Glassplitter gespickt. *Sie spürte den Aufprall, ein dumpfer Schlag, gefolgt von einem grässlichen Splittern und Bersten, die Welt stellte sich auf den Kopf und wurde dunkel, und dann war da mit einem Mal ein grauenhafter, immer unerträglicher werdender Druck, der nicht nur den Atem, sondern auch das Leben aus ihr herauszupressen begann und immer noch weiter zunahm.* Sie warf sich zur Seite und nach vorne, streckte verzweifelt die Hände nach dem Griff aus und riss die Tür auf. Trotz seiner schweren Verletzung versuchte der Mann neben ihr, sie am Arm zu ergreifen und festzuhalten. Rachel riss sich los und stieß mit aller Gewalt den Ellbogen nach hinten. Sie traf. Ein schmerzerfülltes Keuchen erklang und die Hand verschwand von ihrem Arm. Gleichzeitig flog die Tür des Landrover weit auf; der Wagen schlingerte, kippte erneut merklich auf die Seite und Rachel wurde regelrecht ins Freie katapultiert und landete mit dem Gesicht voran im Schlamm.

Trotz des weichen Untergrundes war der Aufprall so hart, dass sie fast das Bewusstsein verloren hätte. Hinter ihr (gefährlich *nahe* hinter ihr), erscholl ein dumpfer Knall, dann das unheimliche Geräusch, das sie gerade in ihrer Vision gehört hatte, nur lauter, bedrohlicher und länger anhaltend. Sie hatte das intensive Gefühl von etwas Großem und sehr Schwerem, das sich in ihrer unmittelbaren Nähe bewegte, und ein Teil von ihr war sich durchaus der Gefahr bewusst, die von dieser physischen Kraft ausging. Dennoch war sie nicht in der Lage, irgendwie auf diese Erkenntnis zu reagieren.

Rachel blieb so lange reglos und mit geschlossenen Augen liegen, bis die reine Atemnot sie zwang, den Kopf zu heben und sich den Morast aus dem Gesicht zu wischen.

Als sie die Augen öffnete, bot sich ihr ein furchteinflößender Anblick.

Sie war keine Sekunde zu früh aus dem Wagen geschleudert worden. Führerlos und auf dem letzten Stück offenbar immer schneller werdend, hatte sich der Landrover wie ein Geschoss in die Mauer aus übereinander gestapelten Autowracks gebohrt. Die Wucht des tonnenschweren Fahrzeugs war anscheinend groß genug gewesen, das fragile Gebilde aus rostenden Fahrzeugwracks aus dem Gleichgewicht zu bringen, sodass mehr als ein halbes Dutzend Automobile auf den Geländewagen gestürzt waren und ihn fast bis zur Unkenntlichkeit zerquetscht hatten. Rachel zweifelte keinen Sekundenbruchteil daran, dass im Wrack des Landrover niemand mehr am Leben war.

Dass sie selbst noch in der Lage war, diesen Gedanken zu denken, grenzte an ein Wunder. Ein Großteil der Mauer aus Autowracks war zusammengebrochen und wie tonnenschwerer Stahlhagel überall um sie herum zu Boden gekracht. Wäre sie nur einen halben Meter weniger weit aus dem Landrover herausgeschleudert worden …

… dann wäre der zusammengestauchte Polo, dessen Aufschlag sie

gespürt hatte, an einer anderen Stelle zu Boden gestürzt, abgelenkt von der gleichen unsichtbaren Hand, die sie auch an dieser Stelle beschützt hatte.

Der Gedanke war so bizarr, dass sie beinahe laut aufgelacht hätte, und dennoch zweifelte sie keinen Sekundenbruchteil daran, dass es ganz genau so gewesen sein musste: Der Morast um sie herum war übersät mit Trümmern und scharfkantigen Bruchstücken, aber sie selbst war vollkommen unversehrt. Weder die Splitter der implodierten Wagenfenster noch eines der zahllosen Trümmerstücke, die um sie herum niedergeprasselt waren, hatten ihr auch nur einen Kratzer zugefügt. Um sie herum hatte ein Orkan aus reiner Vernichtung getobt, doch direkt in seinem Auge, in dem sie sich befand, herrschte vollkommene Ruhe.

Rachel stemmte sich zitternd in die Höhe, wich rasch zwei oder drei Schritte von der noch immer bedrohlich wankenden Mauer aus Autowracks zurück und drehte sich erst dann herum. Der zweite Landrover war in kaum zehn Meter Entfernung zum Stehen gekommen, aber der Regen hatte in den wenigen Sekunden, die seit dem Zusammenprall vergangen waren, so sehr zugenommen, dass sie ihn nur noch als halb aufgelöstes Schemen erkannte. Das rote Glühen der Bremsleuchten schien in den Wassermassen zu zerfließen, die vom Himmel stürzten, und sie konnte nicht sagen, ob die Bewegung dahinter real war oder ebenfalls nur ein Trugbild, das der Regen und ihre eigene Nervosität ihr vorgaukelten.

Aber sie begriff die Chance, die sich ihr bot.

Was für sie selbst galt, das musste für die Männer in dem Wagen dort drüben in noch weitaus größerem Maß gelten. Der Regen strömte mittlerweile so dicht, dass er eine regelrechte Wasserwand zwischen ihr und dem Wagen bildete. Die Männer darin mussten praktisch blind sein. Vermutlich sahen sie sie nicht als verschwommenen Schatten, sondern überhaupt nicht. Rachel war nicht einmal sicher, ob sie bemerkt hatten, was ihren Kameraden widerfahren war.

Die Rücklichter des Wagens schienen ihr zuzublinzeln und diesmal war sie sicher, dass sie sich die dazugehörige Bewegung nicht nur eingebildet hatte. Sie überlegte nicht mehr, sondern handelte ganz instinktiv. Statt weiter in die einmal eingeschlagene Richtung zu gehen, fuhr sie auf der Stelle herum und lief durch den Regen zurück, um hinter einem der Autowracks Deckung zu suchen.

Der Landrover hatte sich tatsächlich in Bewegung gesetzt, aber er näherte sich nicht dem aufgesprengten Tor, sondern kam zurück. Vielleicht hatten die Männer den Unfall selbst nicht bemerkt, aber immerhin war ihnen wohl aufgefallen, dass der andere Wagen nicht nachkam. In wenigen Augenblicken würden sie aussteigen und nachsehen, wo ihre Kameraden blieben.

Rachel überlegte fieberhaft, was sie tun sollte. Ihr blieben nur noch ein paar Sekunden, aber die Sicht war mittlerweile so schlecht, dass sie praktisch auf Armeslänge an dem anderen Wagen vorbeilaufen konnte, ohne befürchten zu müssen, dass man sie entdeckte. Nach dem letzten Blitz, der den Wagenstapel halbwegs in Brand gesetzt hatte, war das Gewitter wie abgeschaltet erloschen und auch der Hagel hatte wieder aufgehört, fast als wäre es nur eine einzelne himmlische Schreckschuss-Salve gewesen. Dafür herrschte mittlerweile fast vollkommene Dunkelheit. Die Wolkendecke hatte den Himmel nun zur Gänze verschlungen, so schwarz und dicht, dass die Position der Sonne nicht einmal mehr zu erahnen war; eine wortwörtlich biblische Finsternis. Obwohl ihre Verfolger rasch näher kamen, waren dies für Rachel geradezu ideale Voraussetzungen, um zu verschwinden: Der Schrottplatz bot Hunderte von Verstecken und der immer noch an Heftigkeit zunehmende Regen und die Dunkelheit erwiesen sich ebenfalls als wertvolle Verbündete. Nicht einmal eine ganze Armee mit Handscheinwerfern und Spürhunden hatte eine realistische Chance, sie zu finden.

Trotzdem rührte sie sich nicht, sondern duckte sich nur ein wenig tiefer hinter den zertrümmerten Wagen, während der Landrover mit mühsam mahlenden Rädern rückwärts auf sie zukam. Er passierte ihr Versteck buchstäblich auf Armeslänge und kam in wenigen Metern Abstand zum Stehen; nicht ganz freiwillig: Das Heck stieß gegen ein Hindernis, das im Regen unsichtbar gelauert hatte, und Rachel hörte das Klirren von Glas und dann das typische Geräusch zusammengedrückten Karosserieblechs. Hastig bückte sie sich tiefer hinter ihre improvisierte Deckung und lauschte mit angehaltenem Atem.

Sie musste nicht lange warten. Eine Wagentür wurde aufgerissen und eine Sekunde später mit übertriebener Wucht wieder ins Schloss geworfen, dann hörte sie Schritte und eine Stimme rief irgendetwas auf Russisch. Ein Handscheinwerfer flammte auf und bemühte sich, einen Tunnel aus Licht in die stygische Finsternis zu bohren, aber auch dieser Strahl zerfaserte nach wenigen Schritten zu einem blassen Schein, von Millionen und Abermillionen Tropfen aufgesogen und zu einem Durcheinander aus reiner Bewegung gemacht, das dem Blick keinen Halt bot, sondern ihn nur noch zusätzlich verwirrte.

Der Scheinwerferstrahl beschrieb einen zitternden Halbkreis und Rachels Herz machte einen erschrockenen Sprung, als das blasse Restlicht, das den Weg durch den Regen bis zu ihr gefunden hatte, über ihren Arm und einen Teil ihrer Schulter strich. Aber der Lichtstrahl wanderte weiter, ohne innezuhalten. Wahrscheinlich hätte er das sogar getan, wenn es nicht wie aus Kübeln gegossen hätte. Immerhin wusste sie jetzt, warum sie vorhin diese alberne Verkleidung gewählt hatte.

Dagegen wusste sie immer noch nicht genau, was zum Teufel sie eigentlich hier *tat*. Irgendeine Macht – ganz gleich, ob Zufall genannt oder göttliche Vorsehung –, irgendetwas jedenfalls hatte alles in seiner Macht Stehende getan, um ihr die Flucht zu ermöglichen, warum also nutzte sie die Chance nicht, sondern blieb im Gegenteil so nahe bei ihren Verfolgern sitzen, dass diese nur einen Schritt in die falsche Richtung zu tun brauchten, um wortwörtlich über sie zu stolpern?

Eine mögliche Erklärung war, dass es nicht der Sinn der Aktion gewesen war, dass sie einfach weglief, aber die realistischere Erklärung war wohl, dass sie sich noch immer in einer Mischung aus Schock und einer sonderbar stillen Panik befand, die weder ihre Gedanken noch ihren Körper lähmte, sehr wohl aber ihren Willen. Sie war einfach nicht in der Lage, sich zu entscheiden.

Hinter ihr ertönte wieder das Rufen. Der Scheinwerferstrahl tastete zum zweiten Mal über ihr Versteck und wanderte weiter. Auch diesmal verlor er sich nach wenigen Schritten im Nichts und in wirbelndem Durcheinander, aber gerade als der Mann in die entsprechende Richtung sah, zerriss ein einzelner, blendend weißer Blitz die falsche Nacht. Für nahezu eine Sekunde war das Heck des zermalmten Landrover so deutlich zu erkennen, als würde es von einem himmlischen

Spotlicht angestrahlt. Ein erschrockener Ausruf erscholl und sie hörte, wie weitere Türen aufgerissen wurden. Ein zweiter und dritter Lichtstrahl flammten auf und setzten sich hektisch in Richtung des zertrümmerten Geländewagens in Bewegung, und Rachel …

Sie stand hinter ihrer Deckung auf und begann geduckt auf den Landrover zuzuhuschen.

Nicht etwa, dass sie es *wollte*. Ganz im Gegenteil: Ein Teil von ihr fragte sich mit fast hysterischer Verzweiflung, was zum Teufel sie hier eigentlich tat. Sie wusste nicht genau, wie viele Männer den Wagen verlassen hatten, aber sie würden Benedikt kaum unbewacht zurückgelassen haben. Was sollte sie tun, wenn sie auf einen – oder gar mehrere – Söldner traf, die bei ihrem Gefangenen im Wagen zurückgeblieben waren? Ihn höflich bitten, auszusteigen und ihr die Schlüssel auszuhändigen? O ja, sie war ganz sicher, dass er genau das tun würde – nachdem er ihr eine Kugel durch den Kopf gejagt hatte, versteht sich.

Sie ging trotzdem weiter, duckte sich noch tiefer und umkreiste den Wagen einmal, um sich ihm von der Beifahrerseite her zu nähern. Noch einmal: Was tat sie hier? Aus dem Wagen war nicht das mindeste Geräusch zu hören und der Regen verschluckte sogar das Brummen des im Leerlauf tuckernden Dieselmotors. Fünf oder sechs Meter hinter ihr irrten die Scheinwerferstrahlen der Söldner durch die Dunkelheit und sie hörte aufgeregte Stimmen und Laute, die verrieten, dass die Männer offenbar versuchten, irgendwie an ihre eingeklemmten Kameraden heranzukommen. Vielleicht hatte sie ja Glück und sie waren tatsächlich alle ausgestiegen, nachdem sie Benedikt gründlich gefesselt hatten.

Aber natürlich hatte sie das nicht.

Nicht etwa aus freiem Willen – falls sie so etwas je gehabt hatte, dann war er ihr irgendwo auf halbem Weg zwischen der Stadt und hier verloren gegangen –, aber dennoch sehr schnell richtete sie sich auf, riss die Tür auf und blickte in ein rundliches, negroid geschnittenes Gesicht mit fast ebenholzschwarzer Haut, dessen Besitzer im ersten Moment mindestens genau so überrascht war wie sie.

Allerdings überwand er seine Verblüffung sehr viel schneller.

Ihre Einschätzung war durchaus realistisch gewesen. Die Söldner hatten nicht nur einen, sondern gleich zwei Bewacher bei Benedikt zurückgelassen. Der Schwarze hockte mit halb angezogenen Knien und in fast komisch verdrehter Haltung auf dem Beifahrersitz und zielte mit einer Pistole auf seinen ehemaligen Kameraden, und ein zweiter Söldner saß unmittelbar neben Benedikt und presste die Mündung einer Waffe gegen seine Schläfe. Auf der anderen Seite saß ein dritter, augenscheinlich bewusstloser Söldner, dessen Schulter dick und alles andere als fachkundig verbunden war; der Mann, den Benedikt mit dem Schraubenzieher verletzt hatte.

»Was ...?«, begann der Farbige. Er war vollkommen verblüfft, aber dennoch nicht so sehr, dass er nicht im gleichen Sekundenbruchteil versuchte, sich auf dem Sitz herumzudrehen und die Waffe in Rachels Richtung zu schwenken.

Rachel selbst war vielleicht am meisten überrascht von ihrer eigenen Reaktion. Sie war nie eine Kämpferin gewesen. Die Ohrfeige, die sie Frank damals am Baggersee versetzt hatte, war tatsächlich der einzige Schlag gewesen, den sie in ihrem ganzen Leben einem anderen versetzt hatte. Sie mochte nicht einmal Actionfilme im Fernsehen und Gewalt war ihr zutiefst zuwider. Jetzt reagierte sie, als hätte sie die gleiche Nahkampfausbildung hinter sich, die offensichtlich auch Benedikt genossen hatte: Der Schwarze bewegte sich fantastisch schnell, aber er wurde durch die unglückliche Haltung behindert, in der er sich auf den Sitz gehockt hatte, um Benedikt in Schach zu halten, und Rachel hatte trotz allem noch immer den Vorteil der Überraschung auf ihrer Seite: Noch während er die Pistole herumschwenkte, um sie auf ihr Gesicht zu richten (und zweifellos abzudrücken), wich sie einen halben Schritt zurück, ergriff das Handgelenk des Farbigen und zerrte mit aller Kraft daran.

Sie spürte sofort, dass sie dem Mann nicht gewachsen war. Obwohl kaum größer als sie, war er ihr an Körperkraft um so vieles überlegen, dass ein Angriff auf ihn schlichtweg lächerlich war. Aber sie konnte etwas anderes tun.

Statt zu versuchen, ihm die Waffe zu entreißen, zerrte Rachel weiter an seinem Handgelenk und verlieh seiner Bewegung auf diese Weise noch mehr Schwung, und seine eigene, komplizierte Haltung wurde dem Afrikaner endgültig zum Verhängnis. Die Pistole schwenkte deutlich schneller herum als beabsichtigt und er verlor auf dem Sitz die Balance und kippte ungeschickt zur Seite. Rachel riss noch einmal und mit noch größerer Kraft an seinem Arm, steppte einen weiteren halben Schritt zurück und warf die Tür mit aller Gewalt zu. Der Mann brüllte vor Schmerz und Wut und ließ die Waffe fallen, als die Wagentür sein Handgelenk traf (und vermutlich brach, wie Rachel mit einem in diesem Moment reichlich unangebrachten Gefühl von schlechtem Gewissen klar wurde), und sie riss die Tür wieder auf und beförderte den Söldner mit einem letzten, entschlossenen Ruck endgültig ins Freie – wobei sie ihn als Gegengewicht benutzte, um sich selbst in den Wagen zu katapultieren und hinter das Lenkrad zu gleiten.

»Fahr los!«, schrie Benedikt.

Von der Rückbank drangen wütende Kampfgeräusche an ihr Ohr und sie registrierte eine Bewegung aus dem Augenwinkel, die sie nicht genau identifizieren konnte, die aber hektisch und bedrohlich genug war, um sie wissen zu lassen, worum es sich handelte: Der Farbige hatte sich mit einer blitzschnellen Bewegung wieder aufgerichtet und wirbelte herum. Die Beifahrertür stand noch immer weit offen. Er würde nicht einmal eine Sekunde brauchen, um zurückzukommen und ihr klarzumachen, was er von dem hielt, was sie gerade getan hatte. Der Mann war unglaublich *schnell.*

Rachel griff mit einer Hand nach dem Lenkrad, rammte mit der anderen den Gang herein und trat das Gaspedal bis zum Boden durch. Der Motor heulte auf, aber statt den erhofften Satz zu machen, begann sich der Wagen nur auf der Stelle zu drehen, als sich die Hinterräder rasend schnell in den Morast wühlten.

»Allrad!«, brüllte Benedikt. *»Der andere Hebel!«*

Rachel verstand nicht wirklich, wovon er sprach, aber sie senkte ganz instinktiv den Blick und entdeckte im schwachen Schein der eingeschalteten Innenbeleuchtung einen zweiten, etwas kleineren Hebel neben der Gangschaltung. Eine blutverschmierte Hand erschien in der Tür neben ihr und dann ein hassverzerrtes Gesicht unter schlammigschwarzem Haar und Rachel stieß den Hebel rücksichtslos nach vorne und wurde mit einem Knirschen belohnt, als wollte das gesamte Getriebe in Stücke fliegen – und einem so gewaltigen Satz, dass sie nach hinten in den Sitz gepresst wurde und um ein Haar das Lenkrad losgelassen hätte. Gesicht und Hand verschwanden aus der Öffnung neben ihr und die Tür flog mit einem Knall zu.

Verzweifelt kurbelte sie am Lenkrad, um den Wagen in der Spur zu halten, ließ das Gaspedal aber keinen Millimeter los. Der Motor heulte gequält, und irgendeiner der zahllosen Zeiger auf dem Armaturenbrett vor ihr bewegte sich rasch in den roten Bereich hinauf, was gewiss nichts Gutes zu bedeuten hatte. Von der Rückbank drangen noch immer wütende Kampfgeräusche und sie glaubte nun sogar Schüsse zu hören, aber sie war sich nicht sicher. Und sie hätte auch gar keine Zeit gehabt, sich darum zu kümmern. Sie brauchte all ihre Kraft und Konzentration, um den Wagen unter Kontrolle zu halten – oder es wenigstens zu versuchen.

Der Landrover schlingerte hin und her wie ein Schlauchboot, das unversehens in einen Wirbelsturm geraten war. Sie war so gut wie blind. Die Scheibenwischer arbeiteten zwar mit aller Kraft, aber sie hatten nicht einmal die Spur einer Chance, mit den Wassermassen fertig zu werden, die vom Himmel stürzten, und auch das Licht der starken Scheinwerfer war keine Hilfe. Irgendetwas Großes tauchte aus der Dunkelheit auf und prallte so wuchtig gegen den Kotflügel, dass eine der Lampen zerbrach und der Wagen anderthalb Meter weit im rechten Winkel davonschlitterte, ehe die schweren Reifen wieder griffen. Großer Gott, sie wusste nicht einmal, in welche *Richtung* sie fuhr!

Hinter ihr wurde eine Tür aufgestoßen und kaum eine Sekunde später wieder zugeworfen, und im nächsten Augenblick begann Benedikt über die Rückenlehne des Beifahrersitzes nach vorne zu klettern. Er stellte sich dabei nicht besonders geschickt an: Seine Gelenke waren mit Handschellen aneinander gefesselt und er blutete aus einer hässlichen Platzwunde über dem linken Auge, das bereits zuzuschwellen begann. Rachel hatte eine ziemlich konkrete Vorstellung davon, was das Öffnen und Zuschlagen der Tür gerade zu bedeuten gehabt hatte, aber der Söldner war nicht unbedingt freiwillig ausgestiegen.

Sie warf einen hastigen Blick in den Innenspiegel. Der dritte Söldner hockte noch immer mit nach vorne gesunkenen Schultern auf der Rückbank. Jemand hatte ihn angeschnallt, so dass er nicht herunterfallen konnte, aber er schien noch immer bewusstlos zu sein.

»Keine Sorge«, sagte Benedikt, während er sich ächzend im Sitz aufrichtete. Offensichtlich hatte er ihren Blick bemerkt und richtig gedeutet. »Der wacht so schnell nicht auf.« Er verzog das Gesicht zu einer schmerzerfüllten Grimasse und versuchte das Blut wegzublinzeln, das in einem dünnen Rinnsal über seine Stirn und in sein linkes Auge lief, brachte aber trotzdem irgendwie das Kunststück fertig zu lächeln.

»Vielen Dank«, seufzte er. »Du hättest keine Sekunde später kommen dürfen. Ich dachte wirklich, diesmal ist es aus. Aber jetzt schlage ich vor, dass du ein wenig Gas wegnimmst – und in einen höheren Gang schaltest. Auch so ein Wagen kann sich im Schlamm festfahren, weißt du?«

»Willst du lieber fahren?«, fragte Rachel spitz, nahm aber dennoch den Fuß vom Gas und schaltete gehorsam in einen höheren Gang. Aus dem gequälten Heulen des Motors wurde ein noch immer lautes, aber nicht mehr ganz so bedrohliches Dröhnen und der Wagen wurde nicht langsamer, sondern spürbar schneller. Ein finsteres Etwas mit geometrischen Kanten sprang sie aus der Dunkelheit heraus an, aber diesmal sah Rachel das Hindernis rechtzeitig genug, um ihm auszuweichen.

»Schon besser«, lobte Benedikt. »Aber fahr etwas langsamer. Wenn uns ein Reifen platzt, haben sie uns.«

»Ich wiederhole meinen Vorschlag«, sagte Rachel gereizt. »Du kannst fahren.«

»Im Prinzip gerne, aber im Augenblick bin ich leider etwas gehandikapt.« Benedikt hob die aneinander gefesselten Hände und machte zugleich eine Kopfbewegung. »Dort vorne ist das Tor.«

Rachel schenkte ihm einen giftigen Blick, nahm aber trotzdem noch einmal Gas weg und steuerte auf das offene Tor zu. Der Wagen schlingerte immer noch leicht und die Reifen drehten trotz des Vierradantriebs immer wieder durch, sodass sie noch einmal Gas wegnahm und sie nun spürbar langsamer wurden. Benedikt sagte nichts dazu, aber er sah nervös in den Rückspiegel.

»Sie kommen nicht nach«, sagte Rachel. Benedikt blickte fragend und sie fügte hinzu: »Der Wagen. Es gab … einen Unfall.«

Das hörbare Zögern in ihren Worten schien Benedikt genug zu sagen, denn er verzichtete auf jede weitere Frage, sondern sah nur lange und konzentriert aus dem Heckfenster, obwohl es dort außer vollkommener Dunkelheit absolut nichts zu sehen gab. Erst nachdem das aufgebrochene Tor und der Schrottplatz vollkommen außer Sicht gekommen waren, drehte er sich herum und machte sich eine Zeitlang am Handschuhfach zu schaffen. Als er sich wieder aufrichtete, hielt er ein Drahtstück zwischen den Fingern, mit dem er den Verschluss der Handschellen bearbeitete.

»Du hättest einfach verschwinden können.«

»Prima Idee«, sagte Rachel. »Allein, ohne Wagen und bei diesem Wetter. Wahrscheinlich hätte ich mich in Alaska wiedergefunden.«

»Du hättest weglaufen können«, beharrte Benedikt. Er sah sie nicht an, sondern konzentrierte sich vollkommen darauf, mit dem Drahtende im Schloss der Handschellen herumzufuhrwerken. Rachel war nicht ganz sicher, ob das, was er tat, wirklich einen Sinn machte. »Sie hätten keine Chance gehabt, dich zu finden. Nicht bei diesem Wetter. Stattdessen bist du zurückgekommen, um mich zu befreien. Danke.«

»Ich brauchte den Wagen«, antwortete Rachel. »Ich bin im Moment nicht gut zu Fuß, weißt du?«

Benedikt sah sie einen Moment lang stirnrunzelnd an und konzentrierte sich dann wieder auf seinen Draht. Ein scharfes Klacken erklang und die Handschellen sprangen auf. Benedikt warf sie achtlos auf den Wagenboden, steckte den Draht aber sorgfältig in die Brusttasche seines Hemdes. Aus irgendeinem Grund wartete Rachel darauf, dass er sich die Handgelenke massierte, aber stattdessen machte er nur eine Kopfbewegung zum Lenkrad.

»Wenn du willst, übernehme ich jetzt.«

»Hast du Probleme mit Frauen am Steuer?«, fragte Rachel.

Benedikt blickte irritiert. »Warum bist du so gereizt?«

»Es tut mir Leid«, antwortete Rachel wahrheitsgemäß. »Ich bin …« Sie sprach nicht weiter, sondern beendete den Satz mit einem Achselzucken. Sie *war* gereizt und sie hatte jeden Grund dazu, aber sie musste Acht geben, dass sich ihr verständlicher Zorn nicht auf Benedikt entlud – obwohl sie auch dafür jeden Grund hatte, realistisch betrachtet. Statt irgendetwas zu sagen, lenkte sie den Wagen an den Straßenrand, stieg aus und ging mit schnellen Schritten um das Heck herum, um auf der Beifahrerseite wieder einzusteigen. Benedikt war inzwischen hinter das Steuer gerutscht, aber er fuhr nicht sofort weiter, sondern sah sie nur erneut und diesmal viel intensiver auf diese sonderbar beunruhigende Weise an, die sie einfach nicht einzuordnen vermochte.

Rachel zog die Tür neben sich ins Schloss und machte eine entsprechende Geste. »Worauf wartest du?«

»Was ist passiert?«, fragte Benedikt. Die Mutlosigkeit und Resignation, die sie vorhin in seinen Augen gelesen hatte, waren verschwunden, aber sie hatten für etwas Platz gemacht, das ihr fast schlimmer vorkam, obwohl sie nicht einmal wusste, was es war. Sie schwieg.

»Ich nehme an, du hast dein göttliches Zeichen bekommen.«

Nur, dass es kein Blitz war, der ein schwarzes Kreuz in den Boden gebrannt hat, dachte Rachel schaudernd. Aber es *konnte* nicht so gewesen sein. Es war unmöglich. Wenn sie gerade einen Beweis für *irgendetwas* bekommen hatte, dann allerhöchstens dafür, dass es so etwas wie Gott nicht gab. In dem Wagen waren vier Menschen gewesen. So grausam konnte Gott nicht sein.

»Fahr weiter«, bat sie.

Benedikt nickte wortlos und setzte den Wagen in Bewegung.

9

Der Regen begann wieder nachzulassen, während sie sich von dem aufgegebenen Schrottplatz entfernten – was ganz und gar nicht hieß, dass das Wetter wirklich besser geworden wäre. Es schüttete noch immer wie aus Kübeln und die Wolkendecke riss zwar an etlichen Stellen auf, aber die Sicht verbesserte sich nur unwesentlich. Die Nacht, die sie umgab, war jetzt grau, nicht mehr schwarz, das war alles.

Immerhin liefen sie nun nicht mehr Gefahr, im Morast stecken zu bleiben, denn sie fuhren wieder auf einer richtigen, asphaltierten Straße – auch wenn die fünf Zentimeter tief unter Wasser stand.

Sie fuhren gute fünf Minuten, ohne dass einer von ihnen ein Wort sprach, und schließlich hielt Rachel die Stille nicht mehr aus und schaltete das Radio ein. Der Empfang war miserabel; statt der erhofften Musik hörte sie nur lautstarkes Knistern und Rauschen und dann und wann ein schrilles an- und abschwellendes Heulen, das sie an die Funksignale außerirdischer Invasoren aus einem billigen Sciencefictionfilm des vergangenen Jahrhunderts erinnerte – seltsam, dass sie ausgerechnet auf diesen Vergleich kam.

Benedikt blickte das Radio stirnrunzelnd an, aber er enthielt sich jeden Kommentars. Trotzdem drehte Rachel weiter, bis sie einen lokalen Sender gefunden hatte, der wenigstens einigermaßen klar zu empfangen war. Aus dem Radio drangen die letzten Takte irgendeines nichts sagenden Popmusikstücks, dann begann eine Nachrichtensendung. Rachel hörte den aneinander gereihten Katastrophenmeldungen einige Augenblicke lang zu und schaltete das Radio dann wieder ab.

»Danke«, sagte Benedikt.

»Magst du kein Radio?«

»Die Welt geht unter.« Benedikt hob die Schultern. »Und?«

»Das scheint dich nicht sonderlich zu stören.«

»Solange sie so ist, wie sie ist … ich bin nicht sicher, ob es wirklich schade darum ist.« Sie hielten an. Benedikt blickte aus konzentriert zusammengekniffenen Augen nach rechts und links und machte dann eine fragende Handbewegung. »Wohin geht es zu dieser Raststätte?«

»Du willst doch nicht wirklich dorthin?«, murmelte Rachel ungläubig. »Nach dem, was gerade passiert ist!«

»Niemand weiß davon«, antwortete Benedikt gelassen. »Außerdem brauchen wir einen neuen Wagen. Diese Kiste ist viel zu auffällig. Kennst du einen besseren Platz, um einen Wagen zu besorgen, als eine Raststätte?«

»Zu stehlen, meinst du.«

»Hast du eine bessere Idee?« Benedikt wartete ihre Antwort nicht ab, sondern fuhr in etwas schärferem Ton fort: »Wohin? Rechts oder links?«

Rachel war im Moment nicht einmal sicher. Es war Jahre her, dass sie das letzte Mal hier gewesen war, und das graue Flackerlicht machte es fast unmöglich, sich zu orientieren. Nach einigen Sekunden – und ohne *ganz* sicher zu sein – deutete sie nach rechts. Benedikt wirkte wenig begeistert, hob aber nur die Schultern und fuhr in die angegebene Richtung los.

Der Weg war nicht mehr sehr weit. Die Straße führte ein kleines Stück parallel zur Autobahn und mündete dann in eine breitere Straße, die sich in westlicher Richtung entfernte. Benedikt trat auf die Bremse und blickte konzentriert nach rechts.

»Worauf wartest du?«, fragte Rachel.

»Ist das der Parkplatz?« Er machte eine Kopfbewegung nach vorne. Die Autobahntrasse führte in sanftem Bogen von der Straße fort und verlor sich nach kaum hundert Metern in dem grauen Dunst, der den Tag verschlungen hatte. Die historische Windmühle, der der Rastplatz seinen Namen verdankte, ragte wie ein vierarmiger Zyklop über der Böschung auf. Rachel wusste, dass die eigentlichen Windmühlenflügel schon vor Jahrzehnten bis auf das hölzerne Gerippe entfernt und mit massiven Stahlseilen gesichert worden waren, aber das flackernde Licht und der tanzende Regen verliehen dem Koloss eine unheimliche scheinbare Bewegung; es sah tatsächlich so aus, als stünde dort drüben ein urzeitlicher Gigant, der ihnen zuwinkte.

»Die Auffahrt liegt dort drüben.« Rachel deutete die Straße hinab. »Ungefähr ein Kilometer.«

Benedikt nickte, aber er fuhr noch nicht sofort los, sondern brachte den Schalthebel für den Geländeantrieb in eine neue Stellung; anders als Rachel gerade allerdings, ohne dass das Getriebe dabei aufschrie wie nach einer Begegnung mit der spanischen Inquisition.

Rachels Herz machte einen erschrockenen Sprung, als er losfuhr und den Wagen in spitzem Winkel die Böschung hinaufsteuerte, statt der Straße zu folgen. Selbst die grobstolligen Reifen fanden auf dem nassen Gras nur schlecht Halt, sodass der Wagen nicht nur in eine bedrohliche Schräglage geriet, sondern auch immer wieder wegzurutschen drohte. Rachel klammerte sich mit beiden Händen an den Sitz und wartete mit nahezu angehaltenem Atem, bis Benedikt den Wagen die Böschung hinaufgesteuert hatte und sie auf den weitläufigen Parkplatz der Rastanlage rollten.

»Kannst du eigentlich irgendetwas auf normale Art tun?«, murmelte sie. Ihr Herz hämmerte.

Statt zu antworten, deutete Benedikt mit einer Kopfbewegung zum anderen Ende des Parkplatzes. Selbst über die geringe Entfernung hinweg ließ der Regen die Automobile dort zu einer bunten Masse zusammenschmelzen, deren einzelne Teile kaum auseinander zu halten waren. Trotzdem brauchte sie nur Sekunden, um die beiden grün-weiß lackierten Streifenwagen zu identifizieren, die zwischen dem Tankstellengebäude und dem roten Ziegelsteinbau des Restaurants geparkt waren; und ganz bestimmt nicht zufällig so, dass ihre Besatzung die Zufahrt zur Raststätte im Auge behalten konnte, ohne selbst sofort gesehen zu werden.

»Woher hast du das gewusst?«, fragte sie.

»Gewusst?« Benedikt schüttelte den Kopf. »Gar nicht. Aber es ist nicht besonders schwer, sich auszurechnen, dass sie die Autobahnen und Raststätten überwachen.«

Und die Bahnhöfe und Flughäfen vermutlich auch, fügte Rachel in Gedanken hinzu. Selbstverständlich hatte Benedikt Recht. Mit hundertprozentiger Sicherheit lief bereits eine Großfahndung nach ihnen. Vermutlich waren ihre Bilder spätestens in der nächsten Nachrichtensendung im Fernsehen zu sehen und selbstverständlich würde Naubach jeden nur vorstellbaren Weg, der aus der Stadt herausführte, überwachen lassen. Es war nur eine Frage der Zeit, bis sie von einer Streife aufgespürt oder von irgendjemandem erkannt wurden.

»Und jetzt?«, fragte sie.

»Wir brauchen einen anderen Wagen«, antwortete Benedikt. »Und saubere Kleider. In dieser Kiste und so wie wir aussehen, können wir uns auch gleich ein Schild um den Hals hängen, auf dem *Gesucht* steht.«

Er schien eine Lücke zwischen den geparkten Wagen entdeckt zu haben, denn er fuhr langsam weiter und hielt schließlich zwischen zwei riesigen Lkws an. Rachels Blick hing die ganze Zeit wie gebannt an den beiden Polizeiwagen, aber in ihrem Inneren rührte sich nichts. Vermutlich beobachteten die Beamten die Zufahrt zum Parkplatz, versuchte sie sich zu beruhigen, nicht seinen hinteren Teil. Aber früher oder später würden sie die Raststätte ja wieder verlassen müssen …

Sie sprach den Gedanken laut aus: »Und was, wenn sie einfach jeden Wagen kontrollieren?«

»Unmöglich.« Benedikt schüttelte überzeugt den Kopf. »So viele Beamte haben sie gar nicht.«

Rachel nickte zwar, aber die Bewegung diente im Grunde nur dem einen Zweck, sie selbst zu beruhigen. Sie war keineswegs sicher, dass Benedikt Recht hatte. Und wenn Naubach und De Ville tatsächlich glaubten, dass es um nichts Geringeres als die Zukunft der gesamten Menschheit ging, dann würden sie buchstäblich Himmel und Hölle in Bewegung setzen, um ihrer habhaft zu werden.

Und nicht nur sie …

Hinter ihnen erklang ein halblautes Stöhnen und Rachel und Benedikt drehten sich gleichzeitig im Sitz herum. Der verwundete Söldner bewegte sich mühsam. Kopf und Schultern hingen weiter kraftlos nach vorn, aber seine rechte Hand tastete unsicher nach dem Verschluss des Sicherheitsgurtes, der ihn aufrecht im Sitz hielt. Rachel bezweifelte, dass er die Kraft hatte, sich aufrecht zu halten. Wenn es ihm gelang, den Gurt zu lösen, dann würde er von der Bank fallen und sich womöglich noch mehr verletzen.

Benedikt schien wohl zu dem gleichen Schluss gekommen zu sein, denn er streckte den Arm aus und schob die Hand des Verletzten mit sanfter Gewalt zur Seite, bevor er – ungeschickt, aber sehr schnell – über die Rückenlehne nach hinten kletterte und in seiner Muttersprache auf ihn einzureden begann. Natürlich verstand Rachel nicht, was er sagte, aber ein beruhigender Tonfall war ein beruhigender Tonfall, in jeder Sprache der Welt, und nach einer Weile reagierte der Verwundete darauf. Er hob den Kopf, sehr langsam, als bereite ihm schon diese winzige Bewegung unendliche Mühe, und Rachel erschrak zutiefst, als sie in sein Gesicht blickte. Alle Farbe war daraus gewichen, Stirn und Wangen waren von feinperligem Schweiß bedeckt, der irgendwie ölig aussah, und seine Lippen waren blau, wie bei einem Ertrinkenden. Die Augen hatten einen trüben Glanz, der vom Fieber herrühren mochte, vielleicht aber auch von irgendeinem schmerzstillenden Medikament, das man ihm verabreicht hatte. Er sah Benedikt an, aber Rachel war eigentlich sicher, dass er ihn nicht erkannte.

Sie suchte vergeblich nach irgendeinem Gefühl in sich, das über Mitleid oder pures Entsetzen hinausging. Sie hatte nicht erwartet, Befriedigung oder gar Schadenfreude zu empfinden, aber nun stellte sie fast zu ihrer eigenen Überraschung fest, dass ihr der Söldner nicht nur Leid tat, sondern sie sich so schuldig fühlte, als hätte sie ihm höchstpersönlich den Schraubenzieher in die Schulter gestoßen.

»Kannst du irgendetwas für ihn tun?«

Benedikt zögerte für ihren Geschmack eine Winzigkeit zu lange, ehe er mit einer Mischung aus einem Nicken und einem Achselzucken antwortete; eine Bewegung, die mehr Raum für Deutungen offen ließ, als ihr lieb war.

»Im Handschuhfach liegt eine braune Ledertasche«, sagte er.

Rachel öffnete die Klappe, die zu einem überraschend großen Ablagefach unter dem Armaturenbrett gehörte, und nahm die Ledermappe heraus, um die Benedikt sie gebeten hatte. Bevor sie sie ihm reichte, öffnete sie den Reißverschluss und warf einen ungeniert neugierigen Blick hinein. Sie fand genau das, was sie erwartet hatte: Verbandszeug, Medikamente und eine Anzahl in Cellophan verpackter Einwegspritzen. Die Beschriftung war unleserlich, aber nicht in kyrillischen Buchstaben.

»Brauchst du Hilfe?« Rachel zog den Reißverschluss wieder zu und reichte ihm die Mappe. Benedikt sah sie leicht irritiert an, öffnete ihn wieder und schüttete den Inhalt der Ledertasche kurzerhand neben sich auf die Sitzbank. Der Verwundete folgte seinen Bewegungen mit stierem Blick, aber er musste wohl doch noch bei klarerem Bewusstsein sein, als Rachel bisher angenommen hatte, denn als Benedikt die Hand nach einer der Spritzen ausstreckte, schüttelte er den Kopf und sagte ein einziges, hart klingendes Wort in seiner Muttersprache. Benedikt sah ihn eine Sekunde lang durchdringend an, dann zuckte er die Schultern und griff stattdessen nach einer Schere.

»Bist du sicher, dass du zusehen willst?«

»Nein«, antwortete Rachel, rasch und fast ohne nachzudenken. Es war nicht so, dass sie übermäßig zartbesaitet gewesen wäre oder kein Blut sehen konnte, aber sie hatte eine ungefähre Vorstellung von dem, was kommen würde, und ihr Magen begann schon bei dem bloßen Gedanken zu revoltieren.

»Ich mache einen kleinen Spaziergang. Ist vielleicht einer der letzten schönen Tage. Wer weiß, wie lange das Wetter noch so gut bleibt.«

Benedikt lächelte auf eine Art, die irgendwie pflichtschuldig aussah, schüttelte aber zugleich den Kopf. »Bleib in der Nähe. Vielleicht siehst du dich schon einmal nach einem passenden Wagen für uns um.«

Trotz allem empfand Rachel ein Gefühl leiser Empörung, dass Benedikt sie nun so ganz selbstverständlich als eine Art Komplizin anzusehen schien, aber ihre Entrüstung war nicht groß genug, um sie zum Hierbleiben zu bewegen. Sie stieg aus, blieb einen Moment lang unschlüssig im Regen stehen und entfernte sich dann ein paar Schritte vom Wagen. Es regnete nicht mehr annähernd so heftig wie vorhin, aber immer noch stark genug, dass niemand auf die Idee kam, einen kleinen Spaziergang zu machen; wenigstens niemand, der seine fünf Sinne noch beisammen hatte. Außerdem war es spürbar kälter geworden.

Sie sah nach oben. Die Wolkendecke war unversehrt, aber nicht mehr so pechschwarz wie zuvor, und wenn man genau hinsah, konnte man sogar die Sonne als zerfaserten hellen Fleck dahinter erkennen. Dann und wann blitzte es grell auf; kosmische Geschosse, die in den obersten Schichten der Atmosphäre verglühten, wobei sich das Eis, aus dem sie bestanden, in ultraheißes Plasma verwandelte, das nach seiner Abkühlung wieder zu Wasser kondensierte, was wiederum dazu führte, dass sich die Lufthülle der Erde mittlerweile einem mehr flüssigen als gasförmigen Aggregatzustand näherte.

Jedenfalls war es das, was sie seit Monaten im Fernsehen und in zahllosen Zeitungsartikeln behaupteten; und ganz zweifellos auch das, was der allergrößte Teil der wissenschaftlichen Elite des gesamten Planeten glaubte. Und was selbstverständlich auch Rachel bis vor wenigen Stunden noch geglaubt hatte.

Eine durch und durch logische Erklärung: ein kosmischer Schrotschuss aus Eismeteoriten, der die Erde nachhaltig genug traf, um einen dreimonatigen Dauerregen auszulösen, lästig, unangenehm und für eine größere Anzahl von Menschen, als die Medien (und das eigene Gewissen) wahrhaben wollten, auch existenzgefährdend und tödlich, aber dennoch nichts weiter als ein natürliches Phänomen, handfest und vor allem erklärbar.

Aber wieso hatte eigentlich noch nie jemand danach gefragt, wer diesen Schrotschuss abgegeben hatte?

Was für ein Unsinn!

Rachel erlaubte sich nicht, den Gedanken auch nur einen Moment lang weiterzuverfolgen – schon weil sie das unangenehme Gefühl hatte, dass er sie auf einen Weg führen könnte, an dessen Ende eine Überzeugung stand, die ihr noch weitaus weniger gefiel als die naturwissenschaftliche Erklärung.

Stattdessen machte sie sich klar, dass sie mittlerweile wirklich auffiel, wie sie dastand, mitten im Regen und mit vollkommen verdreckter Kleidung. Die beiden Lastwagen, zwischen denen Benedikt den Wagen abgestellt hatte, gaben ihr einigermaßen Deckung, aber es stand viel zu viel auf dem Spiel, um sich darauf zu verlassen. Sie konnte die beiden Polizeiwagen, die sich hinter der Tankstelle auf die Lauer gelegt hatten, von ihrer Position aus deutlich sehen und das bedeutete umgekehrt, dass die Männer darin sie ebenfalls sehen konnten. Sie wich weiter zwischen die Wagen zurück, was ihr nicht nur die gewünschte Deckung gab, sondern auch den angenehmen Nebeneffekt hatte, dass sie halbwegs aus dem Regen heraus war.

Das Geräusch einer Tür ließ sie herumfahren. Es war jedoch nicht

Benedikt, der ausgestiegen war, sondern der Fahrer eines der beiden Trucks, zwischen denen der Geländewagen stand. Der Fahrer, ein junger Mann in Jeanskleidung und mit leicht ungepflegtem Haarschnitt, war halb ausgestiegen, hatte jedoch noch einen Fuß auf dem Trittbrett und die rechte Hand auf dem Türgriff; eine Haltung, die er vermutlich für ungemein cool hielt. Überflüssig zu erwähnen, dass er rein zufällig in ihre Richtung sah.

»Hallo«, sagte er. »Ich habe Sie doch nicht etwa erschreckt?«

Rachel wusste im ersten Moment nicht einmal, ob sie ärgerlich werden oder laut loslachen sollte. Vor vierundzwanzig Stunden noch hätte sie sich Sorgen gemacht, jetzt fand sie den Kerl einfach lächerlich.

»Nein«, antwortete sie. »Und bevor Sie fragen: Ich halte nichts von Truckerromantik und ich stehe auch nicht allein hier draußen im Regen, weil ich mich mit meinem Freund gestritten habe und auf einen Ritter auf einem weißen Pferd warte.«

Allein der verdatterte Ausdruck auf dem Gesicht des jungen Burschen war die komplizierte Wortwahl schon fast wert – auch wenn sie ziemlich sicher war, dass er nicht wirklich verstand, was sie gesagt hatte. Immerhin verschwand das blöde Grinsen von seinem Gesicht. Er stieg vollends vom Trittbrett herunter und baute sich zwei Meter vor ihr und mit in die Hüften gestemmten Fäusten auf. Es sah ziemlich albern aus.

»Entschuldigung«, sagte er in einem Tonfall, als hätte er sich noch nicht ganz entschieden, ob er wütend werden oder sich in das nächstbeste Mauseloch verkriechen sollte. »Ich wollte nur freundlich sein, mehr nicht.«

Das glaubte ihm Rachel sogar. Trotz seines leicht angegammelten Äußeren wirkte er kein bisschen gefährlich. Es lag ihr auf der Zunge, sich für ihre groben Worte zu entschuldigen, aber in diesem Moment ging die hintere Tür des Landrover auf und Benedikt stieg aus. Er wirkte deutlich erschöpft, und Rachel registrierte erschrocken, dass frisches Blut an seinen Fingern klebte. Rasch machte sie einen Schritt zur Seite, damit der Trucker dieses verräterische Zeichen nicht sah.

Allerdings war es wahrscheinlich gar nicht nötig. Benedikts Erscheinen hatte eine ungeahnte Wirkung auf den jungen Lkw-Fahrer. Im ersten Moment wirkte er einfach nur verwirrt, vielleicht ein ganz kleines bisschen erschrocken, aber dann erschien auf seinem Gesicht ein Ausdruck von blankem Entsetzen.

»Ihr seid die beiden, die sie suchen«, murmelte er.

Das war nicht besonders klug, fand Rachel. Mit diesen Worten ließ er Benedikt praktisch gar keine andere Wahl mehr, als etwas zu tun, das ihm ganz bestimmt nicht gefallen würde.

Zumindest im ersten Moment reagierte Benedikt jedoch gar nicht. Er blieb einfach reglos hinter Rachel stehen und sah den Jungen müde an, aber auf einer tieferen, unsichtbaren Ebene ging eine unheimliche Veränderung mit ihm vor: Weder an seiner Haltung noch an seinem Gesichtsausdruck oder in seinem Blick änderte sich irgendetwas, aber er wirkte plötzlich so gefährlich und aggressiv wie eine Königskobra, die sich aufgerichtet hatte und ihr Opfer fixierte. Rachel erschrak, als dieser Gedanke in ihrem Bewusstsein Gestalt annahm, und sie erschrak ein zweites Mal und noch heftiger, als sie sich fragte, ob er sich vielleicht gar nicht verändert hatte, sondern sie ihn möglicherweise nur zum ersten Mal so sah, wie er wirklich war.

»Uns suchen?« Sie hoffte, dass die Verwirrung in ihrer Stimme halbwegs überzeugend klang, als sie sich zu dem Trucker herumdrehte.

»Ich habe kein Problem damit«, versicherte der. »Ich meine, ihr braucht keine Angst zu haben, dass ich euch verrate oder so etwas.«

»Bestimmt nicht«, pflichtete ihm Rachel bei. »Wir sind nämlich nicht die, die Sie meinen. Sie müssen uns verwechseln.«

»Sicher«, sagte der Trucker nervös. »Es tut mir Leid. Ich dachte nur –«

»Du hast ganz richtig gedacht.« Benedikt trat mit einem schnellen Schritt an ihr vorbei. Rachel bemerkte, dass er die linke Hand zur Faust geballt hatte – aber vielleicht hatte er es ja nur getan, um das Blut zu verbergen, das an seinen Fingern klebte. »Wir sind die beiden. Aber woher weißt du das?«

Der Trucker machte eine nervöse Kopfbewegung zum offen stehenden Führerhaus seines Wagens hinauf. »Ich habe euch gerade im Fernsehen gesehen. Die Nachrichten sind voll von euch. Aber die Fotos werden euch nicht gerecht.« Er wandte sich mit einem nervösen Lächeln direkt an Rachel. »Sie sind viel hübscher.«

Im Fernsehen. Rachel war überrascht. Sie hatte damit gerechnet, dass De Ville Himmel und Hölle in Bewegung setzen würde, aber sie hätte nicht geglaubt, dass es so schnell gehen würde.

»Haben sie auch gesagt, warum man uns sucht?«, erkundigte sich Benedikt.

»Ihr sollt einen Bullen umgelegt haben«, antwortete der Trucker. »Aber das glaube ich nicht.«

»Wieso?«

»Weil ihr nicht ausseht wie Mörder«, antwortete der Trucker. Natürlich ahnte er, dass er möglicherweise um sein Leben redete, und wahrscheinlich hatte er im Moment das dringende Bedürfnis, sich selbst die Zunge abzubeißen, weil ihm diese dumme Bemerkung herausgerutscht war. »Außerdem ist es mir egal. Ein Bulle weniger. Und? Das ist nicht mein Problem. Ich werde jedenfalls niemandem was sagen, ihr braucht keine Angst zu haben.«

»Wie beruhigend«, sagte Benedikt.

»Ich mache euch einen Vorschlag«, fuhr der junge Mann nervös fort. Rachel las in seinem Blick, dass er ernsthaft mit dem Gedanken spielte, einfach herumzufahren und wegzulaufen, aber auch zu spüren schien, wie sinnlos dieser Versuch wäre. »Ich nehme euch mit, wenn ihr wollt. Die Bullen suchen euch beide, aber sie können nicht jeden Wagen anhalten. In meinem Truck seid ihr sicher.«

Benedikt schwieg eine Sekunde. Er sah sehr nachdenklich aus. »Und wohin?«

»Wohin ihr wollt. Ich meine: Ich … ich fahre nach Brüssel, aber die Richtung ist doch eigentlich egal, oder? Hauptsache weg.«

Der Trucker atmete sichtbar erleichtert auf und drehte sich herum, um in den Wagen zu steigen, und Benedikt schlug ihm die Faust in den Nacken und fing ihn auf, als er bewusstlos zusammenbrach. Rachel flehte zum Himmel, dass er nur bewusstlos war.

»Mach die Tür auf«, befahl Benedikt. Rachel gehorchte ganz automatisch und öffnete die hintere Tür des Landrover, und Benedikt trug den Bewusstlosen ohne sichtbare Mühe zum Wagen zurück und warf ihn grob auf die freie der beiden Rückbänke. Rachel sah ihm wie gelähmt zu. Sie empfand … nichts. Allenfalls eine Art stilles Entsetzen, das aber nicht stark genug war, um die Betäubung zu durchbrechen, die von ihren Gedanken Besitz ergriffen hatte.

»Worauf wartest du?« Benedikt warf die Tür ins Schloss und deutete zum Führerhaus des Trucks hinauf. »Steig ein.«

Erneut wollten sich ihre Beine praktisch ohne ihr Zutun in Bewegung setzen, aber diesmal weckte diese spontane Reaktion ihren Trotz. Sie drehte sich zwar herum und machte einen einzelnen Schritt, blieb aber dann wieder stehen und funkelte ihn mit einem Zorn an, den sie nicht wirklich empfand, von dem sie aber überzeugt war, ihn empfinden zu sollen.

»War das nötig?«, fragte sie.

»Ja«, antwortete Benedikt. »Keine Angst, er wird es überleben.«

»Er hätte uns nicht verraten«, sagte Rachel bitter.

»Vermutlich nicht«, sagte Benedikt. »Aber vielleicht doch. Außerdem ist er hier sicherer. Steig ein.« Er wiederholte seine auffordernde Geste, aber diesmal war es eindeutig ein Befehl.

Rachel wollte sich erneut widersetzen, aber mit einem Mal hatte sie nicht mehr den Mut dazu. Da war plötzlich ein sonderbares Glitzern in seinen Augen und viel deutlicher noch etwas in seiner Ausstrahlung, das sie warnte. Es war tatsächlich so, wie sie gerade gedacht hatte: Benedikt hatte sich nicht verändert. Aber aus einem Grund, den sie selbst vielleicht am allerwenigsten verstand, hatte sie ihn noch nie so gesehen, wie er wirklich war. Mit einem Ruck drehte sie sich herum, stieg in die Fahrerkabine hinauf und rutschte auf den Beifahrersitz. Benedikt folgte ihr, knallte die Tür hinter sich zu und warf eine Brieftasche und einen Schlüsselbund mit einem albernen Anhänger auf das Armaturenbrett vor sich. Sie hatte nicht einmal bemerkt, dass er beides seinem legitimen Besitzer abgenommen hatte.

»Du willst doch nicht wirklich mit der Kiste fahren?«, fragte Rachel.

»Warum nicht?« Benedikts Blick zeigte einen Ausdruck leiser Hilflosigkeit, während er über das Armaturenbrett des Lkw tastete. Rachel konnte ihn gut verstehen. Zumindest in ihren Augen sah der Truck nicht weniger kompliziert aus als der Hubschrauber, mit dem sie vorhin geflogen waren. »Der Junge hatte nicht einmal Unrecht, weißt du? In diesem Ding werden sie uns wahrscheinlich zuallerletzt vermuten.«

Er steckte den Schlüssel ins Schloss und schaltete die Zündung ein, ohne den Motor jedoch schon zu starten. Stattdessen beugte er sich zur Seite und begann im Handschuhfach zu kramen.

»Wonach suchst du?«, erkundigte sich Rachel.

»Die Frachtpapiere«, antwortete Benedikt. »Ich muss doch wissen, wohin wir fahren.«

»Ich verstehe«, sagte Rachel spöttisch. »Damit die Ware auch pünktlich ankommt.«

»Ganz genau.« Benedikt hatte gefunden, wonach er gesucht hatte, und schwenkte fast triumphierend eine mit Ölflecken übersäte Plastikhülle, in der sich offensichtlich die Frachtpapiere befanden.

»Das ist nicht dein Ernst«, sagte Rachel ungläubig.

Benedikt hörte auf, mit den Papieren herumzuwedeln, und warf stattdessen einen befriedigten Blick auf die handschriftlich eingetragenen Daten auf dem Frachtbrief. »Mein voller Ernst«, sagte er. »Eine bessere Tarnung hätte ich mir selbst kaum ausdenken können. Brüssel klingt doch gar nicht schlecht.«

»Hm«, machte Rachel. »Ich kann mich täuschen, aber ich glaube nicht, dass Brüssel auf dem direkten Weg nach München liegt.«

»Nein«, antwortete Benedikt, plötzlich mit großem Ernst. »Aber es hat einen Flughafen. Selbst mit dieser Kiste sind wir in gut zwei Stunden dort. Und mit ein bisschen Glück in weiteren zwei oder drei Stunden in München. Mit dem Wagen dauert es auf jeden Fall länger.« Er sah sie fragend an. »Wie lange brauchen wir vom Flughafen bis zu deiner Freundin?«

»Das kommt ganz darauf an«, antwortete Rachel ausweichend.

»Worauf?« Benedikt wartete einige Augenblicke vergeblich auf eine Antwort. Sein Blick wurde traurig. »Du traust mir immer noch nicht.«

Traute sie ihm? Rachel musste sich eingestehen, dass sie die Antwort auf diese an sich ganz einfache Frage nicht kannte; nicht wirklich. Vielleicht waren es auch zwei Antworten, die einander zugleich ausschlossen und bedingten. Die eine Antwort war ein ganz klares Nein. Wie konnte sie ihm trauen? Sie kannte ihn erst seit wenigen

Stunden und in dieser kurzen Zeit hatte sich ihr Leben nicht nur auf weitaus radikalere Weise verändert, als sie es noch gestern auch nur für möglich gehalten hätte, sie hatte auch gesehen, wozu er imstande war – und das meiste davon waren Dinge, die sie mit blankem Entsetzen erfüllten. Und zugleich war da etwas in ihr, das ihm bedingungslos traute und das sie veranlasste, ebenfalls Dinge zu tun – oder wenigstens geschehen zu lassen –, die sie mit schierem Entsetzen erfüllten.

»Ich weiß es nicht«, antwortete sie wahrheitsgemäß.

»Wenigstens bist du ehrlich.« Benedikt klang nicht verletzt, sondern allenfalls ein wenig enttäuscht. »Was muss ich noch tun, um dir zu beweisen, dass ich die Wahrheit sage?«

»Nichts«, antwortete Rachel. »Ich bin schon zufrieden, wenn du nicht mit einem Schraubenzieher auf mich losgehst oder irgendeinem anderen spitzen Gegenstand.«

Diesmal wirkte Benedikt verletzt. Er sagte nichts.

»Diese Männer waren deine Kameraden.«

»Nein.« Benedikt wandte mit einem Ruck den Kopf ab und starrte durch die Windschutzscheibe in den Regen hinaus. »Sie waren meine Freunde. Fast so etwas wie meine Familie. Wir haben uns alle gegenseitig mindestens einmal das Leben gerettet.«

»Das sah vorhin nicht so aus.«

»Du verstehst immer noch nicht, worum es geht.« Benedikt schloss für einen Moment die Augen. Seine Finger strichen über das Lenkrad und zeichneten ein kompliziertes Schlangenmuster nach, das gar nicht da war. »Ich bin nicht einmal sicher, ob ich es selber verstehe.«

Der letzte Satz galt nicht wirklich ihr. Sie tat so, als hätte sie ihn nicht gehört. Wahrscheinlich spielte es ohnehin keine Rolle. Benedikt wollte reden, aber es war vermutlich ohne Belang, ob sie ihm zuhörte oder nicht. Seine Fingerspitzen glitten weiter über das mit billigem Kunstleder bezogene Lenkrad und ihr fiel erst jetzt auf, dass die lockere Haltung, in der er scheinbar dasaß, nur vorgetäuscht war; in Wahrheit war jeder Muskel – und vor allem jeder Nerv – in seinem Körper bis zum Zerreißen angespannt und vermutlich litt er Höllenqualen.

Ihr schlechtes Gewissen regte sich. Was brachte sie eigentlich auf die Idee, das Recht auf alle Leiden der Welt für sich ganz allein gepachtet zu haben? Benedikt hatte gerade drei oder vier seiner Freunde verloren und im Gegensatz zu ihr konnte er vollkommen sicher sein, dass sie tot waren. Und mindestens einen von ihnen hatte er mit seinen eigenen Händen lebensgefährlich verletzt.

»Entschuldige«, sagte sie.

»Da gibt es nichts zu entschuldigen.« Benedikt sah sie immer noch nicht an, sondern starrte weiter aus leeren Augen in den Regen hinaus. »Du hast ja Recht. Ich an deiner Stelle würde mir auch nicht trauen. Hauptsache, wir finden deine Freundin und bringen sie in Sicherheit, bevor die anderen sie finden – und das werden sie.«

Er richtete sich auf, startete den Motor und warf einen prüfenden Blick auf die Armaturen vor sich. Rachel verstand herzlich wenig von dem, was sie sah, aber sie erkannte immerhin, dass die Tankanzeige auf »voll« stand, was bedeutete, dass sie ohne anzuhalten bis zu ihrem Ziel durchfahren konnten. Und so bizarr ihr sein Vorschlag noch vor zwei Minuten vorgekommen war, erschien er ihr nun beinahe mit jedem Moment logischer. De Ville und seine Leute würden sie tatsächlich zuallerletzt in einem Vierzigtonnenlaster vermuten, der sich im Schneckentempo über die Autobahn quälte, und noch dazu in die falsche Richtung.

Während Benedikt einen der insgesamt drei Schalthebel betätigte und mit einem hörbaren Krachen den Gang einlegte, unterzog sie die Fahrerkabine einer eingehenden Musterung. Was sie sah, passte auf so absurd-komische Art zu dem albernen Asphaltcowboy, der jetzt bewusstlos auf der Rückbank des Landrover lag, dass sie diesen Wagen seinem Besitzer vermutlich auch dann hätte zuordnen können, wenn er nicht vor ihren Augen daraus ausgestiegen wäre. Die Sitzbänke waren mit imitierter Kuhhaut bezogen und das Armaturenbrett hatte einmal ein imitiertes Edelholzfurnier aus Plastik gehabt, das nun zum größten Teil abgeblättert war. In Griffweite über dem Fahrersitz war ein CB-Funkgerät befestigt und auf dem Armaturenbrett standen nicht nur eine ausgewachsene Kaffeemaschine, sondern auch ein zwanzig mal zwanzig Zentimeter großer Fernseher mit ausziehbarer Antenne, die an zwei Stellen mit schwarzem Isolierband geklebt war. In dem Kassettenarchiv daneben befanden sich ausschließlich Bänder mit Country-Musik und selbstverständlich gab es auch die obligate

Blumenvase mit einer Plastikrose, die man elektrisch beleuchten konnte. Rachel musste sich nicht herumdrehen, um zu wissen, dass an der Wand der Schlafkabine hinter ihnen Pin-ups klebten.

»Manche Menschen sind schon komisch, wie?«, grinste Benedikt. Ihr prüfender Blick und vor allem das dazugehörige Stirnrunzeln waren ihm nicht entgangen.

»Und ihre Autos erst.« Rachel nickte demonstrativ. »Dir ist doch klar, dass wir mit dieser Kiste eine Spur hinterlassen, die so breit ist wie der Grand Canyon. Sobald er aufwacht, haben sie uns.«

»Keine Sorge. Er wird mindestens drei oder vier Stunden durchschlafen.« Benedikt machte sich nicht die Mühe zu erklären, woher er diese Überzeugung nahm, aber sein Tonfall ließ auch kaum Zweifel zu. Er trat das Gaspedal durch und der Truck setzte sich mit dem scharfen Zischen der gelockerten Druckluftbremsen in Bewegung, allerdings nicht gerade schnell und alles andere als gleichmäßig. Benedikt konnte eindeutig besser einen Helikopter fliegen als Lkw fahren. Rachel sparte sich jeden Kommentar.

»Wie geht es deinem Freund?«, fragte sie. Es war kein Zufall, dass sie genau dieses Wort benutzte.

Benedikt blickte auf das mittlerweile eingetrocknete Blut an seinen Händen hinab, ehe er antwortete. »Er wird es überleben. Ich habe ihm ein Schmerzmittel gegeben. Er schläft.«

Der Wagen wurde schneller und Benedikt begann mit den hektischen Bewegungen eines Menschen am Lenkrad zu kurbeln, der eine Tätigkeit ausübte, der er im Grunde nicht gewachsen war. Der Wagen schwenkte in einem weit ausholenden Bogen auf den Parkplatz hinaus und nahm Kurs auf die Autobahnauffahrt, und Rachel rutschte auf dem Sitz so weit zur Seite, bis sie in den Rückspiegel sehen konnte. Die beiden Streifenwagen standen noch immer da wie zwei bizarre grün-weiß gefleckte Raubtiere, die in ihrem Versteck auf Beute lauerten, und zumindest in einem davon konnte sie verschwommene Bewegungen ausmachen. Die Streifenwagen waren nicht von ihren Besatzungen abgestellt worden, damit diese während ihrer Dienstzeit einen Kaffee trinken oder vielleicht auch einen Zechpreller an der Tankstelle festnehmen konnten.

Benedikt schaltete so ungeschickt in den nächsthöheren Gang, dass der Truck einen harten Satz machte und vom Auflieger her ein dumpfes Poltern zu hören war, und für eine Sekunde war Rachel felsenfest davon überzeugt, dass die Blaulichter auf den Dächern der beiden Streifenwagen jetzt zu zuckendem Leben erwachen und die Wagen mit heulenden Sirenen zur Verfolgung ansetzen würden. Als nichts dergleichen geschah, rutschte sie wieder auf dem Sitz zur Seite und warf Benedikt einen schrägen Blick zu.

»Als Trucker würdest du glatt verhungern.«

Benedikt rang sich ein gequältes Lächeln ab, aber statt auf ihre Bemerkung einzugehen, schaltete er das Radio ein und begann an den Knöpfen zu drehen. Das einzige Ergebnis war ein dumpfes, unangenehmes Brummen, das keine erkennbare Modulation hatte. »Kaputt«, murmelte er. »Vielleicht sind die atmosphärischen Störungen mittlerweile auch einfach zu stark.« Er seufzte und machte eine Kopfbewegung zu dem Fernseher auf dem Armaturenbrett. »Schalt das Ding ein«, bat er. »Irgendeinen Nachrichtensender.«

»Willst du dich davon überzeugen, dass wir jetzt Fernsehstars sind?«, fragte Rachel, beugte sich aber trotzdem im Sitz vor und suchte nach dem Einschaltknopf. Sie fand ihn, aber nachdem sie ihn gedrückt hatte, wurde sie nur mit statischem Rauschen und dem berühmten weißen Schneegestöber belohnt. Wahrscheinlich funktionierte das Ding nur, wenn der Wagen stand. »Das hat keinen Sinn.«

»Versuch es trotzdem weiter«, bat Benedikt. Er trat die Kupplung durch, schaltete in den nächsthöheren Gang und schaffte es diesmal tatsächlich zu beschleunigen, ohne dass sich der Wagen dabei wie ein Känguru mit akutem Schluckauf benahm. Sie wurden schneller und rollten auf die Beschleunigungsspur hinaus.

»Das ist zwar vollkommen sinnlos – aber bitte.« Rachel zuckte die Achseln und bemühte sich ein möglichst eingeschnapptes Gesicht zu machen, aber sie wandte sich trotzdem wieder dem Fernseher zu und begann an der Antenne zu fummeln. Ein paar Mal gelang es ihr tatsächlich, etwas wie ein Bild hereinzubekommen – oder zumindest ein paar Schemen, in die man mit einiger Fantasie die Umrisse eines Nachrichtensprechers hineindeuten konnte –, aber das Bild verschwamm jedes Mal schneller, als sie die Antenne nachjustieren konnte.

»Das ist sinnlos«, sagte sie schließlich noch einmal.

»Versuch es trotzdem weiter«, sagte Benedikt.

»Dann sag mir wenigstens, warum. Hast du Angst, die tägliche Folge deiner Lieblings-Soap zu verpassen?«

Benedikts Blick machte klar, dass er nicht genau verstand, wovon sie überhaupt sprach. Vermutlich wusste er nicht einmal, was eine Soap war. »Du wolltest doch einen Beweis, oder?«

»Beweis?«

Benedikt sah auf die Armbanduhr und lenkte den Wagen, wie Rachel mit einem leisen Unbehagen registrierte, in der gleichen Bewegung auf die rechte Spur der Autobahn, ohne auch nur noch einen weiteren Blick in den Rückspiegel zu werfen. Offenbar verließ er sich voll und ganz auf den Respekt, den der Vierzigtonner den meisten anderen Verkehrsteilnehmern einflößte. »Es müsste jetzt schon geschehen sein«, sagte er.

»Was?« Sie verstand nicht, wovon er sprach, aber es gefiel ihr nicht.

»Sie werden eine Weile brauchen, bis sie die ersten Bilder bringen können«, fuhr Benedikt ungerührt fort. »Aber nicht lange. Sieh zu, dass du einen Sender hereinbekommst. Irgendeinen. Es ist egal, welchen. Sie werden es alle bringen.«

Rachel sah ihn nachdenklich, aber mit einem rasch stärker werdenden unguten Gefühl an. Er würde ihr nicht sagen, was genau er in den Nachrichten zu sehen erwartete, das spürte sie.

Und sie war mit einem Mal gar nicht mehr sicher, ob sie es überhaupt noch wissen wollte.

Sie waren seit zwanzig Minuten unterwegs. Nach etwas mehr als der Hälfte der Zeit hatten sie die deutsch-belgische Grenze passiert und die Furcht hatte sich für zwei oder drei Minuten bei Rachel zurückgemeldet. Auch wenn es seit mehr als einem Jahrzehnt keine Grenzkontrollen mehr zwischen den meisten mitteleuropäischen Staaten gab, existierten die Grenzen selbst durchaus noch, und Rachel wusste aus eigener Erfahrung, dass dann und wann noch stichprobenartige Kontrollen durchgeführt wurden. Aber ihre Sorge erwies sich als unbegründet. Das unauffällige und schon teilweise in Verfall übergegangene Wachhäuschen an der Grenze war verwaist. Alles, was sich änderte, nachdem sie die Grenze passiert hatten, war die Farbe der Straßenschilder. Der Verkehr nahm noch weiter ab, was größtenteils wohl daran lag, dass der Regen weiter zunahm. Der Himmel hatte sich nicht wieder vollkommen verdunkelt, wie vorhin während ihrer Flucht vom Schrottplatz, aber die Bezeichnung »Tag« für das Licht schluckende graue Zwielicht, durch das sie fuhren, war ein Scherz. Das Wasser stand mittlerweile gute fünf Zentimeter hoch auf der Autobahn und selbst die übergroßen Scheibenwischer des Trucks hatten Mühe, mit den Wassermassen fertig zu werden, die aus allen Richtungen zugleich auf sie einzustürzen schienen. Manchmal erschienen weiß leuchtende, wie mit einem Lineal gezogene grelle Blitze in der brodelnden Wolkendecke, die meistens zu schnell erloschen, als dass Rachel sie auch nur mit Blicken fixieren konnte, wie himmlische Irrlichter, die zu dem einzigen Zweck erschaffen worden waren, sie zu narren. Aber das galt nicht für alle. Einige wenige dieser kosmischen Wurfgeschosse hatten lange genug Bestand, um lodernde Narben in den Himmel zu brennen und nur langsam verblassende grüne Nachlichter auf ihren Netzhäuten zu hinterlassen, und mindestens zweimal war sie fast sicher, dass die grellen Feuerlinien nicht erloschen, sondern den Horizont berührten, und einmal glaubte sie ein mildes weißes Leuchten zu erkennen, dort, wo die erlöschende Meteoritenspur den Horizont berührte, wenn sie sie in Gedanken verlängerte. Sie weigerte sich jedoch, diesen Gedanken auch nur als Möglichkeit in Betracht zu ziehen. Nach allem, was sie erlebt und was Benedikt behauptet hatte, schien er eine schreckliche, zwingende Logik zu beinhalten, aber seit dieses unheimliche Phänomen begonnen hatte, waren Wissenschaft und Medien nicht müde geworden, immer wieder zu versichern, dass keiner der Eismeteoriten groß genug sei, die Erdoberfläche zu erreichen und dabei noch nennenswerten Schaden anzurichten, und sie war trotz allem noch nicht bereit, an eine weltweite Verschwörung zu glauben.

Irgendwie gelang es ihr, auch diesen Gedanken abzuschütteln und ihren Blick vom Himmel loszureißen und auf die Ebene neben der Autobahn zu richten, doch auch das erwies sich als keine wirklich gute Idee: Sie konnte die Welt hinter den niedrigen Leitplanken kaum sehen, aber das wenige, was sie erkennen konnte, war bedrückend. Der wochenlange Dauerregen hatte Felder und Wiesen in eine trostlose graubraune Masse verwandelt, deren Konsistenz sich immer mehr der einer zähen Flüssigkeit annäherte, und wenn es dort draußen überhaupt noch Farben gab, so verschwanden sie hinter dem Schleier aus grauem und silberfarbenem Regen. Die wenigen Häuser, die sie sah, erinnerten sie an verängstigte graue Tiere, die sich in kleinen Gruppen zusammengekauert hatten und starr vor Angst darauf warteten, dass die Zeit endloser grauer Dämmerung vorüberging.

»Unheimlich«, murmelte sie.

Sie hatte das Wort gar nicht laut aussprechen wollen und es hatte schon gar nicht in ihrer Absicht gelegen, es zu Benedikt zu sagen, aber er hatte es gehört und pflichtete ihr mit einem schweren Nicken bei.

»So ist nun einmal der Weltuntergang«, sagte er.

»Bis jetzt ist es nur eine Schlechtwetterperiode«, gab sie zurück. Sogar in ihrer eigenen Ohren klang das irgendwie lächerlich, aber sie fuhr trotzdem und mit einem bekräftigenden Nicken fort: »Ein kosmisches Phänomen. Jeder Student im ersten Semester kann es dir erklären.«

»Vermutlich«, sagte Benedikt. Er machte sich nicht die Mühe, ihr zu widersprechen. *Diesen* Punkt der Diskussion hatten sie schon seit Stunden hinter sich und Rachel fragte sich beinahe selbst, warum sie plötzlich wieder damit anfing. Sie beantwortete sich ihre Frage jedoch im nächsten Augenblick auch selbst. Es war das erste Mal, dass Benedikt überhaupt mit ihr sprach, seit sie die Raststätte verlassen hatten. Rachel hatte ungefähr zehntausend Fragen, die sie Benedikt stellen wollte, und die Antworten auf mindestens fünftausend davon waren möglicherweise lebenswichtig, und sie hatte versucht, ihm wenigstens ein paar davon zu stellen – immerhin hatten sie gute zwei Stunden Fahrt vor sich –, aber Benedikt hatte sich in beharrliches Schweigen gehüllt und sie nur von Zeit zu Zeit gebeten, im Fernseher nach einem halbwegs klar empfangbaren Sender zu suchen. Rachel hatte es sogar die ersten beiden Male – beinahe schon aus Gewohnheit – getan, ihm aber dann einen derart wütenden Blick zugeworfen, dass er seine Bitte nicht noch einmal wiederholte.

Dennoch – und obwohl sich das Gespräch schon wieder in eine Richtung zu entwickeln begann, die ihr nicht behagte – dachte sie nicht daran, es wieder abreißen zu lassen. Benedikt sprach mit ihr und das war beinahe schon mehr, als sie sich noch zu erhoffen gewagt hatte. Vielleicht reichte ja ein wenig Beharrlichkeit, um ihn dazu zu bringen, auch etwas Sinnvolles zu sagen.

»Wie lange brauchen wir noch bis zum Flughafen?«

»Eine Stunde«, antwortete Benedikt wie aus der Pistole geschossen. Vielleicht rechnete er die verbleibende Fahrzeit ja ununterbrochen nach, wie ein lebendiges GPS-System, das seine Impulse aus seiner eigenen Nervosität und Furcht erhielt und nicht von einem geostationären Satelliten.

»Eine Stunde.« Rachel nickte, als müsse sie über diese Eröffnung nachdenken. »Und du bist sicher, dass deine Freunde nicht bereits auf uns warten, wenn wir ankommen?«

»Ganz sicher«, antwortete Benedikt. »Wenn sie wüssten, wo wir sind, dann wären sie längst hier.«

»Wenn sie wüssten, wo wir sind, hätten sie vermutlich längst einen taktischen Atomsprengkopf auf uns abgeschossen«, sagte Rachel. Sie lachte und Benedikt rang sich zumindest zu einem dünnen Lächeln durch, aber Rachel behielt ihn dabei scharf im Auge. Er hatte schon verstanden, dass sie einen Scherz gemacht hatte, aber da war etwas in seinem Blick, das ihr Angst machte.

»Sie würden es tun, nicht wahr?«, fragte sie plötzlich ernst werdend. »Ich meine: wenn sie die Möglichkeit hätten.«

»Vermutlich«, sagte Benedikt. »Aber keine Angst. Darkov ist ein ziemlich einflussreicher Mann. Es gibt nicht viel, was er nicht bekommen kann, wenn er es wirklich will. Aber ich glaube, Atomwaffen gehören zu diesem *nicht viel.*«

»Du glaubst. Wie beruhigend.«

Benedikt sah auf die Uhr. Er sagte nichts, aber die Bewegung machte Rachel deutlich, was er meinte. Sofort erwachte ihr Trotz wieder, aber ihre Neugier – und ihre Beunruhigung – waren mittlerweile stärker. Sie beugte sich vor, hielt mit der linken Hand die mit Isolierband geflickte Antenne des Fernsehers fest und drehte mit der anderen an dem altmodischen Knopf für die Sendersuche. Sie rechnete sich keine großen Chancen aus, mehr als Störungen hereinzubekommen, aber das Schicksal (oder die Willkür der elektrischen Turbulenzen, die in der Stratosphäre tobten) hatte ein Einsehen mit ihr. Es dauerte nur einen Augenblick, bis sie ein sogar erstaunlich klares Bild hereinbekam: eine bieder gekleidete Nachrichtensprecherin mit einer altmodischen Frisur, die langsam und mit sehr ernstem Gesicht eine Meldung verlas. Rachel konnte den Wortlaut nicht verstehen, denn sie sprach Flämisch – vielleicht auch Wallonisch –, aber man musste die Worte nicht verstehen, um zu begreifen, dass das, was sie zu sagen hatte, sehr ernst war.

»Was ist da los?«, murmelte sie.

»Keine Ahnung«, antwortete Benedikt. Eine glatte Lüge. »Such einen anderen Sender. Wer weiß, wie lange der Empfang noch gut genug ist.«

Er liebte es wirklich, den Geheimnisvollen zu spielen. Rachel schenkte ihm einen weiteren ärgerlichen Blick, drehte aber trotzdem behutsam an der Sendereinstellung. Die Nachrichtensprecherin verschwand und machte statischem Knistern und weißem Rauschen Platz.

»Da vorne ist ein Parkplatz.« Benedikt machte eine entsprechende Kopfbewegung. »Ich halte an.«

Während er den verlassenen Parkplatz ansteuerte und den Vierzigtonner ausrollen ließ, drehte Rachel mit spitzen Fingern weiter an dem geriffelten Stellrad. In das weiße Flimmern auf dem postkartengroßen Monitor mischten sich geisterhafte Schemen und Umrisse, die ebenso schnell verschwanden, wie sie sich materialisiert hatten, aber immerhin konnte sie jetzt eine verzerrte Stimme hören. Sie verstand nicht genau, was sie sagte, aber die wenigen Wort- und Satzfetzen – zusammen mit dem, was ihre allmählich außer Kontrolle geratene Fantasie dazu erfand – reichten aus, aus ihrer Beunruhigung etwas zu machen, von dem sie lieber nicht genau wissen wollte, was es war. Irgendetwas ging vor. Etwas Schreckliches.

Der Wagen hielt an. Die Luftdruckkammern entluden sich mit einem Zischen, das an das Geräusch einer angreifenden Riesenschlange erinnerte, und das Bild auf dem Monitor wurde klarer; alles andere als brillant, mit flackernden doppelten Konturen und nur aus ineinander fließenden Grautönen unterschiedlicher, aber ausnahmslos düsterer Schattierung zusammengesetzt, aber trotzdem erkennbar. Gleichzeitig wurde die Stimme deutlicher.

»... bereits gesagt, erwarten wir jeden Moment die ersten Bilder aus Nevada. Die telefonische Verbindung mit unserem Korrespondenten vor Ort ist immer noch unterbrochen und wir befürchten beinahe, dass auch er Opfer der Katastrophe geworden ist, die den Westen der USA getroffen hat. Wie wir –«

Die Nachrichtensprecherin unterbrach sich. Auf ihrem Gesicht erschien ein Ausdruck angespannter Konzentration und sie hob die linke Hand und drückte mit dem Ringfinger auf ihr Ohr, in dem sie vermutlich einen winzigen Ohrhörer trug. Sie war ein wenig jünger als ihre belgische Kollegin, eindeutig modischer gekleidet und unvergleichlich besser frisiert, aber der Ausdruck auf ihrem Gesicht war mindestens ebenso besorgt; und es war etwas in ihren Augen, das Rachel fast mit Panik erfüllte.

»Was geht da vor? Benedikt!«

Sie hatte fast geschrien, aber Benedikt ignorierte sie weiter. Da sie spürte, dass er vermutlich nicht einmal dann antworten würde, wenn sie ihm mit einer glühenden Zange die Fingernägel herausreißen würde, konzentrierte sie sich wieder auf das unscharfe Bild und versuchte zu erkennen, was auf der Monitorwand hinter der Nachrichtensprecherin zu sehen war. Das Bild war so unscharf, dass sie die Umrisse der USA nur erriet – und sogar das wahrscheinlich nur, weil sie es aus den Worten der Nachrichtensprecherin geschlossen hatte.

»Ja, ich höre gerade, dass die Verbindung wieder steht«, sagte die Sprecherin erleichtert. »Und gerade jetzt kommen auch die ersten Satellitenbilder herein. Wir schalten jetzt direkt zu unserem Korrespondenten, der live aus einem Helikopter über dem berichtet, was vor einer Stunde noch die Millionenstadt Las Vegas war.«

Rachel fand nicht einmal Zeit, über diese Worte zu erschrecken. Das Bild wechselte und zeigte jetzt nicht mehr das Studio, sondern ein Durcheinander aus flackerndem Licht und Schatten, das sich im ersten Moment weigerte, irgendeinen Sinn zu ergeben. Der Empfang auf dem winzigen Portable war ohnehin miserabel und die schlechte Qualität der Live-Übertragung machte es auch nicht unbedingt besser. Die

Stimme des Korrespondenten klang schrill und verzerrt, aber sie konnte nicht sagen, ob das an der schlechten Qualität der Übertragung lag oder ob das Entsetzen ihm die Kehle zuschnürte.

»Es ist eine Katastrophe unvorstellbaren Ausmaßes! Was Sie hier sehen, meine Damen und Herren, sind die ersten Bilder dessen, was noch vor einer Stunde eine Stadt mit Millionen ahnungsloser, glücklicher Menschen gewesen ist. Mir fehlen die Worte, um das Ausmaß der Vernichtung zu beschreiben, der Las Vegas anheim gefallen ist, und ich wage auch nicht, die Anzahl der Todesopfer zu schätzen, die das himmlische Geschoss gefordert hat. Noch vor …«

Das Bild flackerte und verschwand für einen Moment ganz, aber noch bevor Rachel die Hand nach dem Gerät ausstrecken konnte, kehrte es von selbst und in deutlich besserer Qualität zurück. Dafür war anstelle der Stimme jetzt nur noch ein aggressives Zischen zu hören, das in hektischer Regelmäßigkeit an- und abstieg.

»Benedikt! Was bedeutet das?«

Er schwieg, aber es war im Grunde auch nicht nötig, dass er irgendetwas sagte. Was sie sah, war genug. Unendlich viel mehr, als sie sehen wollte.

Trotz der noch immer mangelhaften Qualität des Bildes konnte sie erkennen, dass der Helikopter in gut hundert Meter Höhe über den Randbezirken einer zerstörten Stadt schwebte. Wenn es sich dabei tatsächlich um Las Vegas handelte, dann erkannte sie es nicht wieder. Das Stadtzentrum mit den riesigen Luxusbauten der Hotels und Spielcasinos war einfach verschwunden. Wo es sein sollte, gähnte ein riesiger, unregelmäßig geformter Krater, über dem eine gewaltige Rauchwolke hing. Seine Größe war schwer zu schätzen, aber da er praktisch das gesamte Stadtzentrum verschlungen hatte, musste sie mindestens zwei Kilometer betragen, wenn nicht mehr. Die Häuser in einem mindestens doppelt so großen Umkreis waren wie von der Hand eines zornigen Riesen platt gewalzt und praktisch alles, was sich außerhalb dieses Ringes absoluter Verheerung befand, stand in Flammen. Selbst die Wüste schien an zahllosen Stellen zu brennen. Es war Nacht, aber Hunderte großer und buchstäblich Millionen kleinerer Brände tauchten den Himmel über der kargen Steinwüste Nevadas in gleißendes, mehr als taghelles Licht.

»Was ist das?«, flüsterte Rachel. »Bitte, Benedikt, was … was ist dort passiert? *Was?*«

»Als die Sonne über dem Land aufgegangen und Lot in Zoar angekommen war, ließ der Herr auf Sodom und Gomorra Schwefel und Feuer regnen, vom Himmel herab. Er vernichtete von Grund auf jene Städte und die ganze Gegend, auch alle Einwohner der Städte und alles, was auf den Feldern wuchs«, antwortete Benedikt. Es waren die gleichen Worte, die er schon einmal gesagt hatte, heute Morgen, auf dem aufgegebenen Schrottplatz. Sie hatte über diese Worte gelacht, sie als so albern und dumm abgetan, wie sie waren! Jetzt erfüllten sie sie mit blankem Entsetzen.

Sie widersprach trotzdem, auch wenn sie es im Grunde nur aus reiner Gewohnheit tat – und vielleicht, um dem Wahnsinn Einhalt zu gebieten, dem verstandverzehrenden Entsetzen, dem sie zweifellos zum Opfer fallen würde, hätte sie auch nur die bloße Möglichkeit in Betracht gezogen, dass er die Wahrheit sagte. »Bitte, Benedikt«, sagte sie mit leiser, bebender Stimme. »Jetzt ist nicht der Moment für so etwas. Das war Las Vegas! Eine Millionenstadt! Kein biblischer Sündenpfuhl!«

Noch während sie die Worte aussprach, wurde ihr klar, wie lächerlich sie klingen mussten. Benedikt antwortete auch nicht direkt darauf, sondern sah sie nur lange Sekunden traurig an. »Du wolltest einen Beweis, oder?«

»Aber doch nicht so!«

Erst nachdem sie die Worte ausgesprochen hatte, wurde ihr klar, was sie da eigentlich gesagt hatte. Sie lachte. Schrill. Hysterisch. Es klang eher wie ein Schrei.

Wie um ihr zu antworten, wurde die Stimme des Kommentators aus dem fernen Amerika für einen Moment noch einmal verständlich: »… bisher noch keine gesicherten Erkenntnisse vor, was nun wirklich geschehen ist. Augenzeugen sprechen von einem gewaltigen Feuerball, der vom Himmel gestürzt sein soll, was die These unterstützt, dass es sich tatsächlich um einen Meteoriten gehandelt haben könnte, der Amerikas Sündenbabel getroffen hat. Allerdings gibt es auch andere Theorien, so zum Beispiel die eines terroristischen Anschlages bisher ungekannter Brutalität oder des heimtückischen Angriffs einer feindlichen Macht. Bisher unbestätigten Meldungen zufolge soll die amerikanische Armee auf DEFCON 2 gegangen sein, was nichts anderes bedeutet, als dass …«

Der Ton brach ab und eine Sekunde später erlosch auch das Bild und machte nach einer weiteren Sekunde heftigen Schneegestöbers wieder dem des Fernsehstudios und einer Nachrichtensprecherin Platz, deren Gesicht selbst auf dem verzerrten Bild grau vor Entsetzen war.

»Ja, wie Sie selbst gesehen haben, ist unsere Leitung wieder zusammengebrochen, meine Damen und Herren. Wir bemühen uns selbstverständlich, die Verbindung wiederherzustellen, müssen Sie aber in der Zwischenzeit um ein wenig Geduld bitten.« Sie zögerte und man musste nicht unbedingt ein guter Menschenkenner sein, um zu sehen, wie schwer es ihr fiel weiterzusprechen. »Leider kann ich auch darüber hinaus keine guten Neuigkeiten vermelden. Mehrere seismologische Messstationen melden eine zweite, gewaltige Erschütterung, die vor einer knappen Stunde im südasiatischen Raum stattgefunden hat. Genauere Daten liegen uns noch nicht vor, aber das Epizentrum scheint sich in der Nähe von Bangkok zu befinden. Selbstverständlich werden wir Sie sofort unterrichten, sobald wir Näheres wissen. In der Zwischenzeit schalten wir um zu unserem Washingtoner Korrespondenten Ralf Bauer. Ralf, was genau weiß man in Washington über die Katastrophe, die Las Vegas getroffen hat?«

»Bangkok?«, murmelte Rachel.

»Der Herr ließ Schwefel und Feuer regnen, vom Himmel herab«, sagte Benedikt leise. »Genesis neunzehn.«

»Aber das … das ist doch nur eine Legende«, antwortete Rachel tonlos. »Eine Stelle aus einem zweitausend Jahre alten Buch.«

»Es ist eine Prophezeiung«, sagte Benedikt. »Es steht geschrieben, was geschehen wird, nicht, was geschehen ist, versteh doch endlich.« Er schüttelte traurig den Kopf.

»Vielleicht will ich es nicht verstehen«, murmelte Rachel. *Weil Gott nicht so grausam sein konnte.* Nicht, wenn es ihn gab. Und wenn es ihn gab und er tatsächlich zu einer solchen Grausamkeit imstande war, dann konnte es nicht der Gott sein, an den sie zeit ihres Lebens geglaubt hatte. Es konnte nicht sein, weil es nicht sein durfte! Nein.

Nein!

Auf dem Bildschirm erschien jetzt das Gesicht eines übernächtigt wirkenden Mannes schwer zu bestimmenden Alters, der einen Anzug trug, aber keine Krawatte, und ein weißes Hemd, das aussah, als hätte er eine Woche lang darin geschlafen.

»Ralf, was meldet Washington über die Katastrophe in Nevada?«, erklang die Stimme der Moderatorin aus dem Off.

Der Blick des Journalisten wurde noch betrübter. »Ich fürchte, ich kann Ihnen auch nicht mehr sagen, als Sie ohnehin schon wissen, Marion«, sagte er. »Die ganze Nation ist noch immer schockiert, ja, ich möchte beinahe sagen, paralysiert. Die Nachrichten aus dem Katastrophengebiet erreichen uns nur tröpfchenweise, aber was wir hier hören, ist entsetzlich. Nach allem, was ich bis jetzt sagen kann, wurde Las Vegas praktisch von der Landkarte getilgt. Wie gesagt, uns liegen bisher kaum gesicherte Erkenntnisse vor, aber es scheint doch so zu sein, dass es kaum Überlebende gibt.«

In der unteren rechten Bildschirmecke erschien ein kleinerer Frame, in dem das Gesicht der Nachrichtensprecherin zu sehen war. Falls überhaupt möglich, sah sie noch verstörter aus als bisher.

»Was genau weiß man über die Ursachen der Katastrophe?«, fragte sie.

»Die Antwort darauf ist die gleiche wie auf Ihre erste Frage«, antwortete der Washingtoner Korrespondent. »Praktisch nichts. Im Weißen Haus ist eine Krisensitzung einberufen worden, aber im Moment zumindest dringen keinerlei Nachrichten nach draußen. Dazu ist es wahrscheinlich noch zu früh. Die bisher favorisierte Theorie ist aber wohl die eines Meteoriteneinschlags.«

»Und was ist an der alarmierenden Meldung, dass die amerikanischen Streitkräfte auf DEFCON 2 gegangen seien?«

»Ich fürchte, das entspricht den Tatsachen«, gestand Bauer. »Aber das darf man jetzt auch nicht überbewerten. So dramatisch der Gedanke auch ist, dass die gesamten Streitkräfte der USA in Alarmbereitschaft versetzt worden sind, ist diese Reaktion angesichts dessen, was sich vor einer Stunde in der Wüste von Nevada zugetragen hat, beinahe die einzig vorstellbare. Immerhin wurde eine amerikanische Großstadt von etwas getroffen, das eine Naturgewalt sein kann, ebenso gut aber auch ein Nuklearschlag. Der Oberbefehlshaber der Streitkräfte hat gar keine andere Wahl, als auf Alarmstufe eins zu gehen.«

»Heißt das, dass wir am Vorabend eines nuklearen Krieges stehen?«, fragte die Nachrichtensprecherin.

Bauer lachte nervös. »Gegen wen? Norad hat nicht den geringsten Hinweis auf eine anfliegende Rakete oder einen anderen nicht identifizierbaren Flugkörper gehabt. Und selbst wenn eine feindliche Nation – wobei sich die Frage stellt, welche? – einen solch selbstmörderischen Angriff gewagt hätte, wäre Las Vegas so ziemlich das letzte Ziel gewesen, das Sinn macht. Hinzu kommt der praktisch zeitgleiche Zwischenfall, der sich im südasiatischen Raum ereignet zu haben scheint. Das alles deutet mir doch sehr auf eine Naturkatastrophe hin. Und so schrecklich das Geschehen auch sein mag, glaube ich doch, dass wir uns zumindest in dieser Hinsicht keine übermäßigen Sorgen machen sollten.«

»Norad?«, murmelte Rachel. »DEFCON2? Das bedeutet …«

»Alarmstufe eins«, sagte Benedikt düster. »Der rote Knopf ist bereits entsichert.«

»Ein … ein Atomkrieg? Aber das … das kann doch nicht sein.«

»Armageddon«, sagte Benedikt leise. »Der Tag vor dem Jüngsten Gericht. Wer weiß?«

»Aber das kann nicht sein«, wiederholte Rachel stur, fast als glaube sie selbst daran, dass sie ihre Worte nur oft genug herunterbeten musste wie ein Mantra, um sie zur Wahrheit zu machen.

»Und das wird es auch nicht«, sagte Benedikt. »Wenn es uns gelingt, deine Freundin zu finden und in Sicherheit zu bringen, bevor Darkovs Männer sie schnappen. Und uns.«

Rachel schaltete den Fernseher ab. Sie hatte genug gesehen. Mehr als genug. Ihre Hände zitterten und in ihrem Mund war ein bitterer, kalter Geschmack.«

»Also?«, fragte Benedikt.

»Rom«, sagte Rachel leise. »Wir müssen nach Rom.«

10

Es war ihr hinterher unmöglich zu sagen, wie lange sie noch gebraucht hatten, um den Flughafen zu erreichen, was sich in dieser Zeit zugetragen hatte, ob und, wenn überhaupt, worüber sie in dieser Zeit geredet hatten; sie wusste nicht einmal mehr, was sie *gedacht* hatte. Als der Truck schließlich am Rand des am weitesten vom Terminal entfernten Parkplatzes anhielt und Benedikt mit einer demonstrativen Bewegung den Zündschlüssel abzog, da war es, als erwache sie aus einem Traum, an den sie sich zwar nicht erinnern konnte, von dem sie aber dennoch wusste, dass er von der schlimmsten aller nur vorstellbaren Arten gewesen war. In ihrem Kopf war nicht die Erinnerung an Gedanken, nicht einmal an Bilder oder Gefühle, sondern an etwas Anderes, Düsteres, wofür sie keine Worte fand; vielleicht ein Vorgeschmack auf das, was nach dem vermeintlichen Ende kam – falls man vorher unartig gewesen war und nun die Rolltreppe in die falsche Richtung nehmen musste.

Aber möglicherweise war der Unterschied ja gar nicht so groß. Mit dem monotonen Brummen des schweren Dieselmotors war auch die Hintergrundmusik zu dem internen Drama verstummt, das sich zwischen ihren Schläfen abspielte, und so glitt sie langsam zurück in die Wirklichkeit; eine Realität, deren Bildersprache wenig mit Dantes »Inferno« gemein hatte, sich ihm aber trotzdem immer mehr anzunähern schien. Es war heller geworden und der Regen hatte weiter abgenommen und war jetzt kein Wolkenbruch mehr, sondern nur noch ein ganz normales, nicht einmal besonders heftiges Nieseln, aber die alten Bilder stimmten nicht mehr. Licht bedeutete nicht mehr Hoffnung und Dunkelheit nicht zwangsläufig Gefahr. Hinter der allmählich auseinander treibenden Wolkendecke kam kein blauer Himmel zum Vorschein, sondern etwas, das wie eine zerschrammte Eisenplatte aussah, deren ungeheuerliches Gewicht sich langsam, aber mit schrecklicher Unaufhaltsamkeit auf die Erde herabsenkte, bis schließlich alles Leben unter ihr zerquetscht werden musste. Immer wieder blitzte es inmitten dieser rotbraunen Einöde auf, manchmal Stecknadelköpfe aus gleißend hellem Licht, manchmal aber auch gewaltige Explosionen aus orangefarbenen und grünblauen Flammen, die sich brodelnd über einen großen Bereich des Firmamentes ausbreitcten und gierige Feuerarme nach der Erde ausstreckten, ehe sie sich widerwillig zurückzogen und noch widerwilliger erloschen. Die Lichter am Himmel hatten begonnen, als das Wetterphänomen anfing, und am Anfang waren sie nicht mehr als ein kosmisches Feuerwerk gewesen, bunte Lichter, die niemandem Angst machten, sondern die Menschen eher über den drei Wochen andauernden Regentag hinwegtrösteten, indem sie den Himmel illuminierten. Jetzt aber machten sie Rachel Angst, und das zu Recht: aus dem himmlischen Feuerwerk war ein kosmisches Bombardement geworden. Die Aliens waren keine putzigen kleinen Kerlchen mehr, die Wunderkerzen anzündeten, sondern langzahnige Monster, die mit Nuklearwaffen kamen, und der Schutzschirm der Erde begann unter dem Trommelfeuer zu wanken.

Wahrscheinlich würde es so sein, dachte sie, falls das Armageddon wirklich kam und alles zu Ende ging. Dante hatte sich geirrt. Die Hölle war kein Jammertal aus Feuer und Schwefelgestank, in dem die Schreie gepeinigter Seelen widerhallten, sondern eine endlose graue Ödnis, in der nicht einmal mehr Raum für Dunkelheit war. Nach der ersten Million Jahre unter diesem grauen Himmel würden die Seelen der Verdammten anfangen, um die Höllenqualen des Alten Testaments zu betteln.

»Es muss nicht so weit kommen«, sagte Benedikt.

Rachel schrak aus ihren Überlegungen hoch und sah ihn stirnrunzelnd an. Einen Moment lang fragte sie sich ganz ernsthaft, ob er ihre Gedanken gelesen hatte. »Wie weit?«

»Das Ende.« Benedikt machte eine Handbewegung nach draußen und legte in der gleichen Geste den Schlüsselbund mit dem albernen Anhänger auf den Sitz neben sich. »In der Bibel steht, dass Gott eine große Flut schicken wird, um die Erde zu reinigen und die Menschheit für ihre Sünden zu bestrafen. Nicht, dass er sie auslöschen wird. Armageddon wird kommen, aber niemand weiß, wann.«

»Gott.« Rachel ließ das Wort bitter auf ihrer Zunge zergehen. »Ja, das sehe ich ein. Las Vegas war ein Sündenpfuhl. All diese Elenden, die nur dorthin gefahren sind, um zu spielen und zu betrügen und zu trinken und zu huren.« Sie schüttelte den Kopf. »Und Bangkok erst einmal. All diese grässlichen Sünder – Kinderprostitution, Menschenhandel und all das. Ich kann Gott gut verstehen, dass er Feuer und Schwefel vom Himmel regnen lässt, um sie zu bestrafen. Geschieht ihnen nur recht.« Sie lachte bitter. »Na ja, und die paar Unschuldigen, die es dabei erwischt hat … das war einfach Pech. So etwas soll vorkommen. Ein paar Pechvögel, die einfach im falschen Moment am falschen Ort waren. Selbst schuld, könnte man sagen. Wo gehobelt wird, da fallen bekanntlich Späne, das weiß doch jeder.«

»Hör auf«, bat Benedikt.

»Warum?«

»Weil diese Diskussion so alt ist wie der Glaube«, antwortete er ernst. »Und weil jetzt nicht der Moment für eine theologische Grundsatzdiskussion ist. Außerdem müssen wir weiter. Ich möchte in der Luft sein, wenn sie den Fahrer finden.«

»Aber wozu das alles noch?«, fragte Rachel. »Wenn doch sowieso alles vorausbestimmt ist, warum sollen wir dann noch kämpfen?«

»Jetzt nicht«, sagte Benedikt traurig. Er schüttelte noch einmal bekräftigend den Kopf und stieg dann aus. Als er die Tür öffnete, fauchten eisiger Wind und staubfeiner Nieselregen in die Fahrerkabine, und Rachel verspürte ein kurzes, eisiges Frösteln. Obwohl die Heizung des Trucks ausgezeichnet funktionierte und es hier drinnen eher zu warm als zu kalt war, hatte sie während der gesamten Fahrt gefroren und ihre Kleider waren immer noch feucht. Allein bei der Vorstellung, wieder in den Regen hinauszugehen, begann sie schon wieder stärker zu frieren. Benedikt hatte den Truck so weit vom Abfertigungsgebäude weg geparkt, wie es nur ging – was Sinn machte. Auf dem großzügig dimensionierten Parkplatz hatten sich Reihen um Reihen ordentlich aufgestellter Wagen zu einer surrealen Landschaft aus bunt lackierten geometrischen Formen versammelt, die normalerweise eine perfekte Tarnung abgeben sollte. Aber die allerwenigsten Fluggäste kamen mit einem ausgewachsenen Vierzigtonner hierher. Der Truck überragte die geparkten Wagen wie ein toter Blauwal, der inmitten eines Schwarms exotischer Vögel an den Strand gespült worden war.

Dennoch: Es war fast ein Kilometer bis zum eigentlichen Flughafengebäude. Obwohl der Regen lange nicht mehr so stark war wie vorher, würden sie wieder bis auf die Haut durchnässt sein, bis sie das Terminal erreichten. Morgen, spätestens übermorgen, dachte sie, würde sie wahrscheinlich mit der schlimmsten Erkältung ihres Lebens aufwachen.

Der Gedanke ließ ein kurzes, freudloses Lächeln auf ihrem Gesicht erscheinen. Als ob das noch eine Rolle spielte.

Sie stieg ebenfalls aus und musste sich beeilen, um zu Benedikt aufzuschließen, der bereits losgegangen war und keinerlei Anstalten machte, auf sie zu warten, und noch nicht einmal langsamer ging. Als sie endlich zu ihm aufgeschlossen hatte, sah er nicht einmal in ihre Richtung. Er wollte nicht reden.

Obwohl sie schnell gingen, brauchten sie mehr als zehn Minuten, um das Terminal zu erreichen, und ganz wie Rachel befürchtet hatte, zitterte sie nicht nur vor Kälte, sondern war auch wieder vollkommen durchnässt. Ihre Kleider klebten unangenehm an der Haut und aus ihren Finger- und Zehenspitzen begann allmählich das Gefühl zu weichen. Immerhin hatte der Regen ein Gutes: Sie waren zwar beide vollkommen durchnässt, starrten jetzt aber zumindest nicht mehr vor Schmutz wie unmittelbar nach ihrer Flucht vom Schrottplatz. Und der Anblick hoffnungslos nass geregneter Leute gehörte seit zwei oder drei Wochen nicht mehr zu den außergewöhnlichsten Bildern.

Trotzdem stockte Rachel für einen Moment unwillkürlich im Schritt, als sie sich dem Flughafengebäude näherten. Unter dem verglasten Vordach der Abflughalle standen zwei Polizeibeamte, frierend und in nass glänzende schwarze Regenmäntel gehüllt, aber auch mit einschüchternden Maschinenpistolen ausgerüstet, und zumindest der eine, dessen Gesicht Rachel erkennen konnte, schien jeden, der an ihm vorbeiging, äußerst misstrauisch zu beäugen.

»Keine Sorge«, sagte Benedikt neben ihr. »Sie sind nicht unseretwegen hier.«

»Woher willst du das wissen?«, fragte Rachel nervös. Ganz im Gegensatz zu Benedikt war sie fest davon überzeugt, dass die beiden Beamten explizit ihretwegen hier waren. Sie konnte sich nicht erinnern, wann sie das letzte Mal einen Polizisten gesehen hatte, der den Eingang eines Flughafens bewachte.

»Weil wir dann schon tot wären«, sagte Benedikt.

»Wie beruhigend«, maulte Rachel. Aber sie ging trotzdem weiter und bemühte sich sogar einen möglichst unbefangenen Eindruck zu machen; was selbstverständlich dazu führte, dass sie sich auffällig genug benahm, um die Aufmerksamkeit gleich beider Polizisten auf sich zu lenken. Sie sprachen sie zwar nicht an, aber Rachel konnte ihre Blicke fast körperlich spüren, als sie an ihnen vorbeiging.

Warme Luft schlug wie eine erstickende Woge über ihnen zusammen, als sie das Terminal betraten, und Rachel blieb zum zweiten Mal binnen kurzem überrascht stehen. Diesmal allerdings mit mehr Grund.

In der weitläufigen Halle vor ihnen herrschte ein unglaubliches Gedränge. Rachel schätzte, dass der Raum für gut und gerne tausend Menschen ausgelegt war, aber im Moment schienen sich mindestens eine Million Besucher hier drinnen aufzuhalten, als hätte sich ganz Belgien entschlossen, innerhalb der nächsten halben Stunde das Land zu verlassen.

»Was ist denn hier los?«, murmelte sie.

Benedikt machte eine Kopfbewegung zu der riesigen Anzeigetafel unter der Decke. Rachels Blick folgte der Bewegung, aber was sie sah, verwirrte sie eher, statt ihr irgendwelche Antworten zu liefern. Nahezu sämtliche Flüge wurden mittlerweile mit Verspätung angekündigt und hinter einem gut Teil der Fluganzeigen stand bereits das Wort CANCELLED.

»Was ist los?«, fragte sie noch einmal.

»Panik«, antwortete Benedikt. »Die Leute sehen fern, weißt du? Wer immer die Möglichkeit dazu hat, versucht von hier wegzukommen. Das ist gut. Das ist sogar sehr gut.«

»Ach?«, machte Rachel verständnislos. »Was soll daran gut sein, wenn die Hälfte der Flüge ausfällt und die Leute wahrscheinlich bald anfangen, sich um die verbleibenden Tickets zu prügeln?«

»Selbst wenn uns jemand sucht, hat er kaum eine Chance, uns in diesem Gedränge zu finden«, antwortete Benedikt. Er klang ein bisschen genervt. Vielleicht hatte er wieder einmal vergessen, dass sie den letzten Terrorismuskurs auf der Volkshochschule geschwänzt hatte. Und Flucht und Verschleierungstaktiken hatten auch nicht unbedingt zu ihren Lieblingsfächern auf dem Gymnasium gehört.

»Wir brauchen ein Telefon«, sagte Benedikt nachdenklich. »Und Bargeld. Wie hoch ist das Limit deiner Kreditkarte?«

»Bis jetzt hat es immer noch gereicht«, antwortete Rachel spitz. »Allerdings weiß ich nicht, was du vorhast. Falls du ein Flugzeug kaufen willst, muss ich passen.«

Benedikt überging ihre Bemerkung. »Such dir eine Boutique oder irgendeinen Laden und kauf dir andere Kleider«, sagte er. »Irgendetwas Unauffälliges. Am besten zwei Garnituren, die man untereinander kombinieren kann. Ich muss in der Zwischenzeit ein paar Telefongespräche führen. Wir treffen uns dort drüben am LTU-Counter.«

»Du tust es schon wieder«, sagte Rachel.

»Was?«

»Mich herumkommandieren. Ich habe mich einverstanden erklärt, dich zu begleiten. Nicht, dir zu *gehorchen.*«

Benedikt sah einfach nur irritiert aus, ein Gefühl, das Rachel durchaus nachempfinden konnte. Sie verstand selbst nicht genau, warum sie das jetzt gesagt hatte. Benedikts Vorschlag war durchaus vernünftig; und sei es nur, damit sie aus diesen nassen Klamotten herauskam und sich nicht noch wirklich erkältete. Es wäre schon ziemlich blöd, an einer simplen Lungenentzündung zu sterben, wenn man die Möglichkeit hatte, am nächsten Tag bei einem richtigen Weltuntergang abzutreten.

»Am LTU-Schalter«, bestätigte sie.

»Und beeil dich«, fügte Benedikt hinzu. »Die nächste Maschine nach Rom geht in anderthalb Stunden.«

Er schien tatsächlich zu glauben, dass er noch zwei Tickets für diesen Flug bekommen konnte. Rachel ersparte sich den Hinweis, dass vor den Schaltern genug Leute anstanden, um die Schlange hintereinander gereiht wahrscheinlich auch so bis nach Rom reichen zu lassen, sondern hob nur die Schultern und drehte sich herum, um nach einer Boutique zu suchen.

Die Suche gestaltete sich weit schwieriger, als sie geglaubt hatte. Wie die meisten internationalen Flughäfen verfügte auch dieser über eine großzügige (und alles andere als preiswerte) Mall, die sich allerdings im Duty-free-Bereich befand, in den man erst hineinkam, nachdem man seine Bordkarte und den Reisepass vorgezeigt hatte. Rachel verfügte über keines von beiden und so war sie auf die wenigen Läden in der hoffnungslos überfüllten Halle hier draußen angewiesen. Sie brauchte fast eine halbe Stunde, um sich zu einem der Läden durchzukämpfen und praktisch wahllos zwei Garnituren frischer Kleidung zu erstehen.

Während die Verkäuferin ihren Einkauf in Tüten verstaute und auf das Okay von der Kreditkartengesellschaft wartete, sah sich Rachel unauffällig im Laden um. Das Geschäft war leer gewesen, als sie hereingekommen war, und sie war bis jetzt die einzige Kundin geblieben. Der Flughafen mochte aus allen Nähten platzen, aber niemand hatte Interesse daran, etwas einzukaufen – und anscheinend auch nicht daran, etwas zu verkaufen. Zwei der drei Verkäuferinnen, die es hier gab, hatten anscheinend noch nicht einmal bemerkt, dass sie überhaupt da war, so konzentriert verfolgten sie das Geschehen auf dem Bildschirm ihres kleinen Fernsehers, der auf einem Podest neben der Tür stand, und selbst das junge Ding an der Kasse blickte mehr auf den Monitor als in ihre Richtung. Statt der Musikvideos, die wohl sonst darauf liefen, war der Apparat jetzt auf einen Nachrichtenkanal eingestellt; zu Rachels Bedauern auf einen, der in der Landessprache sendete, nicht in Englisch. Aber die Bilder, die sie sah, sagten ihr genug. Es waren dieselben, die sie vorhin im Lkw gesehen hatte, und dieselben, die im Moment vermutlich von jedem Sender weltweit ausgestrahlt wurden.

Nach einer Ewigkeit – wie es ihr vorkam – gab die Kassiererin Rachel die Kreditkarte zurück und schob mit der anderen Hand die Papiertüte mit ihren Einkäufen über die Theke; beides, ohne den Blick auch nur für einen Sekundenbruchteil vom Fernsehschirm zu lösen. Unter normalen Umständen hätte Rachel ihr dieses Verhalten übel genommen, jetzt machte es ihr Angst. Rachel schätzte sie auf allerhöchstens achtzehn oder neunzehn Jahre und vom Typ her hätte sie eher hinter die Bar einer Nobeldisco gepasst als hierher; ganz genau der Typ von Verkäuferin, bei dem Rachel schon aus Prinzip nichts kaufte, und wenn es doch einmal passierte, dann lauerte sie regelrecht auf einen Grund, sich über ihr Gegenüber aufzuregen oder nach Möglichkeit auch zu beschweren. Jetzt erfüllte sie der Anblick des aufdringlich geschminkten Gesichts mit einer dumpfen Furcht, deren wahre Tiefe sie sich nur noch nicht eingestehen wollte, denn auf ihren Zügen lag eine Angst, die ein so junger Mensch einfach noch nicht kennen sollte; ganz gleich aus welchem Grund.

Ohne irgendeinen Abschiedsgruß verließ sie das Geschäft und steuerte die Toilette an, die gottlob nur wenige Schritte entfernt lag. Rasch betrat sie eine der Kabinen, schlüpfte aus ihren durchnässten Kleidern und zog die robusten Jeans und den bunt gemusterten Pullover an, die sie gerade erstanden hatte, dazu eine leichte Windjacke, die natürlich so gut wie keinen Schutz vor dem Wind und überhaupt keinen Schutz vor niedrigen Temperaturen bot, aber über eine wasserdichte Imprägnierung verfügte, was im Moment wichtiger war; vor allem angesichts des Ziels, das sie ansteuerten.

Als sie sich draußen im Vorraum im Spiegel betrachtete, staunte sie über die Veränderung, die dieser simple Kleidertausch bewirkt hatte. Was sie trug, lief ihrem persönlichen Geschmack so entgegen, wie es nur ging. Ihrer Meinung nach sah sie aus wie ein gerupfter Papagei, den man zusätzlich noch über die Farbpalette eines Pop-Art-Künstlers gerollt hatte, aber gerade das machte den Effekt. Sie hatte sich gar nicht einmal so sehr verändert, aber sie sah einfach nicht mehr aus wie sie selbst. Sie war nicht einmal sicher, dass Benedikt sie auf Anhieb wieder erkennen würde.

Er *erkannte* sie wieder, aber seine Reaktion gab ihrer eigenen Einschätzung Recht: er zog erstaunt die Augenbrauen hoch und nickte dann anerkennend.

»Perfekt«, lobte er. »Vielleicht ein bisschen zu perfekt. Am Ende erkennt dich niemand wieder.«

»Was soll das jetzt wieder heißen?«, fragte Rachel verwirrt.

»Ich brauche deine Kreditkarte«, sagte Benedikt, statt ihre Frage zu beantworten.

»Wozu?«

»Um zwei Tickets zu kaufen. Buenos Aires. Erster Klasse – die billigeren Tickets waren leider schon alle weg. Ich hoffe, dein Kreditrahmen reicht dafür. Ich war selbst erstaunt, was Erste-Klasse-Flüge kosten.«

»Buenos Aires?«, wiederholte Rachel. »Was soll das heißen?«

»Ich habe Freunde dort«, antwortete Benedikt. »Sie werden uns verstecken. Keine Angst. Wir können ihnen vertrauen.«

»Buenos Aires?«, fragte Rachel zum dritten Mal. Sie verstand rein gar nichts mehr. »Hast du den Verstand verloren? Wir können nicht nach Südamerika fliegen! Wir haben nicht einmal Pässe! Wie willst du durch die Kontrolle kommen, geschweige denn an Bord?«

»Lass das meine Sorge sein«, antwortete Benedikt. »Und jetzt komm, wir müssen die Tickets kaufen, bevor sie uns jemand wegschnappt. Es gibt nur noch diese zwei. Südamerika ist plötzlich ein beliebtes Reiseziel geworden.«

Rachel resignierte. Benedikt hatte entweder komplett den Verstand verloren oder einen Plan ausgeheckt, der sie wirklich überraschen würde. Sie deutete ein Achselzucken an und folgte ihm, als er sich umwandte und ziemlich rücksichtslos einen Weg durch das Gedränge zu bahnen begann.

Am Schalter einer südamerikanischen Fluggesellschaft, deren Namen sie noch nie zuvor gehört hatte, blieben sie stehen und Benedikt erstand zwei Tickets nach Buenos Aires. Er hatte nicht übertrieben: Rachel konnte ein erschrockenes Zusammenzucken nicht ganz unterdrücken, als sie den Preis hörte, und sie war nicht ganz sicher, ob ihre Kreditkarte akzeptiert werden oder das Lesegerät sie vielleicht gleich zu einem unansehnlichen Klumpen Plastik zusammenschmelzen würde. Aber die Transaktion verlief reibungslos. Rachel bekam ihre Karte zurück und Benedikt klaubte die Tickets von der Theke und steuerte zielsicher den Ausgang an, den man ihnen genannt hatte.

»Und jetzt?«, fragte Rachel.

»Jetzt suchen wir uns ein nettes Ehepaar in unserem Alter, das nach Buenos Aires fliegt und schon am Schalter eingecheckt hat«, antwortete Benedikt. »Keine Sorge. So viele First-Class-Tickets gibt es nicht und sie gehen alle durch den VIP-Eingang. Ich habe schon jemanden im Auge. Während du shoppen warst, habe ich mich ein wenig umgesehen.«

»Aha«, sagte Rachel. »Entschuldige, dass ich gefragt habe. Ich dachte nur, ich könnte verstehen, was du vorhast.«

»Das ist Männersache«, grinste Benedikt. Aber er wurde auch

übergangslos wieder ernst. »Wir müssen uns beeilen. Die Maschine nach Fiumicino geht in fünfzig Minuten. Der Check-in beginnt in einer halben Stunde.«

Rachel blieb stehen. »Bitte!«

»Du verstehst nicht, was ich vorhabe«, sagte Benedikt. »Das hatte ich gehofft.«

»Damit ich den Macho-Test verliere? Keine Angst – ich gebe es dir gerne schriftlich, dass Männer intelligentere Wesen sind als Frauen. Oder es wenigstens glauben.«

»Ich habe es gehofft, weil ich dich für mindestens so intelligent halte wie unsere Verfolger«, antwortete Benedikt ernst. »Wenn du es auf Anhieb durchschaust, dann tun sie es wahrscheinlich auch.«

»Keine Sorge«, antwortete Rachel. »Mir ist tatsächlich noch nicht ganz klar, wie wir nach Rom kommen sollen – mit zwei vollkommen nutzlosen Tickets nach Buenos Aires.« Sie hob abermals die Schultern und fügte mit einem schiefen Grinsen hinzu: »Die mich übrigens an den Rand des Ruins getrieben haben. Vielleicht auch ein Stück darüber hinaus. Bei meiner Bank schrillen jetzt vermutlich alle Alarmsirenen.«

»In ein paar Tagen wird es vielleicht keine Banken mehr geben«, sagte Benedikt.

»Das meine ich nicht«, antwortete Rachel. »Kreditkartenabrechnungen sind eine hervorragende Spur. Wenn Naubach oder De Ville mein Konto überwachen, dann wissen sie in spätestens einer Stunde, wo wir sind.«

»Ich weiß«, sagte Benedikt gelassen. »Aber bis dahin sind wir nicht mehr hier. Mit ein bisschen Glück. Warte hier.«

Er ging, bevor Rachel noch eine weitere Frage stellen konnte. Rachel blieb einen Moment lang völlig verstört stehen, aber dann beeilte sie sich, ihm zu folgen. Wenn sie sich in dem hier herrschenden Gedränge auch nur für eine Sekunde aus den Augen verloren, hatten sie praktisch keine Chance sich wiederzufinden.

Benedikt steuerte den VIP-Eingang des Duty-free-Bereichs an und blieb ein paar Schritte vor der Kontrollstelle stehen; unter normalen Umständen ein ziemlich auffälliges Verhalten. Das Flughafenpersonal achtete gewöhnlich genau auf »zufällig« herumlungernde Passagiere, die Flughafenterminals irrtümlich als eine Art Paradies für Taschendiebe und Trickbetrüger ansahen.

Hier und jetzt war nichts normal. Selbst Rachel, die kaum fünf Meter entfernt stand, hatte Mühe, Benedikt nicht aus den Augen zu verlieren, und die Gesichter der Männer und Frauen, die das Gepäckband beaufsichtigten und die Passagiere kontrollierten, die durch den Metalldetektor gingen, drückten nicht mehr freundliche Dienstbeflissenheit aus, sondern allenfalls so etwas wie stumme Verzweiflung. Immerhin konnte sie erkennen, dass Benedikt einen der Passagiere in ein Gespräch zu verwickeln schien. Natürlich wusste sie nicht, worum es ging, und sie versuchte nicht einmal, es zu erraten, aber die Unterhaltung dauerte auch nicht sehr lange. Nach kaum fünf Minuten kam Benedikt zurück. Er sagte nichts, aber er sah ziemlich zufrieden aus.

»Und?«, fragte Rachel.

Benedikt deutete auf die Anzeigetafel unter der Hallendecke und gab ihr mit der anderen Hand die Tickets, ohne dass sie begriff, was sie damit sollte.

»Ausgang G4«, sagte er. »Die Maschine nach Rom. Schnell jetzt. Sie fangen wahrscheinlich gleich mit dem Einchecken an.«

Rachel wandte sich gehorsam um und folgte Benedikt, aber als sie auf die Anzeige gesehen hatte, war ihr etwas aufgefallen, das ihrer Besorgnis neue Nahrung gab. Die Anzahl der Flüge, die ersatzlos gestrichen worden waren, war noch weiter angestiegen, und ganz plötzlich wurde ihr klar, was passiert war. Die doppelte Katastrophe in Las Vegas und Bangkok hatte nicht nur dafür gesorgt, dass sämtliche Flüge dorthin gestrichen wurden, sondern musste eine Art Kettenreaktion ausgelöst haben – sie wäre nicht erstaunt gewesen, wenn *sämtliche* Flüge in die USA und nach Südostasien ausfielen. Vielleicht würde über kurz oder lang sogar der gesamte zivile Flugverkehr zum Erliegen kommen.

Und vielleicht war das erst der Anfang, dachte sie benommen. Das Entsetzen über das, was in Amerika und Asien geschehen war, war bisher einfach zu groß gewesen, um Platz für irgendeinen anderen Gedanken zu lassen, aber mit einem Mal wurde ihr klar, welch verheerende Folgen die beiden Meteoriteneinschläge noch haben würden; weit über die zahllosen Todesopfer und die beiden zerstörten Großstädte hinaus. Sie war nicht einmal sicher, dass die USA die Katastrophe verkraften konnten, ohne dass ihre Wirtschaft und ihr soziales Gefüge bis in die Grundfesten erschüttert wurden; von Thailand ganz zu schweigen. So schrecklich der Gedanke war: Die Toten, die die beiden kosmischen Geschosse heute gefordert hatten, waren erst der Anfang.

Auf der Anzeigetafel über ihnen verschwanden zwei weitere Flüge, bis sie den mit G4 bezeichneten Ausgang erreichten und hindurchgingen. Es war ein innereuropäischer Flug, so dass es keine Passkontrolle gab, und die Metalldetektoren befanden sich unmittelbar vor den Warteräumen. Das Gedränge war hier nicht mehr ganz so schlimm wie in der Halle draußen, aber noch immer schlimm genug. Und sie wusste immer noch nicht, was sie hier eigentlich taten.

»Da vorne ist es.« Benedikt machte eine unauffällige Geste. »Die beiden dort – der Dunkelhaarige und seine aufgedonnerte Begleiterin … was meinst du? Gehen sie als unsere Doubles durch?«

»Er sieht ganz nett aus«, antwortete Rachel. »Aber diese Schnepfe? Willst du mich beleidigen?«

Benedikt lachte und beschleunigte zugleich seine Schritte. Er hatte Grund zur Eile. Der Anzahl der Passagiere nach zu schließen war die Maschine vollkommen ausgebucht, was hier und jetzt aber wohl der Normalzustand war, und der Flug war offensichtlich bereits aufgerufen: Vor dem Ausgang begann sich eine lange Reihe geduldig Wartender zu bilden, die nur stockend abfloss. Aber sie bewegte sich.

»Du musst mir helfen«, sagte Benedikt. Er klang ein wenig nervös, was wiederum Rachel mehr als nur ein wenig beunruhigte. Aber sie nickte.

»Gut«, murmelte Benedikt. »Warte zwei Minuten, dann kommst du nach und bringst sie mit.«

»Wen – *sie*?«

Statt zu antworten, bedeutete Benedikt ihr mit einer Geste, die ebenso verstohlen war wie die erste, ein Stück zurückzubleiben, und ging zugleich noch ein wenig schneller. Rachel blieb gehorsam zurück, beobachtete aber aus einem Dutzend Schritten Entfernung und mit klopfendem Herzen, was weiter geschah.

Obwohl das, was er tat, ihr im Grunde zutiefst zuwider war, konnte sie nicht anders, als Benedikts Geschick und Kaltblütigkeit zu bewundern – auch wenn das prompt schon wieder neue Schuldgefühle in ihr wachrief. Es ging sehr schnell und so unauffällig, dass es Rachel schon beinahe absurd vorkam: Sie beobachtete ein Raubtier, das sich nicht nur inmitten einer Herde an sein Opfer anschlich, sondern es auch *schlug*, ohne dass irgendeines der anderen Tiere auch nur Notiz von dem Drama nahm, das sich praktisch unter ihren Augen abspielte.

Benedikt schlenderte ohne sichtbare Eile auf das junge Paar zu, auf das er sie gerade aufmerksam gemacht hatte. Die beiden waren tatsächlich etwa in ihrem Alter, und wenn man den Begriff sehr großzügig auslegte, bestand sogar eine gewisse Ähnlichkeit. Die beiden waren ein wenig älter als sie – nicht viel – und der Mann hatte ungefähr Benedikts Größe, aber weder seine breiten Schultern noch seine Ausstrahlung, während seine Partnerin zwar keinerlei Ähnlichkeit mit Rachel aufwies, aber mindestens ebenso schrill gekleidet war wie sie im Moment, und eindeutig noch geschmackloser.

Benedikt bewegte sich wie durch Zufall direkt hinter den jungen Mann und wartete, bis seine Begleiterin in eine andere Richtung sah. Rachel konnte nicht erkennen, was er tat, aber durch den Körper des Dunkelhaarigen ging plötzlich ein deutlicher Ruck, und sein Gesicht verlor auch noch den letzten Rest Farbe. Nur einen Augenblick später drehte er sich herum und ging mit steifen Schritten auf die Toilette zu, die sich auf der anderen Seite des Ganges befand. Benedikt folgte ihm. Rachel nahm an, dass er die Mündung einer Pistole oder irgendeinen anderen harten Gegenstand in seine Rippen drückte, aber er stellte sich dabei so geschickt an, dass nicht einmal sie etwas Verdächtiges sah, obwohl sie wusste, worauf sie zu achten hatte.

Rachel erinnerte sich jäh daran, dass sie nicht nur als unbeteiligte Beobachterin hier war, sondern eine Rolle in diesem Kriminalstück übernommen hatte, ob nun freiwillig oder nicht. Unauffällig die wasserstoffblond gefärbte Partnerin des Entführungsopfers im Auge behaltend, folgte sie Benedikt und seinem neu gewonnenen Freund, wobei sie versuchte, die beiden vor allzu neugierigen Blicken abzuschirmen. Sie hatte keine Ahnung, ob sie sich dabei nun besonders geschickt oder ganz außergewöhnlich ungeschickt anstellte – sie vermutete allerdings letzteres; Kidnapping hatte auch nicht gerade zu ihren Lieblingsfächern gehört –, aber sie erreichte die Toiletten ein paar Sekunden nach den beiden, ohne dass irgendjemand Zeter und Mordio zu schreien begann oder gleich die Kavallerie anrückte. Langsam drehte sie sich herum und ließ ihren Blick durch den überfüllten Gang schweifen.

Der Anblick war chaotisch, aber nichts hatte sich wirklich verändert. Die Schlange vor dem Metalldetektor war deutlich länger geworden, rückte dafür aber jetzt langsamer vor, und die Wasserstoffblonde sah sich mit jenen kleinen, immer hektischer werdenden Bewegungen um, hinter denen sich normalerweise mühsam zurückgehaltene Panik verbarg.

Rachel begann sich mit einem Gefühl sonderbar emotionslosen Entsetzens zu fragen, was sie hier eigentlich tat.

Die Antwort war ebenso einfach wie erschreckend: Sie half mit, ein Kapitalverbrechen vorzubereiten. Sie wusste immer noch nicht ganz genau, was Benedikt mit dem Dunkelhaarigen tat, aber sie hoffte inständig, dass es dabei nur um Kidnapping, Freiheitsberaubung und leichte Körperverletzung ging.

Das war so vollkommen absurd, dass sie Mühe hatte, nicht laut aufzulachen. Vor weniger als vierundzwanzig Stunden noch hatte sie ein ganz normales, langweiliges Leben geführt. Danach war sie von Terroristen gejagt worden, hatte mitgeholfen, einen Polizeihubschrauber samt Besatzung zu entführen und einem gesuchten Kriminellen zur Flucht zu verhelfen. Zwischendurch hatte man sie zur potenziellen Retterin der gesamten Menschheit erkoren und jetzt machte sie ihre ersten Gehversuche auf dem Weg zur Hobby-Kidnapperin. Eine fantastische Karriere. Sie war richtig gespannt, was wohl als Nächstes kam. Vielleicht ein kleiner Drogendeal oder wie wäre es mit Brandstiftung?

All diese Überlegungen hinderten sie nicht daran, die Blonde genau im Auge zu behalten und in Gedanken die verstreichenden Sekunden zu zählen. Die zwei Minuten, von denen Benedikt gesprochen hatte, waren noch nicht einmal zur Hälfte vergangen, aber auf dem Gesicht der jungen Frau machte sich ein immer deutlicherer Ausdruck von Panik breit. Sie begann zumindest zu ahnen, dass sie plötzlich allein war, ohne ihren Begleiter an einem fremden Ort, möglicherweise sogar in einem fremden Land. Sie konnte nicht mehr warten. Wenn die junge Frau in Panik geriet, würde sie möglicherweise etwas Dummes tun, auf jeden Fall aber etwas sehr Auffälliges, und wie immer Benedikts Plan auch aussehen mochte – *aufzufallen* gehörte ganz bestimmt nicht dazu.

Rachel überlegte fieberhaft, was sie tun konnte. Sie hatte nicht die Spur einer Idee, aber sie löste sich trotzdem von ihrem Platz und ging mit schnellen Schritten auf die blond gefärbte junge Frau zu. Sie würde eben improvisieren müssen. Wahrscheinlich würde sie ohnehin mehr als die verbleibenden sechzig Sekunden brauchen, um die junge Frau zum Mitkommen zu bewegen, falls es ihr überhaupt gelang.

Sie ging auf ihr potenzielles Opfer zu und nahm Blickkontakt mit ihr auf, noch bevor sie sie erreichte. Sie machte es ihr sogar leicht: Als Rachel mit Schritten auf sie zuging, die deutlich mehr Selbstvertrauen ausstrahlten, als sie in Wahrheit empfand, trat sie ihr ihrerseits einen Schritt entgegen und fragte: »Ja, bitte?«

Rachel atmete nicht nur innerlich auf, sondern gestand sich auch ein, dass sie nicht die geringste Ahnung gehabt hätte, wie sie das Gespräch hätte beginnen sollen. »Sie sprechen deutsch«, sagte sie. »Gut.«

»Was ist denn los?«, fragte die Blonde. Sie klang nervös; vielleicht war ihr auf einer unbewussten Ebene bereits klar, dass das Auftauchen der unbekannten jungen Frau nicht nur mit dem plötzlichen Verschwinden ihres Begleiters zu tun hatte, sondern auch schlechte Neuigkeiten bedeutete.

»Sie … Sie waren doch mit dem jungen Mann zusammen, der gerade auf die Toilette gegangen ist?«, begann Rachel. »Ein Großer, Dunkelhaariger mit einer schwarzen Lederjacke?«

»Auf die Toilette?« Verständnislosigkeit, in die sich nach einem Sekundenbruchteil aufs Neue Panik mischte, erschien in den Augen der jungen Frau. »Was ist passiert?«

»Ihm ist übel geworden«, antwortete Rachel. »Mein Freund ist bei ihm. Machen Sie sich keine Sorgen. Es scheint nicht so schlimm zu sein. Aber er hat mich gebeten, Sie zu holen.«

Es gab kaum eine sicherere Methode, jemanden in einen Zustand akuter Sorge zu versetzen, als ihm zu versichern, dass er sich keine Sorgen zu machen brauche. Ohne Rachel auch nur noch eines weiteren Blickes zu würdigen, stürmte sie los und rannte auf die Toilettentür zu. Rachel hatte alle Mühe, überhaupt mitzuhalten.

Hintereinander rannten sie in die Toilette. Die junge Frau wandte sich instinktiv nach links, zur Damentoilette hin, erinnerte sich dann offenbar im letzten Moment daran, was Rachel ihr erzählt hatte, fuhr mitten in der Bewegung herum und wandte sich in die entgegengesetzte Richtung. Rachel sah gerade noch, wie sie durch die Tür lief, dann hörte sie einen dumpfen, sonderbar weichen Schlag und etwas wie ein Seufzen. Als sie selbst durch die Verbindungstür stürmte, kam sie gerade zurecht, um zu sehen, wie die junge Frau zusammenbrach und Benedikt sie auffing.

»Um Gottes willen, was –?«

»Pass an der Tür auf!«, unterbrach sie Benedikt. »Eine Minute!« Ohne sichtbare Mühe hob er die bewusstlose junge Frau hoch und trug sie in eine der offen stehenden Kabinen, warf die Tür hinter sich zu und verriegelte sie.

Rachel war viel zu schockiert, um irgendetwas anderes zu tun als dazustehen und die geschlossene Tür anzustarren. Wäre in diesem Moment jemand hereingekommen, hätte sie ganz bestimmt *nichts* unternehmen können, um ihn aufzuhalten. Was auch?

Aber sie hatten Glück. Niemand kam herein. Sie hörte eine Folge rascher, hektischer Geräusche – das charakteristische Sirren eines Reißverschlusses, das Rascheln von Stoff und wieder etwas wie ein Seufzen – dann erschienen Benedikts Hände an der Oberkante der Tür. Mit einer einzigen, fließenden Bewegung schwang er sich hinüber und kam katzengleich auf der anderen Seite wieder auf dem Boden auf. Er trug jetzt die schwarze Lederjacke, die der Dunkelhaarige vorhin angehabt hatte, aber wenigstens klebte kein frisches Blut an seinen Fingern.

»Gut gemacht«, sagte er, nachdem er sich mit einem raschen Blick davon überzeugt hatte, dass sie allein waren. Nur eine weitere der insgesamt acht Toilettenkabinen war besetzt und Rachel hatte eine ziemlich konkrete Vorstellung davon, wer sich hinter der geschlossenen Tür aufhielt.

Sie verzichtete vorsichtshalber darauf, ihm zu erklären, dass sie rein gar nichts gemacht und sie schlicht und einfach nur Glück gehabt hatten.

»Was hast du getan?«, flüsterte sie. Ihr Herz klopfte.

»Was schon?«, antwortete Benedikt ruhig. »Ich habe ihr das Genick gebrochen und ihr anschließend alle Zähne gezogen und die Haut von den Fingerspitzen geätzt, damit man sie nicht so schnell identifizieren kann.« Er machte ein ärgerliches Gesicht. »Was denkst du, was ich getan habe? Sie werden ein paar Stunden schlafen und vermutlich ziemliche Kopfschmerzen haben, wenn sie aufwachen. Und sie werden das Wochenende im regnerischen Brüssel verbringen müssen statt im verregneten Rom.«

Er ergriff sie eine Spur grober am Arm, als notwendig gewesen wäre, und drehte sie herum. »Lass uns gehen. Unser Flug ist schon aufgerufen.«

Etwas an der Art, wie er sie durch die Tür schob und auf den Gang hinausbugsierte, machte ihr Angst. Sie wusste noch immer mit unerschütterlicher Sicherheit, dass Benedikt ihr niemals etwas zuleide tun würde, und trotzdem sollte sie sich im Moment hüten, ihm noch einmal zu widersprechen.

Manchmal war es ihr, als gäbe es zwei Benedikts, die so grundverschieden waren, wie es nur sein konnte, und die nur rein zufällig denselben Körper bewohnten, um dessen Vorherrschaft sie sich stritten. Zumeist gewann wohl der Benedikt, der sie vor Darkovs Söldnern gewarnt und sein eigenes Leben – mehr als einmal – riskiert hatte, um sie zu schützen. Aber manchmal …

Benedikt ließ ihren Arm los, machte zwei rasche Schritte und nahm im Gehen das Handgepäck der beiden Fluggäste auf, die er in der Toilette eingesperrt hatte: einen schwarzen Handkoffer aus Leder und eine jener Kombinationen aus Umhängetasche und Rucksack, die seit ein paar Jahren immer mehr in Mode kamen, ohne dass Rachel ihren praktischen Nutzen bisher hatte erkennen können. Keiner der Umstehenden nahm Notiz davon, aber Rachel empfand eine zwar völlig widersinnige, aber dennoch gerechte Empörung.

»Musst du sie jetzt auch noch bestehlen?«, fragte sie.

»Wir können das Gepäck gerne hier lassen«, antwortete Benedikt.

»Vorausgesetzt, du möchtest, dass man es findet und sich vielleicht auf die Suche nach den dazugehörigen Passagieren macht.«

Er bugsierte sie mit – diesmal wirklich – sanfter Gewalt ans Ende der allmählich vorrückenden Schlange und Rachel schluckte den Rest dessen herunter, was ihr auf der Zunge lag. Einen ziemlich großen Rest, an dem sie fast zu ersticken meinte. Selbstverständlich hatte Benedikt Recht, wie fast immer, wenn es um die ganz spezielle Art ging, auf die er seinen Lebensunterhalt verdiente.

Aber das änderte nichts. Das änderte ganz und gar nichts. Sie war wütend, und dass ein Teil von ihr hartnäckig darauf bestand, gar kein Recht dazu zu haben, machte es beinahe noch schlimmer. Sie *wollte* wütend sein. Möglicherweise auf sich selbst.

Alles war so … so unglaublich schnell gegangen. Auf der Liste all dessen, was man ihr anlasten konnte, stand das, wobei sie Benedikt gerade geholfen hatte, vermutlich ganz unten, und doch war es für sie bisher das Schlimmste. Trotz allem hatte sie sich bisher immer noch damit trösten können (vielleicht auch selbst belügen, aber wenn, dann zumindest glaubhaft), dass das Schicksal sie gewissermaßen überrollt hatte. Sie hatte ein paar Schwimmbewegungen machen können, um sich irgendwie über Wasser zu halten, aber die allgemeine Richtung hatte der reißende Strom bestimmt, in den sie gestürzt war.

Was sie gerade getan hatte, das war jedoch ganz allein ihre Entscheidung gewesen. Vielleicht war es nur ein einzelner Schritt, aber ein Schritt in eine so fundamental falsche Richtung, dass er vielleicht ihr gesamtes weiteres Leben bestimmen würde.

Wenn Benedikt auch nur mit einem Teil dessen Recht hatte, was er erzählte, würden das allerdings vielleicht nur noch ein paar Stunden sein.

Sie sprachen nicht mehr miteinander, bis sie den Ausgang erreichten. Benedikt händigte der gestressten jungen Frau am Schalter ihre Tickets aus, und wahrscheinlich war Rachel die Einzige, der die winzigen Anzeichen von Nervosität auffielen, während er darauf wartete, dass sie den Computer mit ihren Tickets fütterte und ihm den übrig gebliebenen Abschnitt der Bordkarte aushändigte.

Niemand versuchte sie aufzuhalten und auch die eher oberflächliche Kontrolle jenseits des Metalldetektors verlief reibungslos. Rachel atmete vorsichtig auf, klaubte die gestohlene Umhängetasche vom Band und trat unmittelbar hinter Benedikt in den gewölbten Gang, der zum Flugzeug führte. Zehn Minuten später saßen sie auf ihren Plätzen im hinteren Drittel der Maschine und warteten darauf, dass die Türen geschlossen wurden.

Benedikt winkte eine der Stewardessen heran. »Wie lange wird der Flug dauern?«, fragte er.

»Nicht ganz drei Stunden«, antwortete die junge Frau. Obwohl sie eine Uniform der ALITALIA trug, sprach sie akzentfreies Deutsch.

»Und werden wir pünktlich ankommen?«

»Wir werden voraussichtlich pünktlich abheben«, antwortete die Stewardess diplomatisch. *Wenn ich nicht noch weitere dumme Fragen beantworten muss und meine Arbeit tun kann*, fügte ihr Blick hinzu. Vermutlich hatte sie dieselbe Frage während der letzten halben Stunde schon mindestens hundert Mal beantwortet. Trotzdem lächelte sie und fügte unaufgefordert hinzu: »In zirka fünfzehn Minuten.«

Sie ging, bevor Benedikt eine weitere dumme Frage stellen und ihr damit noch mehr von ihrer wertvollen Zeit stehlen konnte.

»Was sollte das jetzt wieder?«, fragte Rachel. »Soll ich vielleicht aussteigen und ein bisschen schieben?«

»Drei Stunden«, murmelte Benedikt, als hätte er ihre Frage gar nicht gehört. »Das müsste reichen.«

»Reichen?« Rachel zog demonstrativ die linke Augenbraue hoch. »Der italienischen Polizei, um bei unserer Landung in Rom auf uns zu warten? Bestimmt.« Sie schüttelte wütend den Kopf. »Ich begreife mich selbst nicht, ehrlich gesagt. Wie konnte ich mich nur auf diesen Irrsinn einlassen?«

»Wahrscheinlich, weil du meinem Charme nicht widerstehen konntest«, antwortete Benedikt ernsthaft. »Aber mach dir nichts draus. Niemand kann das. Ich bin nun mal ein Frauentyp. Manchmal ist das ganz schön lästig, das kann ich dir sagen.«

»Ich meine es ernst, Benedikt«, antwortete Rachel. Sie musste sich beherrschen, um nicht zu laut zu sprechen. Rings um sie herum herrschte noch die übliche Unruhe, die vor jedem Start in einem Flugzeug anzutreffen war, aber dies war keine Maschine der Shanghai Airlines, die nur mit einzig ihrer Muttersprache mächtigen, ewig lächelnden Chinesinnen besetzt war. Die Wahrscheinlichkeit, dass das, was sie sagte, nicht nur gehört, sondern auch verstanden wurde, war ziemlich hoch. »Was glaubst du, was die beiden tun werden, wenn sie aufwachen? Sich verwundert die Augen reiben und einen Kaffee trinken? Kaum.«

»Sie werden nicht aufwachen.« Benedikt registrierte anscheinend das erschrockene Aufblitzen in ihren Augen, denn er erklärte seine Worte sofort und in besänftigendem Ton: »Keine Sorge, sie sind wirklich nur bewusstlos. Aber das werden sie auch noch mindestens vier oder fünf Stunden bleiben.«

»So?«, fragte Rachel zweifelnd. »Im Fernsehen wachen die Leute immer nach spätestens einer halben Stunde auf, wenn man ihnen eins über den Schädel gibt.«

»Wir sind hier aber nicht im Fernsehen.« Benedikt lächelte flüchtig. »Ich weiß, was ich tue, vertrau mir. Sie werden erst aufwachen, wenn wir längst gelandet und in Sicherheit sind.«

Rachel bezweifelte immer noch, dass er ihr die Wahrheit sagte. Sie konnte sich einfach nicht vorstellen, dass man einen Menschen – mit bloßen Händen und praktisch innerhalb eines einzigen Augenblicks – für eine so lange Zeit außer Gefecht setzen konnte, ohne ihm nachhaltigen Schaden zuzufügen. Sosehr sie sich auch dagegen wehrte, da war eine leise, aber beharrliche Stimme in ihr, die ihr einzureden versuchte, dass er sie belog und die beiden doch getötet hatte, genau wie den Trucker auf dem Rastplatz.

»Und wenn man sie findet?«, fragte sie.

»Niemand schaut in eine verschlossene Kabine auf dem Männerklo«, antwortete Benedikt. »Und selbst wenn – ich habe ihre Papiere. Wir sind …« – er griff in die Jacke, zog eine Brieftasche aus braunem Kunstleder hervor und klappte sie auf – »… Marc und Stephanie Schneider aus Köln. He! Wir sind seit zwei Tagen verheiratet.« Sein Grinsen wurde breiter. »Wahrscheinlich sind wir auf dem Weg in die Flitterwochen. Ist dir klar, dass wir den beiden vermutlich einen Gefallen getan haben? Sie werden diese Geschichte wahrscheinlich noch ihren Enkelkindern erzählen.«

»Sehr witzig«, murmelte Rachel. Aber innerlich resignierte sie. Es war völlig egal, was sie sagte, sie würde keine vernünftige Antwort von ihm bekommen. Wozu das alles auch? In spätestens fünf Minuten würde sich die Tür des Flugzeuges schließen und dann saßen sie so oder so in der Falle.

»Also gut«, seufzte sie. »Wir sind also Marc und Steffie Sonstwer. Prima. Wenn du mir jetzt noch verrätst, warum ich die Ersparnisse aus drei Jahren harter Arbeit für zwei Flugtickets ausgegeben habe, die wir gar nicht brauchten, dann habe ich vielleicht sogar eine winzige Chance zu verstehen, was ich tue.«

»Wer sagt, dass wir sie nicht brauchen?« Benedikts nervendes Grinsen verschwand und er klappte die Brieftasche mit einem hörbaren Knall zu, ehe er sie wieder in der Brusttasche verschwinden ließ. »Du hattest völlig Recht, weißt du?«, sagte er. »Wahrscheinlich wussten Naubach und sein neuer Freund De Ville im gleichen Moment, wo wir sind, in dem du deine Kreditkarte benutzt hast. Wenn nicht, dann wären sie ziemlich dumm. Genau aus diesem Grund habe ich die Flugkarten mit deiner Karte bezahlt. Es wäre kein Problem gewesen, genügend Bargeld aufzutreiben, um sie zu bezahlen.«

Rachel verzichtete darauf, darüber nachzudenken, wie er an so viel Bargeld hätte kommen wollen. Je näher sie Benedikt kennen lernte, desto mehr Dinge gab es, die sie im Grunde *nicht* über ihn wissen wollte.

»Sie werden auch nicht lange brauchen, um herauszufinden, mit wem ich telefoniert habe«, fuhr Benedikt fort, »und zwei und zwei zusammenzuzählen. Mit ziemlicher Sicherheit kommen sie dabei auf Buenos Aires.«

»Aber wir sitzen nicht in der Maschine«, erinnerte Rachel.

»Doch, das tun wir«, behauptete Benedikt. »Du erinnerst dich an den Mann, mit dem ich gesprochen habe? Ich war früher einmal ganz gut als Taschendieb. Ich glaube nicht, dass er gemerkt hat, dass er jetzt unsere Tickets hat. Niemand vergleicht die Namen auf den Flugscheinen mit denen im Pass. Aber der Computer hält die Namen fest, die elektronisch auf den Tickets gespeichert sind. Wenn also jetzt jemand die Passagierlisten einsieht …« Er hob die Schultern.

»Dann sind wir an Bord«, murmelte Rachel. Sie war nicht ganz sicher, ob sie Benedikts kompliziertem Gedankengang wirklich in allen Einzelheiten hatte folgen können. Und ob sie es überhaupt wollte.

»Ganz genau«, sagte Benedikt.

»Das ist so verrückt, dass es sogar funktionieren könnte«, sagte Rachel.

»Es *wird* funktionieren«, behauptete Benedikt.

»Und wenn nicht?«

»Dann sind wir so gut wie tot«, antwortete Benedikt gelassen. »Und deine Freundin vermutlich auch.«

Nach diesen aufmunternden Worten kam es ihr zwar selbst schier unglaublich vor, aber sie schlief tatsächlich ein, kaum dass die Maschine abgehoben hatte, und wachte erst durch den unsanften Ruck wieder auf, mit dem sie einen halben Kontinent entfernt wieder aufsetzte. Die eineinhalb Stunden Schlaf in der verdreckten Kammer auf dem Autofriedhof hatten längst nicht ausgereicht, um ihre Batterien vollständig wieder aufzuladen, und sie fühlte sich auch jetzt noch nicht wirklich erholt – von der Bedeutung des Wortes *frisch,* die sie mittlerweile fast vergessen hatte, ganz zu schweigen. Während die Maschine langsam ausrollte und um sie herum die ersten Fluggäste bereits aufsprangen und ihr Gepäck aus den Fächern nahmen, um ein wenig länger in der Schlange zu stehen, die sich vor dem Ausgang drängte, versuchte Rachel den Schlaf wegzublinzeln und wenigstens den Anschein von Ordnung in das Chaos zu bringen, das hinter ihrer Stirn herrschte.

Beides misslang gründlich. Die Landung musste sie wohl mitten in einer REM-Phase erwischt haben, was zu dem bekannten Ergebnis führte: Sie fühlte sich, als hätte sie überhaupt nicht geschlafen, sondern die letzten dreieinhalb Stunden in einem Steinbruch geschuftet.

Dazu kam, dass Benedikt geradezu unverschämt wach zu sein schien und unentwegt versuchte, sie mit irgendwelchen ach so witzigen Bemerkungen aufzumuntern. Rachels einzige Antwort bestand aus einer gemurmelten Verwünschung, dass er sie nicht geweckt hatte, als die Stewardess mit dem Kaffee kam. Benedikt grinste nur dazu und schien noch fröhlicher zu werden. Vielleicht, dachte sie, war es doch gar nicht so schlimm, wenn die Welt in ein paar Stunden unterging. Wenigstens würde sie dann Benedikts infantilen Humor nicht mehr ertragen müssen.

Die Maschine brauchte ungewöhnlich lange, um das Terminal zu erreichen und auszurollen. Unter den Passagieren begann sich Unruhe breit zu machen und weiter vorne am Ausgang entbrannte ein lautstarker, allerdings nicht sehr lang anhaltender Streit, als die Stewardess den vergeblichen Versuch unternahm, die Fluggäste auf ihre Plätze zurückzuschicken. Alles in allem vergingen noch einmal gute zwanzig Minuten, bis Rachel und Benedikt endlich die Maschine verlassen konnten.

»Willkommen in der Heiligen Stadt«, sagte Benedikt, als sie zum ersten Mal italienischen Boden betraten.

»Die Heilige Stadt?«, fragte Rachel missmutig. »Du verwechselst da etwas, glaube ich. Rom ist die Ewige.«

»Ich bin der Besserwisser hier«, sagte Benedikt fröhlich. »Also, wohin jetzt?«

Rachel tat so, als müsse sie sich in der weitläufigen Halle umsehen, um sich zu orientieren, und deutete dann wahllos nach links. »Dort.«

»Das meine ich nicht«, antwortete Benedikt. »Wohin geht es von hier aus?«

»Dorthin«, beharrte Rachel. Ihr Unterbewusstsein schien schon deutlich wacher zu sein als der Rest ihres Denkens. In der Richtung, in die sie gedeutet hatte, befanden sich nicht nur eine Anzahl kleiner Läden, die Bücher, Reiseutensilien, Zigaretten und alle möglichen anderen Waren feilboten, die sie im Moment ganz und gar nicht brauchten, sondern auch ein kleines Café.

Benedikt schien widersprechen zu wollen, besann sich dann aber anders und nickte. »Vielleicht hast du Recht. Auf ein paar Minuten kommt es jetzt auch nicht mehr an.«

Sie machten sich auf den Weg zur anderen Seite der Halle, die auf verblüffende Weise ihrem Gegenstück am anderen Ende Europas ähnelte. Fiumicino war viel größer als der Brüsseler Flughafen, die Anzeigen auf den elektronischen Tafeln waren in Englisch und Italienisch abgefasst statt in Englisch und Französisch, und die Leuchtreklamen und Werbeplakate schrien ihre Botschaften in Italienisch hinaus, aber damit hörten die Unterschiede auch schon beinahe auf: Es war dunkel, obwohl eigentlich eine strahlend helle Hochsommersonne durch das Glasdach scheinen sollte. Draußen goss es wie aus Eimern und von der viel gerühmten südländischen Fröhlichkeit war nicht einmal mehr die Spur einer Spur zu entdecken. Die Gesichter, in die sie blickte, wirkten angespannt und blass und sie sah eine Menge Augenpaare, in denen die nackte Angst geschrieben stand. Zahlreiche Polizisten waren unterwegs und die Anzahl der Flüge, die ersatzlos gestrichen worden waren, war noch weiter angestiegen. Auf mehr als die Hälfte.

Die meisten Tische in dem kleinen Café waren leer und es gab eine weitere Parallele zu Brüssel: An der Wand über der Bar war ein Fernseher aufgehängt, auf dessen Monitor eine Nachrichtensendung flimmerte und auf den sich die gesamte Aufmerksamkeit der Kellner konzentrierte. Vermutlich zu Recht, dachte Rachel, aber sie sah nicht hin. Es machte es nicht besser, immer wieder dieselben Bilder zu betrachten. Nicht bei *diesen* Bildern. Der Schrecken, den sie transportierten, gehörte nicht zu der Art, an die man sich gewöhnen konnte.

»Meinst du nicht, dass es allmählich an der Zeit ist, mir zu verraten, wohin wir eigentlich wollen?«, fragte Benedikt, während er sich einen der unbequem aussehenden Stühle aus verschnörkeltem weißem Metall heranzog.

Rachel sah auf die Uhr, verwandte eine geschlagene Sekunde darauf, der Position der Zeiger einen Sinn abzugewinnen, und sagte: »Nein.« Sie ließ sich auf einen der anderen Stühle sinken. Sie waren tatsächlich so unbequem, wie sie aussahen.

»Wir haben nicht alle Zeit der Welt«, sagte Benedikt.

»Die brauchen wir auch nicht.« Rachel sah noch einmal auf die Uhr. »Aber wir haben zwei Stunden.«

»Bis wann?«

»Bis der Zug fährt«, antwortete Rachel. Sie unterdrückte ein Gähnen.

»Wohin?«

Rachel schenkte ihm ein müdes Lächeln und fuchtelte so lange mit beiden Händen in der Luft herum, bis es ihr endlich gelang, die Aufmerksamkeit eines Kellners zu erregen. Der Mann riss sich mit sichtlichem Widerwillen vom Anblick des Fernsehgerätes los, warf mit gekonntem Schwung ein Handtuch über seine Schulter, das nur unwesentlich weniger schmutzig war als sein Hemd, und schlenderte mit einer Gelassenheit heran, die schon an Provokation grenzte. Eigentlich ungewöhnlich für einen italienischen Kellner. Aber der Gedanke an den bevorstehenden Weltuntergang schien selbst seinen Arbeitseifer zu dämpfen.

»*Si?*«

»*Due espressi, prego*«, antwortete Rachel. Der Kellner schlurfte ohne erkennbare Reaktion wieder davon und Benedikt hob überrascht die Augenbrauen.

»Du spricht Italienisch?«

»*Si*«, antwortete Rachel. »Genau fünf Wörter. Aber im Moment reichen sie. Ich brauche jetzt Koffein. Meinetwegen auch Flugbenzin oder Helium III, jedenfalls irgendetwas, um wach zu werden.« Sie rieb sich mit beiden Händen über die Augen. »Ich kann nicht denken. Verdammt, was ist mit mir los? Ich sollte nicht so müde sein.«

»Du hast nicht besonders gut geschlafen«, antwortete Benedikt. »Ich habe dich ein paar Mal wachgerüttelt, damit du nicht zu laut im Schlaf sprichst. Albträume?«

»Keine Ahnung«, antwortete Rachel wahrheitsgemäß. Sie blinzelte. »Im Schlaf sprichst? Was habe ich gesagt?«

»Oh, nichts«, antwortete Benedikt. Er begann schon wieder zu grienen. »Du hast nur deine intimsten Geheimnisse und Wünsche ausgeplaudert. Einiges davon klang ziemlich interessant. Die Stewardess ist richtig rot geworden, als sie vorbeigekommen ist.«

»Sehr komisch«, sagte Rachel. »Hauptsache, ich habe dir nicht verraten, wohin wir von hier aus fahren.«

Benedikt grinste unerschütterlich weiter, aber etwas in seinem Lächeln änderte sich. Es war noch immer das Lächeln eines zu groß geratenen Schuljungen, dem gerade ein besonders gut ausgeheckter Streich gelungen war – aber plötzlich schien er ein Schuljunge zu sein, der nur ganz ausgesprochen gemeine Streiche auf Lager hatte. Rachel rief sich in Gedanken zur Ordnung. Sie war dabei, den anderen Benedikt zu wecken. Den, auf dessen Gesellschaft sie lieber verzichtete.

»Was soll das?«, fragte Benedikt. »Was muss ich noch tun, damit du mir vertraust? Ich meine: Ich kann dich nicht sicher zu deiner Freundin bringen, wenn ich nicht weiß, wo sie ist, leuchtet dir das ein?«

»*Ich* weiß, wo sie ist«, antwortete sie. »Verletzt es deinen männlichen Stolz, wenn wir die Rollen tauschen und ich die Führung übernehme?«

»Kein bisschen«, antwortete Benedikt in einer Tonart, die seiner Behauptung mehr Glaubwürdigkeit verlieh, als alle Worte es gekonnt hätten. »Ich bin nur der Meinung, dass ich in diesen Dingen besser bin als du.«

»Diesen Dingen?« Rachel nickte. »Waffenloser Nahkampf. Diebstahl. Entführung. Körperverletzung. Da könntest du Recht haben.«

»Überleben«, sagte Benedikt ruhig.

»Ich denke, wir sind in Sicherheit. Naubach und De Ville vermuten uns doch in Südamerika, dank deines genialen Plans.«

Sie konnte Benedikt ansehen, dass er mit ihrer plötzlichen Feindseligkeit nichts anfangen konnte. Aber er beherrschte sich und beließ es bei einem verstörten Blick. Zumindest im Moment war er eindeutig der Vernünftigere. Ein Streit war so ziemlich das Letzte, was sie sich jetzt leisten konnten.

»Ich habe gelernt, immer vom Schlimmsten auszugehen«, sagte er. »Im Moment sind wir wahrscheinlich sicher, aber das kann sich sehr schnell ändern. Ruf deine Freundin wenigstens an.«

»Das geht nicht.«

»Willst du mir erzählen, dass sie kein Telefon hat?«

»Sie hat ein Handy«, antwortete Rachel. »Aber sie schaltet es nie ein, außer wenn sie selbst telefonieren will.«

»Und du willst nicht, dass ich die Nummer erfahre.« Benedikt machte eine Kopfbewegung nach draußen. »In der Halle stehen ein Dutzend Münztelefone. Geh hinaus und ruf deine Freundin an. Ich bleibe so lange hier. Ich will weder sehen, welche Nummer du wählst, noch, welchen Apparat du benutzt. Aber du musst deine Freundin warnen. Wenn meine …« Er verbesserte sich. »Wenn Darkovs Männer sie vor uns finden, töten sie sie.«

»Du bringst es immer noch nicht über die Lippen, wie?«, fragte Rachel.

»Was?«

»Darkov. Ihn deinen Vater zu nennen.«

Vielleicht zum ersten Mal, seit sie Benedikt kannte, hatte sie es geschafft, ihn wirklich zu erschüttern. Er starrte sie an und er tat es auf eine Art, die ihr beinahe Angst machte.

»Woher ...?«

»In der Werkstatt«, sagte Rachel leise. »Dein ehemaliger Kamerad – Dimitri hieß er, glaube ich.«

Benedikt nickte. Sein Blick begann zu flackern. Er sah auf sonderbar beunruhigende Weise ... *ertappt* aus.

»Er nannte ihn deinen Vater, erinnerst du dich?«

»Du hast es gehört?«

»Ja.« Warum zum Teufel sagte sie ihm das? Wenn er wirklich das war, was sie mit diesen Worten anzudeuten versuchte, dann war dieses Eingeständnis so ziemlich das Dümmste, was sie überhaupt tun konnte. »Warum hast du es mir nicht gesagt?«

»Jetzt verstehe ich«, murmelte Benedikt. »Und da frage ich mich die ganze Zeit, warum du mir immer noch nicht traust.«

Er hätte weitergesprochen, aber in diesem Moment – fast wie einem Naturgesetz folgend dem ungünstigsten aller nur vorstellbaren – kam der Kellner und brachte die beiden Tassen Espresso. Als er ging, hatte sich Benedikt wieder gefangen. Das unsichere Flackern in seinem Blick war erloschen und seine Hände hatten aufgehört zu zittern.

»Es wäre leichter gewesen, wenn du mir die Wahrheit gesagt hättest«, bestätigte Rachel.

»Die Wahrheit?« Benedikt griff nach seiner Tasse und führte sie mit beiden Händen zum Mund, ohne jedoch zu trinken. »Manchmal gibt es Dinge, die man einfach nicht wahrhaben will«, sagte er bitter. »Außerdem wäre es nicht die Wahrheit gewesen. Darkov ist nicht mein Vater.«

»Oh, ich verstehe«, antwortete Rachel. »Er hat nur zufällig den gleichen Namen wie du.«

»*Ich* trage den gleichen Namen wie er«, sagte Benedikt. »Das ist ein Unterschied.« Er trank nun doch einen winzigen Schluck, stellte die Tasse zurück und starrte an Rachel vorbei ins Leere. »Pjotr Darkov ist nicht mein richtiger Vater«, begann er. »Er hat mich wie seinen eigenen Sohn aufgezogen, aber er hat mich nicht in dem Glauben gelassen, mein leiblicher Vater zu sein. Das hat nichts geändert – ich habe ihn trotzdem geliebt; vielleicht noch mehr, als wenn ich ihn für meinen Vater gehalten hätte. Ich bin bei ihm und seinen bezahlten Soldaten aufgewachsen. Alles, was ich weiß und kann, habe ich von ihm gelernt. Und bis gestern war ich sogar stolz darauf.«

»Bis gestern?«

»Bis ich gesehen habe, wozu er fähig ist.«

Schade. Sie hatte auf eine andere Antwort gehofft. Sie hatte darum *gebetet.* Aber die Zeiten, in denen ihre Gebete erhört wurden, waren wohl endgültig vorbei.

»Also gut.« Benedikt atmete so schwer ein wie ein Asthmatiker, der einen besonders schweren Anfall herannahen fühlt und weiß, dass der lebensrettende Inhalator unerreichbar weit weg ist. »Der Moment ist vielleicht nicht der beste, aber wahrscheinlich gibt es keinen guten Moment dafür. Den größten Teil der Geschichte kennst du ja bereits, aber ich erzähle dir jetzt den Rest. Wenn du willst, dass ich danach gehe und dich allein lasse, dann tue ich es.« Sein Blick löste sich von jenem imaginären Punkt im Nichts und fixierte Rachel. »Ich war einen Tag alt, als ich zu Darkov kam. Meine leiblichen Eltern wurden getötet, von einem fanatischen Priester, der glaubte, die Welt vor dem Antichrist retten zu müssen. Darkov hat mich gerettet, sonst hätte der Priester mich ebenfalls umgebracht. Kommt dir das bekannt vor?«

»Sollte es?«, fragte Rachel beunruhigt.

»Vielleicht«, antwortete Benedikt. »Vielleicht auch nicht.« Er lachte, ganz leise und so bitter, dass es sich mehr wie ein Schluchzen anhörte.

»Du fragst dich immer noch, warum ich meinen Vater verraten und mich gegen meine Kameraden gewandt habe, um dich zu beschützen, habe ich Recht? Ich will dir sagen, warum. In jener Nacht, in der Torben De Ville meine Eltern getötet hat, wurden *zwei* Kinder geboren. Ein Junge und ein Mädchen. Darkov hat mich in Sicherheit gebracht, aber De Ville ist mit dem anderen Kind entkommen. Er hat das Kind in eine kleine Stadt im Rheinland bringen lassen, wo es bei Pflegeeltern aufwachsen sollte, und um seine Spuren zu verwischen, hat er dafür gesorgt, dass am gleichen Tag noch vier weitere Säuglinge zu Pflegefamilien kamen.«

»Das … das ist nicht wahr«, murmelte Rachel.

»Ich fürchte, es ist wahr«, sagte Benedikt. »De Ville ist vermutlich der einzige Mensch auf der Welt, der weiß, welches der fünf Mädchen dasjenige ist, von dem in der Prophezeiung gesprochen wird. Aber es ist trotzdem die Wahrheit. Du willst wissen, warum ich dir helfe? Es gibt eine Chance von eins zu fünf, dass du meine Schwester bist, Rachel.«

11

Dank der Großzügigkeit, mit der der frisch verheiratete Marc Schneider seine Urlaubskasse ausgestattet hatte, waren sie zumindest fürs Erste nicht darauf angewiesen, sich auf illegale Weise Bargeld zu beschaffen. Die Summe, die sich in seiner Brieftasche fand, war mehr als ausreichend, zwei Bahntickets für jedes Fahrtziel innerhalb Italiens zu kaufen und ihnen auch darüber hinaus ein Polster zu verschaffen, mit dem sie schlimmstenfalls noch eine Woche durchhalten konnten – in einer Zeit, in der sich die allermeisten auf ihre EC- und Kreditkarten verließen und in der Bargeld nicht nur außer Mode zu kommen begann, sondern schon fast dazu angetan war, Misstrauen zu erwecken, war dies deutlich mehr, als sie hatten erwarten können.

Benedikt hatte sich dennoch geziert, mit der Bahn zu fahren, und eine ganze Weile hartnäckig darauf bestanden, einen Wagen zu nehmen (was zweifellos nichts anderes bedeutete, als ihn zu *stehlen*, wie Rachel annahm), und alle möglichen Argumente ins Feld geführt, die gegen dieses antiquierte, hoffnungslos veraltete und seiner Meinung nach viel zu langsame Beförderungsmittel sprachen, aber Rachel war stur geblieben.

Wie sich zeigte, vollkommen zu Recht. Die Bahn *war* alt, hoffnungslos überfüllt und tatsächlich so langsam, wie Benedikt behauptet hatte; aber mit dem Wagen hätten sie es wahrscheinlich nicht einmal geschafft, Rom zu verlassen.

Der Verkehr auf der Autobahn war praktisch zum Erliegen gekommen. Nachdem sie Rom hinter sich gelassen hatten, führte die Bahntrasse zum größten Teil durch hügeliges, stark bewaldetes Gebiet, das allmählich anstieg, je weiter sie nach Norden kamen, aber zuvor fuhren sie an einer schier endlosen Kolonne aus Automobilen vorbei, die sich Stoßstange an Stoßstange über die Autobahn quälten; sofern sie überhaupt von der Stelle kamen.

Obwohl sie Fahrscheine der ersten Klasse gelöst hatten, bekamen sie während der ersten Stunde nicht einmal einen Sitzplatz; von einem eigenen Abteil gar nicht zu reden. Benedikt nahm es mit derselben stoischen Gelassenheit hin, mit der er auf nahezu alles unterhalb eines angreifenden Kampfhubschraubers oder eines wild gewordenen Königstigers, der ein Einzimmerapartment mit ihm teilte, reagierte, aber bei Rachel meldete sich vollkommen absurderweise ihr schlechtes Gewissen. Das Geld, das sie für die Karten ausgegeben hatten, war gestohlen und sie fand es irgendwie doppelt schlimm, es nun für etwas ausgegeben zu haben, wofür sie keine Gegenleistung bekamen.

Nachdem sie Rom passiert hatten, fuhren sie mit immer weniger Zwischenstopps nach Norden und allmählich wurde es ein wenig besser. Der Zug war noch immer überfüllt, aber es stiegen nun immerhin mehr Leute aus als ein, und nach einer weiteren Stunde herrschte zumindest auf den Gängen nicht mehr ein solches Chaos, dass sie nicht einmal eine Chance hatten, auch nur in den Wagen zu kommen, in dem sich ihre reservierten Sitzplätze befanden. Benedikt vollbrachte sogar ein kleines Wunder, indem er irgendwo einen Schaffner auftrieb und so lange mit ihren Fahrkarten in der Luft herumfuchtelte, bis er sie zu dem entsprechenden Abteil begleitete und wenigstens versuchte ihre – selbstverständlich okkupierten – Plätze für sie frei zu machen. Das Ergebnis waren ein Geschrei wie bei der Schlacht von Anzio und eine Stimmung, die plötzlich gar nicht mehr mediterran fröhlich, sondern eindeutig *gewaltbereit* war; und nach kaum einer Minute winkte Benedikt den Schaffner zurück. Der Mann verließ rasch und ohne ein weiteres Wort das fragliche Abteil und knallte die Tür hinter sich zu. Die Feindseligkeit in seinem Blick galt nicht seinen Landsleuten, mit denen er sich gerade gezwungenermaßen herumgestritten hatte, sondern den beiden deutschen Passagieren.

»Schon gut«, sagte Benedikt. »Wir gehen in den Speisewagen.«

Rachel hatte nichts dagegen einzuwenden. Das Abteil, vor dem sie standen, bot Platz für acht Personen, war aber von zehn besetzt und es wäre vermutlich nicht besonders geschickt, nach dem Zwischenfall von gerade dort hineinzugehen. Manchmal hatte es durchaus Nachteile, im Recht zu sein. Sie bezweifelte, dass sie im Speisewagen einen Sitzplatz bekommen würden, aber letztendlich war es gleich, wo sie herumstanden – solange es nicht hier war. Der Zug kam deutlich langsamer voran als gewohnt, aber es konnte trotzdem kaum noch länger als eine Stunde dauern, bis sie Norcia erreichten.

Sie hatte Recht – der Speisewagen war nicht ganz so überfüllt wie der Rest des Zuges, aber es gab auch hier keine Sitzplätze; jedenfalls so lange nicht, bis Benedikt einen weiteren Teil ihrer verbliebenen Barschaft investierte, um einen Kellner zu bestechen. Der Ausdruck in den Augen des Mannes war pure Verachtung – was ihn allerdings nicht daran hinderte, das Geld zu nehmen und sie an den nächsten frei werdenden Tisch zu begleiten.

»Manchmal hat der Kapitalismus auch Vorteile«, sagte Benedikt mit einem schwachen Grinsen, während sie Platz nahmen.

»Solange man mit gestohlenem Geld bezahlen kann, meinst du?«

Benedikt grinste weiter, aber sie spürte, dass sie ihn getroffen hatte – was gar nicht ihre Absicht gewesen war. Sie hatte immer noch dieses absurd schlechte Gewissen.

»Wenn es dich beruhigt« – Benedikt griff nach der Speisekarte –, »werde ich den beiden den Verlust auf Heller und Pfennig ersetzen. Das Bargeld, die Flugkarten, die Koffer samt Inhalt und die ausgefallenen Urlaubsfreuden. Ich habe ihre Adresse. Wenn alles vorbei ist, schicke ich ihnen einen Scheck – plus Zweihundert-Prozent-Bonus.«

»Du musst ja ziemlich vermögend sein«, sagte Rachel, eigentlich nur, um überhaupt etwas zu sagen.

»Ich besitze keinen roten Heller«, antwortete Benedikt.

»Und woher willst du dann das Geld nehmen?«

Benedikt hob die Schultern. »Keine Ahnung«, gestand er. »Ich schätze, ich werde es stehlen.«

Gegen ihren Willen musste Rachel lachen. Sie sah ihm noch eine Weile mit unverhohlener Schadenfreude zu, wie er vollkommen hilflos die Speisekarte studierte, dann nahm sie ihm das in Plastik eingeschweißte Blatt aus der Hand, winkte den Kellner herbei und bestellte zwei Portionen Rühreier mit Schinken, indem sie mit dem Zeigefinger darauf tippte, und zwei Kaffee.

»Du hast mich belogen«, sagte Benedikt stirnrunzelnd. »Du sprichst doch mehr als fünf Wörter Italienisch.«

»Keineswegs«, antwortete Rachel. »Ich habe mich durch die Speisekarte getippt, bis ich etwas halbwegs Genießbares gefunden habe.

Seither bestelle ich jedes Mal dasselbe, wenn ich mit diesem Zug fahre.«

»Tust du das oft?«

Rachel schwieg einen Moment. »Was tun wir hier?«, fragte sie dann. »Treiben wir Konversation oder versuchst du mich auszuhorchen?«

Benedikt sah einen Moment aus dem Fenster, ehe er antwortete, und als er es tat, sah er nicht sie an, sondern ihr geisterhaftes Konterfei in der Fensterscheibe. »Was soll ich noch tun, damit du mir traust?«

»Vielleicht endlich aufhören, Fragen zu stellen«, sagte Rachel.

»Es wäre einfach nur leichter, wenn ich wüsste, wohin wir fahren«, antwortete Benedikt. Es klang nicht wirklich verletzt, aber ein wenig verärgert. »Deine Vorsicht ist in Ordnung. Aber es wäre leichter, wenn ich unser endgültiges Ziel kennen würde. Vielleicht weiß ich ja einen schnelleren Weg dorthin. Ich bin wirklich gut in solchen Dingen.«

»Es gibt keinen schnelleren Weg«, sagte Rachel. Das Thema war damit für sie erledigt, aber für Benedikt offenbar nicht. Er löste seinen Blick von dem Geisterbild auf der Scheibe und dem tobenden Unwetter dahinter, sah ihr direkt ins Gesicht und setzte zu einer Art von Antwort an. Aber dann brach er plötzlich ab und sah konzentriert an ihr vorbei. Sie war nicht ganz sicher, ob der Ausdruck auf seinem Gesicht Schrecken war. Nicht ganz, aber doch beinahe.

Rachel wollte sich herumdrehen, aber Benedikt legte ihr rasch die Hand auf den Unterarm und schüttelte ganz leicht den Kopf.

»Nicht«, flüsterte er.

Wie war das? Die sicherste Methode, jemanden in Panik zu versetzen, bestand darin, ihm zu versichern, dass kein Grund zur Panik bestand?

»Was ist los?« Immerhin brachte sie es fertig, leise zu reden und sich tatsächlich nicht herumzudrehen.

Benedikt ließ beunruhigend viele Sekunden verstreichen, ehe er antwortete. »Nichts«, sagte er. »Ich dachte, ich hätte jemanden gesehen, aber ich muss mich wohl getäuscht haben.« Er zwang sich zu einem nervösen Lächeln. »Anscheinend werde ich allmählich paranoid.«

Rachel zog ihre Hand unter seinen Fingern hervor und drehte sich halb im Stuhl herum. Der Speisewagen war so voll wie bisher. Sämtliche Tische waren besetzt und etliche Fahrgäste standen noch da und warteten darauf, dass ein Platz frei wurde; die meisten waren schon hier gewesen, als sie kamen.

»Ich sehe nichts Auffälliges.«

»Ich auch nicht«, behauptete Benedikt. »Ich sagte doch, ich habe mich geirrt.«

Rachel sah ihn durchdringend an. »Du hast immer noch Angst, dass sie uns finden.«

»Nein«, antwortete Benedikt. »Das ist völlig unmöglich. Jedenfalls nicht so schnell.« Er klang nicht überzeugt.

Der Kellner kam und brachte das bestellte Essen. Benedikt bezahlte sofort und er ließ sich übermäßig viel Zeit damit, was seine Antwort noch einmal zusätzlich relativierte. Aber es machte Rachel auch klar, dass er nicht weiter über dieses Thema reden würde. Und vielleicht hatte er ja sogar Recht. Sie hatten ihre Spuren verwischt, so gut es ging. Ganz bestimmt alles andere als perfekt, aber ganz bestimmt auch gut genug, um ihnen ein paar Stunden Vorsprung zu verschaffen. Mehr brauchten sie nicht. Selbst unter ungünstigen Umständen waren sie in längstens einer Stunde in Norcia und zwei Stunden später bei Uschi. Nein, er hatte völlig Recht. Vielleicht war er ja nicht der Einzige hier, der allmählich paranoid wurde.

Sie begann lustlos in ihrem Essen herumzustochern, aber schon nach den ersten Bissen merkte sie, wie hungrig sie war. Wie lange war es her, dass sie das letzte Mal vernünftig gegessen hatte? Annähernd vierundzwanzig Stunden? Im Moment jedenfalls fühlte sie sich, als wären es vierundzwanzig *Tage* gewesen.

Sie musste sich beherrschen, um einigermaßen gesittet zu essen und nicht zu schlingen. Benedikt sah ihr mit einem Ausdruck leiser Missbilligung dabei zu, enthielt sich aber jeden Kommentars und begann schließlich ebenfalls zu essen.

Rachel hatte nicht das Gefühl, wirklich gesättigt zu sein, als sie fertig war. Benedikt hatte seine Portion kaum zur Hälfte vertilgt, legte aber das Besteck aus der Hand. Rachel musterte seinen Teller mit verstohlener Gier und Benedikt deutete ein Kopfschütteln an und schob ihr den Teller zu. Sie nahm das Angebot ohne zu zögern an und verputzte auch die zweite Portion in Rekordzeit.

»Dein Appetit hat jedenfalls nicht gelitten«, sagte er, als sie fertig war und mit einem gewaltigen Schluck Kaffee nachspülte.

»Warum auch? So wie es aussieht, brauche ich mir um meine Figur wohl kaum noch Sorgen zu machen.«

»Und wenn ich wüsste, dass morgen die Welt unterginge –«

»– würde ich heute noch einen Apfelbaum pflanzen«, führte Rachel den Satz zu Ende. »Ich kenne das Zitat. Fromme Sprüche helfen uns im Moment leider nicht weiter, weißt du?«

»Nein«, antwortete Benedikt. »Das weiß ich nicht. Vielleicht sind fromme Sprüche im Moment das Einzige, was uns noch hilft. Da, wo ich aufgewachsen bin, ist man der Meinung, dass an den meisten dieser *frommen Sprüche* was dran ist.«

»Warum erzählst du mir nichts davon?«

»Von frommen Sprüchen?«

»Von deinem Vater.« Sie war nicht sicher, dass dies die richtige Bezeichnung war, und fügte hinzu: »Darkov.«

Sie rechnete nicht wirklich damit, eine Antwort zu bekommen, aber Benedikt hob nur die Schultern und begann in seinem Kaffee zu rühren. »Da gibt es nicht viel zu erzählen«, sagte er. »Ich meine: Wenn du jetzt erwartest, dass ich dir eine rühmliche Geschichte von einem tyrannischen Vater und einem Jungen erzähle, der um seine Jugend betrogen worden ist, dann muss ich dich enttäuschen. Darkov ist ein harter Mann. Ein sehr harter Mann sogar. Aber er war trotzdem ein guter Vater. Ich hatte eine Jugend, um die mich die allermeisten Jungen beneidet hätten – jedenfalls kam es mir damals so vor.«

Rachel sah ihn fragend an.

»Ich bin unter Soldaten aufgewachsen«, sagte Benedikt. Er begann mit seiner Tasse zu spielen. »Es war eine reine Männerwelt, weißt du? Ich hatte keine Mutter, aber dafür zwei Dutzend Väter. Es war ein bisschen wie in einem Sommerlager der Pfadfinder, verstehst du? Nur dass es zwanzig Jahre gedauert hat.«

»Das klingt ja richtig wildromantisch«, sagte Rachel.

»Das war es«, antwortete Benedikt ernst. »Es war ein einziges großes Abenteuer.«

»Und es hat dir nichts ausgemacht? Immerhin hat er deine Eltern getötet.«

»Wer sagt, dass er es getan hat?« Benedikt trank einen Schluck, vermutlich um Zeit zu gewinnen. »Nein, es hat mir nichts ausgemacht«, sagte er dann. »Außerdem bin ich ganz und gar nicht sicher, dass es Darkov war.«

»Ich nehme an, er hat dir erzählt, De Ville habe deine Eltern getötet.«

»Du hast De Ville kennen gelernt«, erwiderte Benedikt, womit er einer direkten Antwort auswich. »Besser als ich. Traust du ihm einen Mord zu?«

»Nein«, antwortete Rachel nach kurzem Überlegen.

»Siehst du«, sagte Benedikt, »so geht es mir mit Darkov. Ich weiß, es klingt absurd. Pjotr Darkov ist ein Söldnergeneral. Kämpfen und Töten ist sein Geschäft. Aber er ist trotzdem kein Mörder.«

»Das ist doch absurd.«

»Und selbst wenn es so wäre«, fuhr Benedikt unbeeindruckt fort. »Was ist mit deinen Eltern? Deinen *leiblichen* Eltern, meine ich.«

»Was soll damit sein?« Plötzlich verstand sie, worauf er hinauswollte. »He, es ist noch gar nicht gesagt, dass *ich* dieses zweite Kind bin, das damals geboren wurde. Du hast es selbst gesagt: Es gibt eine Chance von eins zu fünf.«

»Das meine ich nicht. Sie haben dir nie verschwiegen, dass sie nicht deine wirklichen Eltern sind, nicht wahr? Du wusstest von Anfang an, dass du ein Adoptivkind bist.«

»Seit ich acht Jahre alt war«, sagte Rachel. »Sie wollten es mir vorher nicht sagen, weil sie Angst hatten, dass es ein Schock für mich wäre.«

»Und?«, wollte Benedikt wissen. »War es das?«

»Nein«, antwortete Rachel. »Es hat mir nichts ausgemacht. Und es macht mir auch jetzt noch nichts aus. Ich denke, es spielt keine Rolle, wer mich gezeugt und auf die Welt gebracht hat. Die Menschen, bei denen ich aufgewachsen bin, sind meine Eltern. Die mir ihre ganze Liebe geschenkt haben.«

»Und warum sollte es bei mir anders sein?«, fragte Benedikt.

Sie war ihm in die Falle getappt, keine Frage. Der Gedanke machte sie wütend. Und der Umstand, dass ihr nicht sofort eine passende Erwiderung einfiel, machte sie noch wütender.

»Das ist ein Unterschied«, sagte sie. »Ich musste nie annehmen, dass sie meine wirklichen Eltern umgebracht haben.«

»Ich auch nicht«, sagte Benedikt. »Was glaubst du? Dass er mich irgendwann zur Seite genommen und gesagt hat: Ach übrigens, Benedikt, ich habe damals deine Eltern umgebracht, aber so was kommt nun mal vor?« Er lachte. »Ganz so einfach war das nicht. Und wer –«

Ein harter Ruck ging durch den Zug. Das Geräusch von Metall, das auf Metall kreischte, vermischte sich mit den teils überraschten, teils zornigen Schreien aus einem Dutzend Kehlen, dem Klirren von Glas und dem Scheppern von zerbrechendem Porzellan, und Rachels Tasse prallte gegen ihren Teller und fiel um. Benedikt hatte weniger Glück: Sein Kaffee machte sich selbstständig und verabschiedete sich über die Tischkante, um sich zielgenau in seinen Schoß zu ergießen, woraufhin Benedikt mit einem Schrei aufsprang und um ein Haar das Gleichgewicht verloren hätte.

Der Zug rutschte auf blockierenden Rädern weiter. Unter dem Fenster, an dem Rachel saß, stoben tatsächlich Funken hoch und das Kreischen von Eisen auf Eisen wurde so schrill, dass es fast in den Zähnen wehtat. Überall zerbrach Geschirr. Etliche Passagiere verloren das Gleichgewicht und stürzten, und dem Getöse nach zu urteilen musste hinter ihr ein kompletter Tisch zusammenbrechen.

Rachel stemmte die Hände gegen die Tischkante und die Füße gegen den Boden, um nicht ebenfalls nach vorne geschleudert zu werden. Die Anstrengung überstieg fast ihre Kräfte. Der Zug verzögerte mit einer Gewalt, die sie vorher nicht einmal für möglich gehalten hätte. Obwohl sie die Arme mit aller Macht durchzudrücken versuchte, wurde sie so wuchtig gegen die Tischkante gepresst, dass ihr die Luft wegblieb.

Es dauerte nur ein paar Sekunden, aber als der Zug schließlich zum Stehen kam, war das Speisewagenabteil vollkommen verwüstet. Es gab einen zweiten, nur wenig sanfteren Ruck, der auch noch das letzte Geschirr von den Tischen schleuderte und noch mehr Passagiere von den Füßen riss, und auch Rachel hielt sich nur noch mit Mühe auf ihrer Sitzbank. Benedikt stürzte nach vorne, fiel halbwegs über den Tisch und stemmte sich so schnell wieder in die Höhe, dass er nun auch noch die Decke herunterriss, griff mit der linken Hand nach dem Fenster und schob es mit einem Knall auf. Wind und nadelspitzer eisiger Regen schlugen ihr wie eine Hand mit einem kalten Stachelhandschuh ins Gesicht, aber Benedikt beugte sich ohne zu zögern vor und streckte Kopf und Schultern aus dem Fenster.

»Was ist los?«, rief Rachel. »Was ist passiert? *Benedikt!*«

Er antwortete nicht und sie bezweifelte auch, dass er ihre Stimme überhaupt gehört hatte. Das Kreischen der blockierenden Räder war verstummt, aber im Zug herrschte noch immer ein Höllenlärm, der sogar mit jedem Moment schlimmer zu werden schien. Erst nach endlosen Sekunden zog Benedikt den Kopf zurück und richtete sich wieder auf. Sein Haar troff vor Nässe und sein Gesicht war hochrot.

»Was ist los?«, fragte sie noch einmal.

Sie bekam noch immer keine Antwort und diesmal war sie sogar *sicher*, dass er sie gar nicht gehört hatte. Er wich einen Schritt zurück und sah sich hektisch um. Seine Haltung wirkte mit einem Mal angespannt und in seinen Augen war wieder dieser Raubtierblick, der ihr solche Angst machte.

Rachel wollte sich zur Seite wenden, um ebenfalls aus dem Fenster zu sehen, aber Benedikt packte sie plötzlich am Unterarm und zerrte sie mit solcher Gewalt in die Höhe, dass sie vor Schmerz die Luft zwischen den Zähnen einsog. Grob, um nicht zu sagen brutal, wirbelte er sie herum und versetzte ihr einen Stoß, der sie auf den Ausgang zustolpern ließ.

Es waren nur ein paar Schritte, aber sie war nicht einmal sicher, dass sie sie schaffen würde. Vor dem Ausgang herrschte ein heilloses Gedränge und auf dem Weg dorthin musste sie über etliche gestürzte Fahrgäste hinwegsteigen, die nicht gerade begeistert darauf reagierten, ihren Fuß in den Magen oder ins Gesicht zu bekommen. Ohne Benedikts Hilfe wäre es ihr vermutlich nicht einmal gelungen, die Tür zu erreichen, geschweige denn in den Vorraum zu gelangen.

Benedikt bahnte ihnen rücksichtslos einen Weg. Er stieß zwei oder drei Männer einfach zu Boden und benutzte dann seine Schultern, um den Rest des Weges frei zu rammen.

Draußen herrschte ein fast noch größeres Chaos, aber die Menschenmenge floss fast ebenso schnell ab, wie sie aus dem vorderen Teil des Zuges nachströmte. Beide Türen standen offen und Benedikt musste jetzt keine Gewalt mehr anwenden: Sie wurden von der Menschenmenge einfach mitgerissen und stolperten aus dem Zug, ob sie wollten oder nicht. Rachel taumelte ein paar Schritte weit vom Zug weg, verlor irgendwie Benedikts Hand und drehte sich hastig herum, um nach ihm zu suchen.

Nahezu sämtliche Türen des Zuges waren aufgegangen und Dutzende, wenn nicht Hunderte von Fahrgästen strömten ins Freie. Sie konnte Benedikt im ersten Moment nicht sehen, obwohl sie seine Hand noch vor einem Augenblick auf der Haut gefühlt hatte, aber das war nicht weiter erstaunlich. Die Menschenmenge, in der sie sich befand, war noch nicht wirklich in Panik, aber auch nicht mehr besonders weit davon entfernt, und für einen Moment drohte die hysterische Stimmung auch auf sie überzugreifen.

Dann war Benedikt plötzlich wieder neben ihr, genauso schnell und scheinbar aus dem Nichts auftauchend, wie er gerade darin verschwunden war. Er sah nervös aus. Das Flackern war noch immer in seinem Blick, jetzt aber zusammen mit einem deutlichen Ausdruck von Sorge, der auch nicht unbedingt zu Rachels Beruhigung beitrug.

»Wo warst du?«, fragte sie.

»Weiter vorne. Etwas überprüfen.« Er machte eine entsprechende Kopfbewegung und griff gleichzeitig wieder nach ihrem Arm, wenn auch diesmal nicht annähernd so grob wie gerade. »Komm.«

Rachel wusste, wie sinnlos jeder Widerstand war, wenn sich Benedikt in dieser Stimmung befand, und im Grunde war sie sogar froh, aus der Nähe des Zuges und der immer noch anwachsenden Menschenmenge zu entkommen. Die Stimmung näher kommender Panik nahm zu. Sie hatte das Gefühl, sich inmitten eines Pulverfasses zu befinden, in dessen unmittelbarer Nähe jemand mit ausführlichen Schweißarbeiten begonnen hatte.

»Was ist denn nur passiert?«, fragte sie, bekam aber auch jetzt keine Antwort. Benedikt konnte auch gar nicht antworten, denn er war voll und ganz damit beschäftigt, sie mit einer Hand hinter sich herzuziehen, während er mit der anderen einen Weg für sie beide durch die Menge bahnte, wobei er seine enormen Körperkräfte ebenso rücksichtslos einsetzte wie gerade, als sie sich durch den Speisewagen gekämpft hatten. Rachel hatte Mühe, überhaupt mit ihm Schritt zu halten, während sie über die Schienen und die vielleicht fünf Meter hohe, aber steil ansteigende Böschung daneben stolperten.

Ihr Rand war von Büschen und einer Anzahl kleiner, in fast regelmäßigem Abstand wachsender Krüppelkiefern gesäumt, die ihrem Namen alle Ehre machten, und nur ein paar Meilen dahinter erhob sich die grünbraun marmorierte Wand eines Waldes.

Unter normalen Umständen hätten sie nur wenige Augenblicke gebraucht, um die Böschung zu überwinden, selbst ohne zu rennen. Jetzt stürzte sie auf dem schmierseifenglatten Gemisch aus Gras und Morast allein drei Mal, bevor sie die Hälfte der Böschung überwunden hatte, und die andere Hälfte legte sie auf beiden Knien und einer Hand zurück; an der anderen hielt Benedikt sie weiter gepackt und zerrte sie einfach hinter sich her. Er ließ erst los, als sie oben auf der Böschung und hinter der Deckung eines üppig wachsenden Busches war.

»Verdammt noch mal, bist du verrückt?« Rachel riss ihre Hand zurück, obwohl er ihren Arm längst losgelassen hatte, und massierte ihr schmerzendes Gelenk. »Was soll das?«

Benedikt deutete mit derselben Hand, mit der er sie gerade hinter sich hergezerrt hatte, die Böschung hinab und ein Stück nach links. Rachels Blick folgte seiner Geste.

Aus ihrem Zorn wurde ein jähes Gefühl von Schwerelosigkeit, das sich von ihrem Magen ausgehend fast explosionsartig in ihrem Körper ausbreitete, als befänden sich alle ihre inneren Organe plötzlich auf einem Sturz ins Nirgendwo.

Die Geleise führten in einem sanft geschwungenen Bogen zwischen den ansteigenden Hügeln hindurch, die die Landschaft hier am südlichen Rand der Apenninen bestimmten. Nicht allzu weit entfernt überspannte eine aus Bruchstein gemauerte Bogenbrücke ein schmales, aber tief eingeschnittenes Tal, in dem sich bisher wohl ein kleiner Fluss entlanggeschlängelt hatte.

Jetzt war aus dem schmalen Flüsschen ein reißender Strom geworden, dessen schlammigbraune Fluten sich donnernd talwärts bewegten, und die Brücke – war verschwunden.

Zwei der ehemals fünf oder sechs Bögen waren noch vorhanden, von einem dritten stand nur noch ein Fragment, über dem sich die verdrehten Enden abgerissener Eisenbahnschienen in den Himmel reckten. Die Stoßfänger der rot lackierten Elektrolok befanden sich weniger als fünfzig Meter von der Einsturzstelle entfernt.

»Das war knapp«, murmelte Rachel. Sie zitterte innerlich immer noch vor Schrecken. Wenn der Lokführer auch nur wenige Sekunden später oder einen Deut langsamer reagiert hätte …

»Knapper, als du denkst.« Benedikt deutete mit einem grimmigen Schürzen der Lippen auf die eingestürzte Brücke. »Fällt dir nichts auf? Sieh genau hin.«

Rachel tat, worum er sie gebeten hatte. Was sie sah, jagte ihr einen neuen, eiskalten Schauder über den Rücken. Der Zug war gerade noch einmal davongekommen und vermutlich begriff der Großteil der Fahrgäste selbst jetzt noch nicht, *wie* knapp sie einer verheerenden Katastrophe entgangen waren. Dennoch war sie sicher, dass Benedikt mit seinen Worten etwas vollkommen anderes gemeint hatte.

»Der Fluss hat die Brücke zum Einsturz gebracht«, sagte sie. »Und?«

Benedikt schüttelte den Kopf. »Hat er nicht. Sieh genau hin. Dort drüben, am anderen Ufer. Siehst du die Steine?«

Rachel gehorchte abermals und sie sah, was Benedikt meinte. Auf dem schlammigen Ufer waren Betonbrocken, Trümmer und zerborstener Fels verteilt, als hätte es Steine geregnet.

»Und?«

»Das war nicht der Fluss«, behauptete Benedikt. »Diese Brücke ist gesprengt worden.«

»Gesprengt? Bist du sicher?«

»Vollkommen«, sagte Benedikt. »Ich weiß, wie so etwas aussieht.«

Vermutlich, weil er es selbst oft genug getan hatte, dachte Rachel. »Aber wer sollte …?«

Was für eine dumme Frage. Benedikt machte sich nicht einmal die Mühe, darauf zu antworten.

»Ich begreife das nicht«, murmelte er. »Wie können sie wissen, wo wir sind?«

»Du meinst, es waren deine Leute.« Auch das war keine Frage, sondern eine Feststellung, und auch darauf machte sich Benedikt nicht einmal die Mühe zu reagieren. Vielleicht hatte er sie gar nicht zur Kenntnis genommen. Rachel konnte regelrecht sehen, wie sich die Gedanken hinter seiner Stirn jagten.

»Wir müssen verschwinden«, sagte er, nicht an Rachel gewandt, sondern mit leiser, fast verzweifelter Stimme an sich selbst. »Wenn ich nur wüsste, was sie vorhaben. Und wie sie uns so schnell finden konnten.«

»Verschwinden?« Rachel kramte in ihren Gedanken, um sich wenigstens ungefähr zu orientieren. Sie schüttelte den Kopf. »Aber wohin denn? Die nächste größere Stadt ist Stunden entfernt!«

»Die nächste größere Stadt ist maximal zehn Minuten von der nächsten Straße entfernt«, verbesserte Benedikt sie; eine Einschätzung, die ihr mindestens ebenso übertrieben optimistisch erschien wie ihre eigene Behauptung pessimistisch. »Aber das würde nichts nutzen. Sie würden uns dort genauso finden wie hier.«

»Oder bei Uschi«, fügte Rachel hinzu. Sie gestand sich ein, dass sie einen schweren Fehler gemacht hatte, mit Benedikt hierher gekommen zu sein. Sie hatte in bester Absicht gehandelt. Sie war der Meinung gewesen – und war es immer noch –, dass Uschi in Gefahr war, und wenn sie tatsächlich auf Darkovs Liste stand, dann war diese Einschätzung vermutlich nur zu realistisch. Dennoch: Sie hätte nicht kommen sollen. Uschi zu warnen war allenfalls der zweitbeste Dienst, den sie ihr erweisen konnte. Der bessere wäre gewesen, sie in ihrer Anonymität zu belassen.

Aber nun war es zu spät. Irgendetwas sagte ihr, dass es auch nichts mehr nutzen würde, auf der Stelle kehrtzumachen und nach Hause zu fahren. Sie hatte die Verfolger hierher geführt und sie würden Uschi nun so oder so finden. Alles, was ihr noch blieb, war, *vor* ihnen bei Uschi zu sein, um sie zu warnen.

»Wie, verdammt?« Benedikt schüttelte immer wieder den Kopf und sah an sich herab. Schließlich begann er, mit spitzen Fingern seine Kleider abzutasten.

»Du glaubst, sie haben dir eine Wanze angehängt?«

»Nein«, sagte Benedikt. »Aber es ist die einzige Erklärung, die mir im Moment einfällt.«

»Vielleicht waren sie deshalb auch beim ersten Mal so schnell da«, sagte Rachel. »Auf dem Schrottplatz.«

»Hm«, machte Benedikt. Er fuhr fort, seine Kleider abzutasten, schnell, aber sehr gründlich und ohne den geringsten Erfolg. Schließlich zog er sogar seine Schuhe aus, nahm sie ausgiebig in Augenschein und riss zum Schluss beide Absätze ab. Das Ergebnis war ein Paar ruinierter Schuhe, aber sonst nichts.

»Nichts.«

»Was hast du erwartet?«, fragte Rachel spöttisch. »Einen schwarzen Kasten, auf dem eine orangerote Leuchtanzeige ›Peilsender‹ blinkt?« Sie schüttelte den Kopf. »Sogar ich weiß, wie klein man die Dinger heute bauen kann.«

Benedikt starrte sie an, auf eine sehr eigentümliche Art und Weise. Hinter seiner Stirn arbeitete es immer noch und immer noch sichtbar, nun aber in eine vollkommen andere Richtung.

»Habe ich etwas Falsches gesagt?«, fragte Rachel.

»Nein«, antwortete Benedikt nachdenklich. »Vielleicht das einzig Richtige.« Er starrte sie noch eine weitere Sekunde auf dieselbe, beunruhigende Art an, dann schlüpfte er wieder in seine ruinierten Schuhe und zog dafür die Jacke aus.

»Was wird das?«, erkundigte sich Rachel.

Statt zu antworten, warf Benedikt ihr die schwarze Lederjacke zu – das einzige Kleidungsstück, das er nicht untersucht hatte, weil es nicht nötig war; da er sie dem unglückseligen Flitterwöchner in Brüssel abgenommen hatte, bestand kaum die Gefahr, dass sie verwanzt war – knöpfte sein Hemd auf und riss mit einer einzigen Bewegung den linken Ärmel ab.

»Auch auf die Gefahr hin, dass du mich jetzt für krankhaft neugierig hältst«, sagte Rachel, » was machst du da?«

Benedikt verzog die Lippen zu einem Grinsen, das Rachel einen weiteren eisigen Schauer über den Rücken laufen ließ, und begann damit, den Hemdsärmel in fünf Zentimeter breite Streifen zu reißen. Als er damit fertig war, griff er hinter sich und zog einen zehn Zentimeter langen, mattschwarzen Messergriff aus dem Gürtel, aus dem er eine beidseitig geschliffene Klinge von sonderbarer Farbe schnappen ließ.

»Wie hast du das Ding durch die Kontrolle am Flughafen gebracht?«, fragte Rachel erstaunt. *Und was zum Teufel hatte er damit vor?*

»Kein Problem«, antwortete Benedikt. »Plastik. Eine spezielle Polymerverbindung, die auf keinem Radar- oder Ultraschalldetektor erscheint, dabei aber härter ist als Stahl. Und übrigens nicht im Versandhauskatalog erhältlich.«

Er grinste wieder, hob den linken Arm und spannte den Bizeps an. Dann führte er die Spitze der Messerklinge mit einer raschen, halbkreisförmigen Bewegung über den Muskel. Rachel erstarrte vor Entsetzen.

Die Klinge drang ziemlich tief ein; kein oberflächlicher Schnitt, der nur die Haut ritzte, sondern eine gut anderthalb Zentimeter tiefe Wunde; was nach wenig klang, aber grässlich tief war und noch grässlicher schmerzen musste – vor allem, da er sich diese Verletzung selbst zufügte.

Rachels Magen begann zu revoltieren, als sie sah, wie zähflüssiges dunkles Blut aus der Wunde quoll und ein asymmetrisches Streifenmuster auf Benedikts Arm hinterließ, bevor es zu Boden tropfte. Benedikt führte den Schnitt nicht nur scheinbar ungerührt weiter, sondern schien mit der Messerspitze auch noch genüsslich in der Wunde herumzuwühlen.

»Was … was tust du da?«, fragte Rachel mühsam. Ihr Magen zog sich zu einem harten Klumpen zusammen, der sich viel weiter oben in ihrem Körper zu befinden schien, als er sein sollte, und unter ihrer Zunge sammelte sich bittere Galle. Wenn sie noch länger zusah, das spürte sie, dann würde sie sich übergeben müssen. Aber zugleich war es ihr auch beinahe unmöglich, den Blick von dem grausigen Geschehen zu lösen.

»Gleich«, antwortete Benedikt. »Ich bin … gleich so weit.« Seine Stimme zitterte und wer immer seine wirklichen Eltern waren, er war auf keinen Fall in direkter Linie mit Winnetou oder irgendeinem anderen nordamerikanischen Indianer verwandt, denn er spürte eindeutig Schmerz. Sein Gesicht hatte alle Farbe verloren und auf seiner Stirn glänzte jetzt Schweiß, nicht mehr nur Regentropfen. Dennoch fuhr er noch einige Sekunden fort, voller Begeisterung in der Wunde herumzupulen, die er sich selbst zugefügt hatte.

Endlich atmete er erleichtert auf und zog die Messerspitze aus der Wunde. Auf dem metallartigen grauen Kunststoffmaterial schimmerte frisches Blut – und etwas von der ungefähren Größe und Form einer Knopfbatterie. Benedikt stieß hörbar die Luft zwischen den Zähnen aus und legte das Messer ins Gras. Die Wunde in seinem Arm begann heftiger zu bluten, als er die Faust öffnete und den Muskel entspannte.

»Da haben wir den Verräter«, sagte er. Es sollte wohl scherzhaft klingen, aber das tat es nicht.

»Moment mal!«, sagte Rachel. Sie beugte sich vor, neugierig und angeekelt zugleich. »Du meinst, dieses … *Ding* ist eine Wanze?«

»Das Wort Peilsender wäre mir lieber«, sagte Benedikt. »Vor allem, wenn man bedenkt, wo es bis jetzt war.«

»Aber das ist doch nicht möglich«, murmelte Rachel.

»Du hast es doch selbst gesagt«, gab Benedikt zurück. Er nahm einen der Stoffstreifen zur Hand, die er gerade aus seinem Hemd gerissen hatte, und begann sich selbst zu verbinden. »Sogar du weißt, wie klein man die Dinger heute bauen kann.«

»Aber wie bist du auf die Idee gekommen?«

»Frag lieber, wieso ich nicht gleich und von selbst darauf gekommen bin«, antwortete Benedikt. Er klang leicht verärgert. »Es war die einzige Möglichkeit. Kleider und Schuhe kann man wechseln oder auch verlieren. Aber dass einem ein Arm abhanden kommt, passiert zumindest nicht, ohne dass man es bemerkt.«

Er sprach langsam und schleppend und manchmal mit großen Pausen zwischen den Worten. Er ging schnell und sichtbar routiniert dabei zu Werke, sich selbst zu verbinden, aber er hatte offenkundig große Schmerzen. Rachel wäre nicht besonders erstaunt gewesen, wenn er im nächsten Moment in Ohnmacht gefallen wäre.

»Und du hast auch nicht gemerkt, dass man dir dieses Ding eingesetzt hat?«

»Natürlich habe ich es gemerkt«, antwortete Benedikt ruppig. Er griff nach einem weiteren Stoffstreifen, musste aber einen Moment innehalten, um neue Kraft zu schöpfen.

»Vor einem Jahr«, fuhr er nach ein paar Sekunden fort. »Ein Auftrag im Sudan, nicht nur mitten im Kriegsgebiet, sondern auch in einer der ergiebigsten Gegenden Afrikas, wenn es darum geht, sich alle möglichen exotischen Krankheiten zu holen. Wusstest du, dass mehr Söldner an Krankheiten und Infektionen sterben als durch Gewalt?«

»Nein.« Es interessierte sie auch nicht. Sie wollte nichts von dem hören, womit er sein Leben bisher verbracht hatte.

»Es ist aber so. Diese Dinger enthalten ein starkes Breitband-Antibiotikum. Ein Depot, das im Körper eingepflanzt und durch eine supermoderne Miniatur-Elektronik erst im Bedarfsfall aktiviert wird.«

Das klang in Rachels Ohren ziemlich nach Sciencefiction, aber sie sagte nichts dazu. Die Vorstellung, dass Gottes Strafgericht über die Menschen kam, klang auch nicht gerade glaubhaft.

»Jedenfalls haben sie euch das erzählt.«

»Oh, ich denke schon, dass es stimmt«, antwortete Benedikt. »Vermutlich hat mein Vater nur vergessen, mir zu erzählen, dass dies die XL-Version ist, mit allen serienmäßig eingebauten Extras.«

Er wickelte den letzten Stoffstreifen fester um seinen Oberarm, zog unter Zuhilfenahme von Fingerspitzen und Zähnen den Knoten zusammen und atmete hörbar aus. »Ich habe ja noch Glück gehabt. Sie hätten das Ding schließlich auch in einem anderen Körperteil unterbringen können. Du hast schon Recht, weißt du? Ich hätte es spätestens auf dem Schrottplatz merken müssen. Immerhin bin ich Profi.«

Rachel maß ihn mit einem schrägen Blick und zog es vor, sich weiter auf die technischen Aspekte ihrer kleinen Überraschung zu konzentrieren. Das Gespräch könnte sonst zu leicht in eine Richtung gehen, die ihr nicht nur nicht gefiel, sondern für die jetzt auch wirklich nicht der richtige Moment war.

»Und mit diesem kleinen Ding sollen sie uns angepeilt haben?«, fragte sie zweifelnd.

»Wenn es ein GPS-System ist, auf fünf Meter genau«, sagte Benedikt. »Und wie ich meinen Vater einschätze, ist es das. Pjotr Darkov hat schon immer Wert darauf gelegt, auf dem allerneuesten technischen Stand zu sein. Deshalb lebt er noch.«

»Fünf Meter?«, vergewisserte sich Rachel. Ganz instinktiv sah sie sich in alle Richtungen um.

»Vielleicht sogar nur drei.« Benedikt griff nach dem Messer, ließ das winzige elektronische Wunderwerk auf einen Stein gleiten und drehte die Klinge herum, vermutlich, um den Sender mit dem Messergriff zu zertrümmern.

»Warte!«, sagte Rachel rasch.

Benedikt sah sie fragend an.

»Wenn sie dieses Ding wirklich so genau anpeilen, dann können wir das vielleicht zu unseren Gunsten nutzen. Warum binden wir es nicht an einen Stock und lassen es den Fluss hinuntertreiben?«

»Oder schmuggeln es irgendeinem ahnungslosen Fahrgast in die Tasche, damit er an unserer Stelle erschossen wird?« Benedikt schüttelte den Kopf. »So etwas funktioniert nur im Film.«

Damit ließ er den Messergriff wuchtig auf den Peilsender herabsausen. Das winzige Gerät zerbarst in noch winzigere Splitter und Benedikt ließ die Messerklinge mit einem grimmigen Lächeln wieder im Griff verschwinden und steckte die Waffe ein.

»Jetzt wird es allmählich Zeit, dass du mir verrätst, wohin wir eigentlich unterwegs sind«, sagte er. »Ich meine es ernst, Rachel. Es könnte lebenswichtig sein. Ich bin der bessere Pfadfinder, glaube mir.«

Rachel resignierte. Sie hatte immer noch das Gefühl, einen Fehler zu machen – aber er hatte Recht, ganz egal, von welcher Seite man es betrachtete.

»Sie wohnt nicht in einer Stadt«, sagte sie schweren Herzens. »Es ist eine kleine Berghütte, zwei Stunden zu Fuß von Norcia entfernt.«

»Und mit dem Wagen?«

»Kein Wagen«, antwortete Rachel. »Es gibt keine Straße. Das heißt: Es gibt eine, aber die ist schon bei normalem Wetter miserabel. Im Moment ist sie garantiert unpassierbar. Als ich das letzte Mal hier war, war sie es jedenfalls.«

»Vor zwei Tagen.« Benedikt angelte nach seiner Jacke und schlüpfte äußerst behutsam hinein. Trotzdem verzog er schmerzhaft das Gesicht, als der linke Arm an der Reihe war. »Das ist gut. Es bedeutet, dass sie mit großer Wahrscheinlichkeit noch da sein wird, wenn wir ankommen.«

»Es bedeutet, dass sie mir mit größter Wahrscheinlichkeit den Kopf abreißen wird, wenn ich zusammen mit dir dort aufkreuze«, antwortete Rachel. »Vor allem, wenn sie erfährt, dass sie verschwinden muss. Sie hat drei Jahre gebraucht, um dieses Versteck zu finden.«

»Zwei Stunden von Norcia entfernt«, wiederholte Benedikt nachdenklich. »Wahrscheinlich eher drei, bei dieser Witterung. Das wird knapp.«

»Knapp – bis wann?«

»Wir brauchen einen Wagen«, sagte Benedikt, scheinbar ohne ihre Frage auch nur zur Kenntnis zu nehmen. »Oder irgendein anderes Beförderungsmittel.«

»Ein Hubschrauber wäre nicht schlecht«, sagte Rachel. »Aber unseren letzten hast du ja kaputt gemacht.«

Benedikt grinste. »Wäre sowieso viel zu auffällig. Wenn deine Freundin wirklich so menschenscheu ist, wie du immer behauptest, würde sie wahrscheinlich sofort verschwinden, wenn sie uns kommen sieht.«

»Sie ist nicht menschenscheu«, widersprach Rachel, heftiger, als es der Situation angemessen schien. Vielleicht war es ihr schlechtes Gewissen, das ihr das Gefühl vermittelte, Uschi so übermäßig verteidigen zu müssen.

Benedikt war jedenfalls klug genug, die Warnzeichen zu erkennen und nicht weiter auf das Thema einzugehen. Er zog den Reißverschluss der schwarzen Lederjacke zu und drehte sich ein wenig zur Seite, damit er auf den liegen gebliebenen Zug hinuntersehen konnte.

»Ich schätze, uns bleibt ungefähr eine Stunde«, begann er. »Bis dahin müssen wir einen Wagen aufgetrieben haben.«

»Wieso eine Stunde?«

»Wahrscheinlich eher weniger«, antwortete Benedikt. »Darkovs Männer werden es kaum riskieren, hier zuzuschlagen. Aber hier wird bald ein ganzer Konvoi von Bussen eintreffen. Irgendwie müssen sie die Leute jetzt weitertransportieren. In dem Durcheinander kann schon einmal jemand abhanden kommen. Oder zwei.«

»Dann sollten wir bis dahin möglichst weit weg sein«, sagte Rachel.

Benedikt stand mit einer kraftvollen Bewegung auf. »Stimmt.«

12

Es war nicht so schlimm gewesen, wie Rachel erwartet hatte, aber immer noch schlimm genug. Sie hatten die Stelle, an der der Zug liegen geblieben war, in großem Bogen und im Schutz des Waldes umgangen und gute zwanzig Minuten später eine schmale Straße erreicht, bis auf die Haut durchnässt und vollkommen verdreckt – aber das war ein Zustand, an den sich Rachel mittlerweile schon so sehr gewöhnt hatte, dass sie ihn beinahe als normal empfand. Niemand war ihnen begegnet. Am Himmel waren keine Kampfhubschrauber aufgetaucht, um mit klingonischen Disruptoren das Feuer auf sie zu eröffnen, niemand hatte aus dem Gebüsch heraus auf sie geschossen, nicht einmal ein Teil des Mondes war ihnen auf den Kopf gefallen.

Dafür verschlechterte sich Benedikts Zustand zusehends. Benedikt wäre nicht Benedikt gewesen, hätte er sich nicht alle Mühe gegeben, seinen wahren Zustand zu verhehlen, aber es gelang ihm nicht einmal annähernd. Er war noch immer so blass wie vorhin, als er den Sender aus seinem Arm entfernt hatte, und er hielt den linken Arm in einer unnatürlichen Haltung, um ihn zu entlasten.

Es waren nur Kleinigkeiten, winzige Details, die Rachel unter normalen Umständen vermutlich übersehen hätte, die aber jetzt hinter ihrer Stirn eine ganze Batterie von Alarmsirenen losheulen ließen. Bisher war ihr Benedikt unbesiegbar erschienen, ein Quell schier unerschöpflicher Kraft und Energie, den nichts erschüttern konnte, aber jetzt war *sie* beinahe die Stärkere; und das nicht nur in körperlicher Hinsicht. Benedikt hatte nach wie vor die Führung inne und er wirkte weder unentschlossen noch zögerlich – aber er wirkte auch nicht mehr ganz so entschlossen und sicher wie sonst. Es war, als hätte er mehr getan, als nur einen Fremdkörper aus seinem Arm zu entfernen. Als sie die Straße erreichten, blieb er stehen und sah sich unschlüssig in beide Richtungen um. Die Straße war in schlechtem Zustand und so schmal, dass sie vermutlich nur auf wirklich guten Landkarten zu finden war, und sie glich im Moment eher einem seichten Fluss. In südlicher Richtung verlief sie schnurgerade, bevor sie irgendwann hinter grauen Regenschleiern verschwand; im Norden tauchte sie zwischen bewaldeten Hügeln unter. Manchmal, wenn die tanzenden Regenschleier es zuließen, glaubte sie ein helles Schimmern zu erkennen. Möglicherweise ein Haus, vielleicht auch gar nichts.

Benedikt zögerte gerade lange genug, um ihre Besorgnis noch zu nähren, und deutete dann nach rechts; vollkommen willkürlich, wie es Rachel schien. »Dorthin.«

»Das ist Süden«, sagte Rachel.

Benedikt warf einen Blick in den Himmel, als müsse er sich von der Richtigkeit ihrer Behauptung überzeugen, ehe er antwortete. »Ich weiß.«

»Das ist aber die entgegengesetzte Richtung«, sagte Rachel vorsichtig. »Wir müssen nach Norden.«

Benedikt wirkte verunsichert. »Genau da werden sie uns vermuten.«

»Dann hätten wir vielleicht gleich nach Tel Aviv fliegen sollen«, sagte Rachel spöttisch. »Dort vermuten sie uns wahrscheinlich zuallerletzt.«

Benedikt verstand den Spott in ihren Worten nicht einmal. Seine Augen hatten viel von ihrem Glanz verloren und blickten ein wenig unstet. Großer Gott, was sollte sie tun, wenn er tatsächlich seine Kraft verloren hatte? Ganz plötzlich wurde ihr bewusst, wie sehr sie auf ihn angewiesen war. Ohne Benedikts Kraft würde sie es nicht einmal bis zu Uschis Berghütte schaffen. Und sie sollte die Welt retten? Lächerlich!

»Ich glaube, da hinten steht ein Haus«, fuhr Benedikt fort. Es klang lahm. »Vielleicht haben sie Telefon. Oder einen Wagen.«

»Den wir stehlen können?«

Die Worte taten ihr selbst schon wieder Leid, noch bevor sie sie ganz ausgesprochen hatte; und sei es nur, weil es verschwendeter Atem war. Benedikt blickte sie verständnislos an, machte eine Bewegung, die man vielleicht als ein Achselzucken interpretieren konnte und drehte sich dann herum, um mit hängenden Schultern in südlicher Richtung loszumarschieren. Bevor er losging, warf er jedoch erneut einen raschen, misstrauischen Blick in den Himmel hinauf und er bewegte sich auch so, dass ihm die überhängenden Äste hier am Waldrand Deckung gegeben hätten, wäre da wirklich ein Beobachter am Himmel gewesen.

Schon beinahe absurd war, dass sie es ihm gleichzutun begann – obwohl ganz sicher nicht die Gefahr bestand, dass sie von oben gesehen wurden. Die Wolkendecke war zwar auch jetzt nicht vollkommen lichtundurchlässig, aber geschlossen und schien an manchen Stellen tatsächlich fast den Wald zu berühren. Zwar wusste Rachel, dass es auch Methoden gab, bei derart schlechten Sichtverhältnissen Beobachtungen durchzuführen, aber nicht einmal der wagemutigste Pilot wäre verrückt genug, bei diesem Wetter zu starten.

Erneut und diesmal noch viel schmerzhafter wurde ihr klar, wie sehr sie auf Benedikts Führung und Kraft angewiesen war, und wieder fragte sie sich, was für die erschreckende Veränderung verantwortlich sein mochte, die während der letzten halben Stunde mit ihm vorgegangen war. Es war keine Einbildung. Er *hatte* sich verändert und sie war sehr sicher, dass dieser schleichende Zusammenbruch nichts mit seiner Verletzung zu tun hatte oder mit den Schmerzen, die er deswegen litt. Es war, als begänne er auf einer unsichtbaren Ebene vor ihren Augen zu verfallen und verlöre mit jedem Schritt ein wenig mehr von seiner Kraft und Unbeugsamkeit. Ein paar Sekunden lang überlegte sie sogar allen Ernstes, ob das Messer, mit dem er sich geschnitten hatte, vielleicht vergiftet gewesen war, begriff aber im nächsten Moment auch selbst, wie albern dieser Gedanke war. Wer immer ihm diese Waffe gegeben hatte, hatte schließlich nicht wissen können, wozu er sie benutzen würde.

All das hinderte Benedikt nicht daran, so schnell auf das weiße Schemen zuzugehen, das ihnen durch die Regenschauer zublinzelte, dass sie ihre Schritte deutlich beschleunigen musste, um nicht zurückzufallen.

Sie stolperte, fand mit einem raschen Schritt ihr Gleichgewicht wieder und musste sich an einem Baumstamm festhalten, um nicht sofort wieder auszurutschen und endgültig zu fallen. Ärgerlich sah sie an sich herab. Sie bewegten sich zwei Schritte neben der Straße und im ersten Moment glaubte sie, über eine hochstehende Wurzel gestolpert zu sein. Dann erkannte sie ihren Irrtum: Es *war* eine Wurzel, die sich aber normalerweise mindestens eine Handbreit unter der Erde befinden musste. Der Regen hatte den Boden wenigstens zwanzig Zentimeter tief aufgeweicht. Sie ging nicht über federnden Waldboden, sondern stampfte durch schienbeintiefen glitschigen Morast und sie hatte es nicht einmal gemerkt.

Um nicht wieder zu fallen, ging sie zwei Schritte nach links und marschierte in dem zwei Zentimeter tiefen Fluss weiter, der vor ein paar Tagen noch eine Straße gewesen war. Sie kam auf diese Weise weitaus besser voran, aber sie hatte kein gutes Gefühl. Über ihr waren jetzt keine Äste mehr, dafür aber die brodelnde Wolkendecke, in und über der es manchmal mattweiß aufloderte. Trotzdem fühlte sie sich unwohl, auf eine Weise ausgeliefert und schutzlos, die sie um ein Haar dazu gebracht hätte, die Straße wieder zu verlassen und unter dem Schutz der Bäume weiterzugehen.

Vermutlich hätte sie es sogar getan, wäre ihr nicht klar gewesen, dass sie sich damit genau so närrisch benommen hätte wie Benedikt. Er stolperte mehr, als er ging, und es erschien Rachel fast wie ein Wunder, dass er nicht längst ausgerutscht und auf die Nase gefallen war. Dennoch kam er erstaunlich schnell voran. Rachel musste sich sputen, um nicht noch weiter zurückzufallen. Und mit jedem Schritt, den sie unter dem brodelnden braungrauen Himmel entlangmarschierte, fühlte sie sich hilfloser und angestarrter, als ob sich unzählige unsichtbare Augen in der kochenden Wolkendecke verbargen, die sie belauerten und nicht nur jeden ihrer Schritte und jeden ihrer Atemzüge verfolgten, sondern direkt in ihre Gedanken blickten und ihre intimsten Geheimnisse erkannten. Sie fühlte sich nackt, auf eine obszöne, erniedrigende Art.

Rachel versuchte den Gedanken abzuschütteln. Sie begann schon genau so paranoid zu werden wie Benedikt und das war nicht gut. Wenigstens einer von ihnen sollte sich einen Rest von klarem Verstand bewahren.

Sie versuchte noch einmal schneller zu gehen, um zu Benedikt aufzuschließen, und diesmal gelang es ihr sogar. Aber sie brauchte lange dazu. Als sie Benedikt endlich eingeholt hatte, war aus dem weißen Gespenst ein von Menschenhand erschaffenes Gebäude geworden. Zu Rachels Enttäuschung handelte es sich jedoch nicht um einen Teil eines Dorfes oder den Beginn einer Straße, sondern um einen einzeln dastehenden winzigen Bauernhof, der im hellen Sonnenschein und auf einer Hochglanzpostkarte vielleicht einen pittoresken Eindruck gemacht hätte, inmitten des strömenden Regens und in dem grauen Licht aber einfach nur schäbig aussah. Eigentlich war es nicht einmal ein richtiger Hof, sondern nur ein mittelgroßes, eingeschossiges Gebäude mit weiß getünchten Wänden, an das sich ein windschiefer Schuppen und eine nach zwei Seiten hin offene Remise anlehnten. Der Hof war nicht gepflastert und der Boden hatte sich auch hier in einen dünnflüssigen Brei verwandelt, so dass es aussah, als wäre das gesamte Gehöft dabei, allmählich im Sumpf zu versinken. In der Remise stand ein Traktor, der älter sein musste als sie und Benedikt zusammen, und sie glaubte sogar ein paar Hühner zu sehen, die im Schlamm nach Nahrung pickten und zugleich versuchten nicht darin zu versinken. Es hätte ein durch und durch trostloser Anblick sein können, aber hinter den Fenstern des Hauses brannte Licht – nicht der unangenehme weiße Schein einer Neonlampe, sondern das langsame, warme Flackern von Kerzen – und diese kleine Insel aus Helligkeit und Wärme verkehrte den Anblick genau ins Gegenteil. In dem warmen Schein lag eine Hoffnung, die sie für einen Moment mit neuer Zuversicht und Kraft erfüllte, gegen jede Logik und gegen alles, was ihr Verstand ihr sagte und was sie selbst erlebt hatte.

Vielleicht war es einfach die simple Symbolik dieses Bildes. Der Hof schien sich unter dem Toben der entfesselten Naturgewalten zu ducken wie ein verängstigtes Tier, das vergeblich nach einem Versteck gesucht hatte und sich nun vor Entsetzen und Angst krümmte, und dennoch war noch Leben in ihm, ein kleines, gelbes Herz, das trotzig weiterleuchtete und selbst vor dem Wüten eines tobenden Gottes nicht kapitulierte.

»Also gut«, sagte Benedikt. »Warte hier auf mich. Ich bin in ein paar Minuten zurück.«

»Was hast du vor?«, fragte Rachel. Die Frage war ziemlich überflüssig – vor allem, weil Rachel die Antwort kannte und sie ihr nicht gefiel. Sie wartete auch nur einige Sekunden vergeblich auf eine Antwort, dann hob sie die Schultern und trat zwei Schritte zurück in den Schutz des Waldes, der hier wie überall auf dieser Straßenseite nahe genug an die Straße heranreichte, um etwas wie ein natürliches Vordach zu bilden, unter dem sie nicht nur vor dem Regen, sondern auch vor dem Starren der unsichtbaren Augen in den Wolken sicher war.

Benedikt blieb noch einige Augenblicke reglos stehen und setzte sich dann in Bewegung; ganz ungewöhnlich für ihn, ohne noch einmal zu ihr zurückgeblickt und sich überzeugt zu haben, dass sie in Sicherheit war. Auch wenn sie die schleichende Veränderung, die mit ihm vorging, immer noch spürte, so bewegte er sich doch mit der gewohnten Schnelligkeit und Eleganz; er mochte dabei sein, seine Kraft zu verlieren, aber er hatte nichts verlernt. Schon nach den ersten Schritten war er im strömenden Regen verschwunden, als hätte es ihn nie gegeben.

Obwohl ihr schon der bloße Gedanke einen kalten Schauer über den Rücken laufen ließ, wich sie um etliche weitere Schritte in den Wald zurück. Sie musste aufpassen, wohin sie ihre Füße setzte; der Boden war nicht nur in der Nähe der Straße zu etwas wie einem halb verflüssigten Schwamm geworden, unter dessen trügerisch glatter Oberfläche sich ein ganzes Labyrinth von Stolperdrähten, Schlingen und anderen Fallen verbarg, sondern hatte auch hier drinnen mittlerweile mehr Ähnlichkeit mit den Everglades in Florida als mit einem Wald am Rande der Apenninen. Hätte die geschlossene graue Wolkendecke am Himmel den Tag nicht genau in dem flüchtigen Moment erstarren lassen, in dem das Licht sowohl am weitesten von der Nacht als auch am weitesten vom Tag entfernt war und man im Grunde weniger sah als bei wirklicher Dunkelheit, dann hätte es hier drinnen unnatürlich hell sein müssen: Das normalerweise geschlossene Blätterdach über ihrem Kopf war längst nicht mehr dicht; wochenlanger Dauerregen, der sich mit Sturm, Hagel, Gewitter und wieder neuem Regen abgewechselt hatte, hatte seinen Tribut gefordert. Die Baumwipfel hatten mindestens die Hälfte ihrer Blätter eingebüßt und der Waldboden war im wahrsten Sinn des Wortes ausgewaschen, Büsche und Unterholz zu surrealen Gebilden aus dürren Linien und knotig ineinander verschlungenem Geäst geworden und Moos und Kriechgewächse waren längst ertrunken. Der braune, monochrom gefärbte Morast breitete sich wie ein glatter Spiegel vor ihr aus, der allerdings keine Spiegelbilder, sondern nur unheimliche Schatten zurückwarf.

Und mit dem pflanzlichen war auch jegliches tierische Leben verschwunden. Abgesehen von dem Geräusch, mit dem der Wind in den nassen Blättern hoch über ihr spielte und das sich ebenfalls auf unheimliche Weise tot anhörte, war es vollkommen still. Sie sah keine Spinnweben, hörte keine Käfer durch das Laub huschen, keinen Vogel irgendwo in der Ferne sein klagendes Lied anstimmen. Das düstere Licht hatte nahezu alle Farben ausgelöscht und selbst die Kälte war keine richtige Kälte mehr, wie sie sie kannte, sondern etwas, das tiefer ging und viel unheimlicher war. So musste es nach dem Ende der Welt sein, dachte Rachel schaudernd. Nicht nach dem Untergang des Planeten, wie man ihn in manchen Sciencefictionfilmen sah, nachdem die Erde von einem gigantischen Meteoriten getroffen oder vom atomaren Feuersturm sterilisiert worden war, aber nach dem Ende der Welt, wie sie sie kannten: wenn es keine Menschen, kein Leben mehr hier gab. Und vielleicht war dies die schrecklichste Vision, die ein Mensch haben konnte: kein lodernder Feuersturm, der die menschliche Zivilisation auslöschte, keine Flammen, die vom Himmel regneten, keine brennenden Gebirge und verdampften Ozeane, sondern ewiges Zwielicht und eine Stille, die so allumfassend und niederschmetternd war, dass sie beinahe körperlich schmerzte. Ganz plötzlich wusste sie, dass das Ende *so* aussehen würde, wenn es wirklich kam; vielleicht die schlimmste aller vorstellbaren Möglichkeiten.

Sie versuchte den Gedanken zu verscheuchen, aber es gelang ihr nicht. Wie um sich selbst zu beweisen, wie albern diese Vorstellung war, stampfte sie ein paar Mal mit den Füßen, doch das Ergebnis war nicht das, was sie sich erhofft hatte: Sie verursachte ein Geräusch, aber die Laute schienen gleichsam vor ihr zu fliehen, huschten wie unsichtbare flüchtende Tiere in alle Richtungen davon und verkrochen sich in der Stille, die sich zwischen den wie poliertes Eisen aussehenden Bäumen eingenistet hatte. Keine Echos. Nichts kam zu ihr zurück. Was hatte sie erwartet? Dass Gott resigniert mit den Schultern zucken und sich herumdrehen und weggehen würde, weil sein kleiner Trick nicht funktioniert hatte?

Gott?

Verdammt, sie benahm sich nicht nur schon wie Benedikt, sie *dachte* schon wie er! Es wurde wirklich Zeit, dass sie mit diesem Unsinn aufhörte, sonst bestand nämlich die Gefahr, dass sie die Wahl nicht mehr zwischen zwei, sondern zwischen drei Alternativen hatte: erschossen werden, überleben oder in einer Klapsmühle enden.

Wo blieb Benedikt?

Sie ging wieder zur Straße zurück, wagte es aber auch jetzt nicht, ganz zwischen den Bäumen hervorzutreten, sondern blieb einen Meter vom Waldrand entfernt stehen und sah angestrengt zu dem kleinen Hof hinüber. Die Lichter hinter den winzigen Fenstern brannten noch immer, aber aus dieser Entfernung und durch den dichter gewordenen Vorhang aus Regen hinweg betrachtet hatten sie mit einem Mal kaum noch etwas Tröstliches, sondern wirkten ebenso einsam und verloren, wie sie selbst sich fühlte. Wie in einer vollkommenen Umkehrung der Situation schienen sie kein Zeichen von unzerstörbarer Hoffnung und zähem Überlebenswillen mehr, sondern ein Winken des Abschieds, das ihr nicht länger neue Kraft gab, sondern ganz im Gegenteil klarmachte, wie sinnlos jede menschliche Anstrengung am Ende sein musste. Es war ganz egal, was man tat, wer etwas tat und mit welcher Absicht und welchen Mitteln, am Ende würde die Dunkelheit siegen, ganz einfach, weil sie immer da gewesen war und immer da sein würde, weil sie das ursprüngliche eine Element war, das den Kosmos beherrschte und das gar nicht *sein* musste, um zu existieren. Selbst Gott musste eines Tages vor der Dunkelheit kapitulieren. Das Nichts würde am Ende auch ihn verschlingen.

Sie glaubte eine Bewegung wahrzunehmen und zwang sich mit aller Kraft, sich darauf zu konzentrieren, schon um den hässlichen Gedanken zu entgehen, die ihr zu schaffen machten. Obwohl sie immer noch das absurde Gefühl hatte, aus den Wolken heraus beobachtet zu werden, wagte sie sich einen Schritt weiter in den Regen hinaus und strengte die Augen an, um ihren Blick auf den Bauernhof zu fokussieren.

Sie hatte sich nicht getäuscht. Es vergingen noch einige Sekunden, aber dann sah sie, dass sich die Tür der Scheune geöffnet hatte und ein weißer Kleinwagen herauskam. Er fuhr so langsam, dass sie im ersten Moment der Überzeugung war, dass irgendetwas damit nicht stimmte, aber dann wurde ihr klar, dass der Fahrer wohl Angst hatte, im Schlamm auf dem Hof stecken zu bleiben. Erst als er die Straße erreichte und in ihre Richtung abbog, wurde er etwas schneller, aber nicht viel. Der Wagen pflügte über den löcherigen Asphalt wie ein kleines Boot, das eine schäumende Flutwelle hinter sich zurückließ, und fuhr in leichten Schlangenlinien. Zwei Meter vor ihr hielt er an und sie sah, wie sich das verschwommene Schemen hinter der Windschutzscheibe zur Seite beugte, um die Beifahrertür zu öffnen. Immer noch von dem vollkommen grundlosen, aber dennoch immer stärker werdenden Gefühl erfüllt, einen schweren Fehler zu begehen, lief sie los, umrundete das Heck des Wagens und stieg ein. Es war tatsächlich Benedikt und ihr erster Blick galt ganz instinktiv seinen Händen, die auf dem billigen Plastiklenkrad so groß wirkten, dass es schien, als müsse er Acht geben, es nicht mit einer unbedachten Bewegung zu zerbrechen. Sie waren nass, wie alles an ihm, aber es klebte kein Blut daran.

»Mach die Tür zu«, sagte Benedikt. »Und schnall dich an, sonst kriegen wir am Ende noch ein Protokoll.«

»Sehr witzig«, antwortete Rachel. Dennoch tat sie, was er von ihr verlangte: Sie schlug die Tür mit einem Knall zu und griff ganz instinktiv mit der linken Hand über die rechte Schulter, um nach dem Sicherheitsgurt zu langen. Es war keiner da.

Benedikt grinste. »Mach dir keine Sorgen«, sagte er. »Wenn wir in eine Polizeikontrolle geraten, dann bezahle ich das Protokoll.«

»Fahr los«, sagte Rachel. Sie wartete, bis er den Gang eingelegt und den Wagen in Bewegung gesetzt hatte – es handelte sich um einen altersschwachen Fiat, der sich anhörte wie ein startender Düsenjet und so durchdringend nach kaltem Zigarettenrauch stank, dass es ihr fast den Atem nahm, und obwohl Benedikt das Gaspedal bis zum Boden durchtrat, schienen sie im ersten Moment kaum von der Stelle zu kommen –, dann fragte sie: »Was hast du getan?«

»Uns einen Wagen besorgt.«

»Das meine ich nicht«, erwiderte sie, »und das weißt du auch ganz genau.«

»Ich habe den Wagen gestohlen, wenn du es genau wissen willst.« Benedikt machte eine Kopfbewegung auf das Zündschloss. Es war halb herausgerissen und er hatte zwei der bunten Drähte miteinander verknotet, um den Wagen ohne Schlüssel zu starten. »Keine Angst«, fuhr er fort, »ich habe niemandem etwas getan.«

»Dann haben sie ihn dir freiwillig gegeben?«, fragte Rachel spöttisch.

»Sie haben nicht einmal gemerkt, dass ich ihn genommen habe«, behauptete Benedikt. »Und selbst wenn …« Er zuckte mit den Schultern. »Es ist ziemlich weit zu Fuß bis zur nächsten Polizeistation. Ich war ein böser Junge. Ich habe das Telefon kaputt gemacht.«

Das klang überzeugend, dachte Rachel. Es passte zu der Art, wie Benedikt solche Dinge zu regeln pflegte, und auch zu der Zeit, die er gebraucht hatte, um mit dem Wagen zurückzukommen. Das Dumme war nur, dass sie ihm nicht *glaubte*. »Und niemand hat etwas gemerkt?«, vergewisserte sie sich noch einmal.

Benedikt zuckte erneut die Achseln, diesmal aber auf eine gänzlich andere Art als gerade. Aus dem Schulterzucken, das andeutete, wie egal ihm die Frage war, wurde eine ärgerliche Geste, in der beinahe so etwas wie eine Drohung lag, nicht weiter in diese Richtung zu insistieren. »Ich glaube nicht«, sagte er in verändertem Ton. »Und selbst wenn, ist es egal. Wir behalten die Kiste nur so lange, bis wir einen besseren Wagen finden.«

Zumindest das glaubte Rachel ihm sofort. Benedikt hatte mittlerweile in den vierten Gang geschaltet und trat das Gaspedal wieder bis zum Bodenblech durch, und die Tachometernadel behauptete, dass der Fiat mittlerweile knappe siebzig Stundenkilometer erreicht hatte; ein Tempo, das auf der schmalen Straße und bei dem immer dichter strömenden Regen zwar schon beinahe wagemutig war, zugleich aber auch die Höchstgeschwindigkeit dieses Fahrzeugs darzustellen schien. Außerdem war sie fast sicher, dass die Schrottkiste die gute Stunde Fahrt bis Norcia nicht durchhalten würde. Der Motor hörte sich an, als wolle er jeden Moment explodieren.

»Sieh nach, ob du eine Karte findest«, sagte Benedikt mit einer Kopfbewegung auf das Handschuhfach.

Rachel öffnete gehorsam die Klappe, aber das Fach war leer. Ohne große Hoffnung drehte sie sich herum und suchte die Rückbank ab, aber auch dort war nichts. Der Wagen war ebenso aufgeräumt wie alt.

»Na gut«, seufzte Benedikt. »Wahrscheinlich gibt es in dieser Gegend sowieso nur eine Straße.«

»Und wenn sie sie gesperrt haben?«

»Wer?«

»Darkovs Männer.« Sie beobachtete Benedikt genau, während sie das sagte. Er hatte sich hervorragend in der Gewalt, aber in den letzten Stunden hatte sie ihn so gut kennen gelernt, dass ihr das kurze Flackern in seinem Blick nicht entging. Nachdem er ein paar Sekunden geschwiegen und konzentriert in den Regen hinausgestarrt hatte, schüttelte er den Kopf.

»Nein«, sagte er. »Das würde er nicht wagen. Viel zu auffällig.«

»Eine Eisenbahnbrücke in die Luft zu sprengen ist auch nicht gerade unauffällig«, meinte Rachel.

»Aber etwas völlig anderes«, beharrte Benedikt. »Bis irgendjemand merkt, dass sie gesprengt und nicht vom Wasser weggerissen worden ist, können Tage vergehen. Aber eine Straßensperre fällt auf.« Er schüttelte noch einmal den Kopf, als müsse er sich selbst von der Richtigkeit seiner Behauptung überzeugen. »Außerdem hat er nicht genug Leute dafür.«

»Das hat De Ville mir anders erzählt«, sagte sie.

»De Ville?« Diesmal reagierte Benedikt: Er drehte mit einem Ruck den Kopf und starrte sie eine endlose Sekunde lang auf eine Art an, von der sie nicht wusste, ob sie überrascht oder feindselig war. Vielleicht beides. »Du hast mit ihm über Darkov gesprochen?«

»Er hat mir von euch erzählt«, korrigierte ihn Rachel. »Das ist ein Unterschied.«

»Dann hat er dir nicht die Wahrheit erzählt«, sagte Benedikt. »Wir sind keine Armee. Und auch keine Terroristen. Wir waren nie viele. Acht oder zehn. Manchmal ein Dutzend. Niemals mehr.«

»Dann hat er fast die Hälfte seiner Männer verloren, als sie uns auf dem Schrottplatz aufgelauert haben«, sagte Rachel nachdenklich. Erst nachdem sie die Worte ausgesprochen hatte, wurde ihr klar, was sie da eigentlich gesagt hatte, und sie drehte sich mit einem schuldbewussten Blick zu Benedikt herum. Er erwiderte ihn nicht, obwohl er ihn spüren musste, sondern starrte konzentriert nach vorne, aber seine Hände umschlossen das Lenkrad plötzlich mit solcher Kraft, dass sie tatsächlich Angst bekam, er könnte es auseinanderbrechen.

»Entschuldige«, murmelte sie.

Benedikt zwang ein schmallippiges Lächeln auf seine Züge. »Da gibt es nichts zu entschuldigen«, sagte er.

»Sie waren deine Freunde«, beharrte Rachel. »Es tut mir Leid. Ich hätte das nicht sagen sollen. Ich werde in Zukunft besser darauf achten, was ich sage.«

Das war ernst gemeint. Ganz egal, wer Pjotr Darkov war und was er getan hatte: Er war Benedikts Adoptivvater und auf dieser Ebene spielte es keine Rolle, was er ihm angetan hatte. Sie hatte nicht das Recht, das Messer in der Wunde herumzudrehen und ihm noch mehr Schmerz zuzufügen.

Für endlose Minuten machte sich Schweigen zwischen ihnen breit; eine Stille, die nun zwar vom Kreischen des überlasteten Motors und von dem unangenehmen, rhythmischen Geräusch der fast nutzlosen Scheibenwischer des Fiat durchdrungen wurde, trotzdem aber genau so tief und unheilschwanger zu sein schien wie die Stille, der sie vorhin im Wald begegnet war. Dann sagte Benedikt plötzlich leise und in völlig verändertem Ton: »Er hat mich belogen.«

»Dein Vater?«

»Darkov«, sagte Benedikt.

Rachel schauderte. *Darkov* ... Ganz plötzlich und noch bevor Benedikt weitersprach, begriff sie, was mit ihm geschehen war. Mit einem Mal war ihr klar, warum er seine Kraft verloren hatte, woher diese unendlich tiefe Verzweiflung kam, die sie in seinen Augen las, und dieser Zorn, der so schmerzhaft und Kräfte verzehrend war, weil das Ziel, auf das er sich richtete, niemals erreicht werden konnte.

»Seit ich denken kann, hat er mir erzählt, dass ich einer der Auserwählten bin. Dass ich eine Aufgabe habe, die wichtiger ist als alles andere.« Er lachte bitter. »Dass wir Gottes Werkzeuge sind, dazu ausersehen, seinen Willen zu vollziehen, und dass ich eines Tages genau wissen werde, was zu tun ist.«

Aus dem Mund jedes anderen und in jeder anderen nur vorstellbaren Situation hätten diese Worte nach einem eindeutigen Anfall von Größenwahn geklungen. Und wenn schon nicht danach, dann nach verletztem Stolz und gekränkter männlicher Eitelkeit. Aber sie spürte, dass es das nicht war. Benedikt *war* verletzt, so tief und nachhaltig, dass er an dieser Verletzung vielleicht zugrunde gehen würde, aber aus einem anderen, viel schlimmeren Grund.

»Vielleicht hatte er ja Recht damit«, sagte sie.

»Das spielt keine Rolle«, sagte Benedikt bitter. »Er hat mich belogen. Verstehst du denn nicht?«

Rachel verstand tatsächlich nicht ganz, worauf er hinauswollte, und schüttelte andeutungsweise den Kopf.

»Er hat mich die ganze Zeit über nur benutzt!« Benedikt schrie fast. »Er hat mir nie getraut! Dieses verdammte *Ding!«* Er schlug sich mit der rechten Hand auf den linken Oberarm, genau auf die Stelle, aus der er den vermeintlichen Peilsender herausgeschnitten hatte, und Rachel konnte sehen, wie er vor Schmerz zusammenfuhr und ihm die Tränen in die Augen schossen. »Er hat mir niemals getraut. Ich war die ganze Zeit über nur ein verdammtes *Werkzeug* für ihn!«

Sie spürte, dass sein Schmerz echt war; wirkliche Pein und nicht nur verletzter Stolz. Sie wollte irgendetwas sagen, um ihn zu trösten, aber ihr fielen keine Worte ein, die es nicht noch schlimmer gemacht hätten. Er tat ihr unendlich Leid. Zum ersten Mal, seit sie sich kennen gelernt hatten, verspürte sie das Bedürfnis, ihn zu berühren, ihn einfach in die Arme zu nehmen und ihm – wenn sie schon nichts anderes konnte – wenigstens so ein wenig Trost zu spenden. Aber nicht einmal das konnte sie.

»Er ist immer noch dein Vater«, sagte sie.

»Ja«, antwortete Benedikt. »Und wenn ich ihn das nächste Mal sehe, werde ich ihn töten.«

Fast auf die Minute genau eine Stunde später erreichten sie Norcia. Rachel kam es im Nachhinein fast wie ein Wunder vor, dass der Wagen die annähernd sechzig Kilometer durchgehalten hatte, aber der altersschwache Fiat hatte etwas von einem betagten, unansehnlich gewordenen und störrischen Esel: er war ebenso hässlich, entwickelte nur zu oft ebenso seinen eigenen, nicht ganz nachvollziehbaren Willen und erwies sich als Transportmittel als ebenso unbequem, letzten Endes aber auch als genauso zuverlässig. Der Regen hatte nicht nachgelassen, aber nach einer Weile hatten sie eine Straße erreicht, die sich in deutlich besserem Zustand befand; auch sie ähnelte irgendwie mehr einem Fluss als einem von Menschenhand geschaffenen Weg, denn auch auf ihr stand zentimeterhoch das Wasser und der Unterschied zwischen dem geteerten Weg und dem Gelände daneben existierte nur noch in der Theorie. Aber die abgefahrenen Reifen des Fiat fanden auf dem Grund dieses breiteren Flusses besseren Halt und es gab weniger Schlaglöcher, durch die sie rumpelten, ein Luxus, den man wohl erst dann richtig zu würdigen wusste, wenn man eine Weile in einem Wagen gefahren war, dessen Stoßdämpfer in etwa die gleiche Rolle spielten wie Sandsäcke an einem Fesselballon – Ballast. Sie hatten zwei kleinere Ortschaften und mehrere einzeln stehende Gehöfte passiert und Rachel hatte eigentlich damit gerechnet, dass Benedikt die erste sich bietende Gelegenheit nutzen und einen anderen Wagen für sie organisieren würde. Er hatte jedoch nicht einmal angehalten oder auch nur den Fuß vom Gas genommen; vielleicht hatte er Angst, dass sich der Wagen danach nie wieder in Bewegung setzen würde, vielleicht war er auch einfach der vollkommen richtigen Auffassung, dass man ohne Not kein Mitglied eines funktionierenden Teams austauschen sollte. Rachel hatte ihn nicht darauf angesprochen, so wenig wie auf irgendetwas anderes – tatsächlich hatten sie während der vergangenen Stunde überhaupt nicht miteinander gesprochen. Was er über Darkov gesagt hatte, hatte sie schockiert, viel mehr aber noch hatte es ihr klargemacht, in welch entsetzlichem Maß er verletzt war. Viel tiefer, als sie sich vermutlich selbst jetzt noch vorstellen konnte, und viel mehr, als sie nachzuempfinden in der Lage war – oder zu verstehen. Sie konnte begreifen, was es heißen musste, verraten worden zu sein, auch und gerade von jemandem, dem man sein Leben lang vertraut hatte. Sie konnte sich zumindest vorstellen (ein wenig aus eigener Erfahrung), was es hieß, sich eingestehen zu müssen, dass alles falsch war, woran man sein Leben lang geglaubt hatte, und sie konnte zumindest erahnen, wie es sich anfühlen musste, von dem Menschen verraten worden zu sein, dem man bisher vorbehaltlos und immer vertraut hatte. Was sie nicht verstehen konnte, war, wie aus diesem Vertrauen binnen eines einzigen Augenblickes ein so tödlicher Hass werden konnte. Benedikts Worte waren ernst gemeint gewesen. Sie zweifelte keine Sekunde daran, dass er Pjotr Darkov mit bloßen Händen und ohne zu zögern getötet hätte, wäre er vorhin bei ihnen gewesen. Möglich, dass die Zeit seinen Hass ein wenig besänftigen würde; wahrscheinlich sogar, dass er den Söldnergeneral nicht töten würde, wenn bis zu ihrem Wiedersehen nur genug Zeit verstrichen war, dass aus dem Gefühl ohnmächtiger Wut und Enttäuschung jene Mischung aus Frustration und zumindest teilweise aus Vernunft herrührender Resignation geworden war, die einem solchen Gefühlsausbruch fast immer zu folgen pflegte. Aber vorhin, als sie in den Wagen eingestiegen und losgefahren waren, da *hätte* er es getan. Für eine Weile wäre er dazu fähig gewesen.

Und sie fragte sich, wozu er noch fähig war, wenn es die Umstände ergaben.

Ihre eigenen Gedanken ließen sie in einem sonderbaren Zwiespalt der Gefühle zurück. Benedikts Schmerz war nicht gespielt, sondern echt; sie konnte ihn fühlen wie ihren eigenen. Dennoch hatte sie das Gefühl, dass irgendetwas ... *falsch* daran war. Sie konnte nicht begründen, was, nicht einmal, woher dieses Gefühl – das fast die Intensität einer Gewissheit hatte – kam, aber sie schämte sich seiner. Da es ihr grundlos erschien, war es nicht nur ungerecht, sondern kam einem Verrat gleich.

Als sie in die Stadt hineinfuhren, brach Benedikt endlich das unangenehme Schweigen, wenn auch noch immer, ohne sie anzusehen oder mehr von ihr zu verlangen als eine bloße Information. »Wie geht es von hier aus weiter?«

»Wir müssen nach Castellino«, antwortete sie nach kurzem Nachdenken. »Normalerweise nehme ich den Bus.«

»Den Bus?«

»Er fährt vom Marktplatz aus. Zweimal am Tag«, antwortete Rachel, fuhr aber selbst und mit einem angedeuteten, entschuldigenden Achselzucken fort, bevor Benedikt es sagen konnte: »Aber ich bin nicht sicher, ob er heute noch fährt.«

»Vermutlich nicht«, murmelte Benedikt. Er unterbrach sich, um einen Blick auf ein Hinweisschild am Straßenrand zu werfen, das selbstverständlich in italienischer Sprache abgefasst war und ihm vermutlich ebenso viel sagte, als wären es koreanische Schriftzeichen, und fuhr dann etwas leiser fort: »Außerdem ist es viel zu gefährlich.«

»Du glaubst, sie wissen, dass wir hier sind?«

»Nachdem wir einen Fahrschein in diese Stadt gelöst haben, liegt der Verdacht nahe«, antwortete Benedikt. Die Wahl seiner Worte enthielt einen leisen Spott, aber seine Stimme war dabei so kalt und ausdruckslos, dass Rachel ein eisiger Schauer über den Rücken lief. Nicht zum ersten Mal fragte sie sich, ob sie vielleicht Grund hatte, Benedikt zu fürchten.

Vielleicht einzig, um sich von diesem Gedanken abzulenken, drehte sie den Kopf zur Seite und ließ ihren Blick über die Straße vor ihnen schweifen. Sie war schon so oft hier gewesen, dass sie es gar nicht mehr zählen konnte, aber Norcia war ihr noch nie so unheimlich vorgekommen wie heute.

Vielleicht lag es einfach am Licht. Die Wolkendecke war nicht aufgerissen auf der Fahrt hierher, so dass die ganze Stadt in trübem Zwielicht dalag. Obwohl es heller Nachmittag sein sollte, brannten hinter zahlreichen Fensterscheiben Lichter und auch die wenigen Autos, die ihnen entgegenkamen, hatten die Scheinwerfer eingeschaltet, was sie aber nicht vertrauter, sondern im Gegenteil eher fremdartiger aussehen ließ; bizarre Maschinen aus einer fremden, völlig unverständlichen und furchteinflößenden Welt. Der Regen hatte auch hier jeden, der nicht unbedingt aus dem Haus musste, von den Straßen gefegt, und die Kanalisation der kleinen Stadt schien hoffnungslos überfordert zu sein, denn die Rinnsteine hatten sich in schmale, reißende Wildbäche verwandelt, und auch auf vielen Straßen stand zentimeterhoch das Wasser. Schmutzige Sturzbäche ergossen sich aus den überlaufenden Regenrinnen, deren Fassungsvermögen längst erschöpft war, an den Hauswänden herab, und als sie nach einigen Minuten den Marktplatz erreichten, hatte Rachel eher das Gefühl, am Ufer eines flachen Sees mit zahlreichen Zuflüssen zu stehen, denn wo normalerweise ein reges Treiben und Kommen und Gehen herrschte, da erstreckte sich jetzt eine leere, matt spiegelnde Fläche, auf der die einzige Bewegung von den wenigen Automobilen stammte, die wie Wasserkäfer hindurchkrochen. Selbst die wenigen Menschen, die sie sahen, wirkten verändert; sie liefen geduckt und schnell und mit gesenktem Blick. Die wenigsten hatten Regenschirme aufgespannt, trotz des strömenden Regens – der Wind hätte sie ihnen ohnehin aus den Händen gerissen oder zerfetzt –, und irgendetwas an der Art, wie sie sich bewegten, war falsch.

Angst, dachte Rachel. All diese Menschen bewegten sich schnell, aber nicht wie Menschen, die durch den Regen hasteten und einzig im Sinn hatten, möglichst trocken von einem Punkt zum anderen zu gelangen. Sie bewegten sich wie Menschen, die *Angst* vor dem hatten, was doch eigentlich allerhöchstens ärgerlich und ein bisschen lästig sein sollte. Und sie fragte sich, ob es tatsächlich nur die beunruhigenden Nachrichten waren, die das Radio und die Fernsehsender zweifellos immer noch ausstrahlten, oder vielleicht etwas anderes. Ob sie vielleicht *spürten*, dass es sich bei diesem Regen und Sturm nicht um ein normales Unwetter handelte, sondern dass eine lenkende, übel wollende Macht dahinter stand.

Beinahe erschrocken verscheuchte sie den Gedanken. Er stand ihr nicht zu. Es war vollkommen in Ordnung, die Existenz Gottes in Zweifel zu ziehen; aber es war nicht in Ordnung, ihn als übel wollend zu bezeichnen.

»Und jetzt?«, fragte Benedikt.

Rachel antwortete nicht gleich, aber diesmal nicht nur, weil zwischen ihnen eine so sonderbare Stimmung herrschte und sie nicht sicher war, ob sie überhaupt antworten sollte. Sie war mindestens hundert Mal mit diesem Bus gefahren und sollte den Weg kennen, aber Norcia wirkte so verändert, dass sie im ersten Moment Mühe hatte, die richtige Straße zu identifizieren. Der Regen schien nicht nur alle Farben aus dem Tag gewaschen, sondern den Dingen auch ihre Individualität genommen zu haben. Schließlich deutete sie – nicht *ganz* überzeugt – auf eine Straße auf der anderen Seite des unregelmäßig geformten künstlichen Sees. Es war erst zwei Tage her, dass sie das letzte Mal hier gewesen war, und dennoch kam ihr Norcia plötzlich vor wie eine vollkommen fremde, abweisende Stadt. »Dort drüben.«

»Bist du sicher?« Benedikt schien ihre Unsicherheit zu spüren; vermutlich hörte man sie ihr deutlich genug an.

Trotzdem bekräftigte sie ihre Worte mit einem Nicken und sagte noch einmal: »Ja. Die Straße führt in die Berge hinauf.«

»Wie weit?«

»Eine halbe Stunde, mit dem Bus. Mit dem Wagen vielleicht zwanzig Minuten.« Sie versuchte zu lachen. »Der Bus hält so ungefähr an jeder Milchkanne, die am Straßenrand steht.«

Benedikt enthielt sich jeden Kommentars, steuerte aber die bezeichnete Straße an und sah dabei ein paar Mal nervös in den Rückspiegel. Rachel fragte sich, was er darin zu entdecken hoffte. Wenn es für sie so etwas wie Sicherheit überhaupt noch gab, dann *waren* sie im Augenblick in Sicherheit. Die Scheiben des Wagens waren beschlagen und außerdem so schmutzig, dass man vermutlich auch bei strahlendem Sonnenschein kaum hätte hineinsehen können. Darüber hinaus war dieser zweihundertfünfzig Jahre alte Fiat wahrscheinlich das allerletzte Fahrzeug, in dem irgendwelche Verfolger sie vermutet hätten.

Sie sah wieder nach oben und suchte die Unterseite der Wolkendecke ab, die sich weiter auf die Erde herabgesenkt zu haben schien und mittlerweile so massiv wie aus Eisen gegossen aussah. Als sie losgefahren waren, hatte sie die Sonne noch als verwaschenen Fleck irgendwo in ihrer Mitte erkennen können, jetzt aber war sie vollkommen verschwunden. Selbst das Wetterleuchten am Himmel hoch über den Wolken war kaum noch wahrzunehmen: ein blasses Flackern manchmal, wo gleißende Explosionen aus Licht sein sollten. Sie versuchte sich einzureden, dass es vielleicht daran lag, dass das Bombardement aus dem Weltall aufgehört hatte, aber sie wusste nur zu gut, dass dies nicht der Grund war.

Sie überquerten den Marktplatz und bogen in die Straße ein, auf die Rachel gedeutet hatte. Nachdem sie die ersten Häuser passiert hatten, war sie sicher, auf dem richtigen Weg zu sein. Der Wagen wurde langsamer, denn die Straße verlief nicht nur in zahlreichen engen, zum Teil rechtwinkligen Kehren, sondern stieg auch immer steiler an, so dass sie sich bald zu fragen begann, ob ihr altersschwaches Gefährt den Weg überhaupt schaffen würde. Benedikts Überlegungen schienen in die gleiche Richtung zu gehen, denn er sah immer nervöser abwechselnd auf den Tachometer und auf die Straße, und ein paar Mal warf er einen raschen, sonderbaren Blick in ihre Richtung, einen Blick, der ihre Beunruhigung und ihr nagendes Misstrauen noch steigerte, denn sie hatte mehr und mehr den Eindruck, dass er sich fragte, ob sie ihm die Wahrheit gesagt hatte.

Sie versuchte auch diesen Gedanken abzuschütteln, denn er war nicht nur wenig konstruktiv und hilfreich, sondern auch ziemlich unfair – es war noch nicht lange her, da hatte sie sich eingestehen müssen, dass sie Benedikt trotz allem nicht hundertprozentig vertraute; woher also nahm sie die Arroganz, nun ihrerseits gekränkt zu sein, weil es so schien, als traue er auch ihr nicht?

Wie sich zeigte, war ihre Einschätzung ziemlich optimistisch gewesen. Nach vielleicht zehn Minuten blieben die letzten Häuser Norcias hinter ihnen zurück und der Wagen begann sich schnaufend die schmale Straße in die Berge hinaufzuquälen, die sie schon so oft mit dem Bus gefahren war. Durch das starke Gefälle stand wenigstens kein Wasser auf der Straße und Benedikt hielt auch nicht an jeder Milchkanne und jedem einzeln stehenden Haus wie der Bus, von dem sie vorhin gesprochen hatte, aber sie kamen trotzdem deutlich langsamer von der Stelle. Der Motor des Fiat heulte immer protestierender, und es kam ihr so vor, als würden sie beständig langsamer. Ein paar Mal hatte sie ernsthaft Angst, dass der Wagen die nächste Steigung nicht mehr schaffen würde. Sie erwies sich jedes Mal als unbegründet, aber Rachel wurde doch rasch klar, dass sie Castellino mit diesem Fahrzeug vermutlich nicht erreichen würden, und wenn, dann frühestens in einer oder zwei Stunden.

Und schließlich geschah das, was sie insgeheim die ganze Zeit über befürchtet hatte: In der Mitte einer besonders starken Steigung, die auch der Linienbus normalerweise nur im Tempo eines gemächlich schlendernden Fußgängers nahm, wurde der Wagen noch langsamer, blieb schließlich stehen und der Motor erstarb mit einem Geräusch, das etwas Endgültiges hatte.

Benedikt versuchte trotzdem, neu zu starten, aber das Ergebnis war nicht einmal das Geräusch des Anlassers, sondern nur ein schweres metallisches Klacken, in dem nicht einmal mehr die Hoffnung auf ein Wunder lag.

»Endstation!«, seufzte Benedikt. »Ich hoffe, es ist nicht mehr allzu weit.«

»Gerade mal vier Kilometer«, erwiderte Rachel nach kurzem Überlegen. Sie hob die Schultern. »Vielleicht auch mehr.«

Benedikt sah sie betrübt an. »Das ist eine Stunde zu Fuß.«

»Ich weiß«, antwortete Rachel. »Aber sie wird nicht kürzer, wenn wir hier herumsitzen und uns selbst Leid tun, oder?«

Sie streckte die Hand nach dem Türgriff aus und ließ den Arm wieder sinken, als Benedikt den Kopf schüttelte.

»Gibt es keinen anderen Weg?«

Rachel machte eine ärgerliche Kopfbewegung nach links, den bewaldeten Hang hinauf, den die Straße in engen Kehren und Serpentinen erklomm. »Castellino liegt auf der anderen Seite des Berges«, sagte sie scharf. »Eine halbe Stunde zu Fuß – aber wir würden im Schlamm stecken bleiben, bevor wir fünfzig Schritte geschafft haben.«

»Das gefällt mir nicht«, sagte Benedikt. »Zwei Leute, die bei diesem Wetter zu Fuß unterwegs sind, sind nicht gerade unauffällig.«

»Bis jetzt ist mir *überhaupt niemand* aufgefallen«, antwortete Rachel – was absolut der Wahrheit entsprach. Seit sie Norcia verlassen hatten, war ihnen kein anderes Fahrzeug entgegengekommen oder hatte sie überholt. Natürlich entkräftete sie damit sein Argument nicht, sondern bestätigte es indirekt eher. Wenn Benedikts Freunde irgendeinen Weg gefunden hatten, die Stadt zu überwachen, dann konnten sie hier Signalflaggen schwenken oder Leuchtraketen schießen, um auf sich aufmerksam zu machen. Widerwillig stieg sie aus, nur um erneut festzustellen, dass der Regen noch kälter geworden schien. Benedikt kletterte auf der anderen Seite aus dem Fiat, drehte sich dann aber umständlich wieder herum und beugte sich noch einmal in den Wagen, um die Handbremse zu lösen, die Zündung einzuschalten und zweimal kurz am Lenkrad zu drehen; eine Handlungsweise, die sie nicht verstand und die keinerlei Sinn zu ergeben schien.

»Hilf mir«, bat Benedikt, nachdem er sich wieder aufgerichtet, die Seitenscheibe heruntergekurbelt und die Tür zugeworfen hatte. Ohne irgendeine Reaktion auf seine Bitte abzuwarten, stemmte er die Füße in den Boden und schob den Wagen langsam zur Straßenmitte, während er gleichzeitig am Lenkrad drehte. Rachel sah ihm noch einen Herzschlag lang verständnislos zu, eilte dann aber um den Wagen herum und stemmte sich gegen das Heck des Fiat, um Benedikt zu unterstützen. Bis sie den Wagen ein Stück weit über die Straßenmitte hinausgeschoben hatten, hatte er halb gedreht und stand nahezu quer zur

Fahrbahn. Benedikt gab ihr mit einem Nicken zu verstehen, dass sie aufhören und gleichzeitig aus dem Weg gehen sollte, trat selbst an die Kühlerhaube heran und schob den Fiat allein und scheinbar ohne sonderliche Anstrengung wieder zum Straßenrand zurück – und nicht nur zurück, sondern auch darüber hinaus.

Rachel begriff erst, was er vorhatte, als es viel zu spät war. Der Wagen rumpelte über die aufgeweichte Grasnarbe neben der Straße, wurde dabei aber nicht etwa langsamer, sondern nahm ganz im Gegenteil noch an Tempo zu, als Benedikt seine gewaltigen Muskeln anstrengte und ihn immer schneller auf die Böschung zuschob, die neben der schmalen Bankette lauerte. Sie war nicht unbedingt so steil, dass es Rachel schwindelte, während sie hinuntersah, aber steil genug, und sie führte sicherlich vier oder fünf Meter weit in die Tiefe, ehe sie in eine nahezu monochrome Sumpflandschaft überging, die noch vor wenigen Wochen ein vor Leben strotzender grüner Wald gewesen war.

»Was hast du vor?«, murmelte sie.

Falls Benedikt die Frage überhaupt hörte, machte er sich jedenfalls nicht die Mühe, darauf zu antworten – es wäre ohnehin sinnlos gewesen. Die Frage war nicht nur durch und durch überflüssig, es war auch viel zu spät. Der Wagen rumpelte über das aufgeweichte Gras (Rachel erschien es fast wie ein Wunder, dass die Räder unter seinem Gewicht nicht einfach im Boden einsanken), erreichte die Böschung und kippte jäh nach hinten. Der Boden des Fiat setzte mit einem dumpfen Knall auf, und wäre das Erdreich auch nur einen Deut fester gewesen, so hätte sich der Wagen vermutlich auf der Stelle festgefressen und wäre von keiner Macht der Welt mehr bewegt worden. So aber schnitten die rostigen Stahlträger durch Gras und Lehm, als wäre es nicht mehr als halb in der Sonne aufgeweichte Butter, der Wagen schlitterte weiter und kippte schließlich ganz nach hinten. Für einen Moment erhob sich sein Vorderteil in einem so grotesken Winkel in die Luft, dass Rachel felsenfest davon überzeugt war, er müsse immer weiter kippen und schließlich einen Salto rückwärts den Hang hinab machen, dann aber wurde aus dem begonnenen Looping ein rasches und immer schneller werdendes Abrutschen. Mit einem Geräusch, das zugleich dumpf und schwammig wie auch auf einer fast körperlich schmerzenden

Frequenz metallisch und reißend war, schlug der Wagen auf dem schwammigen Boden am Waldrand auf, zitterte einen Augenblick in einer fast unmöglich erscheinenden Schräglage und kippte dann endgültig um, um wie ein übergroßer Käfer, der von einer bizarren Laune der Natur mit runden Gummifüßen ausgestattet worden war, auf dem Rücken liegen zu bleiben.

»Besser, niemand findet den Wagen so schnell«, sagte Benedikt, vollkommen überflüssigerweise.

Rachel musste widerwillig einräumen, dass er damit vermutlich sogar Recht hatte; der aufgegebene Wagen *würde* Aufsehen erregen, wenn es da wirklich jemanden gab, der nach ihnen Ausschau hielt, und die Böschung stellte gar kein so schlechtes Versteck dar. Das Wrack hatte das ohnehin spärliche Unterholz zwischen der Böschung und dem Waldrand vollkommen niedergewalzt und war auf den ersten Blick zu sehen – aber nur, wenn man wie sie unmittelbar über der Böschung stand und hinunterblickte. Für jemanden, der in einem Wagen die Straße entlang fuhr, musste er vollkommen unsichtbar bleiben.

»Es war nicht nötig, ihn zu zerstören«, sagte sie – was zwar unsinnig war, ihr aber auch das (ebenso unsinnige) Gefühl gab, ihr schlechtes Gewissen ein wenig beruhigt zu haben.

»Zerstören?« Benedikt schürzte auf eine Art abfällig die Lippen, die ihr nicht gefiel. »Ich habe eher das Gefühl, ich habe ihn entsorgt. Das Ding war doch nur noch ein Schrotthaufen.«

»Für seine früheren Besitzer –«

»Die brauchen ihn nicht mehr«, fiel ihr Benedikt ins Wort.

»Wieso?«

Benedikt zögerte nicht einmal einen Sekundenbruchteil zu antworten und er tat es auf eine so selbstverständliche und ruhige Art, dass es im Grunde nur die Wahrheit sein konnte: »Weil ich sie entschädigt habe«, sagte er. »Und zwar äußerst großzügig.«

Rachel fragte ihn nicht, womit. Sie wusste, dass ihre ohnehin gestohlene Barschaft bedenklich zusammengeschrumpft war, aber selbst ein noch so kleiner verbleibender Rest hätte allemal gereicht, um den Wert dieses Wagens zu ersetzen. Benedikt hatte vollkommen Recht: Er hatte den ehemaligen Besitzern die Entsorgungskosten erspart und mit ein wenig Geschick würden sie sogar noch eine kleine

Summe bei ihrer Versicherung herausschlagen. So oder so ein gutes Geschäft. Doch das war nicht der Grund, weshalb sie ihre Frage nicht stellte. Vielleicht hatte sie Angst, überhaupt eine Antwort zu bekommen, die glaubhaft klang. Es war, als gäbe es da etwas in ihr, das fast eifersüchtig darauf bedacht war, nichts zuzulassen, was irgendwie zu seinen Gunsten sprach. Ein Teil von ihr *wollte* Benedikt misstrauen.

Sie drehte sich mit einem Ruck herum und zwang sich Benedikt ins Gesicht zu sehen. Er hielt ihrem Blick nicht nur ruhig und ohne die geringste Falschheit in den Augen stand (was hatte sie erwartet?), sondern sah sie darüber hinaus auf eine Art an, die ihr das unangenehme Gefühl gab, dass sein Blick ohne Mühe ihre allergeheimsten Gedanken erriet. Er wusste, dass sie ihm nicht hundertprozentig traute.

»Was meinst du?«, fragte Benedikt. »Schaffen wir es bis zum Dunkelwerden bis Castellino?«

Falls es überhaupt jemals wieder dunkel wird, dachte Rachel schaudernd, während sie den Kopf in den Nacken legte und in den wolkenverhangenen grauen Himmel hinaufsah. Der Regen klatschte ihr ins Gesicht wie eine nasse Hand, als hätte das Firmament ihr eine Ohrfeige versetzt wie eine strenge Mutter einem Kind, das etwas getan hatte, das ihm ausdrücklich verboten war. Oder etwas angesehen, das nicht für seine Augen bestimmt war. Rachel schauderte innerlich. Diese Assoziation war kein Zufall. Seit sie ausgestiegen waren, war das Gefühl des Angestarrt- und Beobachtetwerdens wieder da. Anscheinend begann sie eine regelrechte Phobie davor zu entwickeln, sich unter freiem Himmel aufzuhalten.

»Dazu müsste ich erst einmal wissen, wo die Sonne überhaupt ist«, antwortete sie mit einem Schulterzucken, fügte aber gleich darauf hinzu: »Wenn wir uns ein bisschen beeilen, schon.«

Benedikt sah sie irgendwie zweifelnd an, erhob aber keinen Widerspruch, sondern zuckte mit den Schultern und setzte sich gehorsam in Bewegung, als sie losmarschierte.

Das Gehen auf der steil ansteigenden Straße erwies sich als mühsamer, als sie erwartet hatte. Der Regen schlug ihnen direkt in die Gesichter und schien tatsächlich viel kälter geworden zu sein, und der bewaldete Hang zur Linken wirkte wie eine Mauer, von der der Wind abprallte, um sie zusätzlich zu beuteln. Ihre Zehen und kurz darauf ihre gesamten Füße waren bald schon gefühllos und sie begann am ganzen Leib zu zittern. Benedikt, der neben und einen halben Schritt hinter ihr ging und immer wieder im Gehen den Kopf drehte, um sich misstrauisch umzublicken, erging es nicht anders, auch wenn er sich selbstverständlich nichts anmerken ließ. Hinzu kam, dass das Gefühl, beobachtet zu werden, in Rachel keineswegs abnahm, sondern ganz im Gegenteil immer stärker wurde. Vergeblich versuchte sie sich einzureden, dass sie offenbar nur einen Schub akuter Paranoia erlitt und auf dem besten Wege war, selbst zu Ende zu bringen, was ihren Verfolgern nicht gelungen war. Es nutzte nichts. Wenn sie die Augen schloss und ihrer Fantasie nur ein ganz klein wenig die Zügel schießen ließ, konnte sie es regelrecht sehen: einen schwarzen, vieläugigen Drachen, der reglos und mit ausgebreiteten Schwingen über den Wolken hing, bereit, die Welt mit seinem eisigen Atem zu versehren.

Sie gingen noch einmal zwei- oder dreihundert Schritte weiter, dann blieb sie stehen, sah sich in einer fast getreulichen Nachahmung von Benedikts Bewegung nach rechts und links um und ließ ihren Blick schließlich auf dem steil ansteigenden, bewaldeten Hang zur Linken ruhen. Auch Benedikt blieb stehen und beobachtete sie sehr aufmerksam. Er sagte nichts, aber es war nicht besonders schwierig, die Gedanken zu erraten, die hinter seinen Augen Gestalt annahmen.

»Vielleicht hast du Recht«, murmelte Rachel unsicher.

»Womit?«

Er hatte ja gar nichts gesagt.

Rachel machte eine Kopfbewegung in die Richtung, in die sie sowieso sah, zum Wald und zum Hügelkamm hinauf. Castellino lag unmittelbar auf der anderen Seite des Berges, jedenfalls wenn ihre Erinnerung sie nicht täuschte. Es war eine Sache, eine Strecke in einem überfüllten Bus zu fahren, in dem man abgelenkt war, in dem man – wenn auch unbequem – *saß* und das Vorüberziehen der Landschaft beobachten konnte, und eine ganz andere zu beurteilen, wie lang die Strecke wirklich war. Ihre Einschätzung, dass sie noch drei oder vier Kilometer von ihrem Ziel entfernt waren, war tatsächlich nicht mehr als eine Schätzung. Es konnten ebenso gut fünf oder sechs sein; ein Unterschied, der in einem Fahrzeug nicht besonders ins Gewicht fiel, zu Fuß und unter den gegebenen Umständen aber durchaus eine Stunde ausmachen konnte.

»Versuchen wir es«, sagte sie.

Benedikts Blick wurde nun eindeutig zweifelnd, auch wenn sie nicht sicher war, ob dieser Zweifel ihren Fähigkeiten als Pfadfinderin galt oder ob er sich fragte, ob sie den anstrengenden Marsch durch diesen Morastwald überhaupt bewältigen würde. Rachel selbst war auch nicht ganz sicher. Bisher hatte sie sich ganz gut geschlagen, wie sie fand, aber ihre Kräfte hatten Grenzen und die würden bald erreicht sein. Die Batterien waren leer; streng genommen lief sie bereits auf Notstrom. Doch wenn sie hier blieben und weiter diese Straße entlangliefen, dann bestand nicht nur die Gefahr, dass hinter ihnen plötzlich ein Wagen voll ziemlich missgelaunter Männer auftauchte, die mit Maschinenpistolen, Granaten und anderen Mordinstrumenten ausgerüstet waren, auch der Drache würde sich möglicherweise auf sie stürzen. Und so närrisch dieser Gedanke auch war, er brachte die Entscheidung.

»Worauf wartest du?«, fragte sie. »Das Dorf liegt auf der anderen Seite. Es sind höchstens vier- oder fünfhundert Meter.«

Das stimmte. Sie hatte nur vergessen zu erwähnen, dass sie auf diese Distanz ungefähr hundert Meter in die *Höhe* überwinden mussten, was schon bei normaler Witterung alles andere als ein Spaziergang war. Fast zu ihrer Überraschung widersprach Benedikt aber auch jetzt nicht, sondern deutete nur ein Achselzucken an und trat ohne ein weiteres Wort von der Straße hinunter.

Natürlich war es eine dumme Idee gewesen. Sie hatten alles in allem anderthalb Stunden gebraucht, um den Hügelkamm zu erklimmen und sich nahezu um die gleiche Distanz auf der anderen Seite wieder herunterzuquälen, und obwohl sich das Gehen im Wald als nicht ganz so schlimm herausgestellt hatte, wie Rachel insgeheim befürchtet hatte, war es eine reine Tortur gewesen. Der Boden war knöcheltief aufgeweicht, so dass jeder Schritt eine spürbare Kraftanstrengung bedeutete, und der Dauerregen hatte mittlerweile seinen Weg durch das ohnehin vom größten Teil seiner Blätter befreite Wipfeldach des Waldes gefunden, so dass es einem eineinhalbstündigen Spaziergang unter einer nicht nur eiskalten, sondern auch vollkommen verdreckten Dusche gleichgekommen war. Und wäre sie in der Verfassung gewesen, ehrlich sich selbst gegenüber zu sein, dann hätte sie wahrscheinlich sogar zugeben müssen, dass sie keineswegs Zeit gespart, sondern ganz im Gegenteil Zeit verloren hatten, bis sich das schmierige Braun und Dunkelgrün vor ihnen endlich lichtete und der kleine Ort dahinter auftauchte, wie ein geisterhaftes Schemen auf einem Blatt Fotopapier, das in einer Entwicklerschale lag.

Dennoch rettete ihnen dieser Umweg das Leben.

So absurd es klang, hatte sich Rachel während der mühseligen Kletterei erholt. Die körperliche Anstrengung war zwar groß gewesen, größer als erwartet, und Rachel selbst war ein wenig erstaunt, wozu ihr Körper, den sie in den letzten Jahren alles andere als gut behandelt hatte, imstande war, wenn sie es von ihm verlangte. Auch das Gefühl, beobachtet zu werden, war nicht mehr da und sie begriff erst jetzt, dass sie diese völlig unlogische Furcht vor dem schwarzen Drachen auf einer tieferen als der rein körperlichen Ebene eine Unmenge Kraft gekostet hatte. Um bei dem Vergleich zu bleiben: Die Batterien waren immer noch leer, aber der Motor, der sie immer wieder auflud, lief nun wieder auf vollen Touren.

Das weiße Schimmern der Hand voll Häuser zwischen den Bäumen spornte sie noch einmal an, so dass sie ganz instinktiv schneller ging, aber als sie den Waldrand fast erreicht hatte, machte Benedikt plötzlich zwei rasche Schritte, streckte den Arm aus und hielt sie fast grob am Handgelenk zurück. »Warte!«

Rachel blieb gehorsam stehen, machte sich aber mit einem ärgerlichen Ruck los und wich einen halben Schritt zur Seite, wobei sie auf dem schlammigen Boden fast das Gleichgewicht verlor und sich mit der anderen Hand an einem Baumstamm abstützen musste, um keinen zu albernen Anblick zu bieten. Zugleich zwang sie ihr Gesicht zu einer Grimasse, von der sie wenigstens hoffte, dass sie nach einem nervösen Lächeln aussah. Sie wollte nicht, dass Benedikt begriff, dass es ihr plötzlich unangenehm war, von ihm berührt zu werden. Vor allem, weil sie sich dieses Gefühl selbst nicht erklären konnte.

»Was ist denn?«

Benedikt hob nur die Schultern, gebot ihr aber trotzdem mit einer knappen Geste, stehen zu bleiben, und schlich halb geduckt weiter. Wahrscheinlich hatte er einen guten Grund, das zu tun, aber Rachel fand sein Benehmen trotzdem albern: Er sah aus wie ein zu groß geratener kleiner Junge, der Cowboy und Indianer spielte und sich an einen nicht vorhandenen Trapper heranpirschte. Unmittelbar zwischen den beiden letzten Bäumen blieb er stehen, ließ sich in die Hocke sinken und starrte fast eine Minute lang konzentriert zu den Häusern hinüber. Dann hob er die linke Hand und bedeutete ihr, näher zu kommen. Rachel trat vorsichtig an seine Seite und ließ sich in die gleiche hockende Haltung herabsinken wie er. Nicht, dass es etwas nutzte – vor ihnen befand sich nur noch ein knapp zwei Meter breiter Streifen leicht abschüssigen Geländes, der an die Straße grenzte, hinter der wiederum sich die ersten Häuser von Castellino erhoben, die zugleich auch die einzigen waren. Castellino bestand aus weniger als einem Dutzend Gebäuden, die sich in lockerem Halbkreis um das einzige mehr als eingeschossige Bauwerk des Ortes gruppierten. Castellino maß von einem Ende zum anderen weniger als siebzig Meter und wäre das gewesen, was man zu Hause in Deutschland als Straßendorf bezeichnete, erhob sich aber ausnahmslos auf *einer* Straßenseite. Soweit Rachel wusste, hatte das Dorf nicht einmal vierzig Einwohner, die ausnahmslos vom Tourismus und von allem, was damit zusammenhing, lebten. Im Moment war keiner dieser knapp vierzig Bewohner zu sehen, was aber auch kein Wunder war – der Regen hatte nicht nur die Bewohner der wenigen Häuser dort drüben von der Straße gewaschen, sondern auch jeglichen Fremdenverkehr ertränkt. Doch das machte ihre Situation nicht weniger prekär. Während alle Bewohner in den Häusern und vermutlich ziemlich gelangweilt waren, musste nur jemand aus dem Fenster sehen, und wenn er dabei in ihre Richtung blickte, konnte er sie gar nicht übersehen. Der Waldrand bot keinerlei Deckung. Aber vielleicht machte sie sich auch einfach zu viele Sorgen. Der Weg durch den Wald hatte ihren ohnehin mitgenommenen Kleidern nicht gerade gut getan. Sie waren bis zu den Hüften so mit Matsch bespritzt, dass sich die Farbe ihrer Hosen nicht mehr nennenswert von der des Waldbodens unterschied, und in ihrer hockenden Haltung waren sie vermutlich so gut wie unsichtbar.

Umso weniger verstand Rachel die Nervosität, die Benedikt wie ein knisterndes elektrisches Feld ausstrahlte. Er hatte irgendetwas gespürt oder gesehen. Vielleicht vermisste er auch etwas.

Rachel geduldete sich, so lange es ihr möglich war, aber das war unter den gegebenen Umständen nicht sehr lange. Schließlich fragte sie: »Worauf warten wir?«

»Irgendetwas stimmt nicht«, murmelte Benedikt. »Ich kann es fühlen.«

Das war wieder einer von diesen Sätzen, die sie allenfalls in einem mittelmäßigen Kriminalfilm erwartet hätte und die bei genauerer Betrachtung eigentlich nur lächerlich klangen. Dummerweise weigerten sich die Worte, in ihr auch nur eine Spur von Amüsement auszulösen – vielleicht weil sie wusste, dass er Recht hatte.

»Und was?«, fragte sie.

»Ich weiß es nicht.« Benedikt hob die Schultern. »Irgendetwas … fehlt. Es ist zu still.«

»Die Leute hier leben vom Tourismus«, antwortete Rachel. »Und der liegt im Moment ziemlich am Boden, glaube ich.«

»Das ist es nicht.« Benedikt schüttelte überzeugt den Kopf. »Aber einen solchen Fehler würden sie niemals machen.«

»Welchen Fehler?«, fragte Rachel beunruhigt.

»All diese Leute …«, murmelte Benedikt, führte den Satz aber nicht zu Ende (was Rachel nicht unbedingt beruhigte, denn es gab ihrer Fantasie freien Raum für Spekulationen, die sie eigentlich lieber nicht betreiben wollte), sondern wich, ohne sich aus der Hocke zu erheben, zwei Schritte tiefer in den Schatten des Waldes zurück und wartete, bis sie auf die gleiche Weise wieder an seine Seite gerobbt war.

»In welchem Haus wohnt deine Freundin?«

»In gar keinem«, antwortete Rachel.

Benedikt blickte fragend und sie zögerte gerade lange genug, damit eine gehörige Spur von Verärgerung in diesem Blick erscheinen konnte, ehe sie weitersprach. Es fiel ihr nicht leicht. Obwohl sie natürlich wusste, dass sie viel zu weit gegangen war, um jetzt noch einen Rückzieher machen zu können, hatte sie immer noch das Gefühl, einen Fehler zu begehen. Es war immer noch nicht zu spät, um ihn zu korrigieren. »Es ist noch … ein Stück.«

Benedikt wartete eine Sekunde lang vergeblich darauf, dass sie weitersprach. »Das wird jetzt allmählich albern«, sagte er.

»Du hast ja Recht«, gestand Rachel. Dennoch beantwortete sie seine Frage nicht sofort, sondern machte eine Kopfbewegung zu den Häusern am gegenüberliegenden Straßenrand. »Was ist da drüben los? Was meinst du damit: Etwas stimmt nicht damit?«

»Es ist zu ruhig«, sagte Benedikt, ohne zu zögern. »Nirgendwo brennt Licht. Und neben dem Gasthaus sind frische Reifenspuren von mindestens zwei Wagen.«

»Und?«, fragte Rachel verständnislos.

»Aber es sind keine Autos da«, fuhr er fort.

Rachel drehte verwirrt den Kopf und sah wieder zum Ort hinüber. In dem aufgeweichten Boden neben dem Gasthaus konnte man tatsächlich Spuren sehen, aber sie fragte sich, woher Benedikt wissen wollte, dass sie frisch waren, und schon gar, dass sie von zwei unterschiedlichen Fahrzeugen stammten. In einem Punkt aber hatte er vollkommen Recht: Die dazugehörigen Automobile waren nirgends zu sehen. Und das *war* einigermaßen seltsam. Keines der wenigen Häuser, aus denen Castellino bestand, verfügte über den Luxus einer Garage. Und das ließ nur einen Schluss zu: Wer immer mit diesen Fahrzeugen gekommen war, war entweder schon wieder weggefahren oder hatte sich die Mühe gemacht, die Wagen hinter das Gasthaus zu fahren, so dass sie von der Straße aus nicht sofort sichtbar waren. War man einmal darauf aufmerksam geworden, schien dieser Schluss auf der Hand zu liegen. Dennoch kam sie nicht umhin, Benedikt zu bewundern, dass ihm dieses Detail sofort ins Auge gefallen war. Aber sie weigerte sich einfach, den Gedanken konsequent zu Ende zu führen. Manchmal half es, die Augen vor der Wahrheit zu verschließen, selbst wenn man sie ganz genau kannte.

»Wir müssen weiter hinauf in die Berge«, sagte sie. »Eine Berghütte, anderthalb Kilometer von hier.«

»Zu Fuß?«, fragte Benedikt.

Rachel nickte. Es gab zwar einen schmalen Weg durch den Wald, der zu Uschis Hütte hinaufführte, aber der war schon unter normalen Umständen kaum zu befahren; nach dem wochenlangen Regen wäre selbst ein Geländewagen auf den ersten Metern hoffnungslos stecken geblieben.

»Du glaubst, dass deine Leute hier sind?«

Benedikt stand auf. »Welche Richtung?«

»Aber sie können unmöglich wissen, wo wir sind!«

»Ich verstehe es auch nicht«, gestand Benedikt. Er lächelte knapp und nervös. »Vielleicht bin ich auch übervorsichtig. Aber ich möchte kein Risiko eingehen. Und uns bleibt wirklich nicht mehr viel Zeit. Also – wohin?«

Rachel machte eine Kopfbewegung zu den Häusern auf der anderen Straßenseite hin. »Der Weg beginnt dort drüben. Im Wald hinter dem Gasthof.«

Benedikt machte ein besorgtes Gesicht, aber auf eine Art, als habe er nichts anderes erwartet. »Dann müssen wir uns etwas anderes ausdenken«, sagte er. »Wer weiß alles, dass deine Freundin dort oben lebt?«

Die ehrliche Antwort war: jeder. Uschi war vor fünf Jahren vor der Welt geflohen, vor dem Leben und den ihrer Meinung nach falschen Idealen, die ihr die mitteleuropäische moderne Kultur aufzwängen wollte, nicht vor den Menschen oder vor dem Gesetz. Die *vollkommen* ehrliche Antwort wäre sogar gewesen, dass Uschi zumindest hier in Castellino so etwas wie eine Berühmtheit war.

»Das habe ich mir gedacht«, murmelte Benedikt düster, obwohl sie gar nichts gesagt hatte. »Dann bleibt uns noch weniger Zeit.« Er blickte angestrengt zu den Häusern hinüber und sah für zwei oder drei Sekunden beinahe hilflos aus. Aber er war natürlich niemand, der vor Schwierigkeiten kapitulierte.

»Wir müssen über die Straße«, sagte er. »Aber ohne gesehen zu werden.« Er deutete nach links, eine Entscheidung, die Rachel im ersten Moment völlig unsinnig vorkam, denn die Straße führte in dieser Richtung mindestens einen Kilometer geradeaus und es gab nicht die geringste Chance, sie ungesehen zu überqueren, während sie in der anderen Richtung schon nach wenigen Dutzend Schritten einen scharfen Knick machte, der sie zumindest vor neugierigen Blicken aus dem Dorf schützen würde. Aber sie widersprach nicht. Benedikt war der Indiana-Jones-Verschnitt hier, nicht sie. Er musste wissen, was er tat. Jedenfalls hoffte sie es.

Sie entfernten sich gute hundertfünfzig Meter weit von der kleinen Ansammlung weiß gestrichener Häuser, bevor Benedikt ihr erneut mit Gesten zu verstehen gab, dass sie anhalten und sich nicht rühren sollte. Er selbst schlich auf die schon bekannte (aber gleichwohl immer noch albern aussehende) Art zum Waldrand vor und blickte konzentriert in die Richtung zurück, aus der sie gekommen waren. Rachel ignorierte seine Aufforderung und gesellte sich zu ihm, was er zwar mit einem raschen ärgerlichen Blick quittierte, ansonsten aber hinnahm. Sie fragte sich vergebens, wonach Benedikt überhaupt Ausschau hielt. Sie waren so weit von den Häusern entfernt, dass die schon wieder halbwegs hinter den grauen Regenschleiern zu verschwinden begannen. Hinter nahezu allen Fenstern brannte Licht, aber auch das waren nur verwaschene, blassgelbe Flecken, viel zu weit entfernt und nicht annähernd leuchtstark genug, um auch nur die Bewegung eines Schattens zu enthüllen. Vollkommen unmöglich, in dieser grauen Suppe irgendetwas zu identifizieren, das deutlich kleiner als ein Vierzigtonner war.

Dann wurde ihr klar, dass es ganz genau das war, wovon sich Benedikt überzeugt hatte. Wenn *sie* dort drüben bei den Häusern nichts sahen, dann waren sie umgekehrt auch für jeden unsichtbar, der hinter dem Fenster stand und die Straße beobachtete. Fast, als hätte er ihr Gelegenheit geben wollen, von selbst auf diesen Gedanken zu kommen und ihn zu Ende zu denken, blieb Benedikt noch zwei oder drei Sekunden weiter reglos hocken, bevor er sich aufrichtete und eine befehlende Geste mit der linken Hand machte, ohne den Blick von den Häusern zu nehmen. »Komm jetzt«, sagte er. »Aber keine hastigen Bewegungen.«

Rachel fand diese Vorsichtsmaßnahme reichlich übertrieben. So schlecht, wie die Sicht war, hätten sie die Straße vermutlich auch in einem orangerot lackierten Pferdefuhrwerk überqueren können, ohne gesehen zu werden. Aber jetzt war auch nicht der Moment, sich mit Benedikt zu streiten. Rasch und, wie er verlangt hatte, ohne auffällige Hast traten sie aus dem Wald heraus und überquerten die Straße. Der Wald reichte auch auf dieser Seite bis fast direkt an die Straße heran, war aber weniger dicht und das Gehen fiel hier deutlich leichter. Der Boden war auch hier aufgeweicht, anders als auf dem Stück hierher aber von einem so dichten Geflecht von Wurzeln durchzogen, dass sie nicht mehr bei jedem Schritt bis über die Knöchel in klebrigen Morast einsank, sondern sich fast bewegte wie auf einem straff gespannten Trampolin.

Sie gingen sicherlich hundert Meter tief in den Wald hinein, wenn nicht mehr, bevor Benedikt sich nach rechts und wieder in Richtung des Dorfes wandte. Die Straße war längst hinter ihnen verschwunden. Um sie herum herrschte ein graues Zwielicht, in dem nicht nur die Umrisse der Dinge, sondern auch die Dimensionen und damit die Entfernungen verschwammen, und sie fragte sich vergeblich, wie Benedikt überhaupt die Orientierung behielt. Sie konnte längst nicht mehr sagen, in welche Richtung vorn oder hinten, rechts oder links führten, aber Benedikt schien sich seiner Sache sehr sicher zu sein. Er bewegte sich langsam und mit höchster Vorsicht und blieb immer wieder stehen, um mit schräg gehaltenem Kopf und geschlossenen Augen zu lauschen, schien aber nicht den geringsten Zweifel an der Richtung zu haben.

Auch Rachels Zeitgefühl hatte sich längst in der grauen Nässe aufgelöst, die sie umgab. Ihr Verstand sagte ihr zwar, dass es kaum mehr als zehn Minuten gewesen sein konnten, aber glaubte sie ihrem subjektiven Empfinden, dann mussten sie Stunden unterwegs gewesen sein, bis sie sich Castellino endlich wieder so weit genähert hatten, dass das schmutzig gewordene Weiß der gekalkten Wände durch die Schlitze der senkrechten grauen Jalousie schimmerte, die der Wald vor ihnen bildete. Benedikt musste ihr jetzt nicht extra bedeuten, vorsichtiger zu sein. Sie schloss zwar etwas weiter zu ihm auf, schlich aber nun fast auf Zehenspitzen und bewegte sich ganz instinktiv auf die gleiche verstohlene Art wie er. Zwei Meter vom Waldrand entfernt hielten sie an und ließen sich wieder in die Hocke sinken.

Benedikt sagte nichts, deutete aber mit dem linken Arm nach vorne und Rachel tat ihm in Gedanken dafür Abbitte, an seinen Fähigkeiten oder seinem Gespür gezweifelt zu haben.

Sie hatten sich der Ansammlung kleiner Häuser von der Rückseite her genähert und sie sah, dass er Recht gehabt hatte: Hinter dem Gasthaus standen zwei Geländewagen. Einer war so gut wie neu, der andere schien beinahe so alt zu sein wie der Fiat, mit dem sie hierher gekommen waren, und beide hatten italienische Kennzeichen; Rachel nahm an, dass man sie irgendwo ganz in der Nähe gestohlen hatte. Zwischen den beiden Wagen stand eine einzelne Gestalt, die sich zum Schutz vor dem strömenden Regen in eine schwarze Pelerine gehüllt und einen breitkrempigen Hut aufgesetzt hatte. Trotz der Entfernung und der tanzenden Regenschleier konnte Rachel die Maschinenpistole deutlich erkennen, die der Mann locker in der linken Hand trug. In der rechten hielt er eine qualmende Zigarette, die er unentwegt hin und her drehte; wohl, um sie vor dem Regen zu schützen.

»Du hattest Recht«, murmelte sie.

Benedikt maß sie mit einem Blick, der leise Verwunderung darüber ausdrückte, dass sie jemals daran gezweifelt zu haben schien. Er sagte nichts.

»Du hast mir immer noch nicht geantwortet«, sagte Rachel.

»Worauf?«

»Die Leute im Dorf«, antwortete Rachel nervös. »Ich meine, du … du kennst deine Kameraden doch besser als ich. Sie haben sie nicht alle umgebracht, oder?«

»Ich weiß es nicht«, erwiderte Benedikt ruhig. »Aber eigentlich glaube ich es nicht. Zu auffällig. Darkov ist kein Mann, der unnötige Risiken eingeht.«

»Und du meinst, ein ganzes Dorf zu kidnappen ist kein Risiko?«

»Fünfundzwanzig Hinterwäldler ein paar Stunden gegen ihren Willen irgendwo festzuhalten ist eine Sache«, antwortete Benedikt verächtlich, »sie umzubringen eine ganz andere. So etwas erregt viel zu viel Aufsehen.« Er überlegte einen Moment, dann schüttelte er den Kopf. »Nein. Das würde er nicht wagen. Eine Stunde später würde jeder Carabinieri Italiens hier sein. Er wird dafür sorgen, dass er einen Vorsprung hat. Die Telefonleitungen zerstören. Sie einschüchtern. Vielleicht eine Geisel mitnehmen, um ein Druckmittel in der Hand zu haben. Aber er wird sie nicht umbringen.«

Das klang so logisch, dass sie keinerlei Grund hatte, an dieser Behauptung zu zweifeln, aber dennoch überzeugte es sie nicht. Benedikt war jedoch sichtlich nicht in der Stimmung, sich auf eine irgendwie geartete Diskussion einzulassen oder auch nur zu erlauben, dass sie seine Behauptung in Frage stellte. Er blieb noch eine knappe Sekunde in der Hocke sitzen und bewegte sich dann einer zu groß geratenen Krabbe gleich im Rückwärtsgang tiefer in den Wald hinein und richtete sich erst wieder auf, als er zwei Meter von den ersten Bäumen entfernt und damit außer Sichtweite jedes Beobachters war, der sich irgendwo drüben bei oder in den Häusern aufhalten mochte.

»Wie geht es weiter?«, erkundigte er sich.

Rachel warf einen nervösen, sichernden Blick zu dem Mann mit der Maschinenpistole hin, ehe sie antwortete. Natürlich war es völliger Unsinn, aber sie senkte ihre Stimme tatsächlich zu einem kaum noch hörbaren Flüstern, als habe sie Angst, sich zu verraten. »Wir müssen auf die andere Seite.«

»Durch den Wald?« Benedikt zog eine Grimasse. Natürlich gefiel ihm das nicht – so wenig wie ihr. Der Wald schob sich auf der Rückseite bis nahezu an die Gebäude heran; selbst sie wäre auf die Idee gekommen, dort einen Posten aufzustellen oder den Wald auf irgendeine andere Weise zu überwachen. Benedikt musterte sie noch einige Sekunden lang auf eine Art, als gebe er ihr die Schuld an den topografischen Gegebenheiten, dann ließ er ein resignierendes Seufzen hören und wandte sich noch einmal zu der Hand voll Häuser um. »Wenn ich wenigstens eine Waffe hätte …«

»Was dann?«, fragte Rachel. »Würdest du hinübergehen und sie alle erschießen?«

Benedikt sah sie beinahe betroffen an und rettete sich dann in ein nervöses Lächeln. »Natürlich nicht«, antwortete er. »Ich würde mich … sicherer fühlen.«

Rachel fragte sich, ob das einfach antrainiertes Machogehabe war oder ob er ihr vielleicht doch nicht die Wahrheit gesagt hatte. Sie hatte ja erlebt, wozu er imstande war, wenn es sein musste, aber aus irgendeinem Grund hatte sie bisher immer als ganz selbstverständlich unterstellt, dass er diese Fähigkeiten nur im Notfall einsetzen würde, um sein oder schlimmstenfalls ihr Leben zu verteidigen. Seltsam, dass sie ihn trotz allem immer als harmlos eingestuft hatte – dabei hatte er ihr ganz offen erzählt, dass er sein Leben lang praktisch nichts anderes getan hatte, als das Handwerk eines Kriegers zu erlernen.

Sie verscheuchte den Gedanken. Es war eindeutig zu spät. Sie konnte nur noch hoffen, dass sie keinen Fehler gemacht hatte.

Rachel ging los. Der Weg durch den Wald gestaltete sich so mühsam wie zuvor und sie kamen nun deutlich langsamer voran, weil Benedikt immer wieder stehen blieb, um zu lauschen und sich aufmerksam umzusehen. Rachel hielt das eine für so sinnlos wie das andere. Mit Ausnahme des weißen Schimmers rechts von ihnen und eines fast geometrischen Musters aus senkrechten Linien war nichts zu sehen und das monotone Rauschen des Regens verschluckte ohnehin jedes andere Geräusch. Dennoch bewegte sich Benedikt weiter auf diese ebenso zeit- wie kräfteraubende Weise. Vielleicht folgte er einfach einem Ritual, das ihm so sehr in Fleisch und Blut übergegangen war, dass er gar nicht mehr anders konnte. Aber obwohl sie langsam von der Stelle kamen, *kamen* sie voran, und sie hatten ein weiteres Mal Glück – entweder hatten die Männer im Dorf keine Wachen aufgestellt oder der Regen und das praktisch nicht mehr vorhandene Tageslicht behinderten sie ebenso wie Benedikt und Rachel. Sie umgingen Castellino fast zur Gänze und erreichten unbehelligt den schmalen Weg, der sich vom Dorf aus weiter in die Berge hinaufschlängelte.

Er war nur noch zur Hälfte vorhanden. Auf seiner anderen Seite ergoss sich eine zischende, von weißem Schaum gekrönte Wasserfläche, die mit der Geschwindigkeit eines Formel-Eins-Wagens talwärts schoss und noch vor wenigen Tagen ein schmaler Bach gewesen war, an keiner Stelle tiefer als einen Meter und weniger als die Hälfte des Jahres überhaupt vorhanden; sobald die Temperaturen über zwanzig Grad stiegen, pflegte er auszutrocknen oder zu einem Rinnsal zu werden, das kaum ausreichte, um sich nasse Füße zu holen. Jetzt tobte auf der anderen Seite des aufgeweichten Weges ein schäumendes Ungeheuer zu Tal, dessen bloße Berührung tödlich sein musste; Rachel konnte die mörderische Gewalt, mit der sich das Wasser seinen Weg bahnte, regelrecht fühlen.

Sie deutete nach links. Der Weg folgte dem Bachlauf auf einer Strecke von zwei- oder dreihundert Metern und endete dann abrupt. Als sie das letzte Mal hier gewesen war (großer Gott, das war *vorgestern* gewesen!), hatte es dort eine schmale gemauerte Brücke gegeben, die so alt wie das Dorf gewesen und ihr vollkommen unzerstörbar vorgekommen war. Jetzt gab es nicht einmal mehr eine Spur davon. Das Wasser hatte sie nicht nur eingerissen, sondern regelrecht verschlungen, als hätte sich die Natur vorgenommen, jegliche Spur menschlichen Tuns auszulöschen.

Rachels Mut sank noch weiter, als sie die zerstörte Brücke erreichten. Ihre erste Einschätzung war falsch gewesen – der Bach war keine fünf, sondern allenfalls vier Meter breit und vermutlich nicht einmal das. Dennoch bildete er ein unüberwindliches Hindernis. Der Weg ging auf der anderen Seite weiter, aber er war ebenso unerreichbar, als befände er sich auf der anderen Seite der Alpen.

Benedikt blickte eine Weile aus eng zusammengekniffenen Augen auf den Wildbach hinab, als könne er die Antwort in der schäumenden Wasserfläche ablesen. »Gibt es einen anderen Weg?«, fragte er.

»Nein«, antwortete Rachel. Sie schüttelte niedergeschlagen den Kopf.

»Dann müssen wir es versuchen«, murmelte Benedikt.

Rachel starrte erst ihn, dann den außer Kontrolle geratenen Bach und dann wieder ihn an. Was hatte er vor? Wollte er sich wie Tarzan von Ast zu Ast schwingen, um den Bach zu überqueren? Selbst wenn er es gekonnt hätte – die Auswahl an Lianen war im Moment nicht besonders groß.

Statt nach einer nicht vorhandenen Liane zu greifen, streckte Benedikt jedoch wieder den linken Arm aus und hielt ihr die Hand entgegen. »Nimm meine Hand«, sagte er auffordernd, als sie zögerte und ihn nur verwirrt und ratlos ansah.

Rachel gehorchte. Benedikt ergriff ihre Finger mit fester Hand, machte einen vorsichtigen Schritt und tastete, in einer fast grotesken Haltung auf dem rechten Fuß balancierend, mit dem anderen im Wasser und im ersten Moment verstand sie überhaupt nicht, was er da tat. Dann aber begriff sie: Sein Fuß traf auf Widerstand, der sich dicht unter der schäumend-braunen Oberfläche verborgen hatte. Er hatte nach der weggerissenen Brücke gesucht und sie auch gefunden. Behutsam verlagerte er sein Gewicht weiter auf den linken Fuß und Rachel ergriff seinen Arm vorsichtshalber auch mit der zweiten Hand und stemmte die Füße in den Boden, nur um vorbereitet zu sein, falls er doch abrutschen und ins Wasser fallen sollte. Nicht, dass sie sich ernsthaft einbildete, ihn halten zu können.

Es war allerdings auch nicht nötig. Benedikt verlagerte sein Gewicht weiter und fand schließlich sicheren Halt, kaum einen Zentimeter unter der Wasseroberfläche. Es sah beinahe absurd aus, aber auch ein bisschen unheimlich, wie er mit weit gespreizten Beinen dastand, den rechten Fuß auf dem sicheren Ufer, während der andere auf dem Wasser zu ruhen schien.

»Woher ... hast du das gewusst?«, murmelte sie unsicher.

Benedikt schien zu erraten, was hinter ihrer Stirn vorging. »Wenn man genau hinsieht, kann man erkennen, wie sich das Wasser an den Steinen bricht«, sagte er. »Falls du erwartet hast, dass ich über das Wasser wandeln kann oder so etwas, muss ich dich enttäuschen.« Er grinste und auch in seiner Stimme war ein durchaus scherzhafter Ton, doch die Worte waren trotzdem nicht dazu angetan, Rachels Unsicherheit zu beschwichtigen oder sie auch nur im Geringsten zu amüsieren – ganz im Gegenteil jagten sie ihr einen kurzen, eisigen Schauer über den Rücken. Sie hatte das fast körperliche Gefühl, dass etwas im Begriff war zu eskalieren.

Benedikt ließ ihre Hand los, trat zwei Schritte vom Ufer zurück und sah noch einmal sehr konzentriert auf das Wasser hinab. Dann rannte er ohne sichtbaren Ansatz los, machte einen weit ausgreifenden Schritt, kam zielsicher auf den unter der Wasseroberfläche verborgenen Steinen auf und stieß sich mit aller Kraft ab. Fast elegant setzte er über den Bach, landete dreißig Zentimeter vom Wasser entfernt auf der anderen Seite und fing seinen Schwung mit einer federnden Bewegung ab. Ohne auch nur aus dem Gleichgewicht zu geraten, drehte er sich in einer Art komplizierter Pirouette auf der Stelle herum und streckte auffordernd beide Arme aus.

»Worauf wartest du?«

Rachel starrte ihn fassungslos an. »Du ... du glaubst doch nicht etwa ... dass ...«

»Ganz genau das glaube ich«, sagte Benedikt. Er lächelte immer noch, aber in seinen Augen war jetzt eine fordernde Härte, die sie gerade noch nicht gesehen hatte. »Es ist nicht so schwer, wie es aussieht. Du musst nur deine Angst überwinden.«

»Niemals!« Rachel schüttelte ein paar Mal und sehr hektisch den Kopf und wich ganz im Gegenteil noch einen Schritt weiter vom Wasser zurück. Allein bei der Vorstellung, sein artistisches Kunststück nachmachen zu sollen, zog sich ihr Magen zu einem harten Klumpen zusammen.

»Du hast selber gesagt: Es gibt keinen anderen Weg«, sagte Benedikt. »Glaub mir, es ist nicht so gefährlich, wie es aussieht.«

Nicht so gefährlich, wie es aussieht bedeutete aber nicht automatisch, dass es *nicht* gefährlich war, dachte Rachel. Natürlich wusste sie, dass er Recht hatte. Sie musste gut drei Meter überwinden, selbst für jemanden wie sie, die ihr letztes Bundessportabzeichen vor fünfzehn Jahren gemacht hatte, keine unlösbare Aufgabe. Aber sie war nervös. Sie hatte Angst. Und sie war ziemlich sicher, dass sie vor lauter Aufregung danebentreten, ins Wasser fallen und jämmerlich ertrinken würde.

»Du kannst auch hier bleiben und auf mich warten«, sagte Benedikt. »Erklär mir den Weg und ich gehe allein zu deiner Freundin. Vielleicht glaubt sie mir ja.«

Sie würde ihm nicht einmal *zuhören*, dachte Rachel. Uschi hatte ihre eigene Art, mit ungebetenen Besuchern umzugehen. Außerdem war der Gedanke, allein hier zurückzubleiben, beinahe noch schlimmer als der an den bevorstehenden Sprung.

Rachel schloss für einen Moment die Augen, um sich zu sammeln, raffte all ihren Mut zusammen und rannte los. Die zwei Schritte, die sie hatte Anlauf nehmen können, waren viel zu wenig. Ihre Kraft würde nicht reichen. Sie würde auf dem schlammigen Ufer ausrutschen und ins Wasser stürzen oder den Stein verfehlen oder zu kurz springen und irgendwo in der Mitte des reißenden Gewässers landen. Es konnte überhaupt nicht gut gehen.

Aber es ging gut. Exakt an der gleichen Stelle wie Benedikt zuvor stieß sie sich ab, traf so zielsicher den verborgenen Stein unter dem Wasser, als würde sie von einer unsichtbaren Hand geleitet, und beobachtete mit einem Gefühl sonderbar distanzierter Verblüffung, wie sie in einem flachen Bogen und fast schwerelos auf das andere Ufer zuflog. Ihr Sprung war nicht so kraftvoll gewesen wie der Benedikts. Sie erreichte das Ufer nicht ganz, sondern landete zwanzig oder dreißig Zentimeter davor im Wasser. Es war unglaublich kalt und sie spürte die schreckliche Kraft der Strömung, die sofort versuchte ihr die Beine unter dem Leib wegzureißen. Aber noch bevor sie stürzen konnte, war Benedikt heran, griff mit beiden Händen nach ihren Handgelenken und zog sie mit einem einzigen, fast brutalen Ruck auf den Weg hinauf.

»Siehst du?«, grinste er. »So schwer war das doch gar nicht.«

Rachel ersparte sich jede Antwort und massierte mit geschlossenen Augen abwechselnd ihre schmerzenden Handgelenke. Sie blieb so lange stehen, bis ihre Knie aufgehört hatten zu zittern, und machte dann eine Kopfbewegung den Weg hinab. Benedikt nickte. »Bleib ein Stück zurück«, bat er, während er sich herumdrehte und losging.

Sie fragte nicht, warum. Das war eine der Fragen, die nur zu weiteren Fragen und in der Folge zu Antworten führen konnten, die sie gar nicht hören wollte.

Während der ersten fünf Minuten kamen sie so schlecht voran, wie sie befürchtet hatte, dann aber erlebte sie eine Überraschung: Der Weg schlängelte sich in scheinbar willkürlichen Kehren und Windungen den Berg hinauf und der Untergrund wurde immer steiniger. Der wochenlange Regen hatte auch hier das Erdreich in einen braunen Schwamm verwandelt, in den sie anfangs bei jedem Schritt einsanken, manchmal so tief, das Rachel nicht ganz sicher war, ob es ihr beim nächsten Schritt noch gelingen würde, sich wieder daraus zu befreien. Je mehr sie sich jedoch dem Berggrat näherten, desto besser wurde es, denn der Regen hatte nahezu alles Erdreich weggespült und den blanken Fels darunter freigelegt, wie ein verärgerter Hausbesitzer, der mit einem Hochdruckreiniger den Weg durch seinen Vorgarten von Unkraut befreite. Auch der Fels war glatt und vom Wasser schlüpfrig geworden, sodass sie vorsichtig sein mussten, aber das Gehen fiel ihnen doch mit jedem Schritt etwas leichter und sie legten sogar ein wenig an Tempo zu. Nach einer Viertelstunde lag der Grat vor ihnen. Dahinter befand sich noch ein flaches, vielleicht einen Kilometer breites Tal, dem der Anstieg zu der ehemaligen Berghütte folgte, in der Uschi lebte.

Kurz bevor sie ihn erreichten, blieb sie stehen. Benedikt, der die ganze Zeit einige Schritte vorausgegangen war, bemerkte es im ersten Moment gar nicht, hielt dann aber auch inne und drehte sich mit fragendem Gesichtsausdruck zu ihr herum.

»Was ist?«

Rachel hob die Schultern. Das Tal auf der anderen Seite des Grates war nur von Gras und einigen kümmerlichen Büschen bewachsen, und wenn sie aus dem Wald heraustraten, waren sie wieder unter freiem Himmel und sie hatte immer noch das unheimliche Gefühl, dass sich in den Wolken unsichtbare Augen verbargen, die gierig jeder ihrer Bewegungen folgten. Was natürlich Unsinn war. Ein solcher Unsinn, dass sie es nicht einmal jetzt wagte, Benedikt gegenüber etwas von ihren Befürchtungen zu erwähnen, sondern nur die Schultern hob und mit einem nervösen Lächeln weiterging.

Benedikt musterte sie misstrauisch, vielleicht sogar ein bisschen besorgt, hob dann aber ebenfalls die Schultern und setzte seinen Weg fort – allerdings nur für genau zwei Schritte, dann blieb er abrupt stehen, hob warnend die Hand und schien für einen Moment zur Salzsäule zu erstarren. Nach zwei Sekunden wiederholte er seine warnende Bewegung, nur dass sie diesmal sehr viel heftiger, fast schon befehlend ausfiel, und deutete aus der gleichen Geste heraus nach links in den Wald.

Seine plötzlich so veränderte Art, sich zu bewegen, machte Rachel klar, dass jetzt nicht der Augenblick für Diskussionen war. Widerspruchslos folgte sie ihm in die angegebene Richtung, vielleicht fünfundzwanzig oder dreißig Meter tief in den Wald hinein, wozu sie gute zwei oder drei Minuten brauchten. Regen und drei Wochen Dauersturm hatten auch von diesem Waldstück ihren Tribut gefordert, so dass ein Großteil der Bäume kahl war und auch das Unterholz im Grunde nur noch aus blattlosem Geäst bestand. Aber es war so dicht, dass sie eigentlich eine Machete gebraucht hätten, um sich einen Weg zu bahnen, und Rachel blieb allein zweimal so hoffnungslos stecken, dass es ihr ohne Benedikts Hilfe sehr schwer gefallen wäre, sich zu befreien. Schließlich wandte er sich wieder nach rechts, dem Grat und damit dem Waldrand zu. Oben angekommen, bedeutete er ihr mit einer knappen Geste, vorsichtig zu sein und ein Stück zurückzubleiben.

Rachel beherzigte den ersten und ignorierte den zweiten Teil seiner Warnung. Das Geräusch des Regens, das sie permanent begleitet hatte, seit sie aus dem Wagen ausgestiegen waren, hatte mittlerweile eine Lautstärke erreicht, die sogar jedes nur halblaut gesprochene Wort verschluckte, so dass nun wirklich nicht die Gefahr bestand, dass jemand sie hörte. Dennoch trat sie so leise wie möglich an seine Seite und spähte zwischen den Bäumen hervor.

Im ersten Moment hatte sie Mühe, sich zu orientieren. Das schmale Tal lag direkt unter ihr und sie rief sich mit einem Gefühl leiser Verwunderung ins Bewusstsein zurück, dass sie diesen Weg in den vergangenen Jahren Dutzende, wenn nicht Hunderte Male gegangen war, und doch hatten die vielleicht zwanzig Meter, die sie vom normalen Kurs abgewichen waren, die Perspektive vollkommen verschoben; sie erkannte den schmalen Einschnitt zwischen den beiden Hügeln kaum wieder und musste nach rechts blicken, um mühsam den Weg wieder zu finden, den sie normalerweise ging: eine fast mathematisch präzise Lücke zwischen den wahllos wuchernden Bäumen und Büschen, die sich, einer gedachten Geraden folgend, fortsetzte und zu einer zweiten, gleichartigen Bresche im Waldrand auf der anderen Seite des Tales führte. Alles erschien ihr fremd, als wäre sie noch niemals hier gewesen, und dazu kam, dass das Gefühl des Angestarrtwerdens mit einem Mal regelrecht explodierte. Unter und zwischen dem grauen Zwielicht, das sich über den Wald ausgebreitet hatte, schien plötzlich noch eine andere, unsichtbare Düsternis zu liegen, als spüre sie die Anwesenheit von etwas Unsichtbarem und unsagbar Bösem, das versteckt in den Schatten lauerte und nur darauf wartete, sie anzuspringen.

»Dort unten!«

Auch Benedikt hatte die Stimme instinktiv zu einem Flüstern gesenkt, das sie mehr erriet, als dass sie die beiden Wörter verstand. Langsam, vermutlich um sich nicht durch eine hastige Bewegung zu verraten, hob er die Hand und deutete in das Tal hinab.

Obwohl Rachel eine ungefähre Vorstellung von dem hatte, wonach sie suchte, dauerte es eine Weile, bis sie die beiden Gestalten erkannte, die dort unten im Schutz eines Felsens auf der Lauer lagen. Sie trugen erdfarben und grün gefleckte Tarnanzüge und hätten sie den Wald auf dem normalen Weg verlassen, sie hätten nicht den Hauch einer Chance gehabt, die beiden Männer zu sehen. Rachel konnte nicht erkennen, ob sie bewaffnet waren, aber im Grunde bestand kein Zweifel daran. So wenig, wie sie sich fragen musste, wer diese beiden Männer waren oder was sie wollten.

»Jetzt sag noch mal, dass deine Ahnungen nichts wert sind«, murmelte Benedikt.

Rachel sah ihn verstört an. Wie leicht wäre es gewesen, sich selbst einzureden, dass er Recht hatte und ihr unheimlicher sechster Sinn – »Präkognition« hatte De Ville es genannt – sie vor diesen beiden Männern dort unten hatte warnen wollen. Und wie falsch. Wenn sie eines wusste, dann, dass die mörderische Feindseligkeit, die sie immer noch wie ein knisterndes elektrisches Feld überall auf der Haut spürte, nichts mit den beiden dort unten zu tun hatte.

Aber sie schwieg.

Benedikt hätte ihr im Moment vermutlich auch nicht zugehört. Für eine geraume Weile konzentrierte er sich so sehr auf die beiden Männer unter ihnen, dass ihr der völlig alberne Gedanke kam, er könnte versuchen, sie durch bloßes Anstarren in eine Art Tiefschlaf zu versetzen. Dann schien er endlich zu einem Entschluss gekommen zu sein, denn er richtete sich wieder auf, drehte sich zu ihr herum und trat gleichzeitig wieder tiefer in den Wald hinein.

»Du wartest hier«, sagte er.

Diesmal war es keine Bitte, sondern so eindeutig ein Befehl, dass Rachel ganz automatisch auf Abwehr schaltete.

»Ach?«, fragte sie trotzig. »Worauf?«

»Dass ich dir ein Zeichen gebe oder zurückkomme und dich hole«, antwortete Benedikt. Ihren hörbar aggressiven Ton nahm er gar nicht zur Kenntnis. Er schien auch nicht einmal die Möglichkeit in Betracht zu ziehen, dass er *nicht* zurückkommen oder keine Gelegenheit haben würde, ihr ein Zeichen zu geben. Und er war wohl auch nicht in der Stimmung, weiter mit ihr zu diskutieren, denn er drehte sich ohne ein weiteres Wort herum, duckte sich und schien mit dem Regen und dem grauen Licht zu verschmelzen, während er aus dem Wald hinaustrat.

13

Es vergingen nur wenige Minuten, bis Benedikt zurückkehrte. Rachel konnte jedoch nicht sagen, wie viele – irgendwo auf halbem Weg zwischen Brüssel und hier hatte sich ihr Zeitgefühl endgültig verabschiedet und ihre innere Uhr war so gründlich aus dem Takt geraten, dass sich Sekunden manchmal zu Ewigkeiten zu dehnen schienen und sie dann wieder verwirrt die Augen öffnete und um sich blinzelte, während sie sich fragte, was in den letzten Augenblicken geschehen war und vor allem, wie viele es gewesen waren. Der unsichtbaren Linie nach zu schließen, unter der die Kälte von ihren Füßen aus langsam an ihren Waden emporkroch, konnten es kaum mehr als zehn oder allerhöchstens fünfzehn Minuten gewesen sein. Sie war wieder in Richtung des Weges zurückgegangen, hatte ihn jedoch nicht betreten und sich auch dem Ausgang zum Tal nicht weiter als auf fünf oder sechs Meter genähert. Wie sie sich selbst – zumindest für eine kurze Weile erfolgreich – einredete, aus dem einzigen Grund, um nicht von den beiden Männern dort unten im Tal gesehen zu werden und sich selbst und vor allem Benedikt dadurch in Gefahr zu bringen, in Wahrheit aber wohl eher (und auch darüber war sie sich völlig im Klaren, brachte es aber irgendwie immer noch fertig, die Augen vor dieser Erkenntnis zu verschließen), weil sie doch eine ziemlich konkrete Vorstellung von dem hatte, was Benedikt dort unten tun würde. So war sie zwischen den nassen, wie polierter Kunststoff glänzenden Stämmen des fast völlig entlaubten Waldes stehen geblieben und hatte sich die Zeit damit vertrieben, vergeblich nach einem trockenen Flecken zu suchen, einem toten Winkel zwischen den Bäumen oder wenigstens einem Platz, an dem es nicht mehr wie aus Kübeln auf sie herabschüttete.

Obwohl sie einen nicht geringen Teil ihrer Konzentration darauf verwandte, zu lauschen und auf jede Veränderung ihrer Umgebung zu achten, tauchte Benedikt so plötzlich und scheinbar wie aus dem Nichts vor ihr auf, dass sie erschrocken zusammenfuhr und um ein Haar einen Schrei ausgestoßen hätte. Ganz instinktiv wich sie einen halben Schritt zurück und prallte dabei unsanft mit Schultern und Hinterkopf gegen einen Baum.

»Großer Gott, hast du mich erschreckt!«, entfuhr es ihr.

»Offenbar nicht genug«, erwiderte Benedikt ernst. »Ich hätte auch jemand anderer sein können. Aber dann wärst du jetzt wahrscheinlich schon tot.«

Rachel war im ersten Moment viel zu verwirrt, um mehr als die scheinbar völlig grundlose Feinseligkeit in seiner Stimme zu registrieren und sich darüber zu wundern. Ihre Antwort war zwar scharf, aber es war im Grunde nur Trotz, ein bloßer Reflex auf den Ton, den er angeschlagen hatte. »Du bist es aber nicht, oder?«, funkelte sie ihn an.

»Zum Glück, ja«, erwiderte Benedikt. »Alles in Ordnung?«

Seine Besorgnis kam ein wenig spät, fand Rachel. Für ihren Geschmack gerade spät genug, um sie nicht nur nicht echt, sondern schon beinahe nach Spott klingen zu lassen. Sie antwortete mit einem angedeuteten Nicken und machte eine fragende Geste in die Richtung, aus der er gekommen war – oder um genauer zu sein, von der sie *annahm*, dass sie es war.

Benedikt beantwortete ihre Frage, bevor sie sie laut aussprechen konnte. »Keine Chance«, sagte er. »Die beiden sind nicht allein.«

»Und was genau soll das heißen?«

»Dass ich sie töten müsste, um an ihnen vorbeizukommen«, erwiderte Benedikt ruhig. »Willst du das?«

Rachel sah ihn schockiert an. Natürlich wollte sie es nicht. Dass er die Frage überhaupt stellte, empörte sie ein wenig. »Nein.«

»Dann müssen wir einen anderen Weg finden«, sagte Benedikt.

»Einen anderen Weg?« Allein bei der Vorstellung hätte Rachel beinahe laut aufgelacht. Es gab einen anderen, unter normalen Umständen sogar kürzeren Weg zur Hütte hinauf, aber die Umstände waren nun einmal nicht normal und im Moment war der Weg am Bach entlang der schiere Selbstmord – sofern er überhaupt noch existierte.

»Es gibt doch einen anderen Weg?«, fragte Benedikt.

Rachel sah ihn nur weiter unentschlossen an, aber das allein war für Benedikt natürlich Antwort genug.

»Dann zeig ihn mir.«

Rachel sagte immer noch nichts. Endlose Sekunden lang sah sie ihn wortlos an, dann deutete sie stumm in die etwas blassere Dämmerung im Wald hinter sich hinein und machte gleichzeitig eine auffordernde Kopfbewegung. Benedikt wirkte enttäuscht, hob aber nur die Schultern und ging an ihr vorbei; ein wenig langsamer als zuvor und nicht mehr so zielstrebig, wie es schien, aber ohne eine weitere Frage zu stellen. Er wusste nicht, wohin sie gingen.

Rachels subjektives Zeitempfinden bewegte sich nach wie vor in einem willkürlichen Zickzack zwischen Super-Slow-Motion und High-Speed-Fotografie, aber sie war den Weg oft genug gegangen, um zu wissen, dass sie nochmals gute zehn Minuten brauchen würden, bevor sie die Abzweigung erreichten. Sie hoffte, dass sie sie überhaupt wieder finden würde. Vorhin war sie daran vorbeimarschiert, ohne dass sie ihr aufgefallen wäre, aber da hatte sie natürlich auch nicht danach gesucht. Sie war nicht einmal jetzt sicher, ob die Abkürzung zu der einsamen Berghütte, die sie kannte, überhaupt noch eine war. Aber wenn sie nicht mehr existierte, dann war sowieso alles vorüber.

Benedikt marschierte die ganze Zeit wortlos vor ihr her, schnell, aber nicht annähernd so schnell, wie er es gekonnt hätte. Er bewegte sich auf eine gleichmäßige, kräftesparende Art und sah kein einziges Mal zu ihr zurück, aber sein Blick tastete immer wieder verstohlen und aufmerksam zugleich über den Waldrand rechts und links des blank gespülten Weges, ein- oder zweimal auch nach oben zu der grau marmorierten Decke, die sich weit genug auf den Wald herabgesenkt hatte, um die nahezu blattlosen Wipfel beinahe zu berühren.

Einen kurzen Augenblick lang fragte sich Rachel, ob er das Starren unsichtbarer Drachenaugen dort oben auch spürte, beantwortete ihre eigene Frage aber auch fast sofort mit einem eindeutigen Nein. Er konnte nicht spüren, was nicht da war. Paranoia war zwar bis zu einem gewissen Grad ansteckend, aber es war nicht besonders wahrscheinlich, dass sie beide auch den gleichen Halluzinationen erlagen. Wahrscheinlich machte er sich nur Sorgen, dass die Dunkelheit zu schnell hereinbrach und sie hier draußen überraschte.

Und diese Sorge war durchaus berechtigt. Sie würden die Berghütte nicht mehr bei Tageslicht erreichen, das war ihr plötzlich klar.

Die Vorstellung, bei Dunkelheit durch diesen unheimlich veränderten Wald zu marschieren, machte anscheinend nicht nur ihr Angst.

Rachel blieb stehen. »Warte.«

Benedikt hielt gehorsam an und drehte sich mit fragendem Gesichtsausdruck zu ihr herum.

Obwohl sie wusste, dass es ihn verletzen würde, zögerte sie noch einmal, vielleicht einmal zu oft. Benedikts Gesichtsausdruck verdüsterte sich. Diesmal auf eine Art, die sie zuvor noch nie an ihm bemerkt hatte.

»Wir müssen nach rechts.« Rachel deutete auf den schmalen Trampelpfad, der von dem kaum breiteren Hauptweg abzweigte. Benedikts Blick folgte der Geste, aber sein Gesicht spiegelte im ersten Moment nur Verständnislosigkeit – und ein latentes Misstrauen, das Rachel sehr wohl verstehen konnte, denn sie hatte es sich reichlich verdient, das ihr aber trotzdem wehtat und sie auch ein bisschen ärgerte.

»Was soll da sein?«, fragte er.

»Vertrau mir einfach«, antwortete Rachel. »Komm.«

Das war vermutlich auch ein Fehler. Aus dem Misstrauen in seinem Blick wurde Ärger und einen Sekundenbruchteil später blanke Wut. Sie trat an ihm vorbei, schickte ein Stoßgebet zum Himmel, dass dieser auf so unheimliche Weise veränderte Wald sie nicht ebenfalls narrte, und trat hinter dem abgestorbenen Baum, der als Markierung diente, auf den abzweigenden Trampelpfad – der im Grunde nur noch theoretisch vorhanden war. Sie verstand Benedikts Misstrauen plötzlich besser. Es war drei Wochen her, dass sie diese Abzweigung das letzte Mal genommen hatte, aber ihre Umgebung hatte sich so radikal verändert, dass nicht einmal sie mehr sicher war, sich wirklich auf dem richtigen Weg zu befinden. Aus dem Wald war ein Skelett geworden, das nicht nur alles Fleisch und Blut, sondern auch etliche Knochen eingebüßt hatte. Der vom Blitz gespaltene und schon halb versteinerte Baum, der ihr als Wegmarkierung diente, war schon früher verkrüppelt und tot gewesen, ein geschwärzter und nahezu versteinerter Leichnam, der sich nicht verändert hatte, aber die Welt dahinter hatte nichts mehr mit der gemein, die sie kannte. Der Trampelpfad hatte sich nicht einfach nur verändert, er war nicht mehr da und selbst die Stellung der Bäume und Büsche zueinander schien nicht mehr die gleiche zu sein. Schon nach wenigen Schritten war Rachel nicht mehr sicher, noch auf dem richtigen Weg zu sein, und nach zwei Dutzend weiteren war sie nahezu sicher, es *nicht* mehr zu sein.

Dabei hatte sich der Wald gar nicht *wirklich* verändert. Hier und da hatte der Wind einen Ast abgebrochen und einmal mussten sie über einen gestürzten Baum hinwegsteigen, dessen Wurzeln vom Regen aus dem Boden herausgewaschen worden waren, bis er unter seinem eigenen Gewicht einfach zur Seite gefallen war, aber darüber hinaus beschränkten sich die Veränderungen auf die fast völlige Entlaubung des Waldes und auf die Tatsache, dass es so gut wie kein Erdreich mehr gab.

Und keine Spur von Leben mehr. Selbst die Baumstämme waren wie bizarre Skulpturen aus grauem Eisen, so hart, dass selbst der Gedanke abwegig schien, dass sie jemals lebendig gewesen sein sollten. Es gab keinen anderen Laut als das Rauschen des Regens und das permanente Geräusch des Windes, und erneut und diesmal mit ungleich größerer Gewissheit wurde ihr klar, dass sie gleichsam einen Blick in die Zukunft tat, in eine Zeit, in der die menschliche Spezies nicht nur längst vergangen, sondern vollkommen vergessen sein würde. Die Hölle bestand nicht aus brennender Erde und Feuerregen, sondern aus totem, hartem Gestein und sterilem Regen.

Bis zum letzten Moment war sie nicht einmal sicher, dass sie sich nicht doch verirrt hatten, aber endlich lichteten sich die Schatten, wenn auch nur um eine Nuance, so wenig, dass sie die Veränderung unter normalen Umständen nicht einmal dann zur Kenntnis genommen hätte, hätte sie danach gesucht. Sie trat von einer Dämmerung in die andere, kaum hellere hinaus, blieb erleichtert stehen und atmete hörbar auf.

Dabei hatte sie eigentlich keinen Grund dazu. Rein instinktiv schien sie dem Verlauf des Trampelpfades zwar überraschend genau gefolgt zu sein, aber dort, wo eigentlich der Bach fließen sollte, erstreckte sich jetzt die Oberfläche eines ausgedehnten, täuschend ruhig daliegenden Sees. Er begann unmittelbar vor ihren Füßen und war gute zwanzig Meter breit, was exakt der Breite der Lichtung entsprach, die eigentlich hier sein sollte. Nach rechts und links erstreckte er sich, so weit sie sehen konnte, was bei den herrschenden Lichtverhältnissen allerdings nicht besonders weit war. Ungefähr in der Mitte dieses Sees, der gar nicht da sein sollte, erhob sich das obere Drittel eines einfachen Holzkreuzes aus den braunen Fluten. Rachel erkannte es wieder und der Anblick des schlichten Kruzifixes mit der geschnitzten Marienstatue daran diente ihr nicht nur zur Orientierung, sondern ließ auch gewisse Rückschlüsse auf die Tiefe des neu entstandenen Sees zu. Er konnte kaum tiefer als dreißig Zentimeter sein.

»Aha«, sagte Benedikt, während er hinter ihr aus dem Wald heraus- und mit einem schnellen Schritt neben sie trat. »Ich will dir nicht zu nahe treten, aber du hast vielleicht etwas falsch verstanden. Ich bin nicht Noah. Ich habe weder eine Arche noch irgendein anderes Schiff.«

Rachel verstand sehr wohl, was er meinte, aber sie fand seinen Humor im Moment reichlich deplatziert.

»Als ich das letzte Mal hier war, floss hier noch der Bach«, sagte sie.

»Derselbe wie in Castellino?«

Rachel nickte.

»Warum sind wir ihm dann nicht gleich gefolgt?«, fragte Benedikt in nörgelndem Ton.

»Weil wir dann mindestens zwei Stunden länger unterwegs gewesen wären«, antwortete Rachel. Sie zog eine Grimasse. »Scheint, als hätte es sich nicht gelohnt. Von hier aus ist es nicht mehr weit. Aber der Aufstieg liegt drüben auf der anderen Seite. Völlig unmöglich, dort hinüberzukommen.« Sie seufzte. »Die beste Abkürzung ist wohl tatsächlich der Weg, den man kennt.«

»Was spricht gegen den Weg, dem wir bislang gefolgt sind?«, erkundigte sich Benedikt. Sein Blick glitt taxierend über die glatte, scheinbar vollkommen reglos daliegende Wasserfläche. Der Eindruck täuschte. Selbst Rachel spürte die furchteinflößende Kraft, mit der sich das Wasser unter der Oberfläche bewegte. Ein einziger Schritt in diesen tückischen, blinden Spiegel hinein bedeutete das sichere Ende. »Bis auf die beiden Kerle unten im Tal. Wir könnten sie vermutlich umgehen, wenn wir ein bisschen vorsichtig sind.«

»Gute zwei Stunden Fußmarsch«, antwortete Rachel leise. »Ganz davon abgesehen, dass der Weg nicht zur Berghütte führt. Jedenfalls nicht direkt.« Sie hob die Schultern und versuchte ein resignierendes Lächeln auf ihre Lippen zu zwingen, aber es blieb wohl bei dem Versuch. »Ich fürchte, vor Mitternacht werden wir kaum ankommen. Du hast doch keine Angst – nachts und allein im dunklen Wald?«

»So viel Zeit haben wir nicht.« Benedikt wirkte besorgt. Sein Blick wurde für einen Moment unstet, tastete nach links und rechts und wieder zurück. »Dieses Holzkreuz da drüben.« Er deutete auf das geschnitzte Kruzifix, das scheinbar direkt aus den Fluten ragte. »Auf welcher Seite steht es?«

Rachel setzte automatisch zu einer Antwort an, runzelte dann aber nur die Stirn und rettete sich in ein halb verlegenes, halb schuldbewusstes Lächeln. »Rechts«, sagte sie. »... glaube ich.«

»Du *glaubst?«*

Tatsache war, dass sie ganz und gar nicht sicher war. Sie war so oft hier entlanggegangen, dass das hölzerne Kruzifix längst zu einem Teil der Landschaft geworden war, dem sie kaum mehr Beachtung schenkte als einem Baum oder einem Strauch. Sie wusste nur, dass sie nach links abbiegen und einen knappen halben Kilometer weit dem Bachlauf folgen musste, nachdem sie es erreicht hatte. Alles andere war bisher nicht wichtig gewesen.

»Ich weiß es nicht«, gestand sie. »In der Mitte des Weges. Dicht am Bach.«

Benedikt blickte einen Augenblick lang nachdenklich nach links, in die Richtung, in die sie gedeutet hatte. Der Bachlauf beschrieb dort eine weit ausholende Kurve und verschwand hinter dem Wald, der an dieser Stelle nicht anstieg, sondern flach wie ein Brett war – wenn es sich auch, um bei dem Vergleich zu bleiben, im Augenblick eher um das Nagelbrett eines Fakirs zu handeln schien.

»Wie geht es dahinter weiter?«, fragte er.

»Ein kleiner See«, antwortete Rachel achselzuckend. »Dahinter liegt ein Wasserfall. Nicht hoch. Vier, vielleicht fünf Meter. Man kann bequem daneben nach oben klettern.« Sie schwieg einen Moment und fügte dann hinzu: »Jedenfalls war es bisher so.«

»Bisher?« Benedikt sagte nichts weiter, aber das war auch nicht nötig. Er seufzte. »Man gönnt sich ja sonst nichts. Bleib hier.«

Rachel hatte nicht vorgehabt, irgendwo hinzugehen, aber ihr Herz machte einen erschrockenen Sprung, als sie sah, dass Benedikt nicht dem Waldrand folgte, wie sie erwartet hatte, sondern langsam und mit einem Ausdruck höchster Konzentration direkt ins Wasser hineintrat.

Ihre Befürchtungen schienen sich zu bewahrheiten. Obwohl das Wasser ihm kaum bis zu den Knöcheln reichte, konnte sie sehen, welche Kraft es ihn kostete, nicht sofort von den Füßen gerissen zu werden. Das scheinbar so ruhig dahinfließende Wasser brach sich schäumend an seinen Knöcheln und bildete winzige Wirbel und Strudel, und sie sah, dass er jedes Mal den Fuß aufsetzte und ein paar Mal hin und her bewegte, um sicheren Stand zu haben, ehe er den nächsten Schritt wagte. Sie konnte Benedikts Gesicht nicht sehen, aber seine Haltung war angespannt und er bewegte sich eher wie ein Roboter als wie ein lebendes Wesen. Langsam und mit äußerster Vorsicht näherte er sich dem hölzernen Kruzifix, wobei er nicht nur immer langsamer wurde, sondern auch immer tiefer ins Wasser trat, das ihm erst bis zu den Waden, schließlich bis zu den Knien reichte. Es gab einen gefährlichen Moment, als er einmal ausglitt und nur im letzten Augenblick und mit großer Anstrengung sein Gleichgewicht wiederfand, aber schließlich hatte er das Kruzifix erreicht und streckte die Hand danach aus. Rachel verstand nicht, was er tat, und als sie es endlich verstand, verstand sie nicht, warum er es tat: Benedikt begann mit beiden Händen an dem hölzernen Kreuz zu rütteln und löste es zwar langsam, weil er auch dabei streng darauf achtete, sich nicht selbst aus dem Gleichgewicht zu bringen, aber ohne große Mühe aus dem Boden. Nachdem er es zwei oder drei Minuten in immer größer werdenden Pendelbewegungen nach rechts und links gedrückt hatte, verlor es endgültig seinen Halt und wurde ihm schließlich von der Strömung aus den Händen gerissen.

Irgendetwas in Rachel schien sich zusammenzuziehen, als sie sah, wie das hölzerne Kruzifix ins Wasser eintauchte, nach ein paar Metern wieder durch die schmutzige, braune Oberfläche brach und sich allmählich zu drehen begann, während es immer schneller von der Strömung davongetragen wurde. Trotz – oder vielleicht gerade wegen – ihrer streng katholischen Erziehung hielt sie nicht viel von Heiligenstatuen und sakraler Kunst. Sie schätzte und respektierte vieles davon, weil es sich manchmal um großartige Kunstwerke handelte und sie für viele Menschen eine ganz besondere Bedeutung hatten, aber sie selbst hatte diesem Kreuz niemals irgendwelche Gefühle entgegengebracht. Soviel sie wusste, stand es seit mindestens hundert Jahren hier, vielleicht länger, und selbst im Dorf unten wusste niemand mehr, wer es aufgestellt hatte oder warum. Dennoch hatte sie für einen Moment das fast schmerzhaft intensive Gefühl, dass Benedikt einen Frevel begangen hatte, der nicht ungesühnt bleiben würde.

Gottes Strafe traf ihn jedoch zumindest nicht sofort. Etwas schneller als zuvor, aber ebenso vorsichtig, breitbeinig und mit weit ausgebreiteten Armen, um die Balance zu halten, kam er zu ihr zurück und trat mit einem hörbar erleichterten Seufzer wieder auf den steinernen Waldboden hinauf. »Es stand auf dieser Seite«, sagte er mit einem raschen, angedeuteten Grinsen.

»Du hättest das nicht tun sollen«, murmelte Rachel.

»Wenn es *dir* als Wegweiser dient, dann anderen vielleicht auch«, erwiderte Benedikt.

Das war also der Grund, weshalb er dieses enorme Risiko auf sich genommen hatte. Aber nicht der Grund für Rachels Worte. Sie sah eine Sekunde lang in sein Gesicht hinauf, dann in die Richtung, in der das Kreuz verschwunden war. Nach einem Moment entdeckte sie es. Es war nur vierzig oder fünfzig Meter weit den Bach hinunter getrieben und hatte sich in den entlaubten Zweigen eines Gebüsches verfangen, das halb aus dem Wald heraus- und in den Bach hineinragte; eine tausendfingrige dürre Hand, die der Wald ausgestreckt hatte, um die ertrinkende Maria zu retten.

»Du glaubst, dass sie … auch hierher kommen?«

»Wenn die Leute unten im Dorf wissen, dass deine Freundin in dieser Berghütte lebt, dann wissen es die anderen auch«, sagte Benedikt. »Und dann kennen sie auch *diesen* Weg.«

»Niemand wäre so verrückt, hier entlangzugehen«, erwiderte Rachel. »Nicht *jetzt*.«

»Wir sind es doch auch«, antwortete Benedikt. »Auch wenn wir im Moment eher hier herumstehen und kostbare Zeit vertrödeln.«

Rachel verstand den Wink. Ohne ein weiteres Wort und sich dicht am Wasser haltend, ging sie voraus und folgte dem neu entstandenen See flussaufwärts. Ihre Erinnerung hatte sie nicht getrogen, aber sie konnte sich auf dem Gemisch aus dünnflüssigem Morast und kaum weniger rutschigem nassem Stein nur mit äußerster Vorsicht bewegen, und so vergingen abermals gut zehn Minuten, bis sie die Biegung erreichten und der Wasserfall vor ihnen lag. Rachel war überrascht und auf eine ungläubige Art erleichtert zugleich. Auch hier hatte sich das Wasser bis weit über seine eigentlichen Ufer hinaus ausgebreitet und war sogar ein gutes Stück weit in den Wald vorgedrungen, der Wasserfall selbst jedoch schien sich kaum verändert zu haben. Sie wusste nicht genau, was sie erwartet hatte, vielleicht etwas wie eine Miniaturausgabe der Niagarafälle, in jedem Fall aber etwas viel Schlimmeres als das, was sie nun sah.

Irgendwann vor etlichen hunderttausend oder vielleicht auch Millionen Jahren hatte ein Erdbeben den Boden an dieser Stelle so sauber wie mit einem Axthieb gespalten, so dass eine gut fünf Meter hohe, vollkommen senkrechte Felswand entstanden war, die das Wasser in unendlicher Geduld so lange bearbeitet hatte, bis sie so glatt wie sorgsam polierter Granit geworden war. Dennoch war es möglich, direkt in dieser Felswand nach oben zu klettern, denn es gab genau in der Mitte eine Anzahl faustgroßer Löcher und Vertiefungen, die beinahe wie eine Leiter nach oben führten und ganz eindeutig künstlichen Ursprungs waren. Rachel wusste nicht, wer diese Kletterhilfe angebracht hatte oder warum – vielleicht Kinder aus dem Dorf, die auf diese Weise nach oben stiegen, um von dort in den flachen See hinabzuspringen, den das Wasser im Lauf der Zeit am Fuß der Felswand ausgewaschen hatte, vielleicht auch jemand anders, aus einem vollkommen anderen, geheimnisvollen und möglicherweise längst vergessenen Grund. Gleichwie: Sie hatte diesen Weg schon ein paar Mal genommen und festgestellt, dass er nicht nur überraschend einfach war, sondern im Sommer sogar eine durchaus angenehme und willkommene Erfrischung darstellte. Der Wasserfall hatte nicht mehr Kraft als eine halb aufgedrehte Dusche und Finger und Zehen fanden in den künstlich angebrachten Vertiefungen sicheren Halt. Vermutlich wäre es selbst *jetzt* noch möglich gewesen, auf diese Weise nach oben zu kommen, denn der Wasserfall schien kaum an Gewalt zugenommen zu haben: Der Bach führte zwar deutlich mehr Wasser als normal, das im Moment aber eher gemächlich daherfloss und über die Kante plätscherte, statt sich in einem tosenden Strom in die Tiefe zu ergießen, wie sie erwartet hatte.

»Wie kommen wir nach oben?«, erkundigte sich Benedikt.

Rachel erklärte es ihm und Benedikt riss die Augen auf und starrte sie an. »Das … das ist nicht dein Ernst«, murmelte er. »Ich dachte, ich wäre der Verrückte hier.«

Rachel gönnte sich den Luxus, sich einige Sekunden voll unverhohlener Schadenfreude an dem fassungslosen Ausdruck seines Gesichtes zu weiden, aber dann schüttelte sie den Kopf und machte eine neuerliche Geste zum Wasserfall hin.

»Keine Sorge. Es gibt einen anderen Weg. Komm.«

Sie ging an ihm vorbei und wich wieder ein Stückchen tiefer in den Wald zurück, gerade weit genug, um die etwas helleren Schatten zur Rechten als Orientierung zu nutzen, ehe sie losmarschierte. Benedikt warf ihr einen irritierten Blick zu, aber Rachel tat nichts, um seine Frage zu beantworten. Sie konnte ihm schließlich nichts von den Drachenaugen am Himmel erzählen. Wortlos gesellte sich Benedikt zu ihr und marschierte diesmal fünf Schritte hinter ihr her, statt die Führung zu übernehmen wie bisher. Da er den Weg ja nicht kannte, war das auch das Einzige, was überhaupt Sinn machte. Trotzdem fühlte sich Rachel auf völlig absurde Weise im Stich gelassen.

Sie brauchten nur noch wenige Minuten, um den Wasserfall zu erreichen, und dort angekommen, erwartete sie eine böse Überraschung.

Der Pfad existierte nicht mehr.

Wo er sein sollte, befand sich ein Gewirr aus um- und übereinander gestürzten Bäumen, ausgerissenen Büschen, zerfetztem Unterholz und zersplitterten Ästen, als wäre der gesamte Hang ins Rutschen gekommen und hätte sich zu einem gewaltigen Trümmerhaufen aufgetürmt, um ihnen den Weg zu versperren. Vielleicht, überlegte sie, war genau das geschehen. Wie sie auf dem Weg hierher gesehen hatten, bestand der vermeintlich fruchtbare Waldboden nur aus einer relativ dünnen Krume, die der Regen so lange aufgeweicht und gelockert hatte, bis sie unter ihrem eigenen Gewicht nachzugeben begann und vielleicht in einer einzigen Schlamm- und Geröll-Lawine zu Tal raste. Die Sintflut hatte im wahrsten Sinn des Wortes damit begonnen, das Leben von der Erde zu spülen, und vielleicht würde sie erst wieder aufhören, wenn ihr Werk vollständig getan war und nur noch eine leblose, schwarze Steinkugel übrig war.

»Da kommen wir nicht durch«, drang Benedikts Stimme in ihre Gedanken. »Keine Chance.«

Unglückseligerweise konnte sie nicht anders, als ihm Recht zu geben. Vor ihnen türmte sich eine gut anderthalb Meter hohe Barriere aus zerborstenen Stämmen und gefährlichen Spitzen, zwischen denen Wasser in winzigen, zischenden Geysiren und gurgelnden Bächen hindurchfloss. Zumindest wusste sie jetzt, warum der Wasserfall so überraschend wenig Kraft hatte. Der Bach, plötzlich auf das Zehnfache seines normalen Volumens angeschwollen, hatte sich schlichtweg einen anderen Lauf gesucht und dabei alles verwüstet, was ihm in den Weg geriet. Allein der *Gedanke*, über diesen Damm hinwegklettern zu wollen, war lächerlich – ganz davon abgesehen, dass sie nicht wussten, was sie auf der anderen Seite erwartete.

»Also doch der Wasserfall?«

Rachel fand den spöttischen Unterton in Benedikts Stimme in diesem Moment höchst unangemessen, ersparte sich aber jeden Kommentar. Vermutlich gab es noch ein Dutzend anderer Wege, aber sie hatten weder die Zeit noch die Möglichkeit, danach zu suchen. Schon die Vorstellung, in dem schlammigen Wasser nach oben zu steigen, jagte ihr einen eiskalten Schauer über den Rücken, auch wenn sie genau genommen nicht mehr nasser werden konnten, als sie es ohnehin schon waren. Es war nur eine weitere Unbequemlichkeit, versuchte sie sich einzureden. Widerwillig nickte sie.

Benedikts Grinsen wurde nun eindeutig unverschämt. Er drehte sich auf dem Absatz herum, machte einen schwungvollen Schritt und blieb so abrupt wieder stehen, dass Rachel alarmiert den Kopf hob und fragte: »Was –?«

Benedikt schnitt ihr mit einer herrischen Geste das Wort ab. Ohne weiter auf sie zu achten und in plötzlich angespannter, fast sprungbereiter Haltung, drehte er sich wieder herum und blickte konzentriert auf das Durcheinander von zerborstenem Holz und Geäst vor sich hinab. Er hatte irgendetwas entdeckt, aber sosehr sich Rachel auch bemühte, sie sah nichts irgendwie Außergewöhnliches.

Benedikt offensichtlich schon, denn er wiederholte seine Handbewegung, die diesmal aber warnend aussah, machte zwei Schritte auf die Barriere zu und ließ sich langsam in die Hocke sinken. Ohne irgendetwas zu erklären, begann er an den Ästen zu zerren und zu ziehen, stützte sich schließlich mit der linken Hand an einem Baum ab und riss mit der rechten mit aller Kraft an einem vorstehenden Ast. Im ersten Moment schienen seine Bemühungen keinerlei Ergebnis zu haben, dann aber kam ein ganzes Segment der aus Holz, Stein und Schlamm zusammengesetzten Barriere ins Rutschen, so dass er sich mit einer hastigen, fast komisch aussehenden Bewegung in Sicherheit bringen musste. Eine Miniaturlawine aus dünnflüssigem Schlamm, Steinen und Ästen folgte ihm ein Stück weit und holte ihn mit gerade noch genug Wucht ein, um ihn doch noch aus dem Gleichgewicht zu bringen, sodass er mit einem gemurmelten Fluch hintenüber kippte und auf dem Hinterteil landete, und an der Stelle, an der er herumgezerrt hatte, kamen weitere Steine, noch mehr dünnflüssiger, hellbrauner Morast und gefährlich zerborstenes Holz zum Vorschein.

Und die zu einer Kralle verkrümmte Hand eines Mannes.

»Großer Gott!«, flüsterte Rachel. »Was ist das?«

Abgesehen davon, dass das eine ziemlich idiotische Frage war, hatte Benedikt sie sichtlich nicht einmal registriert. Er riss und zerrte weiter mit einer Mischung aus großer Kraft und mindestens ebenso großer Vorsicht an dem gefährlichen Gewirr vor sich, mit dem einzigen Ergebnis allerdings, dass der von der Natur improvisierte Damm weiter ins Rutschen kam und er seine Bemühungen mehrmals unterbrechen musste, um sich mit einer hastigen Bewegung in Sicherheit zu bringen, damit er nicht selbst unter dem Gemisch aus Morast und zerborstenem Holz begraben wurde.

Dennoch gelang es ihm nicht, mehr als die Hand und den Arm des Toten auszugraben. Als er versuchte, dessen Oberkörper aus den Trümmern hervorzuziehen, gerieten diese zur Gänze ins Wanken und begannen sich mit einer auf unheimliche Weise flüssig wirkenden Bewegung nach vorne und zur Seite zu neigen, sodass Benedikt seine Bemühungen hastig aufgab und einen halben Schritt zurücksprang. Erst nachdem das Zittern und Beben wieder aufgehört hatte, wagte er es, sich dem Leichnam erneut zu nähern und sich in die Hocke sinken zu lassen.

»Wer ist das?«, fragte Rachel.

Die Frage war nicht deutlich intelligenter als die von gerade; selbst wenn Benedikt den Mann kennen sollte, wäre es nicht sehr wahrscheinlich, dass er ihn nur anhand seines linken Armes und der Hand identifizierte. Trotzdem hob er in einer hilflos wirkenden Geste die Schultern, beugte sich abermals vor und versuchte noch einmal – diesmal aber deutlich vorsichtiger –, den Toten aus seinem bizarren Grab zu befreien. Das Ergebnis war mäßig: Es gelang ihm, die Schulter und einen Teil des Körpers freizulegen, nicht jedoch Kopf oder Gesicht. Immerhin konnten sie erkennen, dass der Tote eine Art Uniform trug, auch wenn sie so verschmutzt und zerrissen war, dass sie vermutlich nicht einmal sein direkter Vorgesetzter hätte identifizieren können. Am Gürtel trug er eine lederne Pistolentasche. Rachel war nicht sonderlich überrascht, als Benedikt sie öffnete und die darin befindliche Waffe herauszog.

»Ist das alles, was dich interessiert?«, fragte sie feindselig, als Benedikts Aufmerksamkeit sich von dem Toten abwandte und ganz auf die wuchtige schwarze Waffe konzentrierte.

»Das ist eine deutsche Pistole«, sagte Benedikt.

»Wie interessant«, entgegnete Rachel spitz, aber Benedikt schüttelte nur den Kopf und warf ihr einen raschen Blick zu.

»Darkovs Männer benutzen israelische Waffen«, sagte er. »Immer.«

»Und was bedeutet das?«, fragte Rachel.

»Das dieser Mann hier nicht zu meinen ehemaligen Kameraden gehört«, erklärte Benedikt geduldig.

Die Konsequenz aus diesen Worten war Rachel natürlich vollkommen klar, aber im Moment weigerte sie sich einfach, darüber nachzudenken.

Benedikt stand auf. Sein Blick tastete noch einmal über den Toten beziehungsweise den kleinen sichtbaren Teil des Leichnams, dann schüttelte er bedauernd den Kopf, schob die Waffe scheinbar achtlos in die rechte Jackentasche und wandte sich zu Rachel um.

»Die beiden Männer da unten im Tal«, sagte er. »Ich habe sie noch nie zuvor gesehen.«

Was bedeutete, dachte Rachel, dass er ihnen nahe genug gekommen war, um ihre Gesichter zu erkennen. Und vielleicht noch mehr zu tun.

Sie verscheuchte den Gedanken und drehte sich mit einem Ruck nach rechts in die Richtung des Wasserfalls. Obwohl es mittlerweile fast vollkommen dunkel geworden war, hatten sie keine Mühe, den neu entstandenen See wieder zu finden: Das Rauschen des Wasserfalles war nicht einmal deutlich lauter als das Geräusch des Regens, aber so vollkommen anders, dass es ihnen sicher den Weg wies. Am Waldrand angekommen, blieb Benedikt jedoch wieder stehen und sah sich mit einer Mischung aus Misstrauen und kaum noch verhohlener Sorge um. Der grausame Fund hatte ihm anscheinend doch mehr zu denken gegeben, als er zugeben wollte.

»Dort hinauf?« Er machte eine Kopfbewegung zu der fünf Meter hohen Steilwand und plötzlich kam Rachel die Idee, dort emporzuklettern, selbst völlig absurd vor. Aber die einzigen Alternativen wären gewesen, einen anderen Weg zu suchen, was bei dem Wetter und vor allem bei der immer schneller hereinbrechenden Dunkelheit so gut wie ausgeschlossen war, oder aber zurückzugehen und den offiziellen Wanderpfad zu nehmen – ein Umweg von zwei Stunden, wenn nicht mehr, der ebenso wenig in Frage kam. Also nickte sie und trat ohne zu zögern, wenn auch sehr vorsichtig in das knöcheltiefe Wasser hinein, nach links auf die Felswand zu.

Im ersten Moment war es einfacher, als sie befürchtet hatte. Das Wasser war zwar eisig – viel kälter als der Regen –, aber ihre Schuhsohlen fanden auf dem unsichtbaren Grund sicheren Halt und es gab zumindest hier in der unmittelbaren Nähe des Wasserfalles keine nennenswerte Strömung. Dicht gefolgt von Benedikt, der sich Mühe gab, möglichst zuversichtlich auszusehen, trotzdem aber leicht angespannt wirkte und die Arme halb erhoben hatte, um nötigenfalls sofort zugreifen zu können, sollte sie doch das Gleichgewicht verlieren und stürzen, näherte sie sich der Felswand und trat in den stiebenden Wasservorhang hinein.

Es war ein Schock. Das Wasser hatte nicht einmal die Kraft einer voll aufgedrehten Dusche, aber es war so eisig, dass ihr im ersten Moment die Luft wegblieb und sie das Gefühl hatte, ihr Herzschlag setze aus. Nur mit Mühe konnte sie einen erschrockenen Schrei unterdrücken. Eine Sekunde lang war sie ganz kurz davor, kehrtzumachen und den längeren Weg zu nehmen, ganz egal, wie viel Zeit sie damit verlor und was dann geschah, aber dann sagte ihr ihre Logik, dass sie das Schlimmste nun hinter sich hatte und es ziemlich dumm wäre, sich dieser Qual völlig vergebens ausgesetzt zu haben. Mit zusammengebissenen Zähnen ging sie weiter, tastete über den glatt geschliffenen Fels und brauchte nur wenige Augenblicke, um die Vertiefungen darin zu finden. Ohne sich zu Benedikt herumzudrehen oder sich davon zu überzeugen, dass er ihr folgte, begann sie vorsichtig an der Felswand emporzuklettern. Es war schwerer, als sie geglaubt hatte. Das Wasser hatte zwar immer noch keine große Kraft, aber ihre Finger waren vor Kälte beinahe taub, was dazu führte, dass sie sich immer mehr konzentrieren musste, um nicht abzurutschen. Sie brauchte mehrere Minuten, um die ersten drei Meter zu überwinden, und hätte sie nicht Angst gehabt, die Kraft zum Weiterklettern nicht mehr aufzubringen, sie hätte auf halber Strecke innegehalten, um sich ein wenig zu erholen.

»Was um alles in der Welt hat deine Freundin eigentlich getan, damit sie sich *hier* verstecken muss?«, drang Benedikts Stimme von unten zu ihr herauf.

Rachel war im ersten Moment beinahe empört, dass er überhaupt die Energie aufbrachte, diese Frage zu stellen. Dennoch antwortete sie, wenn auch mit zusammengebissenen Zähnen und für Benedikt so gut wie unverständlich: »Nichts. Sie ist einfach nur ein Mensch, der seine Ruhe haben will. Und sie legt keinen Wert auf viel Besuch.«

Außerdem war der normale Weg zur Berghütte nicht annähernd so anstrengend und gefährlich wie dieser. Sie ersparte es sich, Benedikt darauf hinzuweisen, dass normalerweise keine Männer mit Maschinenpistolen und Hubschraubern hinter ihr her waren und dass es zumindest in einem Großteil des Jahres durchaus möglich war, mit einem geländegängigen Wagen zur Berghütte hinaufzufahren; auch wenn sie es selten tat, zumal sie Uschi höchstens zwei oder drei Mal im Jahr besuchte. Meistens legte sie den Weg hier herauf ganz bewusst zu Fuß zurück und nahm die ungewohnte Anstrengung einer zweistündigen Bergtour in Kauf. Für sie waren die Besuche bei Uschi nicht nur eine willkommene Gelegenheit, eine liebe alte Freundin wieder zu sehen, sondern auch etwas wie Urlaub von der Zivilisation, eine kurze Auszeit aus ihrem normalen Leben, die sie sich ganz absichtlich gönnte und die etwas wie ein kleines Abenteuer darstellte; ein selbst gemachtes Survivaltraining ohne die üblicherweise damit verbundenen Unbequemlichkeiten oder gar irgendeine Gefahr.

Etwas berührte ihren Fuß – Benedikt, der natürlich schneller kletterte als sie und sie vermutlich in Gedanken dafür verfluchte, dass sie ihn zwang, viel länger als nötig unter der eisigen Naturdusche auszuharren. Sie versuchte ein wenig schneller zu klettern, ohne dass es ihr wirklich gelang, erreichte nach einer kleinen Ewigkeit die Felskante und tastete mit der linken Hand nach irgendetwas, woran sie sich festhalten und das letzte Stück nach oben ziehen konnte.

Starke Finger ergriffen ihren Arm, schlossen sich um ihr Handgelenk und zogen sie mit einem Ruck in die Höhe. Rachel stieß ein erschrockenes Keuchen aus, das aber vermutlich im Geräusch des Wasserfalls und des Regens vollkommen unterging, versuchte sich instinktiv loszureißen und erstarrte dann, als sie nicht nur in ein von dunklen Haaren und einem schütteren Dreitagebart beherrschtes Gesicht, sondern auch in die Mündung eines großkalibrigen Gewehres starrte, das der Fremde auf sie richtete. Im ersten Moment war sie so erschrocken, dass sie nicht einmal richtig begriff, wie ihr geschah, dann ließ der Mann endlich ihr Handgelenk los und legte den Zeigefinger der frei gewordenen Hand warnend auf die Lippen. Zugleich wedelte er auffordernd mit dem Gewehr. Die Bewegung hatte etwas Ungeduldiges, aber irgendwie lag keine Drohung darin, und obwohl sie vor Schrecken und Enttäuschung immer noch wie erstarrt war, war Rachel plötzlich sicher, dass die Waffe eben nur durch Zufall genau auf ihr Gesicht gedeutet hatte.

Noch während sie darüber nachdachte, wie sie Benedikt möglichst unauffällig eine Warnung zukommen lassen konnte, trat ein zweiter Mann hinter dem ersten aus der Dunkelheit und kam mit heftig platschenden Schritten durch das nur knöcheltiefe Wasser näher. Er trug die gleiche Art von dunkler Tarnkleidung wie der erste und war ebenfalls mit einem Gewehr bewaffnet, das aber locker an einem Riemen vor seiner Brust hing. In der linken Hand hielt er eine Pistole, während seine rechte eine – im Moment ausgeschaltete – überdimensionale Taschenlampe hielt.

»Ganz ruhig«, sagte der Mann, der sie nach oben gezogen hatte. Seine Stimme war nur ein Zischen, das fast auf der gleichen Frequenz wie das Geräusch des Wassers lag und schon nach wenigen Schritten nicht mehr zu hören sein konnte. »Wir sind hier, um Ihnen zu helfen.«

Gleichzeitig bedeutete er ihr durch eine wedelnde Handbewegung, ein Stück zur Seite zu treten. Rachel gehorchte, schon weil sie viel zu schockiert und perplex war, um auch nur einen klaren Gedanken zu fassen. Sie machte zwei Schritte zur Seite und drehte sich gleichzeitig halb herum. Der Fremde warf ihr nur einen flüchtigen Blick zu und sah wieder zum Wasserfall hinab. Er ignorierte sie auf eine Art, als vertraue er ihr vollkommen – wäre Rachel in der Verfassung gewesen, einen klaren Gedanken zu fassen, dann hätte ihr wahrscheinlich allein dieses Benehmen klargemacht, dass er die Wahrheit sagte. Wie betäubt sah sie zu, wie der Mann, der sie nach oben gezogen hatte, ein wenig die Beine spreizte, um auf dem schlüpfrigen Untergrund sicher stehen zu können, während sich der andere unweit der Kante auf ein Knie sinken ließ und zuerst die Pistole, dann seine Taschenlampe nach vorne streckte. Eine, zwei Sekunden lang geschah überhaupt nichts und dann passierte anscheinend alles gleichzeitig.

Rachel spürte ein sachtes Zittern unter den Füßen und eine neue, nervöse Wellenbewegung lief durch das Wasser, als wäre irgendwo tief unter der Erde etwas Großes und unglaublich Schweres aus seiner Ruhe erwacht. Der Mann vor ihr warf einen nervösen Blick in die Runde, zwei Meter neben ihm tauchten Benedikts rechte Hand und sein Gesicht über dem Wasserfall auf und der zweite Bewaffnete schaltete seine Taschenlampe ein und richtete den Strahl direkt in Benedikts Gesicht.

»Keine Bewegung!«, sagte er. »Wenn du auch nur blinzelst, schieße ich dir die Rübe weg!«

Natürlich blinzelte Benedikt doch, schon weil ihn das grelle Licht der starken Taschenlampe blendete, aber ansonsten erstarrte er buchstäblich zur Salzsäule und der Bewaffnete machte seine Drohung natürlich nicht wahr. Sein Kamerad, der Rachel mittlerweile vollkommen vergessen zu haben schien, machte zwei schnelle Schritte auf den

Abgrund zu und baute sich breitbeinig und mit drohend nach unten gerichtetem Gewehr ebenfalls auf, und als sich Rachel von ihrem Platz löste, spürte sie erneut dieses sonderbare, schwere Zittern, das durch den Felsen unter dem Wasser lief. Sie beachtete es aber auch diesmal kaum, sondern war mit zwei schnellen Schritten hinter dem Mann mit dem Gewehr – und stieß ihm die flachen Hände mit solcher Kraft gegen den Rücken, dass er mit einem überraschten Schrei nach vorne kippte und in der Tiefe verschwand. Praktisch gleichzeitig drückte sein Kamerad ab und in der Geräuschkulisse des Wasserfalls und des strömenden Regens klang der Schuss sonderbar dünn und harmlos; wie das Geräusch eines Zündplättchens, wie Kinder es in Spielzeugpistolen verwendeten. Und er richtete auch nicht mehr Schaden an, denn Benedikt hatte sich den Bruchteil einer Sekunde zuvor einfach fallen lassen.

Nach einer – für Rachel subjektiv erstaunlich langen – Zeitspanne ertönte aus der Tiefe ein doppeltes, schweres Klatschen, mit dem zwei Körper nahezu gleichzeitig ins Wasser fielen, und Rachel trat einen halben Schritt zurück und starrte vollkommen fassungslos auf ihre Hände herab. Sie selbst begriff am allerwenigsten, warum sie das getan hatte. Es war keine bewusste Handlung gewesen. Irgendetwas in ihr hatte spontan entschieden, dass es an der Zeit war, endgültig die Seite zu wechseln, und dieser Teil von ihr hatte sich nicht die Mühe gemacht, ihren Verstand oder gar ihren *Willen* um Erlaubnis zu fragen.

Wieder erzitterte der Boden unter ihren Füßen wie unter einer weit entfernten, schweren Explosion und diesmal wurde das Beben von einem unheimlichen, tiefen Grollen begleitet, das aus keiner bestimmten Richtung zu kommen schien; zumindest aus keiner, die sie orten konnte. Rachel sah erschrocken hoch und auch der Mann mit der Pistole fuhr herum und richtete instinktiv zugleich seine Waffe wie auch den Lichtstrahl seines starken Scheinwerfers auf ihr Gesicht. Rachel hob geblendet die Hand vor die Augen, sah aber trotzdem, wie er erschrocken zusammenfuhr, und war für den Moment nahezu hundertprozentig sicher, dass er im nächsten Augenblick abdrücken würde. Stattdessen erstarrte er. Seine Augen – der einzige Teil seines Gesichtes, den sie im schwachen Widerschein des Lichtstrahls auf dem Wasser erkennen konnte – weiteten sich vor Entsetzen, aber ihr Blick war nicht auf sie gerichtet, sondern auf irgendetwas *hinter* ihr.

Rachel drehte sich alarmiert herum – und erstarrte ebenfalls.

Die Dunkelheit hinter ihnen war zum Leben erwacht und hatte sich zu einer Mauer zusammengeballt, die in rasender Geschwindigkeit auf sie zukam. Gleichzeitig nahm das Zittern des Bodens explosionsartig an Heftigkeit zu und das unheimliche Grollen und Tosen hatte jetzt den Lärmpegel einer heranrasenden Lawine erreicht.

Es war nichts anderes als Wasser. Irgendwo weit über ihnen hatte der auf das Zehnfache seiner eigentlichen Größe angeschwollene Bach endgültig sein Bett verlassen und sich mit Urgewalt einen neuen Weg gesucht, und die Wasserwand bewegte sich rasend schnell und unaufhaltsam auf sie zu. Für Rachel war es für einen Moment, als wäre die Zeit stehen geblieben, jede Sekunde dehnte sich zu einer Ewigkeit, jeder Herzschlag schien eine Stunde nach dem vorherigen zu kommen, in Wahrheit aber blieb ihr kaum genug Zeit, um überhaupt zu begreifen, was geschah. Die Flutwelle raste heran, riss sie von den Füßen und gleichzeitig herum, warf sie in die Höhe und schleuderte sie in weitem Bogen über die Kante des Wasserfalls hinaus und ins Nichts. Sie wusste nicht, ob sie schrie. Wenn ja, dann verschlang das Dröhnen und Zischen des kochenden Wassers jeden anderen Laut, aber sie sah einen Schatten und ein sich ununterbrochen überschlagendes und rasch blasser werdendes Licht irgendwo neben sich – die Taschenlampe des Bewaffneten, der genau wie sie vom Wasser ergriffen und davongeschleudert wurde, dann schlug die Welt einen zigfachen Salto vor ihren Augen und sie wurde mit solcher Gewalt ins Wasser und tief unter seine Oberfläche gedrückt, dass sie fast das Bewusstsein verloren hätte.

Der Bach war an dieser Stelle nicht besonders tief, nicht einmal jetzt, da er so viel mehr Wasser führte. Sie hatte Glück und prallte mit dem Rücken auf dem Boden auf, der zwar schlammbedeckt, aber nicht annähernd so weich war, wie man hätte erwarten können. Der Schmerz ließ bunte Sterne vor ihren Augen explodieren und sie atmete instinktiv aus und sah trotz des Chaos, in dessen Zentrum sie sich befand, ihre kostbare Atemluft wie einen Vorhang aus silbernen Perlen vor ihrem Gesicht in die Höhe entschwinden. Etwas stach wie eine stumpfe Messerklinge in ihren Rücken, aber dieser grässliche Schmerz rettete ihr vielleicht das Leben, denn er riss sie in die Wirklichkeit zurück. Sie begann instinktiv Schwimmbewegungen zu machen, die in dem tobenden Wasser zwar vollkommen sinnlos waren, ihr aber zumindest das Gefühl gaben, sich zu wehren, etwas zu *tun*.

Desorientierung war ein weiterer Feind, dessen sie sich bisher gar nicht bewusst gewesen war. Ihr Gleichgewichtssinn existierte praktisch nicht mehr. Sie machte verzweifelt Schwimmbewegungen und begriff mit jähem Entsetzen, dass sie dabei war, sich noch tiefer ins Wasser hinein zu bewegen, als ihre Hände plötzlich über rauen Stein scharrten. Obwohl sie erst seit wenigen Augenblicken unter Wasser war, war die Atemnot schon fast unerträglich. Mit der schieren Kraft reiner Todesangst warf sie sich herum, schlug mit Armen und Beinen um sich und brach endlich durch die Wasseroberfläche; den Bruchteil einer Sekunde, bevor sie so weit gewesen wäre, einfach aufzugeben und den Mund zu einem letzten, tödlichen Atemzug zu öffnen. Auch so schluckte sie noch eine Menge schmutziges, eiskaltes Wasser, aber sie füllte ihre Lungen auch mit genug Sauerstoff, um die nächsten Sekunden überleben zu können.

Doch sie war nicht sicher, dass es noch sehr viel mehr werden würden. Sie atmete immer noch mehr Wasser als Luft ein und obwohl sie jetzt an der Oberfläche war, hatte die Strömung sie ergriffen und trug sie mit der Geschwindigkeit eines Schnellzugs mit sich. Das Ufer raste an ihr vorbei. Wurzeln und tief hängende Äste peitschten in ihr Gesicht, und selbst wenn ihre verzweifelt ausgestreckten Hände irgendetwas zu fassen bekommen hätten, hätten sie wohl kaum die Kraft gehabt, sich daran festzuhalten. Immer wieder prallten ihre Beine gegen unsichtbare Hindernisse, die sich unter der tobenden Wasseroberfläche verbargen, dann schlug irgendetwas mit so furchtbarer Gewalt gegen ihre Rippen, dass sie erneut beinahe das Bewusstsein verloren hätte.

Erst als sich ihre Sinne wieder klärten, bemerkte sie, dass sie sich kaum noch bewegte. Sie lag auf dem Rücken, bis über die Hüften im eisigen Wasser, das weiter mit unbarmherziger Kraft an ihren Beinen zerrte und jedes bisschen Wärme und Leben aus ihrem Körper zu reißen versuchte, aber Kopf und Schultern hatten sich in den Wurzeln eines Baumes verfangen, der noch vor Tagesfrist im Wald gestanden hatte, nun aber ein Stück weit in den neu entstandenen See hineinreichte. Sie spürte, dass sie aus zahlreichen Kratzern und Schnittwunden im Gesicht und am Hals blutete, aber dieser Schmerz war ihr plötzlich willkommen; er bewies, dass sie noch lebte und vielleicht gegen jede Wahrscheinlichkeit sogar noch weiterleben würde.

Rachel blieb einige Sekunden lang reglos und mit geschlossenen Augen so liegen, dann versuchte sie sich herumzudrehen, gab diese Idee aber sofort wieder auf, als sie spürte, mit welch furchtbarer Kraft das Wasser an ihren Beinen zerrte. Statt ihr Gewicht zu verlagern und auf diese Weise vielleicht erneut ins Wasser zu stürzen – sie war sicher, dass ihr das Schicksal keine zweite Chance geben würde und sie binnen Sekunden ertrinken müsste, wenn sie noch einmal in den mörderischen Sog geriete –, drückte sie die Ellbogen in den Boden und begann sich nur mit der Kraft ihrer Arm- und Schultermuskeln rückwärts weiter aus dem Wasser herauszustemmen. Ein qualvolles und unendlich langsames Unterfangen, das ihr jedes bisschen Kraft abverlangte, das sie aufbringen konnte. Irgendwie schaffte sie es. Sie robbte auf dem Rücken liegend weiter aus dem Bach heraus, bis sie auch Widerstand unter den Füßen spürte und die Absätze in den Boden stemmen konnte. Selbst dann wagte sie es noch nicht aufzustehen, sondern kroch weiter und mit verzweifelter Konzentration rücklings aus dem Wasser heraus und brach schließlich vollkommen erschöpft zusammen.

Mehrere Minuten lang blieb Rachel mit geschlossenen Augen, keuchend und verzweifelt nach Luft ringend, auf dem Rücken liegen, bis sie sich weit genug erholt hatte, um wenigstens die Lider heben und sich auf die Ellbogen hochstemmen zu können. Ihr Herz jagte, als wolle es aus ihrer Brust springen, und es gab oberhalb ihrer Hüften nicht einen Muskel in ihrem Körper, der nicht wehtat, nicht einen Zentimeter Haut, der nicht zerschunden zu sein schien. Alles, was darunter lag, war vollkommen gefühllos, taub von der mörderischen Kälte des Wassers, in dem sie gelegen hatte. Sie versuchte die Beine zu bewegen, aber es ging nicht; ihre Muskeln verweigerten ihr einfach den Dienst.

Rachel richtete sich weiter auf, so weit es eben ging, atmete ein paar Mal bewusst tief ein und aus und stemmte schließlich die Handflächen in den Boden, um sich ganz aufzusetzen. Diesmal spürte sie ihre Beine, auch wenn sie gern darauf verzichtet hätte. Sie hatte Schmerz erwartet, aber stattdessen machte sich ein schier unerträgliches Kribbeln in ihren Muskeln breit, ein Gefühl wie ein kommender Krampf, fast schlimmer als Schmerz.

Wahrscheinlich würde es einige Minuten dauern, bevor sie auch nur in der Lage war aufzustehen – von *Gehen* gar nicht zu reden. Aber sie lebte.

Wo war Benedikt? Alarmiert sah sie sich in alle Richtungen um, aber das Ergebnis war wie erwartet: Zu beiden Seiten konnte sie nichts erkennen außer undurchdringlicher Dunkelheit und vor ihr lag das glitzernde Band des Baches, der nun endgültig zu einem reißenden Gewässer geworden war. Das Dröhnen des Wassers übertönte jeden anderen Laut, so dass sie es sich gleich sparte, nach Benedikt zu rufen.

Sie versuchte noch einmal, sich in die Höhe zu stemmen, und fast zu ihrer eigenen Überraschung gelang es ihr diesmal zumindest auf die Knie zu kommen – auch wenn es so wehtat, dass sie die Zähne zusammenbeißen musste, um nicht zu wimmern. Gefühl und Leben kehrten nur allmählich in ihre Beine zurück und es war ein schmerzhafter, äußerst langwieriger Prozess. Es dauerte sicherlich fünf Minuten, ehe sie auch nur so weit war, auf den eigenen Füßen stehen zu können, und woher sie die Kraft nehmen sollte zu gehen, diese Frage stellte sie sich vorsichtshalber erst gar nicht. Zitternd streckte sie die Hände aus und klammerte sich an einen Ast, um nicht gleich wieder zu stürzen, blieb nach dem ersten Schritt abermals stehen und wartete fast eine halbe Minute, bevor sie den Mut zum zweiten Schritt aufbrachte. Auch danach legte sie erneut eine – kürzere – Pause ein und diesmal konnte sie ein schmerzerfülltes Keuchen nicht mehr ganz unterdrücken, aber sie konnte gehen. Auf diese Weise arbeitete sie sich wieder bis unmittelbar ans Wasser vor.

Der Himmel hatte sich weiter verdunkelt. Das Firmament war nun fast so schwarz wie der Wald, der sie umgab, und hätte sich nicht dann und wann ein verirrter Lichtstrahl auf der Wasseroberfläche vor ihr gebrochen, wäre sie vollkommen orientierungslos gewesen. Sie sah nach links und erschrak, als sie den Wasserfall erblickte, der vor Minutenfrist noch so harmlos gewesen war, dass Benedikt und sie mitten darin nach oben hatten klettern können. Jetzt hatte er sich in ein Monster verwandelt, einen schäumenden, brüllenden Katarakt, über den das Wasser mit solcher Urgewalt schoss, dass der Boden selbst hier, mindestens dreißig oder vierzig Meter entfernt, noch unter seiner Wucht erzitterte. Plötzlich begriff sie, welches Glück sie gehabt hatte, von der Gewalt der Flutwelle getroffen und so weit hinausgeschleudert worden zu sein. Wäre sie in diesen brodelnden Höllenschlund geraten, sie hätte keinen Chance gehabt, lebend herauszukommen.

Was sie wieder zu der Frage brachte, wo Benedikt und die anderen waren. Es war vielleicht der ungünstigste aller denkbaren Augenblicke, aber plötzlich erinnerte sie sich wieder daran, was der Mann mit dem Gewehr zu ihr gesagt hatte: *Wir sind hier, um Ihnen zu helfen.*

Und wenn es die Wahrheit gewesen war? Sie verscheuchte den Gedanken. Sie *wollte* nicht darüber nachdenken. Sie hätte zu einem Ergebnis kommen können, das zu entsetzlich war.

Stattdessen wandte sie ihre Aufmerksamkeit in die entgegengesetzte Richtung, nach rechts. Auch dort erstreckte sich der Wald wie eine schwarze, vollkommen undurchdringliche Mauer bis unmittelbar ans Wasser heran, aber der Bach reflektierte das wenige Licht eben genug, dass man wenigstens seinem Verlauf folgen konnte. Der hatte sich abermals geändert. In einer Entfernung von vielleicht noch zwanzig oder dreißig Schritten knickte er jäh nach links ab und entschwand dann aus ihrem Sichtfeld, und alles, was sie auf diesem kurzen Stück erkennen konnte, waren Dunkelheit und verwirrende Schatten und Millionen und Abermillionen aufblitzender und ebenso schnell wieder vergehender Reflexe, die einen Eindruck reiner zerstörerischer Bewegung in ihr hinterließen. Benedikt war nicht zu sehen. Nirgends war auch nur die winzigste Spur von Leben zu entdecken. Die Sintflut war endgültig hereingebrochen und vielleicht war es wirklich so: Sie war die Letzte ihrer Art. Gottes Zorn hatte jegliches Leben von der Oberfläche des Planeten getilgt und vielleicht war sie bisher nur verschont worden, um die absolute Entsetzlichkeit dieses Gedankens zu begreifen.

Eher die absolute Blödsinnigkeit, dachte Rachel ärgerlich. Sie war dabei, die Arbeit ihrer Verfolger zu tun: sich selbst auch noch den letzten Rest Mut zu nehmen. Benedikt musste hier irgendwo sein. Und er lebte. Sie wusste es. Sie hätte es gespürt, wenn er nicht mehr am Leben gewesen wäre.

Sie wich einen halben Schritt weiter in den Wald zurück, nur um nicht versehentlich einen Fehltritt zu tun und wieder ins Wasser zu fallen, wandte sich nach rechts und ging vorsichtig los. Jeder Schritt war ihr noch immer eine Qual, und da sie praktisch nichts sehen konnte, kam sie nicht besonders gut von der Stelle. Immer wieder prallte sie gegen Hindernisse, fügte sich neue Kratzer und Schrammen zu, wenn ihr Gesicht und ihre Hände mit Ästen in Berührung kamen, die sie in der jetzt fast völligen Dunkelheit nicht sehen konnte, und sie hörte bald auf zu zählen, wie oft sie über unsichtbare Hindernisse stolperte. Ab und zu rief sie Benedikts Namen, bekam aber natürlich keine Antwort. Selbst wenn er in der Nähe gewesen wäre, hätte er sie vermutlich nicht gehört – und hätte er geantwortet, hätten das Brüllen des Wasserfalls und das seidige Zischen des Baches seine Antwort wahrscheinlich verschluckt.

Mühsam arbeitete sie sich bis zu der Stelle vor, an der der Bach nach links abbog, um sich einen neuen Verlauf zu suchen. Vor ihr war plötzlich kein brodelndes Wasser mehr, sondern schlammbedeckter Waldboden, aus dem halb herausgerissene Wurzeln wie erstarrte schwarze Schlangen ragten.

Und das Kruzifix mit der Madonnenstatue.

Rachel starrte die geschändete Reliquie fast eine Minute lang völlig verständnislos und mit einem Gefühl eisigen Entsetzens an. Das Kreuz lag halb im Wasser. Die unteren beiden Drittel waren in den brodelnden Fluten verschwunden, die mit aller Kraft daran zerrten und zahllose winzige Strudel bildeten, spritzende Schaumgeysire, mit denen das Wasser seiner Wut Luft machte. Der Querbalken und das obere Stück hatten sich in Schlamm und frei gespülten Wurzeln verfangen und Rachel lief ein kalter Schauer über den Rücken, als ihr klar wurde, dass die geschnitzte Marienstatue in ganz genau der gleichen Haltung auf dem Ufer lag, in der auch sie vorhin dagelegen hatte: bis zu den Hüften im Wasser, Oberkörper, Kopf und Schultern in Morast und Wurzelwerk verfangen. Eine Laune des Zufalls *(Zufall?)* wollte es, dass die Wolkendecke in diesem Moment aufriss und bleiches

Licht das Gesicht der Marienstatue beschien. Der Ausdruck darauf war traurig, auf eine resignierende Art ergeben und bar jeglicher Hoffnung. Das Gesicht, in das sie blickte, war nicht das der Mutter Gottes, sondern das einer Frau, die jegliche Zuversicht verloren hatte und wusste, dass es so etwas wie Hoffnung nicht mehr gab.

Rachel verscheuchte auch diesen Gedanken, aber es fiel ihr sehr schwer. Natürlich war es Unsinn. Was vor ihr lag, war ein Stück Holz, das irgendein längst vergessener Künstler vor fünfzig oder vielleicht auch zweihundert Jahren in eine Form gebracht hatte, die einzig vom Zufall und von den Grenzen seiner künstlerischen Fähigkeit diktiert waren. Nicht mehr und nicht weniger. Es hatte nichts mit ihr zu tun.

Wieder rief sie Benedikts Namen, aber sie bekam auch jetzt keine Antwort. Doch etwas anderes geschah. Etwas, das ihr abermals einen eiskalten Schauer über den Rücken jagte:

Das Kruzifix bewegte sich.

Mit einem deutlichen Laut zerrissen einige der dürren Äste, die es bisher gehalten hatten, und das zersplitterte untere Ende des Kreuzes deutete plötzlich nach rechts, wie eine geschnitzte Hand, die auf ihren Ruf antwortete und ihr die Richtung wies.

Für einen Moment drohte sie in Hysterie zu geraten. Die Dunkelheit, die sie umgab, ballte sich zusammen und stürmte aus allen Richtungen auf sie ein, und ein Gefühl reiner Panik begann sich in ihren Gedanken breit zu machen, um auch noch den letzten Rest von Vernunft zu verschlingen, der ihr geblieben war. Wäre der Erzengel Gabriel in diesem Moment in einer Woge aus reinem weißem Licht vor ihr erschienen und hätte ihr den Weg gewiesen – es hätte sie nicht mehr erschrecken können.

Und es wäre nicht absurder gewesen.

Rachel ballte die Hände so fest zu Fäusten, dass es wehtat, hob die Arme und schlug sich zwei, drei Mal vor die Stirn. Eine ebenso lächerliche Reaktion auf ihre genauso lächerlichen Gedanken – aber sie half. Für eine Sekunde sah sie sich selbst so, wie ein imaginärer außenstehender Betrachter sie gesehen hätte, und dieses Bild war so absurd, dass es sie in die Wirklichkeit zurückbrachte. Sie stand am Ufer eines Wildbachs, der nach drei Wochen Dauerregen und vielleicht einem Dammbruch weiter oben in den Bergen zu einem tosenden Strom angewachsen war, begann an Engel und sprechende Marienstatuen zu glauben und deutete es als ein Wunder, dass ein Stück Holz, das halb im Wasser lag, sich mit der Strömung bewegte. Es war vollkommen lächerlich. Natürlich deutete das losgerissene Ende des Kruzifixes in die Richtung, in die das Wasser floss – die gleiche Richtung, in der sie Benedikt finden würde – in der sie ihn finden *musste*! –, wenn ihn die Strömung ergriffen und mit sich gerissen hatte. Daran war absolut nichts Übernatürliches. Oder gar Göttliches.

Die gedankliche Übung, so albern sie sein mochte, half. Sie begriff endgültig, dass das einzige Außergewöhnliche, das hier vorging, in ihrem eigenen Kopf passierte. Sie war immer und mit Recht stolz auf ihre Vernunft und ihren kühlen Verstand gewesen. Vielleicht war es an der Zeit, beides wieder aus seinem Versteck zu holen und zu benutzen.

Vorsichtig, mit ausgestreckten Händen und halb geschlossenen Lidern, sich viel mehr auf ihr Gehör und ihren Tastsinn als auf ihre im Moment ohnehin fast nutzlosen Augen verlassend, ging sie weiter und erreichte nach einem Dutzend Schritten die Stelle, an der sich der Bach einen neuen Weg gesucht hatte. Als sie ihn sah, verstand sie auch, warum. Es gab an dieser Stelle einen Hohlweg, der ein kurzes Stück weit parallel zum alten Verlauf des Baches führte, dann aber im rechten Winkel abknickte und ein starkes Gefälle aufwies; vielleicht war es sogar der alte, ursprüngliche Bachlauf, der vor Tausenden oder auch Millionen Jahren ausgetrocknet war, als sich das Wasser einen anderen Weg gesucht hatte. Jetzt hatten die Fluten die Barriere wieder durchbrochen und schossen schäumend und mit Urgewalt den kaum zwei Meter breiten, aber ebenso tiefen Kanal entlang, in den sich der Weg verwandelt hatte, wobei sie alles mit sich rissen, was sich ihnen in den Weg stellte.

Und genau in dem Winkel, in dem sich das Wasser brach, lag ein lebloser Körper.

Rachels Herz machte einen entsetzten Sprung. Etwas wie ein eisiger, elektrisierender Schauer lief durch jeden einzelnen Nerv in ihrem Körper und für eine oder zwei Sekunden war sie nicht fähig, sich zu rühren oder auch nur einen klaren Gedanken zu fassen. Der Bach knickte fast im rechten Winkel vor ihr weg, hatte aber genau in seiner

Biegung einen flacheren Teil des Waldbodens ausgespült, in dem sich schon jetzt, nach wenigen Minuten, allerlei Strandgut angesammelt hatte – losgerissene Äste, zerfetzte Büsche, in der Dunkelheit schwarz glänzende Grasbüschel und der menschliche Körper, der sich leicht im Wasser hin und her bewegte, sodass es aussah, als ob seine ausgestreckten Arme ihr zuwinkten. Die Gestalt lag auf dem Bauch, mit dem Gesicht im Wasser, und wie fast alles wirkte ihre Kleidung in dem schwachen Licht schwarz. Für einen Moment war Rachel hundertprozentig davon überzeugt, dass es Benedikt war.

Endlich erwachte sie aus ihrer Erstarrung und rannte los. Der Boden unter ihren Füßen war glatt wie Schmierseife und sie strauchelte ein paar Mal, Äste und dürre, rasiermesserscharfe Zweige peitschten ihr Gesicht, aber sie spürte nichts von alledem, sondern stürzte zum Ufer, watete in das knietiefe Wasser, ohne auch nur einen Gedanken an die Gefahr zu verschwenden, in die sie sich damit abermals begab, und drehte den Körper mit einem Ruck auf den Rücken.

Es war nicht Benedikt.

Es war der Mann, der auf ihn geschossen hatte. Er war tot. Seine Augen waren weit offen und auf seinem Gesicht war noch immer der gleiche fassungslose Ausdruck von Entsetzen zu erkennen, den sie oben am Wasserfall darauf gesehen hatte. Er musste ertrunken sein, denn sie konnte keinerlei äußerliche Verletzungen feststellen. Vielleicht hatte ihm auch ein gnädiges Schicksal das Schlimmste erspart, sodass ihn schon der Aufprall getötet hatte, und vielleicht galt der für alle Zeiten erstarrte Ausdruck von Entsetzen in seinen Augen auch nicht ihr, sondern der tödlichen Wasserwand, die das Letzte war, was er in seinem Leben gesehen hatte.

Sie ließ den Toten los, watete wieder ans Ufer und sah sich verzweifelt um. Es war hier so dunkel wie überall, so dass sie nicht weiter sehen konnte als zwei oder vielleicht drei Meter, und nachdem sie den Schock über den Anblick des Toten einigermaßen überwunden hatte, begann sich dumpfe Verzweiflung in ihr breit zu machen. Der Anblick des Mannes hatte ihr endgültig klargemacht, wie unendlich groß das Wunder war, dass sie noch lebte, und wie unendlich klein die Wahrscheinlichkeit, dass Benedikt ebenfalls noch am Leben war.

Auf einmal hörte sie ein gedämpftes Stöhnen, das irgendwo rechts von ihr erklang. Wie elektrisiert fuhr sie herum, starrte aus weit aufgerissenen Augen in die Dunkelheit und lauschte so angestrengt, wie sie konnte. Das Geräusch wiederholte sich, aber im ersten Moment gelang es ihr nicht, die genaue Richtung zu orten, aus der es kam. Blind tastete sie sich voran, stolperte über irgendetwas Weiches und Nachgiebiges, und ließ sich mit einem erschrockenen Keuchen in die Hocke sinken. Aber alles, was ihre tastenden Hände erfühlten, waren losgerissene Grasklumpen und halb aufgeweichtes Erdreich. Dann wiederholte sich das Stöhnen, lauter und deutlicher diesmal, und sie erkannte zumindest die ungefähre Richtung, aus der es kam.

»Benedikt?«

Keine Antwort. Auch das Stöhnen wiederholte sich nicht, aber sie drehte sich nach links und ging halb gebückt weiter und nach einigen weiteren Sekunden hörte sie keuchende Atemzüge. Erst danach erkannte sie einen schattenhaften Körper, der halb im Wasser, halb auf die gleiche Weise wie sie vorhin dalag, verfangen in den ausgestreckten knorrigen Wurzelfingern der Bäume. Mit einem erleichterten Schrei stürzte sie vor, ließ sich neben ihm auf die Knie fallen und griff zitternd nach Benedikts Schultern.

Er bot einen schrecklichen Anblick. Er lebte und hatte keine – zumindest keinerlei sichtbare – Verletzungen, aber im schwachen Licht war sein Gesicht grau wie das eines Toten und der blasse Funke in seinen Augen war kaum noch als Leben zu bezeichnen. Als sie ihn hochzuziehen versuchte, keuchte er vor Schmerz.

»Benedikt? Was ist mit dir?«

»Es ist … alles in Ordnung«, murmelte Benedikt, was nicht nur vollkommen lächerlich war, sondern auch so klang, denn seine Stimme zitterte dabei vor Schwäche. »Was ist mit dir?«

Rachel konnte nicht anders – sie lachte leise und auf eine Art auf, dass es fast wie ein Schrei klang. Benedikts Sorge um sie war rührend, in diesem Moment aber vollkommen unangebracht; schließlich war *sie* es, die *ihn* gefunden hatte.

»Blöde Frage«, sagte sie. »Seit wann fragt man seinen Schutzengel, wie es ihm geht?«

Sie versuchte ein zweites Mal und vorsichtiger ihn aufzurichten und diesmal gelang es ihr, auch wenn Benedikt die Zähne zusammenbeißen musste, um nicht erneut aufzustöhnen. Er lag so genau in der gleichen Haltung wie sie vorhin (und wie die Marienstatue) da, dass es schon fast unheimlich war. Seine Beine und der Unterleib lagen im eisigen Wasser und mussten mindestens so gefühllos und taub sein wie ihre zuvor, vermutlich aber viel mehr, denn er hatte deutlich länger so dagelegen, und auch sein Gesicht und seine Hände waren von zahllosen Schrammen und blutenden Kratzern übersät. Die rettende Hand, die aus dem Wald herausgegriffen und ihn festgehalten hatte, war alles andere als vorsichtig gewesen. Da Rachel wusste, wie sie selbst sich vorhin gefühlt hatte, ging sie mit großer Vorsicht ans Werk. Sie wechselte ihre Position, sodass sie von hinten unter seine Achseln greifen konnte, suchte mit Füßen und Knien nach festem Halt und zog ihn behutsam aus dem Wasser. Benedikt versuchte ihr dabei zu helfen, aber er schien kaum noch genügend Kraft zu haben, um sich zu bewegen. Nur mit äußerster Mühe gelang es Rachel, ihn ganz aus dem Wasser zu zerren und in einer halbwegs bequemen Haltung wieder zu Boden gleiten zu lassen.

Während sie erschöpft die Schultern nach vorne sinken ließ und die Augen schloss, atmete Benedikt erleichtert auf.

»Danke«, murmelte er. »Ich hätte es nicht alleine geschafft.«

»Das solltest du aber«, erwiderte Rachel. »Ich dachte, du wärst hier, um mich zu beschützen. Du verstößt gegen die Spielregeln.«

»Gerade hast du behauptet, du seist mein Schutzengel.«

»Das war gelogen«, sagte Rachel. »Nur um das klarzustellen: Du schuldest mir ein Leben.«

Benedikt machte ein Geräusch, das wohl ein Lachen sein sollte, aber eher wie ein qualvolles Husten klang, und auch Rachel konnte nicht anders, als die Lippen zu einem freudlosen Grinsen zu verziehen. Es war wirklich nicht der richtige Moment, um herumzualbern, aber alles andere hätte der Situation ein Gewicht verliehen, das sie nicht mehr ertragen hätte.

»Mehr als eins«, murmelte Benedikt. »Danke. Wenn du den Kerl nicht abgelenkt hättest, hätte er mich erwischt.«

Sie sah aus den Augenwinkeln, dass er sich aufzurichten versuchte und es ebenso wenig schaffte wie sie vorhin. Sein Gesicht zuckte vor Schmerz, aber dann biss er die Zähne zusammen und zog langsam die Knie an den Körper; vermutlich, um seinen Kreislauf wieder in Schwung zu bringen und das Leben in seine unteren Extremitäten zurückzuzwingen. Rachel, die vorhin dasselbe durchgemacht hatte, konnte nicht anders, als seine Willenskraft und Stärke zu bewundern, fragte sich aber zugleich, warum er sich das antat. Es war tapfer, aber dumm. Er musste Höllenqualen leiden in diesem Moment und er hätte es sich wesentlich leichter machen können, hätte er einfach nur einige Minuten abgewartet. Sie waren nicht mehr in Gefahr. Gegen alle Wahrscheinlichkeit hatten sie auch diesen Gefahren wieder getrotzt – oder sie zumindest irgendwie überlebt – und einige wenige Minuten machten nun keinen Unterschied mehr.

»Lass das«, sagte sie.

»Was?«

»Den Helden zu spielen.« Rachel richtete sich weiter auf, fühlte rauen Widerstand in ihrem Rücken und ließ sich mit einem leisen, aber sehr erleichtert klingenden Seufzen gegen den Baumstamm sinken. Er war so kalt und hart wie alles hier, aber allein das Wissen, dass er etwas Lebendiges war, schien ihr neue Kraft zu geben.

»Nur falls du glaubst, das macht Spaß – das tut es nicht«, sagte Benedikt. »Wir müssen weiter. Ich weiß nicht, wer diese Kerle waren, aber es könnte sein, dass es noch mehr von ihnen gibt. Anscheinend haben sie auf uns gewartet.«

»Ich weiß«, sagte Rachel.

Sie hatte die Augen geschlossen und konnte seinen Gesichtsausdruck nicht erkennen, aber sie *spürte* den überraschten Blick, mit dem er sie maß.

»Woher?«

Die Drachenaugen, dachte Rachel. Laut sagte sie: »Ich weiß es nicht. Jemand beobachtet uns. Ich weiß nicht, wer oder warum, aber ich *spüre* es.«

»Dein sechster Sinn?«

Rachel zögerte. Vielleicht war es so, vielleicht war es auch etwas ganz Banales gewesen, eine Beobachtung, die sie gemacht und nicht bewusst registriert, auf einer tieferen Ebene aber sehr wohl richtig gedeutet hatte – welche Rolle spielte es schon? Sie hob die Schultern.

»Du hättest es mir sagen können«, sagte Benedikt. In seiner Stimme war nicht einmal eine Spur von Vorwurf, auch wenn sie sich fast gewünscht hätte, ihn zu hören.

»Was? Dass ich unter Verfolgungswahn leide und mich wie eine hysterische Ziege benehme?«

Benedikt seufzte. »Dass du etwas spürst. Warum glaubst du wohl, hat man dir diese Fähigkeit geschenkt?«

»Man?« Rachel hätte fast laut aufgelacht. Warum benutzte er dieses Wort? Warum hatte er – ebenso wie sie – immer noch nicht den Mut, den Begriff *Gott* zu verwenden? Aber sie beantwortete sich diese Frage selbst, noch bevor sie den Gedanken ganz zu Ende gedacht hatte. Weil er es so wenig wie sie ertrug, von einem Gott zu reden, der so grausam war, der mit Menschenleben spielte wie mit Figuren, die man über ein Feld schob, und dem sie offensichtlich weniger wert waren als ihr der Bauer in einem Schachspiel, den sie opferte, um einen bestimmten Zug zu ermöglichen.

»Wenn du so weit bist, können wir vielleicht weitergehen«, sagte sie. »Nur auf die Gefahr hin, dass du Recht hast und es noch mehr von diesen Burschen gibt.« *Die gekommen waren, um ihr zu helfen.*

»Gib mir noch eine Minute«, bat Benedikt.

Rachel machte in Gedanken fünf daraus, aber nicht nur, weil sie sich ziemlich gut vorstellen konnte, in welcher Verfassung er war. Auch sie war im Moment nicht sicher, ob sie wirklich weitergehen konnte. Sie fühlte sich auf eine Art erschöpft und leer, die nichts mit ihrem körperlichen Zustand zu tun hatte. Die Konsequenz aus dem Auftauchen dieser beiden Männer (drei, wenn sie den Toten im Wald dazuzählte) war zu kompliziert und zu weit reichend, als dass sie im Moment darüber nachdenken wollte, aber allein die Ahnung dessen, was sie bedeuten mochte, schien ihr alle Kraft zu rauben. Obwohl sie ganz genau wusste, wie die Antwort lauten würde, fragte sie:

»Du bist sicher, dass du diese Männer nicht kennst?«

»Nein«, sagte Benedikt.

Bedeutete das nun *nein*, ich bin nicht sicher, oder *nein*, ich kenne sie nicht?, dachte Rachel. Auch das war nur ein bequemer Ausweg, um nicht über seine Antwort nachdenken zu müssen. Natürlich wusste sie, was er meinte. Aber wenn diese Männer tatsächlich nicht zu der Söldnerarmee seines Vaters gehörten, dann –

»Ich kann Sie beruhigen, Frau Weiss«, sagte eine Stimme aus der Dunkelheit hinter ihr. »Wir gehören nicht zu Darkovs Killertruppe. Vor zehn Minuten dachte ich noch, dass Sie das freuen würde, aber jetzt bin ich nicht mehr so sicher.«

Rachel fuhr mit einer erschrockenen Bewegung herum und auch Benedikt richtete sich halb auf und sank dann mit einem schmerzerfüllten Keuchen wieder zurück. Aus dem Wald hinter ihnen war eine Gestalt getreten. Rachel konnte ihr Gesicht nicht erkennen. Es war nur ein Schatten; ein Schemen schwärzerer Dunkelheit vor der Düsternis des Waldes. Das einzige Licht, das sie sah, war ein kurzer Reflex auf dem nassen Metall des Gewehrlaufs, den der Mann auf Benedikt gerichtet hatte. Doch obwohl er ihr vollkommen fremd war und obwohl er zuvor nur einen einzigen Satz zu ihr gesagt hatte, erkannte sie seine Stimme sofort wieder. *Wir sind hier, um Ihnen zu helfen.*

»Sie –«

»Keine Bewegung«, sagte der Mann. Seine Waffe machte einen kurzen, drohenden Ruck in Benedikts Richtung; eine Bewegung wie das warnende Zucken einer Schlange, deren Giftzähne entblößt waren. »Wenn ich derjenige wäre, für den Sie mich gehalten haben, würde ich jetzt abdrücken. Leider bin ich es nicht. Aber gib mir einen Grund und ich schieße dich über den Haufen.«

Zumindest der zweite Teil dieses Satzes galt Benedikt, der an der Ernsthaftigkeit dieser Drohung wohl auch nicht zweifelte, denn er erstarrte mitten in der Bewegung. Rachel hingegen richtete sich vorsichtig weiter auf, hielt dann aber ebenfalls inne, als der Gewehrlauf einen kurzen, drohenden Schwenk in ihre Richtung machte und sich dann sofort wieder auf Benedikt richtete.

Schnell, aber nicht schnell genug.

Benedikt sprang den Fremden an. Er verschwendete keine Zeit damit, aufzustehen oder sich irgendwie in eine günstigere Position zu manövrieren, sondern federte ansatzlos und aus der ungünstig verkrampften Stellung heraus, in der er sich befand, schräg von unten auf den Mann zu, und hätte er irgendetwas anderes getan, dann wäre diese Bewegung vermutlich die letzte in seinem Leben gewesen. Der andere schoss sofort und ohne zu zögern, aber die Kugel verfehlte Benedikt und ließ hinter ihm nur einen winzigen Geysir aus Morast und

Steinsplittern aufbrechen, und bevor er zu einem zweiten Schuss kam, prallte Benedikt mit ausgebreiteten Armen gegen seine Knie und riss ihn zu Boden. Das Gewehr flog in hohem Bogen davon und landete irgendwo rechts von Rachel im Gebüsch, während die beiden Männer aneinander geklammert über den Boden rollten und schließlich ins Wasser stürzten.

Rachel machte instinktiv einen Schritt in die gleiche Richtung, fuhr dann mitten in der Bewegung herum und stürzte dorthin, wo die Waffe des anderen aufgeprallt war. Hinter sich hörte sie Schreie, das Platschen des Wassers und wütende Kampfgeräusche, aber ihr war klar, dass Benedikt kaum eine Chance gegen seinen Gegner hatte. Der Mann war weder so schnell noch so gut wie er – wäre er es gewesen, dann wäre es ihr vorhin niemals gelungen, ihn zu übertölpeln –, aber sie wusste aus eigener schmerzhafter Erfahrung, in welch jämmerlichem Zustand sich Benedikt momentan befand. Sie musste ihm helfen oder es war alles vorbei.

Verzweifelt tastete sie über den Boden, wühlte mit den Fingern im Schlamm und zerrte und riss an Geäst und Wurzeln, die plötzlich gar nicht mehr ihre Freunde zu sein schienen, sondern ein Gewirr von Fallstricken und gefährlichen Schlingen bildeten. Sie hatte nur die ungefähre Richtung gesehen, in der das Gewehr geflogen war, und bei der herrschenden Dunkelheit konnte sie buchstäblich darüber hinweglaufen, ohne es auch nur zu sehen. Doch sie hatte Glück. Endlich ertasteten ihre Hände etwas Hartes. Mit verzweifelter Kraft griff sie zu, fuhr herum und rannte mit weit ausgreifenden Schritten zurück zum Bach. Ihre schlimmsten Befürchtungen schienen sich zu bewahrheiten. Benedikt und der Fremde hatten sich im knietiefen Wasser aufgerichtet und rangen mit wütender Kraft miteinander. Von Benedikts Schnelligkeit war nicht mehr viel geblieben. Statt der Mischung aus Faustkampf und fast eleganten, tänzerischen Bewegungen, die sie schon mehrmals beobachtet hatte, war es jetzt ein plumpes Ringen, bei dem es ihm kaum noch gelang, den Hieben und Stößen seines Gegners auszuweichen oder ihnen wenigstens die Kraft zu nehmen. Er wurde Schritt für Schritt weiter zurückgedrängt und torkelte unter zwei, drei harten Faustschlägen, die ihn an Kopf und Oberkörper trafen. Voller Entsetzen begriff sie die Absicht seines Gegners: er hatte nicht wirklich vor, Benedikt niederzuschlagen, sondern trieb ihn gezielt vor sich her, damit er wieder ins tiefere Wasser und damit in die tödliche Strömung geriet. Noch ein oder zwei Schritte weiter und er würde den Boden unter den Füßen verlieren und einfach weggerissen werden.

»Aufhören!«, schrie sie.

Natürlich reagierte der Angreifer nicht. Rachel war auf einmal sicher, dass er das Wort gar nicht gehört hatte. Ohne Atem für einen weiteren Schrei zu verschwenden, trat sie noch dichter ans Ufer heran, hob das Gewehr und krümmte den Finger um den Abzug.

Der Schuss krachte wie ein Kanonenschlag in ihren Ohren und der Rückstoß der Waffe war so stark, dass sie zwei Schritte weit rückwärts taumelte und das Gewehr um ein Haar fallen gelassen hätte. Ihre Hände summten, als hätte sie einen elektrischen Schlag bekommen, und zu der Sammlung blauer Flecken, die sie ohnehin schon hatte, würde sich ein weiterer, ansehnlicher Bluterguss gesellen, wo der Gewehrkolben gegen ihren Oberarm geschlagen war. Unglückseligerweise war das aber das einzige Ergebnis – die beiden Männer kämpften verbissen weiter miteinander, als hätten sie auch den Schuss nicht gehört, und Benedikts Gegenwehr wurde nun deutlich schwächer. Er hatte nicht mehr die Kraft zurückzuschlagen, sondern beschränkte sich nur noch darauf, sein Gesicht mit hochgerissenen Armen vor dem Hagel wütender Fausthiebe zu schützen, der auf ihn herabprasselte. Aber er schien zumindest begriffen zu haben, worauf sein Gegner hinauswollte, denn er wich nicht weiter zurück.

Rachel schwenkte das Gewehr herum, stemmte die Füße in den Boden und drückte dreimal hintereinander ab. Diesmal war sie auf den Rückschlag vorbereitet, sodass er ihr nicht mehr so schlimm erschien, und sie war fast selbst überrascht, wie präzise sie geschossen hatte – sie hatte nie zuvor im Leben ein Gewehr in der Hand gehalten, schon gar keine so schwere, großkalibrige Waffe. Dennoch schlugen die Kugeln nahezu exakt dort ein, wohin sie gezielt hatte: einen knappen halben Meter neben den beiden Kämpfenden, sodass das Wasser hoch aufspritzte. Und diesmal reagierte der Fremde. Er wich überrascht und erschrocken einen halben Schritt zurück und sah mehr verwirrt als alles andere in ihre Richtung. Für einen winzigen Moment hörte der Hagel aus Fausthieben und Stößen auf, der auf Benedikt niedergeprasselt war, und Benedikt nutzte die Chance, um einen taumelnden Schritt zur Seite zu machen; weg von dem gefluteten Hohlweg und der tödlichen Strömung. Er hatte nicht mehr die Kraft, zu einem Gegenangriff überzugehen, aber sie hatte ihm zumindest eine winzige Atempause verschafft. Vermutlich nur ein paar Sekunden, aber sie wusste ja, wie zäh er war.

»Rühren Sie sich nicht!«, rief sie drohend. »Keine Bewegung mehr oder ich schieße.«

Eine endlose Sekunde lang sah der andere sie nur an, aber dann lachte er. »Nein«, sagte er. »Das werden Sie nicht tun.«

Rachel richtete den Gewehrlauf auf sein Gesicht und der Mann wirkte für einen kurzen Moment nun doch verunsichert. Aber sie wusste, dass er Recht hatte. Sie würde nicht auf ihn schießen. Sie konnte es nicht. Sie hätte vermutlich nicht gezögert, ihn zu verwunden, um Benedikt zu retten, aber sie war schon unter normalen Umständen eine miserable Schützin. Dass sie gerade nicht ihn oder auch Benedikt getroffen hatte, grenzte schon an ein Wunder. Wenn sie abdrückte, dann lief sie Gefahr, ihn ganz aus Versehen zu erschießen, und dieses Risiko würde sie niemals eingehen.

»Zwingen Sie mich nicht dazu.« Ihre Stimme sollte drohend klingen, aber sie spürte selbst, dass sie sich eher flehend anhörte.

»Was soll der Unsinn?«, fragte der Mann ärgerlich. »Verdammt, ich bin hier, um Sie –«

Benedikt warf sich auf ihn. Die zwei oder drei Sekunden Atempause hatten ihm tatsächlich gereicht, um wieder zu Kräften zu kommen, aber er war trotzdem nicht annähernd so schnell wie sonst. Der andere registrierte die Bewegung aus den Augenwinkeln und fuhr blitzartig herum. Benedikt prallte gegen ihn und es gelang ihm sogar, den anderen aus dem Gleichgewicht zu bringen, aber statt ihn unter sich zu begraben, wie er es vorgehabt hatte, wurde er an den Schultern gepackt und noch im Sturz herumgedreht, sodass er mit dem Rücken voran ins Wasser fiel und sein Gegner über ihm lag. Aus dem schon vorher einseitigen Faustkampf wurde ein ungeschicktes Ringen und Aufbäumen, bei dem der Verlierer von vornherein feststand. Der andere war mindestens so groß und vermutlich schwerer als Benedikt, stand ihm an reiner Körperkraft kaum nach und befand sich in einer viel günstigeren Position. Das Wasser war an dieser Stelle weniger als dreißig Zentimeter tief, aber Benedikt lag hilflos auf dem Rücken und seine Beine waren vermutlich noch immer fast gelähmt und nutzlos. Der andere drückte ihn mühelos unter Wasser. Benedikt schlug verzweifelt nach seinem Gesicht, aber seine Bewegungen waren fast ziellos und ihnen fehlte die nötige Kraft. Es gelang dem Angreifer ohne Probleme, den meisten Schlägen auszuweichen, und zwei, drei Treffer, die Benedikt landete, blieben nahezu ohne Wirkung. Schon nach wenigen Sekunden begannen seine Bewegungen schwächer zu werden.

»Aufhören!«, schrie Rachel. In ihrem Kopf war kein Platz mehr für klare Gedanken, sondern nur noch für pures Entsetzen. Sie wusste, dass der Angreifer Benedikt töten würde, jetzt, ohne zu zögern und direkt vor ihren Augen. Sie hatte nur noch die Wahl, ihn zu erschießen oder zuzusehen, wie Benedikt starb. Aber es war keine wirkliche Wahl. Sie konnte nicht einmal jetzt auf diesen Mann schießen, doch wenn sie es nicht tat, dann wäre es genauso, als hätte *sie* Benedikt umgebracht. Ein Gefühl von so abgrundtiefer, hilfloser Verzweiflung machte sich in ihr breit, dass es fast körperlich wehtat. Was immer sie tat und was immer sie *nicht* tat, sie hatte nicht mehr die Wahl, ein Menschenleben auszulöschen oder nicht, sie hatte nur noch die Wahl, sich zwischen einem von zwei Leben zu entscheiden.

Zitternd hob sie das Gewehr, richtete es auf die Brust des dunkelhaarigen Fremden und tastete mit dem Zeigefinger nach dem Abzug. Sie konnte es nicht tun. Aber sie konnte auch nicht zusehen, wie Benedikt starb.

Die Entscheidung wurde ihr abgenommen. Ein verschwommener Schatten huschte über den Bach heran, prallte mit der ganzen Kraft, die ihm die Strömung verlieh, gegen den Angreifer und schleuderte ihn von Benedikt herunter. Der Mann stieß einen keuchenden Schrei aus, kippte zur Seite und tastete noch im Fallen verzweifelt mit den Händen um sich, um irgendwo Halt zu finden. Aber er schaffte es nicht. Das zersplitterte Ende des Kruzifixes, das die Strömung herangetragen hatte, hatte sich wie ein Speer in seinen Oberschenkel gebohrt, und der obere, breitere Teil mit der geschnitzten Figur bot dem Wasser immer noch genug Angriffsfläche, so dass der Soldat wie ein bizarrer, harpunierter Fisch unbarmherzig mitgerissen wurde. Direkt vor Rachels entsetzt aufgerissenen Augen verschwand er in der Strömung. Das Letzte, was sie sah, waren der obere Teil des Kruzifixes und die geschnitzte Madonnenstatue daran, die noch einmal aus dem schäumenden Wasser auftauchte, wie um ihr einen letzten, vorwurfsvollen Blick zuzuwerfen, weil sie sie gezwungen hatte, das Opfer zu bringen, das eigentlich das ihre gewesen wäre. Dann verbarg die Nacht den Rest der entsetzlichen Szene mit einem Schleier barmherziger Dunkelheit und Rachel ließ das Gewehr fallen und war mit zwei schnellen Schritten im Wasser und bei Benedikt.

Er war noch bei Bewusstsein, aber er schien nicht einmal mehr die Kraft zu haben, sich aufzurichten oder den Kopf aus dem Wasser zu heben. Mit einer verzweifelten Anstrengung kniete sie neben ihm nieder, stemmte seinen Oberkörper hoch und hielt sein Gesicht über Wasser. Benedikt rang qualvoll nach Atem, hustete plötzlich und drehte sich dann mit einem Ruck zur Seite, um sich würgend in das schwarze Wasser zu übergeben. Er zitterte so heftig, dass sie ihn kaum noch halten konnte. Minutenlang blieb sie so im eisigen Wasser hocken und brauchte ihre ganze Kraft dazu, ihn einfach nur festzuhalten, während Benedikt darum kämpfte, das Atmen neu zu lernen. Aber schließlich löste er sich aus ihrem Griff, stemmte sich auf Hände und Knie hoch und kroch wieder ans Ufer.

»Danke«, murmelte er. »Jetzt schulde ich dir schon zwei Leben.«

Rachel blickte wortlos nach rechts in die Dunkelheit hinaus, dorthin, wo der Soldat verschwunden war. *Drei*, dachte sie. Sie wusste, dass der Mann tot war. Schon in der knappen Sekunde, die sie ihn noch gesehen hatte, hatte sich das Wasser rings um ihn herum rot gefärbt. Das zersplitterte Ende des Kruzifixes musste seine Oberschenkelarterie zerrissen haben, sodass er binnen weniger Minuten verblutet sein musste, wenn ihn der Schock und die Kälte des Wassers nicht vorher umgebracht hatten. Sie hoffte, dass es wenigstens schnell gegangen und ihm der qualvolle Tod durch Ertrinken erspart geblieben war. *Als ob das einen Unterschied machte!* Der Mann war tot, und obwohl sie weder etwas dazu getan hatte noch in der Lage gewesen wäre, es zu verhindern, war es so, als hätte sie ihn mit eigenen Händen getötet. Irgendwie hatte sie es getan. Jemand – etwas – irgendeine

Macht, deren Existenz sie mittlerweile nicht mehr leugnen konnte, hatte ihr die Entscheidung abgenommen, aber das machte für sie keinen Unterschied. An ihren Händen klebte jetzt Blut.

»Was ist passiert?«

Mühsam drehte sie sich zu Benedikt herum. Er hatte sich ein paar Schritte vom Wasser weggeschleppt und saß mit eng an den Leib gezogenen Knien da, zitternd vor Kälte und fast zu einem Ball zusammengerollt. Er bot ein Bild des Jammers, einen Anblick, der *irgendetwas* in ihr hätte auslösen sollen – Mitleid, Bedauern, vielleicht auch nur Zorn –, aber sie fühlte nichts. Selbst das Bewusstsein, Mitschuld am Tod eines Menschen zu tragen, erfüllte sie nicht mit dem Entsetzen, das sie erwartet hätte. In ihr war nur Leere, als wäre in diesem Moment auch ein Teil von ihr gestorben.

Ohne seine Frage zu beantworten, ging sie an ihm vorbei, hob das Gewehr auf und warf es in hohem Bogen in den Fluss.

Benedikt sah sie fragend an, als sie sich wieder zu ihm herumdrehte. Er wirkte nicht verärgert oder vorwurfsvoll, aber auf eine Weise verwirrt, die klarmachte, dass er spürte, dass mit ihr irgendetwas geschehen war. Vielleicht lag es einfach an seiner Erschöpfung und Müdigkeit, jedenfalls stellte er keine einzige Frage, erkundigte sich nicht noch einmal, was geschehen war oder was sie getan hatte, sondern saß einfach nur da, blickte sie an und streckte schließlich die Hand aus.

»Wir müssen weiter.«

»Dazu bist du doch gar nicht in der Lage«, sagte Rachel leise. »Ruh dich noch ein wenig aus.« Sie schüttelte den Kopf, als er widersprechen wollte. »Es spielt jetzt sowieso keine Rolle mehr. Wir kommen nicht mehr rechtzeitig hin.«

»Zu deiner Freundin?«

»Selbst wenn sie uns unterwegs nicht noch einmal auflauern – ich kenne nur den Weg über den Wasserfall und den normalen Wanderpfad. Wir brauchen mindestens zwei Stunden.« Sie maß Benedikt mit einem bezeichnenden Blick und verbesserte sich: »Drei.«

»Dann dreh dich doch einfach einmal um«, sagte Benedikt.

Rachel verstand zwar nicht, was das sollte, gehorchte aber – und riss erstaunt die Augen auf. Der Bach begann zu versiegen. Aus dem reißenden Strom, in den sich der Hohlweg verwandelt hatte, war wieder ein Bach geworden, dessen Wasserspiegel so schnell sank, dass man dabei zusehen konnte. Die flache Ausbuchtung, in der Benedikt gerade fast ertrunken wäre, war bereits völlig ausgetrocknet. Und jetzt, als sie einmal darauf aufmerksam geworden war, fiel ihr auch auf, dass das unheimliche Dröhnen und Zischen des Wassers längst nicht mehr so laut klang wie bisher. Die Kraft der Flut war gebrochen.

Sie sah nicht hin, aber sie konnte hören, wie Benedikt sich mühsam aufrichtete und an ihre Seite trat. »Nicht, dass ich scharf darauf wäre, aber ich glaube, der Weg den Wasserfall hinauf ist jetzt sicher«, sagte er. »Wahrscheinlich war es nur eine einzige Flutwelle. Irgendwo weiter oben in den Bergen muss wohl ein Damm gebrochen sein, oder so was.« Er schüttelte den Kopf. »Auch wenn wir das Wort in letzter Zeit ein bisschen strapazieren: Ich glaube, wir haben gerade ein Wunder erlebt.«

Rachel sah ihn an. Sie schwieg.

»Weißt du was?«, fragte Benedikt mit einem nervösen, durch und durch unechten Lächeln, hinter dem sich Unsicherheit und vielleicht sogar Furcht verbargen. »Ich bin froh, dass ich auf deiner Seite stehe. Du scheinst ziemlich mächtige Verbündete zu haben.«

Rachel sagte auch darauf nichts – was auch? –, aber bevor sie losgingen, drehte sie sich noch einmal herum und blickte in die Dunkelheit hinein, die den Soldaten verschlungen hatte. Vielleicht hatte Benedikt sogar Recht mit dem, was er gerade so scherzhaft gesagt hatte. Aber wenn ja, dann war sie plötzlich nicht mehr sicher, ob *sie* auf der richtigen Seite stand.

14

Das Haus lag auf halber Höhe eines sanft ansteigenden Hanges, der dicht genug mit saftigem Gras bewachsen war, um das Erdreich zumindest bisher zu halten. In dem trübgrauen Zwielicht, das unter den Wolken herrschte, glänzte der Boden fast schwarz und war stellenweise so glatt wie Schmierseife. Dennoch war es nach dem schier endlosen Marsch durch den skelettierten Wald eine regelrechte Wohltat, darauf zu gehen, und jetzt, unter freiem Himmel, hatte Rachel seit langer Zeit zum ersten Mal wieder das Gefühl, frei atmen zu können. Die Drachenaugen starrten noch immer auf sie herab, aber selbst das war ihr mittlerweile egal.

»Am besten gehe ich erst einmal allein und sondiere die Lage«, sagte sie.

»Als Kugelfang?« Benedikt zog eine Grimasse. »Kommt nicht in Frage. Du bleibst schön hinter mir.«

Er machte ein paar schnellere Schritte, um an ihr vorbeizugehen und die Führung zu übernehmen, aber Rachel schüttelte so heftig den Kopf, dass er mitten in der Bewegung stockte und sogar für einen Moment stehen blieb.

»Das mit dem Kugelfang ist vielleicht gar nicht so falsch«, sagte sie eindringlich. »Uschi hat ein Gewehr und sie steht nicht auf Fremde. Schon gar nicht, wenn sie unangemeldet kommen. Möchtest du dir eine Schrotladung einfangen?«

Das war natürlich hoffnungslos übertrieben. Uschi mochte tatsächlich keine Fremden und sie besaß wirklich ein Gewehr, aber das war auch schon alles. Sie würde niemals auf einen Menschen schießen; allerhöchstens in Notwehr und vielleicht nicht einmal das. Aber die Worte taten ihre Wirkung. Benedikt sah sie einen Moment lang zweifelnd und sehr aufmerksam an, doch dann nickte er.

»Seltsame Freunde hast du«, sagte er. »Ich glaube, deine Feinde möchte ich lieber nicht kennen lernen.«

Rachel sparte sich den dummen Spruch, der ihr auf der Zunge lag: dass sie keine Feinde brauchte, so lange sie mit ihm zusammen war.

Stattdessen deutete sie zur Hütte hinauf, die sich so schwarz und kantig-abweisend wie die verwunschene Burg des bösen Zauberers im Märchen über ihnen gegen den Himmel abzeichnete. Obwohl sie kaum noch fünfzig Schritte entfernt waren, war sie nur als tiefenloser Schatten auszumachen, in dem kein einziges Licht brannte. Uschi musste die Läden vorgelegt haben oder sie war früh schlafen gegangen, was sie oft tat. Mit ihrem Auszug aus der modernen menschlichen Gesellschaft hatte sie auch sämtliche Uhren weggeworfen und lebte nur nach ihrem biologischen Chronometer, was manchmal zu erstaunlichen Abweichungen führte.

An die dritte Möglichkeit, nämlich dass sie gar nicht zu Hause war und sie vergebens hierher gekommen waren, mochte Rachel im Moment lieber nicht denken.

»Neben dem Haus ist ein kleiner Schuppen«, sagte sie. »Warte da drinnen. Ich brauche zehn Minuten.«

»Fünf«, antwortete Benedikt in einem Ton, der keinerlei Widerspruch duldete.

»Aber –«

»Die beiden Männer dort unten waren bestimmt nicht allein«, fiel ihr Benedikt ins Wort. »Wir haben nicht viel Zeit. Also beeil dich. Ich sehe mich inzwischen ein wenig in der Gegend um.«

Rachel widersprach nicht mehr, sondern ging so schnell weiter, wie es auf dem schlüpfrigen Untergrund gerade noch möglich war, ohne einen zu lächerlichen Anblick zu bieten. Wenn Benedikt diesen bestimmten Ton anschlug, war Widerspruch vollkommen sinnlos.

Außerdem hatte er Recht.

Sie erreichte das Haus, blieb noch einmal stehen und zögerte eine allerletzte Sekunde, in der sie sich vergeblich fragte, was zum Teufel sie eigentlich sagen sollte, wenn Uschi sie überrascht ansah und sie fragte, wieso sie nach so kurzer Zeit schon wieder hier war. Dass sie in Gesellschaft eines europaweit gesuchten Terroristen gekommen war, um sie abzuholen, damit sie gemeinsam den Weltuntergang verhindern konnten, und dass dieser Terrorist – der in Wahrheit gar kein Terrorist war, sondern ein von Gott persönlich gesandter Bote (und ganz nebenbei ihr Zwillingsbruder, von dessen Existenz sie bis heute Morgen nicht einmal gewusst hatte) – seinerseits von noch schlimmeren (und in diesem Fall *echten)* Terroristen gejagt wurde, die nur aus dem einzigen Grund bisher noch keine Atombombe auf sie geworfen hatten, weil sie keine besaßen? Ja, so könnte es funktionieren. Prima Idee.

Die Tür bestand aus massiven Bohlen, wie das gesamte Haus. Mit irgendetwas deutlich Kleinerem als einer Abrissbirne daran zu klopfen war ohnehin sinnlos, also sparte sie es sich gleich und drückte die Klinke herunter.

Das Haus, das vor mehr als hundert Jahren als Berghütte auf halbem Weg zum Gipfel errichtet worden war, bestand nur aus zwei Räumen, in dessen ersten, deutlich größeren sie nun eintrat. Im Kamin brannte ein halbhohes Feuer, das nicht nur mildes rötliches Licht und weiche Schatten in den Raum warf, sondern auch wohltuende Wärme verbreitete. Die Einrichtung bestand aus schweren und größtenteils über hundert Jahre alten Bauernmöbeln und beschränkte sich auf einen zweitürigen Schrank, eine Truhe von der Größe eines Kleinwagens und einen Tisch samt einem halben Dutzend dazugehöriger Stühle. Auf einem dieser Stühle saß Uschi und blickte ihr ohne das geringste Zeichen von Überraschung entgegen. Auf dem zweiten saß die Person, die Rachel hier und jetzt am allerwenigsten zu sehen erwartet hatte.

»Siehst du?«, sagte Frank. »Ich habe dir doch gesagt, dass sie kommt.«

Rachel war so perplex, dass sie wie gelähmt unter der offenen Tür stehen blieb und Frank und Uschi abwechselnd aus ungläubig aufgerissenen Augen anstarrte. Sie begriff nicht, was sie sah. Was geschehen war. Sie konnte nicht mehr denken.

Ein plötzlicher Windstoß warf die Tür hinter ihr mit solcher Wucht zu, dass das gesamte Haus zu erbeben schien. Rachel machte einen erschrockenen Schritt weiter in den Raum hinein und blieb wieder stehen, aber die plötzliche Bewegung hatte den Bann gebrochen.

»Frank?«, murmelte sie. »Was … was machst du denn hier? Wie kommst du hierher?«

»Ich habe ihn hergebracht«, sagte eine Stimme links neben ihr.

Rachel fuhr auf der Stelle herum und hätte nun um ein Haar wirklich aufgeschrien. Unter der Tür zum Schlafzimmer stand niemand anderer als De Ville, auch wenn sie ihn im ersten Moment kaum wieder erkannte: Statt Mantel, Anzug und maßgeschneiderter Schuhe trug er nun einen einteiligen Overall und grobe Stiefel. An seiner Hüfte hing eine großkalibrige Pistole in einem ledernen Holster.

»Sie …?«

»Sie hätten uns allen eine Menge Mühe ersparen können, wenn Sie gleich vernünftig gewesen wären«, sagte De Ville. Er hob die Hand. »Bevor Sie etwas tun, das wir alle hinterher noch mehr bedauern, hören Sie mir zu. Nur eine Minute, ich bitte Sie!«

Rachel starrte ihn an. Sie sagte nichts, aber De Ville schien ihr Schweigen als Zustimmung zu deuten, denn er fuhr fort: »Ich nehme an, dass Benedikt irgendwo dort draußen ist und auf ein Zeichen von Ihnen wartet.«

»Benedikt?«, fragte Rachel lahm. »Wer soll das sein?«

»Wir wissen mittlerweile mehr über ihn«, fuhr De Ville unbeeindruckt fort. »Ich weiß, dass er sich von seinem Vater und dessen Organisation losgesagt hat und sie jetzt auch hinter ihm her sind.«

»Dann wissen Sie vermutlich auch, warum sie uns jagen.«

De Ville nickte. »Unterschätzen Sie diese Leute nicht«, sagte er. »Ihre Gründe mögen uns völlig lächerlich erscheinen, aber sie meinen es todernst. Und sie sind gefährlich.«

»Wer sagt, dass ich sie unterschätze?«, antwortete Rachel. Sie fand nur mühsam ihre Fassung wieder, aber das erste, halbwegs klare Gefühl, das sie spürte, war Zorn. Sie fühlte sich hintergangen, von De Ville, von Frank, von der ganzen Welt und dem Schicksal, aber vor allem von De Ville. »So wenig wie Sie, De Ville. Wo ist der Rest Ihrer Armee?«

»Ich bin allein«, behauptete De Ville.

»Aber selbstverständlich«, höhnte Rachel. »Ich nehme an, Sie sind mit dem Fallschirm abgesprungen, wie?«

Mit zwei schnellen Schritten war sie neben De Ville und sah sich in dem Zimmer hinter ihm um. Es maß weniger als drei auf zwei Meter und war bis auf Uschis schmales Bett und einen wuchtigen Schrank vollkommen leer.

»Wollen Sie im Schrank nachsehen?«, fragte De Ville spöttisch. »Oder unter dem Bett? Ich habe Ihnen doch gesagt, dass niemand hier ist. Frank und ich sind allein gekommen.«

Für einen Moment drohte ihre Wut mit ihr durchzugehen und vielleicht wäre sie tatsächlich explodiert, wäre ihr nicht zugleich auch klar geworden, dass es in Wirklichkeit nur ein Gefühl von Ohnmacht und Hilflosigkeit gewesen war. Mühsam beherrscht trat sie wieder zurück und drehte sich zu Frank und Uschi herum. Beide musterten sie auf vollkommen unterschiedliche Art. Was sie in Franks Augen las, war genau das, was sie erwartete: eine Mischung aus hämischem Triumph und Dummheit, während Uschi … ja, wie eigentlich aussah? Zornig? Bestürzt? Sie wusste es nicht. Aber der Ausdruck in ihren Augen beunruhigte sie.

»Es tut mir Leid«, sagte sie, direkt an Uschi gewandt. »Ich wollte dich da nicht mit hineinziehen.«

»Das hast du aber«, antwortete Uschi. Selbstverständlich war das die Wahrheit, aber es war ganz und gar nicht das, was sie hatte hören wollen. Rachel verspürte einen dünnen, aber tief gehenden Stich in der Brust, und wie um es noch schlimmer zu machen, fuhr Uschi fort: »Du hättest einfach gar nichts zu tun brauchen, weißt du? Diese Verrückten hätten mich hier niemals gefunden.«

»Ich habe Sie auch gefunden«, gab De Ville zu bedenken.

Zum ersten Mal erwachte Uschi aus der fast unnatürlichen Starre, in der sie dagesessen hatte, und fuhr mit einer zornigen Bewegung zu Frank herum. »Ja!«, zischte sie. »Wegen dieses Vollidioten hier!«

Frank grinste anzüglich und De Ville sagte: »Bitte unterschätzen Sie Darkov und seine Leute nicht. Der Mann mag ein skrupelloser Verbrecher sein und möglicherweise sogar ein gefährlicher Irrer, aber er ist auch hochintelligent. Alles, was mir einfällt, kann ihm auch einfallen. Es würde mich nicht wundern, wenn er demnächst hier auftaucht.«

»Das ist er schon«, sagte Rachel. Sie berichtete mit wenigen präzisen Worten von den beiden Männern, die sie gesehen hatten, und dem Toten im Wald. Die Episode am Wasserfall ließ sie weg, aber das Gehörte schien De Ville auch so schon genug zu beunruhigen.

»Das habe ich befürchtet«, murmelte er. »Ein Grund mehr, so schnell wie möglich von hier zu verschwinden. Gehen Sie hinaus und rufen Sie Benedikt. Und sorgen Sie dafür, dass er vernünftig ist.«

Rachel zog die Augenbrauen zusammen. »Selbst wenn ich ihn dazu bringen kann, Ihnen nicht auf der Stelle das Genick zu brechen – wie wollen Sie von hier verschwinden? Mit dem Fallschirm wieder nach oben springen?«

»Wir haben einen Hubschrauber hier in der Nähe«, antwortete De Ville. »Allerdings weiß ich nicht, wie lange wir damit noch fliegen können. Das Wetter wird mit jedem Moment schlechter.«

»Benedikt ist in zwei oder drei Minuten hier«, antwortete Rachel. »So lange haben Sie Zeit, mich zu überzeugen.«

»Wenn es mir nicht gelingt, sehen Sie zu, wie Benedikt mich umbringt?«, erkundigte sich De Ville.

»Nein«, antwortete Rachel ernst. »Aber dann stehlen wir Ihren Hubschrauber und lassen Sie hier. In so etwas haben wir Übung.«

»Ich weiß.« De Ville lächelte und erstaunlicherweise wirkte es ehrlich amüsiert. »Was kann ich tun, um Sie zu überzeugen?«

»Wovon? Dass Gottes Zorn uns morgen früh alle vernichten wird?«

»Sie sollten sich eher vor Darkovs Zorn hüten«, antwortete De Ville. »Fragen Sie Ihren Freund, wenn Sie mir nicht glauben. Sie haben keine Chance. Wenn Sie beide diese Nacht überleben wollen, dann kommen Sie mit mir.«

Das Schlimme war, dachte Rachel, dass er vermutlich Recht hatte. Sie hatten es bis hierher geschafft, aber selbst das hatten sie – im wahrsten Sinne des Wortes – nur einem Wunder zu verdanken; wenn auch einem, auf das sie gerne verzichtet hätte. Darkovs Männer waren ihnen dicht auf den Fersen und Rachel machte sich nichts vor: Benedikt konnte vielleicht kämpfen wie Jacky Chan und Bruce Lee in einer Person, aber am Ende konnte er dennoch nicht gewinnen.

»Und wohin bringen Sie uns?«, fragte sie.

»An einen sicheren Ort«, antwortete De Ville.

Rachel schüttelte ärgerlich den Kopf. »So weit waren wir schon einmal«, sagte sie.

»Und wir wären längst dort und eine Menge unbeteiligter Menschen wären noch am Leben, wenn Sie nur ein bisschen vernünftig gewesen wären«, antwortete De Ville ärgerlich. »Wie viele Menschen müssen noch sterben, ehe Sie Vernunft annehmen?«

Vielleicht alle, dachte Rachel. Sie schwieg.

»Warum reden Sie überhaupt mit ihr?«, mischte sich Frank ein.

»Wir nehmen sie einfach mit und lassen diesen Terroristen hier. Soll er sich mit seinen ehemaligen Freunden amüsieren.«

De Ville sprach es nicht aus, aber das Wort, das Rachel in seinen Augen las, deckte sich ungefähr mit dem, was sie im Moment über Frank dachte.

»Was macht dieser Trottel eigentlich hier?«, fragte sie.

»Jemand musste mir den Weg zeigen«, antwortete De Ville in bedauerndem Ton. »Ich habe versucht, ihn davon zu überzeugen, dass es nicht besonders klug ist, mich zu begleiten, aber er hat darauf bestanden.«

»Dann hoffe ich, dass du wenigstens noch Gelegenheit bekommst, es zu bedauern«, sagte Rachel, direkt an Frank gewandt. »Das hier ist nämlich kein Spiel, du Dummkopf. Es geht um unser Leben.«

Frank setzte dazu an, etwas zu sagen, hob dann aber nur die Schultern und bedachte sie mit einem verächtlichen Blick; als wäre sie es ihm gar nicht wert zu antworten. Er stand auf und wandte sich in herausforderndem Ton wieder an De Ville. »Worauf warten wir eigentlich noch? Ich habe meinen Teil der Abmachung erfüllt und Sie hierher gebracht. Jetzt sind Sie dran!«

»Und was soll er tun?«, erkundigte sich Rachel freundlich. »Dir zu einer Gehirntransplantation verhelfen?«

In Franks Augen blitzte die pure Mordlust. »Ich will meine Frau wiederhaben, du Hexe!«, schnappte er. »Und mein Kind!«

»Unglückseligerweise brauchen wir Benedikt, um Ihre Frau und die anderen Vermissten zu finden«, sagte De Ville. »Und jetzt halten Sie bitte den Mund und setzen sich wieder.«

Er hatte nicht einmal lauter gesprochen, aber irgendetwas war plötzlich in seiner Stimme, das nicht nur Frank erbleichen ließ. Er setzte sich widerspruchslos und De Ville wandte sich nach einem Blick auf seine Armbanduhr wieder an Rachel. »Also?«

»Sie sind wirklich allein gekommen?«, vergewisserte sich Rachel.

»Der Pilot ist noch bei uns«, antwortete De Ville. Es klang ehrlich. »Aber nicht hier. Die Maschine steht zehn Minuten entfernt. Bitte, Rachel – es steht zu viel auf dem Spiel. Sie müssen mir einfach vertrauen.«

»Es gibt noch eine andere Möglichkeit«, sagte Uschi. »Ich kenne mich in den Bergen aus. Wir könnten uns irgendwo verstecken. Sie finden uns nie.«

»Vor Darkovs Leuten?« De Ville lächelte dünn. »Sie wissen nicht, wovon Sie reden. Es gibt nur eine einzige Möglichkeit, glauben Sie mir: Wir steigen jetzt alle zusammen in meinen Helikopter und verschwinden von hier, bevor Darkovs Männer eintreffen.«

»Aber die sind doch schon da.«

Die Tür flog auf und Benedikt kam zusammen mit einem Schwall aus eiskalter Luft und sprühendem Nieselregen herein. Er hielt die Pistole, die er dem Toten im Wald abgenommen hatte, in der ausgestreckten Rechten und zielte damit auf De Villes Gesicht. Seine Augen schienen zu brennen und er umklammerte die Pistole mit solcher Kraft, als wollte er sie zerbrechen. Sein ausgestreckter Arm zitterte und jeder einzelne Muskel in seinem Körper schien zum Zerreißen gespannt. Rachel konnte sich nicht erinnern, ihn jemals so erregt gesehen zu haben. Für einen Sekundenbruchteil war sie sicher, dass er im nächsten Moment abdrücken würde.

»Benedikt, nicht!«, sagte sie rasch. »Es ist nicht so, wie du denkst!«

Sie wollte sich aus einem reinen Reflex heraus zwischen Benedikt und De Ville stellen, aber Benedikt schob die Tür mit dem Fuß hinter sich zu, machte einen weiteren Schritt in den Raum hinein und fegte sie einfach zur Seite. Mit einem weiteren Schritt war er bei De Ville und setzte ihm die Pistolenmündung direkt auf die Stirn.

»Du hättest nicht herkommen sollen.«

»Bitte, Benedikt!«, flehte Rachel. »Es ist nicht so, wic du glaubst! Hör mir doch zu!«

»Machen Sie sich keine Sorgen, meine Liebe«, sagte De Ville. Sein Blick war fest auf Benedikts Augen gerichtet und Rachel las nicht einmal eine Spur von Furcht in seinem Gesicht. »Er wird nicht auf mich schießen.«

»Nenn mir einen einzigen vernünftigen Grund, warum ich es nicht tun sollte!«, sagte Benedikt. Seine Stimme zitterte. »Nur einen!«

»Benedikt, nicht!« Rachel schrie jetzt wirklich. »De Ville ist hier, um uns zu helfen!«

»De Ville?« Benedikt lachte. »*Das* ist De Ville?« Er schüttelte den Kopf. »Das ist *nicht* De Ville.«

»Nicht … De Ville?«, murmelte Rachel verständnislos. »Aber … aber wer soll es denn sonst sein?«

Sie wusste die Antwort, noch bevor Benedikt sie aussprach. Tief in sich hatte sie es die ganze Zeit über gespürt.

»Das ist Pjotr Darkov«, sagte Benedikt. »Mein Adoptivvater.«

Für mindestens fünf Sekunden wurde es so still in der Hütte, dass man die berühmte Stecknadel hätte fallen hören können. Niemand bewegte sich, niemand sagte etwas, absolut *nichts* geschah, fast als wäre die Zeit in einem winzigen Moment erstarrt; wie eine CD, die festhing, sodass der Laser immer wieder denselben, stets gleich bleibenden Ton wiedergab, der sich nie änderte und trotzdem zu einer immer unerträglicher werdenden Dissonanz anschwoll.

Dann erlosch der Zauber und alles geschah gleichzeitig. Rachel spürte, wie ihr Herz mit einem einzigen schweren Schlag wieder zu pochen begann, Uschi sprang mit einem überraschten Keuchen von ihrem Stuhl auf und machte einen halben Schritt in Benedikts und Darkovs Richtung, nur um sofort wieder zu erstarren, und Frank tat genau das, was Rachel instinktiv erwartet hatte, auch wenn sie nicht genau wusste, was es sein würde: das Dümmste, was er in der gegebenen Situation tun konnte. Er rannte mit drei weit ausgreifenden Schritten um den Tisch herum und versuchte Benedikt anzuspringen. In der nächsten Sekunde lag er am Boden, krümmte sich und rang würgend nach Luft. Rachel hatte nicht einmal *gesehen*, was Benedikt getan hatte, aber die Pistole hatte sich keinen Millimeter von De Villes *(De Villes?)* Stirn wegbewegt.

»Das … das ist … nicht … nicht wahr«, murmelte Rachel. Ihre Gedanken kreisten wild um einen Punkt, den sie nicht fixieren konnte, und sie spürte, wie sie am ganzen Leib zu zittern begann. Sie wusste nicht, ob sie schreien oder hysterisch loslachen sollte. »Das … das kann nicht sein. Sag, dass das nicht wahr ist!«

»Glauben Sie ihm ruhig, meine Liebe«, sagte Darkov lächelnd. Noch immer ohne Benedikts Blick loszulassen, hob er die linke Hand und berührte mit Zeige- und Mittelfinger den Pistolenlauf.

»Du wirst dich jetzt entscheiden müssen, Benedikt«, sagte er. »Wenn du mich erschießen willst, dann tu es. Oder steck die Waffe ein und komm mit mir. Wir müssen gehen.«

Benedikt rührte sich nicht. Er zitterte jetzt am ganzen Leib. Nur der Arm, mit dem er die Waffe hielt, war vollkommen ruhig.

»Du hast mich benutzt«, murmelte er. »Ich habe dir vertraut. Ich habe dir *geglaubt*, aber für dich war ich die ganze Zeit über nur ein Werkzeug. Warum konntest du mir nicht vertrauen?«

»Aber das habe ich doch«, antwortete Darkov. »Wäre ich sonst allein hierher gekommen?« Er verstärkte den Druck auf den Pistolenlauf ein wenig, um ihn zur Seite zu drücken, erreichte damit aber nur, dass Benedikt die Waffe seinerseits fester gegen seine Stirn presste, und Darkov ließ die Hand hastig wieder sinken. Vielleicht wurde ihm zum ersten Mal klar, dass er buchstäblich nur noch Millimeter vom sicheren Tod entfernt war.

»Ich war niemals mehr für dich, nicht?«, fragte Benedikt. »Du hast mir nicht einen Augenblick lang vertraut.«

»Vertrauen. Ein großes Wort«, sagte Darkov. Er versuchte den Kopf zu schütteln, aber er konnte es nicht, weil Benedikt die Waffe zu fest gegen seine Stirn presste. Es musste wehtun.

»Erschießen Sie den Dreckskerl«, stöhnte Frank vom Boden aus. Er rappelte sich mühsam in eine halbwegs sitzende, nach vorne gebeugte Haltung hoch und massierte mit schmerzverzerrtem Gesicht seinen Magen. »Jagen Sie dem Kerl eine Kugel in den Kopf und dann verschwinden wir von hier. Ich weiß, wo der Hubschrauber steht.«

Benedikt sah ihn eine halbe Sekunde lang stirnrunzelnd an, hob andeutungsweise die Achseln – und trat ihm mit solcher Wucht ins Gesicht, dass Frank nach hinten kippte und auf der Stelle das Bewusstsein verlor.

»Benedikt, bitte«, sagte Darkov. »Entscheide dich. Du kannst mich erschießen, aber das würde nichts mehr ändern, du weißt es. Ich kann deinen Zorn verstehen, aber es stand einfach zu viel auf dem Spiel und auch das weißt du.«

Benedikt starrte ihn noch eine Sekunde lang an. Der Ausdruck auf seinem Gesicht war pure Qual. Dann fuhr er herum, schrie auf und schlug die Faust mit solcher Gewalt gegen den Türrahmen, dass seine Knöchel aufplatzten und zu bluten begannen.

Währenddessen war Uschi neben Frank niedergekniet und begann ihn flüchtig zu untersuchen. »Es sind keine wichtigen Teile verletzt«, sagte sie. »Nur der Kopf. Aber er wird es überleben.« Wütend sah sie zu Benedikt hoch. »Es war nicht nötig, so brutal zu sein, oder?«

Benedikt reagierte nicht, ganz einfach, weil er ihre Worte vermutlich gar nicht gehört hatte, aber Rachel wusste, dass Uschi Unrecht hatte. Es *war* nötig gewesen, in diesem Moment. Sie nahm sogar an, dass Benedikt ganz bewusst nach einem Ventil für seine Wut gesucht hatte. Hätte er es nicht gefunden, dann hätte er Darkov vielleicht getötet.

Wortlos trat sie an Benedikts Seite und griff nach seiner Hand. Er ließ es widerspruchslos geschehen. Seine Knöchel sahen übel aus. Sie waren aufgeplatzt und bluteten heftig; Rachel war fast sicher, dass mindestens einer gebrochen war, und die Hand begann bereits anzuschwellen. In spätestens einer Stunde würde er sie wahrscheinlich kaum noch bewegen können.

»Das sieht schlimm aus«, sagte sie. »Hast du Verbandszeug im Haus?«

Uschi stand wortlos auf und trat an den Schrank und Benedikt zog die Hand mit einem Ruck zurück und ballte sie zur Faust, woraufhin sie noch heftiger zu bluten begann.

»Rachel«, begann er. »Ich –«

»Vertrauen, Benedikt«, unterbrach ihn Rachel. Sie machte eine Kopfbewegung auf Darkov. Ihre Stimme war so kalt, dass sie beinahe selbst davor erschrak. »Ein großes Wort.« Es war sonderbar – sie wusste selbst nicht genau, warum sie das sagte, denn es war ganz und gar nicht das, was sie in diesem Moment dachte. Alles, was sie im Grunde fühlte, war verletzter Stolz, aber es war wie so oft: Ihr war wehgetan worden und sie hatte den Wunsch, nun einem anderen wehzutun. Sie hatte noch nie zu denen gehört, die die andere Wange hinhielten.

Wenn Benedikt verletzt war, dann ließ er es sich nicht anmerken. Er sah sie nur mit leerem Blick an und Rachel trat zur Seite und überließ es Uschi, seine Hand zu verbinden. Sie selbst ging zum Tisch, ließ sich schwer auf einen der geschnitzten Bauernstühle sinken und schloss für einen Moment die Augen. Plötzlich fühlte sie sich leer, auf eine rein körperliche Weise erschöpft und so maßlos enttäuscht, dass es fast wehtat.

Darkov kam mit langsamen Schritten näher, warf einen flüchtigen Blick auf Frank herab und setzte sich an die andere Seite des Tisches. Wäre es Rachel nicht zu albern erschienen, dann wäre sie aufgestanden. Darkov sah sie einige Sekunden lang erwartungsvoll an, dann hob er die Schultern und zog ein altmodisch aussehendes Walkie-Talkie aus der Tasche.

»Ihr könnt jetzt kommen«, sagte er und steckte das Gerät wieder ein, ohne auf eine Antwort zu warten.

Rachel sah ihn feindselig an. »So viel dazu, dass Sie ganz allein gekommen sind«, sagte sie.

»Das bin ich«, behauptete Darkov. Er schüttelte den Kopf, um ihre nächste Frage vorwegzunehmen. »Glauben Sie mir, Rachel – wenn Benedikt mich wirklich hätte töten wollen, dann hätte er es gekonnt und nicht einmal eine ganze Armee hätte ihn daran hindern können. Ich weiß, wovon ich rede. Ich habe ihn selbst ausgebildet.«

»Und darauf sind Sie auch noch stolz.« Rachel schüttelte müde den Kopf. Sie wollte zornig sein, aber sie konnte es nicht. Vielleicht war dies das Gefühl einer vollkommenen und unwiderruflichen Niederlage. Es ließ nicht einmal mehr Raum für Enttäuschung oder Zorn. Dennoch fügte sie hinzu: »Was sind Sie nur für ein Mensch?«

»Vermutlich kein besonders guter«, sagte Darkov gelassen. »Jedenfalls nach Ihren Vorstellungen – was immer die wert sein mögen.«

»Ihnen bedeuten sie vermutlich nichts«, sagte Rachel. Sie lachte leise und bitter. »O ja, ich habe ja ganz vergessen, dass Sie im Besitz der alleinigen Wahrheit sind. Das ist es doch, wovon Größenwahnsinnige überzeugt sind, nicht wahr? Dass sie die Einzigen sind, die genau Bescheid wissen.«

»Wenn Sie mich wirklich für wahnsinnig halten, dann sind Sie entweder sehr dumm oder sehr mutig, so mit mir zu reden«, antwortete Darkov. Er hob die Schultern. »Und da ich Sie mittlerweile gut genug zu kennen glaube, nehme ich nicht an, dass Sie dumm sind.«

Rachel wusste nicht, ob diese Worte eine Drohung darstellten oder seiner verdrehten Vorstellung von Konversation entsprachen. Es war ihr auch gleich. Im Grunde wollte sie nicht einmal mit ihm sprechen. Was sie tat, hatte viel mit dem Fußtritt gemein, den Benedikt Frank verpasst hatte: Ihr Zorn richtete sich ganz bewusst gegen das erstbeste Ziel, das sich ihr bot.

»Sie *sind* wahnsinnig«, murmelte sie.

»Wenn es die Angelegenheit für uns erleichtert, dass Sie es so sehen, soll es mir recht sein«, sagte Darkov gelassen. »Aber ich glaube, Sie werden mich noch verstehen. Wenn das alles vorbei ist, werden Sie begreifen, was ich getan habe und warum.«

»Ja, und dann werden wir alle gute Freunde.« Rachel stieß verächtlich die Luft zwischen den Zähnen aus. »Bilden Sie sich nichts ein. Wir werden niemals heiraten.«

Darkov lachte leise, aber er zog es vor, das Gespräch nicht fortzusetzen, sondern wandte sich an Uschi. »Wenn Sie so weit sind, meine Liebe? Falls Sie irgendetwas mitnehmen müssen – ein Medikament, zum Beispiel –, sollten Sie es jetzt holen.«

»Hätten Sie etwas dagegen, wenn ich meine Schrotflinte mitnehme?«, erkundigte sich Uschi.

Darkov lachte. »Allmählich verstehe ich, warum Sie befreundet sind.« Er stand auf und sein Lächeln erlosch wie abgeschaltet, als er sich an Benedikt wandte. »Was ist mit diesen Männern, denen ihr auf dem Weg hier herauf begegnet seid?«

Benedikt antwortete nicht, sondern starrte ihn nur aus funkelnden Augen an. Offensichtlich hatte er beschlossen, sich in den Schmollwinkel zurückzuziehen, eine Reaktion, die vielleicht albern war, im Moment aber durchaus verständlich. Vielleicht wäre die einzige Alternative sonst gewesen, Darkov doch noch umzubringen.

»Ich dachte, das wären Ihre Leute«, sagte Rachel.

»Ich sagte Ihnen doch, wir sind allein«, erwiderte Darkov. »Nur der Pilot und ein Mann, der draußen aufpasst, dass wir keinen überraschenden Besuch bekommen. Was zweifellos bald der Fall sein wird.« Er überlegte einen Moment mit gerunzelter Stirn. »Wir müssen weg.«

»Nein«, sagte Uschi. »Das müssen wir nicht.« Sie hatte sich herumgedreht und sah Darkov sehr ruhig, aber auch mit großer Entschlossenheit an.

Darkov seufzte. »Machen Sie es sich doch nicht so unnötig schwer.«

»Sie verstehen mich nicht«, sagte Uschi. »Sie und ich werden gehen. Lassen Sie die anderen hier. Sie brauchen sie nicht.«

»Was meinen Sie damit?«, fragte Darkov.

»Ich bin die, die Sie suchen«, antwortete Uschi.

»Wie?«, murmelte Rachel. Auch Darkov zog überrascht die Augenbrauen zusammen und selbst Benedikt zeigte zum ersten Mal wieder so etwas wie eine Reaktion, sagte aber nichts.

»Sie brauchen die anderen nicht«, wiederholte Uschi. »Lassen Sie sie in Ruhe.«

»Ich verstehe«, seufzte Darkov. »Sie sind wirklich eine gute Freundin. Der Versucht ehrt Sie, aber –«

»Sie sind ein Dummkopf, Darkov«, unterbrach ihn Uschi. Ihre Stimme wurde schärfer. »Oder Sie wollen es nicht begreifen. Wenn Sie wirklich der selbsternannte Prophet sind, für den Sie sich ausgeben, dann sollten Sie eigentlich erkennen, dass ich die Wahrheit sage.«

»Uschi, bitte«, sagte Rachel. »Ich weiß, was du vorhast, aber –«

»Nein, verdammt noch mal, das weißt du nicht!« Uschi schrie jetzt. »Was glaubst du eigentlich, warum ich mich all die Jahre über hier in der Einsamkeit verkrochen habe? Weil ich verdammt noch mal wusste, wer ich bin! Weil ich Angst vor diesem Tag hatte und mir eingebildet habe, ich könnte mich vor dem Schicksal verstecken. Deshalb lebe ich hier draußen, aus keinem anderen Grund! Oder hast du wirklich geglaubt, dass ich dieses primitive Leben liebe? Meinst du, ich will nicht auch einmal einfach unter eine Dusche gehen? Abends den Fernseher einschalten, ins Kino gehen oder in ein gutes Restaurant? Hast du wirklich geglaubt, ich *will* so leben? Ganz bestimmt nicht!«

Rachel war verunsichert und zutiefst verstört. Irgendetwas in ihr klammerte sich noch immer an die Erklärung, dass Uschi nur versuchte, sich für sie und die anderen zu opfern. Es konnte doch nicht sein, dass all die Jahre hier draußen, die unzähligen Nächte, die sie am Kamin gesessen und bis zum Morgengrauen diskutiert hatten, die endlosen Briefe, die sie sich geschrieben hatten, all die Verbitterung und Enttäuschung dem Leben gegenüber, dass all das *gelogen* gewesen war.

Und doch … Wenn sie ehrlich war, hatte sie niemals *wirklich* begriffen, wieso eine lebenslustige junge Frau wie Uschi der Welt und den Menschen von einem Tag auf den anderen den Rücken zugedreht und sich in dieser Einöde verkrochen hatte, die zwar nur eine Autostunde von der Zivilisation entfernt war, dennoch aber schon kaum noch zu diesem Universum zu gehören schien. Uschi hatte ihr ihre Gründe erklärt und sie hatte sie auf einer rein verstandesmäßigen Ebene durchaus akzeptiert – aber wirklich *begriffen* hatte sie sie nie.

»Ein netter Versuch«, sagte Darkov. »Aber selbst wenn ich Ihnen glauben wollte, meine Liebe: Niemand kannte die Identität des Mädchens, das damals in Ihre Stadt gebracht wurde. Der einzige Mensch, der wusste, welches der fünf Kinder das richtige ist, hat sein Geheimnis mit ins Grab genommen.«

»Ich weiß«, sagte Uschi ohne das mindeste Zögern. »Aber vorher hat er es mir gesagt.«

»Wer?«, fragte Darkov scharf.

»Bruder Adrianus«, antwortete Uschi.

Ein Schlag ins Gesicht hätte Rachel kaum härter treffen können. Sie hörte für einen Moment auf zu atmen und starrte Uschi aus ungläubig aufgerissen Augen an.

»Wie … bitte?«, stammelte sie.

»Er war es, der mich damals in die Stadt gebracht hat«, bestätigte Uschi. »Genau wie dich, Tanja und die anderen. Er hat sämtliche Papiere vernichtet, die unsere wirkliche Identität beweisen könnten, und er hat auch den Familien, denen er die Kinder übergeben hat, nicht gesagt, wer wir wirklich sind. Er war der einzige Mensch auf der ganzen Welt, der wusste, wer von uns die *Auserwählte* ist.«

Der Ton, in dem sie das Wort *Auserwählte* aussprach, sagte mehr, als tausend Worte es gekonnt hätten. Im Grunde war er es, der Rachel beinahe davon überzeugte, dass sie die Wahrheit sprach. Aber eben nur fast.

»Und er hat es dir erzählt?«, fragte sie zweifelnd. »Ausgerechnet dir?«

»Vor fünf Jahren«, bestätigte Uschi.

»Das … das ist lächerlich«, sagte Rachel. »Ich meine: Überleg doch mal, was du da sagst: Adrianus erzählt dir, dass du von Gott selbst auserwählt worden bist, die Menschheit zu retten, und kaum hat er es getan, da … da trittst du aus der Kirche aus, kehrst der gesamten menschlichen Rasse den Rücken zu und verkriechst dich in dieser Einöde? Das ist idiotisch!«

»Das ist das Einzige, was ich tun konnte«, antwortete Uschi bitter. »Ich kann nicht an einen Gott glauben, der mit Menschenleben spielt und ganze Völker auslöscht, nur weil sie sich nicht nach seinen Regeln richten! Ich hätte mich selbst getötet, wenn ich den Mut dazu gehabt hätte. Aber ich hatte ihn nicht.«

Das klang auf so grässliche Weise überzeugend, dass Rachel nicht mehr widersprechen konnte, obwohl sie verzweifelt nach Argumenten suchte – und sie gewiss auch gefunden hätte, wäre in ihren Gedanken nicht ein so heilloses Chaos gewesen und hätte Uschi sie nicht auf diese schrecklich entschlossene Weise angesehen.

»Aber das bedeutet, dass … dass Adrianus' Tod …«

»… kein Zufall war«, fiel ihr Uschi ins Wort. Ihre Züge verhärteten sich noch weiter. »Jemand hat einen lästigen Zeugen beseitigt.«

»Sag so etwas nicht«, sagte Rachel erschrocken.

»Warum nicht? Weil es die Wahrheit ist? Ich sagte doch, ich kann an einen solchen Gott nicht glauben. Ich will es nicht. Ich glaube nicht, dass es ihn gibt. Und wenn, dann ist er nicht der, für den wir ihn gehalten haben.« Sie ballte die Hand zur Faust, wie um damit auf den Tisch zu schlagen, ließ die Bewegung aber dann unbeendet. »Schockiert dich die Vorstellung, dass Adrianus beseitigt wurde wie ein lästiger Zeuge, der ein paar Mafia-Geheimnisse zu viel kannte?«

»Hör auf, so zu reden«, flehte Rachel. »Bitte!«

»Warum?«, fragte Uschi. »Vor ein paar Stunden wurden *fünf Millionen* Menschen ausgelöscht, einfach *so*.« Sie schnippte mit den Fingern. »Um eine alte Prophezeiung zu erfüllen. Und du glaubst, da würde ein einzelnes Menschenleben eine Rolle spielen? Morgen früh werden es vielleicht *fünftausend* Millionen sein!«

Rachel schlug sich die Hände vor die Ohren. Sie wollte nicht mehr hören, was Uschi sagte, aber es nutzte nichts. Sie hatte die Worte gehört und sie begannen ihre Wirkung zu entfalten, schnell und so unaufhaltsam wie Krebs.

»Hör auf, bitte!«, flehte sie.

Uschi hörte auf, aber es war zu spät. Ihre Worte hatten alles geändert. Sie hatte die Wahrheit gewusst, natürlich, aber dennoch war das alles bisher nicht viel mehr als ein großes Abenteuer gewesen. Ein Abenteuer auf Leben und Tod, sicher, aber letztendlich etwas, das nur sie betraf, bei dem ihr eigenes Leben und sonst nichts auf dem Spiel stand, und aus irgendeinem Grund hatte sie es nie anders gesehen, nie anders sehen *wollen.* Was interessierte es sie, wenn die Welt unterging? Wenn sie starb, wenn ihr eigenes persönliches Universum erlosch, dann war sowieso alles vorbei. Für sie persönlich hörte die Welt auf zu existieren, wenn *sie* zu existieren aufhörte, wo also war der Unterschied?

Aber es gab einen. Es hatte ihn immer gegeben und Uschis Worte hatten ihr endgültig die Möglichkeit genommen, die Augen davor zu verschließen. Es gab einen.

Als Uschi weitersprach, wandte sie sich wieder an Darkov. »Sie haben gewonnen, Darkov. Ich komme freiwillig mit. Ich werde keinen Widerstand leisten und alles tun, was Sie von mir verlangen. Bringen Sie mich um, wenn Sie wollen, aber lassen Sie Rachel und die anderen in Frieden. Sie brauchen sie nicht.«

Darkov seufzte leise. »Wie ich schon einmal sagte: Um eine Freundin wie Sie kann man Rachel nur beneiden. Sie würden ohne zu zögern Ihr Leben für sie geben, habe ich Recht?« Er nickte, um seine eigene Frage zu beantworten. »Aber es steht zu viel auf dem Spiel.«

»Glauben Sie, dass ich –?«

»Ich glaube Ihnen«, unterbrach sie Darkov. »Ich glaube Ihnen, dass *Sie* glauben, dass es so ist.«

»Woher sollte ich das alles sonst wissen?«, fragte Uschi zornig.

»Von Bruder Adrianus«, antwortete Darkov. »Aber wer sagt Ihnen, dass *er* die Wahrheit gesagt hat? Vielleicht hat er Sie belogen?«

»Warum sollte er das getan haben?«

Darkov hob die Schultern. »Um die Wahrheit zu verschleiern. Um Rachel oder eine der anderen zu schützen, was weiß ich, was in den Köpfen dieser verrückten Pfaffen vorgeht?« Er schüttelte erneut den Kopf. »Ich kann Ihnen nicht glauben. Aber ich gebe Ihnen mein Ehrenwort, dass weder Ihnen noch einer Ihrer Freundinnen auch nur ein Haar gekrümmt wird, zumindest nicht von mir und meinen Leuten. In spätestens vierundzwanzig Stunden sind Sie frei.«

»Aber ich sage die Wahrheit!«, beharrte Uschi. In ihrer Stimme war ein Unterton echter Verzweiflung. »Was … was kann ich denn tun, um Sie zu überzeugen?« Sie deutete mit einer hektischen Geste auf Benedikt. »Wenn diese verrückte Geschichte wirklich wahr ist, dann ist er mein Bruder! So etwas kann man doch feststellen. Mit einer Blutprobe oder …«

»… oder einer DNS-Analyse«, fügte Darkov milde hinzu. »Ich weiß. Aber leider haben wir hier weder die Gelegenheit dazu noch bleibt uns die nötige Zeit.«

Er stand auf, zog das Funkgerät aus der Tasche und drückte ärgerlich den Knopf. Rachel verstand nicht, was er sagte, denn er sprach jetzt russisch, aber sie konnte es sich zumindest denken. Er bekam keine Antwort und musterte das Walkie-Talkie einen Moment lang feindselig, doch bevor er noch einmal nach seinen Leuten rufen konnte, ging die Tür auf und zwei Männer in gefleckter Tarnkleidung betraten das Haus. Einer von ihnen war mit einem russischen AK-47-Sturmgewehr ausgerüstet, das über zwei mit farbigem Klebeband zusammengebundene Ersatzmagazine verfügte, der Zweite trug einen bizarr geformten Helm; wahrscheinlich der Pilot des Hubschraubers, von dem Darkov gesprochen hatte. Den Mann mit dem Gewehr kannte Rachel – es war der Farbige, den sie das letzte Mal auf dem Autofriedhof gesehen hatte. Seine linke Hand war verbunden und er hatte eine hässliche frische Brandwunde im Gesicht. Nachdem er hereingekommen war und die Tür hinter sich geschlossen hatte, starrte er Benedikt mit unverhohlener Feindseligkeit an, sagte aber nichts. Der andere wandte sich ebenfalls stumm, aber mit einem fragenden Blick an Darkov.

»Es wird Zeit.« Darkov drehte sich demonstrativ zu Benedikt herum. »Entscheide dich. Begleitest du uns oder bleibst du hier? Es ist deine Entscheidung. Ich werde sie akzeptieren, egal wie sie ausfällt. Das bin ich dir schuldig. Aber wenn du mit uns kommst, erwarte ich dein Wort, dass du keine Dummheiten machst.«

Benedikt schwieg. In seinem Gesicht und vor allem hinter seinen Augen arbeitete es.

»Du hast noch eine Minute.« Darkov gab dem Farbigen einen Wink und deutete mit der anderen Hand auf Frank, der noch immer bewusstlos am Boden lag. »Schafft diesen Kerl in den Hubschrauber. Und Sie« – er drehte sich zu Uschi herum – »ziehen sich bitte eine warme Jacke an. Der Weg könnte ein wenig rau werden.«

Uschi gab sich alle Mühe, ihn mit Blicken aufzuspießen, drehte sich aber dann mit einem Ruck herum und trat an den Schrank. Darkovs Söldner und der Pilot zerrten Frank grob vom Boden hoch und nahmen ihn zwischen sich, und Benedikt brach endlich sein Schweigen.

»Habe ich dein Wort, dass ihr nichts geschieht?«, fragte er mit einer Geste auf Rachel.

»Selbstverständlich«, antwortete Darkov. Er lächelte, auf eine sonderbare, sehr warme Art, die Rachel ihm gar nicht zugetraut hatte. »Du liebst sie, habe ich Recht? Jetzt, wo du weißt, dass sie vielleicht nicht deine Schwester ist, kannst du es ruhig zugeben.«

»Ich glaube nicht, dass dich das etwas angeht«, sagte Benedikt feindselig.

»Wie du meinst«, sagte Darkov achselzuckend. »Aber ich schließe aus deiner Frage, dass du uns begleiten willst. Und sei es nur, um auf sie aufzupassen.«

»Wenn du sie anrührst, töte ich dich«, sagte Benedikt ruhig.

Statt zu antworten, drehte sich Darkov wieder herum und sah zu den beiden Söldnern hin. Sie hatten die Tür mittlerweile erreicht und seine Antwort wäre sowieso im Heulen des Windes und im Rauschen des Regens untergegangen, als sie die Tür öffneten und hinaustraten. Die Welt draußen war mittlerweile vollkommen schwarz geworden, aber Rachel glaubte trotzdem einen großen, klobigen Umriss zu erkennen, der sich nur wenige Schritte vor der Tür gegen den noch schwärzeren Hintergrund des Himmels erhob; vermutlich der Hubschrauber, von dem Darkov gesprochen hatte.

Die Männer machten einen Schritt aus der Tür und hinter ihnen in der Dunkelheit blitzte es blass orangefarben auf. Der Regen verschluckte das Geräusch des Schusses zur Gänze, aber der Mann mit dem Pilotenhelm ließ Franks Arm los, taumelte zwei Schritte zurück und brach dann wie vom Blitz getroffen zusammen.

Noch bevor der Helikopterpilot den Boden berührte, glomm draußen abermals ein orangeroter Funke auf und diesmal glaubte Rachel auch das dazugehörige Geräusch zu hören; auch wenn es eher wie das Zusammenschlagen zweier nasser, weicher Hände als wie ein Schuss klang. Zweifellos hätte auch er sein Ziel getroffen, hätte es nicht einen Faktor gegeben, mit dem der unsichtbare Schütze draußen nicht rechnen konnte: Frank. Im gleichen Moment, in dem der Pilot zurücktaumelte und zusammenbrach, erwachte er aus seiner Erstarrung und versuchte den Farbigen zu attackieren. Sein Angriff war ungeschickt und hatte nicht mehr Erfolg als der Angriff vorhin auf Benedikt – aber er rettete Darkovs Mann vermutlich das Leben. Der Farbige stolperte einen halben Schritt zur Seite und zurück, und unmittelbar neben seinem Gesicht schlug etwas mit einem dumpfen Knall gegen den Türrahmen. Aus dem Holz flogen keine Splitter, aber Rachel hatte einen flüchtigen Eindruck von etwas Dunklem, das davonhuschte.

»Runter!«

Rachel registrierte eine Bewegung aus den Augenwinkeln, aber sie kam nicht mehr dazu zu reagieren. Etwas – jemand, vielleicht Benedikt, *wahrscheinlich* Benedikt – bewegte sich in einer komplizierten Pirouette nach unten und zugleich wieder ins Haus hinein, um aus dem Blickfeld des unsichtbaren Schützen draußen zu kommen; Uschi duckte sich mit einem Schrei unter den Tisch und auch Darkov machte eine rasend schnelle Bewegung, die sie nur aus den Augenwinkeln wahrnahm; das Innere der Hütte schien plötzlich in einem optischen Orkan zu versinken, der ihre Sinne einfach überlastete, so dass sie nur noch ein Chaos aus reiner Bewegung wahrnahm, keine Einzelheiten mehr, und schon gar nicht in der Lage war, auf irgendetwas zu reagieren.

Es wäre ohnehin sinnlos gewesen. Alles ging viel zu schnell und nichts, was Benedikt oder Darkov taten, hätte irgendetwas am Ablauf der Geschehnisse ändern können. Was Rachel wie ein einziges kreischendes Chaos vorkam, war in Wirklichkeit eine minuziös geplante und durchgeführte Aktion, die mit der Unerbittlichkeit und Präzision einer gigantischen Maschine ablief und sie einfach überrollte.

Benedikt sprang mit weit vorgestreckten Armen über den Tisch und riss sie von den Füßen, aber er hatte sich verschätzt. Statt sich schützend über sie zu werfen, versetzte er ihr nur einen derben Stoß, der sie haltlos zur Seite und gegen den Kaminsims stolpern ließ. Bevor sie fiel und noch ehe sie den Boden berührte, segelte etwas Großes, Dunkles durch die offene Tür herein und prallte mit einem dumpfen Geräusch gegen den Tisch. Rachel sah noch, wie Benedikt schützend die Arme vor das Gesicht riss –

– und die Welt zerbarst in einem Chaos unerträglicher, grellweißer Helligkeit und einem so ungeheuerlichen Lärm, dass sie glaubte, ihre Trommelfelle müssten zerreißen.

Rachel krümmte sich auf dem Boden, schlug beide Hände gegen die Ohren und brüllte vor Schmerz, ohne ihre eigene Stimme auch nur zu hören. Die unerträgliche Helligkeit wich einen Sekundenbruchteil später ebenso absoluter Dunkelheit, aber dem grässlichen Lärm folgte keine Stille. Sie war auf der Stelle wie blind, aber in ihren Ohren war ein dumpfes Rauschen und Klingen und Heulen, wie die verzerrte Erinnerung an jedes einzelne Geräusch, das sie jemals in ihrem Leben gehört hatte.

Irgendwo tief in ihrem Bewusstsein war eine Ahnung dessen, was geschehen war: Der dunkle Gegenstand, der hereingeflogen war und Benedikt so sichtlich in Panik versetzt hatte, musste eine Blendgranate gewesen sein, wie sie Sondereinheiten der Polizei benutzten und die ihre Opfer mit Lärm und Licht lähmten, statt sie zu töten oder lebensgefährlich zu verletzen, aber dieses Wissen nutzte nichts und es machte es nicht besser. Jeder einzelne Nerv in ihrem Körper stand in Flammen. Ihre Augen waren blind, aber ihre Sehnerven hatten sich in zwei Bahnen aus weiß glühendem reinem Schmerz verwandelt, die die lodernde Qual direkt ins Zentrum ihres Gehirns pumpten. Sie würde nie wieder sehen können. Ihre Trommelfelle waren zerrissen, sie war taub und der Orkan aus Lärm und Licht hatte ihr Nervensystem getroffen wie ein Faustschlag und sie vollkommen paralysiert. Ihre Kehle schmerzte von ihren eigenen Schreien, ohne dass sie selbst sie hörte. Etwas traf schmerzhaft ihre Hüfte. Sie spürte, wie sie herumgedreht und unsanft über den Boden gezerrt wurde, aber sie war nicht einmal sicher, ob sie es war, der die Berührung galt.

Es war ihr vollkommen unmöglich zu sagen, wie viel Zeit verging. Vermutlich waren es nur Minuten, aber sie waren die pure Hölle. Irgendwann begannen die Schmerzen zu verebben und aus dem Kreischen und Heulen in ihren Ohren wurde ein dumpfes Rauschen, das allmählich in den Rhythmus ihres Pulsschlags überging. Sie konnte sogar wieder hören, aber alle Geräusche waren dumpf und verzerrt und so fremd, dass sie sie nicht identifizieren konnte. Doch es schien sich nicht um Kampfgeräusche zu handeln. Wenigstens das.

Hände griffen nach ihr, richteten sic auf und führten sie unsanft ein paar Schritte weit, bis sie einen Stuhl erreichte, auf den sie gedrückt wurde.

»Es ist gleich vorbei«, sagte eine Stimme hinter ihr. »Noch ein paar Minuten. Es ist schlimm, aber es geht vorbei.«

Rachel hatte Mühe, die Worte zu verstehen. Das Rauschen in ihren Ohren ließ nicht nach und dazu gesellte sich jetzt noch ein schrilles Klingeln und Heulen. Sie erriet die Worte mehr, als sie sie wirklich verstand, machte aber trotzdem eine Bewegung, von der sie hoffte, dass sie wie ein Nicken aussah. Nach einer weiteren Sekunde öffnete sie vorsichtig die Augen. Das Ergebnis war ein heftiger Schmerz, wie zwei rot glühende Nadelspitzen, die sich tief in ihre Augen bohrten, aber sie konnte dennoch sehen, wenn auch noch nicht richtig. Die Dinge hatten praktisch keine Farbe, dafür aber doppelte oder sogar dreifache Umrisse, die sich unabhängig voneinander zu bewegen schienen.

»Lassen Sie sich Zeit«, fuhr die Stimme fort. »Sie können in ein paar Minuten wieder richtig sehen, keine Sorge. Es bleibt nichts zurück.«

»Sprechen Sie aus Erfahrung?« Rachel blinzelte heftig und drehte den Kopf nach rechts, um den Mann zu erkennen, der mit ihr gesprochen hatte. Sic versuchte gar nicht erst sein Gesicht zu identifizieren, aber sie sah immerhin, dass er eine Art Kampfanzug trug, der dem Darkovs ähnelte und auch etwa seine Größe und Statur zu haben schien. Er war nicht allein gekommen. In der Hälfte des Raumes, die Rachel überblicken konnte, bewegten sich drei weitere Männer, die ähnlich gekleidet waren, aber anscheinend Helme und Gewehre trugen, und hinter sich hörte sie die Geräusche weiterer Männer.

»Nicht aus eigener, aber ich habe so etwas schon mehrmals erlebt.« Der Fremde ging mit langsamen Schritten um den Tisch herum und ließ sich auf einen Stuhl auf der gegenüberliegenden Seite sinken. Sein Gesicht hatte jetzt nur noch zwei unterschiedliche Konturen, die zitternd aufeinander zuglitten und sich zu vereinigen suchten. Er hatte die Wahrheit gesagt: Ihr Sehvermögen kehrte nicht unbedingt schmerzlos, aber rasch zurück.

»Wie geht es Ihnen?«, fragte er. Offensichtlich war es aber nur eine rhetorische Frage, denn er wartete ihre Antwort erst gar nicht ab, sondern breitete in einer Verzeihung heischenden Geste die Hände aus und fuhr fort: »Es tut mir Leid, aber wir hatten keine andere Wahl. Bitte entschuldigen Sie die Unannehmlichkeiten, die wir Ihnen bereiten mussten, aber wir konnten nicht anders. Die Männer hier drinnen sind sehr gefährlich.«

»Was ist mit –«

»Mir geht es gut«, fiel ihr Uschi ins Wort. »Aber freu dich nicht zu früh. Sie haben es überlebt.«

Um ein Haar hätte Rachel sich verraten, aber dann schluckte sie die verwirrte Antwort herunter, die ihr auf der Zunge lag. Uschi hatte eindeutig schneller geschaltet als sie. Sie hatten keine Ahnung, wer diese unbekannten Angreifer waren. Der Umstand allein, dass sie Darkovs Feinde waren, machte sie nicht automatisch zu ihren Freunden. Und selbst wenn – vielleicht war es besser, wenn sie nicht von Anfang an wussten, wie sie zu Benedikt stand.

»Das war Rettung in letzter Sekunde.« Uschi kam mit gemessenen Schritten um den Tisch herum und maß den dunkelhaarigen Fremden mit einem übertrieben missbilligenden Blick. »Ich hoffe doch, wir haben Ihren Zeitplan nicht zu sehr durcheinander gebracht.«

»Ein wenig«, sagte der andere. »Es wäre sicherer gewesen, draußen zuzuschlagen. Aber wir konnten nicht riskieren, dass Darkovs Leute mit der Geisel den Hubschrauber erreichen.« Er wartete, bis Uschi sich ebenfalls gesetzt hatte, dann griff er in seine Jacke und förderte ein vergoldetes Zigarettenetui und ein dazu passendes Feuerzug zutage. Seine Hände schienen zu zitterten, als er sich eine filterlose Zigarette anzündete und einen tiefen Zug nahm. Rachel sah ihm wortlos zu. Er würde von sich aus reden und sie nutzte die Zeit, um ihren Augen Gelegenheit zur Erholung zu geben. Sie konnte jetzt schon beinahe wieder hundertprozentig sehen. Gut genug jedenfalls, um zu erkennen, dass ihr Gegenüber ein kräftig gebauter Mann Ende der Vierziger war, vielleicht auch ein früher Fünfziger, der sich gut gehalten hatte und ein hartes, aber sympathisches Gesicht und starke Hände hatte. Er sah sehr erschöpft aus, aber der khakifarbene Tarnanzug, den er trug, schien frisch aus der Reinigung zu kommen.

»Ich muss mich entschuldigen«, fuhr er nach einem zweiten, sehr tiefen Zug aus seiner Zigarette fort. »Ich habe mich noch gar nicht vorgestellt. Mein Name ist De Ville.« Er machte eine Bewegung, die einem lässigen Salutieren glich und Rachel in diesem Moment vollkommen lächerlich vorkam. »Hauptmann Frederic De Ville von der Schweizergarde.«

»Schweizergarde?«

»Das hat nichts mit der Schweiz zu tun«, begann De Ville lächelnd, »sondern …«

»Ich weiß, was die Schweizergarde ist«, sagte Rachel rasch. »Aber wieso De Ville? Ich meine, als ich De Ville heute Morgen … also Darkov …«

»Das alles muss ziemlich verwirrend für Sie sein, das kann ich mir vorstellen.« Diesmal wirkte De Villes Lächeln wirklich echt und so warm, dass es sie fast sofort für ihn einnahm. »Ich verspreche Ihnen, dass ich Ihnen alles erklären und alle Ihre Fragen beantworten werde – später. Im Augenblick sind wir leider ziemlich in Eile. Belassen wir es im Moment dabei, dass das meiste von dem, was Darkov Ihnen heute Morgen erzählt hat, der Wahrheit entspricht. Mit dem kleinen Unterschied, dass er nicht der war, für den er sich ausgegeben hat.«

»Ich nehme an, er hat Ihren Namen nur benutzt, um Sie zu ärgern?«, fragte Rachel spöttisch. Sie rieb sich mit Daumen und Zeigefinger über dic Augen und bewegte dabei den Kopf hin und her, als hätte sie noch immer Schwierigkeiten zu sehen. Insgeheim versuchte sie sich im Raum umzusehen, um vielleicht Benedikt zu entdecken. Aber er war nicht hier. Entweder hatten sie ihn ins Nebenzimmer gebracht oder schon aus dem Haus.

»Das wäre nicht so schmerzhaft gewesen«, antwortete De Ville mit säuerlicher Miene. »Ich habe schon ein ganzes Röhrchen Aspirin geschluckt, aber mir dröhnt noch immer der Kopf. Darkov hat mir fast den Schädel eingeschlagen.«

Rachel blickte fragend und De Ville nahm einen weiteren Zug aus seiner Zigarette und stand auf. »Also gut, die Kurzfassung«, seufzte er. »Die Regierung Ihres Landes war so großzügig, mich mit Informationen und gewissen Kompetenzen auszustatten. Darkov muss davon erfahren haben. Seine Männer haben mich abgefangen, als ich vorgestern Abend in Rom ins Flugzeug steigen wollte. Ich konnte ihnen entkommen, aber Darkov hat die Zeit genutzt, um meinen Platz einzunehmen.«

»Einfach so?«

»Für einen Mann wie Darkov stellt es kein Problem dar, sich gefälschte Papiere zu besorgen«, sagte De Ville schulterzuckend. »Niemand in Ihrem Land kennt mich persönlich, weder Kommissar Naubach noch die Geheimdienstleute, die mir Ihre Regierung zur Verfügung gestellt hat. Natürlich wäre es nicht lange gut gegangen. Aber er brauchte nur ein paar Stunden. Und beinahe hätte er ja auch Erfolg gehabt.«

Das klang beinahe zu einleuchtend, um Rachel zu überzeugen. Und es machte trotz allem keinen Sinn.

»Sie sind –«, begann sie.

»Mir ist klar, dass Sie mir nicht glauben«, unterbrach sie De Ville. Er lächelte noch immer, aber in seinen Augen war plötzlich ein Ausdruck, der Rachel einen Schauer über den Rücken laufen ließ.

»Wie meinen Sie das?«, fragte sie.

»Ich weiß, wie Sie zu Benedikt stehen«, sagte De Ville. Er hob die Hand, die die Zigarette hielt. »Auch wenn es Ihnen schwer fällt, es zu glauben, Rachel, aber er hat Sie von der ersten Sekunde an belogen. Das Ganze war ein abgekartetes Spiel.«

»Welchen Sinn sollte das haben?«

»Genau den, zu dem es geführt hat«, antwortete De Ville. »Sie haben sie hierher gebracht, oder?«

»Das war wohl eher dieser Trottel Frank«, mischte sich Uschi ein.

»Aber das konnte Darkov nicht wissen«, sagte De Ville. »Es tut mir wirklich Leid. Ich weiß, was es heißt, wenn man belogen wird, noch dazu von einem Menschen, dem man vertraut hat. Aber es ist die Wahrheit, glauben Sie mir. Er hat Sie von Anfang an benutzt.«

»Das … das ist nicht wahr«, murmelte Rachel. Nicht nach allem, was sie zusammen durchgestanden hatten. Nicht nach dem, was am Wasserfall geschehen war. Es konnte nicht sein. Es durfte nicht sein.

»Fragen Sie ihn selbst«, sagte De Ville traurig. »Mir ist klar, dass

Sie mir nicht glauben. Ich an Ihrer Stelle würde es vermutlich auch nicht.« Er sah auf die Uhr und wandte sich dann in italienischer Sprache an einen der Bewaffneten. Der Mann antwortete in der gleichen Sprache und De Ville drehte sich wieder zu ihr herum. »Der Wagen ist unterwegs, aber wir haben noch ein paar Minuten.« Er zögerte. »Sind Sie sicher, dass Sie sich das antun wollen?«

»Wo ist er?«, fragte Rachel leise.

De Ville machte eine Kopfbewegung auf die Tür zum Nebenzimmer, hob jedoch abermals abwehrend die Hand, als Rachel aufstand und losgehen wollte. »Sie müssen das nicht«, sagte er noch einmal. »Wir bringen Sie von hier fort. Sie werden ihn niemals wieder sehen, wenn Sie es nicht wollen. Das wäre vielleicht leichter.«

Sie spürte, dass dieser Rat wirklich gut gemeint war und dass er vielleicht sogar Recht hatte. Aber sie war noch nie den leichteren Weg gegangen, nur weil es ihn gab. Ohne ein Wort trat sie um den Tisch herum und ging auf die Tür zu, hinter der sich Uschis winziges Schlafzimmer verbarg. Einer von De Villes Männern stand breitbeinig und mit grimmigem Gesichtsausdruck davor, gab aber den Weg frei, als De Ville eine entsprechende Geste machte, und Rachel trat ein.

Uschis Schlafzimmer kam ihr noch kleiner vor, als sie es in Erinnerung hatte, was vielleicht daran lag, dass es im Moment vor Menschen überzuquellen schien. Darkov und Benedikt saßen auf verschiedenen Enden des großen Bettes – dem einzigen Luxus, den Uschi sich gönnte, soweit Rachel wusste – und es sah aus, als hätten sie sich demonstrativ die Rücken zugewandt; auch wenn Rachel eher annahm, dass ihre Bewacher auf dieser Anordnung bestanden, um so den Blickkontakt zwischen ihnen zu unterbinden. Sowohl Benedikts als auch Darkovs Hände waren mit Handschellen hinter dem Rücken gefesselt und jeder der Männer wurde von gleich zwei Soldaten bewacht, die mit schweren Gewehren mit sonderbar klobigen Läufen auf sie zielten; Waffen, die keine tödlichen Projektile, sondern Gummigeschosse abfeuerten – deren Wirkung allerdings trotzdem verheerend sein konnte, wie Rachel erst vor einigen Minuten mit eigenen Augen gesehen hatte. Hauptmann einer bewaffneten Einsatztruppe oder nicht, De Ville konnte offenbar so wenig aus seiner Haut wie sie.

Darkov sah hoch, als sie eintrat, und setzte dazu an, etwas zu sagen, aber Rachel ging mit schnellen Schritten an ihm vorbei und um das Bett herum, wo sie vor Benedikt stehen blieb.

»Ist es wahr, was De Ville mir erzählt hat?«, fragte sie übergangslos.

Statt zu antworten, drehte Benedikt den Kopf zur Seite, wie um seinen Vater anzusehen. Er wirkte verwirrt und Rachel fügte erklärend hinzu: »Der echte De Ville.«

»Das da draußen ist De Ville?«

»Erzähl mir nicht, dass du ihn nicht kennst!«

»Ich habe ihn nie zuvor gesehen«, beharrte Benedikt. »Aber du hast Recht. Ich hätte es mir denken können.«

»Das war schon immer dein größter Fehler«, mischte sich Darkov ein. »Du neigst dazu, deine Feinde zu unterschätzen.«

»Da hast du wohl Recht«, sagte Benedikt bitter. »Dich jedenfalls habe ich allerdings eher überschätzt.«

»Spart euch die Mühe«, sagte Rachel. Sie schüttelte müde den Kopf. Sie gab sich redliche Mühe, wütend auf Benedikt zu sein, aber es gelang ihr nicht. »Ich weiß Bescheid. De Ville hat mir alles gesagt.«

»Was gesagt?«, fragte Benedikt. »Ich weiß nicht genau, wovon du sprichst.«

»Davon, dass du mich die ganze Zeit über belogen hast«, antwortete Rachel. »Das alles war ein abgekartetes Spiel zwischen euch. Du hast dich in mein Vertrauen geschlichen, damit ich dich hierher bringe, habe ich Recht?«

»Ja«, antwortete Benedikt mit unerwarteter Offenheit. »Jedenfalls am Anfang.« Er wirkte immer noch verwirrt, als wäre ihm nicht ganz klar, wovon sie sprach. »Ich habe nichts anderes behauptet … Was soll das? Was hat De Ville dir erzählt?«

»Nur die Wahrheit.« De Ville war hereingekommen und blieb kopfschüttelnd neben ihr stehen. Rachel war ein wenig verärgert. Sie hatte allein mit Benedikt reden wollen, oder zumindest ohne dass De Ville zuhörte.

»Oder was Sie dafür halten«, sagte Benedikt. Er sah zornig zu De Ville hoch und hinter seinen Augen arbeitete es. Aber er starrte De Ville nur noch einen endlosen Moment lang an und drehte den Kopf dann wieder zu Rachel.

»Ich habe dich nicht mehr belogen«, sagte er, »seit wir aus dem Zug gestiegen sind, bitte glaube mir.«

»Das war dann vermutlich der Moment, in dem du dich endgültig entschieden hast, mich zu verraten«, sagte Darkov.

»Wir können diese Familienzusammenführung natürlich noch beliebig lange fortführen«, sagte De Ville in leicht spöttischem Ton, »aber ich fürchte, dass der Moment dafür nicht besonders günstig ist. Wir sollten aufbrechen. Es gibt da jemanden, der dringend mit Ihnen reden möchte.«

Der letzte Satz galt Rachel, die aber nicht darauf reagierte, sondern Benedikt nur weiter ansah. Sie fühlte sich noch immer leer, ohne das mindeste Gefühl für oder gegen Benedikt oder auch nur De Ville. Etwas zu empfinden würde bedeuten, sich zu entscheiden, und das konnte sie nicht. Nicht jetzt, und vielleicht nie wieder.

»Geben Sie mir Ihr Wort, dass Sie ihm nichts tun?«

»Benedikt?« De Ville blinzelte überrascht, aber dann schüttelte er den Kopf. »Ich fürchte, das kann ich nicht. Ich habe weder die Legitimation noch die Möglichkeit, Ihrem Freund etwas zu tun, aber ich fürchte, ich muss ihn den italienischen Behörden übergeben, wenn alles vorbei ist.« Plötzlich lächelte er. »Aber wenn das, was Sie erzählt haben, stimmt, wird man es sicher zu seinen Gunsten werten. Kommen Sie jetzt. Wir haben wirklich nicht mehr viel Zeit.«

»Sie haben sogar noch weniger Zeit, als Sie ahnen«, sagte Darkov spöttisch. »Sie Dummkopf! Glauben Sie wirklich, Sie könnten die Zukunft aufhalten?«

De Ville machte sich nicht die Mühe, darauf zu antworten, sondern warf Rachel einen auffordernden Blick zu und machte zugleich eine leicht ungeduldige Handbewegung. Er hatte sich gut in der Gewalt, aber Rachel spürte, dass er sehr viel nervöser war, als er zugab.

»Also los!« Die Worte galten den Soldaten im Raum. »Die beiden fliegen mit uns im Hubschrauber. Die anderen bleiben hier, aber sorgt dafür, dass sie nicht weglaufen. Es wird eine Weile dauern, bis die Carabinieri hier sind.«

Während Benedikt und sein Vater von jeweils zwei Männern in die Mitte genommen und von einem Dritten mit vorgehaltener Waffe in Schach gehalten wurden, verließen Rachel und De Ville das Zimmer.

Draußen waren mittlerweile weitere Männer in Kampfanzügen und mit Gewehren aufgetaucht, von denen einer in einen lautstarken und zumindest von der Gegenseite von heftigem Gestikulieren begleiteten Streit mit Uschi verwickelt war. Mehrere andere waren damit beschäftigt, Darkovs Piloten und den Farbigen mittels Klebeband und Handschellen auf zwei der schweren Bauernstühle zu fixieren. Die Tür stand offen, eisiger Wind und Regen fauchten herein, und sie sah ein flackerndes orangerotes Licht, das in regelmäßigem Takt draußen aufblitzte und wieder erlosch.

»Was ist los?« Rachel versuchte sich zwischen Uschi und den ärgerlich auf Italienisch mit ihr debattierenden Mann zu drängen, wich aber hastig wieder ein Stück zurück, als Uschis heftig gestikulierende Hände um ein Haar ihr Gesicht getroffen hätten.

»Frag das diesen Idioten!«, schnappte Uschi. »Ich weiß nicht, was sich diese Kerle einbilden, aber ich denke ja nicht daran!«

»Woran?«, fragte Rachel verständnislos.

»Von hier wegzugehen!« Uschi schrie fast und für eine halbe Sekunde war Rachel nahezu davon überzeugt, dass sich ihr Zorn nun auf sie entladen würde, ganz einfach weil sie den Fehler begangen hatte, sie im falschen Moment anzusprechen.

»Was bilden sich diese Kerle ein? Dass ich ihre Gefangene bin oder so etwas?«

»Aber du hast doch selbst gesagt, dass –«

»Ich weiß, was ich gesagt habe«, unterbrach sie Uschi. »Aber du hast mir anscheinend nicht richtig zugehört! Was glaubst du, warum ich hier draußen lebe, verdammt noch mal? Ich denke nicht daran, irgendwohin zu gehen!«

Sie unterbrach sich, als De Ville hereinkam und mit schnellen Schritten zur Tür ging. Benedikt und sein Vater folgten ihm dichtauf und De Ville gab ihren Bewachern Anweisungen auf Italienisch. Er wartete, bis sie das Haus verlassen hatten und von der Dunkelheit draußen verschluckt worden waren, ehe er sich wieder herumdrehte und mit fragendem Gesichtsausdruck auf sie zutrat.

»Gibt es ein Problem?«

»Nicht, wenn Sie Ihre Vatikan-Rambos nehmen und von hier verschwinden«, sagte Uschi feindselig.

De Ville blinzelte. »Ich fürchte, ich verstehe Sie nicht«, sagte er. »Sie können nicht hier bleiben, das muss ich Ihnen doch wohl nicht erklären?«

»Wieso nicht?« Uschi machte eine zornige Handbewegung, der aber das allerletzte Quäntchen Nachdruck fehlte, um sie wirklich überzeugend werden zu lassen. Als sie weitersprach, hatte ihre Stimme bereits einen Unterton von Resignation.

»Ich bin Ihnen wirklich dankbar, Signore De Ville. Wahrscheinlich haben Sie uns allen das Leben gerettet. Aber das gibt Ihnen nicht das Recht, über mich zu bestimmen. Ich bleibe hier.«

»Ich fürchte, ich muss darauf bestehen, dass Sie uns begleiten«, antwortete De Ville.

»Sie können …«

»Bitte zwingen Sie mich nicht, Gewalt anzuwenden«, fuhr De Ville unbeeindruckt fort. »Ich würde es sehr bedauern, aber ich werde auch nicht zögern, es zu tun, wenn es sein muss.«

Seine Worte waren bitterernst gemeint und Rachel sah Uschi an, dass ihr das ebenso klar war wie ihr selbst. Sie funkelte De Ville weiter wütend an, aber der Ausdruck in ihren Augen war jetzt nur noch Trotz. Sie musste von Anfang an gewusst haben, dass sie keine Chance hatte, hier zu bleiben (ganz davon abgesehen, dass diese Idee irgendwo zwischen Selbstmord und Wahnsinn angesiedelt war), aber natürlich war sie es sich selbst schuldig gewesen, es wenigstens zu versuchen.

»Seien Sie vernünftig«, bat De Ville. »Uns läuft wirklich die Zeit davon. Ich kann Sie nicht hier lassen, nicht einmal, wenn ich es wollte. Abgesehen von allem anderen könnte es durchaus sein, dass noch mehr von Darkovs Söldnern hier auftauchen.« Er seufzte. »Bitte gehen Sie hinaus und steigen Sie in den Hubschrauber ein.«

»Also gut«, grollte Uschi. »Ich beuge mich der Gewalt. Aber nur unter Protest.«

»Zur Kenntnis genommen«, sagte De Ville lächelnd. »Marco hier wird Sie zum Helikopter begleiten.«

Er deutete auf den Mann, mit dem sich Uschi gerade noch gestritten hatte, und machte mit der anderen Hand eine auffordernde Geste. Der Soldat sah nicht besonders begeistert aus, wandte sich aber gehorsam um und ging zur Tür und nach einem letzten trotzigen Zögern folgte ihm Uschi.

De Ville sah ihr kopfschüttelnd nach. »Ihre Freundin ist eine ziemlich energische Person«, sagte er lächelnd. »Aber nicht besonders klug, fürchte ich.«

»Weil sie es nicht mag, wenn man ihren Willen ignoriert?«

»Was sie vorhin zu Darkov gesagt hat, war ziemlich verrückt«, erwiderte De Ville. »Tapfer, aber dumm. Er hätte sie töten können. Wahrscheinlich war er sich nicht ganz sicher, dass sie die Wahrheit sagt. Wäre er es gewesen, hätte er sie wahrscheinlich getötet.«

»Was gesagt?«, fragte Rachel misstrauisch.

»Dass sie diejenige ist, nach der er sucht«, antwortete De Ville.

»Woher wissen Sie das?«

De Ville zögerte eine Sekunde, dann griff er in eine der zahlreichen Taschen seiner Uniformjacke und förderte ein Gerät zutage, das vage an einen zu groß geratenen Walkman erinnerte. »Wir haben jedes Wort gehört«, sagte er. »Sie wären erstaunt, wenn Sie wüssten, wozu ein modernes Richtmikrofon in der Lage ist. Haben Sie sich gar nicht gefragt, wie wir Sie gefunden haben?«

Er steckte das Aufnahmegerät wieder ein und zog stattdessen zwei in der Mitte gefaltete, großformatige Fotografien aus der Innentasche, die er Rachel reichte. Als Rachel sie auseinander faltete, sah sie, dass es sich um sonderbar grünstichige, grobkörnige Luftaufnahmen handelte, die offenbar aus großer Höhe aufgenommen worden waren. Satellitenfotos. Die Qualität war nicht besonders gut, aber sie reichte aus, um zu erkennen, worauf die Drachenaugen gerichtet gewesen waren, die sie aus Hunderten Kilometer Höhe beobachtet hatten.

»Soll das heißen, Sie haben die ganze Zeit über gewusst, wo wir waren?«, fragte sie mit leiser, zitternder Stimme.

De Ville nahm ihr die Fotografien wieder aus der Hand und steckte sie ein, ehe er antwortete. »Es steht mir nicht zu, über den Sinn der Befehle zu urteilen, die ich bekomme«, sagte er. »Ich führe sie nur aus. Aber Sie waren nie wirklich in Gefahr. Wir hätten jederzeit eingreifen können.«

»Aber Sie haben es nicht getan«, sagte Rachel. Ihre Stimme nahm einen bitteren Klang an. »Ich vermute, weil Sie sicher waren, dass Benedikt schon auf mich aufpassen wird.«

De Ville schwieg.

»Und weil Sie gehofft haben, dass ich Sie hierher führe«, fuhr Rachel fort. »Was unterscheidet Sie eigentlich von Darkov, Hauptmann De Ville?«

Wieder sagte De Ville zuerst nichts, und als er schließlich antwortete, tat er es erst, nachdem er einen raschen Blick nach rechts und links geworfen hatte, und mit leiser, fast flüsternder Stimme.

»Ich wollte, dass Sie es wissen«, sagte er. »Vielleicht unterscheidet mich das von Darkov.«

Und vielleicht gab es auch gar keinen Unterschied, dachte Rachel bitter. Möglicherweise war die Einteilung in Gut und Böse so willkürlich, wie es nur ging, und einzig vom Standpunkt des Betrachters bestimmt.

»Lassen Sie uns gehen«, sagte sie. »Ihr Helikopter wartet.«

De Ville deutete ein Nicken an und drehte sich mit einem Ruck zur Tür. Sein Gesicht war vollkommen ausdruckslos, aber Rachel spürte seine Enttäuschung. Was hatte er erwartet?, dachte sie. Dass Sie ihm die Absolution erteilte? Wohl kaum.

Sie folgte ihm, blieb aber unter der Tür noch einmal stehen und sah zu den beiden gefesselten Söldnern zurück. »Was geschieht mit ihnen?«, fragte sie.

»Jemand wird sie finden«, antwortete De Ville. »Entweder die Polizei oder ihre Kameraden.«

»Sie wissen, dass Darkovs Männer die Leute unten in Castellino in ihrer Gewalt haben?«, fragte Rachel.

De Ville nickte.

»Und Sie wollen nichts dagegen tun ?«

»Ich bin nicht hier, um einen Krieg zu führen«, antwortete De Ville. »Und selbst wenn ich es wollte, könnte ich es gar nicht. Die Männer, die Sie gerade gesehen haben, sind alle, über die ich verfüge. Wir sind keine Soldaten.«

»Den Eindruck hatte ich gerade aber nicht.«

De Ville lächelte flüchtig, als hätten ihm ihre Worte geschmeichelt, schüttelte aber trotzdem den Kopf. »Wir haben sie überrascht, das war alles«, sagte er. »In einem offenen Feuergefecht sähe es anders aus, glauben Sie mir. Es gäbe eine Menge Tote und vermutlich noch mehr Verletzte – vor allem unter den Dorfbewohnern, fürchte ich. Wir haben die Behörden bereits informiert. Die Polizei wird sich um Darkovs Männer kümmern.«

»Und dabei gibt es dann weniger Tote?«

»Möglicherweise ja«, antwortete De Ville in leicht verärgertem Ton. »Darkovs Leute sind Profis. Ich glaube nicht, dass sie kämpfen werden, wenn sie erst einmal begriffen haben, dass es nichts mehr gibt, wofür es sich zu kämpfen lohnt. Ich werde sie wissen lassen, dass wir Darkov gefangen genommen haben. Und jetzt kommen Sie endlich!«

Er trat in den Regen hinaus, und diesmal folgte ihm Rachel, ohne noch einmal zu zögern.

Der Regen hatte ein wenig nachgelassen, aber es war so kalt wie zuvor, und die Dunkelheit schien beinahe noch massiver geworden zu sein, fast als hätte sich etwas auf unheimliche Weise zugleich Stoffliches und vollkommen Immaterielles auf die Erde herabgesenkt. Obwohl sie dicht hinter De Ville ging, hatte sie beinahe Mühe, ihn noch zu sehen, und selbst der große Transporthubschrauber, mit dem Darkov gekommen war, existierte nur als sonderbar bedrohlicher Schatten, der mit dem Wald dahinter verschmolz und vollkommen unsichtbar gewesen wäre, hätte über seiner Kanzel nicht die orangerote Warnleuchte geflackert. Links von ihr geisterten blasse Lichtstrahlen durch den Regen; Taschenlampen, vielleicht auch die Wagen, von denen De Ville gerade gesprochen hatte. Rachel fragte sich vergeblich, wie seine Männer es geschafft hatten, die Wagen bei diesem Wetter hier heraufzuschaffen, und noch vergeblicher, wie sie wieder herunterkommen wollten.

»Sind Sie sicher, dass wir bei diesem Wetter fliegen können?«, fragte sie, als sie den Helikopter erreicht hatten, De Ville aber keine Bewegung machte, um einzusteigen, sondern nur den Kopf in den Nacken legte und in die schwarze Wolkendecke hinaufsah. Sie hätte eine Menge darum gegeben, wenn er mit einem überzeugten Nicken und einem aufmunternden Lächeln geantwortet hätte, doch stattdessen reagierte er eine endlose, quälende Sekunde lang gar nicht und hob dann nur die Schultern.

»Ich hoffe es«, sagte er halblaut. »Aber ich fürchte, wir werden es riskieren müssen. Mit dem Wagen brauchen wir eine Stunde bis ins Tal.«

Eher zwei, dachte Rachel. Wenn sie überhaupt ankämen. Uschi hatte sich diese einsame Berghütte nicht ausgesucht, weil sie so bequem zu erreichen war. Dennoch grenzte es an Wahnsinn, bei diesem Sturm in einen Helikopter zu steigen, auch wenn es sich um eine außergewöhnlich große und entsprechend robuste Maschine handelte. Denn es war trotz allem eine von Menschenhand geschaffene Maschine und nichts, was Menschen gebaut hatten, konnte gegen die Urgewalt der Natur bestehen.

De Villes Gedanken schienen sich in ähnlichen Bahnen zu bewegen, denn er zögerte noch immer, in den Helikopter einzusteigen, und musterte weiter den Himmel.

Dann hörte es auf zu regnen.

Es geschah ganz schnell, aber so undramatisch, dass Rachel es im ersten Moment nicht einmal bemerkte. Binnen Sekunden ließ der Regen nach, wurde für einen Augenblick zu einem feinen Nieseln und verebbte schließlich ganz, und noch bevor Rachel ganz begriff, was geschah, verstummte auch der Wind. Nach dem ununterbrochenen Heulen und Wimmern, das sie fast den gesamten Tag über begleitet hatte, wirkte die plötzliche Stille fast unheimlich.

De Ville sog scharf die Luft zwischen den Zähnen ein, und als sich Rachel zu ihm herumdrehte und in sein Gesicht sah, erblickte sie darauf einen Ausdruck so blanken Entsetzens, dass sie erschrocken zusammenzuckte.

»Was ist los?«, fragte sie. »De Ville! Was bedeutet das?«

Sie bekam keine Antwort. De Ville starrte weiter in den Himmel hinauf und hatte ihre Frage wahrscheinlich gar nicht gehört, und als Rachel erneut den Kopf in den Nacken legte und nach oben sah, verstand sie auch, warum.

Es war noch nicht vorbei. Sturm und Regen hatten aufgehört und über ihnen verschwanden die Wolken. Die Wolkendecke riss nicht etwa auf oder trieb auseinander, sondern … verblasste innerhalb weniger Augenblicke und war dann einfach nicht mehr da, fast als wäre sie die ganze Zeit über nichts als ein Trugbild gewesen. Darüber kam ein samtblauer, noch nicht vollkommen von der Nacht eroberter Himmel zum Vorschein, an dem Hunderttausende winziger heller Sterne glitzerten.

»Was bedeutet das?«, murmelte Rachel. »De Ville!«

De Ville antwortete immer noch nicht, aber plötzlich weiteten sich seine Augen, und aus dem Ausdruck von Entsetzen auf seinem Gesicht wurde etwas anderes, Schlimmeres. Rachel hatte noch niemals einen Ausdruck so vollkommener Angst in den Augen eines Menschen gesehen.

Sie blickte wieder nach oben. Zwischen den unzähligen winzigen Sternen war ein neuer, hellerer Lichtpunkt erschienen, der rasch anschwoll und dabei heller und heller wurde.

»Großer Gott!«, flüsterte De Ville. »Es hat begonnen!«

15

Obwohl sie innerhalb weniger Stunden zum zweiten Mal auf dem römischen Flughafen landete, hatte Rachel das Gefühl, nicht nur auf einem anderen Kontinent, sondern in einer vollkommen anderen Welt zu sein. Der Helikopter hatte sie nicht auf dem direkten Weg nach Rom gebracht, sondern war nach weniger als einer halben Stunde auf einem kleinen Militärflughafen unweit von Norcia wieder gelandet, wo sie in einen bereit stehenden Lear-Jet umgestiegen waren, der die Strecke bis Rom in weniger als fünfundvierzig Minuten zurückgelegt hatte.

Rachel hatte noch ein paar Mal versucht, mit De Ville zu reden, aber er hatte weder auf ihre immer bohrender werdenden Fragen reagiert noch von sich aus irgendeine Erklärung abgegeben, was die unheimliche Erscheinung am Himmel bedeutete. Vielleicht war es das Schlimmste, was er tun konnte, denn sein beharrliches Schweigen und der Ausdruck dumpfer Verzweiflung in seinem Gesicht ließen ihrer Fantasie mehr Spielraum, als ihr lieb war. Sie wusste nicht, was dieses neue Licht am Himmel bedeutete, aber es musste etwas durch und durch Furchteinflößendes sein.

Zu ihrer Enttäuschung war sie sowohl von Uschi als auch von den anderen getrennt worden. Der Lear-Jet war nicht besonders groß, aber De Villes Männer hatten Darkov und Benedikt auf den beiden hinteren Sitzen angekettet und sowohl Uschi als auch Frank gerade weit genug von ihr entfernt, dass sie nicht miteinander reden konnten, während De Ville selbst und sie auf den beiden vorderen Sitzen Platz nahmen, unmittelbar hinter der Pilotenkanzel. Der Lear-Jet war vielleicht eines der bequemsten und luxuriösesten Privatflugzeuge, die es gab, aber er war auch klein und vor allem laut. Sie hätte aufstehen und nach hinten gehen müssen, um mit Uschi oder Frank zu reden, und sie spürte, dass De Ville das nicht zulassen würde.

Ihre Armbanduhr war irgendwann im Laufe des Nachmittags stehen geblieben, aber bis sie Fiumicino erreichten, hatte sich der Himmel endgültig verdunkelt, und in Anbetracht der Jahreszeit schätzte

Rachel, dass es mittlerweile auf zehn Uhr zuging. Großer Gott, wie lange war sie jetzt nahezu ununterbrochen auf den Beinen, abgesehen von der kurzen, wenig erholsamen Rast auf dem Schrottplatz? Sechsunddreißig Stunden? Sie wusste es selbst nicht mehr genau, aber ihr kam es vor, als wären es sechsunddreißig Tage gewesen. Es erschien ihr beinahe selbst absurd – um sie herum ging die Welt unter, und das ihm wahrsten Sinne des Wortes, aber alles, was sie sich im Moment wünschte, waren ein Bett und ein paar Stunden Schlaf.

De Ville war nicht höflich genug gewesen, ihr einen Fensterplatz anzubieten, sodass sie nicht wirklich nach draußen sehen konnte, aber sie bemerkte dennoch, dass irgendetwas nicht zu stimmen schien. Sie waren wieder in den Landeanflug übergegangen, kaum dass der kleine, schnelle Jet seine Reisehöhe erreicht hatte, kreisten aber nun schon seit einer geraumen Weile, ohne zur Landung anzusetzen. Manchmal, wenn sich der Jet halb auf die Seite legte, um eine neue, lang gezogene Kurve in seiner Warteschleife zu beginnen, konnte sie doch einen Blick auf die unter ihnen liegende Stadt erhaschen. Sie waren sehr tief – sicherlich kaum höher als fünfhundert Meter –, so dass sie eine Menge Einzelheiten erkennen konnte. Rachel wusste nicht wirklich, wie Rom um zehn Uhr abends und aus einem halben Kilometer Höhe aussehen sollte, aber sie glaubte nicht, dass dieser Anblick normal war: Rom funkelte wie ein riesiger, leicht gelbstichiger Edelstein; Sternenstaub, der vom Himmel gefallen war und sich auf den sieben legendären Hügeln der Stadt ausgebreitet hatte. Buchstäblich jedes einzelne Licht in der Stadt schien zu brennen und selbst auf dem Tiber, der das Lichtermeer normalerweise wie ein fast schnurgerader, schwarzer Abgrund teilte, waren zahllose beleuchtete Boote unterwegs, sodass die Trennlinie zwischen den beiden ungleich großen Hälften allmählich zu verschwinden begann. Die Straßen waren hoffnungslos verstopft, und soweit sie es aus der großen Höhe erkennen konnte (sie war nicht zum ersten Mal erstaunt, wie viele Details man selbst aus fünfhundert Meter Höhe noch auszumachen imstande war), unterschied sich diese Blechlawine von dem allabendlichen Verkehrschaos, in dem Rom traditionell versank: Die Wagen standen Stoßstange an Stoßstange da, der Verkehr war auf den meisten Straßen zum Erliegen gekommen. Hier und da sah sie ein rötliches Flackern, als wäre ein Feuer ausgebrochen, und einmal bemerkte sie eine Prozession aus Hunderten, wenn nicht Tausenden von Menschen, die über einen der zahllosen Plätze Roms pilgerten und Kerzen oder Fackeln in den Händen zu tragen schienen.

»Was ist da unten los?«, fragte sie schließlich.

Sie hatte nicht wirklich mit einer Antwort gerechnet. De Ville hatte sich bisher in beharrliches Schweigen gehüllt und sich geweigert, ihre bohrenden Fragen auch nur zur Kenntnis zu nehmen, und es gab keinen logischen Grund, weshalb sich daran jetzt etwas ändern sollte. Zu ihrer Überraschung drehte er jedoch den Kopf nach rechts, sah einige Sekunden lang starr aus dem Fenster und antwortete dann: »Die Menschen spüren es.«

»Was?«

»Das Ende«, sagte De Ville dumpf. »Gottes Strafgericht ist nahe.«

Was für ein Unsinn!, dachte Rachel hysterisch. Sie war beinahe wütend, dass dieser ernsthafte, bisher so vertrauenerweckend und seriös wirkende Mann plötzlich einen solchen Unsinn redete. Gottes Strafgericht und Ewige Verdammnis, das waren Dinge, die Priester während der Sonntagsmesse von der Kanzel herab predigen sollten, um die Jüngeren oder Naiveren unter ihren Schäfchen einzuschüchtern, und selbst das war seit einem guten halben Jahrhundert aus der Mode gekommen.

Aber schon während sie dies dachte, musste sie sich zugleich eingestehen, dass es seiner Erklärung im Grunde gar nicht bedurft hätte. Sie spürte ebenso deutlich wie er, dass irgendetwas im Begriff war zu geschehen, dass etwas kam, etwas Großes und Mächtiges und unvorstellbar Altes, dessen Schatten sich über die Welt gelegt hatte wie der Vorbote eines unaufhaltsamen Unheils. Ihre Welt und ihre Sicht der Dinge hatten sich radikal verändert. Ein winziger Teil von ihr war noch immer die kühle, stets logisch denkende Person, als die sie während der letzten zehn Jahre ihr Leben gemeistert hatte (und die ihr trotz allem geholfen hatte, die zurückliegenden vierundzwanzig Stunden irgendwie zu überleben), aber da war auch noch etwas anderes in ihr, etwas viel Älteres und Subtileres, das keinerlei Erklärung und Begründung brauchte, sondern einfach *wusste*. Sie schien längst nicht mehr ausschließlich in einer Welt des Begreifbaren und Logischen zu existieren. Die fast kindische Empörung, die sie bei De Villes Worten empfand, war nichts als ein schwacher Versuch der alten Rachel, sich noch einmal an ihr zerbrechendes Weltbild zu klammern.

Das Flugzeug kippte mit einem – wie sie fand, unnötig heftigen – Ruck in die Waagerechte zurück, und Rachel klammerte sich erschrocken an die schmalen, gepolsterten Armlehnen. Die Triebwerke heulten auf und sie konnte die gewaltige Kraft spüren, mit der die Maschine auf einen anderen Kurs einschwenkte und für einen Moment noch einmal an Höhe gewann, um dann aber in einen steilen Sinkflug überzugehen. Ein leichter Ruck ging durch den Boden unter ihren Füßen; der Pilot hatte das Fahrwerk ausgefahren. Die Landung stand unmittelbar bevor. Sie sah wieder nach rechts, aber hinter dem Fenster war jetzt nichts anderes als undurchdringliche Schwärze. Dafür begegnete sie De Villes Blick, und was sie darin las, ließ einen kalten Schauer über ihren Rücken laufen. Aus der dumpfen Verzweiflung, die während der letzten halben Stunde in immer stärkerem Maß von ihm Besitz ergriffen hatte, war nun Hoffnungslosigkeit geworden, eine Resignation, die nichts mit dem Ergeben in ein Schicksal zu tun hatte, dem man nicht entrinnen konnte. Er glaubte nicht wirklich an das, was er tat, dachte sie erschüttert.

Das Flugzeug legte sich abermals in eine sanfte Rechtskurve und verlor dabei so rasch an Höhe, dass sie für einen Moment das Gefühl hatte, sich in einem rasend schnell nach unten gleitenden Aufzug zu befinden. Dann berührten die Räder den Boden. Der Ruck war so hart, dass sie froh war, sich in einem modernen Luxusjet zu befinden, dessen Sitze über Dreipunktgurte wie die eines Automobils verfügten, nicht nur über einfache Beckengurte, und sich erneut und noch heftiger an die Armlehnen klammerte. Die Landung war insgesamt sehr viel härter, als sie es von den großen Passagiermaschinen gewohnt war, aber Rachel konnte nicht sagen, ob das normal war oder nicht. Das Flugzeug rumpelte über den rauen Asphalt der Landebahn, beschleunigte plötzlich wieder und bremste dann ebenso unerwartet und hart wieder ab. Das Dröhnen der beiden Düsentriebwerke wurde leiser, veränderte sich aber zugleich zu einem metallischen Singen auf einer Frequenz, die die Grenze zwischen unangenehm und schmerzhaft schon leicht überschritt.

Rachel versuchte wieder aus dem Fenster zu sehen. Sie erkannte ein paar Lichter, die aber zu schnell vorbeihuschten, um sie zu identifizieren, dann schwenkte die Maschine plötzlich nach links und kam mit einem Ruck zum Stehen. Das »Bitte anschnallen«-Zeichen an der Decke über ihr erlosch, aber De Ville schüttelte rasch und fast erschrocken den Kopf, als sie nach dem Verschluss des Sicherheitsgurtes greifen wollte, und sie zog die Hand zurück. Er selbst blieb jedoch nicht sitzen, sondern löste seinen Gurt mit einem harten Ruck, stemmte sich auf den Armlehnen in die Höhe und kletterte mit einer geschickten Bewegung über sie hinweg, schnell und ohne sie dabei auch nur zu berühren. Er ging zur Tür, entriegelte sie und musste sich mit der Schulter dagegenstemmen, um sie nach außen und dann zur Seite zu drücken. Dunkelheit und ein schwer zu definierender, aber nicht sehr angenehmer Geruch quollen wie eine ölige Wolke herein und Rachel spannte sich ganz instinktiv. Drei Wochen, in denen das Öffnen einer Tür oder eines Fensters unweigerlich mit hereinfauchendem Wind, Kälte und Regen verbunden gewesen war, hatten schon gereicht, um ihre Reflexe nachhaltig zu verändern. Der Regen hatte jedoch nicht wieder eingesetzt und statt des Windes hörte sie nur ein fernes Rauschen, das zu künstlich klang, um einen natürlichen Ursprung zu haben, gedämpfte Stimmen und leise Motorengeräusche.

De Ville hielt sich mit der linken Hand am Türrahmen fest und beugte sich vor. Sie konnte hören, wie er jemandem draußen etwas zurief. Vielleicht eine Minute verging, dann wich er von der Tür zurück, und irgendetwas stieß mit einem dumpfen Geräusch gegen den Flugzeugrumpf. De Ville drehte sich herum und nickte ihr auffordernd zu. Rachel öffnete ihren Sicherheitsgurt, stand auf und ging zur Tür. Beinahe hätte sie sich mit einem entsprechenden Blick davon überzeugt, dass De Ville nichts dagegen hatte, dann aber wurde ihr klar, dass ihre Körpersprache und ihr instinktives Benehmen bereits das einer Gefangenen waren, und sie ging schnell und mit trotzig erhobenem Haupt an ihm vorbei.

Der dumpfe Laut war das Geräusch einer fahrbaren Treppe gewesen, die jemand an den Jet herangerollt hatte. Rachel trat hinaus, lief mit schnellen Schritten die schmalen Metallstufen hinab und bewegte sich noch zwei Schritte weit vom unteren Ende der Treppe fort, ehe sie stehen blieb – beinahe, als müsse sie sich selbst davon überzeugen, dass sie *keine* Gefangene war und sich bewegen konnte, wann und wohin auch immer sie wollte. Vermutlich war das nicht mehr als ein frommer Wunsch, aber selbst wenn es mehr gewesen wäre, hätte sie kaum gewusst, wohin sie gehen sollte. Sie hatte bisher angenommen, dass das Flugzeug auf dem Flughafen von Rom landen würde, aber wenn es tatsächlich so war, dann handelte es sich um einen Teil des Flughafens, den sie noch nie gesehen hatte. Das Flugfeld war klein und viel schmaler, als sie es in Erinnerung hatte. Sie sah keine der großen Passagiermaschinen, die normalerweise in einer niemals abreißenden Prozession zu den Startbahnen rollten, sondern nur einige kleinere, zum größten Teil alte Maschinen, und auch das Gebäude, vor dem sie angehalten hatten, ähnelte eher einer Baracke als einem modernen Passagierterminal. Weit jenseits der Landepiste schimmerten die Lichter der Großstadt durch die Nacht und erzeugten einen blassen Widerschein am Himmel. Rachel sah nach oben und entdeckte ein zweites, helleres Licht. Der Stern war deutlich größer geworden und hatte an Leuchtkraft gewonnen und er war jetzt kein greller Punkt mehr, sondern hatte sich in einen vage ovalen, verwaschenen Fleck verwandelt, der scheinbar zu pulsieren begann, wenn man nur lange genug hinsah.

De Ville kam hinter ihr die Treppe herunter. Er blieb unmittelbar neben ihr stehen und Rachel fragte: »Wo sind wir? Das ist doch nicht der Flughafen von Rom!«

»Fiumicino ist überlastet«, antwortete De Ville. »Die Leute versuchen, die Stadt zu verlassen. Wir mussten ausweichen. Das hier ist Ciampino.«

»Ciampino?«

»Ein alter Militärflughafen«, sagte De Ville.

»Und der Privatflugplatz des Vatikan.« Uschi hatte in Franks Begleitung die Maschine ebenfalls verlassen und kam mit schnellen Schritten die Treppe herab, blieb dann aber auf halber Höhe stehen, um De Ville herausfordernd anzufunkeln. »Die Maschine des Papstes landet hier, damit er sich nicht an dem Boden besudelt, über den das gemeine Volk gegangen ist.«

Die Stunde, die seit ihrem Weggang aus der Berghütte vergangen war, hatte keineswegs ausgereicht, Uschis Zorn zu besänftigen. Ganz im Gegenteil. Rachel kannte Uschi gut genug, um zu wissen, dass sie innerlich vor Zorn brodelte. Sie war niemand, der Ärger oder gar eine Niederlage einfach so herunterschluckte.

De Ville drehte sich langsam herum und maß sie mit einem fast traurig wirkenden Blick. Rachel hoffte, dass er vernünftig genug sein würde, sich nicht auf dieses Gespräch einzulassen, das ohnehin zu nichts führen konnte. Und als hätte er ihre Gedanken gelesen, beließ er es bei einem nur angedeuteten, verzeihenden Lächeln (was natürlich der sicherste Weg war, um Uschi vollends auf die Palme zu bringen) und trat dann demonstrativ einen Schritt zur Seite, um ihr und Frank Platz zu machen. Fast zu Rachels Erstaunen verzichtete auch Uschi auf eine weitere spitze Bemerkung, sondern setzte nur eine kampflustige Miene auf und ging dann mit schnellen Schritten weiter. Frank folgte ihr in einigem Abstand. Er bewegte sich schleppend, als bereite ihm das Gehen Schmerzen, und als Rachel genauer hinsah, fiel ihr auf, dass er tatsächlich das linke Bein ein wenig nachzog. Seit De Villes überraschender Befreiungsaktion in der Hütte hatte er kein Wort mehr gesagt – jedenfalls nicht in Rachels Gegenwart – und sie nahm sich nun das erste Mal Zeit, ihn genauer zu mustern. Er war sehr blass. Sein Gesicht war stark angeschwollen und sein Blick flackerte unstet hin und her, als wäre es ihm unmöglich, sich länger als eine oder zwei Sekunden auf einen bestimmten Punkt zu konzentrieren. Benedikt schien ihn schlimmer verletzt zu haben, als Rachel bisher klar gewesen war, und sie ertappte sich dabei, tatsächlich ein flüchtiges Gefühl von Mitleid für ihn zu empfinden.

»Kommen Sie.« De Ville machte eine Handbewegung auf das barackenähnliche flache Gebäude, vor dem die Maschine zum Stehen gekommen war. Sämtliche Fenster auf der ihnen zugewandten Seite waren erleuchtet, aber das Glas war mit einer milchigen Folie beklebt, so dass man nur erkennen konnte, dass sich dahinter etwas bewegte, nicht, was oder gar wer.

Drinnen erwartete sie ein fensterloser Gang, der über die gesamte Länge des Gebäudes zu führen schien und von dem an beiden Seiten zahlreiche Türen abzweigten. Es gab keinerlei Beschriftungen oder Hinweise auf das, was sich hinter diesen Türen befinden mochte, und es war vollkommen still. De Ville führte Uschi, Frank und sie fast über die gesamte Länge des Ganges und öffnete eine der letzten Türen auf der rechten Seite. Dahinter lag ein ebenfalls fensterloser, aber taghell erleuchteter und behaglich eingerichteter Raum, in dem jemand offenbar schon Vorbereitungen für ihre Ankunft getroffen hatte: Auf dem Glastischchen in der Mitte standen eine verchromte Isolierkanne, eine einzelne Tasse und ein Teller mit Wurst- und Käsesandwichs, auf einem der drei dazugehörigen Stühle lag ein Stapel sorgfältig zusammengefalteter Kleidungsstücke. De Ville machte eine einladende Geste, schüttelte aber den Kopf, als Rachel an ihm vorbeiging und Uschi sich ihr anschließen wollte. »Ihr Zimmer ist nebenan«, sagte er.

Uschis Gesicht verfinsterte sich erneut, aber sie protestierte zu Rachels Erstaunen nicht einmal, und auch Rachel selbst schwieg dazu. Es gefiel ihr ganz und gar nicht, dass sie getrennt wurden, aber sie wusste auch, wie sinnlos jeder Widerspruch war. Abgesehen von den äußeren Umständen hatte sich gar nicht so viel geändert: Sie waren nach wie vor Gefangene. Nur dass sie über die Identität und die Beweggründe derer, in deren Gewalt sie sich befanden, jetzt beinahe noch weniger wusste als zuvor.

»Fünfzehn Minuten«, sagte De Ville. »Ich hole Sie dann ab.«

Er schloss die Tür hinter ihr. Rachel wartete einige Sekunden lang auf das Geräusch eines einrastenden Schlosses oder eines Riegels, der vorgelegt wurde, und drückte schließlich prüfend die Klinke herunter. Sie ließ sich bewegen, und wenn sie es gewollt hätte, hätte sie die Tür auch öffnen können. Sie verzichtete darauf, aber die Tatsache, dass man sie nicht eingeschlossen hatte, beruhigte sie überhaupt nicht. Ganz im Gegenteil. Der Umstand, dass man ihr offenbar gestattete, dieses Zimmer zu verlassen, zeigte ihr nur, wie sicher ihre Bewacher sich ihrer Sache waren.

Sie trat von der Tür zurück und unterzog das Zimmer einer zweiten flüchtigen Musterung. Die Einrichtung war einfach, zweckmäßig und auf eine schwer zu beschreibende Weise anheimelnd, und auch wenn sie sich auf das Nötigste beschränkte, sagte sie doch viel über die Bestimmung dieses Raumes aus. Es gab ein schmales, für eine Person ausreichendes Bett, Tisch und Stühle sowie eine halbhohe Eichenkommode, auf der ein Radioempfänger und ein kleiner Fernseher standen. Kein Telefon. Dem Eingang gegenüber befand sich eine zweite Tür, hinter der sich eine Toilette und eine winzige Duschkabine verbargen. De Ville hatte von einer Viertelstunde gesprochen und Rachel zweifelte nicht daran, dass er auf die Sekunde pünktlich erscheinen würde. Dennoch verbrachte sie zehn dieser ihr zugestandenen fünfzehn Minuten damit, unter der Dusche zu stehen und die Temperatur des Wassers langsam immer mehr zu steigern, bis sie schließlich die Grenze dessen erreicht hatte, was sie gerade noch aushalten konnte. Es half nichts. Ihre Haut war krebsrot von dem heißen Wasser und das Bad mittlerweile so voller Dampf, dass sie kaum noch die berühmte Hand vor Augen erkennen konnte, aber sie hatte immer noch das Gefühl, innerlich zu einem Eisklotz geworden zu sein. Sie fror nicht mehr wirklich. Die Kälte hatte eine andere, viel schlimmere Qualität erreicht, die ihr das Gefühl gab, nie wieder im Leben wirklich warm zu werden.

In eines der beiden weichen Badetücher gewickelt, die sie in der Dusche vorgefunden hatte, ging sie in den kleinen Wohnraum zurück und zog sich an. Die Kleidungsstücke, die man ihr bereitgelegt hatte, hatten nicht nur genau ihre Größe, sondern entsprachen auch auf verblüffende Weise denen, in denen sie hierher gekommen war: Jeans und festes Schuhwerk, ein warmer Pullover und eine dunkle Jacke aus kräftigem Stoff, deren Schnitt vielleicht nicht der neuesten Mode entsprach, die aber durchaus in ihrem eigenen Kleiderschrank hätte hängen können, ohne aufzufallen. Das war kein Zufall. Jemand hatte gewusst, dass sie kommen würde, und diese Kleidung für sie bereitgelegt.

Nachdem sie sich angezogen und noch einmal das Haar trockengerubbelt hatte, goss sie sich Kaffee aus der silbernen Kanne ein und begann an einem der bereitgestellten Sandwichs zu knabbern; am Anfang lustlos und ohne Appetit, einzig aus der Überlegung heraus, dass sie ihrem Körper ein wenig von der Energie zurückgeben sollte, die sie ihm in den letzten Stunden in so überreichem Maße abverlangt hatte. Aber nach dem ersten Bissen merkte sie plötzlich, wie hungrig sie war, und verputzte innerhalb kürzester Zeit nicht nur das halbe Dutzend Sandwichs, das auf dem Teller gelegen hatte, sondern hätte vermutlich ohne Probleme noch eine zweite Portion geschafft. Als sie fertig war, waren die fünfzehn Minuten längst vorbei, aber De Ville überraschte sie, indem er zu spät kam. Unschlüssig schenkte sie sich eine zweite Tasse Kaffee ein, nippte daran und schaltete schließlich den Fernseher ein. Es gab nur drei Programme. Eines zeigte einen Spielfilm in italienischer Sprache, das zweite brachte ein klassisches Konzert, das sie beinahe noch weniger interessierte. Auf dem dritten und letzten Kanal, auf den sie schaltete, lief eine Nachrichtensendung, zwar ebenfalls in italienischer Sprache, so dass sie kein Wort verstand, aber das war auch nicht nötig. Die Bilder sagten genug. Es waren dieselben Bilder, die auch in den Nachrichtensendungen zu Hause in den letzten drei Wochen beinahe ununterbrochen gelaufen waren – Bilder von Überschwemmungen, von weggerissenen Brücken und verheerten Feldern, von Straßen, in denen das Wasser so hoch stand, dass die Bewohner mit Schlauchbooten zwischen den Dächern ihrer überfluteten Automobile hindurchmanövrierten; eine Schlammlawine, die ein ganzes Dorf irgendwo in den italienischen Alpen unter sich begraben hatte; ein einzeln stehender Bauernhof, dessen rotes Ziegeldach wie ein zu kantig geratenes Rettungsfloß aus dem schlammigen braunen Wasser ragte und zur Zuflucht nicht nur für eine ganze Familie, sondern auch für eine kleine Menagerie aus Hunden, Ziegen, Schafen und sogar einer ausgewachsenen Kuh geworden war; der fast schon absurde Anblick einer Oase, die überlief, so dass das Wasser begonnen hatte, die sie umgebenden Sanddünen aufzuweichen und wegzuspülen; ein kleiner Hafen, in dem sich die Schiffe und Boote losgerissen hatten, so dass sie nun mit der Flut in die Stadt hineintrieben und sich etliche der größeren bereits in den Straßen verkeilt hatten; dann Bilder, die sie im ersten Moment nicht richtig deuten konnte und die gar nicht zu dem vorangegangenen Schreckenskabinett zu passen schienen: Es waren die Luftaufnahmen einer vollkommen verwüsteten Stadt, die aussah, als wäre ihr Zentrum von einer Atombombe getroffen worden. Was von den Häusern noch stand, das waren brandgeschwärzte, geborstene Ruinen, die sich um einen gewaltigen Krater gruppierten, der noch immer heiß zu sein schien, denn von seinem Grund stiegen graue Dampf- und Rauchwolken empor. Dutzende von Helikoptern kreisten über der schrecklichen Szenerie. Dann begriff sie endlich, dass die Aufnahmen die Ruinen von Las Vegas zeigten, dem Sündenpfuhl mitten in der Wüste von Nevada, den Gottes Strafgericht vom Antlitz der Erde getilgt hatte. Angewidert wollte sie umschalten, aber noch bevor sie die Hand nach dem Apparat ausstrecken konnte, wechselte das Bild. Der Monitor zeigte jetzt eine Szene, die ihr zugleich fremd und auf eine bizarre Weise vertraut vorkam: Eine schier endlose Prozession von Menschen, die schweigend und mit gesenkten Häuptern über einen großen, von Säulen gesäumten Platz marschierten und Kerzen, Windlichter oder auch einfach nur kleine brennende Scheite in den Händen hielten. Im Hintergrund war ein gewaltiger Kuppelbau zu erkennen. Sie spürte, dass sie eigentlich wissen musste, worum es sich handelte, aber ihr Blick war viel zu sehr von dem Ausdruck von Hoffnungslosigkeit und Furcht gefangen, den sie auf den Gesichtern der Menschen las, die der Kamera nahe genug waren. Das Licht war rot und flackerte. Irgendwo außerhalb des Aufnahmebereichs der Kamera musste ein größeres Feuer brennen, und vielleicht nicht nur eines.

»Entsetzlich, nicht wahr?«

Rachel fuhr erschrocken herum und blickte in De Villes Gesicht. Er hatte die Tür so lautlos geöffnet und war so leise hereingekommen, dass sie es nicht einmal gemerkt hatte. »Wie lange stehen Sie schon hier?«, fragte sie.

»Die Menschen spüren das Ende«, sagte De Ville, als hätte er ihre Frage gar nicht gehört. Und welche Rolle spielte es auch schon? »Die Behörden tun alles, um sie zu besänftigen. Radio und Fernsehen überbieten sich seit zwei Stunden darin, eine beruhigende Meldung nach der anderen zu bringen. Aber ab einem bestimmten Punkt lassen sich die Menschen nicht mehr belügen. Sie spüren, dass das Ende da ist. Sind Sie so weit?«

Seine Worte hatten sie so erschreckt, dass sie dem plötzlichen Gedankensprung im ersten Moment nicht einmal folgen konnte, sondern ihn nur verständnislos ansah. De Ville machte einen Schritt zurück, drehte sich in der gleichen Bewegung halb herum und deutete mit einer einladenden Handbewegung auf die Tür, die er hinter sich offen gelassen hatte. Rachels Blick folgte der Geste und sie erwartete instinktiv, Uschi, Frank oder vielleicht auch nur einen von De Villes bewaffneten Männern draußen auf dem Flur stehen zu sehen, aber soweit sie erkennen konnte, war er leer.

»Wie weit? Wofür?«

»Jemand möchte mit Ihnen reden«, sagte De Ville geheimnisvoll. Er lächelte auf eine Art, die vermutlich aufmunternd wirken sollte, aber einfach nur traurig war. Rachel wusste nicht, ob seine Worte von gerade für die Menschen stimmten, die sie im Fernsehen gesehen hatte, aber auf ihn trafen sie ganz eindeutig zu. Noch einmal und diesmal ungleich deutlicher spürte sie, dass sie einem Mann gegenüberstand, der alle Hoffnung aufgegeben hatte und nur noch von der Erinnerung an seine frühere Stärke zehrte. Sie nickte ohne ein weiteres Wort und folgte ihm aus dem Zimmer.

Sie gingen fast den gesamten Weg bis zum Ausgang zurück, ehe De Ville vor einer Tür stehen blieb und anklopfte. Er drückte die Klinke herunter und trat ein, ohne eine Antwort abzuwarten, so dass sie sich fragte, warum er überhaupt geklopft hatte, ihm aber trotzdem ohne zu zögern folgte und sich neugierig umsah.

Der Raum war ungleich größer, glich aber dennoch dem Zimmer, in dem sie die letzte halbe Stunde verbracht hatte: Auch er hatte keine Fenster und war zweckmäßig, aber sehr einfach eingerichtet. Das beherrschende Möbelstück war ein großer Konferenztisch aus schmucklosem Kiefernholz mit verchromten Beinen, und statt des kleinen Fernsehers gab es eine gut fünf Meter messende Videowand, die die gesamte gegenüberliegende Front des Zimmers einnahm, aber damit hörte der Unterschied im Grunde auch schon auf. Es hätte ebenso gut der Speisesaal einer Jugendherberge sein können – oder eines Gefängnisses.

Sie wurden erwartet. Uschi und Frank – beide wie sie selbst mit frisch gewaschenem Haar und in neuen, trockenen Kleidern – saßen am anderen Ende des großen Tisches. Uschi sprang bei ihrem Eintreten halb auf und ließ sich dann wieder zurücksinken, während sie nicht ganz sicher war, ob Frank sie überhaupt bemerkt hatte. Er stierte mit leerem Blick vor sich hin und sein Gesicht war noch weit schlimmer angeschwollen als vorhin schon. Und so gern Rachel auch schlecht über ihn dachte – sie begann sich Sorgen um ihn zu machen. Frank war ein ziemlicher Dummkopf und manchmal ein fürchterlicher Trottel, aber er war nicht stumpfsinnig. Wenn er in derart dumpfes Brüten versunken war, konnte das nur bedeuten, dass Benedikt ihn wirklich schwer verletzt – oder dass er eine wirklich *schlechte* Nachricht bekommen hatte. Erschrocken fragte sie sich, ob das irgendetwas mit dem eigentlichen Grund seines Hierseins zu tun hatte. Mit Tanja.

Sie verscheuchte den Gedanken, aber nicht obwohl, sondern gerade weil er ihr solche Angst machte, und setzte ihre kurze Musterung des Zimmers fort. Außer Uschi, Frank und ihr hielten sich noch zwei Männer mittleren Alters und in dunklen Straßenanzügen hier drinnen auf, die ihr neugierig und auf eine seltsame Art erwartungsvoll entgegenblickten, obwohl sie ganz sicher war, sie noch nie zuvor im Leben gesehen zu haben, und obwohl sie sie nur aus den Augenwinkeln sah, registrierte sie auch die beiden schwer bewaffneten Posten, die rechts und links der Tür an der Wand standen.

»Also?«, wandte sie sich an De Ville. »*Wer* will mich sprechen?«

Statt ihr zu antworten, machte De Ville eine kaum sichtbare Handbewegung in Richtung eines der beiden Männer, der daraufhin in die Jackentasche griff und ein kaum zigarettenschachtelgroßes Handy hervorholte. Er klappte es auf und sprach einige wenige Worte in das Mikrofon und De Ville deutete mit einer einladenden Geste auf den freien Stuhl neben Uschi.

»Bitte nehmen Sie Platz«, sagte er. »Es dauert nur noch einen Moment.«

Rachel war viel zu müde und verstört, um zu antworten oder zu protestieren, und gehorchte wortlos. Sie umkreiste den Tisch und ließ sich auf einen der einfachen Plastikstühle sinken. Er war so unbequem, wie er aussah, aber so erschöpft und ausgelaugt, wie sie war, wäre sie sich vermutlich im Moment auch auf dem bequemsten Stuhl der Welt vorgekommen wie die Prinzessin auf der Erbse.

»Alles in Ordnung?«, fragte sie, nachdem sie Platz genommen hatte.

»Mit mir schon«, sagte Uschi.

Sie verstand sofort, wie diese Worte gemeint waren, und unterzog Franks Gesicht einer neuerlichen und diesmal sehr viel aufmerksameren Musterung. Er sah wirklich nicht gut aus. So angeschwollen, wie sein Unterkiefer war, musste es ihm enorme Mühe bereiten zu sprechen, vielleicht sogar zu atmen, und sein rechtes Auge hatte kein Weiß mehr, sondern schien von Tausenden winziger roter geplatzter Äderchen durchzogen. Obwohl er augenscheinlich genau wie Uschi und sie gerade geduscht hatte, roch er nicht gut und jetzt, aus der Nähe, konnte sie auch sehen, dass er am ganzen Leib zitterte. Sie hätte es nie für möglich gehalten – noch vor drei Jahren hatte sie einmal zu Tanja gesagt, dass sie, sollte sie das Pech haben, ihren Mann versehentlich zu überfahren, allerhöchstens zurücksetzen würde, um ihn noch einmal zu überrollen und auch sicher zu sein, ihn erwischt zu haben –, aber er tat ihr nicht nur Leid, der Anblick machte sie auch wütend. Mit einer ärgerlichen Bewegung drehte sie sich zu De Ville herum, der neben der Tür stehen geblieben war, sie und Uschi aber aufmerksam musterte. »Der Mann braucht einen Arzt!«, sagte sie. »Sehen Sie das denn nicht?«

»Er ist bereits verständigt und unterwegs«, sagte De Ville. »Keine Sorge. Ich bin kein Arzt, aber ich kenne mich ein wenig mit solchen Verletzungen aus. Es ist schlimm, aber nicht so schlimm, wie es aussieht. Er wird es überstehen und keine bleibenden Schäden davontragen.«

Sollte sie das beruhigen? De Villes Worte machten sie eher noch wütender, aber bevor sie auffahren konnte, wurde die Tür geöffnet und zwei weitere Männer betraten den Raum. Einer von ihnen trug eine geradezu lächerliche Uniform – Pluderhose und -hemd in Rot und Weiß und einen grotesken Helm, als wäre er geradewegs aus der Dekoration einer Operette von Johann Strauß entsprungen, der andere war weniger auffällig gekleidet und um einiges älter, wenn auch sicher noch kein alter Mann. Er mochte etwa Ende fünfzig sein, war hoch gewachsen und schlank und sein Gesicht kam ihr vage bekannt vor, aber sie wusste ihn im ersten Moment nicht einzuordnen. Dann hörte sie, wie Uschi neben ihr scharf die Luft zwischen den Zähnen einsog und auf ihrem Stuhl zusammenzuckte, und auch die beiden Posten neben der Tür nahmen Haltung an. Selbst De Ville straffte sich, wenn er auch nicht so weit ging zu salutieren. Aber er trat einen halben Schritt zurück und machte eine leichte Verbeugung. »Heiliger Vater.«

Heiliger Vater? Aber das konnte doch nicht … Endlich erkannte ihn auch Rachel. Er wirkte älter als im Fernsehen und auf Fotos und er trug keinen weißen Mantel, sondern einen einfachen, aber eleganten Straßenanzug, ein weißes Hemd und eine schwarze Krawatte und war barhäuptig. Sein längliches, scharf geschnittenes Gesicht war von tiefer Sorge gezeichnet und er wirkte auf eine Art müde, die sie nicht völlig nachempfinden konnte, die sie aber schaudern ließ.

Doch es gab keinen Zweifel, dass sie dem Stellvertreter Gottes auf Erden gegenüberstand, dem Oberhaupt der katholischen Kirche, dem ersten Papst, der im neuen Jahrtausend gewählt worden war.

Warum war sie eigentlich überrascht? Während Papst Johannes Petrus II. mit gemessenen Schritten um den Tisch herum auf sie zukam und sie ihn anstarrte, wurde ihr klar, dass es vom ersten Augenblick an gar keine andere Möglichkeit gegeben hatte. Sie hätte es wissen müssen, allerspätestens seit dem Moment, als ihr Benedikt erzählt hatte, für wen man sie hielt und welche Rolle sie spielte. Aber es gab Dinge, die … *konnten* einfach nicht sein, und von einer Bande wild gewordener Terroristen aus ihrem normalen Leben herausgerissen, quer durch Europa gejagt und schließlich von einem Hauptmann der Schweizergarde gerettet und zu einer Privataudienz zum Papst gebracht zu werden, das gehörte ganz eindeutig in diese Kategorie.

Rachel wurde klar, dass sie sich auf dem besten Weg zu einem hysterischen Anfall befand. Sie riss sich mit aller Macht zusammen und schaffte es auf diese Weise immerhin, seinem Blick standzuhalten, auch wenn sie nicht ganz sicher war, wie.

»Ich kann Ihnen gar nicht sagen, wie froh ich bin, Sie unbeschädigt vor mir zu sehen«, sagte der Papst. »Sie sind doch unverletzt?«

Die Sorge in seiner Stimme war echt, begriff Rachel. Sie fühlte sich immer noch wie erschlagen. Ganz egal, was sie über die Kirche und ihr Oberhaupt auf Erden auch gedacht oder gesagt haben mochte (vieles davon war nicht besonders schmeichelhaft gewesen): sie spürte die unglaubliche Autorität dieses Mannes, nicht einmal der Person, die vor ihr stand, sondern des *Amtes*, der Macht, die er verkörperte und die das Zimmer ausfüllte wie eine greifbare Aura. Sie hatte Autorität niemals anerkannt, ganz gleich welcher Art, und sie hatte sich immer eingebildet, immun gegen die Art von Gefühlen zu sein, die sie nun überfluteten, aber das stimmte nicht. Es war ein Schock und sie hatte ihn noch längst nicht überwunden. Sie hatte noch nicht einmal damit angefangen, ihn wirklich zu begreifen.

»Wir schon, aber er nicht.« Sie fragte sich allen Ernstes, wer diese Worte gesagt hatte, und begriff es nicht einmal dann sofort, als sie selbst die Hand hob und auf Frank deutete. In diesem Moment beneidete sie ihn fast, denn er hatte offensichtlich gar nicht registriert, wer hereingekommen war. Er sah den Papst an, aber sein Blick war leer und schien geradewegs durch ihn hindurchzugehen.

Der hoch gewachsene Mann mit dem gelichteten grauen Haar nickte. »Ich habe davon gehört. Und es tut mir aufrichtig Leid. Mein persönlicher Leibarzt ist bereits auf dem Weg hierher und wird in wenigen Minuten eintreffen.«

Wie gerne hätte Rachel in diesem Moment seine Worte als ebenso leer und belanglos abgetan wie die De Villes gerade, aber es gelang ihr nicht. Sein Mitgefühl und sein Bedauern waren echt.

Er lächelte ihr noch einmal beruhigend zu und drehte sich dann zu De Ville herum. »Ist der Helikopter schon gelandet?«

»Er wird in wenigen Minuten eintreffen, Heiliger Vater«, antwortete De Ville.

»Nun gut.« Johannes Petrus II. wandte sich wieder zu Uschi und ihr um, sah sie einen Moment nachdenklich an und tat dann etwas, das Rachel in diesem Moment trotz seiner Banalität geradezu ungeheuerlich vorkam: Er zog sich einen Stuhl heran und ließ sich müde darauf nieder, als wäre er nichts als ein guter alter Bekannter, der zufällig vorbeigekommen war, um mit ihnen zu plaudern.

Rachels Gedanken, und vor allem ihre Gefühle, waren noch immer in hellem Aufruhr, aber sie hatte sich immerhin wieder weit genug in der Gewalt, um sich selbst zur Ordnung zu rufen. Was immer hier geschah oder gleich geschehen würde, es war viel zu wichtig, als dass sie ihrer kindischen Ehrfurcht gestatten durfte, Gewalt über ihr logisches Denken zu erringen. Sie war nicht hierher gebracht worden, weil sie in einer Lotterie eine Privataudienz beim Papst gewonnen hatte.

Als hätte er ihre Gedanken gelesen (was er vermutlich getan hatte – Rachel war ziemlich sicher, dass sie in leuchtenden Buchstaben auf ihrer Stirn geschrieben standen), fragte Johannes Petrus: »Fühlen Sie sich in der Lage, mit mir zu reden?«

Die Frage galt ganz eindeutig ihr, aber es war Uschi, die antwortete: »Das ist nicht nötig.«

Der Papst blinzelte und diesmal war es Rachel, die seine Gedanken deutlich auf seinem Gesicht ablesen konnte. Er war verwirrt über Uschis scharfen Ton. Nicht erzürnt, weil er etwa der Meinung war, der stünde ihr als ganz normalem Menschen nicht zu, sondern einfach nur überrascht, wie es ein Mensch sein mochte, der Worte von einer solchen Schärfe und voll so mühsam zurückgehaltener Aggressivität über viele, sehr viele Jahre nicht mehr gehört hatte und im ersten Moment nicht genau wusste, was er damit anfangen sollte, und auch De Ville und die beiden dunkel gekleideten Männer auf der anderen Seite des Tisches fuhren eindeutig erschrocken zusammen. Sie sagten jedoch nichts, als Johannes Petrus rasch die linke Hand hob und eine knappe, besänftigende Geste machte.

»Wieso?«

»Ich bin es, mit der Sie reden wollen«, antwortete Uschi. »Rachel hat nichts damit zu tun. Und dieser Dummkopf da auch nicht. Lassen Sie die beiden gehen. Und alle anderen auch. Das hier geht nur Sie und mich etwas an.«

Johannes Petrus lächelte milde. »Sie wissen, dass das nicht die Wahrheit ist, mein Kind«, sagte er.

»Nennen Sie mich nicht so!«, antwortete Uschi patzig. Diesmal klang die Schärfe in ihrer Stimme jedoch nicht verletzend und sie hatte es auch nicht wirklich sein sollen – so wenig wie das, was sie vorher gesagt hatte. Uschi war vielleicht einer der selbstbewusstesten Menschen, die Rachel jemals begegnet waren, aber auch sie war nicht immun gegen mehr als zweitausend Jahre geballte Kirchenmacht, deren Verkörperung vor ihr saß.

»Ganz wie Sie wünschen, Ursula.« Johannes Petrus lächelte noch immer dieses milde, wissend verzeihende Lächeln, gegen das Uschi offenbar ebenso machtlos war wie Rachel. »Sie wissen, dass Sie eine berühmte Namensgeberin haben, die für ihre Sanftmut und Geduld bekannt ist?«

»Nein«, erwiderte Uschi. »Mein Kommunionunterricht ist schon eine Weile her. Ich habe das meiste vergessen.«

»Und an das, was Sie nicht vergessen haben, wollen Sie sich nicht mehr erinnern«, sagte Johannes Petrus. Plötzlich wirkte sein Lächeln nicht mehr warm und väterlich, sondern ganz leicht spöttisch; aber auch das auf eine gutmütige Art, an der nichts Verletzendes war. Er deutete auf De Ville. »Ich habe gehört, was Sie getan haben. Es ehrt Sie. Sie sind ein Mensch, vor dessen Mut und Opferbereitschaft ich große Achtung habe, aber ich fürchte, dass das Opfer, das Sie zu bringen bereit waren, völlig umsonst gewesen wäre.«

»Ich verstehe nicht, was Sie meinen«, behauptete Uschi. Das war eine Lüge. Rachel spürte es.

»Es ist schade, dass uns so wenig Zeit bleibt, um einander kennen zu lernen«, sagte Johannes Petrus bedauernd. »Aber Sie wissen, dass Sie nicht die sind, nach der wir gesucht haben. Wir wissen es beide.«

»Was soll das heißen?«, fragte Uschi. »Woher wollen Sie das …«

»Weil ich Sie erkenne«, unterbrach sie der Papst. Er drehte langsam den Kopf und sah Rachel an. »So wie Sie mich, nicht wahr?«

Ihr Magen zog sich zu einem eisigen Klumpen zusammen. Sie wollte irgendetwas sagen, aber sie spürte auch, dass sie höchstens ein atemloses Krächzen zustande bringen würde, und zog es vor zu schweigen, aber sie konnte nicht verhindern, dass ihre Hände ganz leicht zu zittern begannen. Der Blick des Papstes wurde bohrend und er berührte irgendetwas in ihr, das sie fast aufschreien ließ. Der logische Teil ihres Verstandes (ja, ja, er existierte tatsächlich noch, wenn auch irgendwo so tief in ihr verschüttet, dass sie Mühe hatte, sich daran zu erinnern, dass es ihn je gegeben hatte) versuchte ihr einzureden, dass diese Worte vollkommener Unsinn waren. Dieser Mann hatte das Kind, das er in ihr wieder zu erkennen behauptete, vor dreißig Jahren gesehen, als es gerade geboren und wenige Minuten alt gewesen war. Es war vollkommen unmöglich, dass er sie wieder erkannte – oder sonst jemanden.

Aber erkannte nicht auch sie ihn?

Sie war nicht in der Lage, diese Frage zu beantworten, weder mit einem klaren Ja noch mit einem klaren Nein. Logik hatte in diesem Universum aus uralten Prophezeiungen und noch älteren Mächten und Gewalten, in das sie hineingeschleudert worden war, nichts mehr zu bedeuten.

»Es tut mir so unendlich Leid, dass wir uns unter diesen Umständen wieder sehen müssen, mein Kind«, sagte er. »Es ist kein Tag vergangen, an dem ich Gott nicht in meinen Gebeten angefleht hätte, diesen Kelch an mir vorübergehen zu lassen, aber ich wusste, dass es eines Tages so weit sein würde.«

»Ich will nicht respektlos erscheinen«, sagte Uschi mit leiser, zitternder Stimme, in der mehr Angst als irgendetwas anderes mitschwang, »aber Bruder Adrianus …«

»Bruder Adrianus war ein tapferer Mann«, unterbrach sie Johannes Petrus. »Aber leider nicht besonders wählerisch in seinen Mitteln. Es liegt nicht bei mir, über ihn zu urteilen.«

»Das … das verstehe ich nicht«, sagte Uschi verwirrt. »Er hat mir gesagt, dass … dass ich diejenige bin …«

Ihr Gegenüber schwieg und Rachel sagte leise: »Begreifst du immer noch nicht, dass er gelogen hat?«

»Aber warum?«

Rachel lachte ganz leise und sehr bitter. »Damit du es selber glaubst. Und alle anderen auch. Und damit sie *dich* jagen, nicht mich.« Sie sah Johannes Petrus an. »So war es doch, nicht wahr?«

»Ich fürchte.«

Uschi sagte fünf, sechs, schließlich zehn Sekunden lang gar nichts und ihr Gesicht verlor in dieser Zeit auch noch das allerletzte bisschen Farbe. Ihre Augen füllten sich mit etwas, das jenseits von Wut und Verzweiflung lag und das Rachel nicht zu benennen wagte. »Das … das ist nicht wahr«, flüsterte sie schließlich. »Das … das bedeutet …«

All diese Jahre, dachte Rachel. Sie konnte vermutlich nicht einmal erahnen, was in diesem Moment in Uschi vorging, aber schon der bloße Gedanke erfüllte sie mit einer Kälte, die beinahe weh tat. Fünf Jahre, in denen sie nicht nur im freiwilligen Exil jenseits jeder Gesellschaft und aller menschlichen Zivilisation und ihrer Annehmlichkeiten und Vorzüge gelebt hatte, sondern in denen vielleicht keine Sekunde vergangen war, in der sie nicht der Gedanke an die bevorstehende Apokalypse gequält und die sie nicht in dem Bewusstsein verbracht hatte, schließlich für den Tod von Millionen und Abermillionen von Menschen, das Ende der gesamten menschlichen Zivilisation, den Untergang einer gesamten *Welt* verantwortlich zu sein. Adrianus mochte ein guter Taktiker sein und sein Plan hatte letzten Endes auf eine gewisse Art sogar zum Erfolg geführt – aber er hatte Uschi in diesen fünf Jahren durch die Hölle geschickt. Rachel hoffte aufrichtig, dass er bereits selbst darin schmorte.

»Ich habe nichts davon gewusst«, sagte Johannes Petrus. »Bitte glauben Sie mir das. Hätte ich es gewusst, dann wäre ich persönlich zu Ihnen gekommen, um Ihnen die Wahrheit zu sagen.«

»Aber warum sind Sie nicht gekommen?«, flüsterte Rachel. »Warum sind Sie nicht einfach gekommen und haben nach mir gesucht?« Obwohl ihre Stimme so leise war, dass man sie kaum verstehen konnte, war es trotzdem wie ein Schrei, und Rachel sah, wie ein neuer, noch tieferer Schmerz über das Gesicht ihres Gegenübers huschte.

»Weil ich es nicht durfte«, antwortete er. »Alles musste so kommen, wie es geschrieben steht. Es steht uns Menschen nicht zu, Gottes Wille oder seine Entscheidungen in Frage zu stellen.«

»Wie bequem«, sagte Uschi. »Aber das war ja immer schon eure liebste Ausrede, nicht wahr? Wenn ihr irgendetwas nicht erklären konntet oder wolltet, dann war es immer Gottes Wille, an dem wir nicht zu zweifeln haben.« Das sollte bitter klingen, ganz bewusst verletzend und vorwurfsvoll, aber das Zittern in ihrer Stimme machte etwas anderes daraus. Dieses Gespräch war nicht fair, begriff Rachel. Wie konnte man mit einem Mann diskutieren, dessen bloße *Existenz* jedes Argument zunichte machte?

»Uschi hat Recht«, sagte sie leise. »Wenn Sie sicher sind, dass ich es bin, nach der Sie gesucht haben, dann lassen Sie sie und die anderen gehen.«

»Wir mussten Sie in Sicherheit bringen, solange Pjotr und seine Männer Sie ebenfalls verfolgten«, sagte Johannes Petrus.

Danach hatte sie zwar gar nicht gefragt, aber sie spürte, dass es ihm wichtig war, seine Vorgehensweise zu erklären. Trotz allem kam es ihr in diesem Moment absurd vor, dass sich dieser Mann bei ihr entschuldigte. Die ganze Situation war wirklich nicht fair. Noch vor wenigen Stunden war sie durchaus in der Stimmung und auch bereit und willens gewesen, sich mit Gott selbst anzulegen, wenn es sein musste, aber nun war ihr klar, dass sie nicht einmal seinem Stellvertreter auf Erden gewachsen war.

»Das ist Ihnen ja nun offensichtlich gelungen. Lassen Sie sie gehen.«

»Sie wird bei uns bleiben«, antwortete der Papst kopfschüttelnd. »An einem sicheren Ort, an dem wir für ihr Überleben garantieren können. Das ist das Mindeste, was wir ihr schuldig sind.«

»Ihr Überleben?«

»*Was* überleben?«, fragte Uschi.

Statt zu antworten, maß Johannes Petrus sie nur mit einem langen, traurigen Blick, stand dann auf und ging mit langsamen Schritten und mit Schultern, die wie unter einer unsichtbaren, aber kaum zu tragenden Last gebeugt schienen, um den Tisch herum, und einen Augenblick später nahm De Ville seinen Platz ein, ohne sich allerdings zu setzen.

»Das Ende der Welt«, sagte er. »Haben Sie immer noch nicht begriffen, worum es hier geht?«

Uschi lachte leise, hysterisch und unecht. »Aber das ist doch absurd! Jetzt hören Sie endlich auf mit diesen Schauergeschichten!«

»Ich wollte, es wären Schauergeschichten«, murmelte De Ville. »Aber Sie wissen es doch so gut wie ich, nicht wahr? Oder warum sonst haben Sie in dem Keller unter Ihrem Haus Vorräte für mindestens ein Jahr angelegt?«

Rachel drehte überrascht den Kopf und sah, dass Uschi wie unter einem elektrischen Schlag zusammenfuhr. Irgendwie gelang es ihr, De Villes Blick standzuhalten, aber nicht sehr gut, und sie schien plötzlich nicht mehr zu wissen, was sie mit ihren Händen anfangen sollte.

»Was soll das heißen?«, murmelte Rachel.

Uschi antwortete nicht, aber De Ville sagte: »Das hat sie Ihnen nicht erzählt, oder? In diesem Keller ist alles, was man braucht, um mindestens ein Jahr zu überleben, wenn nicht länger.«

»Ist das verboten?«, fragte Uschi feindselig.

»Nein«, antwortete De Ville kopfschüttelnd. »Natürlich nicht. Aber es ist traurig.«

»Wieso?«

»Weil es Ihnen die Augen hätte öffnen müssen«, antwortete De Ville. »Spätestens in dem Moment, in dem Sie angefangen haben, diese Vorräte anzulegen, hätte Ihnen eigentlich klar werden müssen, dass Bruder Adrianus Sie belogen hat.«

»Was für ein Quatsch!«, schnappte Uschi. »Wenn ich gewusst hätte, dass …«

»… Sie bereit sind, vor Ihrer Verantwortung zu fliehen und die Welt untergehen zu lassen, dann hätten Sie auch gewusst, dass Sie nicht die sind, von der die Prophezeiung spricht.«

»Hören Sie auf«, sagte Rachel.

»Warum?«, fragte De Ville hart. »Weil es die Wahrheit ist?«

»Weil Sie sie quälen«, antwortete Rachel. »Meinen Sie nicht, sie hat genug mitgemacht?«

»Ich brauche dein Mitleid nicht«, murmelte Uschi.

Rachel ignorierte sie genauso, wie De Ville es tat. »Sie wollten uns eine Frage beantworten«, erinnerte sie ihn.

Bevor De Ville antwortete, warf er einen Blick zu Johannes Petrus hin. Der Papst stand auf der anderen Seite des Tisches und sah nicht einmal in ihre Richtung, aber er schien De Villes Blick zu spüren, denn er nickte fast unmerklich. »Was bisher geschehen ist«, begann De Ville, »ist nur der Anfang. Die Welt wird untergehen. Nicht die ganze Welt. Aber unsere Welt. Europa. Nordafrika und ein Teil von Asien. In weniger als vier Stunden, von jetzt an gerechnet, wird die alte christliche Welt aufhören zu existieren.«

»Das ist lächerlich«, murmelte Uschi. Ihre Stimme klang flach, so sehr ohne Kraft und Überzeugung, dass ihr Ton das Gegenteil ihrer Worte aussagte.

»Und das wissen Sie so genau?«, fragte Rachel. »Ich meine: Es steht auf die Stunde oder vielleicht sogar die Minute genau in einer über zweitausend Jahre alten Prophezeiung? Das wollen Sie mir erzählen?«

»Sie ist mehr als fünftausend Jahre alt«, antwortete De Ville leise. »Die Bibel ist nicht das einzige Buch, das Menschen über Gott, seine Ziele und sein Wirken geschrieben haben, und längst nicht das älteste. Große Teile des Alten Testamentes gehen auf viel, viel ältere Texte zurück. Und diese wiederum auf Überlieferungen, die vielleicht älter sind, als wir auch nur erahnen können. Es ist bisher alles so gekommen, wie es geschrieben steht – der große Regen, die Plagen, der Untergang von Sodom und Gomorra, ich könnte Ihnen Hunderte von Beispielen nennen und sie belegen. Aber glauben Sie mir einfach, dass es so kommen wird.«

»Weil irgendjemand vor fünftausend Jahren einen Albtraum hatte und das, was heute passiert, rein zufällig damit übereinzustimmen scheint?« Rachel schüttelte zornig den Kopf. »Das ist mir zu einfach.«

»Aber es ist kein Zufall«, beharrte De Ville. »Ich weiß, dass es heutzutage schick ist, nicht mehr an Gott zu glauben und sich über alles lustig zu machen, woran Menschen seit zehntausend Jahren glauben. Wofür so viele Generationen gelebt und gelitten haben.«

»Wenn Sie mich bekehren wollen, kommen Sie zu spät«, sagte Rachel bitter.

De Ville schüttelte den Kopf. »Ich will Sie nicht bekehren«, antwortete er. »Dazu haben wir weder die Zeit noch wäre ich in der Lage dazu. Ich wollte es auch gar nicht. Nennen Sie es, wie Sie wollen. Für mich ist es Gottes Wille, aber vielleicht finden Sie ja eine andere Erklärung. Vielleicht hat es immer schon Menschen gegeben, die die Zukunft vorhersehen können. So wie Sie.«

»Das … das ist etwas anderes«, murmelte Rachel verstört.

»So?« De Ville lächelte humorlos. »Wieso? Ich war nicht dabei, aber Naubach hat mir erzählt, was im Krankenhaus geschehen ist. Sie haben ihm das Leben gerettet, weil Sie *wussten*, wo die Granate einschlagen würde. Wie oft hat Ihnen Ihre Fähigkeit der Präkognition« – Sie war sicher, dass er dieses Wort nur benutzte, um nicht schon wieder von Glauben oder Gott sprechen zu müssen – »bisher das Leben gerettet oder Sie zumindest vor Schaden bewahrt? Muss ich ausgerechnet Ihnen erklären, dass es Dinge gibt, die wir mit unserer Schulwissenschaft nicht erklären können?«

Rachel sagte nichts. Sie fühlte sich in die Enge getrieben und das machte sie wütend – umso mehr, weil er Recht hatte.

»Gut«, fuhr De Ville in verändertem, hartem Ton fort. »Wir haben weder die Zeit für eine theologische Grundsatzdiskussion noch ist dies der richtige Moment dafür. Nennen Sie es von mir aus ein parapsychologisches Phänomen, das ist ja wohl der moderne Ausdruck für ein Wunder. Tatsache ist, dass alles bisher ganz genau so eingetroffen ist, wie es vorhergesagt wurde.«

»Von wem?«, mischte sich Uschi ein.

»Das wissen wir nicht«, gestand De Ville. Wieder warf er einen fragenden Blick in Richtung des Papstes und wieder fuhr er erst fort, nachdem dieser fast unmerklich genickt hatte. »Die Schriften, von denen ich gesprochen habe, sind uralt«, sagte er. »Mindestens fünftausend Jahre, wenn nicht älter. Sie wurden vor annähernd tausend Jahren von einem Kreuzritter in einem geheimen Raum unter den Ruinen von Massada gefunden und hierher nach Rom zurückgebracht. Niemand konnte sie entziffern und damals wusste natürlich auch niemand, wie alt diese Schriften waren, aber die Führer der Kirche erkannten bereits damals, welchen Schatz sie da in Händen hielten.« Er hob die Schultern. »Vielleicht hat dieser Ritter damals den Heiligen Gral gefunden, ohne es wirklich zu wissen. Doch seit annähernd einem Jahrtausend arbeiten Priester und Wissenschaftler im Auftrag der Kirche daran, diese Dokumente zu entschlüsseln.«

»Mit Erfolg?«, fragte Uschi spöttisch.

De Ville deutete ein Kopfschütteln an. »Mit sehr wenig Erfolg, zumindest bis vor fünfzig oder sechzig Jahren. Sowohl die Sprache als auch die Schrift, in der die Dokumente abgefasst wurden, sind vollkommen unbekannt. Es handelt sich wohl um eine Sprache, die zusammen mit dem Volk, das sie gesprochen hat, verschwunden ist.«

»Wahrscheinlich waren es Dänikens Besucher von den Sternen«, sagte Uschi hämisch, aber De Ville blieb weiter ernst.

»Wie gesagt: Ich will es ihnen leichter machen«, sagte er. »Reden wir nicht mehr von göttlichem Wirken oder Glauben. Reden wir von Ihrer Wissenschaft, an der Ihnen ja so viel liegt. Die Katastrophe, die uns heimsuchen wird, ist nicht die erste, die die Erde trifft, und sie wird nicht die letzte bleiben. Sie sind eine gebildete Frau. Sicherlich kennen Sie die Theorie der zyklisch wiederkehrenden Zerstörung.«

Uschi ließ sich nicht anmerken, ob und, wenn ja, wie sie diese Frage beantworten konnte, aber Rachel kramte einen Moment in ihrem Gedächtnis und erinnerte sich dann. Da sie sich niemals sonderlich für Sensationsmeldungen und Katastrophen interessiert hatte, war ihr auch dieses Thema nicht besonders vertraut. Dennoch wusste sie natürlich, dass immer mehr Wissenschaftler die These vertraten, dass die Erde und mit ihr alles Leben darauf in mehr oder weniger regelmäßigen Abständen von gewaltigen Katastrophen heimgesucht wurden, deren Ursprung im Weltraum zu suchen war: Meteoriten, die verheerende Flutkatastrophen, Erdbeben und Feuerstürme zur Folge hatten und deren bisher dramatischster Besuch nicht nur zum Ende der Dinosaurier, sondern fast zur Auslöschung allen Lebens auf der Welt geführt hatte. Obwohl die Frage Uschi gegolten hatte, nickte Rachel und De Ville drehte sich leicht in ihre Richtung, bevor er weitersprach.

»Der Meteoritenschwarm, durch den die Erde gerade zieht, ist vielleicht nicht das erste Mal hier. Es gibt eine Theorie, nach der er in regelmäßigen Abständen kommt – vielleicht alle zehntausend Jahre, vielleicht auch nur einmal in einer Million Jahren, und vielleicht trifft er die Erde auch nicht immer mit ganzer Wucht, sodass die Folgen dieser Begegnungen unterschiedlich sind. Diesmal scheinen wir Glück gehabt zu haben. Was in den letzten drei Wochen geschehen ist, mag entsetzlich sein und es hat verheerende Folgen, aber bisher war es nichts, was die Menschheit in ihrer Existenz bedroht.« Er legte eine kurze, aber, wie Rachel glaubte, ganz genau bemessene dramatische Pause ein. »Das wird sich in weniger als vier Stunden ändern. Zumindest für den Großteil der Menschheit.«

»Das können Sie gar nicht so genau wissen«, sagte Rachel lahm. Sie kam sich vor wie ein Boxer, der nur noch aus einem reinen Reflex die Hände hob und genau wusste, dass die Hiebe seines Gegners seine Deckung ohne Probleme durchdringen würden.

»Wir wussten die Stunde Ihrer Geburt«, sagte De Ville ruhig.

»Und wie, wenn niemand diese ominösen Schriftrollen lesen konnte?«, wollte Uschi wissen.

»Ich sagte: bis vor ungefähr fünfzig Jahren«, erinnerte De Ville sanft. »Wir sind nicht mehr auf einsame Genies angewiesen, die ein Leben damit zubringen, einen einzelnen Satz zu entschlüsseln oder die Bedeutung eines Zeichens. Noch nie zuvor in ihrer Geschichte hatte die Menschheit ein solches technisches Niveau erreicht. Wir verfügen über Hilfsmittel, von denen unsere Vorfahren nicht einmal geträumt haben.«

»Computer«, vermutete Rachel.

De Ville nickte. »Unter anderem«, sagte er geheimnisvoll. »Aber auch Menschen wie Sie, die ihre von Gott gegebenen Geschenke einsetzen, um dort weiterzuhelfen, wo die Wissenschaft versagt.«

Rachel wollte eine entsprechende Frage stellen, aber De Ville machte eine abwehrende Handbewegung, und sie schwieg. Natürlich hatte er Recht. Jetzt war wirklich nicht der Moment, *darüber* zu reden.

»Vielleicht können Sie sich das Entsetzen der Männer vorstellen, die die ersten Verse übersetzten und begreifen mussten, dass die Geschichte der Menschheit auf diesen fünftausend Jahre alten Pergamenten vor ihnen ausgebreitet war. Nicht in allen Details. Vieles war verschlüsselt, manches ist bis heute unverständlich, aber zu viel ist eingetroffen, um es als Zufall abtun zu können.«

»Selbst wenn ich das glauben würde«, sagte Uschi und machte eine Kopfbewegung auf Rachel, »was hat das mit ihr zu tun? Oder mit mir oder einer der anderen?«

De Ville wollte antworten, aber in diesem Moment drehte sich Johannes Petrus herum, und De Ville straffte sich unwillkürlich und trat einen halben Schritt zurück.

»Es steht geschrieben, dass in der ersten Sekunde des ersten Tages des neuen Jahrtausends ein Kind geboren wird, das die Menschen in eine neue Zeit führt, eine Zeit ohne Gewalt, ohne Hass und ohne Neid.«

»O ja, ich verstehe«, sagte Uschi spöttisch. »Ein neuer Messias, wie? Ich will Euch nicht zu nahe treten, Heiliger Vater, aber Sie haben sich da, glaube ich, um ein paar Jahre verrechnet.«

»Der gregorianische Kalender ist nicht ganz genau«, sagte De Ville ruhig. »Eine wirklich präzise Zeitrechnung gibt es erst seit ungefähr vierhundert Jahren – auch wenn das niemand gern zugibt. Es spielt im Grunde auch keine Rolle, aber Tatsache ist, dass diese beiden Zeitrechnungen etwa dreißig Jahre voneinander abweichen.«

»Aber es steht auch geschrieben«, fuhr Johannes Petrus mit leiser, fast brechender Stimme fort, »dass in der letzten Sekunde des letzten Tages des alten Jahrtausends der Antichrist geboren wird, Luzifers Bote auf Erden, der alles in seiner Macht Stehende tun wird, um die Menschen zu verderben und die Welt in den Untergang zu führen.«

Rachel liefen bei diesen Worten eisige Schauer über den Rücken. Sie klangen vollkommen lächerlich oder sollten es wenigstens tun –

das waren Geschichten, mit denen man nicht einmal mehr kleine Kinder erschrecken konnte und die jeden halbwegs vernünftigen Menschen zum Lachen bringen sollten. Aber sie taten es nicht. In diesem Moment, nach allem, was sie erlebt hatte, und im Angesicht des gebrochenen Mannes, dem sie gegenüberstand, und des unsäglichen Schmerzes und der Schuld, die sie in seinen Augen las, enthielten diese Worte eine Wahrhaftigkeit, der sie sich nicht entziehen konnte. »Was ist geschehen?«, fragte sie.

»Wir dachten, Sie kennen den Zeitpunkt, an dem der Antichrist geboren wird«, antwortete Johannes Petrus leise. Er sah sie an, aber in seinen Augen war eine Leere, die sie erneut erschauern ließ, und zugleich ein Ausdruck, als wäre hinter der Unendlichkeit, in die sie blickten, etwas, das ihn mit abgrundtiefem Entsetzen erfüllte. »Ich war jung damals, das müssen Sie verstehen. Nicht viel älter als Sie heute. Wenn man jung ist, sieht man vieles anders. Wir alle waren jung. Wir waren naiv und so dumm. Wir dachten, wir könnten Gottes Willen trotzen. Ich hielt mich für stark genug, das Opfer zu bringen.«

»Welches Opfer?«, fragte Rachel.

»Das größte überhaupt. Es schien so einfach. Ort und Zeit waren uns bekannt und es war nur eine Frage des Willens und der nötigen Energie, auch die Frau ausfindig zu machen, die der alte Feind zur Mutter seines Kindes erkoren hatte.«

»Also haben Sie beschlossen, das Kind zu töten«, flüsterte Rachel.

Johannes Petrus nickte. Er schloss die Augen und stützte sich schwer auf die Tischplatte. »Ja«, flüsterte er. »Ich war bereit, meine Seele zu opfern und ewige Verdammnis in Kauf zu nehmen, um Satan zu trotzen und die Menschen zu retten.« Er lachte. Zumindest glaubte Rachel im ersten Moment, dass es ein Lachen war, dann aber begriff sie, dass sie ein Schluchzen hörte. »Was für ein Narr ich doch war! Ich wurde zu seinem Werkzeug statt zu seinem Vernichter. Ich habe getötet. Ich habe Blut vergossen mit meinen eigenen Händen. Das Blut unschuldiger Menschen. Ich habe die größte Sünde begangen, die ein Mensch im Angesicht Gottes begehen kann, und immer noch geglaubt, das Richtige zu tun.«

»Aber das war es doch«, sagte Rachel. »Wenn … wenn das alles wahr ist oder wenn Sie auch nur wirklich *geglaubt* haben, dass es wahr ist, dann … dann hatten Sie gar keine andere Wahl. Ein Leben gegen das von Millionen!«

»Und genau das ist die Rechnung des Teufels«, sagte Johannes Petrus. Sie spürte, dass er geschrien hätte, hätte er noch die Kraft dazu gehabt. Schon als er hereingekommen war, hatte er älter ausgesehen, als sie ihn in Erinnerung hatte, und jetzt schien er vor ihren Augen binnen Sekunden weiter zu altern, zu einem schwachen und müden Mann zu werden. »Ich habe getötet. Ich habe gegen das erste und heiligste aller Gebote verstoßen und vielleicht habe ich auf diese Weise Satan erst den Weg geebnet.«

»Aber nicht das Kind«, vermutete Uschi. Als sie keine Antwort bekam, fügte Rachel hinzu:

»Was ist geschehen?«

»Es waren zwei«, sagte Johannes Petrus. »Zwei Kinder. Die Frau gebar Zwillinge. Sie wurde bei der Geburt getötet. Ebenso wie die Hebamme und der Arzt. Niemand konnte sagen, welches Kind das Erstgeborene und welches das zweite war.«

»Und Sie hatten nur die Wahl, beide zu töten oder beide am Leben zu lassen.«

»Ich war verzweifelt. Ich konnte es nicht tun. Ich … ich hätte es nicht einmal dann tun können, wenn ich genau gewusst hätte, welches Kind welches ist.«

»Also beschlossen Sie, beide mitzunehmen und zu warten, bis Sie genau wüssten, wer der Gute und wer der Böse ist«, sagte Uschi. »Was haben Sie erwartet? Dass der kleine Messias eines Tages übers Wasser wandelt und dem anderen Flügel und Hörner wachsen?«

De Ville warf ihr einen wütenden Blick zu, aber Johannes Petrus lächelte nur traurig und deutete ein Kopfschütteln an. »Ich habe nichts gedacht, mein Kind«, sagte er. »Ich war verzweifelt, so verzweifelt, wie ich seither an jedem einzelnen Tag in jeder einzelnen Sekunde gewesen bin. Und es sollte anders kommen. Ich … war nicht allein. Ich hatte Männer bei mir, die mir für Geld bei meiner blutigen Tat helfen sollten. Gedungene Mörder, deren Seelen schon lange dem Teufel gehörten und um die es nicht schade war.«

Es fiel Rachel immer schwerer zu glauben, was sie hörte. Es stand ihr nicht zu, das Oberhaupt der katholischen Kirche zu kritisieren oder gar über den Papst zu urteilen, aber sie erlaubte sich dieses Urteil sehr wohl über den Mann, der er vor dreißig Jahren gewesen war, und es fiel nicht sehr gut aus. Johannes Petrus hatte es gerade selbst gesagt – es war die Rechnung des Teufels, die er damals aufgemacht hatte. Aber als sie Zorn empfinden wollte, gelang es ihr nicht. Er hatte dafür bezahlt. Wenn es etwas wie die Hölle gab, dann kannte er sie bereits, denn er hatte die letzten dreißig Jahre seines Lebens darin verbracht und er war noch immer darin.

»Darkov?«, vermutete sie.

Johannes Petrus nickte. »Pjotr Darkov«, bestätigte er. »Er war schon damals ein schlechter Mensch. Böse, habsüchtig und vollkommen ohne Gewissen. Er wusste nicht, worum es ging. Natürlich haben wir es ihm nicht gesagt. Es interessierte ihn auch nicht. Wir gaben ihm Geld und das war alles, was er wollte.«

»Offensichtlich nicht«, sagte Uschi, aber Johannes Petrus schüttelte nur knapp und fast zornig den Kopf.

»Aber ganz genau das war es«, behauptete er. »Als ich die Kinder nahm und fliehen wollte, hinderte er mich daran.« Er lachte bitter. »Er wollte ein Lösegeld von mir. Ich weiß nicht, was er geglaubt hat, aber er muss wohl der Meinung gewesen sein, dass sie von großem materiellem Wert für die Kirche seien.«

»Aber waren sie das denn nicht auch?«, wollte Uschi wissen.

De Ville starrte sie wütend an und war kurz davor, sie mit einer herrischen Geste zu unterbrechen, aber sie fuhr schnell und in eher fragendem als vorwurfsvollem Ton fort: »Ich meine: Wenn sich das wirklich alles so zugetragen hat, dann hätte die Kirche doch *jedes* Lösegeld für diese Kinder bezahlt?«

»Es kam nicht so weit«, sagte Johannes Petrus. »Mein Sündenfall war noch nicht beendet. Ich war verzweifelt. Ich glaubte immer noch das Recht dazu zu haben. Meine Seele war verloren. Und wenn man schon die größte aller Sünden begangen hat, welche Rolle spielen dann noch die anderen? Ich hatte eine Waffe. Ich benutzte sie. Er wollte es, wissen Sie? *Er* hat sie mir gegeben und ich glaube, er wusste ganz genau, dass ich sie am Ende benutzen würde.«

»Aber Sie haben ihn nicht getötet«, sagte Rachel.

»Nein. Ich schoss auf ihn und er auf mich. Ich wurde getroffen und ich dachte, ich hätte ihn verfehlt, denn ich verlor das Bewusstsein und kam erst wieder zu mir, als die Männer kamen, die uns abholen wollten. Aber ich muss ihn wohl auch getroffen haben. Auf dem Dach war Blut und Darkov und eines der Kinder waren verschwunden.«

»Und weiter?«, fragte Uschi, als der Papst nicht weitersprach, sondern plötzlich wieder mit diesem schrecklichen leeren Blick ins Nichts starrte. Es vergingen endlose Sekunden, ehe das Leben in seine Augen zurückkehrte und er sich aufrichtete.

Er fuhr mit veränderter, nun wieder kräftigerer Stimme fort: »Man brachte mich fort und pflegte mich gesund und das Kind wurde an einen sicheren Ort gebracht, weit weg von mir, weit weg von dem Ort, an dem es geboren wurde, und von jedem, der es hätte erkennen können. Nicht einmal ich habe erfahren, wohin man es gebracht hat und wo und unter welchem Namen es aufwachsen sollte. O ja, wir haben uns große Mühe gegeben, die Spuren zu verwischen. Es gab nur drei Menschen auf der ganzen Welt, die das Geheimnis kannten.«

»Offenbar nicht«, sagte Uschi. »Sonst hätte Darkov uns wohl nicht gefunden.«

»Er hat den Ort herausgefunden, nicht die Person«, sagte De Ville.

»Ja, das war ein cleverer Plan«, sagte Uschi. »Auf diese Weise musste er fünf von uns umbringen, statt nur eine.«

»Und was die Genauigkeit der Vorhersage anbelangt«, sagte De Ville, »da sind wir nun wirklich nicht auf fünftausend Jahre alte Schriftrollen angewiesen.« Er machte eine Kopfbewegung zu den beiden dunkel gekleideten Männern auf der anderen Seite des Tisches, die bisher kein Wort gesagt hatten, sondern der Unterhaltung nur mit besorgter Miene gefolgt waren. »Doktor Giradeli hier ist Leiter der vatikanischen Sternwarte in Castel Gandolfo. Er hat die neuesten Daten des Hubble-Teleskops dabei, das den Weg des Meteoriten seit seiner ersten Sichtung verfolgt – zusammen mit einem Dutzend weiterer militärischer und ziviler Satelliten. Der Meteorit wird in …« – er sah auf die Armbanduhr – »… präzise drei Stunden und fünfundfünfzig Minuten hundertfünfzig Kilometer südwestlich von Sizilien ins Meer einschlagen und keine Macht der Welt kann das noch verhindern.«

»Warum schießen sie ihn nicht einfach ab?«, fragte Uschi.

»Womit denn?« De Ville schüttelte energisch den Kopf. »Das hier ist keine Sciencefiction-Geschichte, in der der Regisseur die Spielregeln bestimmt, sondern es ist die Wirklichkeit.«

Rachel hatte Mühe, seinen Worten irgendeinen Sinn abzugewinnen. Nach dem, was sie gerade von Johannes Petrus gehört hatte, erschienen sie ihr auf eine fast schon groteske Weise banal und bedeutungslos; sie verstand weder ihren Inhalt, noch begriff sie den abrupten Themenwechsel, mit dem De Ville das Gespräch fast gewaltsam an sich gerissen hatte. Aber dann blickte sie in Johannes Petrus' Gesicht und verstand. De Ville war weder gefühllos noch dumm, sondern hatte schlichtweg die Notbremse gezogen. Die Würde und Autorität, die Johannes Petrus ausstrahlte, hatten vielleicht sie und alle anderen hier im Raum getäuscht, aber De Ville hatte die Warnzeichen erkannt. Johannes Petrus stand ganz kurz vor dem endgültigen Zusammenbruch. Die unsichtbare Last, die auf seinen Schultern zu liegen schien, existierte wirklich und er trug sie schon viel zu lange. Er drohte darunter zusammenzubrechen. Und er würde es, früher oder später. De Ville hatte ihn absichtlich unterbrochen, um das Schlimmste zu verhindern.

»Wozu gibt es denn Raketen und Atomsprengköpfe?«, beharrte Uschi.

»Zufällig verfügt der Vatikan nicht über taktische Kernwaffen«, antwortete De Ville sarkastisch und schüttelte erneut und noch heftiger den Kopf, auf eine befehlende, fast herrische Art, um jeden weiteren Einwand von Uschi schon im Keim zu ersticken.

»Es ist vollkommen ausgeschlossen, den Meteor noch abzufangen«, mischte sich Giradeli ein. »Er bewegt sich mit einer Geschwindigkeit von mehr als hunderttausend Kilometern in der Stunde und er wird mit jeder Minute, die er sich der Erde nähert, schneller. Selbst wenn die Amerikaner oder irgendeine andere Nation auf der Welt Raketen hätten, mit denen sie ihn treffen könnten, würde es Stunden dauern, sie entsprechend zu programmieren.«

»Und sogar dann wäre es sinnlos«, fügte De Ville hinzu.

»Wieso?«, fragte Uschi.

»Weil dieser Meteor im Moment einen Durchmesser von gut dreißig Kilometern hat«, sagte Giradeli. »Nicht einmal der größte Atomsprengkopf der Welt könnte ihm nennenswerten Schaden zufügen –

oder ihn so weit ablenken, dass er die Erde verfehlt. Wir haben ihn einfach zu spät entdeckt.«

»Dreißig ... Kilometer?«, hauchte Uschi.

»Er besteht zu hundert Prozent aus Eis«, sagte Giradeli. »Gefrorenes Wasser. Kein Fels. Bestünde er aus massivem Gestein oder gar Eisenerz, würde er die Erde vermutlich zertrümmern – auf jeden Fall aber jegliches Leben auf dem Planeten auslöschen.«

»Aber so wird er schmelzen, wenn er in die Atmosphäre eindringt«, sagte Uschi. Es war keine Frage, sondern ein verzweifeltes Flehen. Sie hatte Giradeli die Antwort vorformuliert, die sie hören wollte.

Aber er antwortete mit einem Kopfschütteln. »Leider nicht vollkommen«, sagte er. »Vermutlich werden neunzig Prozent seiner Masse verdampfen, wenn er auf die Atmosphäre prallt, aber ein Teil wird auf jeden Fall ins Meer stürzen. Ein ziemlich großer Teil, fürchte ich.«

»Aber es ist doch nur Eis!«, protestierte Uschi. »Und er wird ins Meer fallen, das haben Sie selbst gesagt!«

»Ein Eisbrocken von der Größe des Matterhorns, der mit immer noch zehn- oder zwanzigtausend Stundenkilometern ins Meer stürzt«, sagte De Ville. »Die Folgen werden auf jeden Fall verheerend sein.« Er wandte sich zu Giradeli um. »Doktor.«

»Es ist unmöglich vorherzusagen, wie groß das Stück sein wird, das ins Meer stürzt«, begann Giradeli. Er war nun um einen möglichst sachlichen Ton bemüht. Vielleicht war er der Meinung, dass das, was er zu sagen hatte, dadurch weniger schlimm klang, aber das genaue Gegenteil war der Fall. »Sein Durchmesser wird im Moment des Aufpralls irgendwo zwischen fünfhundert und dreitausend Metern liegen. Er wird auf jeden Fall bis zum Meeresgrund durchschlagen und dort explodieren. Das Ergebnis wird die größte Flutwelle sein, die dieser Planet je gesehen hat – ganz zu schweigen von den Erdbeben und verheerenden Stürmen, die der Einschlag auslösen wird. Aber am schlimmsten ist zweifellos die Flutwelle.« Er nickte, um seine Worte zu bekräftigen. »Die Mittelmeerinseln werden sämtlich ausgelöscht werden. Die Flutwelle wird Nordafrika überspülen und mindestens tausend Kilometer weit ins Landesinnere vordringen, ehe sie allmählich an Kraft verliert. Israel, Ägypten, die meisten der Arabischen

Emirate und selbst noch Marokko werden ausradiert. Dort wird niemand überleben.«

»Und … hier?«, murmelte Uschi.

»Hier wird es schlimmer«, antwortete Giradeli. »Eine ungefähr dreihundert Meter hohe Wasserwand wird Italien überrollen und alles verschlingen, was die Erdstöße und die Explosion beim Aufschlag überstanden hat. Sie wird erst an den Alpen gebrochen werden. Südfrankreich und ein Teil von Spanien werden untergehen. Wir rechnen mit zwei- bis dreihundert Millionen Toten in den ersten zwei Stunden. Mindestens noch einmal die gleiche Anzahl von Menschen wird in den darauf folgenden Tagen sterben. Europa wird vielleicht nicht entvölkert, aber seine Zivilisation wird ausgelöscht, so oder so.«

»Der Hammer Gottes«, murmelte Rachel.

»Die Sintflut«, sagte Johannes Petrus, kaum lauter als sie gerade, aber in einem Ton, der ihr einen neuerlichen eisigen Schauer über den Rücken laufen ließ. »Die Wiege des Christentums wird aufhören zu existieren.«

»Kein Wunder, dass überall Panik ausbricht«, sagte Uschi, »und der Flughafen überlastet ist.«

»Niemand weiß etwas davon«, sagte De Ville. »Bisher ist es nur ein heller Stern am Himmel. Es wird noch zwei Stunden dauern, bis er groß genug ist, um als Bedrohung zu erscheinen.«

»Sie … Sie haben es … geheim gehalten?«, murmelte Uschi fassungslos. »Sie wissen, was geschehen wird, und warnen die Menschen nicht?«

»Warum?«, fragte De Ville hart.

»Warum?« Uschi ächzte. »Damit sie fliehen können! Sich in Sicherheit bringen.«

»Fliehen.« De Ville nickte langsam, als müsse er erst über die Bedeutung dieses Wortes nachdenken oder sei bisher noch gar nicht auf diese Idee gekommen. »Aber wohin denn?«, fragte er dann.

»Das Szenario, das ich gerade beschrieben habe, ist das am wenigsten katastrophale«, sagte Giradeli. »Es könnte ungleich schlimmer kommen. Es ist ebenso möglich, dass die Flutwelle ganz Europa überrollt und sich in die Nordsee ergießt. Es gibt keinen Ort, an den die

Menschen fliehen könnten. Jedes Schiff im Umkreis von zweitausend Kilometern wird untergehen. Die Druckwelle wird jedes Flugzeug zwischen hier und dem Ural aus der Luft fegen. Wir würden eine Panik auslösen, aber vermutlich nicht ein einziges Menschenleben retten.«

»Also haben Sie entschieden, die Menschen unwissend sterben zu lassen.«

»Wir sind übereingekommen, ihnen zwei Stunden Todesangst zu ersparen«, sagte Johannes Petrus. »Ja. Vielleicht ist es falsch, aber ich habe mich für eine barmherzige Lüge entschieden. Wenn es ein Fehler ist, dann werde ich das mit Gott und meinem Gewissen abmachen müssen.«

»Seien Sie vorsichtig, Heiliger Vater, damit Sie sich nicht übernehmen«, sagte Uschi böse. »Ich glaube, auf Ihrem Gewissen lastet schon eine ganze Menge.«

»Schweigen Sie!«, herrschte De Ville sie an. »Welchen Ton erlauben Sie sich! Wissen Sie nicht, wem Sie ...«

»Bitte!« Johannes Petrus machte eine besänftigende Bewegung mit beiden Händen. »Jetzt und hier sind wir alle gleich. Und sie hat Recht.« Er straffte sich, ohne dadurch allerdings weniger kraftlos und müde auszusehen als zuvor.

»Und warum schenken Sie uns diese ... *barmherzige Lüge* nicht?«, fragte Uschi böse. »Gehören wir zu den Auserwählten, die das Privileg genießen, später zu Märtyrern ernannt zu werden – postum, versteht sich?«

De Ville wollte abermals auffahren, aber diesmal brachte Johannes Petrus ihn mit einer Geste zum Schweigen, bevor er etwas sagen konnte. De Ville schwieg, doch seine Augen sprühten Feuer und seine Körpersprache war eindeutig. Er war alles andere als ein Operettensoldat, sondern ein Mann, der seine Aufgabe ernst nahm.

»Sie werden nicht sterben«, sagte Johannes Petrus. »Keiner von uns hier wird sterben! Wir gehören zu denen, die zum Überleben verdammt sind.«

»Also gibt es doch ...«

»Es gibt einen Ort, an dem wir sicher sind«, sagte De Ville rasch, zwar an Uschi adressiert, aber mit einem schnellen und eindeutig warnenden Blick in Richtung des Papstes. »Wenn wir ein wenig Glück haben, heißt das.«

Uschi zog eine Grimasse. »Dann muss ich mich bei Ihrem Freund Benedikt ja wohl noch bedanken, wie? Hätten er und sein Vater uns nicht gekidnappt, dann wäre ich glatt ertrunken, und das ohne auch nur zu wissen, dass es ja für einen guten Zweck ist.«

»Das reicht jetzt«, sagte De Ville scharf. »Überspannen Sie den Bogen nicht.«

Das hatte sie längst getan. Rachel war sogar sicher, dass sie den Bogen ganz bewusst überspannte. Sie *suchte* die Auseinandersetzung, im Grunde ganz gleich, mit wem. Es war ihre Art, mit der Situation fertig zu werden.

»Bitte, meine Kinder«, sagte Johannes Petrus. »Unsere Zeit ist einfach zu knapp, um sie mit einem sinnlosen Streit zu vergeuden.« Er wandte sich direkt an Uschi. »Auch Sie und die anderen werden in Sicherheit gebracht, machen Sie sich keine Sorgen. Nach allem, was Ihnen angetan wurde, ist das wohl das Mindeste, was wir Ihnen schuldig sind. Aber ich bin nicht einmal sicher, ob wir Ihnen wirklich einen Gefallen damit tun.«

»Tanja ist also auf dem Weg hierher?«, vergewisserte sich Rachel.

Obwohl De Ville die Frage schon einmal beantwortet hatte, nickte er und sagte: »Die anderen sind bereits auf dem Weg nach Castel Gandolfo, aber Ihre Freundin wird zuerst hierher gebracht. Sie hat darauf bestanden herzukommen, nachdem man ihr gesagt hat, dass sich ihr Mann hier aufhält. Und Sie.«

Der Tonfall, in dem er das sagte, machte klar, dass er nicht mit dieser Entscheidung einverstanden gewesen, aber machtlos dagegen war. Dann runzelte er die Stirn, und als Rachel seinem Blick folgte, sah sie, dass Frank den Kopf gehoben hatte und zumindest ein Schatten von Leben in seine Augen zurückgekehrt war; vermutlich, als sie Tanjas Namen erwähnt hatte. Rachels Verachtung für Frank wurde keinen Deut schwächer, aber sie begann sich widerwillig einzugestehen, dass sie sich in ihm vielleicht getäuscht hatte. Zumindest seine Gefühle für Tanja schienen echt zu sein.

»Dann hatte Darkov sie also niemals in seiner Gewalt«, schloss Uschi. Ihr Gesicht verfinsterte sich noch weiter. »Sie waren die ganze

Zeit hier und Sie haben dieses miese Spielchen mit Rachel nur gespielt, um Darkov zu schnappen?«

»Wofür halten Sie mich?«, fragte De Ville entrüstet.

»Ich glaube nicht, dass Sie das wirklich wissen wollen.«

»Sie tun dem Hauptmann Unrecht«, sagte Johannes Petrus sanft. »Wir haben uns vielleicht vor Gott schuldig gemacht und sicher vor unserem eigenen Gewissen, aber wir sind keine Verbrecher.«

»Ach?«, machte Uschi.

»Darkovs Söldner haben Tanja und die beiden anderen entführt und hierher gebracht, nach Rom«, fuhr De Ville nach einer Pause fort. »Wir haben vor ungefähr zwei Stunden herausgefunden, wo sie gefangen gehalten wurden. Sie wurden befreit und sind unversehrt.«

»Hier in Rom? Was für ein Zufall.«

»Nein, keineswegs«, antwortete De Ville. »Es musste hier in Rom sein.«

»Warum?«

»Weil es hier endet«, sagte De Ville. »Hier und jetzt.«

»Ach ja, die Prophezeiung«, sagte Uschi sarkastisch. »Das hatte ich schon fast vergessen.«

»Wie geht es Tanja?«, mischte sich Rachel ein. Uschi warf ihr einen fast wütenden Blick zu und auch Frank sah müde in ihre Richtung, aber De Ville wirkte eindeutig erleichtert, dass sie diesen sinnlosen Streit unterbrach.

»Sie ist unversehrt«, antwortete er. »Es geht ihr gut, machen Sie sich keine Sorgen.«

»Sie wissen, dass sie …«

»… schwanger ist?« De Ville lächelte flüchtig. »Das war kaum zu übersehen. Wie lange dauert es noch?«

»Bis das Kind geboren wird?« Rachel hob die Schultern. »Eine Woche. Vier oder fünf Tage. Ich weiß es nicht.«

»Unser Sohn«, murmelte Frank. Er stierte noch immer mit leerem Blick vor sich hin, aber er war wohl doch nicht ganz so weggetreten, wie sie alle angenommen hatten.

»Es wird ein Junge? Ich dachte, du wolltest nicht wissen, was es wird?«

»Das wollte ich auch nicht. Aber Tanja wollte es wissen. Sie … hat den Arzt gefragt. Vor einer Woche. Ich habe gesagt, sie soll es mir … nicht verraten, aber … sie hat es doch getan.« Er sank wieder nach vorne. Seine Schultern glitten nach unten und die Leere kehrte wieder in seine Augen zurück.

»Sie wird gleich hier sein«, sagte Johannes Petrus. »Machen Sie sich keine Sorgen. Die Gefahr ist vorüber. Es ist jetzt vorbei.«

Er bekam keine Antwort, vermutlich weil Frank ihn nicht einmal verstanden hatte. Er war wieder in tiefes Brüten versunken; vielleicht auch in einen Zustand, der schlimmer war. Johannes Petrus wartete einen Moment vergeblich auf irgendeine Reaktion und wandte sich dann mit einer entsprechenden Geste an De Ville.

»Bitte fragen Sie noch einmal nach, wo der Helikopter bleibt, Hauptmann. Müsste er nicht längst hier sein?«

De Ville zog sein Handy wieder aus der Jacke und klappte es auf, ging aber aus dem Zimmer, bevor er telefonierte. Rachel verstand nicht ganz, warum. Sie griff nach Franks Hand und drückte sie flüchtig, aber das war wohl zu viel des Guten. Sie empfand noch immer ein leichtes Mitleid mit Frank, aber mehr auch nicht, und es würde auch nicht mehr werden, ganz egal, wie angestrengt sie es sich auch wünschte. Ein Jahrzehnt Aversion und Feindseligkeit ließ sich nicht einfach so vergessen. Wahrscheinlich musste mehr passieren als der Weltuntergang, bevor sie so etwas wie Sympathie für Frank in sich entdeckte. Sie zog die Hand zurück und fühlte sich miserabel dabei.

»Eine Frage haben Sie mir noch nicht beantwortet, Heiliger Vater«, sagte sie.

»Nicht Heiliger Vater«, sagte Johannes Petrus. »Den Anspruch auf diesen Titel habe ich schon vor langer Zeit verwirkt. Schon lange, bevor ich ihn überhaupt bekam.« Er lächelte traurig. »Nenn mich … Torben.«

»Torben? Nicht Johannes? Oder Petrus?«

»Torben«, beharrte er. »Das ist der Name, auf den ich getauft wurde. Der Name, den ich trug, als wir uns das erste Mal begegnet sind. Wie lautet die Frage, die du mir stellen willst?«

»Wenn alles vorbei ist«, begann Rachel. »Wenn … wenn es wirklich so weit kommt, wie Sie sagen, und … und wenn wir es überleben … Was erwarten Sie dann von mir? Was soll ich tun?«

»Tun?« Torben schien nicht zu verstehen, was sie meinte.

Rachel nahm all ihren Mut zusammen, um weitersprechen zu können. »Selbst wenn ich glauben würde, dass ausgerechnet ich dazu ausersehen bin, die Welt zu retten«, sagte sie. »Wie denn? Soll ich ein Wunder wirken und das Wasser teilen? Oder wird mir Gott die Kraft geben, die Toten wieder zu erwecken – wenigstens die, die es verdient haben?«

Die Worte taten ihr bereits Leid, noch bevor sie sie völlig ausgesprochen hatte, und sie las in Torbens Augen, dass ihr Hohn ihn wirklich verletzte. Aber sie sagte kein Wort, um sich zu entschuldigen, obwohl sie es eigentlich wollte.

»Ich weiß es nicht«, antwortete er.

»Sie wissen es nicht?«, vergewisserte sich Uschi. »Steht in Ihren wunderbaren Prophezeiungen nichts darüber, oder haben Sie sie nur noch nicht weit genug entschlüsselt?«

»Sie enden mit dem heutigen Tag«, sagte Torben. »Wer immer sie niedergeschrieben hat, über die Zeit danach hat er nichts gesagt.« Er sah wieder Rachel an. »Aber ich glaube, Sie werden wissen, was zu tun ist, wenn der Moment kommt.«

Das war eine Möglichkeit, dachte Rachel. Von Torbens Standpunkt aus betrachtet sogar eine sehr nahe liegende und wahrscheinlich die einzige, die er akzeptieren konnte und an die er sich mit verzweifelter Kraft klammerte.

Aber es gab noch eine zweite.

Vielleicht sagten die Prophezeiungen nichts über die Zukunft, weil es keine Zukunft mehr gab.

16

Es dauerte erstaunlich lange (man hätte auch sagen können: *beunruhigend* lange, aber diesen Gedanken ließ Rachel nicht zu), bis De Ville zurückkam, und sie musste nur einen einzigen Blick in sein Gesicht werfen, um zu wissen, dass er schlechte Neuigkeiten brachte.

»Wo ist Tanja?«, fragte sie alarmiert.

»Es ist alles in Ordnung«, sagte De Ville rasch, nur um dann in Torbens Richtung zu sehen und mit veränderter Stimme fortzufahren: »Ich fürchte, wir haben ein Problem, Heiliger Vater.« Er fügte einen Satz auf Italienisch hinzu, aber Johannes Petrus unterbrach ihn schon nach wenigen Worten und sagte:

»Lassen Sie uns in einer Sprache sprechen, die jeder hier versteht. Alles andere wäre unhöflich.«

»Wie Ihr wünscht, Heiliger Vater«, sagte De Ville. Es klang nicht begeistert. Offensichtlich war er ganz bewusst zum Italienischen übergewechselt, damit nicht alle hier verstanden, was er zu sagen hatte. Dennoch fuhr er gehorsam und jetzt wieder auf Deutsch fort: »Es geht um den Helikopter.«

»Was ist damit?«, fragte Torben. »Unseren Gästen ist doch nichts zugestoßen?«

»Nein, nein«, versicherte De Ville hastig und mit einem nervösen Seitenblick auf Frank, der allerhöchstens dazu angetan war, Rachels Besorgnis neue Nahrung zu geben. »Sie sind unversehrt und auf dem Weg hierher. Aber der Helikopter.« Er zögerte eine Sekunde. »Er ist weg.«

»Weg? Was soll das heißen?«

De Ville hob unglücklich die Schultern. »Der Pilot hat die Passagiere auf der anderen Seite des Flugfeldes abgesetzt und ist sofort wieder gestartet«, sagte er. »Er antwortet nicht auf unsere Funksprüche. Ich fürchte, er hat die Maschine gestohlen.«

Torben schüttelte den Kopf, aber es wirkte nicht ärgerlich oder auch nur missbilligend. »Der Mann hat Familie, nicht wahr?«

»Frau und zwei Kinder«, bestätigte De Ville.

»Dann wird er versuchen, sie mit dem Helikopter in Sicherheit zu bringen«, sagte Torben.

»Vermutlich«, sagte De Ville. »Aber ich werde dafür sorgen, dass –«

»Sie werden nichts tun, Hauptmann«, unterbrach ihn Torben. »Wollen Sie einem Mann verübeln, dass er das Leben seiner Familie retten will?«

»Und das Ihre dafür opfert?« De Ville nickte heftig. »Das will ich ihm sehr wohl verübeln.«

»Weil Sie glauben, mein Leben sei mehr wert als das eines Hubschrauberpiloten und seiner Familie?« Torben lächelte müde. »War ich ein so schlechter Lehrmeister?« Er hob die Hand, als De Ville antworten wollte. »Wir werden einen anderen Weg finden, um Castel Gandolfo zu erreichen. Besorgen Sie einen Wagen.«

»Wie Sie befehlen, Heiliger Vater«, sagte De Ville steif.

Er sagte *befehlen*, dachte Rachel, nicht *wünschen*, und sie war sicher, dass er dieses Wort bewusst gewählt hatte und dass es ungewöhnlich war. Torben hatte es auch gehört und er wirkte verletzt und traurig, aber er sagte nichts mehr, sondern machte nur eine auffordernde Handbewegung, die ein bisschen zögerlich wirkte, wahrscheinlich weil er sich krampfhaft darum bemühte, eben nicht *befehlend* zu wirken. De Ville zögerte auch eine Sekunde zu lange, um seine wahren Gefühle zu verbergen, drehte sich dann mit einem Ruck herum und verließ den Raum. Torben sah ihm stirnrunzelnd nach und für eine Sekunde schien ein neuer, noch tieferer Schatten über sein Gesicht zu huschen, dann zwang er sich zu einem leichten Lächeln und wandte sich an den Mann in der albernen Uniform, der neben der Tür stand, so still und reglos, dass Rachel ihn mittlerweile fast schon vergessen hatte.

»Holen Sie die Gefangenen«, bat er.

»Heiliger Vater?« Der Mann wirkte regelrecht erschrocken.

»Pjotr Darkov und seinen Sohn Benedikt«, sagte Johannes Petrus geduldig. »Bitte holen Sie sie her. Ich möchte mit ihnen reden.«

Der Mann nickte und verließ wortlos das Zimmer, ohne zu zögern wie De Ville vor ihm, aber mit dem gleichen Ausdruck von Missbilligung im Gesicht.

Torben seufzte. »Es gab eine Zeit, da war das Wort des Papstes Gesetz«, sagte er. »Aber die scheint wohl endgültig vorbei zu sein.«

»Gott sei Dank«, sagte Uschi.

Rachel empfand diese Bemerkung als unpassend, aber Torben drehte sich nur halb zu ihr herum, maß sie mit einem langen, prüfenden Blick, der fast provozierend wohlwollend wirkte, und schloss dann für eine endlose Sekunde die Augen. Ein tiefes, irgendwie … schmerzerfülltes Seufzen drang aus seiner Brust, so leise, dass vermutlich nur Rachel, die ihm am nächsten war, es überhaupt hörte. Sie verstand durchaus, warum sich Uschi so unmöglich benahm, aber sie hätte trotzdem viel darum gegeben, wenn sie damit aufgehört hätte.

Es dauerte gut fünf Minuten, bis der Mann mit den beiden Gefangenen zurückkam, dabei war Rachel eigentlich sicher, dass sie im gleichen Gebäude untergebracht waren. Johannes Petrus ließ sich seine Ungeduld nicht anmerken, aber er sah doch ein bisschen zu oft zur Tür, um weiterhin gelassen und unbeteiligt zu wirken, und die Nervosität der beiden anderen Männer war nun nicht mehr zu übersehen. Giradeli schien es unmöglich zu sein, still auf einer Stelle zu stehen, und auch sein Begleiter, dessen Namen Rachel bisher so wenig kannte wie seine Funktion, wurde immer fahriger. Er hatte bisher kein Wort gesagt und wich ihrem Blick ebenso aus wie dem aller anderen hier, aber es war nicht zu übersehen, dass er sich weit weg wünschte. Rachel vermutete, dass er irgendwo in dem Chaos dort draußen eine Familie hatte, um die er sich sorgte.

Endlich wurde die Tür wieder geöffnet und der Mann in der traditionellen Uniform der Schweizergarde kam herein, begleitet von zwei weiteren Soldaten, die allerdings die grün und braun gefleckten Tarnanzüge von De Villes Truppe trugen, und zwei an Händen und Füßen gefesselten Gefangenen, deren Anblick Rachel ganz leicht auf ihrem Stuhl zusammenfahren ließ.

Der Art nach zu schließen, wie man Benedikt und seinen Vater behandelte, mussten De Villes Männer einen gehörigen Respekt vor den beiden haben. Beide trugen nur noch schlichte dunkelblaue Jogginganzüge und Turnschuhe; Rachel nahm an, dass man ihnen ihre eigentlichen Kleider weder aus hygienischen Gründen noch aus Sorge um ihre Gesundheit weggenommen hatte, sondern wohl eher, weil ihre Bewacher versteckte Waffen oder sonstige Utensilien darin vermuteten, die sie möglicherweise zur Flucht nutzen konnten. Ihre Hände waren mit Handschellen auf dem Rücken gebunden und selbst ihre Fußgelenke waren mit dünnen Ketten aneinander gefesselt, sodass sie nur alberne, kleine Hopser machen konnten statt richtiger Schritte, was aber in keiner Weise komisch aussah, sondern einfach nur entwürdigend. Benedikts Gesicht war blass und fast ohne Ausdruck. Als er hereinkam, hob er zwar flüchtig den Kopf und sah sich um, aber in seinen Augen war kein Erkennen, nicht einmal als er direkt in ihre Richtung sah. Sein Vater jedoch erweckte den genau entgegengesetzten Eindruck: Er wirkte erschöpft und müde, aber seine Augen waren hellwach, und obwohl seine Bewegungen fast grotesk wirkten, sah er doch zugleich angespannt und auf eine kaum in Worte zu fassende Weise immer noch *gefährlich* aus; ein Raubtier, dem man die Krallen gestutzt und die Zähne gezogen hatte, aber er blieb ein Räuber, dessen bloßes Dasein Gefahr bedeutete.

»Was soll das?« Johannes Petrus klang eher bestürzt als zornig, als er sich mit einer fragenden Geste an die beiden Männer wandte, die Benedikt und seinen Adoptivvater eskortierten. »Ich kann mich nicht erinnern, das angeordnet zu haben. Nehmen Sie ihnen die Fesseln ab!«

Einer der beiden Männer sah den Papst nur ungläubig an, aber der andere sagte: »Davon würde ich abraten, Heiliger Vater. Die beiden sind gefährlich.«

Torben wirkte nun tatsächlich ein bisschen verärgert und setzte zu einer scharfen Antwort an, überlegte es sich dann aber offenbar anders und wandte sich mit einem fragenden Blick an Darkov: »Habe ich Ihr Wort?«

Darkov setzte die flüchtige, dennoch sehr aufmerksame Musterung des Zimmers unbeeindruckt fort, mit der er bei seinem Eintreten begonnen hatte, und wandte sich erst nach zwei oder drei Sekunden an Johannes Petrus. Er sah ihn an und er tat es auf eine Art, die Rachel unmöglich einordnen konnte, die ihr aber fast Angst machte. »Mein Wort worauf?«

»Ich glaube, Sie wissen, was ich meine«, antwortete Torben leise.

Er deutete ein Kopfschütteln an, als Darkov antworten wollte. »Wir haben nicht mehr genug Zeit, um Spielchen zu spielen.«

»Die hatten wir nie, *Heiliger Vater*«, antwortete Darkov. Er sagte es auf eine Art, die den Titel Heiliger Vater zu etwas anderem machte – keiner Beleidigung oder gar Spott, sondern zu etwas, das vielleicht nur Torben allein verstand und das ihn zutiefst zu treffen schien. Aber er nickte nur, und nachdem er eine weitere Sekunde hatte verstreichen lassen, machte Darkov die gleiche Bewegung.

»Lösen Sie seine Fesseln«, verlangte Johannes Petrus noch einmal. Unter normalen Umständen wäre das, was nun geschah, geradezu ungeheuerlich gewesen, aber Rachel registrierte es nur am Rande. Einer der beiden Soldaten reagierte gar nicht, auf dem Gesicht des anderen – dessen, der ihm gerade schon einmal widersprochen hatte – erschien beinahe so etwas wie Trotz, ja fast Zorn, aber er widersprach nicht, sondern griff in die Jackentasche und förderte einen kleinen Schlüssel zutage. »Ganz wie Sie befehlen.« Doch es war offensichtlich, was er dabei dachte: *Aber es ist Wahnsinn. Und das weißt du.*

Umständlich und nur mit der linken Hand – die rechte lag griffbereit auf der Pistole, die in einem Lederholster an seinem Gürtel hing – öffnete er nacheinander zuerst die Fußfesseln und dann die Handschellen der beiden Gefangenen. Danach trat er rasch einen Schritt zurück und zog seine Waffe. Er ging nicht so weit, sie auf Darkov oder seinen Sohn zu richten, aber Rachel entging auch nicht, dass er den Sicherungshebel umlegte und mit einigen schnellen Schritten rückwärts in eine Position gelangte, in der er auf die beiden schießen konnte, ohne Johannes Petrus oder einen der anderen hier drinnen im Raum zu gefährden. Torben musste es ebenfalls bemerken, aber vielleicht waren seine Vernunft und sein Selbsterhaltungstrieb größer als seine Sanftmut. Möglicherweise traute er Darkov doch nicht weit genug, um sein Leben nur auf dessen Wort hin zu riskieren, vielleicht war er aber auch einfach des Diskutierens und Streitens müde. Er maß den Mann nur mit einem leicht tadelnden Blick und wandte sich dann zu Darkov um.

Dieser hatte mittlerweile die Arme hinter dem Rücken hervorgeholt und tat das, was wahrscheinlich jeder in seiner Situation getan hätte: Er massierte sich abwechselnd die Handgelenke, die von den eng angelegten Handschellen bereits wund gescheuert waren. Sein Blick glitt dabei unentwegt durch den Raum, blieb aber nirgendwo lange hängen. Dennoch ließ sich Rachel davon nicht täuschen. Auch wenn er nicht den Fehler beging, irgendjemanden oder irgendetwas länger als einen Augenblick anzusehen, registrierte er doch gewissenhaft jede Kleinigkeit und erwog vermutlich, wie er sie zu seinem Vorteil nutzen konnte. Sie hatte immer noch das Gefühl, einem Raubtier gegenüberzustehen, das in einen neuen Käfig gebracht worden war und sofort die Gegebenheiten nach einer eventuellen Fluchtmöglichkeit absuchte. Benedikt hingegen hatte gar nicht reagiert. Auch er hatte die Hände nach vorne genommen, aber er rührte sich nicht, sondern stand in der gleichen Haltung da, fast als wäre er immer noch gefesselt, und in seinen Augen war immer noch diese schreckliche Leere.

Und plötzlich musste sie an das denken, was Torben ihnen gerade erzählt hatte. Sosehr sie sich immer noch weigerte, diese uralte Geschichte als wahr anzuerkennen – *wenn* es stimmte, dann war Benedikt tatsächlich ihr Bruder, aber zugleich ihr schlimmster Feind.

Sie weigerte sich, dies zu glauben. So wenig, wie sie der neue Messias war, war er der Antichrist. Das war lächerlich.

»Es ist lange her«, begann Johannes Petrus, nachdem allen im Raum klar geworden war, dass Darkov ihm nicht den Gefallen tun würde, das Gespräch von sich aus zu eröffnen. »Fast ein Menschenleben.«

»Ja«, seufzte Darkov. »Und es war schneller vorbei, als ich gehofft hatte.« Er runzelte die Stirn. »Warum sind wir hier? Haben Sie uns kommen lassen, um Ihren Triumph zu genießen?«

»Sie sollten mich besser kennen, Pjotr«, sagte Torben leise.

»Vielleicht tue ich das ja«, antwortete Darkov. Er machte einen halben Schritt, streckte die Hand aus und erstarrte, als der Mann hinter ihm die Pistole hob und auf ihn anlegte. »Ich wollte mich nur setzen«, sagte er mit einem spöttischen Lächeln. »Unsere Unterkunft war leider nicht besonders bequem.«

Johannes Petrus machte eine knappe Geste und der Soldat ließ die Pistole widerwillig sinken, blieb aber weiter in angespannter Haltung. Auch die beiden Posten neben der Tür hatten ihre Gewehre zwar nicht angelegt, aber immerhin von den Schultern genommen. Es waren die gleichen klobig wirkenden Betäubungswaffen, wie sie schon bei ihrem Sturm auf die Berghütte zum Einsatz gekommen waren, aber Rachel zweifelte nicht daran, dass ihre Geschosse auf eine Distanz von anderthalb oder zwei Metern ebenso tödlich sein konnten wie richtige Kugeln.

»Setzen Sie sich«, bat Torben. Mit einer Geste in Benedikts Richtung fügte er hinzu: »Und Sie auch.«

»Wie überaus großzügig«, spottete Darkov, zog sich aber einen Stuhl zurück und ließ sich mit einem erschöpften Seufzer darauf nieder. Benedikt reagierte im ersten Moment gar nicht, tat es seinem Adoptivvater aber dann gleich. Seine Bewegungen wirkten hölzern, einstudiert und beinahe wie ferngelenkt. Was war nur mit ihm passiert?

»Um Ihre Frage zu beantworten, Pjotr«, begann Torben, nachdem einige weitere Sekunden in unbehaglichem Schweigen verstrichen waren, »hatte ich ehrlich gesagt auf Ihre Einsicht gehofft. Es geht zu Ende. Sie wissen es so gut wie ich. Ganz gleich, wer von uns beiden am Ende der Sieger sein wird, die Welt wird in wenigen Stunden nicht mehr so sein, wie sie war. Nie mehr.«

»O ja, ich verstehe«, sagte Darkov böse. »Sie glauben, ich krieche zu Kreuze und bitte Sie um die Absolution?« Er schüttelte ärgerlich den Kopf. »Kaum!«

»Und ich könnte sie Ihnen auch nicht geben«, sagte Torben. Er schien noch mehr sagen zu wollen, noch sehr, sehr viel mehr, aber dann beließ er es bei einem bitteren Verziehen der Lippen, ging mit langsamen Schritten und gebeugten Schultern wieder um den Tisch herum und setzte sich auf den Stuhl ganz am anderen Ende.

»Vielleicht wollte ich einfach nur mit Ihnen reden«, murmelte er.

»Vielleicht wollen *Sie* ja *meine* Absolution«, sagte Darkov. Er grinste dabei und seine Stimme hatte einen boshaften, ganz bewusst verletzend gemeinten Ton, und dennoch … Rachel spürte ein eisiges Frösteln. In diesen Worten war mehr Wahrheit, als irgendjemand hier im Raum – Darkov selbst, den Papst und sie selbst ausgenommen – ahnen mochte. Johannes Petrus fuhr wie unter einem elektrischen Schlag zusammen und seine schmalen Hände schlossen sich für einen

Moment mit aller Kraft um die Tischkante, als müsse er seine gesamte Energie aufbieten, um sich auf dem Stuhl aufrecht zu halten. Hätte der russische Söldnergeneral in diesem Moment eine verborgene Waffe gezogen und auf ihn geschossen, hätte ihn die Kugel kaum härter treffen können als diese Worte, und Rachel begriff auch, dass sie keineswegs zufällig gewählt waren. Vielmehr hatte Darkov sie sich sorgsam zurechtgelegt, nicht erst seit einigen Minuten, nicht erst seit wenigen Stunden, sondern vielleicht schon vor dreißig Jahren.

»Wenn Sie jemanden suchen, der dem Kerl das Maul stopft, Heiliger Vater, dann sagen Sie es mir«, warf Uschi ein.

Johannes Petrus nahm ihre Worte gar nicht zur Kenntnis, aber Darkov drehte langsam den Kopf und maß sie mit einem nachdenklichen, nicht einmal unfreundlichen Blick. »Ich habe Ihnen Ihre Geschichte zwar keine Sekunde lang geglaubt, meine Liebe«, sagte er, »aber Sie spielen Ihre Rolle gut. Vielleicht ein bisschen *zu* überzeugend.«

»Sie verdammter ...«, begann Uschi, aber Darkov fuhr rasch und mit lauter, leicht veränderter Stimme dazwischen:

»Ich nehme an, unser Heiliger Vater hier hat Ihnen seine kleine Geschichte erzählt, nicht wahr?«

»Ja.«

»Aber er hat Ihnen nicht erzählt, warum er mich und Benedikt seit beinahe dreißig Jahren gejagt hat, nicht wahr? Warum es für ihn und seine *Kirche* so wichtig war, dieses Kind in seine Gewalt zu bekommen?«

Bevor Uschi antworten konnte, fragte Rachel: »Warum war das Kind für *Sie* so wichtig?«

Darkov drehte langsam den Kopf in ihre Richtung und maß sie erneut mit diesem sonderbaren, schwer zu beschreibenden Blick, der ihr Angst machte, aber auf eine völlig andere Art, als sie erwartet hatte. »Sie *sind* Benedikts Schwester«, sagte er. »Ich habe es gleich gespürt.«

»Unsinn!«, sagte Uschi, aber Darkov ignorierte sie einfach.

»Ich habe den größten Teil meines Lebens mit ihm verbracht. Ich habe mein Leben der Aufgabe gewidmet, ihn zu erziehen und auf das vorzubereiten, was vielleicht kommt. Und Sie sind ihm so ähnlich. Viel ähnlicher, als Sie glauben. Ich wollte, die Umstände wären anders. Sie und ich hätten Freunde werden können, auch wenn Sie das wahrscheinlich nicht glauben.«

»Kaum«, sagte Rachel. Aber selbst diesem einen Wort fehlte die entsprechende Überzeugung. Irgendetwas tief in ihr sagte ihr, dass Darkov möglicherweise Recht hatte.

Darkov deutete über den Tisch. »Warum fragen Sie ihn nicht?«

»Was?«, fragte Uschi. Sie wusste genauso gut wie Rachel und alle anderen, was Darkov mit seinen Worten meinte, aber sie schien mindestens ebenso große Angst vor der Antwort zu haben wie Rachel.

»Warum er buchstäblich Himmel und Hölle in Bewegung gesetzt hat, um Sie zu finden«, antwortete Darkov, nunmehr direkt in Rachels Richtung gewandt. »Was ist so wichtig daran, dass Sie hier und in seiner Gegenwart sind? Wenn wirklich alles der Wahrheit entspricht, wenn es diesen neuen Messias tatsächlich gibt – ganz egal, ob Sie es sind oder sonst jemand –, warum muss er dann das, was immer er auch tut, in Gegenwart des Papstes tun, des Oberhauptes der katholischen Kirche? Irgendeiner Kirche? Wissen Sie, meine Liebe, ich habe mein eigenes Bild von Gott. Es weicht vielleicht von dem der meisten Menschen ab, ganz bestimmt von dem Torbens und seiner Brüder, aber auch ich glaube, dass es da irgendwo eine Macht gibt, die über uns wacht und unser Handeln lenkt.«

»Sie?«, fragte Uschi. Der ungläubige Tonfall ihrer Stimme war nicht gespielt.

Darkov nickte. »Das überrascht Sie, ich weiß. Die meisten Menschen, die ich kenne, würden es nicht glauben. Ich würde mich wohl lächerlich machen, wenn ich behaupten würde, ein gottesfürchtiges Leben geführt zu haben. Ich habe gegen jedes der Zehn Gebote verstoßen – abgesehen vielleicht von einem einzigen –, aber das hindert mich nicht daran zu glauben, dass diese Welt und alles, was auf ihr geschehen ist und noch geschieht, viel zu kompliziert und einmalig und wertvoll ist, um keinen Sinn zu haben. Vielleicht irre ich mich. Vielleicht ist der einzige Sinn des Lebens das Leben selbst. Vielleicht gibt es keinen Gott, keine Ewigkeit und keinen höheren Plan; kein Ziel. Wenn es so ist, spielt es auch keine Rolle. Aber das glaube ich nicht.«

»Wieso sind Sie dann Feinde?«, fragte Uschi mit einem verwirrten Blick in Torbens Richtung.

»Eine gute Frage«, sagte Darkov. »Vielleicht gerade *weil* wir beide an dasselbe glauben. Mit einem Unterschied.«

Er warf einen langen, auffordernden Blick über den Tisch in Torbens Richtung, aber dieser reagierte anders, als er vielleicht erwartet und Rachel gehofft hatte. Sein Gesicht war ein Ausdruck purer Qual, doch wenn Darkov mit seinen Worten einen bestimmten Zweck verfolgt hatte, so erreichte er sein Ziel nicht. Nach endlosen Sekunden nahm Torben die Hände von der Tischkante und senkte den Blick. Als er den Kopf wieder hob, hatte er sich wieder vollkommen in der Gewalt. Er wirkte immer noch alt und müde, aber er strahlte plötzlich auch wieder die Würde und Macht aus, die man von einem Mann in seiner Position erwartete.

»Genug«, sagte er; nicht einmal besonders laut oder energisch, aber auf eine Art, die keinen Widerspruch zuließ. »Ich habe mich getäuscht. Es war ein Fehler, Sie hierher bringen zu lassen. Ich entschuldige mich dafür. Auch bei Ihnen.«

Die letzten Worte galten Rachel und sie hätte es auch gewusst, wenn er sie dabei nicht angesehen hätte. Sie nickte nur leicht und versuchte wieder Benedikts Blick zu erhaschen. Und wieder gelang es ihr nicht.

»Dann lassen Sie mich doch wieder in Ketten legen, Heiliger Vater«, sagte Darkov höhnisch. »Es sei denn, Sie ziehen die altmodische Methode vor. Aber die Zeiten der Inquisition sind ja wohl hoffentlich vorüber.«

Diesmal gelang es ihm nicht mehr, den Papst zu verletzen. Es würde ihm auch nicht wieder gelingen, dachte Rachel. Darkov selbst hatte es offensichtlich noch gar nicht gemerkt, aber er hatte ihm schon alles angetan, was man einem Menschen antun konnte. Wie immer dieser Tag enden würde – falls es ein Morgen gab, dann nicht für Johannes Petrus. Selbst wenn er körperlich überlebte, würde er nur eine leere Hülle sein. Seine Seele war gestorben, hier und jetzt, in diesem Raum und in diesem Augenblick. Er würde seine Aufgabe zu Ende bringen – wie auch immer sie aussehen mochte –, aber er hatte einen entsetzlichen Preis dafür bezahlt.

»Warum?«, fragte sie leise.

»Weil jemand da sein muss, der die Menschen leitet«, sagte Johannes Petrus leise. »Was ich vorhin gesagt habe, war die Wahrheit. Ich weiß nicht, was geschehen wird. Niemand weiß es. Aber etwas *wird* geschehen. Gott schickt seine Sintflut. Die Welt wird zerstört und neu erschaffen werden und jemand muss da sein, um sie anzuleiten. Die Aufgabe ist zu groß, um von einem Menschen allein bewältigt zu werden.«

»Sie meinen, einem Menschen wie mir«, sagte Darkov böse. Er lachte hart. »Mir ist klar, dass Sie mir nicht vertrauen können. Oder auch nur glauben, Rachel. Aber das brauchen Sie auch nicht. Hören Sie diesem verzweifelten Mann da einfach nur zu. Sehen Sie ihn an und Sie werden wissen, was ich meine.«

Alles in Rachel sträubte sich dagegen, Darkov auch nur diesen kleinen Triumph zu gönnen – aber sie drehte trotzdem den Kopf und tat, was er von ihr verlangt hatte. Und er hatte Recht: Sie saß vielleicht einem der mächtigsten Männer dieser Welt gegenüber und trotzdem sah sie in diesem Moment nicht mehr als genau das, als was Darkov ihn bezeichnet hatte – einen verzweifelten, gebrochenen alten Mann, der längst begriffen hatte, dass alles, woran er zeit seines Lebens geglaubt und wofür er mit all seiner Kraft und all seinen Träumen gearbeitet hatte, falsch gewesen war. Und plötzlich hatte sie das Gefühl, dass ihre Gedanken in leuchtenden Buchstaben auf ihrer Stirn geschrieben sein mussten, und drehte mit einem Ruck den Kopf, um wieder Darkov anzusehen.

Der russische Söldnergeneral lachte ganz leise. »Wissen Sie, wenn es nicht so grausam wäre, dann wäre es ein Witz. Vielleicht der größte Witz der Menschheitsgeschichte, auf jeden Fall aber der böseste.«

»Mir ist nicht ganz klar, worüber Sie lachen«, sagte Uschi.

Ohne auch nur in ihre Richtung zu sehen, antwortete Darkov: »Wir bekämpfen uns jetzt seit dreißig Jahren. Fast für die Dauer eines Menschenlebens hat mich dieser Mann quer um die Erde gejagt und ich habe umgekehrt alles getan, um ihm das Leben schwer zu machen. Und wissen Sie, warum? Weil wir im Grunde beide dasselbe wollen.«

»Das verstehe ich nicht«, sagte Uschi. Rachel sprach es nicht aus, aber ihr ging es nicht anders – vor allem weil sie spürte, dass Darkov sich nicht nur wieder einen neuen, grausamen Scherz mit ihnen erlaubte, sondern tatsächlich die Wahrheit sprach.

»Ich bin vielleicht kein religiöser Mensch, nicht in dem Sinne, in dem unser guter Bruder Torben da drüben das Wort benutzen würde. Aber ich glaube im Prinzip an das Gleiche wie er. Ich glaube, dass es genau so kommen wird, wie es prophezeit ist, und auch ich glaube – nein, ich *weiß* –, dass dies nicht das Ende ist und dass jemand da sein wird, der uns in eine neue Zeit führt. Ich bin nur der Meinung, dass wir mittlerweile niemanden mehr brauchen, der uns vorschreibt, wie wir zu leben haben, was richtig ist und was falsch, was gut ist und was schlecht. Vielleicht war etwas wie die Kirche vor zweitausend Jahren nötig. Wahrscheinlich sogar. Aber heute nicht mehr. Auch ich will nichts anderes als das, was Bruder Torben möchte. Ich will, dass sich die Prophezeiung erfüllt und die Menschen weiterleben. Aber nach *ihren* Gesetzen. Nach ihrem Willen und ihrer freien Entscheidung. Nicht nach dem irgendeiner Kirche.«

Rachel verspürte einen eisigen Schauer, den sie sich im ersten Moment nicht einmal erklären konnte – aber vielleicht wollte sie es auch nur nicht. Darkovs Behauptung war einfach absurd und sie musste es sein, denn wenn sie der Wahrheit entsprach, dann bedeutete das nichts anderes, als dass alles, was sie und die anderen in den vergangenen Stunden und Tagen erlitten hatten, vollkommen umsonst gewesen war; Spielstein in einem Machtkampf, den zwei verbitterte alte Männer miteinander kämpften, die längst vergessen hatten, worum es wirklich ging. Mühsam drehte sie den Kopf und sah wieder Johannes Petrus an, und sie wünschte sich beinahe, es nicht getan zu haben, denn sie las die Antwort auf ihre Frage in seinen Augen, obwohl er keine Miene verzog.

»Aber dann …«, begann sie.

Darkov unterbrach sie, immer noch lächelnd, aber plötzlich in verändertem, zwar nicht lauterem, aber härterem Ton und mit einer angedeuteten Geste über den Tisch, die etwas von einem Peitschenhieb hatte. »Es geht um das, worum es immer gegangen ist, meine Liebe«, sagte er. »Macht. Nicht mehr und nicht weniger. Solange es Menschen gibt, ist es immer nur darum gegangen. Macht. Das Einzige, was auf dieser Welt wirklich zählt.«

»Für Sie?«, fragte Uschi bitter.

»Auch für mich«, gestand Darkov gelassen. »Nichts anderes hat

Bedeutung. Vielleicht ist der einzige Unterschied zwischen uns, dass ich es zugebe und mich nicht hinter Gottes Willen verstecke.«

»Hören Sie auf«, sagte Johannes Petrus leise. Seine Stimme zitterte. Die Worte hatten ein Befehl sein sollen, aber sie wurden zu einem Flehen.

»Warum?«, wollte Darkov wissen. »Weil Sie Angst haben, sie könnten mir glauben? Das tun sie längst. Ich glaube, der Einzige hier im Raum, der es noch nicht zugibt, sind Sie.« Er schüttelte den Kopf und ein sonderbarer Ausdruck erschien auf seinem Gesicht, vielleicht ein Lächeln, vielleicht auch etwas völlig anderes. »Wie oft habe ich mir dieses Gespräch vorgestellt, Torben. Wie oft habe ich mir gewünscht, es führen zu können. Vielleicht unter anderen Umständen, vielleicht aber auch nicht. Es spielt keine Rolle. Nichts spielt jetzt noch eine Rolle. Sie halten sich für den Stellvertreter Gottes auf Erden, den einzigen Menschen, der im Besitz der wirklichen, allumfassenden Wahrheit ist? Sie wissen, dass das nicht stimmt. Ich will keine theologische Diskussion mit Ihnen führen, aber wenn Gott wirklich allmächtig ist, dann bin auch ich nur sein Werkzeug und tue das, was er will. Haben Sie schon einmal darüber nachgedacht?«

»Das ist Unsinn!«, sagte Torben. »Häresie!«

»Worte, die mich auf den Scheiterhaufen bringen?«, stichelte Darkov.

»Nein, aber die zu nichts führen«, antwortete Torben. »Es ist die uralte Diskussion, die so alt ist wie der Mensch und sein Glaube an Gott und die nur der gewinnt, der besser argumentieren gelernt hat – nicht der, der Recht hat.«

»Vielleicht gibt es ja keinen«, sagte Darkov.

»Ja, vielleicht«, antwortete Torben. Das war nicht das, was er wirklich dachte, und nicht einmal das, was er wirklich hatte sagen wollen, das sah man ihm deutlich an – aber er war der Diskussion offensichtlich müde geworden; wahrscheinlich, weil sie zumindest einen Funken Wahrheit enthielt: Es war müßig, sie zu führen. Als er weitersprach, änderte er noch deutlicher das Thema und vor allem den Tenor: »Es ist vorbei, Pjotr. Möglicherweise haben Sie Recht und es gibt in dieser Geschichte keinen Gewinner und keinen Verlierer, aber die

Weichen sind gestellt. Was jetzt geschieht, liegt nicht mehr in unserer Hand.«

»Da wäre ich nicht so sicher«, sagte Darkov, schüttelte aber gleich den Kopf und hob entschuldigend die Hände, und Johannes Petrus verzichtete auf eine Antwort, sondern wandte sich mit einer fragenden Geste an einen der beiden Wachtposten neben der Tür.

»Bitte fragen Sie nach, wo Hauptmann De Ville bleibt.«

Der Mann wirkte deutlich erleichtert, den Raum verlassen zu können, und streckte die Hand nach dem Türgriff aus. Bevor er ihn jedoch herunterdrücken konnte, wurde die Tür von außen geöffnet und De Ville und ein zweiter Uniformierter stürmten herein. De Ville machte einen Schritt, mit dem er den unglücklichen Wachtposten um ein Haar über den Haufen gerannt hätte, blieb dann mitten in der Bewegung stehen und riss ungläubig die Augen auf, als er sah, wer vor ihm auf den Stühlen saß. Benedikt rührte sich nicht und machte nicht den Eindruck, als habe er sein Eintreten überhaupt bemerkt, aber Darkov drehte sich herum und maß De Ville mit einem Blick, der dessen Laune offenbar schlagartig noch schlechter werden ließ, denn sein Gesicht verfinsterte sich und er ballte die Fäuste.

»Was machen die beiden hier?«, fragte er.

»Sie sind auf meinen Wunsch hier, Hauptmann«, sagte Johannes Petrus. Er hob die Hände. »Ich weiß, was Sie sagen wollen. Es ist Ihre Aufgabe, über meine Sicherheit zu wachen, aber es war mein ausdrücklicher Wunsch, ihnen die Fesseln abzunehmen. Pjotr Darkov hat mir sein Wort gegeben.«

Was immer das wert sein mag. De Ville sprach die Worte nicht aus, aber sie standen ihm überdeutlich ins Gesicht geschrieben. Geschlagene fünf Sekunden lang starrte er Darkov an, dann nickte er abgehackt und setzte seinen Weg mit ruckartigen Schritten fort. Der Mann, der mit ihm gekommen war, blieb unter der geöffneten Tür stehen und sah einfach nur hilflos aus.

»Wo sind die anderen?«, fragte Uschi. »Tanja?«

»Sie warten draußen«, antwortete De Ville. Er wandte sich direkt an Johannes Petrus. »Es war mir nicht möglich, einen anderen Helikopter aufzutreiben. Wir werden mit dem Wagen fahren müssen.«

»Wir alle?«, fragte Torben mit einem leisen Anflug von gutmütigem Spott.

De Ville schüttelte heftig den Kopf. »Ich habe einen Bus organisiert«, antwortete er. »Aber wir sollten uns beeilen. Noch sind die Straßen passierbar, aber ich weiß nicht, wie lange noch.«

»Wenn Tanja draußen ist, warum bringen Sie sie nicht herein?«, wollte Uschi wissen.

Der Blick, mit dem De Ville sie maß, machte deutlich, dass er nicht ganz sicher war, ob sie es überhaupt wert war, eine Antwort zu bekommen. Schließlich deutete er ein Achselzucken an und sagte: »Es geht ihr nicht besonders gut. Der Arzt war der Meinung, dass sie besser draußen im Wagen wartet.«

»Der Arzt?«

»Was ist mit ihr?«, fragte Frank. Nicht zum ersten Mal hatte nicht nur Rachel ihn vollkommen vergessen gehabt und sie war auch ziemlich sicher, dass er dem Gespräch nicht wirklich gefolgt war. Aber ein Teil von ihm schien zumindest noch bei Bewusstsein und klar genug zu sein, um auf den Klang von Tanjas Namen zu reagieren. Als sie den Kopf wandte und in sein Gesicht sah, wirkte es immer noch schlaff und verschwollen, aber dieser unheimliche tote Ausdruck war aus seinen Augen verschwunden. Stattdessen flackerte etwas darin, das sie nicht ganz einordnen konnte. »Was ist mit ihr? Was ist mit meiner Frau? Ich will zu ihr.«

»In einer Minute«, antwortete De Ville ungeduldig. »Wir gehen alle –«

»Warum erfüllen Sie ihm nicht seinen Wunsch und bringen ihn hinaus?«, unterbrach ihn Johannes Petrus. Er deutete ein Kopfschütteln an. »Wir werden noch fünf Minuten brauchen, bis wir bereit sind.« Er stand auf. »Bringen Sie ihn hinaus zum Wagen, damit er seine Frau sehen kann. Er hat genug auf sich genommen.«

Diesmal war De Ville sichtlich nahe daran, zu widersprechen, vielleicht sogar, sich Torbens Willen ganz offen zu widersetzen, aber schließlich nickte er doch wieder nur und deutete etwas wie ein trotziges Achselzucken an. »Warum nicht?« Er gab dem Mann neben sich einen Wink. »Bringen Sie ihn hinaus. Aber sorgen Sie dafür, dass er keinen Unsinn macht.«

Johannes Petrus schüttelte mit einem Ausdruck leiser Missbilligung den Kopf, machte sich aber nicht die Mühe, De Ville noch einmal zur Ordnung zu rufen, sondern schob mit einer umständlichen Bewegung den Stuhl zurück, auf dem er bisher gesessen hatte, und ging zu Giradeli. Er begann mit gedämpfter Stimme mit ihm zu sprechen. Rachel verstand nicht, worum es ging, schon weil die beiden jetzt wieder italienisch redeten. Aber auch sie hielt es plötzlich nicht mehr auf ihrem Stuhl aus. Sie stand auf, umkreiste den Tisch und ging mit so schnellen Schritten auf Johannes Petrus und seinen Gesprächspartner zu, dass De Ville sie nur verwirrt anstarren konnte, statt sie aufzuhalten, was er zweifellos getan hätte, wäre ihm klar geworden, was sie vorhatte.

»Ich habe eine Bitte«, sagte Rachel.

Torben unterbrach sich mitten im Wort und sah sie an, und obwohl sie nicht einmal in De Villes Richtung sah, konnte sie hören, wie er scharf die Luft zwischen den Zähnen einsog ob dieser Unverschämtheit, Johannes Petrus einfach mitten im Satz zu unterbrechen.

»Ja?«, fragte er.

»Ich möchte mit Benedikt reden«, sagte Rachel. »Nur fünf Minuten. Allein.«

Torben nickte. »Das kann ich verstehen«, sagte er. »Aber versprechen Sie sich nicht zu viel davon.«

Sie versprach sich überhaupt nichts davon. Was immer mit Benedikt geschehen war – sie war nicht einmal sicher, ob er sie überhaupt hören würde. Wortlos trat sie zurück und Torben beendete die angefangene Drehung in ihre Richtung und deutete mit der Hand auf Benedikt.

»Bringen Sie ihn in den Nebenraum«, befahl er.

Die Worte waren an niemand Spezielles gerichtet, aber De Ville protestierte heftig: »Das können Sie unmöglich wollen! Es ist viel zu gefährlich!«

»Ich glaube nicht«, antwortete Johannes Petrus mit einem leichten Kopfschütteln. »Die Zeit des Kämpfens ist vorbei, Hauptmann. Ich glaube, unsere Gäste haben das ebenfalls begriffen.«

De Ville starrte ihn noch eine Sekunde lang mit einer Mischung aus Trotz und immer stärker abbröckelndem Respekt an, dann fuhr er auf dem Absatz herum und stapfte wütend aus dem Zimmer.

Der Raum unterschied sich nicht von dem, in den er sie nach ihrer Ankunft hier gebracht und in dem sie die erste Viertelstunde abgewartet hatte – abgesehen vielleicht davon, dass der Fernseher bereits lief, als Benedikt und sie hintereinander hereingeführt wurden. Rachel streifte ihn nur mit einem flüchtigen Blick, aber sie sah dennoch, dass immer noch die gleichen chaotischen Szenen wie vorhin gesendet wurden, mit anderen Darstellern und veränderter Requisite, aber dem gleichen Inhalt.

Auf dem kurzen Stück über den Flur hatte man Benedikt die Handschellen wieder angelegt, was ganz bestimmt nicht Torbens Wunsch oder gar Befehl entsprach. Eine halbe Sekunde lang spielte Rachel tatsächlich mit dem Gedanken, zurückzugehen und sich zu beschweren, aber ihr wurde auch gleichzeitig klar, wie närrisch diese Idee war. Es spielte überhaupt keine Rolle. Benedikt bewegte sich ruhig, aber auf eine Art, die sie irgendwie erschreckte, als hätte er keinen freien Willen mehr. Ob mit gefesselten Händen oder nicht, er stellte keine Gefahr mehr dar, weder für sie noch für sonst irgendjemanden. Irgendetwas war in ihm zerbrochen und sie wusste immer noch nicht, was.

»Bitte lassen Sie uns allein«, wandte sie sich an den Mann, der Benedikt und sie hierher gebracht hatte. Sie war nicht sicher, ob er sie verstand; wie fast alle hier war er vermutlich Italiener und möglicherweise ihrer Sprache nicht mächtig. Also wiederholte sie ihre Worte und unterstrich sie mit einer unmissverständlichen Geste, aber er reagierte auch jetzt nicht sofort, sondern sah sie eine kleine Ewigkeit lang unentschlossen an, bevor er sich mit allen Anzeichen deutlichen Widerwillens herumdrehte und auf den Flur hinaustrat. Er machte keinen Versuch, die Tür zu schließen. Als Rachel die Hand nach der Klinke ausstrecken wollte, schüttelte er nur den Kopf und sie führte die Bewegung nicht zu Ende. Sie hatte weder Lust, sich mit diesem Mann zu streiten, noch sah sie irgendeinen Sinn darin, ihm Schwierigkeiten zu machen. Und vermutlich war es ohnehin so, dass er sie gar nicht verstand.

Sie wandte sich wieder zu Benedikt um. Er hatte mittlerweile auf einem der unbequem aussehenden Stühle Platz genommen und starrte scheinbar ins Leere, aber als sie seinem Blick folgte, wurde ihr klar, dass er das Geschehen auf dem Fernsehschirm betrachtete. Es war nicht zu erkennen, ob er wirklich begriff, was er da sah, und wenn ja, ob er in irgendeiner Form Anteil daran nahm. Sie wollte hingehen und den Apparat ausschalten, überlegte es sich aber dann anders und setzte sich stattdessen an die andere Seite des Tisches.

»Entsetzlich, nicht wahr?«, fragte sie. »Die Welt geht unter.«

Sie hatte nicht wirklich damit gerechnet, aber nachdem zwei oder drei quälend lange Sekunden verstrichen waren, drehte er den Kopf und sah in ihre Richtung. Es war unheimlich. Langsam, so langsam, dass sie dabei zusehen konnte, begann etwas wie Erkennen in seinen Augen aufzuschimmern. Er hob die Hand, ließ sie dann aber mit einer schweren Bewegung wieder fallen, als hätte er nicht mehr die Kraft für diese einfache Geste, und sah wieder zum Fernseher hin. »Ja«, sagte er. »Ich weiß.«

Und plötzlich wusste sie nicht mehr, was sie sagen sollte. In seiner Stimme waren eine Kälte und ein so abgrundtiefes Entsetzen, dass alles, was sie sich so mühsam für dieses – möglicherweise letzte – Gespräch mit ihm zurechtgelegt hatte, plötzlich wie weggewischt war. In diesen drei einfachen Worten lagen mehr Schmerz und Verzweiflung, als sie jemals für möglich gehalten hätte, und viel, viel mehr, als sie verstand. Das Wissen um den Tod von fünf Milliarden Menschen war nicht fünf Milliarden Mal so schlimm wie das um den Tod eines Einzelnen, vielleicht nicht einmal wirklich schlimmer. In manchen Punkten war die Natur trotz allem barmherzig gewesen. Es gab eine Grenze dessen, was man erleiden und ertragen konnte. Aber bei Benedikt schien diese Grenze überschritten zu sein, als habe er eine Dimension der Furcht kennen gelernt, die nicht für Menschen gedacht war und die Menschen niemals erfahren sollten. Und sie verstand nicht wirklich, warum.

»Wir können nichts mehr daran ändern«, sagte sie in einem schwachen Versuch, ihn zu trösten. »Weder du noch ich – oder irgendwer hier.«

Wieder vergingen Sekunden, in denen er gar nicht reagierte, ehe er erneut und wieder auf diese unheimlich langsame, mühevolle Art den Blick vom Fernseher löste und sie ansah. Diesmal war noch etwas in seinen Augen, etwas, das vorher nicht da gewesen war, das ihr beinahe noch mehr Angst machte. Etwas in ihr begriff plötzlich, was in Benedikt vorging, aber sie weigerte sich, dieses Wissen ganz in ihr Bewusstsein vordringen zu lassen.

»Du hast es nicht verstanden, nicht wahr?«, fragte er.

»Was?«

»Was dort geschieht.« Er deutete auf den Fernseher. »Was es bedeutet.«

»Ich … bin nicht sicher«, antwortete Rachel zögernd. Ihr Herz begann zu klopfen. »Aber dein Vater …«

»Es geht nicht um meinen Vater«, unterbrach sie Benedikt. »Oder um den anderen Mann. Oder um dich. Es geht nur um mich.«

»Aber es war doch nicht deine Schuld!«, protestierte Rachel. »Du warst ein Säugling damals, genau wie ich! Was hättest du schon –«

»Du *hast* es nicht verstanden«, sagte Benedikt. »Es ist wahr. Alles ist wahr. Alles wird genau so passieren, wie es vorhergesagt wurde. Es *geschieht* bereits. Die Sintflut. Du. Ich. Es ist alles wahr.«

Aber hatte er denn wirklich daran gezweifelt? War er es nicht gewesen, der *sie* die ganze Zeit zu überzeugen versucht hatte, und *sie* diejenige, die sich bis zum letzten Moment an ihre Zweifel klammerte, selbst noch im Angesicht des Sterns, der die Vernichtung bringen würde?

Vielleicht nur aus reiner Hilflosigkeit heraus hob sie den Arm und streckte die Hand über den Tisch hinweg aus, um ihn zu berühren, aber Benedikt zuckte erschrocken zurück. »Rühr mich nicht an!«

Rachel ließ den Arm verwirrt wieder sinken. »Aber was …?«

»Rühr mich nicht an«, wiederholte er. »Niemand soll mich mehr anrühren. Nie mehr!«

»Aber was soll denn der Unsinn?«, murmelte Rachel hilflos.

Hektisch schüttelte er den Kopf und machte eine Bewegung, als wolle er aufspringen, ließ sich aber sofort wieder zurücksinken. Sein Gesicht war zu seiner Maske aus Qual geworden und in seinen Augen schien plötzlich ein verzehrendes Feuer zu brennen. »Hast du es denn immer noch nicht begriffen? Ist dir immer noch nicht klar, wer *ich* bin, wenn *du* wirklich die bist, für die alle dich halten?«

Sie konnte nicht antworten. Sie konnte die Frage nicht einmal in Gedanken vollkommen nachvollziehen, aber nicht weil sie so schwierig gewesen wäre, sondern nur deshalb, weil sie die Antwort längst wusste.

»Unsinn«, murmelte sie. »Das ist … vollkommener Unsinn.«

»Das ist es nicht und das weißt du auch«, antwortete er, plötzlich wieder ganz ruhig, aber in einem Ton, der sie schaudern ließ. »Ich wollte, sie hätten mich erschossen.«

»So etwas darfst du nicht sagen«, murmelte Rachel. »So etwas darfst du nicht einmal denken.«

Er antwortete nicht mehr und vielleicht war das in diesem Moment das Schlimmste, was er überhaupt tun konnte.

17

Es war heller geworden, das war das Erste, was ihr auffiel, als sie das Gebäude verließen. Der Himmel war nach wie vor schwarz, und zwar wolkenlos, aber völlig ohne Sterne, doch neben der blassen Dreiviertelscheibe des Mondes war eine neue, kalte Sonne aufgegangen. Der näher kommende Stern verstrahlte ein Licht, wie sie es nie zuvor gesehen hatte und vermutlich auch kein anderer Mensch auf dieser Welt: Es war weiß, wirkte aber irgendwie … staubig und es war kein Licht, das Zuversicht oder Hoffnung verbreitete, sondern nur etwas, das der finalen Dunkelheit vorauseilte, wie das letzte Aufflackern scheinbaren Lebens in einem Todkranken, bevor er sich dem Ende ergab. Es hatte nicht wieder zu regnen begonnen, aber die Luft war dennoch von klammer Kälte erfüllt und die weite Betonfläche vor ihnen war nass und reflektierte das Licht des falschen Sterns ausreichend, sodass man so gut wie in einer sternenklaren Vollmondnacht sehen konnte.

Der Bus, von dem De Ville gesprochen hatte, wartete zwanzig Meter entfernt mitten auf der freien Fläche, was Rachel nicht verstand – es gab keinen Grund, warum der Fahrer nicht bis direkt an das Gebäude herangefahren war, aber außer ihr schien das niemandem aufzufallen; zumindest beschwerte sich niemand. Das Gefährt sah so altertümlich und wenig vertrauenerweckend aus, dass sie De Villes Zögern, Papst Johannes Petrus II. in diesem Wagen zu transportieren, plötzlich sehr viel besser verstehen konnte. Er war sehr groß und ähnelte nicht nur einem antiquierten Schulbus, wie man ihn aus amerikanischen Spielfilmen kannte, sondern war sogar noch in der passenden Farbe lackiert. Die Innenbeleuchtung brannte, sodass sie die verschwommenen Umrisse mehrerer Personen hinter den regennassen Scheiben erkennen konnte, und vor der offenen Tür hatten zwei von De Villes Soldaten mit gezückten Waffen Aufstellung genommen – eine Vorsichtsmaßnahme, die Johannes Petrus mit einem leichten, missbilligenden Stirnrunzeln zur Kenntnis nahm, ohne sie jedoch zu kommentieren, wie Rachel mit einem raschen Seitenblick erkannte. Er schritt im Gegenteil nur ein wenig schneller aus und sie wollte sich seinem Tempo angleichen, aber De Ville bedeutete ihr durch eine rasche, fast herrische Bewegung, einige Schritte zurückzubleiben, und sie gehorchte.

»Typisch«, murmelte Uschi neben ihr. Rachel verzichtete darauf, sie nach der Bedeutung dieser Bemerkung zu fragen, pflichtete ihr im Stillen aber bei. Vielleicht war es besser, De Ville nicht noch weiter zu reizen. Sie wusste nicht, was die Zukunft bringen würde, aber ganz egal, was es war – sie war sicher, dass sie jeden Verbündeten bitter nötig brauchte.

Sie erreichten den Bus und stiegen als Letzte ein. Abgesehen von ihnen selbst, De Ville und einem halben Dutzend bewaffneter Männer sowie Johannes Petrus und seinen beiden Begleitern hielten sich Frank und Tanja bereits im Inneren des Wagens auf. Die Beleuchtung brannte zwar, war aber nur sehr schwach, sodass sie Tanja erkannte, jedoch keine Einzelheiten und erst recht nicht ihr Gesicht sehen konnte. Trotzdem machte ihr Herz einen erschrockenen Sprung, als sie ihre Freundin sah. Frank und sie saßen auf der durchgehenden Sitzbank ganz am Ende des Busses und ihre Bewacher waren diskret genug gewesen, sie allein zu lassen. Rachel spürte sofort, dass mit ihr etwas nicht in Ordnung war.

»Setzen Sie sich«, sagte De Ville. Er machte eine Bewegung auf die freien Sitzplätze direkt vor ihr, aber Rachel zögerte. Nach allem, was bisher geschehen war, hatte sie erwartet, dass sie unverzüglich losfahren würden, und der Motor des Busses lief auch, aber die Tür blieb offen und der Fahrer machte keine Anstalten, sein Gefährt in Gang zu setzen.

Unschlüssig deutete sie zum hinteren Ende des Busses. »Kann ich mit ihr reden?«

»Warum nicht?« De Ville nickte.

Rachel sah ihn beinahe überrascht an. Sie war fest davon überzeugt gewesen, dass De Ville ihr die Bitte abschlagen würde, und sei es nur aus dem einzigen Grund, seine angeschlagene Autorität vor sich selbst wieder zu festigen. Bevor sie ihn jedoch mit ihrem eigenen Zögern auf die Idee bringen konnte, ganz genau das zu tun, setzte sie sich mit schnellen Schritten in Bewegung.

Je näher sie Tanja kam, desto intensiver wurde das ungute Gefühl. Ihr Herz klopfte. Streng genommen hatte sie all das, was ihr in den letzten Stunden widerfahren war, nur deshalb auf sich genommen, um eine Schuld bei Tanja zu begleichen, die es vielleicht gar nicht gab. Sie hätte erleichtert sein müssen, sie zu sehen, aber das Gegenteil war der Fall. Plötzlich hatte sie fast Angst davor, ihr gegenüberzutreten. Und noch etwas: Das Gefühl, beobachtet zu werden, war wieder da. Die Drachenaugen waren nie fort gewesen. Sie hatten für einen Moment in eine andere Richtung geblickt, aber nun konzentrierten sie sich wieder auf sie.

Sie verscheuchte den Gedanken. »Hallo Tanja«, sagte sie.

Tanja reagierte im ersten Moment überhaupt nicht, was ihr einen tiefen, schmerzhaften Stich versetzte, aber Frank hob mit einem Ruck den Kopf und starrte sie an. In seinem Gesicht war keine Spur von Benommenheit mehr und auch seine Augen waren hellwach und plötzlich wieder von der alten Feindseligkeit und Wut erfüllt, die sie fast vom ersten Augenblick an darin gesehen hatte. Bevor er jedoch etwas sagen konnte, hob Tanja den Kopf und sah zu ihr auf.

Rachel erschrak, als sie in ihr Gesicht blickte. Ihr Gefühl hatte sie nicht getrogen. Sie wagte sich nicht einmal vorzustellen, was Tanja in den letzten Tagen durchlitten haben mochte, aber es musste schlimmer gewesen sein, als sie selbst bis zu diesem Moment geglaubt hatte. Tanja war sehr blass. Ihr Gesicht, das in den letzten Wochen der Schwangerschaft aufgedunsen und mitgenommen gewirkt hatte, ohne dadurch irgendetwas von seiner natürlichen Schönheit zu verlieren, wirkte jetzt einfach nur noch krank, von dunklen Linien und der Erinnerung an still erduldeten Schmerz gezeichnet. Für einen Moment löste dieser Anblick einfach nur Wut in Rachel aus, Wut auf Darkov, der ihr das angetan hatte, aber auch auf Torben und Benedikt und letzten Endes sogar auf sich selbst. Warum waren es immer die Unschuldigen, Unbeteiligten, die am meisten unter einer Sache leiden mussten?

»Rachel«, sagte Tanja. Ihre Stimme klang ebenso müde, wie sie aussah, und der dünne Schmerz in Rachels Brust wurde schlimmer. »Es ist schön, dass du da bist. Frank hat mir erzählt, was passiert ist. Ohne dich hätten sie uns wahrscheinlich nie gefunden.«

Ohne mich hätten sie euch nie entführt, dachte Rachel bitter. Sie zwang sich zu einem Lächeln und setzte dazu an, sich auf den freien Platz neben Tanja zu setzen, erstarrte dann aber mitten in der Bewegung, als sie Franks Blick begegnete. Sie konnte den Zorn, der ihn erfüllte, fast körperlich spüren.

»Wie geht es dir?«, fragte sie.

»Nicht gut«, antwortete Tanja. Sie versuchte zu lächeln, brachte aber nur ein schmerzhaftes Verziehen der Lippen zustande.

»Aber es ist doch noch nicht –?«

Tanja unterbrach sie mit einem Kopfschütteln. »Noch vier Tage, oder fünf. Jedenfalls sagt der Arzt das. Es hat auch nichts mit dem Kind zu tun. Ich fühle mich einfach … nicht besonders gut.«

Das konnte Rachel gut verstehen. Niemand in ihrer Lage hätte sich besser als *nicht besonders gut* gefühlt. Und sie war trotz allem erleichtert, dass Darkovs Männer ihr nichts angetan hatten. Zumindest nicht körperlich. »Was ist mit den anderen?«

Tanja schüttelte den Kopf. »Ich weiß es nicht«, sagte sie. »Sie haben sie befreit, aber mich haben sie hierher gebracht. Ich weiß nicht, wo die anderen sind.«

»In Sicherheit«, sagte Rachel. Sie hatte nicht einmal eine Ahnung, ob das stimmte, aber es musste einfach so sein. Außerdem war Tanja sichtlich nicht in der Verfassung, weitere schlechte Nachrichten zu hören.

»Wohin bringen sie uns?«, fragte Tanja. »Ich meine, was bedeutet das alles? Sie haben mir nicht einmal gesagt, warum sie uns entführt haben.«

»Ich weiß es nicht«, log Rachel. Wie konnte sie Tanja sagen, was wirklich geschehen war?

»Das reicht jetzt«, mischte sich Frank ein. »Siehst du nicht, wie schlecht es ihr geht? Lass sie in Ruhe!«

Sie widersprach nicht, warf aber einen fast Hilfe suchenden Blick zu Tanja hin, doch diese sah ihr nur weiter wort- und ausdruckslos in die Augen und ihr Schweigen tat – wenn auch auf völlig andere Weise – ebenso weh wie das Benedikts vorhin. Sie war hierher gekommen, um Tanja Trost zuzusprechen und ihr vielleicht irgendwie Kraft zu geben, ihr zu *helfen.* Und plötzlich war sie es, die Hilfe brauchte, die das Gefühl hatte, völlig allein und nur noch von Feinden umgeben zu sein. »Wenn ich … irgendetwas für dich tun kann …«, begann sie hilflos.

»Ja«, sagte Frank schneidend. »Du kannst sie in Ruhe lassen, verdammt!«

Rachel wandte sich nicht noch einmal Beistand heischend an Tanja, sondern drehte sich herum und ging niedergeschlagen in den vorderen Teil des Busses zurück. Der Wagen war noch nicht losgefahren und die Tür stand immer noch offen. Als sie sich auf den freien Platz neben Uschi setzte, sah sie einige Gestalten, die über das Rollfeld auf sie zu kamen, konnte aber nicht genau erkennen, um wen es sich handelte.

»Und?«, fragte Uschi.

Rachel hob nur die Schultern.

»Wie geht es ihr?«, wollte Uschi wissen.

»Nicht besonders gut«, antwortete Rachel widerwillig. »Was hast du erwartet?«

»Das Kind?«

»Frank«, sagte Rachel. Sie schüttelte den Kopf. »Ich werde später noch einmal mit ihr reden. Allein.«

»Vielleicht können wir ja mit unserem Gastgeber sprechen, dass er Frank draußen lässt«, schlug Uschi vor. »Der Kerl ist zwar ein guter Schwimmer, aber man kann ja nie wissen …«

Rachel hatte nicht einmal mehr die Energie, über diesen bösen Scherz zu lächeln. Eigentlich nur, um nicht weiter mit ihr reden zu müssen, drehte sie den Kopf und sah wieder nach draußen.

Das halbe Dutzend Gestalten war mittlerweile näher gekommen und sie erkannte nun, dass es sich um vier weitere von De Villes Männern handelte, die Pjotr Darkov und seinen Sohn zwischen sich führten. Auch Benedikts Vater waren mittlerweile wieder Handschellen angelegt worden, aber zumindest hatte man die entwürdigenden Fußfesseln weggelassen, wenn auch vermutlich nur, damit die beiden schneller gehen und ihre Abfahrt auf diese Weise nicht noch weiter verzögern konnten.

Auch De Ville hatte mittlerweile Platz genommen, aber er stand jetzt mit einem Ruck wieder auf und blickte den neu ankommenden

Fahrgästen mit einem Ausdruck entgegen, der schon fast an Entsetzen grenzte. »Was soll das heißen?«, fragte er empört.

»Ich habe angeordnet, dass die beiden uns begleiten«, sagte Johannes Petrus.

De Ville fuhr mit einer wütenden Bewegung herum. »Aber …!«

»Es war mein ausdrücklicher Wunsch«, unterbrach ihn Johannes Petrus sanft. »Und ich habe Pjotr Darkovs Wort, dass er uns weder angreifen noch einen Fluchtversuch unternehmen wird.«

De Villes Gesichtsausdruck machte in schon fast beleidigender Weise deutlich, was er von diesem *Wort* hielt – und auch davon, dass Johannes Petrus es offensichtlich glaubte. »Ich muss dagegen protestieren, Heiliger Vater«, sagte er gepresst. »Bitte verzeihen Sie, wenn ich Ihnen so offen widerspreche, aber Sie wissen offensichtlich nicht, wozu dieser Mann in der Lage ist.«

»O doch, das weiß ich«, erwiderte Johannes Petrus. »Ich weiß es wahrscheinlich besser als Sie, mein Freund.«

De Ville schürzte trotzig die Lippen, aber schließlich beließ er es bei einem angedeuteten Achselzucken. Mit einem Ruck drehte er sich herum und sah zu, wie die Männer Benedikt und seinen Adoptivvater – deutlich unsanfter, wie es Rachel erschien, als nötig gewesen wäre – in den Bus bugsierten und in der vorderen Sitzreihe unterbrachten; auf verschiedenen Seiten des Ganges und jeweils am Fensterplatz, während sich je einer von ihnen neben Darkov und Benedikt setzte. Die beiden anderen nahmen in der Reihe dahinter Platz. Die Gewehre hatten sie griffbereit auf den Knien liegen. Offensichtlich vertrauten sie Darkovs Ehrenwort ebenso wenig, wie De Ville es tat. Rachel versuchte irgendwie Benedikts Aufmerksamkeit zu erringen, doch es gelang ihr nicht. Stattdessen erntete sie einen bösen Blick von De Ville, der jedoch nichts sagte, sondern sich in unwilligem Ton und seiner Muttersprache an den Fahrer wandte, der daraufhin einen altertümlich anmutenden Hebel auf dem Armaturenbrett vor sich umlegte. Die Tür schloss sich mit einem Zischen und der Wagen setzte sich langsam und mit einem fast unwilligen Geräusch in Bewegung.

»Wohin fahren wir?«, wandte sich Uschi an De Ville.

Er ging zu seinem Platz zurück und setzte sich, bevor er antwortete. »Nach Castel Gandolfo, der Sommerresidenz des Papstes.«

»Ich weiß«, sagte Uschi. »Aber was ist daran sicherer als in Rom?«

»Es gibt Schutzräume dort«, sagte De Ville unwillig. »Machen Sie sich keine Sorgen.«

»Schutzräume?« Rachel sah nicht in Uschis Richtung, aber der spöttische Ton in ihrer Stimme war nicht zu überhören. »Aber warum frage ich eigentlich? Sie wussten ja schon immer, was passieren wird, und haben sich darauf vorbereitet, nicht wahr?«

Für eine halbe Sekunde verzerrte sich De Villes Gesicht vor blanker Wut, aber er beherrschte sich und antwortete: »Die Welt war nicht immer so sicher wie jetzt. Es ist noch nicht lange her, da war man der Meinung, für alle Eventualitäten gerüstet sein zu müssen.«

»Also hat der Heilige Vater einen eigenen Atombunker?«, stichelte Uschi.

»Ein Überbleibsel aus den Zeiten des Kalten Krieges«, gestand De Ville unumwunden. »Sie sollten froh sein, dass es ihn gibt. Auf diese Weise werden Sie den morgigen Tag wenigstens noch erleben.«

»Genau wie Sie, nehme ich an«, vermutete Uschi.

»Bitte hör auf«, bat Rachel.

»Ganz wie du meinst«, erwiderte Uschi beleidigt. »Darf ich wenigstens wissen, wie lange wir unterwegs sein werden?«

»Vielleicht eine halbe Stunde«, antwortete De Ville; unwillig und erst nach einem spürbaren Zögern. Nach einer weiteren Pause, noch leiser und in einem Tonfall, der die Worte eher zu einer Bitte machte, fügte er hinzu: »Wenn nichts dazwischenkommt.«

Rachel schien nicht die Einzige zu sein, der dieser letzte Satz nicht gefiel. Sie musste sich beherrschen, um sich nicht zu De Ville herumzudrehen und ihn nervös anzublicken, und obwohl sie Uschi nicht ansah, spürte sie doch, dass es ihr genauso erging. De Ville mochte eine Menge guter Eigenschaften haben – sie hatte noch nicht viele davon kennen gelernt, aber er wäre nicht in der Position, in der er war, hätte er sie nicht –, aber ein besonders sensibler Psychologe war er offensichtlich nicht.

Sie verscheuchte den Gedanken, lehnte sich mit geschlossenen Augen in ihrem Sitz zurück und versuchte sich wenigstens körperlich zu entspannen, aber nicht einmal das gelang ihr. Nach den zurückliegenden Strapazen hätte sie erwartet, beim ersten Anzeichen von Schwäche oder auch nur mangelnder Konzentration sofort in einen totenähnlichen Tiefschlaf zu versinken, aber das genaue Gegenteil schien der Fall. Jeder Nerv in ihr summte wie ein unter Hochspannung stehendes Stromkabel und wenn sie die Augen schließen und ihrer Fantasie die Zügel schießen lassen würde, dann würde sie sich nur mit Bildern quälen, die wahrscheinlich schlimmer waren als jede Wirklichkeit.

Sie zwang sich, die Lider zu heben und sich langsam und aufmerksam im Bus umzusehen, nicht weil es hier irgendetwas gab, das sie wirklich interessierte, sondern nur, um an etwas anderes zu denken. Mit ihrer ersten Einschätzung des Gefährts schien sie der Wahrheit ziemlich nahe gekommen zu sein. Es handelte sich offenbar tatsächlich um einen Schulbus, den De Villes Männer kurzerhand requiriert hatten, und ebenso offenbar tatsächlich um einen original amerikanischen Schulbus, wie auch immer er seinen Weg hierher gefunden haben mochte. Die Beschriftungen über den Fenstern und auf den verkratzten Messingschildchen an den Rückseiten der Lehnen waren in Englisch und dasselbe galt für die Instrumente auf dem Armaturenbrett vor dem Fahrer. Das rote Kunstleder war längst hart und brüchig geworden und unzählige Kinder hatten ihre Spuren in Form verblichener Kritzeleien oder in das Leder geritzter Namen, kleiner Herzchen und anderer Zeichnungen hinterlassen, und wenn ihre Fantasie nicht wie eine geduldig lauernde Spinne nur darauf gewartet hätte, dass sie die Lider senkte und sie ihre Giftzähne wieder in ihre Gedanken schlagen konnte, dann hätte Rachel wahrscheinlich nur die Augen schließen müssen, um fröhlichen Kinderlärm, Lachen und helle Stimmen zu hören, die Musik aus einem Dutzend quäkender Walkman-Kopfhörer und vielleicht auch die mahnende Stimme des Lehrers, der vergeblich versuchte, Ordnung in das Chaos zu bringen. Stattdessen jedoch sah sie einen Bus voll größtenteils bewaffneter Männer, die sich alle Mühe gaben, sich ihre wahren Gefühle nicht anmerken zu lassen, denen man aber trotzdem überdeutlich ansah, dass sie wussten, was sie erwartete.

Rachel verscheuchte auch diesen Gedanken; diesmal zornig auf sich selbst, weil sie es nicht schaffte, sich wenigstens für einen Moment von dieser Vorstellung zu lösen, die wie ein glühender Widerhaken in ihrem Fleisch saß. Sie drehte mit einem Ruck den Kopf nach rechts und sah nach draußen, aber was sie dort erblickte, war auch nicht unbedingt erfreulicher.

Der Bus hatte den Flughafen mittlerweile durchquert und näherte sich einem großen, zweiflügeligen Maschendrahttor, das weit offen stand und von zwei schweren Limousinen mit abgedunkelten Scheiben flankiert wurde. Einer der Wagen setzte sich in Bewegung, als sie das Tor fast erreicht hatten, der andere schloss sich ihnen an, nachdem sie es passiert hatten und sich der Hauptstraße näherten, die vielleicht einen Kilometer entfernt war. Die wenigen Häuser, die die Straße an dieser Stelle flankierten, lagen ausnahmslos im Dunkeln. Rachel vermutete, dass der Strom ausgefallen war; vielleicht hatte De Ville in seiner berufsmäßigen Paranoia auch alle Häuser in einem gewissen Umkreis um den Flughafen evakuieren lassen.

Der Bus fuhr langsamer, als ihr notwendig erschien, umso mehr, als ihre Zeit doch angeblich so knapp war. Mit kaum dreißig oder fünfunddreißig Stundenkilometern näherten sie sich der Hauptstraße und hielten an, obwohl keinerlei Verkehr herrschte. Erst als der vorausfahrende Mercedes nach rechts abgebogen und gute hundert Meter weit gefahren war, nickte De Ville dem Fahrer fast unmerklich zu und auch der Bus setzte sich wieder in Bewegung. Diese Vorsichtsmaßnahmen mochten irgendeinen Grund haben, aber sie waren nicht unbedingt dazu angetan, Rachels Nervosität zu mildern.

»Was ist das hier?«, fragte sie.

»Die Via Appia«, antwortete Uschi. »Ich bin schon ein paar Mal hier gewesen. Aber damals sah es anders aus.«

Die letzte Bemerkung hätte sie sich Rachels Meinung nach getrost sparen können. Sie spürte auch, dass Uschi auf irgendeine Reaktion von ihr wartete, vermied es aber trotzdem ganz bewusst, auch nur in ihre Richtung zu sehen. Stattdessen drehte sie sich beinahe demonstrativ ein wenig im Sitz herum, um nach draußen zu blicken. Nicht, dass es dort viel zu sehen gegeben hätte. Die Via Appia, die alte römische Prachtstraße, lag in ebensolche Dunkelheit gehüllt da wie der schmale Zufahrtsweg zum Flughafen. Dennoch war es nicht völlig finster: Auch wenn das grobe Kopfsteinpflaster und das starke Gefälle der Straße das Wasser längst hatten abfließen lassen, sodass sie nicht zu einem großen, spiegelnden See geworden war wie das Rollfeld vorhin, reichte das bleiche Licht des näher kommenden Sternes doch mehr als aus, um die Umgebung zu erhellen. Aber es war ein unheimliches, falsches Licht, das alle Farben ausgelöscht hatte und irgendwie auch das Leben verscheucht zu haben schien. Alles wirkte grau und wie mit einer feinen, trockenen Staubschicht überzogen. Die sonderbare Helligkeit machte es ihr fast schwer zu atmen. Selbst den starken Scheinwerfern des vorausfahrenden Wagens gelang es nicht völlig, dieses trübe Zwielicht zu vertreiben. Der asymmetrische Strahl aus blaustichiger Helligkeit reichte nicht annähernd so weit, wie er sollte, und wurde kaum fünfzehn oder zwanzig Meter vor dem Wagen von dem fahlen Grau einfach aufgesogen.

Sie fuhren gut zehn oder fünfzehn Minuten lang in fast völligem Schweigen dahin. Wenn Rachel sich konzentrierte, konnte sie hören, wie Frank auf der Rückbank halblaut mit Tanja sprach, ohne dass sie die Worte verstehen konnte oder wollte, und dann und wann hob De Ville ein kleines Walkie-Talkie vor die Lippen und sprach einige knappe Worte hinein. Ansonsten aber sprach im Bus niemand. Jeder saß in seine Gedanken versunken da und vermutlich gab es niemanden, dessen Überlegungen wesentlich positiver waren als die Rachels.

Sie waren nicht völlig allein auf der Straße. Dann und wann kam ihnen ein Wagen entgegen, einmal auch ein kleiner Trupp Motorräder, die einen engen Pulk bildeten und viel langsamer fuhren, als es notwendig gewesen wäre, und zwei oder drei Mal raste ein Helikopter im Tiefflug über sie hinweg. Obwohl sie langsam fuhren, überholte sie kein einziger Wagen, was Rachel immer sonderbarer vorkam. Auch wenn die Menschen hier im Bus vielleicht die Einzigen waren, die wussten, was *wirklich* vorging, so hatten die Bilder, die sie im Fernsehen gesehen hatten, doch keinen Zweifel daran gelassen, dass auch außerhalb dieses kleinen Kreises Eingeweihter so etwas wie Weltuntergangsstimmung herrschte. In weiten Teilen Roms – vermutlich der ganzen Welt – war die blanke Panik ausgebrochen und sie hätte erwartet, dass viel mehr Menschen versuchten, die Stadt zu verlassen; auch wenn es dort keinerlei Rettung oder auch nur Hoffnung auf Sicherheit gab.

Sie beugte sich auf dem Sitz noch weiter zur Seite, bis ihr Gesicht gegen das kalte Glas der Scheibe stieß, um nach oben zu sehen. Der

Stern der Vernichtung *war* näher gekommen. Rachel erschrak, als sie sah, wie groß er geworden war: ein weiß glühendes, böses Auge, das von einem Kranz fahler Helligkeit umgeben war, von dem dünne, rauchige Linien aus falschem Licht wie ein im Entstehen begriffenes Spinnennetz ausgingen, die bereits ein Drittel des Firmaments erobert hatten. Der Himmelskörper sah nicht aus wie der klassische Meteor, sondern wie etwas vollkommen Falsches. In irgendeiner Zeitschrift hatte sie einmal gelesen, dass eine Menge Wissenschaftler die These vertraten, das Leben sei vor Urzeiten mit Meteoren auf die Erde gekommen, und diese Theorie war ihr immer höchst einleuchtend erschienen, aber nun, als sie diesen bösen, näher kommenden Götterboten der Vernichtung sah, wusste sie, dass sie nur falsch sein konnte, denn dieses *Ding* konnte unmöglich aus einer Welt stammen, in der es etwas Lebendiges, Warmes und Atmendes gab. Mit einem Mal war ihr klar, was es war, das sie die ganze Zeit über gespürt hatte. Die Drachenaugen. Es waren nicht die kalten Kameraaugen der Satelliten gewesen, wie sie angenommen hatte, nichts von Menschenhand Geschaffenes, dessen Lauern sie spürte, sondern die Annäherung dieses vernichtenden, durch und durch *bösen* Sterns. Nervös und von einer tiefen, bohrenden Beunruhigung erfüllt, ließ sie sich wieder in ihren Sitz zurücksinken und schloss die Augen, aber natürlich gelang es ihr nicht, den Anblick des lodernden Flammenauges zu verjagen. Sie sah es weiterhin.

»Was ist denn da vorne los?«, fragte Uschi plötzlich.

Rachel hob die Augen und richtete sich ein wenig im Sitz auf, um über die Rückenlehne des Vordersitzes hinweg durch die Frontscheibe sehen zu können. Die Straße vor ihnen war nicht mehr leer. Der vorausfahrende Wagen war langsamer geworden und rollte jetzt nur noch im Schritttempo dahin und auch ihr Bus verlor rasch an Geschwindigkeit. Der Grund bestand aus zwei ineinander verkeilten Automobilen, die nahezu die gesamte Fahrbahn blockierten. Der Unfall konnte erst vor wenigen Augenblicken geschehen sein, denn die Scheinwerfer beider Wagen brannten noch und Rachel glaubte in dem blassgrauen Licht zumindest eine, wenn nicht mehrere reglose Gestalten auf dem Straßenpflaster liegen zu sehen.

Der Mercedes vor ihnen wurde noch langsamer und hätte sicherlich im nächsten Moment angehalten, aber in diesem Augenblick hob De Ville sein Walkie-Talkie und sprach hinein, und in der nächsten Sekunde beschleunigte der Wagen wieder und wich bis fast an den linken Straßenrand aus, um in einem großen Bogen um das Hindernis herumzufahren. Auch der Bus beschleunigte, wenn auch nicht ganz so schnell wie der vorausfahrende Pkw, und Uschi sog scharf die Luft zwischen den Zähnen ein.

»Was zum Teufel soll das?«, fragte sie. »Wir müssen anhalten!«

»Nein«, sagte De Ville. »Das können wir nicht.«

»Sind Sie wahnsinnig?«, fragte Uschi, nur noch ein halbes Dezibel davon entfernt, wirklich zu schreien. »Die Leute da brauchen Hilfe!«

»Wir können nichts für sie tun «, sagte De Ville.

»Aber ich denke, wir haben einen Arzt dabei?«

»Er fährt im nachfolgenden Wagen«, bestätigte De Ville. Er schwieg eine Sekunde, starrte Uschi aus eng zusammengekniffenen Augen und jetzt eindeutig wütend an und hob dann mit einer ruckartigen Bewegung das Sprechgerät wieder an die Lippen. Rachel verstand nicht, was er sagte, denn er bediente sich seiner Muttersprache, aber als er den Apparat wieder sinken ließ, lag ein Ausdruck von grimmiger Befriedigung auf Uschis Zügen.

»Der Arzt wird sich um die Verletzten kümmern«, sagte De Ville. »Ich hoffe, Sie sind zufrieden.«

»Nein«, sagte Uschi, »aber es ist immerhin ein Anfang.«

Der Bus schaukelte, als er mit den Rädern auf der linken Seite auf den Gehweg geriet und einen Moment später wieder auf die Straße hinabhüpfte, nachdem sie das Hindernis passiert hatten. Sie wurden wieder schneller und Rachel sah durch das rückwärtige Fenster hinaus und erkannte, dass der zweite Wagen ihres Geleitschutzes tatsächlich angehalten hatte. Offensichtlich hielt De Ville Wort und hatte dafür gesorgt, dass der Arzt sich um die Verletzten kümmerte. Sonderbarerweise beruhigte dieser Gedanke Rachel nicht. Ganz im Gegenteil: Sie ertappte sich plötzlich bei der Überlegung, dass dieser Arzt für sie und ganz besonders für Tanja sehr viel wichtiger war als für diese wildfremden Menschen, die sowieso in gut zwei Stunden sterben würden, ganz egal, was jetzt mit ihnen geschah. Sie erschrak vor ihren eigenen Gedanken und sie schämte sich ihrer. Sie hatte das Gefühl, sie laut ausgesprochen zu haben, und obwohl sie genau wusste, dass das nicht der Fall war, erschien es ihr doch, als ob jedermann im Bus sie für einen Moment entsetzt anstarrte.

Sie fuhren jetzt schneller. Der vorausfahrende Wagen vergrößerte den Abstand zu ihrem Bus deutlich und De Ville gab dem Fahrer offensichtlich von Zeit zu Zeit über das Walkie-Talkie Anweisungen. Auch sah er sich immer wieder nervös um und mehr als einmal hob er den linken Arm und blickte mit unverhohlener Sorge auf die Uhr. Wenn Giradelis Vorhersage richtig und Rachels eigene Einschätzung der verstrichenen Zeit nicht vollkommen falsch war, dann blieben ihnen noch gute zwei Stunden für eine Strecke, die sie selbst mit einem wesentlich langsameren Fahrzeug in allerhöchstens zwanzig Minuten zurücklegen konnten. Und doch hatte auch sie immer mehr das Gefühl, dass ihnen die Zeit zwischen den Fingern zerrann. Sie war –

Hitze. Schneidendes Glas, das sich mit weiß glühendem Schmerz in ihr Fleisch bohrte, dann eine Explosion grausamer Pein, die in ihrem Unterleib den Anfang nahm und binnen Sekundenbruchteilen jeden einzelnen Nerv in ihrem Körper in Brand setzte.

Rauch. Erstickende Wärme und eine grässliche Last, die sich auf sie herabsenkte und immer schwerer wurde. Das Gefühl, nicht mehr atmen zu können und –

Rachel schrie auf und fuhr so erschrocken hoch, dass Uschi neben ihr heftig genug zusammenzuckte, um beinahe vom Sitz zu fallen. Der Anblick wäre vielleicht komisch gewesen, hätte sie Rachel dabei nicht aus weit aufgerissenen Augen und mit einem Gesichtsausdruck angestarrt, der nur mit blankem Entsetzen zu beschreiben war, und wäre nicht auch De Ville gedankenschnell in die Höhe gesprungen und hätte nach der Waffe an seiner Seite gegriffen.

»Was ist los?«, schnappte er.

Rachel drehte sich verwirrt um. Die Vision war so schnell erloschen, wie sie gekommen war, und auch die Erinnerung an den Schmerz und die Grausamkeit hatte plötzlich etwas sonderbar Unwirkliches, als beträfe es gar nicht sie, sondern … jemand anderen.

Und endlich begriff sie.

Rachel fuhr herum und schrie Tanjas Namen, aber es war zu spät. Irgendetwas Dunkles explodierte auf der anderen Seite der Straße in der Nacht, ritt auf einem heulenden Flammenstrahl auf den Bus zu, zerschmetterte das Fenster unmittelbar hinter De Ville und im Bruchteil einer Sekunde danach auch das auf der anderen Seite, und noch bevor De Ville auch nur einen erschrockenen Schrei ausstoßen konnte, verwandelte sich die Häuserfront neben ihnen in einen brodelnden Vulkan, aus dem Flammen und glühende Trümmerstücke und ein Schwall unerträglicher Hitze auf den Bus geschleudert wurden.

»Eine Falle!«, brüllte De Ville. »Das war eine Falle! Geben Sie Gas!«

Der Bus erzitterte wie unter dem Faustschlag eines Riesen und fast alle Fenster auf der der Explosion zugewandten Seite zerbarsten nach innen. Irgendetwas durchschlug das dünne Blech der Seitenwand, setzte eine der leeren Sitzbänke in Brand und Rachel duckte sich instinktiv und riss schützend die Arme vor das Gesicht, ohne die grausame Hitze dadurch auch nur im Mindesten mildern zu können. Sie verlor das Gleichgewicht, fiel nach vorne und prallte so schmerzhaft mit den Rippen gegen die Rückenlehne des Sitzes, dass ihr die Luft wegblieb und aus ihrem Schrei ein ersticktes Keuchen wurde. Der Bus schleuderte. Das nicht enden wollende Dröhnen und Krachen der Explosion verschlang jeden anderen Laut, aber sie *spürte* den Chor gellender Schreie, das Kreischen der Reifen und das immer noch anhaltende Splittern von zerbrechendem Glas.

Sie fiel. Irgendetwas Heißes regnete auf sie herab und setzte den linken Ärmel ihres Pullovers in Brand. Rachel wälzte sich gedankenschnell herum, schlug die Flammen mit der bloßen Hand aus und kroch ein kleines Stück auf Händen und Knien davon, ehe sie sich aufrichtete und gehetzt umsah. Der Vulkan, der gerade noch auf der gesamten rechten Seite des Busses gelodert hatte, war verschwunden und fiel rasch hinter ihnen zurück. Der Wagen schleuderte so wild hin und her, dass sie Mühe hatte, sich halbwegs aufrecht zu halten, aber er fuhr noch immer und der Motor heulte laut und gequält, als der Fahrer mit aller Macht zu beschleunigen versuchte. Überall im Bus brannte es. Der Großteil der Scheiben war zerborsten und mindestens zwei von De Villes Männern lagen reglos am Boden. Sie sah aus den Augenwinkeln, wie Uschi hustend in die Höhe kam, und nicht weit von ihr entfernt hatten sich gleich drei Soldaten schützend über Papst Johannes Petrus II. geworfen, aber sie beachtete nichts von dem wirklich, sondern versuchte verzweifelt auf die Füße zu kommen und sich zu Tanja hinzuarbeiten. Ihretwegen war sie schließlich hier.

Der Wagen schleuderte nach links, krachte so heftig mit den Rädern gegen den Bordstein, dass Rachel ernsthaft befürchtete, er würde umkippen, und wie nahezu alle anderen im Wagen von den Füßen geworfen wurde und unsanft auf einer leeren Sitzbank landete, er schlitterte auf protestierend kreischenden Reifen ein gutes Stück in die Gegenrichtung und kam endlich irgendwie in die Spur zurück. Weit hinter ihnen explodierte irgendetwas, dann hörte sie einen dumpfen, sonderbar trockenen Knall aus der Gegenrichtung, und als sie sich unsicher auf dem wild hin und her schwankenden Sitz aufrichtete, registrierte sie entsetzt, wie der schwarze Mercedes vor ihnen in einem lodernden Feuerball auseinander flog. Der Busfahrer versuchte dieser neuerlichen Bedrohung auszuweichen, schaffte es aber nicht mehr ganz. Der Bus kollidierte mit dem Heck des lichterloh brennenden Mercedes und rammte ihn einfach aus dem Weg, kam dadurch aber erneut ins Schlingern, und diesmal gelang es dem Fahrer nicht mehr, die Kontrolle über den Wagen zurückzuerlangen. Langsam, so schwerfällig und träge wie ein zu groß geratener Kreisel, aber auch so unaufhaltsam begann sich der Wagen um seine eigene Achse zu drehen, wobei er sich gleichzeitig immer weiter zur Seite neigte. Rachel konnte hören, wie sämtliche Reifen auf der vorhin der Explosion zugewandten Seite auf einmal platzten. Der Motor heulte noch einmal schrill auf wie ein riesiges eisernes Tier im Todeskampf und ging dann aus, aber der Lärm nahm trotzdem noch zu. Schreie und das immer noch anhaltende Splittern von Glas mischten sich mit einem unheimlichen, fast schmerzhaft tiefen Dröhnen und Rumpeln, dann schien der Bus erneut wie von einer unsichtbaren Faust getroffen und mitten in der Bewegung herumgewirbelt zu werden. Rachel verlor den Halt, wirbelte durch die Luft und prallte nur einen Sekundenbruchteil später mit solcher Wucht gegen ein Hindernis, dass sie fast das Bewusstsein verloren hätte. Irgendwo peitschte ein einzelner Schuss, der sich vielleicht nur aus Versehen gelöst hatte, offensichtlich aber ein Ziel traf, denn nur einen Sekundenbruchteil später hörte sie einen gellenden Schrei. Dann spürte sie, wie der gesamte Bus für eine endlose Sekunde wehrlos zu werden schien, ehe er sich langsam, widerwillig und mit dem dumpfen Knirschen gewaltsam verformten Metalls zur Seite neigte und auf die Straße krachte. Selbst durch die geschlossenen Lider hindurch konnte sie das grelle Licht einer neuerlichen Explosion wahrnehmen, das wie eine lautlose Flutwelle über dem Bus zusammenschlug. Irgendetwas prallte gegen sie und schleuderte sie meterweit davon, dann spürte sie plötzlich Nässe und eisige Luft, die über ihr Gesicht und ihre Hände strich, und ihre Rutschpartie ging noch ein Stück weiter, ehe sie endlich zur Ruhe kam.

Eine weitere Sekunde lang lag sie einfach mit geschlossenen Augen da, lauschte auf das Klopfen ihres Herzens und wartete darauf, dass der Schrecken seine Fortsetzung nahm und erneut irgendetwas Grässliches geschah. Für einen Moment schien es ihr unheimlich still. Sie horchte, aber es verging eine weitere Sekunde, ehe die Geräusch der Außenwelt wieder an ihr Bewusstsein drangen, und noch eine, bevor sie ihnen irgendeine Bedeutung abgewinnen konnte.

Mit einem Ruck setzte sie sich auf, hob die Lider und drehte gleichzeitig den Kopf nach links.

Und wurde mit dem Anblick eines Infernos belohnt.

Die Explosion und wahrscheinlich noch viel mehr der nachfolgende Aufprall hatten sie aus dem Bus und gut zehn Meter weit davongeschleudert und das war wahrscheinlich ihr Glück gewesen. Das gewaltige Fahrzeug war auf die Seite gestürzt. Zerbrochenes Glas, Trümmerstücke und zahllose winzige Flammenherde bedeckten den Boden in weitem Umkreis und sie sah mindestens zwei weitere, dunkle Gestalten, die unweit von ihr auf der Straße lagen, sich aber nicht mehr rührten. Das hintere Drittel des Busses stand in Flammen und auch aus den anderen, jetzt leeren Fensteröffnungen quollen Rauch und Funken. Sie sah schattenhafte Bewegungen vor den tanzenden Flammen und hörte Schreie und endlich fiel die Lähmung von ihr ab und sie sprang wieder auf die Füße.

Tanja!

Sie war noch am Leben. Rachel spürte es. Aber sie spürte auch die Qual und die unvorstellbare Angst, die sie peinigten, und die immer größer werdende Gefahr, in der Tanja schwebte. Sie musste zu ihr. Alles, was zählte, war sie. Sie hatte endlich die Wahrheit begriffen, aber vielleicht war es schon zu spät. Ihre Vorahnungen, ihr manchmal ans Unheimliche grenzendes Wissen um drohende Gefahren, der nie versiegende Quell von Kraft irgendwo tief in ihr, der es ihr überhaupt erst ermöglicht hatte, all diese Gefahren und Torturen zu überstehen, ihr absolutes Wissen, das Richtige zu tun, so falsch es ihr selbst auch manchmal erscheinen mochte – das alles hatte nichts mit ihr selbst zu tun. Keine dieser Gaben war ihr geschenkt worden, um *sie* zu beschützen. Es war immer nur um Tanja gegangen. Torben hatte sich geirrt, ebenso wie Darkov, Benedikt, wie Pater Adrianus und Uschi und sie selbst. Sie war niemals die Auserwählte gewesen, sondern stets nur deren Schutzengel. Sie spürte die Gefahr, in der Tanja schwebte, und ihr Verstand machte ihr auch durchaus klar, dass sie dabei war, sich sehenden Auges in den Tod zu stürzen. Der Bus brannte lichterloh, es konnte nur noch eine Frage von Augenblicken sein, bis er explodierte, und wenn nicht das, dann bis diejenigen hier auftauchten, die für diesen Hinterhalt verantwortlich waren. Wenn es überhaupt irgendetwas Vernünftiges gab, das sie in diesem Moment hätte tun können, dann, sich auf der Stelle herumzudrehen und in die entgegengesetzte Richtung zu rennen. Stattdessen beschleunigte sie ihre Schritte noch und senkte nur den Kopf, um ihr Gesicht vor der grausamen Hitze zu schützen, die ihr entgegenschlug. Jemand torkelte auf sie zu. Ein Teil der Kleidung des Mannes hatte Feuer gefangen und sie sah wie in einer schrecklichen Vision ihr eigenes, blutüberströmtes Gesicht über der verkohlten Uniform, ohne dass sie imstande gewesen wäre, irgendetwas für den Mann zu tun, ihm zu helfen oder auch nur einen weiteren Gedanken an ihn zu verschwenden. Stattdessen rannte sie noch schneller, wich instinktiv einem glühenden Trümmerstück aus und sprang über eine Pfütze aus brennendem Benzin hinweg. Flammen streiften ihre nackten Füße, sie spürte die Hitze, aber sie spürte auch, dass sie ihr nichts anhaben konnte, als gäbe es da eine unsichtbare Macht, die sie schützte; vielleicht war sie auch einfach nur zu schnell. Im Zickzack und immer schneller laufend näherte sie sich dem Bus, sprang ohne zu zögern an dem zerbeulten Dach, das jetzt auf der Seite lag und eine fast lotrecht aufstrebende, gerippte Metallwand vor ihr bildete, in die Höhe und klammerte sich irgendwo fest. Erst als sie sich keuchend in die Höhe zog und die Hitze des Metalls unter sich spürte, begriff sie, dass es weitaus einfacher gewesen wäre, um den Wagen herumzulaufen und durch die zerborstene Frontscheibe zu klettern. Wahrscheinlich wäre es selbst jetzt noch einfacher gewesen, aber sie kletterte verbissen weiter, griff nach dem Rand eines zerbrochenen Fensters und ließ sich im nächsten Moment ohne zu zögern hindurchsinken. Glassplitter zerschnitten ihre Handflächen und die Hitze nahm zu. Nach Chemie schmeckender Qualm schlug ihr entgegen und ließ sie würgen und ihre Augen begannen so heftig zu tränen, dass sie kaum noch etwas sah. Aber das wenige, was sie sehen konnte, war eindeutig mehr, als sie sehen *wollte.*

Die Vernichtung war nicht so total, wie es der äußere Anblick des Busses befürchten ließ, aber schlimm genug. Wo die Rückbank und die drei davor liegenden Sitzreihen gewesen waren, erhob sich jetzt ein loderndes Inferno, in dem nichts mehr leben konnte. Unmittelbar davor lag eine verkrümmte Gestalt in einem halb verbrannten gefleckten Tarnanzug und als sie einen vorsichtigen Schritt machte, stolperte sie über einen zweiten, reglosen Körper. Sie hatte nicht den Mut, nach unten zu sehen und sich davon zu überzeugen, wer es war. Stattdessen versuchte sie verzweifelt Tanjas Namen zu schreien, aber alles, was über ihre Lippen kam, war ein gequältes Keuchen, gefolgt von einem qualvollen Hustenanfall. Die Hitze war so grässlich, dass sie zu spüren glaubte, wie ihre Haut Blasen schlug und sich von ihrem Gesicht löste, und der Rauch wurde mit jedem Sekundenbruchteil dichter und beißender.

Rachel stolperte noch zwei Schritte weiter auf die weiß glühende Feuerhölle zu, dann gab sie endgültig auf, drehte sich herum und tastete sich ihren Weg zurück nach vorne. Sie fand einen weiteren Toten, taumelte blindlings weiter und schaffte es irgendwie, das vordere Ende des Busses zu erreichen und durch die zerborstene Frontscheibe hinauszuklettern. Hier lagen keine weiteren Toten, aber der Boden war nicht nur mit Glassplittern und Trümmern, sondern auch mit Blut bedeckt, und jetzt hörte sie in der Ferne Schüsse und ein dumpfes, fast rhythmisches Wummern, das das Geräusch eines Maschinengewehrs hätte sein können, wäre es dafür nicht zu tief gewesen. Mit angehaltenem Atem stolperte sie ein paar Schritte von dem brennenden Bus weg, hustete, um ihre Lungen von dem beißenden Rauch zu befreien, und versuchte die Tränen wegzublinzeln.

Nur ein paar Schritte entfernt kniete Frank auf dem Boden. Er krümmte sich vor Schmerz und Atemnot, aber er lebte und Rachel rannte zu ihm und zerrte ihn unsanft an der Schulter herum. Frank keuchte vor Schmerz und versuchte instinktiv ihre Hand zur Seite zu schlagen. Er erkannte sie offensichtlich nicht einmal.

»Tanja!«, schrie Rachel. »Wo ist sie?«

Frank hustete ein paar Mal. Er kam nicht weit genug zu Atem, um antworten zu können, hob aber zitternd den Arm und deutete nach vorne, und als Rachels Blick der Geste folgte, sah sie Tanja nur einige Schritte entfernt am Boden liegen, verkrümmt und auf der Seite und mit ebenso zerrissenen und angesengten Kleidern wie Frank, aber offensichtlich ebenfalls noch am Leben. Hastig rannte sie hin, ließ sich neben ihr auf die Knie sinken und drehte sie vorsichtig auf den Rücken.

Tanja wimmerte vor Schmerz und Angst. Eine erste, flüchtige Untersuchung zeigte Rachel, dass sie zumindest äußerlich nicht schwer verletzt zu sein schien, aber sie zitterte heftig und hatte beide Hände auf den Leib gepresst. Der Anblick ließ Rachels Herz zu einem Eisklumpen erstarren, aber er lähmte sie nicht weit genug, um sie die Gefahr vergessen zu lassen, in der sie immer noch schwebten.

»Tanja!«

Sie reagierte nicht. Tanjas Blick war klar, trotz allem, und Rachel war sicher, dass sie sie erkannte, aber sie konnte oder wollte nicht antworten.

»Wir müssen weg hier!«, keuchte sie. »Kannst du mich verstehen? Wir müssen weg! Sie werden gleich hier sein!«

Tanja schüttelte den Kopf, aber Rachel war ganz und gar nicht sicher, ob als Antwort auf ihre Worte oder ob es nur eine Reaktion auf Furcht und Schmerzen war, die sie quälten. Kurz entschlossen beugte sie sich vor, schob beide Hände unter Tanjas Achseln und richtete sie behutsam, aber dennoch sehr schnell auf. Tanja wimmerte erneut vor Schmerz und versuchte ganz instinktiv sich zu wehren, aber Rachel ignorierte ihre schwächliche Gegenwehr, stemmte sich vorsichtig in die Höhe und legte sich Tanjas rechten Arm um die Schulter. Als sie den ersten Schritt machte, wäre sie fast wieder gestürzt. Tanja schien eine Tonne zu wiegen und sie konnte spüren, wie ihre Kräfte jetzt immer schneller abnahmen.

Als sie den zweiten Schritt machte, ertönte hinter ihr ein gellender Schrei. Rachel sah sich um und wurde mit einem Anblick belohnt, der schier das Blut in den Adern erstarren ließ. Papst Johannes Petrus II. taumelte schreiend hinter dem Bus hervor. Sein schwarzer Mantel war zerfetzt und qualmte und seine Schuhe hatten Feuer gefangen. Er schrie vor Schmerzen und Panik, machte noch zwei torkelnde Schritte und fiel schließlich hin. Keuchend wälzte er sich auf dem Boden, schlug mit schwächlichen, vergeblichen Bewegungen nach den Flammen, die seine Füße einhüllten, und tat schließlich das Einzige, was Sinn machte – auch wenn es Rachel in diesem Moment beinahe überraschte, denn Menschen, die in Todesangst sind und unerträgliche Schmerzen erleiden, tun selten etwas Sinnvolles und noch seltener etwas Richtiges: Er zog die Knie an den Körper, griff mit beiden Händen in die Flammen hinein und riss sich zuerst den rechten und dann den linken Schuh von den Füßen.

Rachel wusste ungefähr eine halbe Sekunde lang nicht, was sie tun sollte. Tanja brauchte ihre Hilfe, aber der Mann dort drüben war in Lebensgefahr. Die Brandverletzungen waren mit Sicherheit nicht ganz so schwer, mussten aber entsetzlich schmerzen, aber er war auch schon vorher am Ende seiner Kräfte gewesen. Außerdem lag er nur wenige Schritte vom Bus entfernt auf der Straße und das Fahrzeug konnte jeden Moment explodieren.

Aber sie hatte eine Bestimmung. Sie war nicht hier, um das Oberhaupt der katholischen Kirche zu retten oder Benedikt oder gar sich selbst. Tanja wand sich immer noch in ihrem Griff und versuchte sich völlig unsinnigerweise loszureißen, aber Rachel biss die Zähne zusammen und ging weiter. Schritt für Schritt kämpfte sie sich voran, entfernte sich dabei unablässig weiter von dem brennenden Bus und blieb erst stehen, als sie die Straße verlassen hatten und sie Tanja in das weiche Gras daneben sinken lassen konnte. Sie überzeugte sich davon, dass sie in einer einigermaßen bequemen Stellung dalag, dann fuhr sie herum und lief zurück.

Sie hatte sicherlich nicht einmal eine Minute gebraucht, um Tanja in Sicherheit zu bringen, aber diese Zeit hatte Torben durchaus gereicht, sich von den brennenden Schuhen und auch von den verkohlten Strümpfen zu befreien. Als Tanja auf ihn zurannte, stemmte er sich mit einer unerwartet agilen Bewegung in die Höhe, lief auf nackten Füßen fünf, sechs Schritte in ihre Richtung und blieb dann plötzlich wieder stehen. Auf seinem Gesicht erschien ein zuerst überraschter, dann erschrockener und schließlich durch und durch fassungsloser Ausdruck. Langsam hob er die Hände, erstarrte mitten in der Bewegung und sah dann auf seine nackten Füße hinab.

»Wie geht es Ihnen?«, fragte Rachel besorgt. »Sind Sie schwer verletzt?«

Torben antwortete nicht. Er starrte an sich herab. Tanjas Blick folgte dem seinen und sie sah, dass er Glück im Unglück gehabt hatte – soweit sie es feststellen konnte, war er wie durch ein Wunder nahezu unversehrt davongekommen. Trotzdem starrte er seine bloßen Füße mit einem so fassungslosen Entsetzen an, als hätten sie sich vor seinen Augen in die gespaltenen Hufe seines uralten Widersachers verwandelt.

»Heiliger Vater! Was ist mit Ihnen?«

»Großer Gott«, murmelte Torben. »Was habe ich getan?«

Das fragte sich Rachel auch. Aber sie kam auch fast im gleichen Moment zu dem Schluss, dass es wahrscheinlich nur der Schock und die Furcht waren, die seine Gedanken verwirrten. Er mochte zeit seines Lebens gewusst haben, was ihn erwartete, aber er hatte es sich ganz bestimmt nicht *so* vorgestellt. Er war von einer Sekunde auf die andere aus seiner gewohnten Welt in eine hineingeworfen worden, die die meisten anderen Menschen – und er vermutlich nicht einmal das – nur aus dem Fernsehen oder aus Actionfilmen im Kino kannten, und dafür hatte er sich bisher sogar erstaunlich gut gehalten. Sie wollte nach seinem Arm greifen, um ihn einfach mit sich zu ziehen, aber Johannes Petrus schlug ihre Hand zur Seite, starrte sie aus entsetzt aufgerissenen Augen an und wich dann sogar einen Schritt vor ihr zurück.

Dann tat er etwas, das sie überhaupt nicht mehr verstand: Er ließ sich auf die Knie sinken, faltete die Hände und begann zu beten.

Rachel wischte ihre letzten Bedenken beiseite, griff einfach nach seinem Arm und zerrte ihn grob in die Höhe. »Dafür ist jetzt wirklich nicht der Moment«, sagte sie zornig. Ohne seine Reaktion abzuwarten, fuhr sie herum und rannte los, wobei sie ihn einfach hinter sich herzerrte. Es war noch längst nicht vorbei. Das Geräusch der Schüsse war näher gekommen und sie hörte Schreie und sah aus den Augenwinkeln aufflackerndes orangerotes Feuer und schattenhafte Gestalten, die einen bizarren Tanz aufzuführen schienen.

Keuchend erreichte sie die Stelle, an der sie Tanja zurückgelassen hatte, stieß Torben wenig sanft auf die Knie herab und fuhr erneut herum.

Erst jetzt, als hätte irgendetwas bisher verhindert, dass sie sich auf mehr als das absolut Wesentliche konzentrieren konnte, vermochte sie die ganze chaotische Szenerie zu übersehen. Die Straße wurde längst nicht mehr vom bleichen Licht des näher kommenden Sterns allein beleuchtet. Der Bus stand mittlerweile in hellen Flammen, aber auch überall sonst brannte es. Zwei oder drei von De Villes Männern waren hinter dem rauchenden Wrack des zertrümmerten Mercedes in Deckung gegangen und schossen durch die Flammen hindurch auf Angreifer, die für sie vermutlich ebenso unsichtbar waren wie für Rachel, und sie sah aus dem Augenwinkel eine weitere, geduckte Gestalt auf sich zurennen. De Ville. Heftig gestikulierend rannte sie ihm entgegen.

»Wo sind die anderen?«, fragte sie. »Und wo –«

»Wo ist Papst Johannes Petrus?«, schnitt ihr De Ville das Wort ab.

»Dort hinten.« Rachel machte eine Kopfbewegung über die Schulter zurück. »Ihm fehlt nichts, keine Angst.«

»Das will ich für Sie hoffen«, knurrte De Ville. Er lief weiter, ohne sie auch nur eines weiteren Blickes zu würdigen, und Rachel sah sich mit wachsender Verzweiflung auf der Straße um. Frank kniete noch immer dort, wo sie ihn zurückgelassen hatte, aber weder von Uschi noch von den anderen war irgendeine Spur zu sehen. Dafür gewahrte sie auf der anderen Straßenseite immer mehr hektische Bewegung und immer mehr plötzlich auflodernde und wieder erlöschende orangerote Funken – das Mündungsfeuer von Gewehren, wie ihr nur zu deutlich bewusst war. Einer der Soldaten, die hinter dem brennenden Wagen Schutz gesucht hatten, ließ plötzlich seine Waffe fallen und kippte zur

Seite und die anderen verstärkten ihr Feuer, auch wenn sie immer noch nicht sehen konnten, worauf sie eigentlich schossen. Irgendetwas schlug funkensprühend nicht weit von ihr entfernt auf die Straße und heulte davon, und Rachel beeilte sich weiterzulaufen und den Kopf einzuziehen.

Frank hatte seine Fassung einigermaßen wiedergefunden, als sie ihn erreichte, und war gerade dabei, sich in die Höhe zu stemmen. Er sah sie an, aber alles, was sie in seinem Blick las, waren Vorwurf und Zorn. »Wo ist Tanja?«, fragte er. »Was hast du mit ihr gemacht, du Hexe?«

Rachel kämpfte mit Mühe den Impuls nieder, ihm eine schallende Ohrfeige zu versetzen, und deutete nur knapp hinter sich.

»Wenn du ihr etwas angetan hast, dann bringe ich dich um«, versprach Frank. Er war offensichtlich darum bemüht, dem Eindruck, den Rachel von ihm gewonnen hatte, mit aller Kraft gerecht zu werden. Rachel kam endlich zu dem Schluss, dass jeder weitere Gedanke, den sie an ihn verschwendete, ohnehin sinnlos war, ließ ihn einfach stehen und rannte weiter. Sie musste einen großen Bogen um den Bus machen, denn das Fahrzeug hatte mittlerweile rundum Feuer gefangen und brannte lichterloh; die Hitze, die es ausstrahlte, war wie eine kompakte, unsichtbare Wand, die es ihr unmöglich machte, auch nur einen Schritt in diese Richtung zu tun, und sie begann wieder zu husten und rang immer qualvoller um Atemluft. Trotzdem lief sie weiter und zwang sich, in das schmerzhaft grelle Licht zu blicken.

Auch auf der anderen Seite des Wracks war die Straße mit Trümmern und brennenden Treibstofflachen übersät. Aber sie fand keine weiteren Toten mehr und auch hier war von Uschi oder Benedikt nichts zu sehen. Wo waren sie?

Rachel sah sich mit immer noch weiter wachsender Verzweiflung um und trat schließlich widerwillig den Rückzug an.

Als sie Tanja und die anderen erreicht hatte, waren auch zwei von De Villes Soldaten zu ihnen gestoßen. Einer war verletzt und sah aus, als könne er sich kaum noch auf den Beinen halten, während der andere sich in perfekter Soldatenmanier auf ein Knie niedergelassen hatte und sein Gewehr ständig im Halbkreis von rechts nach links und zurück schwenkte, um die Straße vor ihnen zu sichern. Der Anblick hätte

Rachel Mut machen sollen, aber er machte ihr im Gegenteil klar, wie verzweifelt ihre Lage war. Wenn nicht schon wieder ein Wunder geschah (und irgendwann musste selbst ihr Vorrat an Wundern aufgebraucht sein), dann waren sie verloren. Aus irgendeinem Grund hatten sich die Angreifer noch am gegenüberliegenden Rand der Via Appia verschanzt und beschränkten sich darauf, ab und zu ein paar Schüsse auf das brennende Wrack des Mercedes und die beiden Verteidiger dahinter abzugeben, aber das konnte nicht mehr lange so bleiben. Wahrscheinlich, dachte Rachel bitter, warteten sie nur auf Verstärkung.

Sie ließ sich neben Tanja und Frank ins Gras sinken und streckte die Hand nach Tanja aus, zog den Arm aber zurück, als sie Franks wütenden Blick bemerkte. Er war und blieb in ihren Augen ein Idiot, aber das spielte jetzt wohl keine Rolle mehr. Wenn seine Gegenwart Tanja half, war das alles, was zählte.

»Alles in Ordnung?«, fragte sie, wobei sie sich selber ziemlich albern vorkam.

Dennoch nickte Tanja und versuchte sogar zu lächeln. Natürlich misslang es, aber allein der Versuch ließ Rachel innerlich aufatmen, zeigte er ihr doch, dass sie noch nicht allen Mut verloren hatte.

»Keine Angst«, sagte sie. »Wir schaffen es.«

»Ja«, knurrte Frank. »Fragt sich nur, was.«

»Halten Sie den Mund«, sagte De Ville zornig. Er war fast in der gleichen Haltung wie Rachel neben Johannes Petrus niedergekniet, hielt aber einen respektvollen Abstand von einem halben Meter, und in seinen Augen war etwas, das Rachel gar nicht gefiel. Obwohl er verletzt und sein Gesicht blutüberströmt war, wirkte er entschlossener und kraftvoller denn je, aber tief in seinen Augen flackerte auch eine nur noch mühsam unterdrückte Furcht, die Rachel sich nicht ganz erklären konnte. Johannes Petrus selbst hatte sich wieder auf die Knie erhoben und betete mit geschlossenen Augen. Seine Lippen bewegten sich, aber Rachel hörte nicht den mindesten Laut.

»Was ist mit ihm?«, fragte sie.

»Ich weiß es nicht«, murmelte De Ville. »Es kann nur …« Er brach mitten im Wort ab. Sein Blick blieb auf Torbens nackten, schmutzigen Füßen hängen und für eine Sekunde weiteten sich seine Augen. Es hatte irgendetwas mit Torbens Verletzung zu tun, dessen war sich Rachel jetzt sicher.

Sie verscheuchte den Gedanken und wandte sich wieder zu Tanja um. Tanja hatte sich zwar aufgesetzt, wirkte aber weiter verkrampft und zitterte am ganzen Leib und es gehörte nicht besonders viel Fantasie dazu, sich auszurechnen, warum. Mit einer fast zornigen Bewegung drehte sie sich wieder zu De Ville herum. »Wo ist eigentlich der Arzt, den Sie uns versprochen haben?«, fragte sie.

Die Antwort auf ihre eigene Frage fiel ihr im gleichen Moment ein, in dem sie sie ausgesprochen hatte, und die Worte taten ihr sofort wieder Leid. De Villes Stimme war jedoch völlig frei von Vorwurf, als er antwortete.

»Er hat in dem Wagen gesessen, der zurückgeblieben ist. Vielleicht haben sie ihn ja am Leben gelassen.« Aber das glaubte er nicht. Sowenig wie Rachel.

Er gab sich einen Ruck und sah auf. »Wir müssen von hier verschwinden«, sagte er. »Schnell.« Er zog das Walkie-Talkie aus der Tasche, hielt es an die Lippen und drückte die Sprechtaste, sagte aber nichts. Einen Moment starrte er das Gerät mit gerunzelter Stirn an, drückte dann so heftig auf die Sprechtaste, als wolle er sie mit Gewalt ins Gehäuse pressen, und ließ die Hand schließlich mit einem angedeuteten enttäuschten Achselzucken wieder sinken.

»Wir müssen weg hier«, wiederholte er. Er sah sich mit schnellen, hektischen Bewegungen um, blickte einen Moment lang aus eng zusammengekniffenen Augen in die Richtung, in der der brennende Bus lag, und dann direkt an Rachel vorbei in die entgegengesetzte Richtung. »In das Haus dort drüben«, sagte er. »Schnell!«

Er wollte aufstehen, aber Rachel hielt ihn zurück. »Was ist mit Uschi und den anderen?«, fragte sie. »Wir können sie nicht einfach zurücklassen!«

Im ersten Moment schien es, als würde De Ville erneut ärgerlich reagieren, und wahrscheinlich wollte er es auch, dann aber nahm er ihre Hand, die sie auf seinen Unterarm gelegt hatte, und schob sie fast sanft zur Seite. »Es tut mir Leid«, sagte er. »Ihre Freundin ist tot.«

»Tot?«

De Ville nickte. »Es tut mir Leid«, wiederholte er. »Die Explosion hat sie erwischt. Sie und ich und die meisten anderen wurden aus dem Bus geschleudert, aber Ihre Freundin hatte keine Chance.«

»Aber das … das … das kann doch gar nicht …«

»Es ist sehr schnell gegangen«, sagte De Ville. »Wahrscheinlich ist es kein Trost für Sie, aber sie dürfte kaum etwas gespürt haben.«

Er hatte Recht. Es war kein Trost. Sie versuchte gar nicht erst gegen die Tränen anzukämpfen, die ihr in die Augen schossen.

»Bevor es uns ebenso ergeht wie ihr, sollten wir wirklich gehen«, drängte De Ville. »Ich bin sicher, dass Hilfe bereits unterwegs ist, aber wir dürfen trotzdem nicht einfach hier herumsitzen.«

Rachel hörte seine Worte kaum. Sie konnte nicht fassen, dass Uschi tot sein sollte, nicht einfach so, nicht wie mit einer flüchtigen, unbedachten Bewegung weggewischt, wie etwas, das seinen Dienst getan hatte und nicht mehr benötigt wurde. Sie hatte längst begriffen, dass es in diesem Spiel nicht um alberne Vorstellungen wie Menschlichkeit, Gefühl oder gar *Gerechtigkeit* ging, und doch erschien ihr Uschis Tod als eine so unnötige, bewusste Grausamkeit, dass etwas in ihr zu sterben schien. Es war einfach *nicht richtig!*

De Ville stand mit einer fließenden Bewegung auf, zog Torben sanft am Arm in die Höhe und nickte gleichzeitig in Tanjas Richtung. Wie betäubt erhob sich auch Rachel, griff nach Tanjas Arm und wartete, bis Frank ebenfalls aufgestanden war und sie am anderen Arm ergriffen hatte. Tanja stöhnte leise, als sie sie zwischen sich nahmen und ihre Arme um Rachels und Franks Schultern legten, und obwohl sie sich alle Mühe gab, ihnen zu helfen, mussten sie sie mehr tragen, als dass sie ging.

Sie waren kaum zehn Schritte weit gekommen, als hinter ihnen eine dumpfe Explosion erklang und ein düsterroter Feuerblitz die Straße für einen Moment in blutiges Licht tauchte. Rachel sah sich erschrocken um und erkannte, dass das zertrümmerte Wrack des Mercedes ein zweites Mal von einer gewaltigen Explosion zerrissen wurde, zusammen mit den beiden Männern, die dahinter Deckung gesucht hatten.

»Weiter!«, befahl De Ville und sie stolperten gehorsam voran. Der Mann, der bis jetzt hinter ihnen gekniet und die Straße mit seinem

Gewehr abgesucht hatte, folgte ihnen rückwärts gehend und die Waffe immer noch im Anschlag, und auch sein verletzter Kamerad hatte das im Moment nutzlose Betäubungsgewehr weggeworfen und stattdessen eine Pistole aus dem Gürtel gezogen. Aber sie kamen auch diesmal nur wenige Schritte weit. Vor ihnen explodierten plötzlich Funken aus dem Straßenbelag und über das Prasseln der Flammen und den fernen Kampflärm hinweg konnte Rachel das widerwärtige Geräusch davonheulender Querschläger hören. De Ville fluchte ungehemmt und riss seine Waffe in die Höhe, ohne ein Ziel zu finden, auf das er anlegen konnte.

»Das würde ich an Ihrer Stelle nicht tun!«

Darkovs Stimme klang verzerrt und von einem sonderbar blechernen Echo begleitet, als spräche er durch ein Megafon oder irgendeine andere technische Einrichtung und es war Rachel unmöglich, auch nur die Richtung zu orten, aus der sie kam. Aber sie zweifelte nicht daran, dass der Söldnergeneral ganz nahe war, denn die Geschosssalve, die sie gestoppt hatte, hatte zu präzise gelegen, um aus großer Distanz abgefeuert worden zu sein.

»Was wollen Sie?«, brüllte De Ville. »Zeigen Sie sich, Sie Feigling!«

»Jederzeit – sobald Sie und Ihre Männer Ihre Waffen gesenkt haben«, antwortete Darkov. »Seien Sie vernünftig, De Ville. Es ist vorbei. Sie können nichts mehr erreichen, außer Ihrem Tod und dem aller anderen.«

»Dann erschießen Sie uns!«, antwortete De Ville. Er sah sich immer hektischer um. Seine freie Hand, die die Pistole hielt, zitterte und Rachel spürte, dass ihm diese Worte in diesem Moment bitterernst waren. Er würde eher sterben als aufgeben.

»Ich will nicht Ihren Tod«, antwortete Darkov. »Das wollte ich nie, begreifen Sie das endlich, Sie Dummkopf! Geben Sie auf!«

De Ville wollte widersprechen, aber Torben sagte leise: »Er hat Recht, Hauptmann. Es ist vorbei. Es gibt nichts mehr, worum sich noch zu kämpfen lohnte.«

De Ville starrte ihn an. In seinem Gesicht arbeitete es und Rachel konnte deutlich sehen, wie unendlich schwer es ihm fiel, schließlich die Hand mit der Pistole sinken zu lassen.

»Jetzt die anderen«, befahl Darkov. »Bitte!«

De Ville nickte seinen Begleitern müde zu und die beiden Soldaten ließen ihre Waffen ins Gras fallen. Der verwundete Mann sank auf die Knie und starrte aus leeren Augen vor sich ins Nichts. Und auch aus dem anderen schien jegliche Kraft zu weichen.

»Ich komme jetzt zu Ihnen«, rief Darkovs elektronisch verstärkte Stimme. »Ich hoffe, Sie stehen zu Ihrem Wort und machen keine Dummheiten!«

Der Himmel flackerte. Es ging zu schnell, um die Ursache der plötzlichen Lichtflut wirklich zu erkennen, aber für eine halbe Sekunde wurde es fast taghell und gleichzeitig erlosch auch noch der Rest jeglicher Farbe, sodass sie die gegenüberliegende Straßenseite wie auf einer hoffnungslos überbelichteten Schwarzweißaufnahme sahen. Doch schon das wenige, was Rachel erkannte, reichte aus, ihr auch noch den letzten Rest von Mut zu nehmen. Sie hatten es mit mindestens einem Dutzend schwer bewaffneter Söldner zu tun und das waren nur die, die sie sehen konnte. Vermutlich lauerten hinter den teilweise eingeschlagenen Fenstern der einfachen Bauern- und Wohnhäuser auf der anderen Seite noch zahlreiche Scharfschützen, die nur auf eine unbedachte Bewegung warteten. Es war vorbei. Alles in ihr sträubte sich dagegen, aber ihr war gleichzeitig auch klar, dass jetzt nicht einmal mehr ein Wunder reichen würde, um sie zu retten. Sie hatten verloren. Endgültig.

Nachdem das grelle Licht erloschen war, versank die Straße wieder in graue Dämmerung, die auch der Flammenschein nicht wirklich zu durchdringen vermochte. Es vergingen jedoch nur noch wenige Augenblicke, bis sie zwei, dann drei und schließlich vier Gestalten ausmachte, die mit langsamen Schritten auf sie zukamen.

Ihr Herz schien sich zu einem leblosen Klumpen zusammenzuziehen, als sie neben Darkov und den beiden bewaffneten Männern, die ihn begleiteten, auch Benedikt erkannte. Und dennoch war sie zugleich unendlich erleichtert, ihn zu sehen. Er lebte und war offenbar unverletzt.

»Ich erwarte von Ihnen, dass Sie Ihr Wort halten«, sagte Torben leise und ohne De Ville anzusehen. »Ich bitte Sie darum.«

De Ville reagierte nicht, sondern starrte den näher kommenden

Söldnern mit steinernem Gesicht entgegen. Er hatte seine Waffe nicht fallen gelassen, sondern in den Gürtelholster zurückgeschoben, und seine Hand schloss sich unentwegt zur Faust und öffnete sich wieder, als müsse er sie irgendwie in Bewegung halten, um sie daran zu hindern, die Pistole gegen seinen Willen wieder zu ziehen.

»Wer ist das?«, murmelte Tanja müde. Dann sog sie scharf die Luft ein. »Nein! Nicht … nicht noch einmal.«

»Keine Angst«, sagte Rachel mit belegter Stimme. »Er wird dir nichts tun. Jetzt nicht mehr.«

Wieder flackerte der Himmel und obwohl der Lichtblitz diesmal womöglich noch kürzer war als das erste Mal, glaubte sie etwas wie eine dünne Linie aus greller, nur einen Moment währender Helligkeit zu erkennen, die zu schnell verging, um sie wirklich zu identifizieren. Auch De Ville sah kurz nach oben und konzentrierte sich dann wieder auf den näher kommenden Darkov und seine Begleiter, aber Rachel zwang sich den leuchtenden Stern über ihnen länger und aufmerksamer anzublicken. Er war deutlich näher gekommen. Sein Licht schien kälter geworden zu sein, aber auch viel intensiver, und sie war plötzlich nicht mehr sicher, dass Giradelis Einschätzung richtig gewesen war. Seit ihrem Gespräch auf dem Flughafen waren längst keine vier Stunden vergangen, aber es konnte jetzt nicht mehr lange dauern, bis er heran war und sein Werk der Vernichtung vollendete. Sie glaubte nicht, dass Giradeli und seine Kollegen sich so sehr geirrt hatten, aber was scherten die Götter schon die Erkenntnisse menschlicher Wissen schaft?

Darkov und seine Begleiter kamen mit den langsamen, vorsichtigen Bewegungen von Männern näher, die ihrem Gegenüber nicht vollkommen trauten, und blieben in fünf oder sechs Meter Entfernung stehen. Sowohl Darkov als auch Benedikt waren unbewaffnet und Darkovs linke Hand hing in einer Schlinge, die er aus einem schmalen Ledergürtel improvisiert hatte, aber die beiden Männer an ihrer Seite waren mit automatischen Waffen ausgerüstet, die sie drohend auf De Ville und die anderen richteten. Rachel erkannte mit einer Mischung aus Schrecken und Staunen in einem der beiden den hünenhaften Farbigen wieder, den sie in Uschis Berghütte zurückgelassen hatten. Offensichtlich waren die Gefangenen schnell gefunden worden, aber nicht unbedingt von denen, mit denen De Ville gerechnet hatte.

»Ich bin froh, dass Sie vernünftig sind«, sagte Darkov, nachdem er De Ville geschlagene zehn Sekunden lang durchdringend angestarrt hatte. »Ich hätte Sie wirklich nur ungern getötet.«

De Ville schwieg. Sein Gesicht war zu einer Maske erstarrt, aber das Feuer in seinen Augen machte klar, dass Darkov und er auch in diesem Punkt so verschiedener Meinung waren, wie es nur ging. Darkov schien das auch zu begreifen, denn er setzte das Gespräch nicht fort, sondern schüttelte nur den Kopf und wandte sich mit einem resignierenden Seufzen direkt an Johannes Petrus.

»Es tut mir wirklich Leid, dass es so enden musste«, sagte er. Mit einer Geste auf Torbens bloße Füße und in eindeutig bedauerndem Tonfall fügte er hinzu: »Ich habe alles gesehen, weißt du?«

»Was gesehen?«, fragte Rachel. »Ich verstehe nicht …?«

»Wie auch?«, gab Darkov mit einem traurigen Lächeln zurück. »Sie kennen die Prophezeiung nicht, nicht wahr?«

»Welche Prophezeiung?«

»Eine der Prophezeiungen des Nostradamus«, sagte De Ville leise.

»Nostradamus?« Rachel hätte aufgelacht, hätte sie noch die Kraft dazu gehabt. »Aber das ist doch Unsinn. Nostradamus war …«

»… einer von vielen, die mit der Entschlüsselung der Schriftrollen betraut wurden«, unterbrach sie De Ville. Er sah nicht in ihre Richtung, sondern starrte weiter Darkov an. »Vieles von dem, was er vorausgesagt hat, ist eingetroffen. Manches andere nicht, aber in vielem hatte er Recht.«

»Und?«

»Er hat vorausgesagt, dass eines Tages der Papst auf nackten Füßen Rom in südlicher Richtung verlassen wird«, sagte De Ville leise. »Und dass damit das Ende der katholischen Kirche gekommen ist.«

Rachel blickte erschüttert auf Torben herab, aber in seinem Gesicht war nur Leere und die langsam verblassende Spur einer abgrundtiefen Verzweiflung und eines Schmerzes, der größer war, als irgendein Mensch ertragen konnte oder sollte.

»Und auch dieser Teil der Prophezeiung ist eingetroffen«, sagte

Darkov. »Warum hören wir nicht endlich auf, uns zu bekämpfen, und fügen uns in unser Schicksal?«

»Das habe ich ja versucht«, sagte De Ville bitter.

Darkov seufzte tief und schüttelte mit geschlossenen Augen den Kopf. »Schade«, murmelte er. »Ich hätte es vorgezogen ...«

Wieder zerriss ein greller, wie mit einem Messer in das Firmament geschnittener Blitz die falsche Dämmerung, aber diesmal explodierte er nicht in einer Lichtflut, um gleich darauf zu erlöschen, sondern fand in rasender Schnelligkeit seinen Weg bis zur Erde hinab und verschwand hinter dem schon zum größten Teil ausgebrannten Wrack des Busses. Im nächsten Sekundenbruchteil loderte eine grelle Flammensäule in die Höhe und Rachel und alle anderen fuhren erschrocken zusammen, als ein dumpfer Donnerschlag zu ihnen herüberwehte. Dann begann Feuer vom Himmel zu regnen.

Wie schon die Male zuvor, als sie diese Art von mörderischem Wunder erlebt hatte, ging es unglaublich schnell und beinahe ohne Vorwarnung. Plötzlich schien die Straße an zahllosen Stellen von winzigen, neu entstandenen Vulkankratern aufgerissen zu werden, aus denen Feuer und geschmolzenes Gestein in die Höhe schoss. Es mussten Dutzende, wenn nicht Hunderte Meteoriten sein, die um sie herum niederprasselten, und auch wenn sie aus purem Eis bestanden, explodierten sie doch mit der Wucht nuklearer Geschosse. Wohin sie auch blickten, war plötzlich nichts anderes aus Feuer und Staub, aber kein einziger der todbringenden Himmelsboten kam auch nur in ihre Nähe.

Dafür schlug eine ganze Salve von Meteoriten in die Häuser auf der gegenüberliegenden Straßenseite ein.

Keiner der Männer drüben hatte eine Chance. Vermutlich begriffen sie nicht einmal mehr, was sie tötete. Wo gerade noch eine Reihe jahrhundertealter Gebäude gestanden hatte, erhob sich plötzlich eine brüllende Flammenwand zwanzig oder dreißig Meter weit in die Höhe, und was dem ersten verheerenden Einschlag vielleicht noch entgangen sein mochte, fiel der gewaltigen Druckwelle zum Opfer, die die Explosion auslöste. Rachel fand gerade noch Zeit, herumzuwirbeln und sich schützend vor Tanja zu stellen, ehe auch sie wie alle anderen von den Füßen gefegt wurde und hilflos davonrollte. Das weiche Gras dämpfte den Aufprall und die Hitze war hier zwar noch schlimm genug, um sie aufstöhnen zu lassen, aber nicht mehr wirklich gefährlich.

Benommen blieb sie einen Moment liegen. In ihren Ohren war ein quälendes Heulen und Dröhnen, aber das Geräusch verging nach wenigen Augenblicken und machte einer fast noch unheimlicheren Stille Platz. Sie blinzelte, stemmte sich auf Knie und Ellbogen hoch und sah sich ungläubig um.

Es war vorbei.

Die Häuser auf der gegenüberliegenden Straßenseite brannten auf einer Strecke von sicherlich zweihundert Metern und auch an zahllosen anderen Stellen leckten Flammen in die Höhe, aber das himmlische Bombardement hatte so schnell wieder aufgehört, wie es begonnen hatte.

Die Druckwelle hatte auch Darkov und seine Begleiter von den Füßen gerissen. Und selbstverständlich versuchte De Ville die Chance zu nutzen, die sich ihm bot. Er sprang in die Höhe und riss in der gleichen Bewegung die Waffe aus dem Gürtel, aber so unglaublich schnell er auch war, er war nicht schnell genug. Einer von Darkovs Begleitern legte im Liegen mit dem Gewehr auf ihn an und schoss. Die Kugel traf De Ville in den Oberarm und wirbelte ihn herum, und noch bevor er zu Boden fiel, drückte der Söldner ein zweites Mal ab und traf diesmal den Soldaten, der ebenfalls versucht hatte, seine Waffe zu ziehen. Der Mann brach lautlos zusammen und Torben sagte scharf: »Aufhören!«

Erstaunlicherweise gehorchte der Söldner. Er schwenkte seine Waffe zwar herum und zielte damit drohend in ihre Richtung, feuerte aber nicht noch einmal, sondern richtete sich nur vorsichtig auf ein Knie auf und stützte den Lauf des Gewehrs nun auch mit der zweiten Hand ab. Auch der andere Söldner und schließlich auch Benedikt und Darkov selbst erhoben sich unsicher, benommen und verwirrt, aber ebenso unverletzt wie alle anderen. Rachel versuchte einen Blick auf Benedikts Gesicht zu erhaschen, aber es gelang ihr nicht. Vielleicht wollte sie auch nicht genauer sehen, was es darauf zu lesen gab, denn es war jedenfalls ein Ausdruck von Entschlossenheit und Kälte, der sie schaudern ließ.

»Bitte hört auf!«, sagte Torben. »Es ist genug Blut geflossen. Viel zu viel. Und viel zu lange.«

Niemand antwortete. Auch der zweite Söldner hob seine Waffe und legte sie drohend auf De Ville an, der sich halb aufgesetzt hatte und stöhnend die Hand auf die verletzte Schulter presste, aber Darkov selbst hatte sich herumgedreht und starrte erschüttert in die Flammenhölle, die seine Armee verschlungen hatte. Rachel konnte sein Gesicht nicht erkennen, aber sie konnte das Entsetzen des Mannes nahezu spüren. Nach allen anderen war er nun als Letzter an der Reihe gewesen zu begreifen, dass es in dieser Geschichte keine Gewinner, sondern nur Verlierer gab. Er murmelte etwas in seiner Muttersprache, dann drehte er sich ganz langsam herum und starrte aus leeren Augen in ihre Richtung. Seine Lippen bewegten sich weiter, aber Rachel hörte jetzt nichts mehr.

Auch Benedikt erhob sich langsam wieder. Sein Blick wanderte unablässig zwischen den brennenden Häusern auf der anderen Straßenseite und ihnen hin und her und sein Gesicht wirkte nach wie vor gequält, aber auch nach wie vor von jener schrecklichen Entschlossenheit erfüllt, die Rachel Angst machte. Mit einem langsamen, fast widerwillig wirkenden Schritt trat er direkt hinter seinen Vater und blieb wieder stehen, während sich auch die beiden Söldner vollends aufrichteten und drohend mit ihren Waffen herumfuchtelten.

Die Gewehre machten Rachel keine Angst mehr. Keine Waffe konnte ihr noch Angst machen, keine Bedrohung auf oder von dieser Welt ihr noch Furcht einflößen. Sie verstand plötzlich, wie sich Johannes Petrus fühlen musste, denn ihr erging es nicht anders. Ihre Aufgabe war ihr endgültig klar geworden, aber sie hatte auch im gleichen Moment alles verloren, wofür sich jemals zu leben gelohnt hatte. Hätte sie gewusst, dass der Tod im nächsten Augenblick zu ihr kommen würde, sie hätte ihn begrüßt.

»Worauf warten Sie noch?«, fragte De Ville. Er presste die Hand mit aller Kraft gegen seine zerschossene Schulter, aber die Wunde schien schlimmer zu sein, als sie im ersten Moment angenommen hatte, denn zwischen seinen Fingern quoll hellrotes Blut hervor und zeichnete ein bizarres Muster auf seinen Handrücken, ehe es zu Boden tropfte. »Machen Sie ein Ende. Erschießen Sie uns schon!«

Darkov sah ihn beinahe traurig an. »Jetzt haben Sie mich so lange gejagt und kennen mich immer noch nicht«, sagte er kopfschüttelnd.

»Ich kenne Sie immerhin gut genug, um zu wissen, dass Ihnen ein Menschenleben nichts bedeutet.«

Darkov wurde nicht wütend. Er sah De Ville einen Herzschlag lang nachdenklich an, dann drehte er sich hart zur Seite und blickte zu den hell in Flammen stehenden Häusern hinüber, ehe er sich abermals umwandte und wieder auf De Ville herabsah. »Wie es aussieht, bin ich mit dieser Einstellung nicht alleine.«

»Hören Sie auf!«, sagte De Ville wütend. »Ich erlaube nicht, dass Sie so reden! Das ist Gotteslästerung!«

»Möglich«, erwiderte Darkov ruhig. Mit einem angedeuteten Lächeln fügte er hinzu: »Aber ich glaube es nicht.«

Rachel gab es auf, der Unterhaltung folgen zu wollen, die ohnehin keine war. Jeder der beiden Männer sagte, was er glaubte sagen zu müssen, aber es interessierte den jeweils anderen wahrscheinlich gar nicht. Und er wusste es ohnehin schon. Stattdessen warf sie einen raschen, besorgten Blick auf Tanja hinab – sie hockte zitternd und bleich im Gras und hatte die rechte Hand gegen den Leib gepresst, schien aber ansonsten ebenso unversehrt davongekommen zu sein wie sie alle –, ehe sie sich wieder herumdrehte und in Benedikts Gesicht sah. Diesmal wich er ihrem Blick nicht aus. In seinen Augen war immer noch diese schreckliche Entschlossenheit, aber auch noch etwas, das sie nicht deuten konnte und das ihre Angst noch mehr schürte. Sie wusste nicht, wann und zu welchem Entschluss er gekommen war, aber es war klar, dass Benedikt sich zu etwas entschlossen hatte und dass es keine Macht auf dieser Welt gab, die ihn jetzt noch davon abbringen konnte.

»Du hast dich also entschieden«, sagte sie. Der bittere Klang ihrer Stimme erschreckte sie selbst, und im ersten Moment überraschte er sie fast, denn sie hatte geglaubt, auch diese Gefühle längst hinter sich gelassen zu haben. Aber natürlich stimmte das nicht. Das war nur, was ihr Verstand und die dumpfe Hoffnungslosigkeit, die sich wie ein schleichendes Gift in ihr ausbreitete, sie glauben machen wollten. Tief in ihrem Inneren war sie verletzt, unheilbar und schrecklich schwer verletzt, und sie hatte plötzlich das furchtbare Gefühl zu wissen, wie ihre persönliche Hölle aussehen würde, wenn es tatsächlich so etwas wie ein Leben nach dem Tod gab. Keine Feuerqualen, keine Dämonen mit Lanzen und glühenden Eisen, keine endlosen Schmerzen wie auf einem mittelalterlichen Gemälde, sondern ein niemals endendes Gefühl, verlassen und verraten zu sein.

Sie hatte nicht mit einer Antwort gerechnet, aber Benedikt nickte langsam und schwer und sagte: »Ja. Ich habe mich entschieden.« Seine Bewegung kam so schnell, dass der Mann, der links von ihm stand, den Schlag nicht einmal spürte, der seinen Kehlkopf zertrümmerte und ihn auf der Stelle sterbend zusammenbrechen ließ. Noch bevor der zweite Söldner die Gefahr auch nur registrierte, wirbelte Benedikt herum, schlug sein Gewehr nach oben und war mit einem blitzartigen, tänzelnd anmutenden Schritt so weit neben und hinter ihm, dass er das Knie hochreißen und es dem völlig überraschten Söldner mit furchtbarer Gewalt in die Nieren schlagen konnte. Der Mann brach mit einem halb erstickten, keuchenden Schrei zusammen und Benedikt schlang den Arm von hinten um Darkovs Hals, riss seinen Kopf zurück und blockierte mit der anderen Hand Darkovs unversehrten Arm, als dieser instinktiv nach der Pistole in seinem Gürtel greifen wollte. Der ganze bizarre Kampf – wenn man ihn überhaupt so nennen wollte – hatte weniger als zwei Sekunden gedauert.

Nicht nur Rachel starrte Benedikt fassungslos an. Auch De Ville hatte sich halb erhoben und schien nicht glauben zu können, was er sah, aber er machte keine Bewegung, um nach seiner Waffe zu greifen. Darkov wehrte sich verzweifelt gegen Benedikts Umklammerung, aber er hätte nicht einmal dann eine Chance gehabt, wenn er nicht verletzt und in einer so ungünstigen Position gewesen wäre. Benedikt war dreißig Jahre jünger als er, größer und ungleich stärker und Darkov hatte einen Großteil seines Lebens darauf verwandt, aus seinem Adoptivsohn eine lebende Waffe zu machen, deren Effizienz er nun am eigenen Leib zu spüren bekam. Benedikt hielt ihn ohne besondere Mühe und drückte seinen Hals immer weiter nach hinten, bis Darkov keine Luft mehr bekam und seinen Widerstand endlich einstellte.

»Ja«, wiederholte Benedikt. »Ich habe mich entschieden. Endgültig.«

Darkov presste ein paar Worte auf Russisch hervor und verstummte mit einem Keuchen, als Benedikt den Würgegriff um seinen Hals warnend verstärkte. »Sprich deutsch!«, befahl er. »Ich will, dass alle es verstehen.«

»Was … was tust du?«, keuchte Darkov. »Was ist in dich gefahren?«

»Das würde mich auch interessieren«, sagte De Ville. Langsam, so umständlich und zögernd, als traue er Benedikt nicht und vermute immer noch eine Falle – auch wenn das angesichts der so plötzlichen Veränderung ihrer Situation vollkommen unsinnig erschien –, stand er auf und ging zu dem verletzten Soldaten hin, ohne Benedikt dabei jedoch aus den Augen zu lassen. »Ist das jetzt nur ein neuer Trick, um uns in Sicherheit zu wiegen?«

»Reden Sie keinen Unsinn!«, sagte Rachel.

De Ville würdigte sie nicht einmal eines Blickes, sondern untersuchte den Mann flüchtig und richtete sich mit einem resignierenden, wortlosen Kopfschütteln wieder auf – allerdings nicht, ohne dabei das Gewehr des Toten aufzuheben. Er richtete die Waffe jedoch nicht auf Benedikt und seinen Vater, sondern klemmte sie sich nur umständlich unter den unverletzten Arm und sah damit beinahe hilfloser aus als zuvor. Nach einem letzten, unsicheren Blick in Benedikts Richtung ging er zu dem zweiten verletzten Soldaten und ließ sich neben ihm auf die Knie sinken. Der Mann war zumindest noch am Leben. Rachel konnte nicht erkennen, wie schwer er verletzt war, aber De Ville begann mit leiser, beruhigender Stimme auf ihn einzureden.

Benedikt hatte den zu einer Schlinge zweckentfremdeten Gürtel, in dem der linke Arm seines Vaters hing, mittlerweile zum zweiten Mal einer neuen Bestimmung zugeführt und benutzte ihn, um Darkovs Arme auf dem Rücken zusammenzubinden. Darkov sträubte sich nach Kräften und Benedikt versetzte ihm einen unsanften Stoß zwischen die Schulterblätter. »Hör auf dich zu wehren«, verlangte er. »Ich will dir nicht wehtun.«

»Nicht wehtun?« Darkovs Stimme wurde schrill, aber er gehorchte und gab Benedikt keinen Anlass, noch grober zu werden. »Du kannst mir nicht mehr antun, als du bereits getan hast.«

Benedikt antwortete gar nichts darauf, sondern überzeugte sich pedantisch davon, dass seine improvisierte Fessel auch hielt, bevor er seinen Adoptivvater unsanft vor sich her und nur einen Schritt von Rachel entfernt ins Gras stieß. Nachdem er Rachel mit einem entsprechenden Blick aufgefordert hatte, auf ihn Acht zu geben, ging er zu seinem verletzten Kameraden zurück, grub einen Moment in dessen Jackentasche und zog ein Paar Handschellen hervor, mit denen er dem Bewusstlosen die Hände auf dem Rücken fesselte. Nachdem er ihm auch noch die Pistole aus dem Gürtel – und ein Messer mit einer zwanzig Zentimeter langen Klinge aus dem linken Stiefel – gezogen und beides in hohem Bogen weggeworfen hatte, kehrte er zurück.

»Ich hatte befürchtet, dass du so etwas tust«, sagte Darkov in einem Ton, der zwischen Vorwurf und blankem Hass schwankte. »Ich hatte nur gehofft, ich würde mich irren.«

»Bitte schweig«, sagte Benedikt. Er klang nicht drohend oder ärgerlich, sondern einfach nur müde. Ohne eine Antwort abzuwarten, wandte er sich zu Rachel um. »Es tut mir Leid«, murmelte er.

»Was?«, fragte Rachel. »Dass du dich im letzten Moment doch noch richtig entschieden hast?«

»Ich weiß nicht, ob ich das habe«, murmelte Benedikt. Er wirkte nicht erleichtert. Selbst die eiserne Entschlossenheit in seinem Blick begann zu bröckeln, aber nicht auf eine Art, als beginne er an der Richtigkeit seines Tuns zu zweifeln. Vielmehr begriff Rachel, dass ihn das, was er soeben getan hatte, jedes bisschen Kraft und Überwindung gekostet hatte, das er aufbringen konnte, und dass er in diesem Moment wohl so etwas wie einen inneren Zusammenbruch erlitt. Sie hoffte, dass sie nicht herausfinden musste, wie weit er ging.

»Du weißt nicht, was du tust«, murmelte Darkov.

Benedikt ignorierte ihn. »Wie geht es dir?«, fragte er.

Rachel deutete ein Schulterzucken an. »Ich bin nicht verletzt, wenn du das meinst.«

Das hatte er nicht gemeint, aber er verbesserte sie nicht, sondern sah sie nur noch einen Moment lang traurig an und ging dann zu Tanja hinüber, um sich neben ihr in die Hocke sinken zu lassen. Rachel fiel auf, dass sein linker Ärmel blutgetränkt und der Stoff schwer vor Nässe war. Die Wunde, die er sich selbst zugefügt hatte, musste wieder aufgebrochen sein. Benedikt trug sein Kainszeichen auf dem Arm, nicht auf der Stirn.

»Wie fühlen Sie sich?«, fragte er.

Tanja antwortete nicht, sondern sah ihn nur aus angsterfüllten großen Augen an und wich ein Stück vor ihm zurück, aber Frank reckte kampflustig das Kinn vor und funkelte Benedikt an.

»Verschwinden Sie!«, sagte er herausfordernd. »Lassen Sie sie in Ruhe, Sie Mistkerl!«

Benedikt sah ihn nur an, und obwohl er kein einziges Wort sagte, brach Franks vorgetäuschter Mut zusammen wie ein Kartenhaus. Er hielt Benedikts Blick noch genau eine Sekunde lang stand, dann drehte er mit einem Ruck den Kopf weg und starrte wieder zu Boden. Seine Hände ballten sich zu Fäusten, aber die Bewegung schien seine Hilflosigkeit nur noch zu unterstreichen.

»Sie müssen keine Angst mehr haben«, sagte Benedikt sanft und wieder an Tanja gewandt. »Ich weiß, was man Ihnen angetan hat, aber nun ist alles vorbei. Niemand wird Ihnen jetzt noch etwas tun. Aber wir können nicht hier bleiben. Glauben Sie, dass Sie laufen können?«

Tanja sah ihn eine kleine Ewigkeit lang unschlüssig an, dann nickte sie krampfhaft. In ihren Augen war etwas wie mühsam unterdrückte Panik und Rachel war sicher, dass sie seinem Blick nicht aus Mut standhielt, sondern weil sie es im Gegenteil nicht wagte wegzusehen.

»Ich kann Sie tragen, wenn Sie das möchten«, sagte Benedikt.

Tanja schüttelte fast erschrocken den Kopf. »Es … es wird schon gehen«, sagte sie.

»Gut.« Benedikt wirkte erleichtert. Trotz ihrer fortgeschrittenen Schwangerschaft konnte Tanja kaum mehr als siebzig oder fünfundsiebzig Kilogramm wiegen, aber auch Benedikt war sichtlich am Ende seiner Kräfte.

»Wagen Sie es nicht, sie anzurühren, Sie Mörder!«, sagte Frank. »Sonst …«

»Sonst?«, unterbrach ihn Rachel. »Möchtest du sie vielleicht tragen?«

»Ich sagte doch, es geht.« Tanja stemmte sich umständlich in die Höhe, um ihre Behauptung unter Beweis zu stellen, und wäre um ein Haar gestürzt; als Benedikt und Frank jedoch gleichzeitig die Hände ausstreckten, um sie zu stützen, schüttelte sie den Kopf und machte einen trotzigen Schritt zur Seite, mit dem sie ihr Gleichgewicht wieder fand.

»Wieso haben Sie es eigentlich so eilig, wenn wir doch angeblich nicht mehr in Gefahr sind?«, fragte Frank mürrisch. »Haben Sie Angst, dass doch noch ein paar von Ihren Freunden auftauchen könnten, um Ihnen die Quittung für Ihren Verrat zu präsentieren?«

»Ich bin nicht sicher«, gestand Benedikt unumwunden. »Ich schätze, dass die meisten tot sind, aber ich weiß, dass Darkov all seine Männer hierher beordert hat.«

»Wozu?«, fragte De Ville misstrauisch. »Er konnte doch gar nicht wissen –«

»Es war nicht geplant, dass wir als Ihre Gefangenen nach Rom zurückkehren«, sagte Benedikt. »Aber es konnte nur hier enden.« Er schnitt De Ville mit einer Geste das Wort ab, als der etwas erwidern wollte, und deutete mit der anderen in den Himmel hinauf. »Bitte! Uns bleibt wirklich nicht mehr viel Zeit.«

De Villes Blick folgte seiner Geste und sein Gesicht nahm einen besorgten Ausdruck an. Auch Rachel sah ganz automatisch nach oben. Sie erschrak, als sie sah, dass der Todesstern abermals angewachsen war. Der Meteor selbst war kaum mehr als ein grell leuchtender Punkt, nicht einmal so groß wie der Vollmond, aber sein Halo aus kränklichem, bleichem Licht bedeckte mittlerweile zwei Drittel des Firmamentes und sandte dünne, gierige Finger in alle Richtungen.

»Wir brauchen einen Wagen«, sagte De Ville. »Zu Fuß schaffen wir es niemals rechtzeitig. Es sind noch gute zehn Kilometer bis Castel Gandolfo, wenn nicht mehr.«

Zehn Kilometer? Rachel hätte am liebsten laut aufgelacht. Sie war nicht einmal sicher, ob sie noch in der Lage waren, zehn *Meter* weit zu laufen, und De Ville hatte Recht: Sie brauchten unbedingt einen Wagen.

Frank deutete feindselig auf Darkov. »Was machen wir mit dem da?«

»Wir lassen ihn hier, damit seine Leute ihn finden und erneut Jagd auf uns machen können«, antwortete De Ville sarkastisch. »Was hatten Sie denn gedacht?«

»Der Kerl ist nur eine Belastung«, murrte Frank.

»Dann sollten wir ihn vielleicht erschießen«, schlug De Ville vor. Er tat so, als würde er Frank seine Pistole hinhalten. »Wollen Sie es tun?«

Frank starrte die Waffe eine halbe Sekunde lang an, dann drehte er sich mit einem trotzigen Ruck weg. De Ville schüttelte den Kopf, ließ die Pistole wieder im Halfter verschwinden und zog stattdessen ein Verbandspäckchen aus einer der zahllosen Taschen seiner Kampfanzugjacke. Nachdem er es mit den Zähnen aufgerissen hatte, versuchte er, einige Sekunden lang vergeblich, es unter seine Jacke und über die Schusswunde in seinem Arm zu schieben. Rachel sah ihm ein paar Augenblicke lang wortlos zu, ehe sie seine Hand beiseite schob und ihm half. Oder es wenigstens versuchte. Sie war nicht besonders gut als Krankenschwester. Sie verstand herzlich wenig von Schusswunden, aber es gelang ihr zumindest, die Blutung ein wenig zu dämmen. Falls es morgen früh noch so etwas wie einen Arzt gab, würde De Ville unbedingt seine Hilfe brauchen, wenn er sich keine lebensgefährliche Infektion einhandeln oder sogar den Arm verlieren wollte, aber bis dahin würde er wenigstens nicht verbluten.

»Danke«, sagte De Ville, als sie fertig war und mit einem unglückseligen Lächeln zurücktrat. Ihre Hände waren voller Blut.

»Ich hoffe, ich habe Ihnen nicht zu wehgetan«, sagte sie.

De Ville machte eine wegwerfende Geste. »Ich habe schon Schlimmeres ausgehalten«, behauptete er. Rachel glaubte ihm, aber sie fragte sich zugleich auch, in welche Situation ein Mann in De Villes Position wohl geraten konnte, um dabei angeschossen oder auf andere Weise schwer verletzt zu werden; schließlich war die Schweizergarde nicht die CIA.

Sie verscheuchte den Gedanken erschrocken. Sie sollte froh sein, dass es De Ville gab. Wenn er nicht wäre, was er war, dann wäre sie möglicherweise schon nicht mehr am Leben.

Sie wollte sich herumdrehen und gehen, aber De Ville hielt sie noch einmal zurück. »Warten Sie.«

Rachel sah ihn fragend an. De Ville blieb eine Sekunde lang unschlüssig stehen und sah zu Benedikt hin, der sich ein paar Schritte entfernt hatte und – vermutlich, aber keineswegs sicher – außer Hörweite war, dann drehte er sich mit einem Ruck herum und entfernte sich um einige Meter. Nach kurzem Zögern folgte ihm Rachel. »Ich muss Sie noch einmal um Ihre Hilfe bitten«, sagte er und zog die Pistole aus dem Gürtel. Rachel blickte irritiert auf die Waffe hinab.

»Keine Angst.« De Ville lächelte und ermunterte sie zugleich durch eine Bewegung, nach der Pistole zu greifen. Rachel wich jedoch ganz im Gegenteil einen halben Schritt zurück und ließ demonstrativ die Hände sinken.

»Bitte nehmen Sie sie«, beharrte De Ville. »Nur zu Ihrem eigenen Schutz. Ich muss Sie einen Moment allein lassen. Ich werde versuchen, irgendwo einen Wagen zu finden, und ich kann niemandem hier außer Ihnen vertrauen.«

»Ich vertraue Benedikt.« Rachel wurde ein wenig zornig. »Was soll er denn noch tun, um zu beweisen, dass er auf unserer Seite steht?«

»Es können tatsächlich noch ein paar von Darkovs Männern am Leben sein«, beharrte De Ville. Rachel entging keineswegs, dass er das Thema Benedikt geflissentlich überging. »Und vielleicht auch andere.«

»Andere?«

»Die Welt bricht auseinander«, sagte De Ville ernst. »Die Menschen spüren das Ende und sie tun vielleicht Dinge, die sie sonst niemals tun würden. Trauen Sie niemandem.« Er wiederholte seine auffordernde Geste mit der Waffe. »Und … passen Sie auf Petrus auf, bitte.«

Es kam Rachel geradezu absurd vor, dass De Ville diese Bitte mit einer geladenen Waffe in der Hand äußerte, aber sie spürte auch, wie schwer es ihm fiel, die Worte überhaupt auszusprechen. Nicht, weil sie auch nur im Entferntesten daran dachte, sie benutzen zu müssen, sondern einzig, um ihn zu beruhigen, griff sie nach der Pistole, die De Ville ihr hinhielt, und schob sie unter den Hosenbund.

»Danke«, sagte De Ville leise. »Ich bin bestimmt schnell zurück, aber es ist besser, wenn Sie sich irgendwo verstecken. Bleiben Sie auf dieser Seite der Straße, damit ich Sie finde, wenn ich zurückkomme.« Und damit ging er so schnell davon, dass Rachel keine Gelegenheit mehr blieb, ihn noch einmal zurückzuhalten oder eventuell sogar ein

Argument zu finden, dass es ihm unmöglich machte zu gehen. Hilflos sah sie ihm nach, bis ihn das graue Zwielicht verschlungen hatte, dann drehte sie sich herum und ging zu Benedikt zurück.

»Was wollte er?«, fragte Benedikt. »Dich davon überzeugen, dass du mir besser nicht vertraust?«

»Er sucht einen Wagen«, antwortete Rachel gezwungen ruhig.

»Wenigstens eine gute Idee«, murrte Benedikt.

»Ich verstehe überhaupt nicht, wo all die Leute sind«, sagte Rachel. Sie deutete auf die lange Reihe dunkel daliegender Häuser zu beiden Seiten der Straße, aber Benedikt gab nur einen sonderbar grunzenden Laut von sich, der wohl so etwas wie ein Lachen darstellen sollte.

»Was erwartest du wohl? Was würdest du tun, wenn vor deinem Haus Granaten explodieren, ein Bus in die Luft fliegt und Leute mit Maschinenpistolen aufeinander schießen?«

»Weglaufen oder mich verstecken«, sagte Rachel. Es war eine dumme Frage gewesen.

Benedikt nickte. »Und auch ganz bestimmt nicht hinausgehen und nachsehen, ob ich jemandem helfen kann«, sagte er. Er machte eine Kopfbewegung auf Tanja und Frank. »Kümmere dich um sie. Ich passe auf den Papst und auf meinen Vater auf. Die beiden haben sich bestimmt eine Menge zu erzählen und ich möchte nicht, dass sie vor lauter Wiedersehensfreude die Zeit vergessen.«

»Und was geschieht mit ihnen?« Rachel deutete auf die beiden verwundeten Männer.

Benedikt dachte einen Moment lang nach und hob dann die Schultern. »Wir können sie nicht mitnehmen«, sagte er. »Selbst wenn ich es wollte, ich könnte sie nicht beide tragen.« Er überlegte einen Moment, dann drehte er sich herum, hob den reglos daliegenden Söldner mit einiger Anstrengung auf die Arme und trug ihn an den Straßenrand, wo er ihn dicht neben den verletzten Soldaten aus Torbens Garde ins Gras legte. Der Mann wachte nicht auf, aber Rachel sah, dass sich seine Brust in regelmäßigem Takt hob und senkte. Wenigstens lebte er noch. Ihr war klar, dass Benedikt die Wahrheit sagte – sie hatten weder die Möglichkeit noch die Zeit, sich ausreichend um die beiden Verletzten zu kümmern oder sie gar mitzunehmen. Aber sie hier zurückzulassen bedeutete ihr sicheres Todesurteil.

Der Gedanke erfüllte sie mit einer tiefen Verzweiflung. Es gab absolut nichts, was sie tun konnte, weder für diese beiden verfeindeten Männer noch für die zahllosen anderen, die innerhalb der nächsten Stunden sterben würden, aber diese Einsicht half nicht. Sie machte das Gefühl der Hilflosigkeit nur noch schlimmer. Aus einem sinnlosen Affekt heraus ließ sie sich neben dem Mann aus De Villes Truppe auf ein Knie sinken und sah ihn an. Er war bei Bewusstsein und erwiderte ihren Blick und er schien sogar etwas sagen zu wollen, aber sie schüttelte rasch den Kopf und fragte: »Verstehen Sie mich?«

»*Si*«, antwortete der Mann.

»Wir können Sie nicht mitnehmen«, sagte sie. »Aber wir schicken Ihnen Hilfe, so schnell es uns möglich ist. Das verspreche ich. Alles wird gut.«

Der Mann antwortete nicht, aber er versuchte zu lächeln und nickte schwach mit dem Kopf. Auf seiner Stirn stand Schweiß in winzigen, schimmernden Perlen und er zitterte, nur ganz leicht, aber am ganzen Körper. Selbst wenn ihre Worte mehr als eine barmherzige Lüge gewesen wären, würde jede Hilfe für ihn zu spät kommen, das erkannte sie. Und sie las in seinen Augen, dass er es ebenfalls wusste. Aber trotzdem schien er ihr dankbar für den Versuch zu sein. Sie lächelte ihm noch einmal zu, stand auf und ging dann mit schnellen Schritten zu Tanja und Frank. Tanja hatte sich mittlerweile auf Franks Schulter gestützt und Frank empfing sie auf die für ihn übliche Art – mit zornigen Blicken. »Dafür, dass ihr es gerade so eilig hattet, scheinst du ja jetzt eine Menge Zeit zu haben«, sagte er giftig.

Rachel ignorierte ihn. »Alles in Ordnung?«, wandte sie sich an Tanja.

Tanja nickte.

»Dann lasst uns gehen.«

»Und wohin, wenn ich fragen darf?«, fragte Frank.

Rachel deutete die Straße hinab. Kaum zwanzig oder dreißig Schritte entfernt erhob sich ein aus groben Sandsteinblöcken errichtetes Gebäude, das in dem trüben Zwielicht wuchtiger und abweisender aussah, als es vermutlich wirken sollte. Und es wirkte vor allem *verlassen:* Wie alle Gebäude hier war es vollkommen dunkel – Rachel war mittlerweile sicher, dass der Strom in der gesamten Gegend ausgefallen war –, aber sowohl die Tür als auch das Garagentor standen weit offen und die Garage war leer. Es war nicht so, dass sie De Villes Worten glaubte, wonach sie sich möglicherweise in Gefahr begaben, wenn sie mit einem Fremden sprachen, aber sie wollte im Moment einfach niemandem begegnen. Es hätte zu viele Fragen gegeben, zu viele misstrauische Blicke, zu viele Erklärungen erfordert, die sie nicht geben konnte und wollte. Zu viele Unbeteiligte, die sie vielleicht einfach dadurch in Gefahr brachte, dass sie da war. Außerdem rechnete sie damit, dass De Ville bald zurückkehren würde. Sie befanden sich zwar schon ein gutes Stück von Rom und seinen Vororten entfernt und die Besiedlung war hier nicht annähernd so dicht wie weiter in Richtung auf die Millionenstadt hin, aber die Gegend war auch alles andere als ländlich – es gab allein auf dem Stück Straße, das sie überblicken konnten, an die zwei Dutzend Häuser und in irgendeinem davon würde De Ville mit Sicherheit einen fahrbaren Untersatz auftreiben. Vermutlich würde er sie einholen, noch bevor sie das Haus erreicht und sich darin umgesehen hatten. Wortlos griff sie nach Tanjas Arm, legte ihn sich um die Schulter und ging los.

Schon nach wenigen Schritten begann sie Tanjas Gewicht schmerzhaft zu spüren. Ihre Freundin bemühte sich zwar nach Kräften, sich nicht noch mehr auf sie zu stützen und sie auf diese Weise noch mehr zu belasten, aber diese Kräfte waren begrenzt und Rachel begann zu begreifen, dass Tanja und die anderen in den zurückliegenden Tagen kaum weniger durchgemacht hatten als sie. Wo blieb nur De Ville mit dem Wagen? Vielleicht war es doch keine so gute Idee gewesen, allein loszumarschieren. Sie hätten bleiben sollen, wo sie waren, und dort auf ihn warten.

Als sie ankamen, war sie so erschöpft, dass auch sie vor Schwäche taumelte. Das Haus war verlassen, genau wie sie vermutet hatte. Die Eingangstür stand weit offen, und als Rachel hindurchtrat, empfing sie jene absolute Stille, wie sie nur in seit langer Zeit leer stehenden Gebäuden herrscht, vermischt mit einem leichten Modergeruch. Rachel blieb stehen, löste Tanjas Arm behutsam von ihrer Schulter, nachdem sie sich davon überzeugt hatte, dass sie aus eigener Kraft stehen konnte, und trat mit klopfendem Herzen einen Schritt in die Dunkelheit hinter der Tür hinein. Sie sah so gut wie nichts, aber unter ihren

Füßen wirbelte trockener Staub auf, vielleicht zum ersten Mal seit Jahren, und das einzige Geräusch, das sie hörte, war das Pochen ihres eigenen Herzens.

»Jemand zu Hause?«, erkundigte sich Benedikt.

Rachel schüttelte den Kopf und antwortete erst nach einigen Sekunden laut, als ihr klar wurde, dass er die Bewegung in der Dunkelheit kaum sehen konnte. »Nein. Schon seit einer ganzen Weile nicht mehr, schätze ich.«

»Perfekt«, sagte Benedikt. »Dann warten wir hier, bis De Ville mit dem Wagen zurück ist.«

18

Zwanzig Minuten später war selbst Rachel bereit, sich einzugestehen, dass irgendetwas schief gegangen war. Gewaltig schief gegangen. De Ville war nicht unmittelbar nach ihnen eingetroffen, wie sie insgeheim gehofft hatte, nicht nach fünf und nicht einmal nach zehn Minuten.

Er war bisher überhaupt nicht aufgetaucht.

Zumindest das Haus war ausnahmsweise einmal eine angenehme Überraschung gewesen: Es musste mindestens seit einem Jahr leer stehen, ganz wie Rachel vermutet hatte, aber es war komplett eingerichtet, und trotz seines Alters hatte es der Feuchtigkeit widerstanden, sodass sie es wenigstens trocken und einigermaßen warm hatten. Benedikt hatte an der Tür und auch am Garagentor frische Einbruchspuren gefunden – allerhöchstens einige Stunden alt, wie er erklärt hatte –, aber die ungeladenen Gäste waren nicht mehr da, und was immer sie auch gesucht hatten, sie hatten zumindest nicht die Möbel mitgenommen und auch nicht zu denen gehört, die aus lauter Zorn oder auch Freude am Zerstören alles kurz und klein schlugen.

Nachdem klar geworden war, dass De Ville wohl nicht in den nächsten Sekunden auftauchen und sie abholen würde, hatten sie das Gebäude etwas genauer inspiziert und ein zwar alles andere als sauberes, aber wenigstens trockenes Bett für Tanja und eine Speisekammer mit einer äußerst massiven Tür für Darkov gefunden.

Jetzt stand Rachel in einem kleinen Zimmer im Obergeschoss, dessen Fenster auf die Straße hinausführte, und tat das Einzige, was ihr im Moment zu tun übrig blieb: Sie hielt nach De Ville Ausschau.

Nicht, dass sie wirklich noch mit seinem Kommen rechnete. Er war zu lange weg. Zwanzig Minuten waren eine Menge Zeit, selbst für einen erschöpften Mann wie De Ville, um nichts Aufregenderes als irgendeinen fahrbaren Untersatz zu finden, den er ausleihen oder zur Not auch einfach stehlen konnte, um damit zurückzukommen. Irgendetwas war passiert. Sie glaubte kaum noch, dass sie ihn überhaupt wieder sehen würden. Rachel fuhr sich müde mit beiden Händen durch das Haar und stellte fest, dass es sich wie Stroh anfühlte und vermutlich auch nicht besser aussah und noch schlimmer roch. Damit passte es vermutlich zu ihrem gesamten Äußeren. Sie betrachtete ihr nur verschwommen erkennbares Spiegelbild in der Fensterscheibe vor sich und war froh, dass sie sich nur als Schemen sehen konnte, als Gespenst. Viel mehr war sie wohl auch nicht mehr. Sie war niemals eine Laufstegschönheit gewesen und ihr Gesicht wäre wahrscheinlich nie auf dem Titelblatt des »Playboy« oder des »People«-Magazin aufgetaucht, aber sie hatte zeit ihres Lebens auch Wert auf ein halbwegs gepflegtes Äußeres und vor allem auf ein gesundes Aussehen gelegt und jetzt musste sie wirklich aussehen wie ihr eigener Geist, der Schatten ihres früheren Selbst.

Der Gedanke ließ sie müde lächeln. Um sie herum brach die Welt in Stücke und sie machte sich Sorgen um ihr *Aussehen!* Das war absurd. Und zugleich irgendwie so menschlich, dass es sie wieder tröstete. Vielleicht war es einfach so, dass die kleinen Dinge wichtiger wurden, je mehr von den großen verloren gingen.

Sie nahm die Hände herunter, trat einen halben Schritt vom Fenster zurück und reckte sich. Ihr Rücken schmerzte, damit unterschied er sich allerdings kaum vom Rest ihres Körpers. Es gab praktisch keinen Quadratzentimeter auf ihrer Haut, der nicht zerschunden, durchgeprügelt, gezerrt, gequetscht, zerschrammt oder auf andere Weise malträtiert worden war, und nicht einen einzigen Nerv, der nicht an die Grenzen dessen geführt worden war, was er an Schmerz ertragen konnte. Eigentlich, überlegte sie, müsste sie tot sein oder zumindest in einem Zustand, der ihm weit näher war als das Leben. Sie war kein hochtrainierter Einzelkämpfer wie Benedikt oder De Ville, sondern nur eine Frau von knapp dreißig Jahren, die in ihrem Leben viel zu wenig Sport getrieben und zum Ausgleich viel zu viele ungesunde Dinge getan hatte. Dennoch stand sie hier, hatte Rückenschmerzen und einen schlechten Geschmack im Mund und den schlimmsten Muskelkater der Welt, fühlte sich aber ansonsten einigermaßen fit und war unverletzt. Nicht einmal die Feuerhölle des brennenden Busses hatte ihr wirklich etwas anhaben können. Sie war so gut wie unversehrt, was ihr zwar selbst unglaublich vorkam, aber trotzdem Tatsache war. Sie hatte eindeutig ein ganzes Bataillon von Schutzengeln, die auf sie

Acht gaben. Ein Schutzengel, der einen Schutzengel hatte, das war absurd.

Und so sinnlos.

Wenn Gott tatsächlich existierte, dachte sie, und wenn er nicht nur die allgegenwärtige, bestimmende Macht war, die das Universum zusammenhielt und es einem Zweck entgegenführte, der dem Verständnis des Menschen vielleicht für immer verborgen bleiben mochte, sondern tatsächlich über einen Intellekt und einen bewussten *Willen* verfügte, wenn hinter alledem ein gezieltes Lenken stand und er über solch unvorstellbare Macht gebot – wozu dann all das? Warum ließ er einen einfachen Menschen wie sie, der nicht einmal wirklich an ihn glaubte, so leiden, statt einfach mit den Fingern zu schnippen und seinen Willen Wirklichkeit werden zu lassen – ganz abgesehen von den vielen Millionen anderen und ebenso unschuldigen Männern, Frauen und Kindern, die innerhalb der nächsten Stunden sterben würden?

Weil auch seiner Macht Grenzen gesetzt waren?

Rachel dachte einige Sekunden lang ernsthaft über diese Frage nach. Nein, so einfach konnte es nicht sein. Die Antwort schloss sich durch die Fragestellung von selbst aus. Wenn es etwas wie Gott – und sei es nur als bloßes Prinzip – wirklich gab, dann war es allmächtig und dann hatte auch alles, was es tat, irgendeinen Sinn. Sie konnte ihn nicht erkennen, das war alles, vielleicht *sollte* sie es gar nicht.

Sie hörte das Geräusch der Tür, drehte sich herum und erkannte Benedikt, nur als Silhouette, einen großen, breitschultrigen Schatten, der sich bücken musste, um sich an dem niedrigen Türsturz nicht den Kopf zu stoßen, aber wer sollte es sonst sein? Die Auswahl an Menschen, die sie kannte, schmolz in letzter Zeit immer dramatischer zusammen.

»Hallo, Benedikt«, sagte sie.

Er antwortete nicht, trat gänzlich ein und schloss die Tür mit dem Fuß hinter sich. Das musste er, weil er in beiden Händen etwas trug, das er vorsichtig vor sich balancierte.

Rachel erkannte den Geruch, bevor er so nahe kam, dass sie die beiden Tassen sehen konnte, die er in den Händen hielt.

»Kaffee?«, fragte sie ungläubig.

»Frisch aufgebrüht nach einem alten russischen Geheimrezept«, antwortete Benedikt. »Es wird seit Jahrhunderten von einer Generation an die nächste weitergegeben und normalerweise verteidigen wir es mit unserem Leben.« Er hielt ihr eine Tasse hin, einen schweren Becher aus dickem Porzellan, von dessen bunt bemaltem Rand schon die Farbe abblätterte. »Aber bei dir mache ich eine Ausnahme. Nimm. Und sei vorsichtig, er ist heiß.«

Das war untertrieben. Die Tasse war so heiß, dass sie sich fast die Finger verbrannte, und der Inhalt schien zu kochen. Außerdem schmeckte er scheußlich. Dennoch kam er ihr wie das Köstlichste vor, was sie jemals getrunken hatte, vielleicht weil es auch eines dieser kleinen, selbstverständlichen Dinge war, die in den letzten Stunden so unglaublich an Wert gewonnen hatten. Sie nahm einen gewaltigen Schluck und grinste Benedikt breit an.

»Ein jahrhundertealtes Familienrezept? Es schmeckt eher wie hundert Jahre alter Instantkaffee, wenn du mich fragst.«

»Das Verfallsdatum ist seit vier Jahren überschritten«, gestand Benedikt ungerührt. »Ich habe die Dose unten in einem Schrank gefunden. Kaffee wird doch nicht schlecht, oder?«

»Keine Ahnung«, sagte Rachel. Sie nahm einen weiteren, noch größeren Schluck. Er war grauenhaft und himmlisch zugleich. »Du bist ein Zauberer«, sagte sie. »Wo um alles in der Welt hast du das heiße Wasser her?«

»Unten in der Küche steht ein altmodischer Herd«, antwortete Benedikt. »Und es gab noch einen Vorrat an trockenem Feuerholz. Mehr braucht ein alter Pfadfinder wie ich nicht.« Er nippte an seinem Kaffee und verzog angewidert das Gesicht. »Nun ja, fast. Hast du irgendetwas gesehen?«

Er deutete mit der dampfenden Kaffeetasse in seiner Hand zum Fenster, hinter dem Rachel bisher gestanden hatte, und kam gleichzeitig näher. Rachel schüttelte den Kopf und nippte erneut an ihrer Tasse. Der zweite Schluck schmeckte womöglich noch schlechter als der erste und trotzdem genoss sie ihn beinahe noch mehr.

Benedikt ging zum Fenster und sah eine Zeit lang schweigend hinaus und Rachel postierte sich hinter und ein Stück neben ihm, ohne aber jene imaginäre Grenze zu unterschreiten, die sie bisher immer eingehalten hatte; eine Distanz von weniger als einem Meter, eindeutig innerhalb seiner Reichweite, aber nicht nahe genug, um wirklich vertraut oder intim genannt werden zu können. Ihre nur angedeuteten Spiegelbilder jedoch schienen direkt nebeneinander zu stehen, so dicht, dass die bleichen Schemen ihre Gesichter fast miteinander verschmolzen. Das Bild implizierte eine Vertrautheit, die sie für wenige, kostbare Augenblicke gespürt hatte und die irgendwie im Chaos der zurückliegenden Stunden wieder verloren gegangen war. Spätestens seit sie sich über ihre wirkliche Bestimmung klar geworden war, war sie beinahe sicher, dass Benedikt *nicht* ihr Bruder war. Ihr Vertrauen in ihn war durch diese Erkenntnis kein bisschen geringer geworden. Sie hatte niemals an den abgedroschenen Spruch geglaubt, dass Blut dicker sei als Wasser. Die Tatsache, dieselben biologischen Eltern zu haben, bedeutete erst einmal rein gar nichts. Sie war sogar fast erleichtert gewesen, als sie begriffen hatte, dass sie vollkommen Fremde waren, die nur das Schicksal zusammengeführt hatte, nicht die Vererbung, aber damit war keineswegs so etwas wie eine unsichtbare Grenze zwischen ihnen gefallen. Natürlich hatte sie mehr als einmal und mehr als nur flüchtig auch daran gedacht, aber sie wusste einfach, dass sie niemals zusammenkommen würden, selbst wenn es eine gemeinsame Zukunft für sie gab. Das machte jedoch nichts. Vielleicht machte es das, was sie gemeinsam erlebt hatten, sogar noch wertvoller.

Sie zwang sich, gegen ihr Gefühl einen Schritt nach vorne zu tun und nun unmittelbar neben ihm am Fenster zu stehen, so dicht, dass sich ihre Schultern berührten. Benedikt blickte weiter starr aus dem Fenster und auf die Straße hinaus, aber seine Mundwinkel zuckten ganz leicht, als sie ihn berührte, und er machte eine fast unmerkliche Bewegung zur Seite; nicht einmal die Andeutung eines wirklichen Schrittes, aber doch weit genug, dass sich ihre Schultern nicht mehr berührten. Noch bevor Rachel verletzt reagieren konnte, wurde ihr klar, dass sie an seinen verwundeten Arm gestoßen war und ihm vermutlich wehgetan hatte.

»Entschuldige«, sagte sie. »Ich hatte es ganz vergessen.«

Er sah sie immer noch nicht an, schüttelte aber knapp den Kopf und die Andeutung eines Lächelns huschte über das bleiche Spiegelbild seines Gesichtes in der Fensterscheibe vor ihr. »Ich auch«, sagte er. »Wenigstens habe ich es versucht.« Er griff nach seiner Kaffeetasse, die er auf dem Fensterbrett abgestellt hatte, nahm einen großen Schluck und verzog dann übertrieben die Lippen. »Ich trinke einfach noch zwei oder drei Becher von dem Zeug hier, dann spüre ich sowieso nichts mehr.«

Rachel blieb ernst. Ihr war nicht nach Smalltalk zumute, und auch wenn es der falsche Moment war: Vermutlich gab es für nichts mehr einen richtigen Moment. »Hast du es deshalb getan?«, fragte sie mit einer Kopfbewegung auf den blutgetränkten Stoff seiner Jacke.

»Was? Mich von meinem Vater losgesagt?« Er schüttelte den Kopf und beantwortete seine Frage auf diese Weise gleich selbst. »Heute Nachmittag, als mir klar wurde, dass er mir nie wirklich vertraut hat, ja. Aber das war nicht der Grund.«

»Ich weiß, dass du glaubst, so etwas wie der Antichrist zu sein«, sagte Rachel. Die Worte kamen ihr nur schwer über die Lippen, nicht nur, weil sie wusste, wie sehr sie ihm wehtun mussten, sondern auch, weil sie ihr trotz allem immer noch albern und fast lächerlich erschienen. Sie war in einer Welt geboren und aufgewachsen, in der Worte wie Antichrist, Satan, aber auch Wunder und Heiligkeit nicht mehr viel zu bedeuten hatten, und wenn überhaupt, dann in den Bereich des Lächerlichen und Albernen gehörten, und trotz allem war da noch ein kleiner Teil in ihr, der ihr klarmachte, dass sie vermutlich dabei war, sich in Benedikts Augen zur Närrin zu machen. Dennoch fuhr sie fort: »Das muss nicht so sein, weißt du? Ich meine – *niemand* weiß, ob ich *wirklich* die Auserwählte bin, wenn du mir diesen hochtrabenden Ausdruck gestattest. Es kann alles ganz anders sein. Der einzige Mensch auf der Welt, der es wirklich gewusst hat, ist tot und –«

»Lass es«, unterbrach sie Benedikt. »Ich weiß, was du mir sagen willst. Danke für den Versuch.«

»Aber –«

»Du musst keine Angst haben, dass ich es mir vielleicht doch noch anders überlege«, fuhr Benedikt fort, nun leiser und mit unheimlich veränderter Stimme. »Du willst wissen, warum ich meinen Vater verraten und mich auf eure Seite geschlagen habe?« Er drehte mit einem Ruck den Kopf und sah sie an. »*Weil* ich weiß, was ich bin.«

»Das verstehe ich nicht«, sagte Rachel.

»Nein?« Seine Stimme wurde bitter. »Vielleicht verstehe ich es auch nicht. Vielleicht will ich es auch gar nicht verstehen. Vielleicht will ich kein Spielzeug sein. Weißt du, weder dieser alte Mann an der Spitze der Kirche noch De Ville hätten es begriffen, aber ich habe euch geholfen, *weil* ich glaube, dass mein Vater Recht hat.«

Rachel war nun vollends verwirrt. Sie glaubte Benedikts Gedankengang folgen zu können, aber sie war nicht ganz sicher.

»Diese beiden dummen alten Männer«, fuhr Benedikt fort, »sie führen seit einem Menschenleben Krieg gegeneinander und sie begreifen nicht einmal, worum sie kämpfen oder wofür. Vielleicht stimmt es. Vielleicht hat Torben Recht und einer von uns ist der neue Messias und der andere der Antichrist, vielleicht ist auch alles nur Unsinn. Es interessiert mich nicht. Es ist mir völlig gleichgültig, welche Rolle mir zugedacht worden ist. Ich bestimme allein über mein Leben. Sollen sich andere Gedanken um das Schicksal der Welt machen. Ich lasse mir von niemandem vorschreiben, wie ich zu leben und was ich zu tun habe. Weder von Gott noch vom Teufel.«

Rachel schwieg. Sie war erschüttert. Nicht einmal so sehr über das, was Benedikt gesagt hatte, als über die Verzweiflung in seiner Stimme und in seinen Augen. Wie tief musste ein Mensch verletzt sein, wenn er bereit war, Gott selbst herauszufordern?

Da sie spürte, dass sie im Moment ohnehin nichts tun konnte, um ihm zu helfen, drehte sie sich demonstrativ wieder herum und sah aus dem Fenster, in die Richtung, aus der De Ville kommen musste. Die Straße war nach wie vor leer und sie konnte sie nun auf eine Entfernung von sicher einem halben Kilometer überblicken, denn das Licht des näher kommenden Sternes hatte weiter an Leuchtkraft zugenommen. Die dünnen, wie eingefrorene, vielfach verästelte Blitze wirkenden Linien, die von dem leuchtenden Halo ausgingen, berührten nun in allen Richtungen den Horizont und es war mittlerweile heller als in einer wirklich klaren Sternennacht. Nur in südlicher Richtung, scheinbar viel weiter entfernt, als es tatsächlich der Fall war, wie sie wusste, durchbrach ein rotes Glühen den kaltweißen Schein: der Widerschein zahlloser Brände, die dort hinten flackerten, aber in diesem Moment erschien es ihr, als hätte etwas dem Himmel eine Wunde geschlagen, aus dem leuchtendes Blut quoll.

»Was ist, wenn er nicht kommt?«, murmelte sie.

»De Ville?«

»Ja.«

»Dann warten wir«, sagte Benedikt.

»Und worauf?«

»Auf das da.« Benedikt machte eine Kopfbewegung nach draußen. *Auf das Ende der Welt.*

Eine Zeit lang standen sie schweigend nebeneinander da, dann spürte sie, wie sich irgendetwas in Benedikt änderte. Er trank noch einen winzigen Schluck Kaffee, stellte die Tasse mit einem übertrieben heftigen Ruck auf das Fensterbrett zurück und sagte in verändertem Ton: »Lass uns nach unten gehen. Ich möchte, dass du nach deiner Freundin siehst.«

Aus keinem anderen Grund war sie hier. Vielleicht wäre jetzt der letzte überhaupt mögliche Moment gewesen, es ihm zu sagen, aber während sie noch mit den Worten rang, drehte sich Benedikt bereits vollends herum, warf dabei aber noch einmal einen flüchtigen Blick aus dem Fenster – und fuhr erschrocken zusammen.

»Da kommt jemand.«

Auch Rachel trat wieder näher ans Fenster heran und versuchte die einsame Gestalt zu erkennen, die sich aus nördlicher Richtung näherte. Sie ging mitten auf der Straße und irgendetwas war mit ihr nicht in Ordnung. Sie ging nicht gerade, sondern schleppte sich in mühsamen Schlangenlinien dahin, und es war …

»Das ist doch …«, murmelte Benedikt.

»Uschi!« Rachel riss ungläubig die Augen auf. Die Gestalt war noch zu weit entfernt, als dass man in dem sonderbaren Licht tatsächlich ihr Gesicht erkennen konnte, aber sie war dennoch vollkommen sicher, dass es niemand anderes als Uschi war. Sie erkannte ihren Gang trotz des betrunken wirkenden Taumelns, ihre typische Silhouette und ihre Art sich zu bewegen, obwohl sie sich niemals in all der Zeit *so* bewegt hatte. »Aber das ist doch unmöglich«, murmelte sie. »De Ville hat doch gesagt, dass sie tot sei.«

»Gehen wir hinunter und fragen sie«, schlug Benedikt vor.

Sie liefen aus dem Zimmer und dicht hintereinander die steile Holztreppe hinab. Obwohl sie von oben gesehen hatten, dass die Straße vollkommen leer war, zog Benedikt seine Pistole, bevor er dicht vor ihr mit weit ausgreifenden Schritten aus dem Haus stürmte und nach links schwenkte. Rachel folgte ihm, so schnell sie konnte, aber natürlich rannte er viel schneller als sie und erreichte Uschi wenigstens zehn Sekunden vor ihr.

Wahrscheinlich war das auch gut so, denn Rachel sah, wie ihre Freundin noch einen einzelnen, taumelnden Schritt machte und dann zusammenbrach, gerade im richtigen Moment, damit Benedikt die Arme ausstrecken und sie auffangen konnte.

Verzweifelt rannte sie schneller und wäre um ein Haar selbst gestürzt. Sie war so außer Atem, dass sie in den ersten Sekunden kein Wort herausbrachte, sondern Uschi nur verwirrt und zu Tode geängstigt anstarren konnte. Sie bot einen furchtbaren Anblick. Ihre Kleider waren angesengt und ein Teil ihres Haupthaars war verschmort. Sie zitterte am ganzen Leib. Als Benedikt sie jedoch hochheben wollte, wehrte sie seine Hände ganz instinktiv ab und versuchte aus eigener Kraft einen Schritt zu machen.

»Was soll der Unsinn?«, knurrte Benedikt.

Obwohl sie so schwach war, dass sie kaum einen verständlichen Laut hervorbrachte, murmelte Uschi: »Nehmen Sie Ihre Hände von mir, verdammter Kerl. Ich kann allein gehen.«

Das war lächerlich. Benedikt hob jedoch nur die Schultern, ließ sie los und trat einen halben Schritt zurück und Uschi versuchte tatsächlich loszugehen und schaffte immerhin einen halben Meter, bevor sie erneut in die Knie brach. Diesmal wehrte sie sich nicht mehr, als Benedikt sie auffing und aus der gleichen Bewegung heraus so mühelos hochhob, als wäre sie ein kleines Kind.

»Was …«, murmelte Rachel fassungslos. »Uschi! Du lebst!«

»Da wäre ich nicht so sicher«, antwortete Uschi mühsam. »Wo zum Teufel seid ihr gewesen?«

Benedikt drehte sich herum und begann zum Haus zurückzugehen und Rachel trat schnell an seine Seite. Selbst jetzt bereitete es ihr Mühe, mit ihm Schritt zu halten, so schnell, wie er ging. »Wir dachten, du wärst tot«, murmelte sie erneut. »De Ville hat gesagt, dass er gesehen hat, wie du gestorben bist.«

»De Ville.« Uschi hustete qualvoll. »Dieser elende Mistkerl. Ist er bei euch?«

»Nein.«

»Gut«, sagte Uschi. »Ich hoffe, sie haben ihn erwischt.«

Rachel wollte etwas antworten, aber Benedikt ging jetzt noch schneller und rannte fast und sie war ziemlich sicher, dass er es nicht nur tat, um möglichst schnell in die – wenn auch nur eingebildete – Sicherheit des Hauses zurückzukehren. Vielmehr wollte er wohl nicht, dass sie das Gespräch im Moment fortsetzten.

Sie erreichten das Haus. Rachel lief auf eine entsprechende Kopfbewegung Benedikts hin voraus und stieß die Tür zu dem kleinen Schlafzimmer auf, in dem sie Tanja und Johannes Petrus zurückgelassen hatten.

Der Raum war von einem halben Dutzend Kerzen in flackernde rote Helligkeit getaucht. Torben saß auf einem Stuhl direkt neben der Tür und starrte noch immer genauso ins Leere, wie er es die ganze Zeit über getan hatte. Er schien nicht einmal zu bemerken, dass sie hereinkamen. Tanja lag auf dem alten, aber sehr großen Bett und hatte sich mit geschlossenen Augen auf die Seite gedreht, sie schien zu schlafen; und Frank saß auf der Bettkante auf der ihnen zugewandten Seite und sah erschrocken hoch, als sie hereinstürmten. Er wollte etwas sagen, aber Benedikt lief mit seiner reglosen Last auf den Armen so rasch auf ihn zu, dass er erschrocken aufsprang und zwei Schritte rückwärtsgehend zurückwich. Vermutlich war das auch gut so. Rachel bezweifelte nicht, dass Benedikt ihn einfach zur Seite gefegt hätte, hätte er nicht von sich aus Platz gemacht.

»Was ist denn jetzt schon wieder?«, murmelte Frank verwirrt.

Weder Benedikt noch Rachel nahmen überhaupt Notiz von ihm. Benedikt lud Uschi behutsam auf dem Bett ab und trat hastig einen Schritt zurück, um Platz für Rachel zu machen, und Tanja, die auf der anderen Seite lag, stemmte sich mühsam auf die Ellbogen hoch und wandte den Kopf. Sie sog hörbar die Luft zwischen den Zähnen ein, als sie Uschi erkannte.

»Aber ich dachte –«

Sie verstummte, als Rachel ihr einen schnellen, mahnenden Blick zuwarf, und versuchte sich weiter aufzusetzen. Sie schaffte es nicht. Frank murmelte etwas, das Rachel in diesem Moment lieber nicht verstehen wollte, und eilte um das Bett herum, um seiner

Frau zu helfen, und Rachel setzte sich dorthin auf die Bettkante, wo er gerade gesessen hatte, und griff nach Uschis Hand. Sie war heiß. Ihre Haut fühlte sich fiebrig an und sie konnte spüren, wie schnell ihr Puls jagte.

Vielleicht fünf Sekunden lang lag Uschi einfach mit geschlossenen Augen und völlig reglos da, als wären ihr nun tatsächlich die Sinne geschwunden, dann aber hob sie die Lider und stemmte sich hoch. Im ersten Moment hatte sie damit die gleichen Schwierigkeiten wie Tanja zuvor und Rachel wollte ihr aufhelfen, aber natürlich ließ Uschis typischer Starrsinn das nicht zu. Sie schüttelte zornig den Kopf und Rachel zog die Hände zurück.

»Danke«, murmelte Uschi trotzdem. Sie setzte sich ganz auf, zog die Knie an den Körper und verbarg für einen Moment das Gesicht in den Händen, ein für sie völlig untypisches Eingeständnis von Schwäche, das Rachel endgültig klarmachte, was sie durchgemacht haben musste. Als sie die Arme jedoch wieder sinken ließ, hatte sie sich erneut in der Gewalt. Nicht dass sie einen irgendwie erleichternden Anblick bot; ihre Kleider waren mit Brandflecken nur so übersät und ihre rechte Hand war schwarz von eingetrocknetem Blut. Sie hatte eine hässliche rote Brandwunde, die sich von der Schläfe ausgehend bis unter ihr Auge zog, in ihrem Nacken verschwand und vermutlich eine Narbe zurücklassen würde, und wie es unter ihrem verkohlten Haar aussah, wagte sich Rachel nicht einmal vorzustellen.

»Also«, sagte Benedikt. »Erzählen Sie. Was ist passiert?«

Uschi warf ihm einen giftigen Blick zu, verzichtete jedoch auf die scharfe Antwort, mit der Rachel rechnete, und schüttelte nur den Kopf. »Später«, murmelte sie. »Jetzt möchte ich mich erst einmal darüber freuen, dass ich noch am Leben bin.«

»Hast du Schmerzen?«, fragte Rachel.

»Natürlich nicht«, antwortete Uschi. »Ich habe mich selten so gut gefühlt, weißt du?« Sie presste die Lippen zusammen. »Natürlich habe ich Schmerzen. Aber ich schwöre dir, dass jemand anderes noch viel schlimmere Schmerzen haben wird, sobald er zurück ist. Es sei denn, irgendjemand nimmt mir die Arbeit ab und dreht dem Mistkerl den Hals um.«

»De Ville?«, fragte Benedikt.

»Wer denn sonst? Wo ist er?«

»Er wollte einen Wagen besorgen«, sagte Benedikt. »Aber er ist schon ziemlich lange weg. Irgendetwas scheint schief gegangen zu sein.«

»Er wird nicht wiederkommen«, sagte Uschi. »Wartet lieber nicht auf ihn.«

»Woher wollen Sie das wissen?«, fragte Benedikt. Er wirkte misstrauisch und eigentlich nicht besonders erleichtert, Uschi zu sehen.

Uschi lachte böse. Sie hob die Hand und deutete auf ihr versengtes Haar und die hässliche rote Wunde neben ihrem Auge. »Was glauben Sie, wer mir das hier angetan hat?«

»De Ville?«, fragte Rachel ungläubig.

»De Ville«, nickte Uschi.

»Das glaube ich nicht«, sagte Rachel impulsiv.

Uschi funkelte sie an. »Glaubst du, dass ich dich belüge?«

»Natürlich nicht«, sagte Rachel schnell. »Ich meine nur ... es fällt mir schwer, es zu glauben. Er ... er hat uns erzählt, dass er gesehen hat, wie du verbrannt bist.«

»Ja! Nachdem dieser Mistkerl mich in die Flammen zurückgestoßen hat!«

»Wie bitte?« Rachel stockte der Atem.

»Ich hatte es fast geschafft. Ich *hätte* es geschafft, wenn dieser Mistkerl mich nicht im letzten Moment zur Seite gestoßen hätte, um für Seine Impertinenz da Platz zu machen.« Sie machte eine wütende Kopfbewegung auf Johannes Petrus. »Es war ihm wichtiger, ihn zuerst in Sicherheit zu bringen.«

»Das glaube ich nicht«, sagte nun auch Benedikt.

»Ich habe auch nichts anderes erwartet«, sagte Uschi höhnisch.

»So etwas würde er niemals tun.«

Rachel war beinahe überrascht, Torbens Stimme zu hören. Bei dem Zustand dumpfen Brütens, in den er versunken war, hatte sie fest damit gerechnet, dass er nichts mehr von dem wahrnahm, was um ihn herum oder mit ihm vorging. Uschis Worte jedoch hatte er gehört. Er sah sie fest an. Sein Gesicht war voller Trauer, aber in seiner Stimme lag auch nicht der geringste Zweifel, als er den Kopf schüttelte und noch einmal und mit mehr Nachdruck sagte:

»Ich kenne ihn gut. Er würde sein Leben für mich opfern, ohne zu zögern, aber so etwas würde er niemals tun.«

»Ach nein?«, fragte Uschi spitz. »Dann muss ich mich wohl geirrt haben. Ich bin selbst in den brennenden Bus zurückgesprungen, weil es dort so gemütlich war, wissen Sie?«

Torben antwortete nicht mehr, sondern schüttelte nur traurig den Kopf und starrte dann wieder zu Boden. Und Rachel sagte rasch und an Benedikt gewandt: »Bitte geh und hole etwas Wasser.«

Benedikt entfernte sich gehorsam und Uschi starrte ihm wütend nach. »Wieso ist der Kerl überhaupt hier?«, fragte sie, allerdings erst, nachdem Benedikt das Zimmer verlassen hatte. »War er das letzte Mal nicht gefesselt, als ich ihn gesehen habe?«

»Ohne ihn wäre keiner von uns hier«, sagte Tanja.

Uschi sah sie zweifelnd an und Rachel erklärte ihr mit wenigen, möglichst objektiven Worten, was geschehen war. Der zweifelnde Ausdruck auf Uschis Zügen wuchs mit jedem Wort, das sie hörte, aber sie unterbrach sie nicht, sondern schüttelte schließlich nur noch einmal den Kopf und grinste dann schief.

»Also hat sich der Herr entschlossen, im letzten Moment die Seite zu wechseln. Die Ratten verlassen das sinkende Schiff, wie?«

Rachel verstand diese Bemerkung nicht, schob sie aber auf Uschis Zustand und die starken Schmerzen, die sie wahrscheinlich litt.

»Und wo ist Darkov senior jetzt?«, fragte Uschi.

»Wir haben ihn sicher eingesperrt«, antwortete Rachel.

»Ich möchte mit ihm reden«, verlangte Uschi.

»Wozu?« Rachel schüttelte den Kopf. »Das ist keine gute Idee. Der Mann ist immer noch gefährlich.«

»Bitte«, verlangte Uschi.

»Kommt überhaupt nicht in Frage«, mischte sich Frank ein. »Wir sind froh, wenn wir den Kerl nicht sehen.«

»Wer hat dich gefragt?«, fragte Uschi herablassend.

»Ich lasse das nicht zu«, beharrte Frank. »Nicht so lange meine Frau hier ist. Wisst ihr überhaupt, was er ihr angetan hat?«

»Mir fehlt nichts«, versicherte Tanja – allerdings mit einer Stimme, die diese Worte zu einer glatten Lüge machte.

»Natürlich nicht«, sagte Uschi spöttisch. Sie beharrte jedoch nicht weiter darauf, Darkov sehen zu wollen, sondern setzte sich ächzend weiter auf und schwang die Beine vom Bett, so dass Rachel ein Stück zur Seite weichen musste.

»Geht es auch wirklich?«, fragte Rachel besorgt.

»Es ist schon gut«, behauptete Uschi. Sie lachte leise. »Wir sind schon ein klasse Verein, wie? Der Einzige, der nicht halb tot ist, ist unserer tapferer Held da.« Sie deutete auf Frank, der die Worte mit einem bösen Blick quittierte, aber klug genug war, nicht darauf einzugehen. »Verdammt, wenn die Welt schon untergeht, dann wäre ich lieber einigermaßen gesund gestorben.«

»Ich meine es ernst«, sagte Rachel. »Wir können nicht hier bleiben. Wenn De Ville nicht zurückkommt, müssen wir eine andere Möglichkeit finden, irgendwie nach Castel Gandolfo zu gelangen.«

»Du machst wohl Witze?«, fragte Uschi. »Sieh dich doch an oder mich oder sie.« Sie deutete auf Tanja. »Keiner von uns kann noch auch nur hundert Meter weit laufen.« Sie schüttelte heftig den Kopf, um ihre Worte zu bekräftigen, dann sah sie Rachel auf plötzlich veränderte, sehr seltsame Weise an. »Aber du solltest dich in Sicherheit bringen.«

»Wie meinst du das?«

»Du weißt ganz genau, was ich meine«, sagte Uschi ernst. »Weißt du, keiner von uns hat etwas davon, wenn du zusammen mit uns stirbst, nur aus alter Freundschaft. Aber eine Menge Menschen haben vielleicht etwas davon, wenn du überlebst.«

»Was für ein Unsinn!«, sagte Rachel, aber Uschi schüttelte nur noch heftiger den Kopf.

»Es ist kein Unsinn und du weißt das, verdammt noch mal, ganz genau«, beharrte sie.

»Was weiß sie genau?« Benedikt kam zurück und trug eine Porzellanschüssel voller Wasser und ein sauber zusammengefaltetes Küchenhandtuch in den Händen.

»Sie redet Unsinn«, sagte Rachel. »Hör nicht auf sie. Wahrscheinlich hat sie Fieber.«

»Die Einzige, die hier Unsinn redet, bist du«, erwiderte Uschi ärgerlich. Sie sah herausfordernd zu Benedikt hoch. »Reden Sie mit ihr, auf mich hört sie anscheinend nicht. Sie hat die verdammte Pflicht, am

Leben zu bleiben. Oder soll alles umsonst gewesen sein, was wir durchgemacht haben?«

Benedikt stellte die Schüssel auf einen Tisch und warf sich das Handtuch lässig über die Schulter, was ihn auf sonderbare Weise veränderte. Er sah plötzlich aus wie ein Kellner aus einer Kneipe, in die sich Rachel nicht einmal am Tage verirren wollte, geschweige denn nach Dunkelwerden.

»Sie hat Recht, weißt du«, sagte er.

»Nein, zum Teufel, das hat sie nicht!« Rachel stand auf. »Habt ihr es denn immer noch nicht begriffen? Es geht nicht um mich.«

»Ach?«, fragte Uschi spöttisch. »Um wen denn sonst?«

Rachel zögerte. Für einen Moment war es ihr fast unmöglich, die Frage zu beantworten. Sie hatte seit einer guten Stunde über praktisch nichts anderes nachgedacht als darüber, wie sie Benedikt und den anderen die Wahrheit erklären sollte, und sie war zu keinem Ergebnis gekommen. Wie konnte sie etwas erklären, das sie selbst nicht genau verstand?

Sie wandte sich direkt an Uschi. »Bruder Adrianus hat dich belogen«, sagte sie.

»Ich weiß«, sagte Uschi, aber Rachel schüttelte sofort den Kopf.

»Nein, das weißt du nicht«, sagte sie. »Ich bin es nicht, um die es geht.«

Uschi blinzelte und Tanja und Frank drehten gleichzeitig die Köpfe und sahen verwirrt in ihre Richtung. Benedikt wirkte plötzlich sonderbar angespannt und selbst Torben hob den Blick und erwachte für einen Moment aus seinem Dämmerzustand.

»Was soll das jetzt wieder heißen?«, fragte Uschi.

»Irgendjemand – etwas – hat mir eine Aufgabe in diesem Spiel gegeben«, sagte sie. »Aber nicht die, die ihr glaubt.«

»Na, da bin ich jetzt aber mal gespannt«, sagte Uschi. Aber es gelang ihr nicht ganz, so sarkastisch zu klingen, wie sie es gewollt hatte.

Rachel antwortete nicht. Ihre Kehle war plötzlich wie zugeschnürt. Aber sie drehte sich halb herum und sah Tanja an. Lange. Wortlos. Und Tanja begann unter ihrem Blick immer nervöser zu werden. »Was … was meinst du?«, fragte sie schließlich.

»Wir kennen uns, so lange wir leben, nicht wahr?«, fragte Rachel.

Tanja nickte.

»Ich war immer in deiner Nähe«, fuhr Rachel fort. »Und du warst immer etwas Besonderes für mich.«

»So wie du für mich«, sagte Tanja nervös. Nein, nicht nervös. Sie klang eindeutig ängstlich. »Wir waren gute Freundinnen.«

Rachel schüttelte den Kopf. »Wir waren viel mehr«, sagte sie. »Du weißt, dass ich manchmal … Dinge sehe.«

Tanja nickte wieder. Die Furcht in ihren Augen nahm zu.

»Manchmal spüre ich Gefahren. Ahne Entscheidungen voraus, die besser anders getroffen werden sollten. Ich dachte immer, dass … dass diese Gabe ein Fluch wäre, aber das stimmt nicht.«

»Ich wusste es«, sagte Frank. »Ich wusste es immer. Sie ist eine verdammte Hexe.«

»Bitte sei still«, sagte Tanja, aber natürlich erreichte sie damit bei Frank das genaue Gegenteil. Er sprang auf und seine Stimme wurde lauter.

»Nein, das werde ich ganz bestimmt nicht!«, sagte er zornig. »Ich wusste es immer! Ohne diese verdammte Hexe wäre keiner von uns hier!«

»Ohne sie wäre ich nicht mehr am Leben«, sagte Tanja matt. »Schon lange nicht mehr.«

»Und Sie sollten jetzt besser still sein«, sagte Benedikt, beinahe sanft, aber dennoch auf eine Art, die Frank erbleichen ließ.

»Es war kein Fluch, es war ein Geschenk«, fuhr Rachel fort. »Aber es war kein Geschenk für mich. Es war immer nur für dich.«

»Wie bitte?«, fragte Tanja. Sie hatte längst begriffen, aber Rachel konnte ihr nur zu gut nachfühlen, dass sie nicht verstehen wollte, was sie ihr erzählte.

Aller Aufmerksamkeit hing an ihren Lippen, als sie fortfuhr: »Ich weiß nicht, wie ich es anders ausdrücken soll, aber ich glaube, ich wurde nur geschickt, um auf dich aufzupassen.«

»Auf mich?« Jetzt war Tanjas Stimme fast hysterisch. »Aber das ist Unsinn. Ich … ich bin absolut nichts Besonderes. An mir ist nichts Außergewöhnliches. Wie sollte ich …«

»Vielleicht nicht an dir«, sagte Rachel. Sie schüttelte müde den Kopf. »Ich weiß es nicht. Vielleicht bist auch du nur ein Werkzeug.

Vielleicht ist ja der einzige Grund, aus dem ich auf dich aufgepasst habe, dass du irgendwann noch da bist, um etwas Bestimmtes zu tun. Vielleicht jemand anderen beschützen.«

»Das wird mir jetzt langsam zu albern«, sagte Frank. »Gleich werdet ihr mir erzählen, dass wir beide wie Adam und Eva die Stammväter einer neuen Generation werden sollen, wie?«

»Großer Gott, nein«, murmelte Uschi. »Dann wäre es wahrscheinlich besser gewesen, die Dinosaurier wären nicht ausgestorben.« Sie sah zu Rachel hoch. »Eine interessante Theorie«, sagte sie. »Und was genau schlägst du vor? Dass wir diesen Dummkopf da mit seiner Frau, die jeden Moment ein Kind bekommen kann, schon mal losschicken und hier vielleicht noch eine Runde Scrabble spielen, bevor die Welt untergeht?«

»Bitte, Uschi«, sagte Rachel müde. »Ich weiß es nicht. Ich weiß nur, dass wir nicht hier bleiben können. Wir haben nicht mehr viel Zeit.«

»Es sind noch fast zehn Kilometer bis nach Castel Gandolfo«, sagte Uschi stur. »Willst du die zu Fuß gehen? Oder hast du zufällig gerade wieder eine Vision, in der du siehst, wie wir von hier wegkommen?« Sie sah, wie Rachel unter ihren Worten zusammenzuckte, und fügte in verändertem Tonfall hinzu: »Entschuldige.«

»Sie hat Recht«, sagte Benedikt. »Wir können nicht hier bleiben. Wenn De Ville einen Wagen gefunden hätte, wäre er längst zurück.«

Bei der Erwähnung des Namens De Ville verdüsterte sich Uschis Gesicht für einen Moment, aber dann nickte sie, um Benedikt beizupflichten. »Ich habe einen Wagen gesehen, als ich auf dem Weg hierher war«, sagte sie. »Ich weiß nicht, ob er groß genug für uns alle ist. Aber für euch beide bestimmt.« Sie machte eine abgehackte Kopfbewegung auf Benedikt. »Und für ihn.«

»Ein Wagen?«, fragte Benedikt. »Wo?«

»Nicht sehr weit entfernt, aber auf der anderen Straßenseite«, antwortete Uschi, ohne ihn anzusehen. Sie starrte weiter unverwandt Rachel an und ein sehr seltsamer, sehr nachdenklicher Ausdruck stand in ihren Augen. Etwas, das Rachel Angst gemacht hätte, hätte sie Uschi nicht besser gekannt. »Er steht in einer schmalen Gasse, deshalb hat

De Ville ihn wahrscheinlich auch nicht gesehen. Das Haus daneben hat es ziemlich übel erwischt, aber ich glaube, er ist noch in Ordnung.«

»Ich gehe nachsehen«, sagte Benedikt.

»Aber bringen Sie vorher Ihren Vater hierher«, verlangte Uschi.

Benedikt runzelte die Stirn. »Wozu?«

»Wollen Sie ihn hier zurücklassen?« Uschi zog eine Grimasse. »Nicht, dass ich etwas dagegen hätte. Aber ich möchte mich vorher noch ein bisschen mit ihm unterhalten. Außerdem könnte es sein, dass wir ziemlich schnell von hier verschwinden müssen.«

»Wieso?«, fragte Benedikt misstrauisch.

Uschi hob die Schultern. »Keine Ahnung«, gestand sie. »Aber ich war ziemlich lange dort draußen, wissen Sie? Es ist unheimlich. Irgendetwas ist da, das mir Angst macht.«

Benedikt wirkte nicht überzeugt, hob aber schließlich die Schultern und ging mit schnellen Schritten aus dem Raum, und bis er zurückkam, sprach niemand auch nur ein Wort. Eine sonderbare Stimmung begann sich breit zu machen. Die Angst war immer noch da, stärker jetzt als zuvor, aber es war auch etwas Neues hinzugekommen, etwas, das vielleicht schlimmer war als nur Angst und das eindeutig Rachels Worte wachgerufen hatten. Sie war fast froh, als Benedikt zurückkam und Darkov hereinführte. Er sagte kein Wort, sondern dirigierte ihn grob an ihr vorbei zum Fußende des Bettes, wo er ihn unsanft niederstieß und an einen der stabilen Bettpfosten fesselte, indem er seine Hände dahinter zusammenband. Als er sich aufrichtete und gehen wollte, hielt Uschi ihn noch einmal zurück.

»Geben Sie mir eine Waffe«, bat sie.

»Wozu?«

Uschi machte eine wedelnde Handbewegung. »Sehen Sie außer mir noch irgendjemanden, der uns verteidigen könnte, wenn nicht Sie, sondern jemand anderer zurückkommt?«

Benedikt zögerte, aber Uschis Worte schienen ihn dennoch überzeugt zu haben, denn nach einem Moment ging er wortlos wieder hinaus und kehrte nach nur wenigen Sekunden mit dem Gewehr des russischen Söldners zurück. »Wissen Sie, wie man damit umgeht?«

»Nein, aber das werden Sie mir bestimmt gleich erklären.«

Er drückte Uschi die halbautomatische Waffe in die Hand – sie war so groß, dass Uschi dadurch noch zierlicher und zerbrechlicher aussah als ohnehin – und erklärte ihr mit wenigen Worten deren Funktion. »Seien Sie vorsichtig, falls Sie sie benutzen müssen«, sagte er. »Der Rückstoß ist sehr stark.«

»Es wird schon gehen«, sagte Uschi. »Und wenn Sie sich ein bisschen beeilen, überlasse ich das Schießen und alles andere ohnehin lieber Ihnen.«

Benedikt verzichtete darauf, diese Worte irgendwie zu kommentieren, sondern wandte sich endgültig um und ging. Uschi sah ihm nach, stand auf und drehte das schwere Gewehr ein paar Mal in den Händen, ehe sie es in der richtigen Haltung ergriff und dann wie zufällig auf Darkov richtete. Der Russe folgte ihren Bewegungen mit aufmerksamen Blicken, aber er sah nicht besonders ängstlich aus, sondern eher herablassend.

»Was haben Sie vor?«, fragte er. »Mich erschießen?«

»Und mir durch den Rückstoß die Schulter brechen?« Uschi schüttelte den Kopf. »Das könnte Ihnen so gefallen. Außerdem wäre es viel zu leicht. Ich schätze, wir lassen Sie einfach hier und sehen, was von Ihnen übrig ist, wenn wir zurückkommen.«

Darkov seufzte. »Glauben Sie wirklich, jetzt ist der Moment für so etwas?«

»Wenn nicht jetzt, wann dann?« Uschi ließ den Gewehrlauf mit einem Ruck sinken und drehte sich dann langsam einmal um ihre Achse, so, als müsse sie sich das Zimmer und seine Einrichtung und vor allem die Position jedes Einzelnen darin aus irgendeinem Grund noch einmal ganz genau einprägen, dann trat sie auf Johannes Petrus zu und wartete, bis sie seine Aufmerksamkeit erregt hatte und er zu ihr hochsah.

»Dieser Bunker«, fragte sie, »wie vielen Personen bietet er Schutz?«

Es dauerte sehr lange, bis Petrus antwortete, und er tat es mit schleppender und fast ausdrucksloser Stimme und ohne Uschi dabei anzusehen. »Er ist groß genug«, sagte er. »Machen Sie sich keine Sorgen.« Wieder schwieg er einige Sekunden, dann erschien etwas wie ein Lächeln auf seinen Lippen. Langsam hob er die Hände und zog einen schweren Siegelring vom Mittelfinger der Linken, den er Uschi hinhielt. »Nehmen Sie ihn«, sagte er auffordernd.

Uschi blickte den Ring nur verständnislos an. »Was soll ich damit?«

»Wenn Sie diesen Ring der Wache am Eingang zeigen, wird man Sie passieren lassen und in den Sicherheitsbereich bringen«, antwortete Torben.

»Und warum tun Sie das nicht selbst?«, fragte Uschi.

»Weil er nicht vorhat, uns zu begleiten«, sagte Darkov. »Habe ich Recht?«

Torben sah ihn nur traurig an, aber Rachel fragte alarmiert: »Was soll das heißen?«

»Ich bleibe hier«, sagte Torben ruhig. »Es ist so, wie Darkov sagt. Ich werde nicht mit Ihnen kommen, sondern hier warten.«

»Warten? Worauf?« Uschi machte eine zornige Bewegung mit dem Gewehr, fast als wolle sie den Papst damit bedrohen. »Sind Sie verrückt geworden? Sie wissen doch, was in einer Stunde oder so hier passieren wird!«

Wieder war es Darkov, der anstelle Torbens antwortete: »Er wartet auf den Tod, haben Sie das immer noch nicht begriffen?« Er lachte. »Der Kapitän geht immer mit seinem Schiff unter. Wenigstens war das früher so üblich. Und Bruder Torben ist ein sehr altmodischer Mann.«

Uschi fuhr mit einer wütenden Bewegung zu ihm herum. »Wenn Sie noch ein einziges Wort sagen, schlage ich Ihnen die Zähne ein!«, zischte sie. »Geben Sie mir einen Vorwand!«

Darkov lächelte, aber er schien auch zu spüren, dass Uschis Worte keine leere Drohung waren, denn er beließ es bei diesem Lächeln und gab ihr keinen Grund, sie wahr zu machen. Uschi funkelte ihn noch eine Sekunde lang drohend an und drehte sich dann wieder zu Johannes Petrus herum.

»Sie wollen also sterben?«, fragte sie. »Ich kann mich irren, aber ist Selbstmord nicht eine Sünde, für die man in die Hölle kommt, oder so was?«

»Ich habe nicht vor, meinem Leben selbst ein Ende zu setzen«, antwortete Torben. »Ich lege mein Schicksal in Gottes Hand. Vielleicht erbarmt er sich meiner Seele.«

»Weil Sie glauben, dass er sich von Ihnen abgewandt hat«, vermutete Rachel. »Aber das hat er doch gar nicht.«

»Was soll das jetzt schon wieder?«, fragte Uschi. Sie klang gereizt.

»Er glaubt, Gott habe ihn verstoßen«, antwortete Rachel. Sie deutete auf Torbens nackte Füße und erklärte Uschi mit wenigen Worten, was geschehen war.

»Und jetzt glaubt er, das Ende der Kirche sei gekommen, weil der Papst auf nackten Füßen Rom verlässt – und das in südlicher Richtung«, sagte Uschi kopfschüttelnd. »Genau wie Nostradamus es vorhergesagt hat.«

»Du weißt von dieser Prophezeiung?«, fragte Rachel überrascht.

»Selbstverständlich«, antwortete Uschi. »Ich kenne seine Bücher praktisch auswendig. Ein hanebüchener Blödsinn, aber ungemein interessant zu lesen. Der Kerl hat sich alles Mögliche zusammengereimt.«

»Bisher ist eine Menge von diesem *Unsinn* eingetroffen«, sagte Darkov.

»Nun ja, wenn man sich einige zehntausend Seiten zusammenprophezeit, dann müssen ein paar davon schon aus rein statistischen Gründen eintreffen«, erwiderte Uschi unwirsch. »Er hat auch gesagt, dass am Anfang des neuen Jahrtausends ein neuer Messias geboren werde.«

»Und der Antichrist«, sagte Torben leise.

»Sollte dieser Herr hier auftauchen, dann sind wir darauf vorbereitet.« Uschi schlug fast liebevoll mit der flachen Hand auf den Gewehrkolben und deutete anschließend auf den Ring, den Torben ihr immer noch hinhielt. »Und jetzt stecken Sie das Ding wieder ein. Sie kommen mit. Basta.«

»Gott hat sich nicht von Ihnen abgewandt«, sagte Rachel leise. »So grausam ist er nicht.«

»Aber es ist alles –«

»Vielleicht sagt die Prophezeiung ja tatsächlich die Wahrheit«, fiel ihm Rachel ins Wort. »Vielleicht ist das Ende der Kirche, wie wir sie kennen, wirklich gekommen. Aber das Ende der katholischen Kirche bedeutet nicht das Ende des Glaubens. Wir werden auch in Zukunft Menschen wie Sie brauchen. Wahrscheinlich mehr denn je.«

Ihr war klar, dass ihre Worte wenig Wirkung hatten. Torben war längst kein junger Mann mehr und das Leben, das er geführt hatte, hatte sein Denken in Bahnen gelenkt, die sie weder durchbrechen noch wirklich nachvollziehen konnte. Aber er war kein Dummkopf. Alles, was sie ihm sagen konnte, hatte er sich längst selbst gesagt und vermutlich noch viel, viel mehr. Aber das würde ihm keinen Trost spenden. Das Ende einer Kirche war eine Katastrophe, ganz egal von welchem Standpunkt aus man es betrachtete, aber sie glaubte nicht, dass sie die persönliche Katastrophe, die Torben getroffen hatte, auch nur erahnen konnte. Uschi versuchte ihm mit der Hölle zu drohen? Er lebte bereits in der Hölle, und das seit annähernd dreißig Jahren!

»Er kommt mit, und aus«, sagte Uschi. »Ich habe keine Lust am Ende doch noch draufzugehen, weil irgendein Schlaumeier von der Palastwache glaubt, ich hätte diesen Ring gestohlen!«

»Wer hat dich eigentlich zur Anführerin gemacht?«, fragte Frank gehässig.

Uschi schenkte ihm ein zuckersüßes Lächeln. »Das hier«, sagte sie und hob das Gewehr. »Und falls du –«

Draußen im Hausflur polterte etwas. Sowohl Rachel als auch Uschi fuhren erschrocken herum und Uschi richtete das Gewehr auf die Tür.

»Ich bin es!«, drang Benedikts Stimme aus dem dunklen Flur. »Tut nichts, was ihr vielleicht bereuen würdet.«

»Benedikt?« Rachel sah verwirrt auf die Uhr, was im Grunde völlig unlogisch war, denn sie hatte nicht darauf gesehen, als Benedikt gegangen war. Dennoch: Er konnte kaum länger als zwei oder drei Minuten fort gewesen sein.

»Das ging schnell. Hast du den Wagen gefunden?«

»Nein«, antwortete Benedikt, während er hereinkam. »So weit bin ich nicht gekommen.«

Er lächelte Rachel müde an und schlenderte dabei ziellos an ihr vorbei, aber hinter Rachels Stirn begannen plötzlich sämtliche Alarmsirenen zu schrillen. Sie kannte Benedikt mittlerweile gut genug, um zu erkennen, dass er alles andere als gelassen war, sondern ganz im Gegenteil aufs Äußerste gespannt.

»Aber ich habe etwas anderes gefunden.«

»Was?«, fragte Uschi misstrauisch. Ihre Augen wurden schmal und sie hob das Gewehr und schwenkte den Lauf in einer wie zufällig wirkenden Bewegung herum, aber natürlich entging sie Benedikt nicht und ebenso natürlich war sie nicht schnell genug. Er machte einen weiteren Schritt auf sie zu und gleichzeitig zur Seite, streckte ohne Hast, aber trotzdem sehr schnell die Hand aus und entriss ihr das Gewehr, und praktisch im gleichen Moment trat De Ville durch die Tür und sagte:

»Mich.«

Rachel riss ungläubig und erschrocken die Augen auf. Nicht nur, weil er so plötzlich hier aufgetaucht war. De Ville bot einen grauenerregenden Anblick. Seine Kleidung, seine Hände und vor allem das Gesicht waren über und über mit erst halb eingetrocknetem Blut besudelt. Er zog das linke Bein nach und auch sein linker Arm hing nutzlos herab, so schlaff, dass sie nicht daran zweifelte, dass er ihn nicht mehr gebrauchen konnte. Blut lief an seiner Hand herab und tropfte zu Boden, wie um die Spur zu markieren, die er hier herein genommen hatte, und das einzig Lebendige in der glitzernden roten Maske, die einmal sein Gesicht gewesen war, schienen die Augen zu sein. Ihr Blick war starr auf Uschi gerichtet und von etwas erfüllt, das Rachel einen eiskalten Schauer über den Rücken laufen ließ.

»Verzeihung«, sagte Benedikt ruhig, während er das Gewehr demonstrativ am ausgestreckten Arm weghielt. »Ich wollte nur sicher sein, dass Sie nicht irgendetwas Unvernünftiges tun.«

»Um Gottes willen, was ist Ihnen passiert?«, murmelte Rachel. De Villes Anblick war so furchtbar, dass er ein leises Ekelgefühl in ihr wachrief – obwohl er im Grunde keinerlei sichtbare Verletzungen hatte, von den zahllosen Schrammen und Kratzern abgesehen, mit denen sie mittlerweile alle aufwarten konnten. Das Blut, das von seiner Hand tropfte, stammte vermutlich von der Schulterwunde, die wieder aufgebrochen war. Aber er war so über und über mit Blut bedeckt, dass er aussah, als wäre er bei lebendigem Leib gehäutet worden.

»Frag ihn lieber, was ihm passieren *wird*, wenn ich ihn in die Finger kriege«, zischte Uschi. »Ich weiß ja nicht, was ihm zugestoßen ist, aber es war eindeutig nicht genug.«

»Du … du hast es doch nicht wirklich getan?«, murmelte Torben, während er zu De Ville hochsah.

»Was?«

Torben wollte antworten, aber ihm fehlte die Kraft dazu. Möglicherweise war ihm auch klar, was allein die Frage aus seinem Mund für De Ville bedeuten musste.

»Sie haben mir erzählt, dass Sie gesehen haben, wie Uschi umgekommen ist«, sagte Rachel.

Statt zu antworten oder überhaupt in irgendeiner Weise zu reagieren, starrte De Ville nun wieder Uschi an. Er blinzelte nicht. Er starrte sie einfach nur an, und obwohl es vollkommen unmöglich war, auf seinem von nassem, glitzerndem Rot bedeckten Gesicht irgendeine Regung abzulesen, konnte Rachel die absolute Fassungslosigkeit spüren, die er bei ihrem Anblick empfand. Offenbar hatte Benedikt ihn nicht auf den Schock vorbereitet, der ihn erwartete.

»Aber sie hat uns eine andere Geschichte erzählt«, mischte sich Frank von der anderen Seite des Zimmers aus ein. Rachel hätte eine Menge darum gegeben, wenn er sich wenigstens entschieden hätte, auf welcher Seite er nun stand. Aber wahrscheinlich war es ihm auch egal. Seit sie Frank kannte, hatte er eigentlich immer auf der anderen Seite gestanden, ganz egal, wie die nun aussah.

»Sie hat gesagt, Sie hätten sie in die Flammen zurückgestoßen, um Johannes Petrus zu retten«, sagte sie leise. »Das ist doch nicht wahr, oder?«

»Vielen Dank für dein Vertrauen«, beschwerte sich Uschi, aber Rachel starrte einfach nur weiter De Ville an. Es war nicht nur die Überraschung, sie lebend und zumindest nicht lebensgefährlich verletzt hier zu sehen, die sie in seinen Augen las. Da war noch mehr.

»Das ist unmöglich«, murmelte De Ville. »Ich habe gesehen, wie sie verbrannt ist. Gerade draußen habe ich gedacht, ich hätte mich geirrt. Es ging alles zu schnell. Ich dachte, es wäre nur Einbildung gewesen. Der Schrecken. Aber das ist unmöglich. Ich … ich habe es *gesehen!*«

»Aber ihr wollt diesem Irren doch nicht etwa glauben?«, fragte Uschi.

Etwas … änderte sich. Diesmal war es keine klare Vision, keine

Bilder, Empfindungen, kein Schmerz, aber das sichere Wissen, dass etwas geschehen würde. Etwas Schlimmes.

»Aber ich habe es gesehen«, wiederholte De Ville. Seine Stimme war ganz leise geworden, er sprach nicht wirklich mit ihnen, sondern sprach die Worte nur aus, vielleicht um sie dadurch wahrer werden zu lassen. »Sie kann nicht mehr leben. Sie hat gebrannt. Ihre Jacke. Das Haar. Alles.«

Uschi machte ein abfälliges Geräusch. »Sie hätten sich überzeugen sollen«, sagte sie böse. »Es tut mir ja Leid, wenn ich Ihnen den Spaß verderbe und noch am Leben bin, aber so schlimm war es nicht.«

»Das reicht jetzt«, sagte Rachel ärgerlich. »Wir können uns später noch gegenseitig so viele Vorwürfe machen, wie wir wollen. Jetzt ist wirklich nicht der Moment dazu.« Sie schoss einen zornigen Blick in Uschis Richtung ab, den diese natürlich nur mit einer Grimasse quittierte, und wandte sich wieder direkt an De Ville. »Was ist passiert? Wo waren Sie? Haben Sie einen Wagen gefunden?«

De Ville lehnte sich müde mit der unverletzten Schulter gegen den Türrahmen und schüttelte den Kopf. Er sah immer noch Uschi an, selbst als er ihre Frage beantwortete. »Ich bin nur ein paar Schritte weit gekommen«, sagte er. »Jemand hat mich angegriffen und niedergeschlagen.«

»Jemand?«

»Ich konnte nicht genau erkennen, wer«, sagte De Ville. »Es ging viel zu schnell. Aber er war sehr stark. Ich bekam einen Schlag über den Kopf, und das Nächste, woran ich mich erinnere, ist Benedikt, der mich gefunden hat. Wie lange war ich bewusstlos?«

»Vielleicht eine halbe Stunde«, antwortete Benedikt. Er hatte das Gewehr neben sich an die Wand gelehnt und trat nun mit einem wie zufällig wirkenden Schritt genau hinter Uschi. Sie musste es spüren, denn ihre Haltung versteifte sich ein wenig, aber sie tat ihm nicht den Gefallen, sich zu ihm herumzudrehen, sondern bemühte sich weiter nach Kräften, De Ville mit Blicken aufzuspießen. »Wenn Sie mich nicht gefunden hätten, wäre ich wahrscheinlich verblutet«, murmelte De Ville. »Aber es ist kein Wagen da. Alles, was auf der anderen Seite des Busses war, ist niedergebrannt. Es tut mir Leid.«

»Dann müssen wir eine andere Transportmöglichkeit finden«,

sagte Benedikt. »Aber erst nachdem ich mich von etwas überzeugt habe.«

Vermutlich begriff Uschi sogar im allerletzten Moment noch, was er vorhatte, denn sie versuchte sich zur Seite und herumzuwerfen, aber ihre Reaktion kam viel zu spät. Benedikt, der direkt hinter ihr stand, packte sie mit beiden Händen an den Schultern und riss ihre Jacke mit einem einzigen, kräftigen Ruck nach unten. Uschi schrie überrascht auf, das Geräusch von zerreißendem Stoff erklang – und Benedikt ließ sie mit einem entsetzten Keuchen los und taumelte zurück, bis er mit dem Rücken gegen die Wand prallte. Uschi stolperte und fand im letzten Moment mit einem stolpernden Schritt ihr Gleichgewicht wieder, bevor sie stürzen konnte, und drehte sich mit heftig rudernden Armen herum – und Rachel schrie entsetzt auf und schlug die Hand vor den Mund.

Uschis Jacke und auch der schwarze Pullover, den sie darunter trug, waren zerrissen, so dass sie ihren nackten Rücken sehen konnte. Er war eine einzige, grauenhafte Brandwunde. Das Fleisch war an vielen Stellen schwarz und wie zu poröser Kohle zusammengebacken und überall sonst roh und blutig und von großen, nässenden Brandblasen übersät. Ein Teil ihres Rückgrats und zwei oder drei Rippen stachen bleich und unheimlich aus der verheerten Masse, und man konnte tatsächlich sehen, wie die verletzten Organe unter dieser zerstörten Hülle pochten und sich abmühten, das Leben trotz allem irgendwie noch aufrechtzuerhalten. Aber das war unmöglich, dachte Rachel. Das war vollkommen ausgeschlossen. Was sie sah, konnte nicht sein. Niemand konnte mit einer solchen Verwundung leben, geschweige denn herumlaufen und reden, als wäre nichts geschehen!

Hinter ihr keuchte De Ville entsetzt und auf der anderen Seite des Bettes schrie Frank auf und übergab sich gleich darauf würgend, und auch Rachel taumelte zurück, bis sie gegen den Tisch prallte, auf dem Benedikt die Wasserschüssel abgesetzt hatte. Sie fiel herunter und zerbrach.

»Das war jetzt nicht besonders clever von dir«, sagte Uschi. Mit einer zornigen Bewegung streifte sie die zerrissene Jacke vollends ab, warf sie in Benedikts Richtung und drehte sich dann herum. Auf ihrer Brust und dem Bauch waren die Brandverletzungen nicht ganz so schlimm, aber immer noch schwer genug, um sie eigentlich auf der Stelle umzubringen. Aber sie sah irgendwie kein bisschen tot aus. Ganz im Gegenteil. Ihre Augen flammten vor Wut, während ihr Blick durch den Raum irrte und einen nach dem anderen taxierte, ehe er schließlich auf Rachels Gesicht hängen blieb.

»Ich habe dir gesagt, dass der Kerl nichts für dich ist«, sagte sie. »Aber du hörst ja nie auf mich.«

»Aber … aber das ist doch –«

»– nicht möglich?« Uschi lachte. »Hast du gedacht, ihr hättet ein Monopol auf Wunder?« Sie schüttelte den Kopf. »Da muss ich dich enttäuschen.«

Hinter dem Chaos aus Entsetzen, Hysterie und Panik, das in Rachels Kopf herrschte, begann ein Gedanke Gestalt anzunehmen. Aber er war trotz allem zu bizarr, zu abwegig und vor allem zu grässlich, um wahr zu sein. »Wie meinst du das?«

»Ich glaube, das hast du längst begriffen«, sagte Uschi. »Aber so warst du ja schon immer: Was du nicht verstehen willst, das verstehst du eben nicht.«

Hinter ihr bewegte sich Benedikt. Er hatte sein Entsetzen offenbar überwunden und schob sich langsam an der Wand entlang, zweifellos um in Reichweite des Gewehrs zu gelangen, das er abgestellt hatte. Rachel war sicher, dass er nicht den mindesten Laut verursachte, aber die Bewegung blieb Uschi dennoch nicht verborgen. Sie sah weiter in ihre Richtung und lächelte auf diese schreckliche Art, aber gerade als Benedikt den Arm nach dem Gewehr ausstreckte, wirbelte sie mit unglaublicher Schnelligkeit herum, packte ihn mit beiden Händen und warf ihn so mühelos quer durch das Zimmer und über das Bett, als wäre er nicht mehr als eine Stoffpuppe, die sie achtlos beiseite schleuderte. Benedikt prallte mit entsetzlicher Wucht unmittelbar neben Frank gegen die Wand und sank halb benommen daran zu Boden, und Uschi hob fast gelassen das Gewehr auf, nahm es in beide Hände und drehte sich wieder herum.

»Luzifer!«, murmelte Petrus. Er sank vom Stuhl auf die Knie und faltete die Hände vor der Brust und sein Gesicht war nun grau und hatte auch noch das letzte bisschen Farbe verloren.

»Nicht … unbedingt«, sagte Uschi *(Uschi?)*, »es sei denn, Sie wollen unsere liebe Tanja hier *Jahwe* nennen, oder war das Rachel?« Sie blickte mit gespielter Verwirrung von Tanja zu Rachel und wieder zurück und hob schließlich die Schultern. »Na ja, spielt jetzt auch keine Rolle mehr.«

»Sie waren es«, murmelte De Ville. »Ich habe mich nicht getäuscht. Sie waren das da draußen.«

Uschi machte ein betroffenes Gesicht. »Ich gebe es zu. Sie sind mir doch wegen des kleinen Klapses nicht böse?«

»Aber … aber das kann nicht sein«, stammelte Rachel. »Ich meine, wie …«

»Wie ich schon einmal gesagt habe: Ihr habt kein Monopol auf Zeichen und Wunder. Die Gegenseite ist da auch nicht schlecht, weißt du?«

»Aber wie kannst du noch leben?«

»Eigentlich gar nicht mehr«, gestand Uschi. »Du hast schon Recht. Im Grunde müsste ich tot sein und eigentlich bin ich es auch. Aber wir wollen ja jetzt nicht kleinlich sein, oder« – sie lachte – »päpstlicher als der Papst, wie? In ein paar Minuten ist sowieso alles vorbei.«

»Aber nicht du!«, wimmerte Rachel. Ihre Gedanken drehten sich immer noch wild im Kreis. Alles war plötzlich so klar, so schrecklich eindeutig, aber zumindest in diesem Moment war es genau so, wie Uschi gerade gesagt hatte: Sie verstand es nicht, weil sie es nicht verstehen wollte.

»Aber das ist nicht möglich«, flüsterte Torben. Er kauerte in verkrampfter Haltung auf den Knien da und hatte die Hände so fest zusammengepresst, dass Blut unter seinen Fingernägeln hervorquoll, aber er betete nicht, sondern starrte Uschi an. »Wie kann es sein? Das zweite Kind war … war ein Junge. Ich weiß es genau. Ich habe ihn in Händen gehalten!«

»Sie sollten Ihre Übersetzer rauswerfen«, sagte Uschi freundlich. »Oder es so halten wie ich und sich selbst überzeugen. Ich meine – wo steht geschrieben, dass die beiden Boten Geschwister sein müssen? Wenn ich es recht bedenke, nirgendwo.«

»Dann war Benedikt –«, murmelte Darkov.

»– nur irgendein Balg, das Sie seinen Eltern weggenommen und aufgezogen haben«, sagte Uschi. »Nicht dass ich Ihnen böse deswegen bin. Ganz im Gegenteil. Unser ehrwürdiger Vater hier war so davon überzeugt, alles ganz genau zu wissen, dass ich mir nicht einmal Mühe geben musste, unentdeckt zu bleiben.« Sie seufzte. »Eigentlich müsste ich Ihnen dankbar sein – aber jetzt ist nicht der Moment für große Gesten, das werden Sie sicher verstehen.« Sie hob das Gewehr und richtete die Mündung auf sein Gesicht. »Es ist nicht persönlich gemeint.«

»Und was hast du jetzt vor?«, fragte Rachel rasch. Sie hatte nicht wirklich damit gerechnet, aber so etwas wie ein kleines Wunder geschah: Statt Darkov zu erschießen, was sie ganz sicher vorgehabt hatte, senkte Uschi den Gewehrlauf wieder und drehte sich zögernd zu ihr herum.

»Das fragst du nicht im Ernst?«

»Doch«, antwortete Rachel. »Was willst du tun? Uns alle erschießen?«

»Das wird kaum nötig sein«, sagte Uschi. Rachel bemerkte aus den Augenwinkeln, wie sich Benedikt mühsam wieder hochstemmte, wobei er sich alle Mühe gab, auch nicht den geringsten Laut und keine hektische Bewegung zu machen. »Ich glaube, du weißt ziemlich genau, was ich jetzt tun werde«, fuhr Uschi fort. »Ich werde dasselbe tun, was auch du getan hättest. Das, weshalb ich hergeschickt wurde. Aber wenn es dich tröstet: Ich bin froh, dass ich dich nicht erschießen muss.«

»Das kannst du nicht«, sagte Rachel. Benedikt hatte sich mittlerweile auf die Knie hochgestemmt. Er blutete heftig aus der Nase und sein linkes Auge zuckte ununterbrochen, aber er konnte sich bewegen. »Du kannst weder mich noch Tanja erschießen«, fuhr sie fort.

»Bist du da ganz sicher?«, fragte Uschi.

Rachel nickte. »Ich weiß nicht genau, was du bist oder wer dich geschickt hat. Ich will es gar nicht wissen. Aber ich weiß, dass wir unser gesamtes Leben zusammen verbracht haben. Es kann nicht alles Lüge gewesen sein.«

Benedikt spannte sich. Rachel sah ganz bewusst nicht in seine Richtung und versuchte nicht einmal, seine Bewegungen aus den Augenwinkeln heraus zu verfolgen, denn sie wusste, dass Uschi selbst dieses winzige Zeichen erkannt und richtig gedeutet hätte, aber ihr war auch schmerzhaft klar, dass Benedikt dennoch so gut wie keine Chance gegen diese unheimliche Kreatur hatte. Was vor ihr stand, das war immer noch Uschi, ihre alte Freundin, mit der sie so vieles erlebt und geteilt hatte, aber sie war nun von einer Kraft beseelt, die Unmögliches möglich machte und selbst den Naturgesetzen zu spotten schien. Was vor ihr stand, war ein Dämon, der von einem menschlichen Körper Besitz ergriffen hatte. Vermutlich hatte Uschi Recht gehabt, als sie sagte, sie sei bereits tot. Sobald dieses … *Ding* seine Aufgabe erfüllt hatte und aus ihr wich, würde sie sterben. Aber noch war es nicht so weit.

»Eine hübsche Rede«, sagte Uschi. »Sprich ruhig weiter. Wir haben noch ein bisschen Zeit. Ungefähr zehn Minuten. Nicht dass Zeit irgendeine Bedeutung für mich hätte – aber warum sollte ich sie verschwenden? Also? Was wolltest du mir sagen, um mich von deinem Freund abzulenken?« Sie drehte den Kopf und deutete lässig mit dem Gewehrlauf in Benedikts Richtung. »Denk nicht einmal dran.«

»Du bist immer noch du«, behauptete Rachel. »Da ist immer noch etwas von der alten Uschi in dir, habe ich Recht?« Sie wusste, dass es so war. Dämon oder nicht, dieser unheimliche Bote aus einer anderen Welt besaß nicht die Macht, unbeseelte Materie zum Leben zu erwecken. Hätte er sie, wäre all dies nicht nötig gewesen. Er brauchte jenes nicht greifbare Etwas, um dieses zerstörte Gebilde aus zerschmetterten Knochen und verbranntem Fleisch am Leben zu erhalten, und egal wie tief er es eingesperrt hatte, wie stark die Ketten waren, die er Uschis Geist angelegt hatte, sie war immer noch da. Irgendwo. »Dann mach ein Ende«, sagte Rachel. »Wenn du es kannst, dann erschieß mich und Tanja, nur um sicherzugehen, dass du auch wirklich die Richtige erwischst.«

Etwas in Uschis Blick flackerte. Sie grinste so hämisch und böse wie zuvor, aber für einen unendlich kurzen Moment war etwas in ihren Augen gewesen, ein blasser Hauch dessen, was Rachel ein Leben lang darin gesehen hatte. Ja, jetzt wusste sie, dass sie noch da war.

»Vielleicht hast du sogar Recht«, sagte Uschi. Sie machte zwei Schritte rückwärts, um so in eine Position zu gelangen, in der sie fast das gesamte Zimmer im Auge behalten konnte, und begann das Gewehr langsam hin und her zu schwenken, sodass es ab und zu auf sie, ab und zu auf Tanja und dann wieder auf sie deutete. »Aber es ist gar nicht nötig. In ein paar Minuten ist sowieso alles vorbei. Alles, was ich tun muss, ist, ein wenig abzuwarten. Wie gesagt, die Ewigkeit ist lang. Man wird gierig nach jeder noch so kleinen Zerstreuung.«

»Töte mich, Satan«, sagte Torben. »Nimm meine Seele. Sie gehört dir, wenn du willst, aber lass sie in Frieden.«

Uschi sah ihn mit gespielter Überraschung an. Dann schüttelte sie den Kopf. »O nein, so leicht kommst du mir nicht davon. Ich werde dir ganz bestimmt nicht den Gefallen tun, dich als Märtyrer sterben zu lassen.« Sie lachte, drehte sich herum und ging zum Fenster, um mit einem einzigen Ruck die Vorhänge herunterzureißen. Das Fenster dahinter war mit Brettern vernagelt. Uschi öffnete es, indem sie mit einem Hieb die Scheibe und die dahinter befindlichen Bohlen zertrümmerte. Kälte und hellgraues Licht strömten herein und Rachel blinzelte, als sie sah, wie nahe der fallende Stern in den letzten Minuten gekommen war. Ganz gewiss nicht zufällig befand er sich direkt im oberen Drittel des Fensters, ein loderndes, kaltes Auge, das mit einer bösartigen Intelligenz zu ihnen hereinzublicken schien und nun so schnell nahe kam, dass man seinem Anwachsen zusehen konnte.

Uschi lachte leise. »Bis auf ein paar Kleinigkeiten ist alles perfekt, nicht wahr?«, fragte sie. »Ich meine, das hier ist zwar kein Stall, aber so groß ist der Unterschied nun auch wieder nicht. Und Bethlehem oder Rom …« Sie hob die Schultern. »Wie gesagt, wir wollen nicht kleinlich sein.« Sie drehte sich herum, lehnte sich scheinbar lässig gegen die Wand unmittelbar neben dem Fenster und sah wieder von einem zum anderen. Dann krauste sie die Stirn.

»Das mit den Drei Königen aus dem Morgenland haben wir nicht richtig hingekriegt, finde ich. Aber ansonsten ist es ganz okay.« Sie wandte sich mit einem fragenden Blick direkt an Rachel. »Oder was meinst du? Soll ich doch einen von ihnen erschießen, nur der Authentizität wegen?«

»Was haben Sie jetzt vor?«, fragte De Ville. »Erwarten Sie, dass wir vor Ihnen auf die Knie sinken und um unser Leben wimmern?«

»Ich?« Uschi hob die Schultern. An der schmutzigen Wand hinter ihr blieb dabei ein langer, nassglänzender roter Streifen zurück. »Nichts. Ich werde nur abwarten, bis das junge Glück perfekt ist.«

De Ville sog scharf die Luft ein. »Sie wollen das Kind töten?«

»Ihr Scharfsinn ist bewundernswert«, sagte Uschi höhnisch.

»Warum machen Sie es sich dann nicht leichter und erschießen uns gleich alle?«, fragte De Ville.

»Sie sind nicht auf dem Laufenden, mein Lieber«, antwortete Uschi. »Die Firma, für die ich arbeite, ist nicht unbedingt dafür bekannt, besonders gnädig zu sein.«

»Du kannst kein Kind töten«, sagte Rachel. »So grausam kannst du nicht sein. Du kannst nicht abwarten, bis es geboren ist, nur um es dann umzubringen?«

»Nein?«, fragte Uschi. »Kann ich nicht?« Sie machte eine abgehackte Kopfbewegung zu Torben, der noch immer mit vor der Brust gefalteten Händen am Boden kniete. »Frag ihn, was es für ein Gefühl ist. Frag ihn, warum er damals in das Krankenhaus gekommen ist, zusammen mit einem halben Dutzend bewaffneter Männer.«

»Ich kenne die Geschichte«, sagte Rachel. »Da gibt es nur einen Unterschied. Er hat es nicht getan. Es spielt keine Rolle, was er wollte oder vorhatte.«

»Papperlapapp«, sagte Uschi. »Er *hätte* es getan, wenn er nur sicher gewesen wäre, welches von den beiden Kindern das richtige ist.«

»Du kannst uns Menschen nicht nach dem beurteilen, was wir vielleicht getan hätten«, sagte Rachel verzweifelt.

»Vielleicht sollte ich euch lieber nach dem beurteilen, was ihr nicht getan habt.« Uschi machte eine ärgerliche Bewegung. »Ihr habt Recht. Es ist wirklich Zeitverschwendung, hier herumzustehen.« Sie stieß sich von der Wand ab und nahm das Gewehr in beide Arme. Wo sie gestanden hatte, war ein verschmierter roter Abdruck ihres Körpers zurückgeblieben, aber es war nicht exakt der Abdruck *ihres* Körpers. Es war nicht ein Mensch, dessen Schatten mit Blut an die Wand gemalt war, sondern ein verzerrtes, groteskes Ding mit Flügeln und Hörnern, von dem eine Welle unendlich tiefer Bosheit ausging. »Bringen wir es zu Ende.«

Sie trat ganz an das Bett heran, richtete das Gewehr auf Tanjas Stirn und schwenkte den Lauf dann langsam herum, sodass seine Mündung über ihr Gesicht strich, den Hals und die Brust hinab und schließlich auf ihren Leib deutete.

»Das kannst du nicht tun!«, sagte Torben. »Im Namen Gottes und der Barmherzigkeit, ich flehe dich an, du kannst kein ungeborenes Kind ermorden!«

»Das war jetzt so ziemlich das Falscheste, was Sie überhaupt sagen konnten, Hochwürden«, sagte Uschi. Ihr Finger krümmte sich langsam um den Abzug der schweren Waffe und Frank stieß einen brüllenden Schrei aus und sprang sie mit weit ausgebreiteten Armen über das Bett hinweg an.

Er war nicht annähernd so stark wie Benedikt und er verfügte noch nicht einmal über einen Bruchteil von dessen Geschick und Geschmeidigkeit. Sein Sprung war zu kurz berechnet, sodass er mit dem Fuß an der Bettkante hängen blieb und halbwegs über Tanja fiel, die einen gequälten Schrei ausstieß, aber er war vermutlich der Letzte hier im Raum gewesen, mit dessen Angriff Uschi gerechnet hatte, und ihre instinktive Abwehrbewegung kam einen Sekundenbruchteil zu spät. Der Schuss löste sich mit einem Knall, der in dem kleinen Raum von geradezu ohrenbetäubender Lautstärke war, aber die Kugel verfehlte ihr Ziel und riss nur ein faustgroßes Loch in die Matratze neben Tanjas Beinen. Praktisch im gleichen Sekundenbruchteil schmetterte sie Frank die andere Hand mit solcher Wucht ins Gesicht, dass er in die Höhe gerissen wurde und wie Benedikt gerade gegen die Wand prallte, aber so gering die Ablenkung auch gewesen war, sie reichte. Benedikt schnellte wie eine gespannte Stahlfeder in die Höhe, rammte der Kreatur die Schulter in den Leib und riss sie mit sich, als er in einem ungeschickten Salto über das Bett hinwegflog. Uschi ließ das Gewehr los und kreischte vor Wut und noch bevor sie beide aneinander geklammert zu Boden stürzten, begann sie mit den Fäusten auf ihn einzuschlagen. Frank brach wimmernd zusammen und rührte sich nicht mehr und De Ville stieß Rachel zur Seite und stürzte vor, um Benedikt zu helfen.

Sein Stoß hatte Rachel fast zu Boden geschleudert. Mühsam fand sie ihr Gleichgewicht wieder, blickte eine halbe Sekunde unschlüssig auf die miteinander kämpfenden Gestalten hinab, und begriff, wie sinnlos es wäre, sich in den Kampf einzumischen. Trotz ihrer grässlichen Verletzung bereitete es der Kreatur keine besondere Mühe, Benedikt abzuschütteln und in die Höhe zu springen. Als De Ville heranstürmte, empfing sie ihn mit einem Hieb, der ihn zurückschleuderte und gegen den knienden Johannes Petrus stolpern ließ, so dass sie beide übereinander stürzten.

Rachel fuhr herum, rannte zum Bett und warf sich schützend über Tanja, die sich mit angezogenen Knien auf die Seite gerollt hatte und vor Schmerz und Furcht wimmerte. Unter ihr begann sich ein dunkler Fleck auf dem Bett auszubreiten und plötzlich roch es nach Blut; als Rachel sie berührte, schrie sie gellend auf und versuchte nach ihr zu schlagen. Sie wurde zwei, drei Mal hart im Gesicht getroffen, ehe es ihr gelang, Tanjas Handgelenke zu packen und festzuhalten. Hinter sich hörte sie dumpfe Kampfgeräusche und ein Knurren wie von einem wilden Tier, dann einen dumpfen Schlag, aber sie wagte es nicht, den Kopf zu drehen und zurückzublicken.

»Beruhige dich!«, sagte sie. »Tanja! Dir ist nichts passiert! Es ist alles in Ordnung!«

Natürlich war nichts in Ordnung. Die Kugel hatte Tanja verfehlt, aber der Schock und die Aufregung der vergangenen Stunden waren einfach zu viel gewesen. Das Kind kam. Jetzt.

Sie kämpfte weiter verbissen mit Tanja, verzweifelt darum bemüht, sie festzuhalten, ohne ihr wehzutun, was beinahe unmöglich war, und hinter sich hörte sie immer noch diese furchtbaren, reißenden Laute, nicht mehr die Kampfgeräusche von Menschen, sondern ein Zerfetzen und Schlagen, als prallten zwei wütende Raubtiere aufeinander. Warum half ihr niemand? Sie wusste nicht, was sie tun sollte. Selbst ohne das dämonische Ding in ihrem Rücken, das allerhöchstens noch Sekunden brauchen würde, um die beiden Männer zu überwältigen und sich auf sie zu stürzen, wäre sie vollkommen hilflos gewesen. Sie hatte niemals im Leben einer Geburt zugesehen, geschweige denn dabei *geholfen*, und es hatte sie auch niemals wirklich interessiert. Vielmehr hatte sie beinahe Angst davor gehabt, was sie jetzt umso besser verstand, denn etwas in ihr hatte vielleicht zeit ihres Lebens gewusst, dass dieser Moment kommen würde, und auch geahnt, wie er enden musste.

Ein dumpfer Schlag traf das Bett, dann noch einer und dann ertönte ein splitternder Laut. Sie sah aus den Augenwinkeln, wie sich etwas neben ihr bewegte, aber ihr blieb keine Zeit hinzusehen. Tanja schrie und wehrte sich mit einer Kraft, der sie kaum etwas entgegenzusetzen hatte, dann stellte sie ihren Widerstand plötzlich ein und erschlaffte, und das war vielleicht noch schlimmer.

Rachel lockerte ihren Griff ein wenig und warf einen flüchtigen Blick nach rechts, nur um ihn im nächsten Moment schon wieder zu bedauern.

Unter allen anderen denkbaren Umständen hätte es ein Bild von großer Symbolkraft sein können, aber jetzt machte es ihr einfach nur Angst. De Ville und Benedikt, die ein Leben lang Todfeinde gewesen waren, kämpften Seite an Seite gegen die Kreatur, die jetzt kaum noch etwas Menschliches an sich hatte. Es waren nicht nur die furchtbaren Brandverletzungen und die neuen Wunden, die Benedikt und der Hauptmann ihr zugefügt hatten, sie *bewegte* sich nicht mehr wie ein Mensch, sondern schien plötzlich etwas Insektenhaftes, Spinnengleiches an sich zu haben, und es war auch kein wirklicher Kampf, denn nichts von dem, was Benedikt und De Ville auch taten, vermochte dem Geschöpf wirklich Schaden zuzufügen. Sie konnten sein Fleisch verletzen, seine Knochen zerbrechen, aber das, wogegen sie wirklich kämpften, war nicht verwundbar. Alles, was sie tun konnten, war, seinen blitzartigen Schlägen und Angriffen auszuweichen, so gut es möglich war, und es immer wieder zurückzutreiben, sobald es sich dem Bett und damit seinem Opfer zu nähern versuchte. Es war ein ungleicher, durch und durch unfairer Kampf und er konnte nur noch wenige Augenblicke währen.

Benedikt schien das auch begriffen zu haben, denn er schrie plötzlich: *»Rachel! Raus hier! Nimm Tanja mit!«*

Sie versuchte es und wäre beinahe vom Bett gefallen, als sie ihr Gewicht verlagerte, denn ihre Unterlage war plötzlich nicht mehr stabil, sondern kippte deutlich zur Seite. Als sie sich erschrocken umsah, begriff sie auch, warum. Darkov hatte die Beine gegen die Wand gestemmt und riss mit aller Kraft an dem Bettpfosten, an den Benedikt ihn gefesselt hatte, und es war ihm tatsächlich bereits gelungen, ihn halb herauszureißen. Noch eine letzte Anstrengung und das ganze Bett würde zusammenbrechen und Darkov wäre frei.

Vielleicht war es dieser Anblick, der Rachel noch einmal mit der

Kraft der puren Verzweiflung erfüllte. Sie sprang auf, griff unter Tanjas Arme und zerrte sie in die Höhe, ohne auf ihre keuchenden Schmerzlaute Rücksicht zu nehmen.

Aber auch die Kreatur hatte bemerkt, was sie vorhatte, vielleicht hatte sie auch einfach Benedikts Worte verstanden – obwohl Rachel das fast bezweifelte. Das Geschöpf vor ihr ähnelte nun nicht einmal mehr äußerlich ihrer alten Freundin, sondern war endgültig zu einem Dämon geworden, einem Ding, das zu grotesk war, um es zu beschreiben, und nur aus blutigem rohem Fleisch, Krallen und schlagenden Fledermausflügeln zu bestehen schien. Mit einem wütenden Pfeifen warf es sich nach vorn. De Ville trat nach seinem Knie (oder dem, was er wahrscheinlich dafür hielt) und er traf auch. Der Tritt hätte jedem menschlichen Angreifer die Knochen gebrochen, aber das Geschöpf stolperte nur leicht und versetzte ihm gleichzeitig einen Hieb mit einer seiner grotesken Fledermausschwingen, der De Ville einen Meter weit davonstolpern und bewusstlos zusammenbrechen ließ, und gleichzeitig fuhr die Bestie herum und warf sich mit einem kreischenden Schrei, dessen Frequenz Rachels Trommelfell schier zum Platzen zu bringen schien, in ihre Richtung.

Benedikt setzte dem Ungetüm nach, schlang die Hände um seinen Hals und riss es mit aller Gewalt zurück. Es gelang ihm nicht, die Bestie zu Boden zu ringen, aber statt sich auf Rachel und Tanja zu stürzen und sie unter sich zu begraben, prallte sie nur ungeschickt gegen die Bettkante. Seine wild fuhrwerkenden Krallen zerfetzten die Matratze und rissen Splitter aus dem Holz und dieser neuerliche Anprall war für das mehr als hundert Jahre alte Bettgestell zu viel. Es neigte sich träge zur Seite und brach dann zusammen. Rachel wurde heruntergeschleudert und prallte unsanft mit dem Hinterkopf gegen die Wand, sodass sie eine oder zwei Sekunden lang benommen liegen blieb, ehe sie auch nur die Kraft fand, die Lider zu heben und den Schmerz wegzublinzeln.

Im ersten Moment konnte sie kaum etwas sehen. Sie registrierte, dass Frank neben ihr lag und noch immer ohne Bewusstsein war, während Tanja leise wimmerte, halb auf dem zusammengebrochenen Bett und halb auf dem Boden lag und im ungünstigsten Moment der gesamten Weltgeschichte, in der jemals eine Frau ein Kind bekommen hatte, ihr Kind gebar. Noch etwas war anders, aber sie registrierte nur, dass es so war, nicht, was es war.

Und in ein paar Sekunden würde es auch keine Rolle mehr spielen. Die Bestie hatte auch Benedikt mittlerweile abgeschüttelt und richtete sich nun knurrend und geifernd wieder auf. In ihren Zügen war nicht mehr die geringste Ähnlichkeit mit denen Uschis zu erkennen und obwohl sie wusste, dass auch sie nun sterben würde, empfand Rachel in diesem Moment nichts als eine tiefe Dankbarkeit dafür, dass das Bewusstsein ihrer Freundin nun offenbar endgültig erloschen war und sie nicht mehr miterleben musste, was geschah. Und das Gefühl, versagt zu haben. Sie hatte verloren. Sie war für eine bestimmte Aufgabe auserwählt worden und sie hatte sie nicht bewältigt. Dieses Gefühl tat sehr weh, aber auf eine Art, die sie sich bisher nicht einmal hatte vorstellen können. Vielleicht weil noch niemals, solange es Menschen gab, jemand um so viel gekämpft und so vieles verloren hatte wie sie. Sie sah der tobenden Kreatur ruhig und ohne eine Spur von Angst in die Augen und hoffte nur, dass es schnell vorbei sein würde. Für sie, aber vor allem für Tanja und ihr Kind, das geboren wurde, um in der nächsten Sekunde zu sterben.

Der Dämon breitete die Schwingen aus und spannte sich zum Sprung und Pjotr Darkov richtete sich mit einem Schrei neben ihr auf und schwang das zersplitterte Ende des Bettpfostens wie einen Speer. Alles ging so schnell, dass Rachel kaum Zeit blieb, wirklich zu begreifen, was sie sah, und doch schien es eine Ewigkeit zu dauern. Die Kreatur zögerte. Wenn ihre pupillenlosen schwarzen Augen überhaupt in der Lage waren, ein Gefühl auszudrücken, so war es Fassungslosigkeit und Verwirrung, als sie Darkov erkannte, der brüllend auf sie zustürmte. Im allerletzten Moment versuchte sie zu reagieren und hieb mit ihren schrecklichen Krallen nach ihm, aber nicht einmal ihre übermenschliche Schnelligkeit reichte noch aus. Darkov rammte ihr den Holzpflock mit aller Gewalt in die Brust. Der Angriff war so ungestüm, dass die Bestie nach hinten geworfen und zu Boden geschleudert wurde, und auch Darkov verlor unter dem Schwung seiner eigenen Bewegung den Halt, machte einen verzweifelten, stolpernden Schritt und fiel dann direkt in die Fänge des gestürzten Dämons hinein.

Für eine Sekunde wurde es unendlich still. Es war, als hielte die Zeit den Atem an. Draußen vor dem Fenster loderte der Todesstern in weißem Licht und kam unaufhaltsam näher; Rachel hörte ein leises, qualvolles Stöhnen und dann ein noch leiseres Wimmern, von dem sie erst nach Sekunden begriff, dass sie selbst es war, die es ausstieß. Aber auf der anderen Seite des Bettes blieb es still. Weder Darkov noch das Monster richteten sich auf.

Unendlich behutsam stemmte sich Rachel in die Höhe. Tanja keuchte jetzt immer heftiger. Sie schrie nicht mehr, aber ihr Atem hörte sich irgendwie nicht richtig an und Rachel war klar, dass sie Hilfe brauchte, jetzt in diesem Sekundenbruchteil, nicht in einer Minute, nicht im nächsten Augenblick, sondern jetzt. Aber wenn sie sich nicht überzeugte, dass das Monstrum wirklich tot war, dann würde ihre Hilfe nur darin bestehen, ihr ein paar weitere Sekunden der Qual und vergeblichen Hoffnung zu bescheren. Sie vergewisserte sich mit einem hastigen Blick, dass das Kind noch nicht wirklich kam, dann trat sie zitternd um das Bett herum.

Darkov lebte noch. Er war schlimm verletzt, hatte sich aber von dem Monstrum herunter und auf den Rücken gewälzt und war ein kleines Stück davongekrochen. Das Ungeheuer selbst lag mit weit ausgebreiteten Schwingen auf dem Rücken und bewegte sich schwach. Doch selbst seiner unvorstellbaren Zähigkeit waren Grenzen gesetzt. Der Pfahl, den Darkov ihm in den Leib gerammt hatte, war zu viel gewesen. Er hatte den Körper der Bestie durchbohrt und auch wenn Rachel bezweifelte, dass sie so etwas wie ein Herz hatte, so hatte er ihr doch mehr Schaden zugefügt, als selbst diese Bestie verkraften konnte. De Ville lag reglos neben der Tür und auch Benedikt lag am Boden, begann sich aber bereits wieder zu bewegen und zog eine Grimasse in ihre Richtung, mit der er ihr wohl sagen wollte, dass sie sich keine Sorgen zu machen brauchte. Torben schließlich kniete auf der anderen Seite der Tür und hatte die Hände wieder halb erhoben, als wollte er beten, schien aber mitten in der Bewegung eingefroren zu sein und starrte aus weit aufgerissenen, von bodenlosem Entsetzen erfüllten Augen auf den gestürzten Dämon.

Rachel machte einen zögernden Schritt, näherte sich unendlich vorsichtig dem geflügelten Höllenboten und ließ sich schließlich neben Darkov auf ein Knie sinken. Müde hob er den Kopf und sah zu ihr hoch. Er hatte ein paar wirklich üble Schnittwunden abbekommen, aber der Crashkurs in Kampfverletzungen, den Rachel in den vergangenen Tagen absolviert hatte, sagte ihr auch, dass sie nicht lebensgefährlich waren.

»Sie?«, murmelte sie.

»Was ist daran so erstaunlich?«, fragte Darkov mühsam. »Wann habe ich jemals behauptet, dass ich auf der Seite des Teufels stehe?« Er lachte ganz leise. »Allerdings glaube ich, dass hier noch jemand demselben Irrtum erlegen ist.«

Er drehte den Kopf und sah die sterbende Bestie an und als Rachel dasselbe tat, lief ihr ein eisiger Schauer über den Rücken.

Das Monstrum *erholte* sich!

Sie konnte nicht sagen, wie. Sie verstand nicht, was passierte, und hätte sie es verstanden, dann wäre das, was ihre Menschlichkeit ausmachte, vielleicht an diesem Verständnis zerbrochen, denn sie beobachtete etwas, das direkt aus der Hölle kam. Die Kreatur veränderte sich nicht wirklich, aber sie spürte, wie plötzlich etwas Uraltes, etwas Unsichtbares und durch und durch *Böses* den Raum erfüllte, etwas von so ungeheuerlicher destruktiver Macht, dass selbst Gott davor zurückschrecken musste.

»Nein!«, stöhnte Darkov. »Nein! Nicht das!«

Die Kreatur setzte sich auf. Darkov schrie und wollte sich auf sie werfen, aber sie fegte ihn mit einer fast nachlässigen Bewegung zur Seite, griff mit der anderen Hand nach dem Pfahl, mit dem er sie aufgespießt hatte, und riss ihn heraus. Die entsetzliche Wunde, die er ihr zugefügt hatte, schloss sich nicht, aber die Kreatur starb auch nicht daran, sondern gewann zusehends an Kraft und stemmte sich langsam, noch schwankend, aber mit bereits wieder sicherer werdenden Bewegungen in die Höhe. Benedikt hatte nicht die Kraft, sich aufzusetzen oder gar aufzuspringen, aber er ließ sich mit ausgestreckten Armen in ihre Richtung fallen und versuchte sie zu packen, doch die Kreatur schüttelte ihn einfach ab. Sie machte sich nicht einmal mehr die Mühe, nach ihm zu schlagen.

Entsetzt wich Rachel vor dem Dämon zurück. Er folgte ihr, Schritt für Schritt, langsam und schleppend, aber auch unaufhaltsam, bis sie schließlich auf der anderen Seite des Zimmers angekommen war und gegen die Wand stieß. Die schwarzen Augen des Ungetüms fixierten sie, tasteten jeden Quadratzentimeter ihres Körpers ab und schienen direkt auf den Grund ihrer Seele zu blicken, als suche es nach etwas, das sich zu zerstören lohnte oder viel besser noch zu stehlen, dann drehte es sich langsam halb herum und näherte sich Tanja.

Sie hatte aufgehört zu schreien. Die Geburt ihres Kindes stand nun unmittelbar bevor, war eigentlich bereits in vollem Gange, aber sie schrie nicht mehr, sie atmete nicht mehr hektisch, sondern starrte das gehörnte Ding an, das langsam auf sie zukam und die Krallen ausstreckte, um das ungeborene Leben aus ihr herauszureißen.

»Nein!«, kreischte Rachel. Halb wahnsinnig vor Angst und Entsetzen, stieß sie sich von der Wand ab und taumelte zwischen Tanja und das Ungeheuer. Es hätte den Dämon nur eine winzige Bewegung gekostet, sie zu töten, aber er stieß sie einfach zu Boden und beugte sich weiter zu Tanja herab. Rachel prallte gegen die Wand, fand mit einer verzweifelten Anstrengung ihr Gleichgewicht wieder und stürzte dann doch, als sie über den bewusstlosen Frank stolperte. Sofort hatte sie sich wieder herumgedreht und wollte aufspringen, krümmte sich aber in der nächsten Sekunde vor Schmerz, als sich etwas Hartes und Unnachgiebiges in ihren Leib bohrte. Keuchend sah sie an sich herab und erkannte, dass es die Pistole war, die De Ville ihr vorhin gegeben hatte. Sie hatte sie vollkommen vergessen. Obwohl sie wusste, wie sinnlos es war, riss sie die Waffe unter dem Gürtel hervor und zog den Hahn zurück, ehe sie in die Höhe sprang.

Die Kreatur stand breitbeinig über Tanja. Ihre rasiermesserscharfen Krallen fuhren fast liebkosend über ihren Körper, zerschnitten mit der Präzision von Skalpellen ihre Kleider, ohne die Haut darunter zu ritzen, und betasteten ihren Leib. Aber sie stießen immer noch nicht zu. Es hätte für diesen Koloss keine Anstrengung bedeutet, Tanja zu durchbohren und das Kind zu töten, das sie im Leib trug, aber er tat es nicht …

… weil er es nicht konnte.

Er durfte es nicht. Noch nicht.

»Halt es zurück!«, schrie Rachel. »Tanja! Er kann es nicht töten, bevor es geboren worden ist!«

Tanja wimmerte. Rachel war nicht sicher, dass sie ihre Worte verstanden hatte, und selbst wenn, was sollte sie tun? Das Kind kam, jetzt. Da sie sich niemals wirklich mit diesem Thema beschäftigt hatte, wusste sie auch nicht, ob eine bewusste Anstrengung tatsächlich eine Geburt hinauszögern konnte, aber selbst wenn – wie lange? Zwei Sekunden? Fünf? Eine Minute? Der Dämon strich immer noch mit seinen grässlichen Krallen über Tanjas Haut, ohne sie auch nur zu ritzen, und in seinen Augen loderte eine böse Vorfreude. Rachel wusste jetzt, dass sie sich getäuscht hatte. Dieses Ding war durchaus in der Lage, Gefühle zu empfinden. Es labte sich an der Qual, die es seinen Opfern zufügte.

Sie hob die Pistole mit beiden Händen und trat dicht genug an das Ungeheuer heran, um die Mündung direkt auf seine Stirn zu pressen. Der Dämon hob den Kopf und sah sie an. Rachels Finger krümmte sich um den Abzug, sie spürte den Widerstand – aber sie drückte nicht ab. Es war so sinnlos. Keine von Menschenhand geschaffene Waffe konnte diesem Geschöpf etwas anhaben. Das gestohlene Fleisch war längst zu etwas anderem geworden, etwas, das nicht den Gesetzen der Natur und schon gar nicht denen der Menschen gehorchte und das nicht mit einer Pistole, nicht mit Feuer oder Schwert zu verwunden war. Rachel krümmte sich innerlich, als sie den brodelnden Odem von Bosheit und Hass spürte, den das Geschöpf verströmte. Der Blick der grundlosen schwarzen Augen bohrte sich in den ihren und sie spürte, dass sich das Ding nun auch an ihrer Qual labte, dass es das Gefühl von verzweifelter Hilflosigkeit und Panik, das sie erfüllte, genoss, wie ein Mensch einen Schluck kostbaren Wein oder den Kuss eines Liebenden.

Und dann … flackerte etwas in diesen Augen auf. Es ging ganz schnell. Vielleicht nur für den Bruchteil einer Sekunde, so kurz, dass sie es eigentlich gar nicht hätte sehen können, aber für einen unendlich kurzen Moment sah sie etwas Vertrautes in diesen Augen, etwas, das sie kannte und von dem sie geglaubt hatte, es nie wieder sehen zu können.

Die menschliche Seele war immer noch in diesem Ding. Eingefangen, eingekerkert in dem Etwas, zu dem ihr Körper mutiert war, aber immer noch am Leben, immer noch da. Und sie wurde stärker.

In den alles verzehrenden Hass im Blick des Dämons mischte sich etwas anderes. Überraschung. Vielleicht sogar ein sachter Schrecken, aber wenn er von Begreifen begleitet wurde, so kam es zu spät. Das, was einmal Uschi gewesen war, war plötzlich wieder da, ergriff Besitz von den schwarzen Höllenaugen und dem, was dahinter lauerte, und plötzlich schimmerten ihre vertrauten Züge durch die insektengleiche Fratze des Monstrums. Für weniger als einen Atemzug gehörte der Körper wieder dem, dem er einst gegeben worden war, und auch wenn Rachel vollkommen sicher war, dass dieses Ding vorher nicht in der Lage gewesen war, mit einer menschlichen Stimme zu sprechen, so hörte sie Uschis Stimme doch ganz deutlich in ihren Gedanken.

Jetzt!

Sie schoss. Der Rückschlag der Waffe war so stark, dass ihre Arme nach oben gerissen wurden und die Pistole in hohem Bogen davonflog, während sie selbst haltlos nach hinten taumelte, und der Kopf des gehörnten Dämons wurde wie von einem Hammerschlag getroffen nach hinten gerissen. Die Kugel durchschlug seinen Schädel und stanzte ein sauberes Loch in die Wand hinter ihm und die Bestie taumelte mit weit ausgebreiteten Flügeln zurück, prallte ebenfalls gegen die Wand und sank langsam daran zu Boden.

Etwas … verging. Rachel glaubte etwas wie einen lautlosen, von unsäglicher Wut und Enttäuschung erfüllten Schrei direkt in ihrem Kopf zu hören und der Körper des Dämons begann sich abermals zu verwandeln. Es war ihr unmöglich zu sagen, wie. Sie erkannte es nicht einmal, während sie direkt hinsah, und hätte sie es erkannt, dann wäre das, was ihre Menschlichkeit ausmachte, an diesem Begreifen zerschellt. Der uralte Widersacher zog sich zurück. Er versuchte weiterhin, sich mit all seiner unglaublichen Kraft an das Hier und Jetzt zu klammern, aber es war wohl so, wie Rachel glaubte: Nicht einmal seine Macht reichte aus, Leben aus dem Nichts entstehen zu lassen. Dazu war nur eine Macht im Universum fähig. Ihre Kugel hatte die Seele ausgelöscht, der dieser Körper einst gehörte und die all ihre verbliebene Lebenskraft zu einer letzten, verzweifelten Anstrengung aufgeboten hatte: der Anstrengung, wieder weit genug Herr ihres Körpers zu sein, um verwundbar zu werden.

Rachel schloss die Augen und wandte sich ab. Ein Satz aus einem alten Film fiel ihr ein, den sie vor vielen, vielen Jahren einmal gehört und längst vergessen geglaubt hatte: Rod Steiger als Napoleon, der zu seinem Sohn sagte: »Nach einer verlorenen Schlacht ist der schrecklichste Anblick, den man sich denken kann, der einer gewonnenen Schlacht.« Irgendein Satz, den irgendein unterbezahlter, namenloser Dialogschreiber hingeschrieben hatte, vermutlich aus keinem anderen Grund als dem, dass er in diesem Moment gut klang und dass Gewalt und Töten in einem Hollywoodfilm nicht über die Maßen verherrlicht werden durften; auch wenn sie im Endeffekt deren Essenz waren. Ob er wohl jemals begriffen hatte, wie viel schreckliche Wahrheit dieser Satz enthielt?

Warum musste ihr Sieg so bitter sein und so entsetzlich teuer erkauft?

Tanja begann hinter ihr wieder zu stöhnen und der Laut erinnerte sie daran, dass das Leben weiterging, ohne Rücksicht auf die Toten und erst recht ohne Rücksicht auf die Lebenden, und dass da noch etwas war, das sie zu erledigen hatte. Auch wenn es ihr plötzlich sinnloser denn je erschien. Der Todesstern kam immer noch näher. Obwohl sie sich jetzt auf einer völlig anderen Position im Zimmer befand, konnte sie ihn durch das Fenster hindurch noch immer deutlich sehen; als sorge ein düsterer Zauber dafür, dass man ihn immer und von jedem Ort aus erkennen und sich daran erinnern konnte, wie nah das Ende war.

Es gab im Moment nicht viel, was sie für Tanja tun konnte, also versuchte sie, sie wenigstens in eine einigermaßen bequeme Position zu hieven, aber nicht einmal das wollte ihr wirklich gelingen. Das Bett stand schräg auf nur noch einem Bein, so dass sie immer wieder herunterzurutschen drohte.

»Warte einen Moment.« Benedikt hatte sich auf der anderen Seite des Zimmers aufgerichtet und öffnete und schloss ein paar Mal rasch hintereinander die Fäuste, wie um auf diese Weise die Blutzirkulation in seinen Gliedern wieder in Gang zu bringen. Eine Menge von diesem Blut zirkulierte im Moment allerdings außerhalb seines Körpers. Wie Darkov war auch er nicht schwer verletzt, hatte aber eine Anzahl übler Schrammen und Schnitte, die höllisch wehtun mussten und die ihn vermutlich auch ziemlich viel Kraft kosteten. »Nicht erschrecken«, sagte er.

Rachel fuhr natürlich trotzdem zusammen, als er warnungslos vor das letzte verbliebene Bein des Bettes trat und es damit abbrach. Die Matratze krachte mit einem dumpfen Laut zu Boden, aber sie lag nun wenigstens wieder gerade. Tanja wimmerte vor Schmerz und zog die Knie an den Leib. Sie blutete heftig und Rachel fragte sich besorgt, ob das richtig war. Verdammt, sie hatte mindestens eine Million Filme im Fernsehen gesehen, in denen eine Geburt gezeigt oder zumindest in aller Ausführlichkeit darüber gesprochen worden war. Wieso hatte sie nicht wenigstens ein einziges Mal zugehört?

»Ich … ich weiß nicht, was ich tun soll«, sagte sie hilflos.

»Warten Sie. Vielleicht kann ich helfen.« Johannes Petrus trat mit einem schnellen Schritt neben sie und legte die Hand auf ihre Schulter, um sie beiseite zu schieben, aber Rachel rührte sich nicht, sondern sah nur verstört zu ihm hoch.

»Sie?«

Torben lächelte matt. »Bevor ich zu Gott fand, war ich einmal Arzt«, sagte er. »Ich habe bei einer Menge Geburten geholfen. Auch wenn es lange her ist, manche Dinge vergisst man nicht … so sagt man. Ich hoffe, dass es stimmt.«

Rachel war nicht nur über sein Angebot erstaunt, sondern beinahe ebenso sehr darüber, dass er überhaupt noch am Leben war. In dem Chaos der letzten Minuten war er irgendwie aus ihrem Bewusstsein verdrängt worden, als wäre seine gesamte Existenz in diesem Kampf der Titanen einfach zermahlen worden. Aber er wirkte ganz im Gegenteil höchst lebendig. Selbst die dumpfe Verzweiflung war aus seinem Blick gewichen und hatte einem Ausdruck neuer Hoffnung und Lebensfreude Platz gemacht, den Rachel in diesem Moment als beinahe schon wieder unangemessen empfand.

»Bitte«, sagte er.

Hastig rutschte sie ein Stück zur Seite und stand dann auf, um ihm Platz zu machen. »Brauchen Sie irgendetwas?«, fragte sie. »Ich meine: heißes Wasser, saubere Tücher, oder so was? In Filmen rufen sie doch immer danach, wenn ein Kind kommt.«

»Und ich habe noch nie so genau verstanden, warum«, sagte Torben lächelnd. »Außerdem bezweifle ich, dass Sie so etwas hier finden werden. Aber da sind noch mehr, die Hilfe brauchen. Kümmern Sie sich um Hauptmann De Ville, bitte. Ich glaube, es geht ihm nicht gut.«

Rachel war fast froh, sich herumdrehen und gehen zu können, denn Tanja schrie plötzlich wieder lauter, und nun begann der wirklich unappetitliche Teil der Prozedur. Und wie sich zeigte, war Torbens Einschätzung wohl doch etwas zu pessimistisch gewesen. De Ville befand sich in keinem besonders guten Zustand, aber sie glaubte nicht, dass er sterben würde. Sie grub in seinen Jackentaschen, bis sie das Verbandspäckchen gefunden hatte, und versorgte seine Wunden, so gut es eben ging. Erst als sie damit fertig war, wandte sie sich zu Benedikt und seinem Adoptivvater um.

Die beiden waren mit demselben beschäftigt, was auch sie gerade getan hatte: Sie versorgten gegenseitig ihre diversen Verletzungen und Rachel musste neidlos eingestehen, dass sie sich dabei deutlich geschickter anstellten, als sie es gerade getan hatte. Aber schließlich hatten sie auch deutlich mehr Übung darin, Wunden zuzufügen.

Benedikt, der an einem schon wieder halb durchgebluteten Verband am Arm seines Vaters herumfingerte, den er aus einem aus dem Bettzeug gerissenen Stoffstreifen improvisiert hatte, registrierte anscheinend ihren Blick und sagte: »Ich glaube, in der Küche müsste noch etwas von meinem köstlichen Kaffee sein. Besorgst du mir eine Tasse? Mein Vater kann einen Schluck gebrauchen, denke ich.«

»Für ihn?« Rachel machte eine Kopfbewegung auf Darkov. »Ich wusste ja gar nicht, dass du so grausam bist. Warum verbindest du ihn eigentlich erst, wenn du ihn anschließend gleich wieder vergiften willst?«

»Benedikts Kaffee?« Darkov nickte wissend. »Ich bin resistent gegen das Zeug. Sein Kaffee war in der gesamten Legion berüchtigt. Wir hätten ihn als Waffe eingesetzt, wenn wir damit nicht gegen das Chemiewaffen-Kontrollgesetz verstoßen hätten.«

Er bewegte prüfend den Arm, den Benedikt gerade bandagiert

hatte, und machte ein Gesicht, als wäre er mit dem Ergebnis nicht sonderlich zufrieden. Trotzdem nickte er und sagte leise: »Danke.«

Er drehte sich umständlich herum und sah zu Tanja hin, aber alles, was er von da aus erkennen konnte, war der Rücken Torbens, der sich über Tanja gebeugt hatte und irgendetwas tat, von dem Rachel lieber nicht wissen wollte, was es war. »Wie geht es ihr?«, fragte er.

Rachel hob die Schultern. »Ich hoffe, gut. Sie wird es überleben, denke ich. Und Sie?«

»Ich auch«, erwiderte Darkov. Mit einem schiefen Grinsen fügte er hinzu: »Ich bin anscheinend der Verlierer dieser Geschichte. Nicht einmal einen vernünftigen Heldentod hat man mir gegönnt.«

Rachel blieb ernst. Auch wenn sie nicht wirklich Vater und Sohn waren, so waren sich Benedikt und Pjotr Darkov doch unglaublich ähnlich, nicht äußerlich, aber in ihrer Art. Sie musste Acht geben, dass ihr Darkov nicht sympathischer wurde, als gut war. Ganz egal, was er gerade getan hatte, er war immer noch ein vielfacher Mörder und international gesuchter Terrorist.

Umso überraschter war sie, als sie sich selbst fragen hörte: »Warum fliehen Sie nicht? Es ist niemand mehr da, der Sie aufhalten könnte. Und es besteht kein Grund mehr, uns etwas anzutun. Sie haben Ihr Ziel erreicht.«

»O ja, ich habe gewonnen«, sagte Darkov spöttisch. »Ich meine: Das Oberhaupt der katholischen Kirche selbst bringt gerade das Kind zur Welt, nicht wahr? Was sollte ich mir mehr wünschen? Und fliehen?« Er lachte hart. »Wohin denn? Und wozu?«

Rachel sah aus dem Fenster und wusste, was er meinte. Der Meteor leuchtete mittlerweile mit der Intensität eines Scheinwerfers zu ihnen herein und er stand schon so tief, dass er den Horizont zu berühren schien. In wenigen Minuten *würde* er ihn berühren und wiederum wenige Minuten darauf würde eine Wasserwand, die so hart war wie Diamant, mit Überschallgeschwindigkeit über dieses Haus hinwegrasen und alles von hier bis zu den Alpen, was sich ihr in den Weg stellte, zertrümmern. Darkov hatte Recht. Wozu sollte er fliehen?

Tanja schrie plötzlich gellend auf und Torben richtete sich mit einem Ruck auf und rief. »Kommen Sie her! Es ist da! Schnell!«

Sie sprangen alle drei in die Höhe und eilten um das Bett herum.

Frank schlug mit einem hörbaren Stöhnen die Augen auf, sah, was geschah, und fiel sofort wieder in Ohnmacht, und Tanja ließ sich mit einem tiefen Seufzer der Erleichterung zurücksinken und schloss die Augen.

»Ein Junge!«, rief Torben aufgeregt. »Seht nur, es ist ein Junge!«

Hatte er etwa daran gezweifelt?

Rachel war mit einem Schritt neben ihm. Torben hielt das Kind in den Armen und es war ein Junge, ganz wie er gesagt hatte, klein, fast ein bisschen zu mager, wenigstens für Rachels Geschmack, und noch voller Schleim und Blut, die in einem sonderbaren Muster über seine Haut verteilt waren und ihm für den Moment fast etwas Reptilienhaftes zu geben schienen. Überhaupt war es kein sehr hübsches Kind, fand Rachel. Es hatte streichholzlanges, fast pechschwarzes Haar, das ein wenig wie Draht anmutete, obwohl es noch nass an seinem Kopf klebte, seine Glieder waren zu dünn und zu schlank und sein Gesicht war so runzlig und zerknittert wie das eines Achtzigjährigen.

Und doch …

Irgendetwas war an diesem Kind. Etwas, das unsichtbar und uralt und mindestens so machtvoll und gewaltig war wie das, was sie vorhin gespürt hatte, aber im Gegensatz dazu von unendlicher Liebe und Sanftmut erfüllt; ein Gefühl, das so intensiv und gewaltig war, dass sie sich mit aller Kraft beherrschen musste, um das Kind nicht Torben aus den Armen zu reißen und an sich zu pressen.

»Wieso schreit es nicht?«, fragte Benedikt nervös. »Ich meine: Müsste es nicht schreien oder strampeln oder so etwas?«

»Wahrscheinlich spart es sich die Mühe«, sagte Darkov bitter. Er deutete zum Fenster. »Seht!«

Rachels Blick folgte der Geste und ihr Atem stockte.

Der Meteor hatte den Horizont berührt. Sein unheimliches, bleiches Licht überstrahlte mittlerweile das gesamte Firmament und das ferne Meer reflektierte und verstärkte es noch zusätzlich, als werfe der weiß glühende Feuerball, der gleich darin erstrahlen würde, bereits seinen brodelnden Schatten aus der Zukunft in die zum Untergang verdammte Gegenwart.

»Nein«, flüsterte Rachel. »Das darf nicht sein! So grausam kann Gott nicht sein!«

»Das ist er auch nicht«, sagte Torben ruhig.

Das Kind hustete, bewegte sich unwillig in seinen Armen und begann zu weinen. Dann hob es die Lider.

Und im gleichen Moment, in dem der neue Messias zum ersten Mal die Augen aufschlug, erlosch am Horizont das bleiche Licht des Todessterns.

Epilog

Torben zog das Ende der Decke über Uschis zerstörtes Gesicht, strich es mit der linken Hand glatt und schlug mit Zeige- und Mittelfinger der Rechten das Kreuzzeichen über ihrer Stirn. Benedikt und er hatten sie neben dem Bett auf den Boden gelegt, so dass Tanja sie nicht sofort sehen konnte, falls sie wach werden und zufällig den Kopf in diese Richtung drehen sollte – was allerdings nicht sehr wahrscheinlich war. Sie hatten das Kind notdürftig gereinigt und in ein halbwegs sauberes Tuch gewickelt, das Benedikt in einem Schrank gefunden hatte, und sie hatten es Tanja kaum in den Arm gelegt, da waren Mutter und Kind auch schon eingeschlafen. Rachel war nicht sicher, ob das so richtig war, aber da niemand eine entsprechende Bemerkung gemacht hatte, hatte sie sich gehütet, danach zu fragen.

Mit einer müden Bewegung richtete sich Torben auf. Seine Gelenke knackten, als er noch einmal das Kreuzzeichen vor seiner Brust schlug; dann schloss er für einen Moment die Augen. Seine Lippen bewegten sich lautlos. Rachel wartete respektvoll, bis er sein stummes Gebet abgeschlossen hatte, ehe sie ihn ansprach.

»Sie werden doch dafür sorgen, dass sie ein anständiges Begräbnis bekommt, oder?«, fragte sie. Torben sah sie völlig verständnislos an und sie fügte, zögernd und unruhig von einem Fuß auf den anderen tretend, hinzu: »Ich meine, Sie glauben nicht, dass sie vom Teufel besessen war oder … oder irgend so was?«

Für eine Sekunde wurde Torbens Blick noch verwirrter, aber dann lächelte er plötzlich. »Sie war eine sehr tapfere junge Frau«, sagte er. »Vielleicht die tapferste, die jemals gelebt hat. Wir werden eine Krypta für sie errichten und sie selig sprechen lassen.«

»Ich glaube nicht, dass sie das gewollt hätte«, antwortete Rachel. Nun war sie an der Reihe, verwirrt zu sein. Torben konnte unmöglich wissen, was sie in der allerletzten Sekunde in den Augen des Dämons gelesen hatte. Aber er sprach, als wüsste er es. »Ein ganz normales Begräbnis ist in Ordnung, denke ich. Sie war nicht einmal in irgendeiner Kirche, wissen Sie?«

»Ich glaube nicht, dass Gott Menschen danach beurteilt, welcher Kirche sie angehört haben«, antwortete Torben. »Wir werden sie in aller Stille beisetzen, wenn Sie das wünschen. Aber was sie für uns alle getan hat, das wird niemals vergessen werden, seien Sie versichert.«

Rachel war nicht einmal sicher, ob Uschi das gewollt hätte, aber sie beließ es bei einem dankbaren Nicken. Sie war vollkommen verwirrt – nicht nur, weil Torben Dinge zu wissen schien, die er eigentlich gar nicht wissen *konnte,* sondern vor allem wegen seiner letzten Sätze. *Ich glaube nicht, dass Gott Menschen danach beurteilt, welcher Kirche sie angehört haben.* Das war so ungefähr das Letzte, was sie aus dem Mund des *Papstes* zu hören erwartet hätte. Vielleicht war es an der Zeit, dass sie damit anfing, über ihre Vorurteile nachzudenken.

Sie wollte sich umwenden und gehen, aber Torben hielt sie noch einmal zurück. »Warten Sie. Bitte.«

Sie blieb stehen und sah ihn erwartungsvoll an, aber Torben wandte sich stattdessen an Frank. Außer der immer noch tief schlafenden Tanja war er als Einziger noch bei ihnen im Zimmer. De Ville und Benedikt waren nach draußen gegangen; De Ville wollte versuchen, mit seinem Walkie-Talkie zu irgendjemandem Kontakt aufzunehmen, und war wohl der Meinung, dass das Gerät unter freiem Himmel besser funktionierte, und Benedikt hatte ihn begleitet, um seinerseits auf seinen Vater Acht zu geben. Rachel glaubte nicht, dass das nötig war, und sie war sogar der Meinung, dass nicht einmal De Ville selbst das glaubte. Die Dinge hatten sich geändert, aber sie konnte nicht erwarten, dass die Menschen sich ebenso schnell änderten.

»Würden Sie mir ...« – Torben überlegte gerade eine Winzigkeit zu lange, um Frank *nicht* begreifen zu lassen, dass er schlichtweg nach einem Vorwand suchte, um ihn aus dem Zimmer zu schicken – »... freundlicherweise eine Tasse Kaffee besorgen? Ich glaube, in der Küche müsste noch heißes Wasser sein«, sagte er.

»Kaffee?« Frank legte die Stirn in Falten.

»Eines meiner wenigen Laster«, sagte Torben lächelnd. »Aber im Moment wird Gott mir diese kleine Sünde sicher verzeihen.«

»Sie können es mir auch einfach sagen, wenn Sie nicht wollen, dass ich höre, was ihr euch zu sagen habt«, murrte Frank, drehte sich aber gehorsam um und trollte sich. Torben sah ihm kopfschüttelnd nach und auch Rachel zog eine entsprechende Grimasse.

»Was für ein Dummkopf«, murmelte sie. »Ich weiß wirklich nicht, womit Tanja diesen Kerl verdient hat.«

»Ja, ja, die Wege des Herrn sind manchmal sonderbar«, sagte Torben. »Aber er hat natürlich Recht. Ich muss noch etwas mit Ihnen besprechen.« Er zögerte, diesmal gerade lange genug, um *Rachel* zu beunruhigen.

»Ja?« Wieso hatte sie plötzlich schon wieder dieses ungute Gefühl?

Ein paar Sekunden lang blickte Torben schweigend und mit sehr nachdenklichem Ausdruck auf die schlafende Tanja herab; wenigstens glaubte Rachel das. Erst als er weitersprach, wurde ihr ihr Irrtum klar. »Gott hat seinen zweiten Sohn auf die Erde geschickt«, sagte er.

»Nun ja«, murmelte Rachel. Sie kam sich selbst ein bisschen komisch vor bei diesen Worten – was zum Teufel musste denn *noch* geschehen, um sie zu überzeugen? –, aber sie hatte einfach das Gefühl, sich diesen kleinen Einwand selbst schuldig zu sein; und sei es nur aus alter Gewohnheit. Auch sie gehörte anscheinend zu den Menschen, die sich nicht ganz so schnell zu ändern vermochten wie die Dinge ringsum. Wahrscheinlich wollte sie es gar nicht.

Papst Johannes Petrus II. schien ihre Gedanken und Gefühle in diesem Moment auch ziemlich genau zu erraten, denn er reagierte auf ihren Einwand nur mit einem flüchtigen Lächeln und fuhr dann, noch immer das Kind anblickend, fort: »Er wird jemanden brauchen, der auf ihn Acht gibt.«

»Er hat … Eltern«, sagte Rachel.

»Natürlich«, gab Torben zurück. »Ich wollte damit auch nicht sagen, dass sie vielleicht schlechte Eltern wären. Wie könnte ich? Aber es wird jemand da sein müssen, der ihn leitet.«

»Dazu bin ich ganz bestimmt nicht die Richtige!« Rachel erschrak fast selbst, als sie hörte, wie heftig sie widersprach, aber Torben reagierte auch jetzt nur mit einem sanften, verzeihenden Lächeln. Schnell, bevor er irgendetwas sagen konnte, dem sie vielleicht nichts mehr entgegenzusetzen vermochte, fuhr sie fort: »Wenn es jemanden gibt, der bewiesen hat, dass er der Richtige für eine solche Aufgabe ist, dann Sie.«

»Ihre Worte schmeicheln mir«, sagte Torben, »aber Sie wissen, dass es nicht wahr ist.«

»Doch nicht wegen dieser dummen Prophezeiung?«, empörte sich Rachel. Sie fühlte sich … hilflos. Hilflos und auf eine Art in die Enge getrieben, die es ihr nicht einmal möglich machte, wirklich zornig auf Torben zu sein. Dabei wusste sie ganz genau, worauf er hinauswollte. »Das ist doch Unsinn! Sie werden doch nicht Ihr Amt und die gesamte *Kirche* aufgeben, nur wegen einer uralten Prophezeiung! Das können Sie den Menschen nicht antun!«

»Ich werde bald nicht mehr da sein«, antwortete Torben, plötzlich mit großem Ernst. »Gleich wie es kommt – ich bin ein alter Mann, Rachel, und er ist ein Kind, ein Neugeborener. Wenn seine Zeit gekommen ist, werde ich nicht mehr da sein oder zumindest so alt und schwach, dass ich nicht mehr in der Lage sein werde, über ihn zu wachen.«

Rachel sah ihn sehr ernst an. »Ist Ihnen klar, was Sie da von mir verlangen?«

»O ja«, antwortete Torben.

»Und Ihnen ist auch klar, dass Sie von mir dasselbe verlangen, weshalb Pjotr Darkov Sie ein Leben lang bekämpft hat.«

»Du hast nichts zu befürchten«, sagte Torben, aber Rachel schüttelte nur den Kopf.

»Das weiß ich. Aber ich glaube, ich will das nicht.« Sie machte eine Handbewegung, um ihm das Wort abzuschneiden. »Es ist nicht so, dass ich Angst vor der Verantwortung hätte. (Was eine glatte Lüge war. Sie *starb* innerlich vor Angst bei dem bloßen Gedanken an das, was er von ihr verlangte.) Aber wissen Sie, auch wenn ich Darkovs Methoden verurteile – so *ganz* Unrecht hatte er nicht.«

»Ich weiß«, sagte Torben zu ihrer Überraschung. »Ich hatte viel Zeit, um nachzudenken. Wir waren beide jung damals und beide dumm. Vielleicht wäre alles anders gekommen, hätten wir nur einmal den Mut gehabt, miteinander zu *reden* in all den Jahren, statt uns zu bekämpfen.«

»Aber ich –«

»Ich verlange nicht, dass du mir irgendetwas versprichst oder auch nur dir selbst«, fuhr Torben rasch fort. »Ich bitte dich nur, für dieses

Kind dasselbe zu tun, was du für seine Mutter getan hast. Beschütze es.«

»Vor einem neuen Dämon?«, fragte Rachel.

»Nein«, antwortete Torben. »Satans Macht ist gebrochen. Wir haben ihn besiegt und er wird keine weiteren seiner Diener schicken können, für lange, sehr lange Zeit.«

»Wovor soll ich ihn dann beschützen?«

»Vor den Menschen«, antwortete Torben. »Und das ist vielleicht schwerer.«

Von draußen klangen Schritte herein. Vermutlich kam Frank zurück und Rachel hätte es zwar bis vor einer Sekunde noch für unmöglich gehalten – aber sie war fast erleichtert darüber. Torben wusste nicht, was er von ihr verlangte. Er *konnte* es nicht wissen, sonst hätte er es nicht getan.

Es war nicht Frank, der zurückkam, sondern De Ville, dicht gefolgt von Pjotr Darkov und seinem Sohn, der sich mittlerweile nicht einmal mehr Mühe gab, so zu *tun*, als bewache er ihn, sondern einfach einen Schritt hinter ihm herging und ebenso müde und zerschlagen aussah wie Darkov und De Ville. Der Hauptmann der Schweizergarde zog das linke Bein noch stärker als vorhin hinter sich her und den nutzlosen Arm auf der gleichen Seite hatte er kurzerhand mit dem Daumen unter den Gürtel gehakt, was wahrscheinlich recht praktisch war, aber irgendwie komisch aussah. Außerdem wirkte er höchst zufrieden.

»Hauptmann?«, begrüßte ihn Torben.

De Ville schwenkte mit einer Fröhlichkeit, die weder seinem zerschundenen Äußeren noch seinem blutigen Gesicht entsprach, das mitgenommene Walkie-Talkie, aber zumindest Benedikt schien die veränderte Stimmung im Raum zu spüren, denn er stockte unmerklich im Schritt und sah erst Torben, dann Rachel mit leicht verwirrtem Ausdruck an.

»Ich habe Verbindung mit meinen Leuten bekommen«, sagte De Ville. »Sie war ziemlich schlecht. Die atmosphärischen Störungen sind immer noch sehr stark, aber ich bin durchgekommen. Wir werden abgeholt. Sie schicken einen Hubschrauber. Er ist in spätestens zehn Minuten hier.«

Benedikts Blick wurde bohrender und Rachel drehte sich mit einer hastigen Bewegung zur Seite und begegnetet stattdessen Tanjas Blick. Sie war wach. Sie wirkte noch immer sehr schwach und ihren Augen fehlte der lebendige Glanz, der sie immer zu so etwas Einmaligem gemacht hatte, aber sie war eindeutig wach und Rachel fragte sich instinktiv, wie viel von ihrer Unterhaltung mit Torben sie mitbekommen hatte.

»Zehn Minuten«, wiederholte Torben nachdenklich. Er wandte sich direkt an Darkov. »Dann wird es wohl Zeit, dass Sie gehen.«

Darkov sah ihn nur überrascht an, aber De Ville sog hörbar die Luft ein. »Gehen? Wie meinen Sie das?«

»So wie ich es sage«, antwortete Torben geduldig und wandte sich sofort wieder an Darkov. »Es wäre nicht gut, wenn der Helikopter landet und Sie dann noch hier sind.«

»Ich … verstehe Sie richtig?«, fragte Darkov misstrauisch. »Sie lassen mich gehen? Einfach so?«

Als ob es irgendjemanden hier drinnen gäbe, der in der Lage gewesen wäre, ihn daran zu hindern, wenn er es wirklich wollte, dachte Rachel. Aber auch sie war überrascht.

»Wenn Sie die Absolution von mir erwarten, muss ich Sie enttäuschen«, antwortete Torben. »Ich kann Sie weder vor Gottes noch vor der weltlichen Gerechtigkeit beschützen. Aber so weit es mich angeht, ist unsere Feindschaft beendet.«

»Wie großzügig«, sagte Darkov. Aber seine Stimme klang lahm. Er hatte mit allem gerechnet, nur nicht *damit.*

Ebenso wenig wie De Ville, denn der sagte aufgebracht: »Heiliger Vater, das kann nicht Euer Ernst sein. Dieser Mann ist ein Mörder. Ein weltweit gesuchter Verbrecher und –«

»Ich weiß, was er ist«, unterbrach ihn Torben. »Ich weiß es vermutlich besser als Sie, Hauptmann. Aber ich möchte, dass er geht. Ich habe meinen Frieden mit ihm gemacht. Vielleicht macht er ihn ja auch mit den Menschen und mit Gott.«

»Ich kann Ihnen genau sagen, was er tun wird –«, begann De Ville.

»Hauptmann!« Torben schüttelte den Kopf. »Bitte! Dies ist die letzte Bitte, die ich an Sie richten werde. Zwingen Sie mich nicht, sie zu einem Befehl zu machen.«

De Ville sagte nichts mehr. Sein Gesicht wurde zu einer Maske der

Ausdruckslosigkeit. Er starrte Torben noch einige Sekunden lang an, dann drehte er sich mit einem Ruck herum und lief so schnell aus dem Zimmer, wie es sein verletztes Bein zuließ.

»Jetzt haben Sie ihn verärgert«, sagte Darkov spöttisch.

Torben blieb ernst. »Machen Sie sich keine Sorgen. Er wird Ihnen nichts antun, ganz gleich, wie zornig er auch sein mag. Aber Sie sollten nun wirklich gehen. Ich kann für De Ville und auch für die Männer garantieren, die herkommen werden, um uns zu holen, aber für niemanden sonst.«

Darkov wirkte noch immer unentschlossen und er sah Torben noch immer auf eine Art an, als könne er einfach nicht glauben, was er hörte. Aber schließlich nickte er. »Ich danke Ihnen«, sagte er. »Obwohl ich nicht einmal sicher bin, ob Sie mir wirklich einen Gefallen getan haben. Benedikt?«

Er drehte sich zu seinem Adoptivsohn um, aber Benedikt schüttelte nur den Kopf. Darkov wirkte nicht sonderlich überrascht und auch nicht wirklich enttäuscht. Er hob nur noch einmal die Schultern, wandte sich um und ging ohne ein weiteres Wort.

»Dasselbe gilt für Sie«, sagte Torben.

»Ich weiß«, antwortete Benedikt. »Aber ich bleibe.«

Torben nickte. »Das habe ich befürchtet. Ich werde versuchen Sie zu beschützen, soweit es in meiner Macht steht, aber ich kann Ihnen nicht versprechen, dass das reicht.«

»Ich kann schon auf mich selbst aufpassen«, antwortete Benedikt leichthin. Dann sah er Rachel an und plötzlich lächelte er. »Und sollte das nicht reichen, kenne ich einen leibhaftigen Schutzengel. Wer außer mir kann das schon von sich behaupten?«

Thomas Görden

Schattenwölfe

Roman

Die junge, engagierte Biologin Chris betreut ein Wolfsrudel in einem Wildpark in der Eifel. Plötzlich geschieht etwas Unglaubliches: Die vertraute Umwelt wandelt sich auf bedrohliche Weise, die zahmen Tiere werden zur blutrünstigen Meute. Da bringt der groß angelegte Freilandversuch eines bekannten Pharma-Unternehmens die verzweifelte Chris auf eine Spur, deren Verfolgung sie das Leben kosten könnte …

Ein hochspannender Mystery-Thriller über ein brisantes Thema.

Knaur